wolfStein

Alle Ähnlichkeiten mit lebenden Personen und realen
Handlungen sind rein zufällig.

Lisa-Marie Hallberg (Ps), aufgewachsen in der Nähe von Regensburg.
Ausbildung zur Bürokauffrau. Nach dem Studium der Sozial-Päda-
gogik arbeitete sie als Kulturschaffende in München.

Lisa-Marie Hallberg

BRUCKMANDLS

BÖSE BUBEN

wolfstein

1. Auflage 2023

Originalausgabe: »Bruckmandls böse Buben«
Copyright © 2023 WOLFSTEIN VERLAG
ein Imprint der Spielberg Verlagsgruppe, Neumarkt
Korrektorat: Hanë Bytyqi
Umschlaggestaltung: Ria Raven *www.riaraven.de*
Umschlagillustration: © shutterstock.com
Herstellung: BoD - Books on Demand, Norderstedt
Alle Rechte vorbehalten
Printed in Germany

ISBN: 978-3-95452-772-4

www.spielberg-verlag.de

Bruckmandls böse Buben

1 Mit nacktem Oberkörper stand er am offenen Fenster und rauchte eine Zigarette. Er roch nach Schweiß. Seit Stunden wartete er auf seine Frau. Vielleicht kam sie heute früher nach Hause? Nüchtern betrachtet rechnete er nicht damit. Trotz der traurigen Gewissheit, die er zu verdrängen suchte, hoffte er sehnlichst alles würde sich zum Guten wenden. Warum tat sie ihm das an? Hatte er sie unterschätzt? Brauchte sie ihn nicht mehr? Zeigte sie nun ihren wahren Charakter? Von früh bis spät, Stunde um Stunde, die quälenden Gedanken. Das ging nun seit Monaten so. Er wusste mit wem sie die Nächte verbrachte. Er fühlte sich zutiefst gekränkt und hilflos. Den grenzenlosen Hass auf den verfluchten Nebenbuhler, der sein Chef war, konnte er nur noch mit Hochprozentigem im Zaum halten. Die Leuchtziffern seiner Armbanduhr zeigten vier Uhr zehn. Die Stadt schlief noch. Die kleine Lampe über seinem Bett warf einen schmalen Strahl auf den dunklen Flur, auf dem er seit Stunden wie ein Schlafwandler auf und ab ging. So konnte es nicht weitergehen, er musste endlich handeln, Klarheit schaffen. Leichter gesagt als getan. Nicht jetzt, nicht heute, morgen, spätestens übermorgen. Er drückte die Zigarette in den übervollen Aschenbecher, wollte sich noch eine Stunde hinlegen. Zwecklos, er fand keinen Schlaf.

Schweren Schrittes ging er wieder zum Fenster im Flur. Von hier oben hatte er einen direkten Blick auf das beleuchtete Hoftor, durch das seine Frau kommen würde. Sie kam nicht. Ein ungutes Gefühl stieg in ihm auf. Irgendetwas war heute anders als sonst. In seiner Verzweiflung dachte er an seine erste Frau Melitta. Vor fünfzehn Jahren war sie an Krebs gestorben. Mit ihr war er dreiundzwanzig Jahre glücklich verheiratet gewesen. Kinder waren ihnen nicht vergönnt. Lange hatte er um seine geliebte Melitta getrauert, aber vor vier Jahren begann ein neues Leben. Er heiratete die junge, lebenslustige Natascha und empfand sie als Geschenk des Himmels. Möglich gemacht hatte die Heirat eine Wiener Partneragentur. Die aufgeweckte und wissbegierige Natascha aus Bulgarien hatte ein heiteres und gewinnendes Wesen. Sie arbeitete als Schuhverkäuferin und lernte im Eiltempo die deutsche Sprache. Alles hatte so wunderbar begonnen. Vom ersten Tag an verstanden sie sich prächtig. Der Altersunterschied schien Natascha nicht zu stören. Oder hatte sie ihm etwas vorgegaukelt, um schneller in den Westen zu gelangen? Heftige Zweifel nagten Tag und Nacht an ihm. Er musste das Problem endlich aktiv angehen, bevor es zu spät war. Natascha drohte mit der Scheidung, wenn er sich, penetrant wie ein spießiger Opa verhielt.

„He, Charly entspann' dich! Ich komme wieder, okay?", sagte sie gestern, während sie sich schminkte.

Er hatte sich vorgenommen, mit ihr zu reden, ohne ihr etwas vorzuwerfen, aber Nataschas abweisendes Grinsen traf ihn wie ein vergifteter Pfeil mit Widerhaken. Ihre Kälte schnürte ihm die Kehle zu. Er war außerstande auch nur ein Wort hervorzubringen.

Eine heitere Melodie summend verließ Natascha die Wohnung direkt in die Arme dieses Hurenbocks. Sie war verrückt nach ihm. Er musste nur mit dem Finger schnippen und es war um sie geschehen.

He Charly, hämmerte es in seinen Gedanken nach. Er hasste es, wenn sie ihn Charly nannte. Verdammt, er hieß Fred und war keine dreißig mehr, aber das wusste sie doch von Anfang an.

Zweimal die Woche wollte er ein Fitnessstudio besuchen, den Alkoholkonsum reduzieren und weniger rauchen. Es haperte an der Umsetzung. Wenn Natascha abends zu Hause blieb, was selten vorkam, aß er nur Obst, zwängte sich in ein Stützkorsett, strampelte auf dem Hometrainer, um ihr zu zeigen, ab sofort würde er abnehmen. Als sie das teure Korsett entdeckte, lachte sie hysterisch und verspottete ihn aufs Übelste.

Er seufzte schwer, nahm einen satten Schluck Bier, als plötzlich von unten ein wütendes Geschrei heraufdrang. Vor dem Hotel Blauer Schwan gab es mit drei nicht mehr ganz nüchternen, jungen Männern ein Handgemenge. Der Rezeptionist hatte sie wohl aus der Hotelbar geworfen und drohte die Polizei zu rufen, sollten sie nicht sofort abhauen. Die Männer grölten noch eine Weile herum, schließlich zogen sie schwankend davon.

Erste helle Strahlen schimmerten am Horizont. Die Morgenluft war noch erträglich. Der Wetterbericht kündigte einen heißen Tag an, der Freds Mansardenwohnung wieder kräftig aufheizen würde.

In gut einer Stunde begann sein Arbeitstag. Er ging in die Küche, füllte die Kaffeemaschine mit Pulver und Wasser. Er duschte kalt, trank starken Kaffee, das Morgenmagazin flimmerte über den Bildschirm, es interessierte ihn nicht, er schaltete das Gerät ab, räumte leere Bierflaschen weg, schlüpfte in den grauen Arbeitskittel, steckte eine Packung Pfefferminzbonbons ein, dachte an Natascha, fuhr mit dem Aufzug in den Keller und begann seinen Routinerundgang.

Seit zweiundvierzig Jahren versah Fred Schlunzinger den Hausmeisterdienst in der PORTA Bank. Jeden Tag war er in den weitläufigen Fluren unterwegs, grüßte jeden freundlich, war sofort zur Stelle, wenn seine Hilfe benötigt wurde. Die zermürbenden, ihm zusetzenden Eheprobleme ließ er in der Wohnung zurück. Wenn er die Stimme des Chefs hörte, ging ihm das sprichwörtliche Messer in der Hose auf. Trafen sie im Haus aufeinander, gingen sie mit angespannten Gesichtszügen grußlos aneinander vorbei. Waren Mitarbeiter in der Nähe, reichte es gerade für ein gepresstes *Guten Tag*. Fred kostete es große Überwindung den Schein zu wahren, obwohl es in ihm brodelte.

2 Auf dem Restaurantschiff Donauwalzer wurde der hochgeschätzte Direktor Lutz Langhofer für sein erfolgreiches Arbeitsleben mit Ehrungen überhäuft und in den wohlverdienten Ruhestand verabschiedet. Eine Ära ging zu Ende. Sein Nachfolger triumphierte. Ab sofort hielt Roger Gellhoff die Zügel fest

in den Händen. Er würde die PORTA Bank in eine glänzende Zukunft führen, dies war einer seiner Vorsätze.

Roger Gellhoff hatte hundertdreißig Bewerber aus dem Feld geschlagen. Das fünfzehnköpfige Vorstandsgremium hatte sich für ihn, den jungen Wilden, entschieden. Er würde alte Zöpfe abschneiden und innovative Maßstäbe setzen, die Abteilungsstrukturen verändern, die gesamte Finanzdienstleistungspalette modernisieren und das Personal auf seinen Kurs einschwören.

Zeitenwende! Endlich! Junge Mitarbeiter ließen die Sektkorken knallen. Die Mehrheit der Belegschaft, allen voran Ältere, standen dem Wechsel in der Chefetage skeptisch gegenüber.

Der bringt's nicht ... zu jung ... zu unerfahren ... zu impulsiv ... es fehle an nötiger Reife ... seine radikalen Ideen passen nicht in unsere Bank ... gingen Einschätzungen und Befürchtungen wie in einer geheimen Rohrpost durch alle Abteilungen.

Vor fünf Jahren kam Roger Gellhoff zur PORTA Bank. Vom ersten Tag an stand Direktor Langhofer dem zielstrebigen Absolventen einer Eliteuniversität wohlwollend gegenüber. Das Mentoring für den neuen Mitarbeiter schien perfekt. Die steile Karriere des jungen Wilden war beispiellos.

Roger Gellhoff, der gutaussehende frisch ernannte Bankdirektor, gerade mal zweiunddreißig, schmal in den Hüften, fast einen Meter neunzig groß, mit kurzen, dichten, blonden Haaren, zog stets die Aufmerksamkeit auf sich. Aufgrund seiner herausragenden Position im ältesten Bankhaus der Stadt und Mitgliedschaft in mehreren einflussreichen Vorstandsgremien, war er häufig in Printmedien und Internetforen präsent. Sein makelloses Gesicht, die großen blauen Augen, sein gewinnendes Wesen beeindruckten viele, die ihm zum ersten Mal begegneten. Während des Studiums in London hatte sich der Adonis auf dem Laufsteg ein stolzes Honorar dazuverdient. Wegen unersprießlicher Vorfälle mit Kolleginnen sexueller Art, hatte ihm die Chefin fristlos gekündigt.

Mit großen Schritten eilte Gellhoff ans Rednerpult, setzte sein charmantestes Lächeln auf und holte das Redemanuskript aus der Innentasche des dunkelblauen Armanianzugs. Mit anrührenden

Worten bedankte sich der neue Direktor bei seinem Förderer Lutz Langhofer „... vierundvierzig Jahre der PORTA Bank die Treue gehalten hat. In guten wie in wirtschaftlich schwierigen Zeiten, lenkte Herr Langhofer mit Geschick und Professionalität das Bankhaus ... neben den operativen Geschäften war seine Personalpolitik beispiellos und vorbildhaft ... stets hatte er ein offenes Ohr für die Probleme und Nöte seiner Mitarbeiter ... wie ein verständnisvoller Vater ... gab sein Herzblut ... und nun wünschen wir Herrn Langhofer einen wohlverdienten Ruhestand ...!"

Prominente Köpfe des öffentlichen Lebens und die gesamte Belegschaft, die zur Verabschiedung des Bankdirektors auf das Restaurantschiff geladen waren, erhoben sich, Applaus brandete auf. Die Rede des Nachfolgers ging unter, interessierte kaum jemanden. Ein letztes Mal ließen die Mitarbeiter den Scheidenden hochleben. Lutz Langhofer sah nicht aus wie ein Mittsechziger, der sich seit vielen Jahren diesen Tag herbeisehnte. Im Gegenteil. An seinem sechzigsten Geburtstag sagte er: „In fünf Jahren bin ich Rentner. Für mich schwer vorstellbar morgens aufzuwachen und festzustellen, das aktive Arbeitsleben ist passé."

Schlank und rank stand der Senior Chef neben seiner Frau und ließ die Huldigungen über sich ergehen. Vielen Mitarbeitern wurde schlagartig klar, eine erfolgreiche Ära ging zu Ende, Taschentücher wurden gezückt, Tränen flossen und viel Alkohol.

„Mein lieber Lutz ... Mein lieber Lutz", versuchte Gellhoff sich noch mal Gehör zu verschaffen, „was du für die PORTA Bank in den vergangenen vier Jahrzehnten geleistet hast, wird uns noch viele gute Jahre bescheren ... uns mit Zuversicht in die Zukunft tragen und die neuen Herausforderungen ...."

Die Zuhörer applaudierten frenetisch. Lutz Langhofer war zu Tränen gerührt, erhob sich erneut und verneigte sich mehrere Male.

„Herr Langhofer, wir werden Sie vermissen ... ", fuhr Gellhoff beinahe beschwörend fort.

Seine Rede ging in den Jubelrufen unter.

„We love you ... we will miss you ... we love you ... ", riefen Mitarbeiter dem scheidenden Direktor im Chor entgegen.

Roger Gellhoff lächelte in die tosende Menge, versuchte mit beiden Händen die Applaudierenden zu beruhigen - vergeblich. Scheinbar geduldig wartete er ab, bis die lautstarke Würdigung des Vorgängers endlich abebbte. Dem war aber nicht so.

Die geladenen Gäste, überwiegend Mitarbeiter der PORTA Bank, die dem verehrten Chef die Hand schüttelten, sich bedankten, ihn umarmten, Beifall klatschten, hatten nicht die leiseste Ahnung, was ihnen bevorstand.

Freunde der christlichen Seefahrt, der Wind hat sich gedreht, dachte der wartende Gellhoff genervt ... zum Henker! Das ist doch zum Kotzen! Klatscht euch doch die Hände wund. Geduld war noch nie seine Stärke gewesen. Okay, that's the name of the game. Wie der Engländer sagt. Verdammt! Schluss jetzt! Es wurde ihm zu bunt. Dann leckt mich doch, dachte Festredner Gellhoff wütend, ließ das Redemanuskript in die Seitentasche der Anzugjacke verschwinden, lächelte generös in die tosende Belegschaft, deren Aufmerksamkeit sich nur noch auf den Senior Chef fokussierte. Roger Gellhoff verließ das Podium, eilte zu Langhofer, schüttelte ihm die Hand mit einer tiefen Verbeugung, während eine Blitzlichtorgie die symbolische Stabübergabe von Alt zu Jung festhielt.

„Mein verehrter Herr Langhofer, genießen Sie den längsten Urlaub der Welt! Frönen Sie alle Ihre sportlichen Aktivitäten und aufregenden Hobbys."

Und bleiben Sie mir vom Leib, fuhr er in Gedanken fort. The game is over. Mit einem breiten Lächeln beobachtete er die Reaktion des scheidenden Direktors, dem die Ratschläge für ein gelingendes Rentnerdasein mit Sicherheit seelische Seitenstiche verursachten.

Wenn es Zeit ist zu gehen, sollte man den Abschied nicht in die Länge ziehen, hatte Gellhoff seinem Förderer beim letzten Arbeitsgespräch im Beisein des gesamten Aufsichtsrates gesagt.

Alle hatten nur noch Augen für Langhofer. Das Händeschütteln und die Umarmungen nahmen kein Ende.

Innerlich angewidert eilte Gellhoff zum Ausgang. Er hasste die überbordende Empathie für den alten Mann, der unter Jubelrufen aufs Abstellgleis geschoben wurde. So war es nun mal, das Alte und Erschöpfte musste der jungen Kraft weichen. Der König ist tot, es lebe der König!

Die Sonne stand bereits tief, als Gellhoff das Restaurantschiff mit großen Schritten verließ und in das wartende Taxi stieg. Die schräg einfallenden Strahlen funkelten und glitzerten verspielt auf der Wasseroberfläche des Donaustroms. Während die untergehende Sonne den Horizont zartrosa färbte, schwang die Festgesellschaft das Tanzbein bis weit nach Mitternacht.

3 Fred Schlunzinger war der Abschiedsfeier auf dem Restaurantschiff ferngeblieben. Kollegen berichteten ihm haarklein, was er versäumt habe. Wegen heftiger Halsschmerzen sah er sich außerstande teilzunehmen.

Fred Schlunzinger zog zwei prall gefüllte Müllsäcke langsam über den Hof. Wieder hatte er eine schlaflose Nacht hinter sich, war müde und schlecht gelaunt. Natascha war nicht nach Hause gekommen. Er verdrängte den Gedanken so gut es ging. Mit großer Kraftanstrengung wuchtete er die Säcke in den Container. Beim Weggehen wäre er beinahe über zwei lange Hosenbeine in löcherigen Turnschuhen gestolpert. Er bückte sich und erschrak.

„Jessas, da liegt einer?“ Er sah genauer hin. „Mein Gott ...?“

Der leblose Mann hatte auffallend blaue Lippen und getrocknetes Blut im Gesicht.

„Können Sie mich hören?“

Keine Reaktion. Schlunzinger betastete die Halsschlagader des Regungslosen. Bewusstlos oder ...?

Schlunzinger alarmierte die Polizei samt Notarzt. Ein weiterer Anruf ging an Harry Grammel aus der Controllingabteilung. Dieser war neben seinem Job ausgebildeter Ersthelfer und in Notfallsituationen innerhalb der Bank sofort zu benachrichtigen. Schlunzinger zog seinen Arbeitskittel aus, schob diesen zusammengerollt und vorsichtig unter den Kopf des am Boden liegenden Mannes.

Etwas außer Atem kam Grammel mit dem Ersthelferkoffer angerannt.

„Er blutet am Hinterkopf. Verband, schnell!“, drängte Schlunzinger seinen Kollegen.

Vorsichtig versorgten sie die Wunde so gut sie konnten.

„Sieht nach einem Herzinfarkt aus“, mutmaßte Grammel.

Er hielt dem Mann einen kleinen Spiegel vor den Mund.

„Lebt er noch?“

Der Kollege schüttelte ratlos den Kopf, hob die Schultern und sagte: „Er riecht stark nach Alkohol. Vielleicht stockbesoffen?“

Grammel und Schlunzinger wickelten den Verletzten in eine Wolldecke.

„Harry, den kenne ich von irgendwoher? Ja genau, der schleicht ab und zu zwischen den Mülltonnen herum.“

Schlunzinger kratzte sich hinterm Ohr und musterte konzentriert das lädierte Gesicht des Verletzten.

„Du kennst ihn“, sagte Grammel überrascht.

„Vielleicht verwechsle ich ihn mit jemandem?“

Der Notarztwagen fuhr auf den Hof. Für den Mann zwischen den Müllcontainern kam jeder Hilfe zu spät. Die Kratzspuren im Gesicht, das verklebte, angetrocknete Blut zwischen den Haaren und an der Jacke schlossen eine Gewalttat nicht aus.

Die Mordkommission und die Spurensicherung nahmen die Arbeit auf. Im Rucksack des Toten befanden sich ein kleiner Fotoapparat, selbstgedrehte Zigaretten, drei Handtücher, ein Toilettenbeutel mit Seife, Haarshampoo, Parfüm, Kamm, Schere, Rasierapparat, eine große Packung Heftpflaster. In einer kleinen Geldtasche kamen vierhundert Euro und ein paar Zerquetschte zum Vorschein. Personalausweis? Handy? Fehlanzeige. Wer war der Mann, der sich zum Sterben im Hinterhof der PORTA Bank zwischen die Mülltonnen gelegt hatte? Wie gelangte er durch die mehrfach abgeriegelte Sicherheitstür?

Alter, schätzungsweise Ende dreißig? Groß, spindeldürre Gestalt. Rote lange, zottlige Haare. Markantes Gesicht, ungepflegter Vollbart. Was suchte der Fremde im Hinterhof der Bank? Durchwühlte er die Mülltonnen? Suchte er nach Dokumenten, die Hausmeister Schlunzinger manchmal statt zu schreddern, der Einfachheit halber in Säcke stopfte und in die Papiertonne warf.

Bankmitarbeiter standen in Grüppchen zusammen, waren entsetzt, beobachteten die Arbeit der Kriminaltechniker, fragten Grammel und Schlunzinger ein Loch in den Bauch.

„Wie gelangte der Fremde in den abgeschlossenen Hof? War er drogensüchtig, krank oder beides? Hatte er kein Handy? War er ohnmächtig geworden und dabei vielleicht mit dem Kopf gegen die Wand geknallt? Wurde er erschlagen? Ein Mord in unserem Hinterhof? Entsetzlich! Schrecklich! Grausam! Wie im Wilden Westen. Unsere Gesellschaft verrohte zusehends ...“

Vier Polizeibeamte sicherten den Tatort, forderten herumstehende Gaffer auf den Hof zu verlassen, um die kriminaltechnischen Arbeiten der Spurensicherung nicht zu behindern.

Hauptkommissar Pflamminger wollte vom Hausmeister wissen, ob er nachts oder am frühen Morgen wegen ungewöhnlichen Geräuschen aus dem Schlaf gerissen wurde. Vielleicht habe jemand um Hilfe gerufen oder jemand sei über die Mauer, oder das Hoftor geklettert, ein davonbrausendes Fahrzeug, quietschende Autoreifen?

Schlunzinger verneinte kopfschüttelnd und sagte: „Wenn ich im Tiefschlaf bin, könnte mich jemand aus der Wohnung tragen, ich würde nicht wach werden.“

Schlunzinger lächelte unsicher, wischte sich mit einem großen Taschentuch den Schweiß von Stirn und Nacken und jammerte: „Am Vormittag schon wieder so eine Hitze und das Anfang Mai.“

Während Schlunzinger und Pflamminger noch miteinander redeten, kam Grammel aufgeregt aus der Tür gesaust, ging zum nächsten Uniformierten und bat ihn mitzukommen. Gleichzeitig rief er dem Hausmeister zu, ihm zu folgen.

Schlunzinger und Pflamminger unterbrachen ihr Gespräch und

folgten Grammel hinunter in den Keller zu den Safe-Räumen. Angestellte, die gegen halb acht als Erste in die Bank kamen, wurden von Kommissaranwärterin Lux befragt, ob ihnen etwas aufgefallen war. Fremde Personen im Hinterhof, im Flur, Geräusche, Schreie oder irgendetwas Ungewöhnliches? Aber die fünfzehn Befragten konnten keinen einzigen Hinweis beisteuern, der auch nur im Entferntesten etwas mit dem Toten im Hinterhof zu tun haben könnte. Für alle Fälle sicherte ein Mitarbeiter der KTU die Fingerabdrücke der Befragten, was diese nicht lustig fanden.

Lux eilte ihrem Chef hinterher, der mit Schlunzinger bereits die Treppe hinunterstieg.

Sowohl an der Brandschutztür als auch an der Stahltür, die zu den Safe-Räumen führten, waren eindeutige Spuren zu erkennen plus einer stinkenden Hinterlassenschaft. Jemand, vielleicht waren es auch zwei oder drei Personen, hatte einen großen Haufen neben der Tür hinterlassen und an die Wand gepisst. Außerdem wurde versucht die gesicherte Doppeltür gewaltsam zu öffnen. Neben heftigen Dellen und Kratzern, vermutlich mit Hammer und Brecheisen verursacht, klebte ein großes weißes Papier, auf dem in roten Großbuchstaben stand:

GELLHOFF, DU PERVERSE DRECKSAU! WINDIGER MÖCHTEGERN-BANKER! ELENDIGER BLENDER UND BETRÜGER! WIR KOMMEN WIEDER! WIR KRIEGEN DICH!

4 Der junge Bankdirektor Roger Gellhoff wirkte fahrig, fuhr sich durchs Haar, wechselte schnelle Blicke zwischen Hauptkommissar Toni Pflamminger und Assistentin Franziska Lux, schließlich sagte er mit getragener Stimme: „Der Vorfall muss selbstverständlich diskret behandelt werden. Zu viel Pressewirbel schadet dem Image des Hauses. Langjährige Kunden könnten auf die Idee kommen ihr gesamtes Kapital der Konkurrenz anzuvertrauen. Versetzen Sie sich mal in meine Lage. Ich habe das Steuer in der Bank gerade übernommen und mir den Start als integrer

Chef entspannter vorgestellt. Ein Toter im Hinterhof könnte so manchen Journalisten ins Land der Fantasien abgleiten lassen. Das muss unbedingt vermieden werden. Vor allem darf der bescheuerte Zettel an der Tür in keiner Pressemeldung erscheinen. Ich bin ein zukunftsorientierter Mensch, den so schnell nichts aus der Fassung bringt. Höchstwahrscheinlich haben sich pubertäre oder zugekiffte Ökotypen oder psychisch gestörte Fanatiker einen üblen Scherz erlaubt. Kurzum, ich sehe von einer Anzeige ab. Der versuchte Einbruch ist ein Fall für die Versicherung. Kann ich mich auf die Diskretion der Polizei verlassen?"

Pflamminger und Lux warfen sich fragende Blicke zu. Was hielt ihn von der Anzeige ab? Tiefschürfende Nachfragen? Wertete er die Vorfälle als schlechtes Omen beinahe zeitgleich mit seinem Antritt als Bankdirektor? War er abergläubisch? Oder hatte er was zu verbergen?

Der Hauptkommissar rückte die rätselhaften Ereignisse in der Bank aus seiner Sicht zurecht. Ein lebender oder toter Obdachloser interessierte kaum jemanden. Oftmals distanzierten sich Angehörige gestrandeter Familienmitglieder unter Brücken oder zwischen Mülltonnen. Selbst die Medien erwähnten den Tod eines Wohnungslosen mit zwei, drei kurzen Sätzen auf der letzten Seite. Eine weithin bekannte gesellschaftliche Ignoranz. Sollte sich jedoch herausstellen, der Leblose im Hinterhof sei durch Gewaltanwendung zu Tode gekommen, müsste sofort in alle Richtungen ermittelt werden.

„Sobald wir den Obduktionsbefund vorliegen haben, wissen wir mehr", sagte Chefermittler Pflamminger klar und deutlich.

Merkwürdig erschien den Ermittlern die nervös zuckenden Augenlider des jungen Bankers. Auffallend waren auch seine geweiteten Pupillen. Aufregung? Unsicherheit? Misstrauen der Polizei gegenüber, die peinlichen Vorfälle würden sich ruckzuck durch die gesamte Medienlandschaft ergießen? Das ließ sich leider nicht immer verhindern. Damit musste das Krisenmanagement der Bank selbst klarkommen.

Gellhoff sprang vom Chefsessel hoch, rieb seine Hände aneinander, als ob er gegen einen Juckreiz ankämpfte und sagte eine Spur zu hastig: „Herr Kommissar, selbstverständlich stehe ich Ihnen jederzeit zur Verfügung. Sie wissen ja, ein Bankdirektor kennt keinen Achtstundentag ... nun ja, was ich sagen möchte, es gibt für alles eine tragfähige Lösung.“

Er lächelte breit und fuhr fort: „Nur eine Frage der Verhältnismäßigkeit.“

Gellhoff reichte zwei Visitenkarten über den großen gläsernen Schreibtisch, der Fortschritt, Fashion und Transparenz illustrieren sollte.

Pflamminger nickte, setzte ein dienstbeflissenes Lächeln auf und wunderte sich über den Ratschlag, es gäbe für alles eine tragfähige Lösung. Pflamminger glaubte aus dem Augenwinkel heraus bei seiner Kollegin eine ähnliche gedankliche Reaktion zu erkennen.

„Na dann“, sagte Gellhoff um Nonchalance bemüht, lächelte sphinxhaft, gefolgt von taxierenden Blicken auf die Kriminalbeamten.

Auf dem Hof flüsterte Lux ihrem Chef zu: Die Spurensicherung hat den Thesenanschlag ...“

„An der Kirchentür zu ...“, sagte er mit besorgter Miene.

„Ich habe die Kamera draufgehalten. You never know?“, unterbrach ihn Lux augenzwinkernd.

„Mitgedacht. Gut gemacht“, lobte er seine Assistentin und entsicherte die Autotüren.

„Hat der Banker ein Zappelphilippsyndrom? Sieht fast danach aus“, sagte Lux etwas nachdenklich, legte den Gurt um und checkte ihr Smartphone.

SMS von Holger: *Gut angekommen. Wetter gut! Mangiare fantastico! Geschäftspartner anstrengend. Pass auf dich auf!!! Amore!!! Wir telefonieren heute Abend. Ciao Bella!!!*

„Ist Holger in Mailand gut gelandet?“, wollte Toni Pflamminger neugierig wissen, während er den Motor anwarf.

Lux ließ das Handy in der Seitentasche verschwinden, hielt den

Daumen nach oben und sagte mit einem Lächeln: „Tutti kompletti, alles paletti."

Der Chef grinste seine Kollegin von der Seite an, steuerte das Auto langsam vom Hinterhof der Bank auf die Straße und sagte: „Vielleicht hat der Zappelphilipp sogar Recht und das Ganze löst sich in Kürze in Luft auf."

Chefermittler Pflamminger winkte den Kollegen in weißen Schutzanzügen zu. Die Spurensuche der KTU am Tatort würde sich mit Sicherheit noch mehrere Stunden hinziehen.

„Auf mich wirkte der Banker nicht nur auffallend nervös, sondern auch unsicher und blockiert", bemerkte Lux.

Spontan dachte sie an ihren Cousin Markus, der bereits mit fünf Jahren an einer Hyperaktivitätsstörung litt, nie stillsitzen konnte und lärmend durch die Wohnung tobte. Es nahm seinen Anfang, als sich seine Eltern trennten und der Vater von seinem Sohn nichts mehr wissen wollte.

„Unerfahren, vielleicht überfordert", vermutete Pflamminger.

„Chef, haben Sie sein häufiges Augenflimmern, Lidzucken und das intensive Reiben mit den Händen bemerkt?"

„Ist mir nicht entgangen. Der sitzt noch keine zwei Wochen im Chefsessel, folglich noch nicht sattelfest."

„Es gibt für alles eine tragfähige Lösung. Hammersatz oder? Verbale Suggestion beherrscht er schon", sagte Lux nachdenklich.

„Typisches Geschwafel von arroganten Managern. Glauben für alle Unwägbarkeiten des Lebens eine ‚tragfähige' Lösung in der Schublade zu haben. Selbst wenn sie den Konzern an die Wand gefahren haben. So what, alles halb so schlimm. Eine hohe Abfindung für den Big Boss ist immer drin."

5 Rebecca Reischl trank mit dem neuen Praktikanten Lorenz Kramer eine Tasse Kaffee. Rebecca, „my best right hand", wie der Chef seine Mitarbeiterin manchmal scherzhaft nannte.

Rebecca Reischl, Ende zwanzig, figürlich gut aufgestellt, ausladende Hüften mit zu viel Fleisch bepackt, wie sie sich selbst sah, war seit zwei Jahren in Pflammingers Team und hatte den Wechsel zum K1 keinen Tag bereut. In der K8 zeigte man für ihre private Situation wenig Verständnis. Ihr vierjähriger Sohn Tommy hatte einen schwierigen Start ins Leben. Tommy, Resultat eines One-Night-Stand mit dem attraktiven Bill Glennson, Offizier der US-Garnison Bavaria Grafenwöhr. Der smarte Offizier ließ sich in die Heimat versetzen. Neben dem monatlichen Scheck wollte Bill keinen Kontakt zu seinem Sohn. Begründung: Er habe seine Jugendliebe Sandy geheiratet.

„I am very sorry! I wish you and Tommy all the best!", war seine letzte Mail von vor drei Jahren.

Rebecca zog mit Tommy zu ihren Eltern.

„Mein Gott, Herr Kramer warum erzähle ich ihnen das alles", seufzte Reischl, strich ihr schulterlanges blondiertes Haar hinter die Ohren und ärgerte sich über ihre Offenheit dem jungen Mann gegenüber.

„Tja, das Leben hält manchmal Überraschungen bereit, die einen ...", sagte Lorenz Kramer.

„Fast aus der Bahn werfen, aber jetzt erzählen ... Sie oder lieber du ...?"

„Rebecca, ich freue mich mit dir, Frau Lux und Herrn Pflamminger, also in eurem Team mitarbeiten zu dürfen."

Sein bubenhaftes und erfrischendes Lächeln ließ sein Grübchen am Kinn sichtbar werden. Rebecca hatte ein Faible für Männer mit Grübchen. Bei dem jungen Mann fand sie es besonders hübsch. Ihr Ex fiel ihr spontan ein. Markantes Gesicht, breites Kinn mit Grübchen. Rausfiltern! Weg! Sofort! Zwang sie sich in Gedanken.

„Lorenz, ich wünsche dir einen guten Start! Wenn irgendwas anliegt ... mit Kollegen, nicht verzagen, Rebecca fragen. Bin im Haus gut vernetzt", sagte sie augenzwinkernd.

Reischls Waage war ein Stimmungskiller und das meist schon morgens. Mist! Wieder zwei Kilo drauf gefuttert. Gürtel, Rock, Hose ... alles spannte ... wölbte sich. Na und! Erotische Kurven, was sonst? Tröstete sie sich über die Gewichtszunahme hinweg. Rebecca, reiß dich endlich am Riemen, schalt sie sich in Gedanken. Ja, ab sofort abnehmen, regelmäßig Sport treiben und weniger essen! Aber der persönliche Coach, also der innere Schweinehund ... trotz alledem hatte sie einen Apfelkuchen gebacken. Strikte Diät befahl sie sich in Gedanken, ab heute Abend.

Schnelle Schritte auf dem Flur. Chef und Assistentin waren im Anmarsch. Reischl rollte mit den Augen, als Pflamminger eine prall gefüllte Tüte mit Leberkässemmeln auf den Tisch legte.

„Bitte bedient euch", sagte er gut gelaunt und ging sofort zur Kaffeemaschine.

„Chef, Sie sind ein hoffnungsloser Fall. Abmachung schon vergessen?", seufzte Reischl kopfschüttelnd und stemmte die Fäuste in die Hüften.

„Abmachung?"

Er grinste Rebecca an und rührte geräuschvoll im heißen Kaffee.

„Ab sofort weniger Wurstsemmeln! Chef, Sie werden vergesslich!"

„Verdrängt liebe Rebecca, verdrängt. Herr Kramer, jetzt können Sie live erleben, wie es mir ergeht zwischen zwei resoluten Frauen. Ständig werde ich ermahnt, belehrt, ausgebremst, jeden Tag Psychoterror ..."

„Bedroht, niedergemacht, nicht vergessen! Chef", unterstützte Lux ihre Kollegin.

Nach dem Aufwärmgeplänkel schilderte Kramer seine Motivation die Polizeiakademie zu besuchen. Schon in der Schule habe er sich als Tutor und Streitschlichter engagiert. Er wolle die Grundrechte verteidigen, Schwachen helfen und sie beschützen. Die Ermittlerarbeit sei mit Sicherheit vielseitig und spannend. Teamwork in einer Non-Profit-Organisation war sein Ding. Er freue sich auf die Mitarbeit in Hauptkommissar Pflammingers kompetenter Mann-Frau-Crew. So die Aussage von Kriminaloberrat Diethard Möller während der herzlichen Begrüßung in dessen Büro.

Hauptkommissar Pflamminger fühlte sich am sprichwörtlichen Bart gekrault und lobte nun seinerseits die gute und konstruktive

Zusammenarbeit mit dem Vorgesetzten Möller, der stets für alle Nöte und Sorgen ein offenes Ohr hatte.

Sowohl Dienstpflichten als auch die vielschichtige Ermittlerarbeit im K1 waren schnell erklärt, ebenso Lorenz Kramers Aufgabenbereich.

„Den Ermittlern zuarbeiten. Berichte und Protokolle erstellen, Recherchearbeiten im Internet, Anrufe entgegennehmen und weiterleiten, Teilnahme an Lagebesprechungen, diverser Papierkram, Laufbursche für Wichtiges und weniger Wichtiges und stets in Absprache mit Frau Lux und Frau Reischl. Noch Fragen Herr Kramer?“, sagte Pflamminger.

Kramer fuhr sich mit der Hand durch seinen braunen Kurzhaarschnitt, den seine Mutter mit deutlicher Ansage angeordnet hatte. Bis gestern hingen ihm die ungekämmten Locken über seine blauen Augen mit samtenen, dunklen Wimpern. Das stünde einem angehenden Polizeibeamten nicht gut an. Sie drückte ihm einen Geldschein in die Hand und ab ging's zum Frisör.

Praktikant Lorenz Kramer, groß, sportliche Figur, wechselte schnelle Blicke zwischen Pflamminger und Lux, schließlich sagte er: „Ja, also, das klingt jetzt nach viel Schreibtischarbeit ... kann ich denn auch mal bei Zeugenbefragungen, Vernehmungen, Ermittlungen direkt am Tatort dabei sein oder beschränken sich meine Aufgaben hauptsächlich, also quasi, sozusagen, mehr oder weniger auf interne, bürotechnische Zuarbeit?“

Abwartend sah er in die Gesichter der Vorgesetzten, mit denen er die kommenden Monate zusammenarbeiten würde.

„Hm. Eine männermordende Serienmörderin haben wir gegenwärtig nicht im Angebot“, sagte der Chef nicht ganz ernst gemeint.

„Herr Kramer, nehmen Sie nicht alles für bare Münze“, sagte Lux mit Blick auf den Chef.

„Somit sind alle Unklarheiten geklärt“, ergänzte dieser und lächelte selbstgefällig in die Runde.

Lorenz Kramers erste Aufgabe in Kooperation mit Rebecca Reischl: Recherchearbeit im Fall unbekannter Toter im Hinterhof der PORTA Bank.

Ein Mitarbeiter des Männerwohnheims in der Thurmayer Straße war sich sicher, nach dem er Bilder des Toten gesehen hatte. Es handelte sich um „Buffalo-Edi". Sein richtiger Name war Edmund Rutzmoser. Vor gut zwei Jahren hatte er aus Geldmangel seinen Teilzeitwohnsitz auf die Jahninsel verlegt. Im Winter nächtigte er in Seitennischen des Donaueinkaufzentrums. Buffalo-Edi war polizeibekannt. Mehrere Male wurde er beim Verkauf von Drogen und gepanschtem Whisky erwischt. Verwarnungen ignorierte er und wanderte schließlich für neun Monate in den Knast. Edi hatte Charme und Humor, er konnte Menschen um den Finger wickeln, mit dem Ergebnis kostenloses Essen bei Metzgern, Bäckern oder am Dönerstand zu bekommen. Ab und an jobbte er als Türsteher oder Geschirrspüler. Außerdem war er in der Stricher-Szene aktiv. War der Tote an dem versuchten Einbruch, der Beschädigung der Safe-Türen in der PORTA Bank beteiligt? Hatte er Helfer? Stammte die stinkende Hinterlassenschaft im Keller der Bank von ihm? Wer hatte ihm die Kopfverletzungen und Kratzer im Gesicht zugefügt? Hatte er sich den finalen Schuss selbst verpasst?

Die Spurensicherung fand in der Mülltonne eine Spritze mit Blut und Hautpartikeln. In Kürze würde der DNA-Abgleich mehr Licht in das rätselhafte Verbrechen im Hinterhof bringen.

6 „Frau Haller, sofort herkommen!", rief Roger Gellhoff schroff durch die offenstehende Tür.

Betti Zitzelsberger seufzte und dachte, meine Fresse, jeden Morgen grottenschlechte Laune. Wird sich der Typ jemals ändern? Wenig motiviert ging sie in Gellhoffs Büro und wurde unfreundlich empfangen.

„Habt ihr die Namen getauscht?"

„Nein ..."

„Wo ist die Hallerin?"

„Frau Haller kommt erst um neun. Sie muss die Kinder ..."

„Was soll dieser Schwachsinn?", fiel er ihr ins Wort und deutete auf ein Blatt Papier, das in der aufgeschlagenen Arbeitsmappe lag.

Frau Hallers schwierige Familiensituation kannte er, interessierte ihn aber nicht die Bohne.

„Um was geht es denn, Herr Gellhoff?", fragte Zitzelsberger vorsichtig.

„Wie kommt dieses widerliche Pamphlet in die Unterschriftenmappe? Haben Sie dafür eine Erklärung? Kommen sie gefälligst näher oder habe ich Sie schon mal gebissen?"

Betti Zitzelsberger, warme Gesichtszüge, graue Kurzhaarfrisur, mittelgroß, schlank, in drei Monaten feiert sie ihren Sechzigsten, ging auf Gellhoff zu, während er ihr mit ausgestrecktem Arm das Papier entgegenhielt und sagte: „Etwas schneller, wenn ich bitten darf!"

Zitzelsberger war wegen eines schweren Unfalls vor zwei Jahren leicht gehbehindert. Ihr linkes, lädiertes Bein war Gellhoff ein Dorn im Auge. Beinahe täglich bedachte er sie mit schrägen Blicken oder unverblümten Bemerkungen.

Zitzelsberger überflog die Seite, ihr stockte der Atem, zuckte mit den Schultern, legte das Schriftstück auf den Tisch.

„Diesen Vertrag ... sehe ich heute zum ersten Mal ..."

„Und das soll ich Ihnen glauben?"

„Herr Gellhoff, ich versichere Ihnen alles, was in die Mappe kommt, wird von mir gründlich in Augenschein genommen. Einen Vorschlag ..."

„Und der wäre?", zischte er, ohne sie anzusehen.

„Schreddern. Den Vertrag hat es nie gegeben", schlug sie vor.

Sie musste schlucken, verdrängte die aufkommende Wut. Der neue Chef erwartete Schnelligkeit, schlug häufig eine aggressive Tonart an. Das war gewöhnungsbedürftig. Nicht nur für die Chefsekretärin, sondern für die gesamte Belegschaft. Viele stöhnten unter dem selbstherrlichen Führungsstil des Direktors, der meist mit hoher Drehzahl durch die Flure sauste. Viele Mitarbeiter wünschten ihm die Pest an den Hals. Warum hatte der Vorgänger Lutz Langhofer so einem Rüpel den Vorzug gegeben? Langhofer hingegen war freundlich, höflich, verständnisvoll, hatte eine charmante Art im Umgang sowohl mit den Mitarbeitern als auch mit der Kundschaft. Roger Gellhoff praktizierte einen kaltschnäuzigen und hochnäsigen Führungsstil.

„Der Vorschlag könnte von mir sein. Shred it, forget it!"

Er erhob sich, eilte in den Raum nebenan und schob das Papier in den Aktenvernichter.

Plötzlich hörten sie Hausmeister Schlunzinger vom Flur her aufgeregt rufen. Seine laut vernehmbare Stimme übertönte das schnarrende Geratter des Schredders.

„Ist der Chef schon im Haus?"

„Bin nicht zu sprechen", bemerkte Gellhoff grimmig.

Betti Zitzelsberger stand im Türrahmen, hob die Schultern und beobachtete den Chef, der den Pseudo-Arbeitszeitvertrag für die Dauer von vier Wochen ausgestellt auf seinen Namen und von ihm unterschrieben, durch den Reißwolf jagte.

Irgendjemand hatte sich einen üblen Scherz erlaubt, dachte Zitzelsberger. Gleichzeitig waberten sorgenvolle Gedanken durch ihren Kopf, was Kurzzeitverträge für viele Arbeitnehmer bedeuteten. Ökonomisch betrachtet verschafft sich der Arbeitgeber dadurch viele Vorteile. Für Arbeitnehmer hingegen wenig erstrebenswert, vor allem für junge Menschen. Befristete Arbeitsverträge bringen oft die gesamte Lebensplanung ins Wanken. Bei Banken ist man weniger kreditwürdig. Größere Anschaffungen, wie zum Beispiel ein Wohnungskauf ist kaum realisierbar. Schwierig gestaltet sich auch die Wohnungssuche. Als Mitbewerber mit Einkommen auf Zeit fällt man bereits bei der Vorauswahl durch. Vielleicht ein Grund, warum junge Menschen immer seltener daran denken, eine Familie zu gründen? Ehe und Kinder bald nur noch ein Projekt für Reiche?

Befristete Mitarbeiter arbeiten effektiver, schneller, geräuschloser, begehren nicht auf, halten den Mund, nehmen an keiner Demonstration teil. Unbezahlte Überstunden jederzeit. Krankenstand gleich Null. Angestellte auf Zeit umkreisen nur einen Gedanken: Kommt die Verlängerung? Ja oder Nein? Wenn ja, wann? Wie lange dauert die Weiterbeschäftigung? Ein Erfolg versprechendes Druckmittel von oben nach unten. Inhumane Methoden, die in der „modernen" Arbeitswelt Abhängigkeiten schaffen und in der Folge für ein faires Miteinander innerhalb der Gesellschaft wenig förderlich sind. Und in der Konsequenz nichts Gutes verheißen.

Sollte die anonyme Zeitvertragsaktion den Chef darauf hinweisen, wie es sich anfühlt, wenn man gnädigerweise einen Kurzzeitarbeitsvertrag bekommt, selbst wenn sich der Betreffende für eine unbefristete Festanstellung beworben hatte? Mehrere Kollegen kamen ihr in den Sinn, die mit dem jungen Chef auf Kriegsfuß standen, ihn auf den Tod nicht ausstehen konnten. Aber derartige Warnschüsse aus dem Hinterhalt brachten nichts, dachte Betti Zitzelsberger.

Die aufgeregte, ihr wohlbekannte Stimme kam näher, holte sie zurück in den Büroalltag im Chefsekretariat.

„Was ist? Nicht einschlafen! Sehen sie gefälligst nach, warum der Hausmeister so unflätig plärrt ...!"

Weiter kam Gellhoff nicht. Völlig außer Atem kam Schlunzinger ins Sekretariat gehetzt.

„Chef, die neu installierte innere Panzertür ist komplett im Arsch und einige Kisten mit Inhalt sind verschwunden. Ich muss mich setzen, sonst trifft mich noch der Schlag."

Schlunzinger atmete hastig, als hätte er beim Stadtlauf teilgenommen und nach einem Kilometer aufgegeben.

„Jetzt übertreiben Sie doch nicht so maßlos", sagte Gellhoff und würdigte den aufgeregten Hausmeister mit hochrotem Kopf keines Blickes.

Zitzelsberger zog ihm schnell einen Stuhl heran. Fix und fertig fiel er auf den Stuhl, wischte sich mit einem Taschentuch Schweißperlen von Stirn und Nacken.

„Wer wollte wo einbrechen?", fragte Gellhoff und dachte an einen Aprilscherz.

Fred Schlunzinger war nicht mehr der Jüngste und angeblich dem Alkohol stark zugeneigt. Sein verschlissener, grauer Arbeitskittel war sein Markenzeichen. Die Blüte seiner Jahre hatte er hinter sich. Man munkelte, er sei krank. Magen und Leber machten ihm zu schaffen. In letzter Zeit stand ihm bei kleinsten Tätigkeiten ein Kranz Schweißperlen auf der breiten Stirn. Sein gedrungener Körperbau wurde von dem zunehmenden Bierbauch wenig ästhetisch abgerundet. Was er neuerdings unter einer um zwei Nummern größeren Arbeitskluft zu kaschieren suchte. Schon lange stand er auf Gellhoffs Altlast-Abschussliste von deren Existenz weder die Belegschaft noch der Betriebsrat etwas wusste.

Luise Haller kam aufgeregt in den Raum.

„Im Schalterraum stehen mehrere bewaffnete Polizisten?“

„Jetzt fangen Sie auch noch an! Wieso kommen Sie denn erst jetzt? Ihr ständiges Zuspätkommen geht mir so was von auf den Geist!“, herrschte Gellhoff sie an und wandte sich wieder dem stirnschwitzenden Hausmeister zu, der sich mit einer Zeitung Luft zufächelte.

„So, Herr Hausmeister, genug gewedelt. Abmarsch! An die Arbeit! Sofort!“

Die gertenschlanke Pressereferentin Trixi von Thalhussen wirbelte aufgeregt ins Sekretariat und rief: „Wir sind überfallen worden und ihr steht hier herum! Herr Schlunzinger der Aufzug ist schon wieder defekt!“

„Was? Das kann nicht sein!“, sagte er und erhob sich.

„Mensch Schlunzinger, reparieren Sie den Aufzug, sofort!“, schnauzte Gellhoff ihn an.

„Was kann ich dafür, wenn hier alles drunter und drüber ...“

Der Polizeieinsatzleiter kam in Begleitung zweier bewaffneter Uniformierter in den Raum und fragte nach dem Chef des Hauses.

„Sind Sie Roger Gellhoff?“

„Ja“, antwortete dieser kreidebleich.

Während die Polizeibeamten alle notwendigen Maßnahmen ergriffen, brachte Schlunzinger den Aufzug wieder zum Laufen und unternahm Testfahrten nach oben und in den Keller. Sein Handy läutete.

Er müsse sofort ins Krankenhaus kommen. Vor fünf Stunden wurde seine Frau ohne Ausweispapiere auf dem Krankenhausparkplatz aufgelesen und befände sich auf der Intensivstation. Ein anonymer, männlicher Anrufer habe gerade in der Krankenhauszentrale angerufen und Namen und Adresse durchgegeben. Ihr Zustand sei kritisch. Schlunzinger ließ alles stehen und liegen, berichtete dem Einsatzleiter, seine Frau habe einen schweren Unfall gehabt, liege auf der Intensivstation, er müsse sofort zu ihr.

Mit dessen Einverständnis durfte Schlunzinger in Begleitung seines Kollegen Leo Zentner den Tatort verlassen.

Das Gefühl der inneren Unruhe, es könnte etwas Schlimmes passiert sein, kam wieder hoch. Seit Monaten hatte Schlunzinger Stress mit seiner Frau. Sie drohte mit Scheidung, wenn er ihr weiterhin so kindische Vorwürfe mache. Immer öfter kam sie erst in der Morgendämmerung oder gegen Mittag nach Hause.

Was war passiert? Hatte Natascha einen Unfall? Wurde sie überfallen? Krankenhausparkplatz? Intensivstation? Anonymer Anrufer? Sorgenvolle Gedanken schossen ihm durch den Kopf. Auf der Intensivstation mussten Schlunzinger und Zentner auf die zuständige Ärztin warten. Endlich. Die junge Assistenzärztin, Ilsegret Fädele, begleitete ihn und Leo Zentner zu Natascha. Kreidebleich lag sie zwischen Hightech-Maschinen der Medizintechnik. Natascha war bewusstlos und atmete schwach. Die Infusionstherapie wurde sofort eingeleitet. Ihr momentaner Zustand sei kritisch, schilderte die freundliche Ärztin einfühlsam mit schwäbischem Akzent. Schlunzinger brachte kein Wort heraus. Nataschas Gesicht war schlaff und grau. Vorsichtig griff er nach ihrer Hand.

„Herr Schlunzinger, alles was in unserer Macht steht, haben wir getan …"

„Wird Natascha wieder gesund?", fiel er der Ärztin mit zitternder Stimme ins Wort, ohne den Blick von seiner Frau abzuwenden.

„Wir müssen den Kreislauf und die Herzfrequenz stabilisieren. Wenn uns das in den nächsten Stunden gelingt", sie lächelte zuversichtlich und fuhr fort, „dann ist ihre Frau über den Berg."

„Wird … wird sie wieder gesund?", wiederholte er sich mit Tränen in den Augen.

„Glauben Sie mir, wir werden alles Menschenmögliche tun … Herr Schlunzinger …“

Zwei Stunden später hörte Nataschas schwaches Herz auf zu schlagen. Fred Schlunzinger war am Boden zerstört, als er erfuhr, dass seine junge Frau an einem Cocktail aus Drogen und Alkohol gestorben war.

7 Verärgerte Kunden und neugierige Passanten standen vor dem Haupteingang des Bankgebäudes und diskutierten lebhaft, wollten den Grund der Schließung wissen. Heruntergelassene Jalousien? Polizeiautos im Hinterhof? Überfall? Versuchter Überfall? Vereitelter Überfall? Drei Gesetzeshüter baten die Fragenden und Herumstehenden weiterzugehen.

Das Telefon stand nicht still. Kunden, Journalisten, Nachbarn und Sensationslüsterne löcherten die Pressesprecherin Trixi von Thalhussen mit Fragen. Höflich, aber bestimmt vertröstete sie die Anrufer auf die kommenden Tage. Nach Abschluss der kriminaltechnischen Untersuchungen würde Genaueres im Netz nachzulesen sein. Der permanenten nervigen Anrufer überdrüssig, ließ sie den AB antworten.

Von Thalhussen war erst seit sieben Monaten in der Bank. Davor hatte sie zehn Jahre lang Kommunikationswissenschaften, Public Relation und Amerikanistik in Hamburg und Los Angeles studiert. Mit dem Chef kam sie gut klar, anders formuliert mehr als das, was im Haus hinter vorgehaltener Hand schnell die Runde machte.

Der Bankdirektor war für niemanden zu sprechen. Die strikte Parole an die gesamte Belegschaft lautete: Keine Informationen nach draußen! Sollte sich ein Mitarbeiter doch verleiten lassen, einem Reporter Rede und Antwort zu stehen … fristlose Kündigung. Telefonische Anfragen mussten von den Chefsekretärinnen Haller und Zitzelsberger geschickt und wohlüberlegt pariert werden.

Mehrmals versuchte Gellhoff seine Frau Verena ans Telefon zu bekommen. Jedes Mal antwortete die automatische Stimme der Schwiegermutter, die er auf den Tod hasste. Wütend und verzweifelt trommelte er mit beiden Fäusten auf die Tischplatte, was Haller bewog nachzufragen, ob alles in Ordnung sei.

„Machen Sie die Tür zu, aber von außen!", antwortete er mit gepresster Stimme, „äh … Frau Haller … hat meine Frau bei Ihnen oder bei Frau Zitzelsberger angerufen?", fragte er monoton mit einem in die Ferne gerichteten Blick durchs Fenster.

„Nein."

„Falls sie anruft, sofort durchstellen."

Er griff nach seinem Handy und tippte eine Nummer.

Haller zog leise die Tür hinter sich zu.

„Wenn der so weitermacht, dann Gnade uns Gott", flüsterte sie ihrer Kollegin kopfschüttelnd zu.

„Der ist überfordert, privat wie beruflich", kommentierte Zitzelsberger mit gedämpfter Stimme.

Das Team der Spurensicherung arbeitete mit Hochdruck vom Keller bis hinauf zur Hausmeisterwohnung im vierten Stock. Nach genauer Überprüfung fehlten zweihundertfünfzigtausend Euro. Vermutlich gelangte der Dieb durch Umgehung der alarmgesicherten Außentüren hinunter zum Hauptsafe und schaffte so problemlos die drei prall gefüllten Transportkisten nach draußen. Pflammingers Kollegen vom Einbruchsdezernat befragten all jene Mitarbeiter, die Zugang zu den Safe-Räumen hatten.

Im Nachbargebäude, ein Versicherungsunternehmen, wurde eine umfangreiche Befragung nach eventuellen Verdachtsmomenten und Auffälligkeiten durchgeführt. Der Gebäudekomplex war nachts menschenleer dafür mit mehreren Ü-Kameras bestückt. Zwischen achtzehn und sechs Uhr morgens kam der Wachdienst alle drei Stunden angefahren und warf einen prüfenden Blick auf den beleuchteten Hinterhof des Bankhauses. Die Zufahrt zur Tiefgarage führte direkt an der hohen trennenden Betonwand der PORTA Bank entlang, einerseits geeignet die Geldkisten mithilfe einer Leiter über die Wand zu hieven, um dann mit einem dort wartenden Fluchtauto zu türmen. Andererseits wegen der Videokameras und taghellen Flutlichtanlage ziemlich aussichtslos nicht entdeckt zu werden. Außer jemand war in der Lage, die Sicherheitstechnik für gewisse Zeit auszuschalten. Aber das wiederum würde einen Alarm bei der nächsten Polizeidienststelle auslösen oder eine Störung anzeigen. Sowohl das große Versicherungsgebäude nebendran, als auch die PORTA Bank waren mit modernster Sicherheitstechnik ausgestattet mit direktem Anschluss zur nächsten Polizeistation.

Weder Mitarbeiter vom Nachbarbürohaus, noch deren wachhabenden Securitys der Sicherheitsfirma Ranftl & Kressbrunner, die auch für die PORTA Bank zuständig waren, konnten den Polizeibeamten einen verdächtigen Hinweis liefern.

Fünf große Müllcontainer befanden sich unter einer Überdachung. Dahinter eine zwölf Meter hohe Hauswand. Das angrenzende Gebäude war ein stadtbekanntes Hotel. Die Rezeption war rund um die Uhr besetzt und die beiden diensthabenden Angestellten hatten nicht das leiseste Geräusch wahrgenommen, das der Polizei weiterhelfen konnte. Ein Rezeptionist ging alle drei Stunden zum Rauchen vor die Tür und ein paar Schritte am Bankhaus entlang. Hatte er Auffälliges oder Verdächtiges gehört oder gesehen? Fehlanzeige.

Gegenüber, West- und Südseite Fußgängerzone, Geschäfte, Cafés, Büros. Folglich war spätestens nach zweiundzwanzig Uhr tote Hose.

Fred Schlunzingers Wohnung unterm Dach der Bank? Er war zuhause, er könnte was mitbekommen haben. Dass seine Frau in den letzten Monaten meist aushäusig schlief, ließ Schlunzinger bei der ersten Befragung unter den Tisch fallen. Das ginge die Polizei einen feuchten Kehricht an.

Was Schlunzinger, der manchmal das Gras wachsen hörte, nicht im Entferntesten ahnte, seine Wohnungssituation war ein Auslaufmodell. Der Rauswurf aus der Mansardenwohnung mitten in der Altstadt stand auf Gellhoffs geheimen Masterplan ganz oben. Ein

Relikt aus der Steinzeit und der behäbige Fred Schlunzinger gehörte in Kürze der Vergangenheit an. Dessen Tätigkeitsbereich würde ein junger Facility Manager übernehmen. Basta! Der geniale Umstrukturierungsplan, die radikale Neuausrichtung der PORTA Bank, war bereits akribisch ausgearbeitet und wurde im privaten Giftschrank verwahrt.

Der Zeitpunkt der Präsentation und Realisierung nahte. Es motivierte und stimulierte den erst kürzlich zum Bankdirektor aufgestiegenen Roger Gellhoff, wenn er nur daran dachte.

Die Presse überschlug sich mit den Meldungen des Tages. Alle Print- und TV-Medien berichteten von dem erst gescheiterten Einbruch, dem toten Obdachlosen Edmund Rutzmoser, dem zweiten erfolgreichen Einbruch und von Natascha Schlunzingers tragischem Tod.

Was Direktor Gellhoff mit aller Macht verhindern wollte, war eingetreten. Mehrere Nackenschläge in so kurzer Zeit ausgerechnet zu Beginn seiner Chefkarriere? Er war außer sich. Der Start war alles andere als gelungen. Jemand gönnte ihm die Blitzkarriere nicht. Vielleicht der um zehn Jahre ältere Stellvertreter Johann Gschwendtner, den er für völlig unfähig hielt und vom ersten Tag an nicht ausstehen konnte? Wenn Gschwendtner sein doppeltes Spiel nicht ablegte, würde er die Reißleine ziehen und ihn in die Wüste schicken müssen. Der schmierige Typ, dieser Loser war felsenfest überzeugt gewesen, der neue Bankdirektor zu werden. Aber Gellhoff war nun mal schneller und eloquenter, konnte den Vorgänger um den Finger wickeln. Verdammt, wer könnte ihm derartige Brocken vor die Füße werfen? Waren andere Geldhäuser in der Stadt neidisch auf die Erfolge des Jungbankers? Er würde es herausfinden, schwor er sich. Jetzt hieß es die Zähne zusammenbeißen und mit voller Schubkraft in die Zukunft arbeiten. Jeder Kapitän konnte mit seinem Schiff in stürmische See geraten. Scheiß auf die sensationslüsterne Presse! Die Menschen vergessen schnell. In zwei Wochen war Gras darüber gewachsen, machte er sich Mut, obwohl große Zweifel an ihm nagten. Düstere Gedanken aus der Vergangenheit holten ihn ein, bohrten und hämmerten in seinem Kopf. Himmel noch mal! Diese widerlichen Ereignisse waren kein Zufall. Jemand sägte an seinem Stuhl. Irgendwelche Neidhammel machten mobil, wollten ihn zu Fall bringen?

Vor kurzem wurde ihm zugetragen, sein Stellvertreter halte Gellhoff für den verantwortungsvollen Posten gänzlich ungeeignet. So dachte auch die Mehrheit der Abteilungsleiter? Die Belegschaft, allen voran ältere Mitarbeiter trauerten dem Vorgänger nach. Der gute, alte Lutz Langhofer, der über vier Jahrzehnte die Geschicke des Bankhauses vorbildlich gelenkt hatte. Das spürte der dünnhäutige Nachfolger an jeder Ecke, bei zufälligen kurzen Gesprächen im Flur oder im Aufzug, denen er sich stets fluchtartig entzog. Verdammt, die Ära des Alten war nun mal Geschichte!

Herr Gellhoff, ihr Vorgänger hätte ganz anders entschieden ... zu Langhofers Zeiten wäre so etwas nicht vorgekommen ... da hatte der Betriebsrat noch ein gewichtiges Wörtchen mitzureden ... bei noch mehr Überstunden steigt auch der Krankenstand ... wenn Sie immer mehr Leiharbeitskräfte in die Bank holen, diese nach einigen Monaten gegen neue eintauschen, sinkt die Arbeitsmoral und die Qualität unserer Finanzdienstleistungen ... und so weiter und sofort ...

Gellhoff konnte dieses in der Vergangenheit verharrende Gejammer nicht mehr hören, es brachte ihn auf die Palme. Sein diagnostisches Fazit: Typische Starrköpfigkeit und Lernunfähigkeit von Zeitgenossen ab fünfundvierzig! Das hätten namhafte amerikanische Arbeitspsychologen in langjähriger Feldforschung herausgefunden. Davon war Gellhoff überzeugt und ließ sich von seinem Vorhaben nicht abbringen, die Belegschaft erheblich zu verschlanken.

Nun lag es an ihm, das Schiff wieder in ruhiges Fahrwasser zu steuern, um seine Pläne zügig umsetzen zu können. Er musste jetzt präsent sein, den Überblick behalten und schnellstens positive Ergebnisse liefern. Erfolg war das einzige, um widrige Vorfälle schnell vergessen zu machen. Das habe er bereits im ersten Semester seines Studiums in „International Banking" gelernt. Misserfolge wegstecken, sofort das Ruder herumreißen und entschlossen den Macher geben.

Interviews lehnte er strikt ab. Alle waren gefordert, gierige Vertreter der Journaille in Schach zu halten. Innerhalb kurzer Zeit mussten die Chefsekretärinnen ein zweites Mal Dienstanweisungen von höchster Priorität an die gesamte Mitarbeiterschaft versenden. Eingangsbestätigung unverzüglich. Die unerfreulichen Vorfälle würden sich schnell klären und der normale Arbeitsalltag einkehren. Ein Gewinner dürfe niemals einen Verlierergedanken zulassen, wie sein Lieblingsprofessor bei durchzechten Nächten auf dem Campus den Studenten nachhaltig einschärfte. Gellhoffs Studienabschlüsse in London, Boston und Hongkong, ebenso Praktikas bei namhaften Geldhäusern in New York und Tokio, hatten ihn auf das rauer werdende Bank-Business bestens vorbereitet. Die Pechsträhne würde er meistern und gestärkt aus der ... das Wort Krise nahm er nicht in den Mund. Er würde die kriminellen Elemente, die die Bank um zweihundertfünfzigtausend Euro erleichtert hatten, finden und dingfest machen. Heimlich verfasste Gellhoff eine Liste verdächtiger Personen. Seiner festen Überzeugung nach wurde der Geldraub von Mitarbeitern durchgeführt. Wollten sie ihm einen Warnschuss vor den Bug geben?

Hauptkommissar Pflamminger und seine Assistentin Lux besichtigten in Begleitung des Bankdirektors den Tatort. Sie gingen durch die Safe-Räume und kurz zu der Stelle im Hinterhof, an der Edmund Rutzmoser vor drei Tagen von Fred Schlunzinger entdeckt worden war. Der gerade überstellte Befund aus der Rechtsmedizin bestätigte Unerfreuliches: Edmund Rutzmoser hatte Unmengen Alkohol etwa vier bis sechs Stunden vor seinem Tod konsumiert. Am linken Unterarm konnte eindeutig, neben mehreren alten Stichen, eine frisch gesetzte Spritzwunde festgestellt werden. Der finale Schuss Heroin? Außerdem hatte der Tote Schürfwunden im Gesicht. Am rechten Schulterblatt und auf dem Rücken und am Hinterkopf wurden deutliche Hämatome diagnostiziert. Vermutlich mit einem stumpfen Gegenstand zugefügt. Gellhoffs Gesichtsfarbe wurde aschfahl, als der Hauptkommissar the bad news mitteilte. Todesursache? Heftige Schläge auf den Kopf eines Wehrlosen.

8 Welcher gottlose Mensch hatte Natascha Schlunzinger auf dem harten Boden eines Parkplatzes abgelegt und nicht sofort in die Notaufnahme gebracht?

„Herr Doktor, Alkoholvergiftung … ist … ist doch kein Grund zu … zu sterben", stammelte Schlunzinger mit feuchten Augen.

Als ihm der Arzt die Ursachen und Gründe erläuterte, die zum Tode seiner Frau führten, wollte er es nicht glauben. Seine geliebte Natascha rührte nie einen Tropfen Alkohol an. Na ja, ab und an trank sie gerne mal ein Pils, rekapitulierte er in Gedanken den Alkoholkonsum seiner Frau.

„Ihre Frau hat Drogen genommen und nicht zu knapp", sagte Doktor Kugler sachlich und sah Schlunzinger fragend an.

Empathie konnte sich der Mediziner aus Zeitgründen nicht leisten. Er nahm seine schmale Brille ab, setzte sie wieder auf, schielte kurz auf die Armbanduhr, dann wieder auf Fred Schlunzinger.

Dieser ließ nicht locker und sagte unverständlich: „Herr Doktor, das muss eine Verwechslung sein … Drogen, niemals! Dafür lege ich meine Hand ins Feuer. So ein Teufelszeug hat Natascha nicht … nein … nie … niemals …!"

Er atmete schwer, schüttelte fortwährend den Kopf und suchte in den Hosentaschen nach einem Taschentuch.

„Tut mir leid, Ihnen das sagen zu müssen, aber ihre Frau hat über einen längeren Zeitraum wahrscheinlich über mehrere Jahre Drogen konsumiert. Die letzte Dosis Heroin war bedauerlicherweise gepanscht", sagte der Arzt und schielte wieder auf die Uhr.

„Was? Nein und nochmals nein! Aber … aber …", flüsterte Schlunzinger mit versagender Stimme und hilflosem Blick ins Leere.

„Herr Schlunzinger, Sie müssen jetzt sehr stark sein."

„Was denn noch?"

Am liebsten hätte er sich die Ohren zugehalten.

„Ihre Frau war im dritten Monat schwanger. Ich nehme an, Sie wussten …?"

"Schwa … schwanger?"

Schlunzinger wischte sich mit dem Taschentuch den Schweiß

von der Stirn. Natascha erwartete ein Kind? Das war zu viel für ihn. Es brach ihm schier das Herz. Sein Freund und Kollege Leo Zentner legte den Arm um seine Schultern, versuchte ihn zu trösten.

„Der Chef und seine noblen Freunde haben meine Natascha mit Drogendreck gefügig gemacht", sagte er zornig mit einem Gefühl, als läge er unter einem tonnenschweren Betonblock und spürte weder Druck noch Schmerzen.

„Fred, das tut mir so leid", sagte Zentner mitfühlend.

Schlunzinger ballte die Fäuste, schluckte mehrere Male und sagte: „Leo, der Gellhoff ist so eine perverse Drecksau!"

Irritiert sah der Arzt auf Schlunzinger, räusperte sich und sagte: „Herr Schlunzinger, ich glaube das gehört nicht hierher. Sollten Sie noch Fragen haben, können Sie jederzeit bei meiner Stationsleiterin Frau Tschupke anrufen. Es tut mir außerordentlich leid. Herr Schlunzinger, viel Kraft!"

Schlunzinger schnäuzte ins Taschentuch und bemerkte nicht wie der Arzt schnellen Schrittes hinter der automatisch auseinander gleitenden Schiebetür entschwand.

Schlunzinger war bis ins Mark getroffen und konnte keinen klaren Gedanken fassen. Er ließ sich von seinem Freund Leo, den er um eine gute Kopflänge überragte, willenlos zur nächsten Bank führen. Er setzte sich, wusste nicht, ob er wach war oder träumte.

„Natascha hat doch nur Blumen gegossen und das Haus sauber gehalten."

Leo Zentner kam schnell ins Schwitzen und setzte sich neben seinen verzweifelten Freund, seufzte tief und sagte leise: „Blumen gegossen? Sie war Wachs in seinen Händen! G'vögelt hat er …!"

„Ja, wie redest du über meine Natascha?"

„Ist mir so rausgerutscht. Tut mir leid."

„Natascha war schwanger? Und jetzt ist sie tot … Leo, das überlebe ich nicht. Ich geh' in die Donau, aber vorher werde ich mir den Gellhoff vorknöpfen. Er und seine Banditen im feinen Zwirn haben ihr diesen Drogenscheißdreck verabreicht. Die sogenannten besseren Herren haben meine Natascha auf dem Gewissen!"

9 Die neue Möblierung des geräumigen Chefbüros war modern und kühl gehalten. Mit einer Handbewegung bat Gellhoff die Ermittler, denen er am liebsten Hausverbot erteilt hätte, auf den Clubsesseln Platz zu nehmen. Präventiv ließ sich der verunsicherte Banker eine Beruhigungsspritze von seinem Hausarzt geben. Ihn bringe so schnell nichts aus der Fassung, so die Botschaft nach außen. Selbstbewusst und entschlossen den Mitarbeitern entgegentreten, den Überblick behalten und besonnen handeln. Seine Innenwelt war für die Außenwelt tabu.

„Was für tragische Schicksalsschläge manche Menschen ereilt. Herr Schlunzinger ist wirklich zu bedauern", begann Gellhoff in mitfühlender Tonlage.

Natascha Schlunzingers plötzlicher Tod war nicht der Grund dem Bankdirektor erneut einen Besuch abzustatten. Pflamminger nahm dem fahrig wirkenden Gellhoff das zum Ausdruck gebrachte Mitleid für seinen Hausmeister nicht ab.

Er machte einen harten Schnitt.

„Die neue Alarmanlage", sagte er unvermittelt, „samt Videoüberwachung hat versagt oder wurde vielleicht kurzzeitig abgeschaltet und Herr Schlunzinger im obersten Stock hat nicht das leiseste Geräusch mitbekommen?"

Gellhoff wechselte zwischen den Ermittlern schnelle Blicke.

„Was wollen Sie damit sagen, auf was wollen Sie hinaus?"

Der Hauptkommissar fasste die neuesten, unerfreulichen Vorfälle im Bankhaus zusammen, dabei ließ er Gellhoff nicht aus den Augen.

Tja, unverhofft kommt oft. Wegen ermittlungsrelevanten Gründen waren die Kripobeamten wiederholt vor Ort, um dem Chef der PORTA Bank auf den Zahn zu fühlen.

Den vorliegenden Fall zügig abschließen, war Pflammingers Vorsatz bis gestern. Für den entstandenen Kollateralschaden war die Versicherung zuständig.

Aber Edmund Rutzmosers Obduktionsbefund brachte eine neue Ausrichtung in die unerklärlichen Vorkommnisse innerhalb kürzester Zeit.

Der Tote zwischen den Mülltonnen wurde mit einem stumpfen Gegenstand brutal erschlagen.

Roger Gellhoff reagierte distanziert und abwartend. Der Tod eines Obdachlosen, na und?

„Was für tragische Schicksals ... -schläge manche Menschen ereilt", sagte Lux den Banker taxierend.

Gellhoff quittierte die spitzfindige Wiederholung seines Satzes mit einem missbilligenden Blick. Schnell wandte er sich dem Chefermittler zu und sagte: „Hm, hm, hm, es könnte sich um ausgefuchste organisierte Banden aus Osteuropa handeln, spezialisiert auf Geldhäuser?"

Den gewaltsamen Tod von Edmund Rutzmoser ließ er kurzerhand unter den Tisch fallen, als handele es sich um lästiges, krankheitsübertragendes Ungeziefer, das nachhaltig beseitigt werden musste.

„Europol, Grenzübergänge, Flughäfen europaweit, vor allem Ost- und Südosteuropa, und darüber hinaus, ebenso die Türkei sind informiert. Die Fahndung läuft auf vollen Touren. Leider gibt es noch keinen brauchbaren Hinweis oder eine Spur, die die Ermittlungen voranbringen könnten", sagte Lux.

Gellhoff sah Lux ungläubig an, verschlang die Finger ineinander und knetete unentwegt seine Hände durch, als seien sie eingeschlafen. Er stieß einen langen Seufzer aus und sagte: „Es ... es ist unsäglich! Ausgerechnet mir muss das passieren. Himmel Herrgott noch mal."

Der Jungbanker mit blondem, fülligem Kurzhaarschnitt sprang vom Stuhl hoch und ging nervös im Büro auf und ab. Erst vor einigen Tagen wurde das Chefzimmer mit stylischen Möbeln bestückt. Die vier dunkelbraunen Clubsessel samt Rauchertisch von seinem Vorgänger würden in Kürze einem Hightech-Konferenztisch weichen. Der neu verlegte hellbeige Teppichboden erfüllte den Raum mit einem Restaroma von Dispersionskleber.

„Herr Gellhoff, kopfloses Handeln gepaart mit operativer Hektik hilft weder Ihnen noch uns und bringt uns keinen Schritt weiter", sagte Pflamminger in ruhiger Tonlage.

Gellhoff blieb ruckartig stehen, verschränkte seine Arme, blitzte Pflamminger giftig an und hatte Mühe sich zu beherrschen. In seinem vor Zorn gerötetem Gesicht war zu lesen *stecken Sie sich ihre bescheuerten Ratschläge sonst wo hin!*

Seine finstere Miene verwandelte sich schnell in ein gequältes Lächeln.

„Na, Sie haben gut reden. Wie stehe ich denn jetzt da. Die Belegschaft, die ganze Stadt lacht über mich. Wahrscheinlich verliere ich meinen Chefposten schneller ...“

Er setzte sich wieder, rieb seine Handflächen intensiv aneinander und sah dabei aus dem Fenster.

Es klopfte. Gellhoff reagierte nicht. Die Tür öffnete sich einen Spalt. Chefsekretärin Haller fragte freundlich nach, ob weitere Getränke gewünscht werden.

„Nein!“, herrschte Gellhoff sie an, „Entschuldigen Sie, meine Nerven! Ja, Tee ... Danke.“

„Ich nehme auch eine Tasse“, sagte Pflamminger freundlich und wandte sich Gellhoff zu, der seine Handflächen rieb als wollte er Feuer entfachen.

Haller ging ins Sekretariat zurück.

„Seine Nerven! Und unsere Nerven?“, seufzte Haller angefressen und ließ sich auf ihren Stuhl fallen.

Luise Haller war beliebt im ganzen Haus und arbeitete schon viele Jahre in der Bank. Aber mit dem oft schlecht gelaunten neuen Chef machte ihr die Arbeit weniger Spaß. Seit geraumer Zeit war sie heimlich auf der Suche nach einem neuen Arbeitgeber. Aber mit vierundvierzig und als alleinerziehende Mutter zweier halbwüchsigen Mädchen hagelte es bisher Absagen. Kollegin Zitzelsberger war in Hallers Vorhaben eingeweiht und alles andere als begeistert. Sie waren ein perfektes Team. Jede hatte ein offenes Ohr für Sorgen und Nöte der anderen. Zitzelsberger hoffte, Kollegin Haller möge sich eine vorschnelle Kündigung noch mal gut überlegen.

„Ärgere dich nicht. Wenn der so weiter macht? Vielleicht wirft er bald das Handtuch und geht wieder zurück nach London“, sagte Zitzelsberger und stellte ihrer Kollegin eine Tasse Tee neben den Computer.

„Südamerika oder Neuseeland. Je weiter weg, desto besser", sagte diese und nahm einen Schluck.

Gellhoff lehnte sich zurück, sah eine Weile mit nervösen Augenlidern und geweiteten Pupillen geistesabwesend durch das große Fenster und begann vielsagend: „Nun ja ... organisierte Banden hin oder her, hm, hm, hm, alle können es gewesen sein."

Er sagte es mit einem lauernden Blick auf den Kripobeamten.

„Sie sprechen in Rätseln. Wer ist oder wer sind Ihrer Vermutung nach alle?", fragte der Hauptkommissar.

Es klopfte wieder. Haller brachte ein Tablett mit Tassen und einer Kanne Melissentee darauf, und stellte es auf den Tisch.

„Danke ... und bitte stören Sie uns nicht mehr."

Sie nickte freundlich und zog leise die Tür hinter sich zu.

Lux musste sich das Lachen verkneifen. Ihr Chef trank nie Melissentee. Verlangten seine Nerven plötzlich danach oder ging ihm dieser Fall nahe? Mal sehen, wohin es ihn nach der Befragung zog. Sie tippte auf den nächsten Coffeeshop.

Lux übernahm das Einschenken, während Gellhoff immer noch überlegte, wahrscheinlich gut überlegte, was er sagte und was er besser für sich behielt.

Sein Rechtsanwalt war informiert und sollte jeden Moment eintreffen. Am Telefon riet dieser, wenig bis nichts zu sagen. Aber Deutschlands jüngsten Bankdirektor dynamisch, eloquent, von sich überzeugt, drängte es auch ohne Rechtsbeistand die peinlichen Vorfälle so schnell als möglich aus seiner Sicht zurechtzurücken.

„Herr Pflamminger, ich habe da so einen Verdacht", sagte er betont langsam.

Sein angestrengter Blick wirkte beinahe bedrohlich.

„Na, dann lassen Sie mal hören, wir sind ganz Ohr", sagte der Chefermittler, nahm einen sparsamen Schluck Tee mit einem verächtlichen Blick zu seiner Assistentin. Er ahnte, was sie dachte.

„Was ich sagen möchte. Also die Ereignisse der vergangenen

Tage ... sagen wir mal so ... könnten eine Racheaktion sein, zielgenau gegen mich gerichtet ...?“

„Haben Sie Feinde in der Bank oder im privaten Umfeld?“, ging Pflamminger spontan dazwischen, was wieder nicht gut ankam.

„Lassen Sie mich ausreden“, sagte er eine Spur zu laut.

Er bereute es sofort und wechselte in einen halbwegs freundlichen Gesichtsausdruck.

„Noch mal, die dilettantischen Möchtegerneinbrecher müssen nicht unbedingt vom Ausland kommen. Es könnten Mitarbeiter sein, die mit meiner Ernennung zum Direktor nicht einverstanden sind. Können Sie mir folgen? In diese Richtung sollten sie zuallererst ermitteln“, sagte er trotzig, seine stahlblauen Augen auf den Hauptkommissar gerichtet.

So sehr Gellhoff auch versuchte seine innere Unruhe zu verbergen, es gelang ihm nicht.

Pflamminger schob die Unterlippe nach vorne, glaubte sich verhört zu haben, sah dabei konzentriert in die Tasse mit dem restlichen beruhigenden Gesundheitstee, dessen Geruch ihn an Kräuter in seinem Garten erinnerten.

„Herr Gellhoff, der Schuss könnte nach hinten losgehen!“, betonte Pflamminger mit fester Stimme.

Er wunderte sich über den smarten Banker, der sorglos oder vielleicht bewusst die Mitarbeiter mit schmutzigen Verdachtsmomenten bewarf und die Gerüchteküche befeuerte. Gerüchte waren schließlich dazu da, egal wie dick der Absender auf die Tube drückte, dem Gegner Angst einzujagen. In der Hoffnung, als Nebeneffekt ihn zum Schweigen zu bringen, ob richtig oder falsch war völlig egal. Eine Spur Dreck blieb immer kleben.

„Und Edmund Rutzmoser, der Tote zwischen den Müllcontainern? Das Papier an der Tür mit der unverhohlenen Drohung? Und das entwendete Geld? Ein Rachefeldzug? Ist Ihre These nicht etwas gewagt?“, gab Lux dem aalglatten Eliteuni-Graduierten zu bedenken.

Mit einem breiten Lächeln lehnte sich Gellhoff im Clubsessel weit zurück, klatschte mit den Händen auf die Oberschenkel und sagte: „Ach, den ersten Teil, wehrte Frau Lux, habe ich bereits vergessen. Was irgendwelche Spinner an die Türen schmieren oder vielleicht im Netz über mich verbreiten, interessiert mich nicht im Geringsten.“

Schnell beugte er sich nach vorne und gönnte sich einen Schluck Tee mit vornehm abgespreizter Fingerpose.

Gellhoffs Telefon läutete. Er schoss hoch, ging ran und meldete sich. Sein angesäuerter Gesichtsausdruck und tiefer Seufzer verrieten ungute Nachrichten. Das Gespräch war kurz und knapp. Gellhoff kam wieder an den Tisch und berichtete, sein Anwalt könne leider nicht kommen. Auf dem Weg durch die Innenstadt sei ihm in Bahnhofsnähe ein Vollidiot in seinen Porsche SUV hinten reingeknallt. Ziemlicher Blechschaden am Heck. Der Fahrzeughalter, ein impulsiver und aufgeblasener Schnösel aus Österreich. Sein demolierter Wagen müsse abgeschleppt werden. Er melde sich wieder.

Pflamminger griff den roten Faden wieder auf und fragte: „Trauen Sie den Geldraub einem oder mehreren Personen innerhalb ihrer Belegschaft zu?“

Die Ermittler waren erstaunt über die Behauptungen des Jungdirektors, der seine Mitarbeiter als potentielle Täter in den Fokus der Ermittlungen zu rücken versuchte, anders gesagt, eiskalt anschwärzte.

Und er? War er über jeglichen Verdacht erhaben? Gellhoff wäre nicht der erste, der die ihm anvertraute Bank um einige Euros erleichterte. Manchmal geschehen derartige Transaktionen in Absprache mit kreativen Bilanzbuchhaltern, die hohe Summen in dunklen Kanälen verschwinden lassen, mit prozentualer Beteiligung verstand sich.

„Mit Sicherheit waren es mehrere. Einer würde das in der Kürze und Perfektion nicht schaffen“, unterstrich Gellhoff seine spekulative Unterstellung.

„Der oder die Täter müssten sich im Haus gut auskennen, über einen Generalschlüssel verfügen, die Alarmanlage und die Überwachungskameras manipulieren oder einen Stromausfall vortäuschen können", mutmaßte der Chefermittler und sah sein Gegenüber fragend an.

Pflamminger und Lux drängte sich ein Parallelgedanke auf. Sollten sie auf eine falsche Fährte gelockt werden?

„Richtig erkannt, Herr Hauptkommissar. Und außerdem würde sich die Personenzahl der Verdächtigen stark eingrenzen lassen. Es gibt nicht viele, die über das nötige Know-how verfügen. Als da wären, unser allseits beliebter Hausmeister Fred Schlunzinger, unser engagierter Leo Zentner nebst Harry Grammel. Vielleicht sogar in Kooperation mit der Geldshuttle Firma Weihrauch & Pfundmayer. Jetzt sind Sie platt, wie?"

„Wir werden den Hinweisen nachgehen und die Personen überprüfen", sagte Pflamminger und tauschte skeptische Blicke mit seiner Assistentin.

So richtig in Fahrt schob Gellhoff gleich noch einen Auftrag hinterher: „Meine Herrschaften, ich fordere Sie hiermit auf und das ist eine Dienstanweisung! Die genannten Personen am besten sofort in U-Haft zu nehmen!"

Er sagte dies im Befehlston-Modus und wechselte sofort in ein im Businesskommunikationskurs eingeübtes Lächeln, dass es einen fröstelte.

Franziska Lux glaubte sich verhört zu haben und grinste.

„Sagten Sie Dienstanweisung?"

Sie sah kurz zu ihrem Chef. Der nickte leicht, was bedeutete: Machen Sie weiter.

„Herr Gellhoff, Ihnen ist doch klar, als oberster Chef und Inhaber des Generalschlüssels, haben Sie sich gerade ein gewaltiges Eigentor geschossen ..."

„Wie bitte?"

Schnell unterdrückte er seine Wut über die Kommissaranwärterin Lux. Er schluckte mehrere Male, biss sich auf die Lippen, setzte ein verlegenes Lächeln auf, um sich nicht zu Äußerungen hinreißen zu lassen, die er eine Sekunde später bereuen würde.

„Sie gehören zu dem überschaubaren Kreis verdächtiger Personen“, sagte Lux und bemerkte, wie sein gestyltes Lächeln mit einem Schlag in sich zusammenfiel.

„Sie sind ein Fall für die Kriminaltechniker. Alibi, Fingerabdrücke, DNA, Spuren sichern und einiges mehr“, ergänzte Pflamminger gelassen.

„Ich verbitte mir ...!“, empörte er sich mit angespanntem Gesichtsausdruck.

„Sie wissen genau, wovon wir sprechen“, legte Lux forsch nach.

Noch weitere zweifelhafte Rechtfertigungsblablabla oder Münchhausenstorys und ich breche zusammen, dachte Lux genervt.

„Kannten Sie den Toten zwischen den Mülltonnen privat oder war er Kunde ihrer Bank?“, konfrontierte der Hauptkommissar ihn wie aus der Hüfte geschossen.

Den Toten im Hinterhof schien Gellhoff offenkundig mit Macht zu verdrängen. Er geriet etwas aus der Fassung, verhielt sich leicht irritiert und sagte: „Was ... was habe ich mit dem Toten zu schaffen?“

„Schon vergessen oder verdrängt?“

„Ich darf doch sehr bitten! Ihr Job ist es, das Ganze schnellstens aufzuklären!“

Gellhoff fühlte sich im bequemen Sessel zunehmend unwohl und sah mit hasserfülltem Blick aus dem Fenster, was Pflamminger und Lux verwundert registrierten.

„Herr Gellhoff, wo waren Sie vor drei Tagen zwischen Mitternacht und morgens sechs Uhr?“, fragte Pflamminger in freundlichem Tonfall.

Der Angesprochene setzte sich aufrecht hin, seine Augenlider zuckten nervös, er erhob sich, setzte sich wieder, schlug die Beine übereinander und sagte bemüht ruhig: „Ich war Zuhause in meinem Bett. Warum fragen Sie?“

„Reine Routine. Gibt es Zeugen?“

„Ja, gibt es“, antwortete er grimmig, dabei die Handinnenflächen aneinanderreibend.

„Name, Adresse, Telefonnummer“, fragte Lux weiter.

Nervös rutschte er im tiefen Sessel hin und her und sagte kleinlaut: „Den Rest regelt mein Anwalt.“

„Name, Adresse, Telefonnummer?“, ließ Lux nicht locker.

Er kaute auf seiner Unterlippe, wäre am liebsten aus der Haut gefahren und hätte die Besucher nur zu gerne mit einem Arschtritt verabschiedet. Er rang mit sich und sagte monoton: „Der Name der Zeugin bleibt unter uns!“

„Kein Wort“, sagte Lux schnell.

„Also ... eine Mitarbeiterin“, raunte er mit verlegenem Blick.

„Name?“, sagte Lux ungeduldig.

„Frau von Thalhussen“, antwortete er leise.

Er steckte seine Hände in die Hosentaschen und ballte sie zu Fäusten.

„Herr Gellhoff, besten Dank für das Gespräch. Wir werden in *alle* Richtungen ermitteln.“

Pflamminger erhob sich, streckte dem verunsicherten Banker die Hand entgegen.

„Das war’s schon?“, sagte dieser erleichtert.

„Für heute“, antwortete Pflamminger und grinste.

Was bedeutete, Freundchen so wie es aussieht, waren wir nicht das letzte Mal in der Chefetage der PORTA Bank.

„Und wie geht es jetzt weiter? Ah, da wäre noch was ... Herr Pflamminger, ich habe es mir gründlich überlegt. Also die Anzeige gegen Unbekannt wegen Gelddiebstahl, Sie verstehen, ziehe ich hiermit zurück. Lassen Sie mir den Bericht der Spurensicherung zukommen, den benötigen wir für die Versicherung. Wir sind gut, um nicht zu sagen, sehr gut versichert. Den Rest regle ich intern. Glauben Sie mir, ich kenne meine Pappenheimer. Und vielen Dank, dass Sie sich noch mal herbemüht haben.“

Er schüttelte beiden zuvorkommend die Hand.

„Das ist unser Job“, sagte Pflamminger.

„Nun ja, Herr Hauptkommissar, nach diesen wenig prickelnden Vorkommnissen muss ICH den Laden zusammenhalten, muss meine Premium-Kunden beruhigen und mich um meinen arg gebeutelten Hausmeister kümmern. In Kürze wird alles wieder seinen gewohnten Gang nehmen. Ich zähle auf Sie und ihre kompetente Mitarbeiterin. Ich wünsche Ihnen einen schönen Tag."

Er holte zwei Visitenkarten aus seinem Schreibtischfach und hielt sie Pflamminger entgegen.

„Danke, haben wir bereits."

Er lächelte beide charmant an, als wollte er sie zum nächsten gemeinsamen Kegelabend einladen.

„Ach ja, beinahe hätte ich es vergessen ..."

„Ja."

„Eine kostenlose, optimale Beratung, einen zinsgünstigen Kredit ... kein Problem. Rufen Sie an, gerne auch privat, any time, day and night ready for the big business", sagte Gellhoff mit mehrmaligem Augenzwinkern.

„Besten Dank."

Eine kostenlose, optimale Beratung, dachte Pflamminger, ein äußerst bestechender Service, im wahrsten Sinne des Wortes und sagte: „Herr Gellhoff, wir ermitteln in einem Mordfall."

„Edmund Rutzmoser", schob Lux schnell hinterher, „schon wieder vergessen?"

„Der heutige Besuch war wohl nicht der letzte", sagte Pflamminger.

Gellhoff suchte nach Worten, schließlich sagte er: „Selbstverständlich Herr Hauptkommissar. Wenn es diesbezüglich Neuigkeiten gibt ... wie gesagt, bin ständig erreichbar."

Wie ein Chamäleon seine Farbe wechselte, verwandelte er sich im Handumdrehen in einen scheinbar gut gelaunten vor Tatendrang strotzenden dynamischen Bankmanager. Souverän lächelnd entließ er die Besucher durch die Seitentür. Die Sekretärinnen mussten ja nicht alles mitbekommen. Mit der Hand deutete er in Richtung Aufzug, schenkte Franziska Lux noch mal ein verwegenes Lächeln.

10

Fred Schlunzinger hatte bereits fünf Mal bei Rebecca Reischl angerufen mit der dringenden Bitte, Hauptkommissar Pflamminger möge sofort ins Krankenhaus kommen.

Natascha Schlunzingers Obduktionsbericht hatte Brisantes ans Licht gebracht. Die junge Frau starb an einer Mischung aus Alkohol und gepanschtem Heroin. Fred Schlunzinger sagte am Telefon, Bankdirektor Gellhoff könnte seiner Frau die tödliche Dosis verabreicht haben. Schlunzinger könne schwören, seine Frau hatte nie mit Haschisch oder Heroin etwas zu tun. Und plötzlich sollte sie an so einem Drogendreck verstorben sein?

Pflamminger beendete das Telefonat mit Reischl und schüttelte den Kopf.

„News?", fragte Lux.

„An der Kreuzung links abbiegen, wir fahren zum Krankenhaus. Schlunzinger wartet dort auf uns", sagte er stirnrunzelnd.

„Natascha Schlunzingers Obduktionsbefund?"

Pflamminger nickte und sagte: „Sie starb an Hochprozentigem und gepanschten Drogen. Entweder unwissend geschluckt …?"

„Oder jemand hat nachgeholfen", mutmaßte Lux und hielt vor der Ampel an.

„Schlunzinger verdächtigt Big Boss Gellhoff, er könnte der Hauptakteur gewesen sein."

„Was? Der durchgeknallte Banker?"

Die Ampel schaltete auf grün. Lux konzentrierte sich auf den Verkehr.

„Möglich", antwortete der Chef maulfaul und checkte sein Smartphone.

„So einen jungen und dynamischen Chef hätte ich auch gerne. Mannomann", sagte Lux kopfschüttelnd, als sie im zähen Stadtverkehr nur im Schritttempo vorankamen.

Pflamminger ging auf den Kommentar nicht ein, schmunzelte, während er eine SMS seiner vierzehnjährigen Tochter Sophie las.

Im Oktober fährt unsere Klasse für drei Wochen nach Bordeaux, Schüler-

austausch. Meine beste Freundin Laura und ich dürfen bei den Vorbereitungen mitwirken, lachender Smiley, *Kerstin neidisch,* trauriger Smiley ... hi, hi, hi!!!

„Rechts anhalten", sagte der Chef und deutete auf das kleine Café. Wegen des hervorragenden Espressos legten sie dort öfter einen Zwischenstopp ein.

Nach dem Melissentee musste was Gescheites her. Ein Espresso doppio to go den er um ein Haar verschüttete.

„Zefix!", fluchte er, als ihm heißer Kaffee über die Finger lief.

„Seit wann trinken Sie Kräutertees?", wollte Lux mit hämischem Unterton wissen.

„Ich trinke gerade dunkelschwarzen."

„Und vorhin in der Bank?"

„Bin ein höflicher Mensch."

„So, so."

„Und Ihr Eindruck?", fragte Pflamminger nebenbei und vertiefte sich wieder in sein Smartphone.

„Chef, Sie hören mir nicht zu! Noch mal. Für mich ist der Typ noch grün hinter den Ohren, obendrein gerissen und eiskalt. Der denkt nur an seine Karriere und jetzt kommt ihm ein toter Obdachloser im Hinterhof dazwischen, fast zeitgleich verschwindet eine hohe Summe Bargeld aus dem Kellersafe und nicht zu vergessen der seltsame Thesenanschlag mit eindeutigen Drohungen an den Chef des Hauses."

„Ich frage mich, wie ein derart aufgeblasenes Greenhorn an so einen verantwortungsvollen Posten kommt? Viel Show, aber wenig bis Null Substanz", sagte Pflamminger und spielte auf seinem Smartphone Schiffchen versenken.

„Sein augenzwinkerndes Angebot? Hallo! Einflussnahme und Bestechung pur. Eine Hand wäscht die andere. Skrupel scheint er wohl keine zu haben", sagte Lux.

Der Chef leerte den restlichen Kaffee, steckte sein Handy weg und sagte: „Na, hoffentlich steht er zu seinem Wort und wir bekommen die zugesagte Finanzberatung."

„Chef, sollten wir ihn auf die Probe stellen?"

„Vergessen Sie's."

„Ach, ich hätte so gerne einen zinslosen Kredit. Sagen wir mal eine halbe Million. Wenn schon, denn schon, modern big business day and night. Ready for anything with anyone, anytime and everywhere."

Er sah Lux von der Seite fragend an: „War das jetzt Fachchinesisch?"

Lux musste sich das Lachen verkneifen.

„Schade", seufzte sie, „ich würde so gerne in einer schicken Dachterrassenwohnung residieren. In direkter Nachbarschaft zum altehrwürdigen Dom, um endlich mal so richtig angeben zu können."

Stau zwang sie schon wieder zum Halten. Pflamminger ließ das Seitenfenster nach unten surren.

Der Bankdirektor ging ihm nicht aus dem Kopf, ebenso Schlunzingers Behauptung, sein Chef könnte am Tod seiner Frau eine Mitschuld tragen.

„Was sagt denn das Vorstandskontrollgremium zu so einem Schlitzohr und Blender? Verantwortlich für viel Geld, sehr viel Geld und um die einhundert Mitarbeiter. Sind diese Experten bestehend aus angeblich erfahrenen Bankern und Unternehmern heutzutage alle im Tiefschlaf und lassen den Juniordynamiker einfach machen?", sagte Pflamminger mit Blick auf seine Assistentin.

„Connections, teure First-Class-Ausbildung in namhaften Universitäten. Straffe und zielführende Seilschaften. And by the way, one hand washes the other. Schlechtes Englisch, ich weiß."

„Aber es trifft den Nagel auf den Kopf, Frau Kollegin."

Während Lux nach einer Parklücke Ausschau hielt, telefonierte Pflamminger mit Rebecca Reischl und beauftragte sie einen Background-Check-up über Roger Gellhoff einzuholen. Praktikant Kramer solle sie nach Kräften unterstützen.

„Und wie war Ihr Eindruck vom Finanzgenie Gellhoff?", fragte Lux, während sie die Stufen zum Haupteingang des Krankenhauses hinaufgingen.

„Getrieben von krankhaftem Ehrgeiz und Machtstreben, das ihn vielleicht mal aus der Kurve tragen könnte."

„Oder schon getragen hat", sagte Lux mit einem gespielt ahnungsvollem Gesichtsausdruck.

„Sagt ihr siebter Sinn?"

„Plus weibliche Intuition."

Frau Deutlmoser, mittleren Alters, klein gewachsen, fassrunde Figur, markantes, rotbackiges Gesicht, kurzes goldblond gefärbtes Haar, neuerdings umkränzt von einem Telefonheadset, winkte freundlich vom Infopoint herüber, während sie mit schneidender Stimme ins Minimikrophon redete und zwischendurch wie eine meckernde Ziege lachte.

Während sie durch die langen Gänge der Pathologie zustrebten, sagte Lux: „Könnte Gellhoff mit Rutzmosers Tod etwas zu tun haben?"

„Vielleicht, vielleicht auch nicht. Aber seine Reaktion war hochinteressant, oder?

Auf den letzten Stufen hinunter zu den sterilen Katakomben der Pathologie, die Franziska Lux meist mit einem unbehaglichen Gefühl betrat, vernahmen sie eine kontroverse Diskussion zwischen Fred Schlunzinger und einer Frau. Als sie in den Kellerflur einbogen, kam ihnen die lautstark gestikulierende Frau, Fred Schlunzinger, Leo Zentner und ein Mann ins Blickfeld. Der Fremde hatte Oberarme wie Hartgummi, ihn schien das Wortgefecht nicht zu interessieren. Mit verschränkten Armen und geistesabwesendem Blick lehnte er lässig an der Wand.

Die weithin vernehmbare Frau war schlank und trug ein enganliegendes schwarzes knielanges Kostüm, ihr Gesicht war stark geschminkt. Sie zog Pflammingers Aufmerksamkeit sofort auf sich.

Mit beiden Fäusten in die Hüften gestemmt redete die Frau wie ein Wasserfall auf Schlunzinger ein. Schließlich sagte sie bestimmt: „Ich gehen Natascha!"

Zentner sah Pflamminger und Lux kommen und versuchte Schlunzinger und die wortgewaltige Frau zu beruhigen.

„Fred, Tamara reißt euch zusammen!"

Tamara Broncovic wechselte abrupt die Tonlage und fragte skeptisch: „Wer ist die zwei?"

Mit misstrauischem Blick sah sie Pflamminger und Lux näherkommen.

Die Polizisten zeigten ihren Dienstausweis und stellten sich vor.

Broncovic hielt für einen Moment den Atem an, fing sich schnell wieder und sagte mit fester Stimme: „Bin gutes Freund von Fred und Natascha."

Mit einer zackigen Handbewegung winkte sie ihren Begleiter heran, ohne ihn vorzustellen.

„Herr Schlunzinger, geht das in Ordnung?", fragte Pflamminger.

Er nickte leicht, sah mit verweinten Augen auf Broncovic, die mit einer Kopfbewegung und grimmigen Gesichtsausdruck ihrem Begleiter zu verstehen gab, sich sofort in Bewegung zu setzen.

Lux wandte sich an Broncovics Begleiter und fragte: „Und wie ist Ihr Name?"

„Oleg Ulanov. Wir sind gutes Freund von seit Babytagen. Sprechen nix gut deutsch", soufflierte Broncovic bemüht freundlich und taxierte Franziska Lux von oben bis unten.

Oleg Ulanov verzog seinen Mund zu einem angedeuteten Lächeln, reichte Lux und Pflamminger die Hand.

Kaum hatten sie den weiß gefliesten, kalt wirkenden Raum betreten, stieß Broncovic einen schmerzvollen Schrei aus, zog das Leichentuch vom Gesicht der Toten und weinte bitterlich. Ulanov ging zu ihr hin, legte die Hand auf ihre Schulter. Sie wehrte ihn brüsk ab.

„Natascha, Natascha, Natascha ...!"

Sie weinte herzzerreißend. Ihr Begleiter versuchte sie zu beruhigen. Sie stieß ihn mit Worten zurück, die niemand verstand. Russisch vielleicht? Jedenfalls hörte es sich slawisch an.

Schlunzinger trocknete seine Tränen und sagte zu Pflamminger: „Andere Mentalität, da kannst du nix machen."

Pflamminger zuckte mit der Schulter, sah sich mehrmals um, wechselte Blicke mit seiner Assistentin. Wo blieb denn der zuständige Arzt so lange?

Broncovic wandte sich an Schlunzinger und flüsterte ihm etwas ins Ohr.

„Nein!“, sagte dieser empört.

„Oleg und ich sprechen Gebet“, gab sie ihm trotzig zu verstehen.

Schlunzinger sah hilflos zu Zentner, der neben dem Ausgang stand, dann zu Pflamminger, schließlich nickte er und ließ die beiden gewähren. Sie traten an den Obduktionstisch heran und begannen zu beten.

Verwundert beobachtete Pflamminger seine Begleiterin, die unter ihrer Jeansjacke herumnestelte.

Vom Flur waren schnell näherkommende Schritte zu hören.

„Was geht denn hier vor?“

Pflamminger gab dem herbeieilenden Arzt mit Handzeichen zu verstehen, keine Panik und flüsterte: „Ein Gebet.“

Dr. Kugler legte die Hände auf den Rücken und stellte sich abwartend neben Pflamminger und Lux.

Broncovic nahm Nataschas Gesicht in ihre Hände, streichelte die Wangen während Ulanov sich ein paar Tränen wegwischte.

Broncovic war untröstlich. Mit Tränen verschleierten Augen und verlaufenem Lidstrich ging sie auf den Arzt zu.

„Natascha war gut gesund. Warum Natascha sterben?“

„Sind Sie mit der Toten verwandt?“, wollte er wissen.

„Ja ja, antwortete Schlunzinger und nickte mehrmals, um seine Nerven nicht noch mehr zu strapazieren.

„Sie sind der Vater ... entschuldigen Sie ... der Ehemann. Wie ich Ihnen ja bereits mitgeteilt habe, hatte Ihre Frau in der Nacht vor ihrem Ableben Unmengen Alkohol konsumiert. Mit bloßem Auge erkennbar mehrere Einstiche an den Oberschenkeln und an den Unterarmen. Die letzte Spritze wurde ein, zwei Stunden nach Mitternacht gesetzt. Im Labor stellten wir unreines Heroin fest.“

Der Arzt zog das Abdecktuch bis zu den Knien und deutete mit der Hand auf die Einstichstellen.

„Ich ... ich versteh’s nicht“, sagte Fred Schlunzinger mit bebenden Lippen.

Oleg Ulanov lehnte entspannt am Türrahmen und war in sein Smartphone abgetaucht.

„Oleg! Natascha tot! Du spielen mit die Handy. Was bist du dummes Mensch?“, herrschte Broncovic ihren Begleiter an.

Ertappt steckte er das Handy weg, kam näher und sah kurz auf Nataschas Oberschenkel. Er zuckte mit den Schultern, entfernte sich vom Obduktionstisch, als ginge ihn das alles nichts an.

„Ist der taubstumm?“, flüsterte Pflamminger seiner Assistentin zu.

„Vielleicht Autist?“, erwiderte Lux leise.

„Herr Schlunzinger, klagte ihre Frau über Beschwerden am Herzen, an der Leber, über einen nervösen Magen oder Ähnliches?“, erkundigte sich der Arzt.

„Nein, nie. Sie ging regelmäßig zum Arzt. Vorsorgeuntersuchungen, was Frauen halt so abchecken lassen. Sie kam immer gut gelaunt nach Hause. Manchmal war sie sehr müde, in letzter Zeit öfter, aber das hat sie mit viel Schlaf wettgemacht.“

Der Arzt sah ihn mitfühlend an und sagte: „Ihre Frau litt an einem angeborenen Herzfehler, wussten Sie das?“

„Waaas? Aber ... sie ... sie hat nie über Probleme am Herzen geklagt.“

„Nun ja, entweder wusste sie es nicht oder sie hat es schlichtweg verdrängt.“

Während Dr. Kugler mit Schlunzinger sprach, beobachtete Lux die Freunde der Toten. Ulanov verzog keine Miene. Broncovic reagierte nervös, hielt sich kurz am Obduktionstisch fest, als der Arzt Nataschas Herzfehler erwähnte.

Ein operativer Eingriff sei überfällig gewesen. Schlunzinger stockte der Atem. Mein Gott, warum ...? Er hätte alles getan ... mit einem gesunden Herzen hätte sie vielleicht den Drogendreck überlebt ...?

„Herr Schlunzinger, Herr Pflamminger, Frau Lux, das wär’s von meiner Seite“, sagte der Arzt in die Runde.

„Frau Schlunzinger soll im dritten Monat schwanger gewesen sein?“, sagte Lux mit Blick auf den Pathologen, der mehrmals auf seine Armbanduhr schielte mit dem indirekten Hinweis *Herrschaften meine Sprechzeit ist begrenzt.*

„Ja, ich habe die traurige Tatsache Herrn Schlunzinger mitgeteilt. Der Fötus war bereits mehrere Tage tot“, sagte er dem untröstlichen Ehemann zugewandt: „Es tut mir aufrichtig leid.“

Schlunzinger war außerstande auch nur ein Wort hervorzubringen. Hilflos sah er zu Zentner, der ihm zur Seite sprang und ihn stützte.

Ulanov und Broncovic wechselten nervöse Blicke. Hastig kramte sie nach einem frischen Taschentuch, trocknete den Tränenstrom und verschmierte dabei die Augenschminke.

„Leo, warum hat sie mir nichts gesagt? Ich wollte doch Kinder haben?“, schluchzte der untröstliche Witwer.

Zentner hielt seinen Freund umklammert, versuchte ihn zu trösten. Er kannte Natascha sehr gut. Sie war eine lebenslustige, attraktive junge Frau. Vor vier Jahren kam sie voller Hoffnung auf ein neues Leben nach Deutschland. Die Heirat mit dem damals 54-jährigen Fred wurde von vielen belächelt. Für Natascha bedeutete es Sicherheit und eine bessere Zukunft. Fred fühlte sich um zwanzig Jahre jünger. Er tat alles, um seiner jungen Frau etwas zu bieten. Sie besuchten europäische Metropolen, reisten jedes Jahr für drei Wochen nach Südfrankreich und im Winter Skiurlaub in Südtirol.

„Herr Schlunzinger, Ihre Frau muss vom Gerichtsmediziner ...“

„Wozu denn? Der macht sie auch nicht mehr lebendig“, unterbrach er den Arzt aufgebracht.

Er sah zu Pflamminger, der die angeordnete zweite Untersuchung kopfnickend bestätigte. Die seltsamen Umstände ihres Todes, hegten in Pflamminger gewisse Zweifel. Warum wurde sie nicht gleich in die Notaufnahme gebracht, sondern auf dem Krankenhausparkplatz abgelegt? Wer hat sie dort hingebracht? Ein anonymer Anrufer informierte den ahnungslosen Ehemann?

Pflamminger hatte sofort eine weitere Untersuchung angeordnet, die auch Kugler für notwendig erachtete.

„Herr Schlunzinger, wir müssen uns an die Regeln halten“, sagte der Pathologe ernst.

Schlunzinger liefen Tränen über die Wangen, die er mit dem Handrücken wegwischte. Mit zitternder Stimme fragte er: „Und wann kann ich meine Frau beerdigen?"

„Ich denke in vier Tagen, wird ihre Frau freigegeben", antwortete der Mediziner sachlich und schielte erneut auf die Armbanduhr.

Energisch wandte sich Broncovic an den Arzt und sagte entschieden: „Natascha nix bleiben in kalter Regensburg. Wird gehen in Heimat!"

„Wie bitte", sagte dieser leicht irritiert mit Blick auf Schlunzinger.

„Ja, sonst noch was? Natascha kommt in unser Familiengrab!", sagte dieser zornig.

„Natascha gehen Heimat!", schrie sie ihn mit blitzenden Augen an.

„Meine Frau wird hier beerdigt. Wer hat sie denn in das ganze Schlamassel hineingeritten? Du hinterfotziges Miststück! Am besten packst *du* sofort deine Koffer und verschwindest aus meinem Leben mitsamt deinem Holzstock auf zwei Beinen oder es passiert noch ein Unglück!"

„Meine Herrschaften, mäßigen Sie sich bitte. Private Angelegenheiten gehören nicht hierher ...", ging Kugler dazwischen.

„Du halten Mund!", schnauzte Broncovic den Arzt an.

„Was wird das jetzt, wenn es fertig ist?", sagte Kugler, dabei sah er fragend zu Pflamminger und Lux.

Zentner wollte vermitteln, bat die beiden angesichts des traurigen Anlasses um Mäßigung, stellte sich zwischen Schlunzinger und Broncovic. Sie schubste ihn weg, stemmte die Fäuste in die Seite und schrie: „Natascha tot und du brüllen? Gehen zu deiner Haus du alter Scheiße!"

Schlunzinger schäumte vor Wut, schnaufte schwer und sagte: „Leo, halt' mich zurück oder ich ..."

Leo Zentner stellte sich vor Schlunzinger, um Schlimmeres zu verhindern und sagte: „Himmel noch mal, seid doch vernünftig!"

Broncovic atmete tief durch, ließ Schlunzinger nicht aus den Augen und sagte mit gepresster Stimme: „Altes Bock!"

Sie wirbelte herum, winkte energisch ihren stummen Begleiter heran und flüsterte ihm was ins Ohr. Mit erhobenem Kopf verließ sie gefolgt von Ulanov den Raum, den Franziska Lux nur ungern betrat.

11 Roger Gellhoff entstammte einer Ulmer Pastorenfamilie. Sein Vater starb mit einundfünfzig Jahren an Krebs. Mutter Belinda folgte ihrem Mann drei Jahre später. Herzinfarkt. Rogers Onkel Eckhard, langjähriger Geschäftsführer einer evangelisch-lutherischen Stiftung, kümmerte sich fortan um den damals zehnjährigen Roger und den zwei Jahre jüngeren Bruder John.

Belinda Gellhoff kam aus einer strenggläubigen Baptistenfamilie in Plymouth aus Südengland. Mit neunzehn heiratete sie den zwanzig Jahre älteren, aufstrebenden Pastor Dr. Claus-Randolf Gellhoff, der in Ulm das größte Pfarramt leitete und an den Universitäten Stuttgart und Augsburg als Gastdozent tätig war. Onkel Eckhard hatte mit seinen Adoptivsöhnen viel vor. Abitur in einem Eliteinternat am Bodensee, Studium in England und in den USA. Nach seinem Masterabschluss als Volkswirt, absolvierte Roger Gellhoff ein Aufbaustudium: International Banking. Der ehrgeizige Roger war ein geistiger Überflieger. Nach vier Semestern hatte er seinen zweiten Masterabschluss in der Tasche und eine Festanstellung bei der Bank of England. Ein tragisches Ereignis überschattete die Familie Gellhoff bis in die Gegenwart. Vor achtzehn Jahren kam es nach der Geburtstagsfeier des Stiefvaters zu einem bis heute nicht eindeutig geklärten Unfall. Eckhard Gellhoff, ein Waffennarr, bunkerte im Keller eine sehr wertvolle Sammlung. Sogar Gewehre aus dem achtzehnten Jahrhundert. Die Brüder Roger und John, angeblich alkoholisiert, machten sich um Mitternacht im Keller heimlich am unverschlossenen Waffenschrank zu schaffen.

Roger Gellhoffs Aussage: „Wir haben uns nichts dabei gedacht, wollten uns die Gewehre genauer ansehen.“

Dabei löste sich (versehentlich?) ein Schuss aus dem Karabiner. Eine alte Winchester aus den USA. Der jüngere Bruder John wurde zielgenau ins Herz getroffen und war auf der Stelle tot. Onkel Eckhard leistete einen Eid. Ein bedauerlicher Unfall. Außerdem hatte er vergessen den Waffenschrank abzusperren. Wer trug nun die Hauptschuld? Nach einer nicht-öffentlichen Gerichtsverhandlung gab es keinen Schuldigen. Es war ein Unfall, verursacht von einem 14-jährigen, der weder Tragweite noch Konsequenzen seines Tuns abschätzen konnte. Wegen Schuldunfähigkeit wurde die Akte Gellhoff schnell geschlossen. Das Verhältnis zwischen Eckhard Gellhoff und seinem Stiefsohn Roger hatte sich seit diesem Unglück mit tödlichem Ausgang abgekühlt. Anders gesagt, Eckhard Gellhoff wollte von dem geltungssüchtigen Roger nichts mehr wissen. Tatsache sei auch, John war als Haupterbe eingesetzt, was Roger schon damals in Rage versetzte, zu heftigen Streitereien mit dem Stiefvater führte und das nicht nur einmal. Aber Eckhard Gellhoff ließ ihn abblitzen. John, vom Temperament her ruhig, höflich und blitzgescheit, war und blieb sein Liebling. Gellhoff Senior lebt in Meersburg, verheiratet mit der um dreißig Jahre jüngeren Richarda. Sie war seine persönliche Referentin in der Stiftung. Die Hochzeit fand ein Jahr nach Johns Tod statt. Banker Gellhoff war in Flensburg kein Unbekannter. Der schnelle Roger sammelte beträchtliche Punkte wegen häufigem Parken in Feuerwehrzufahrten, überhöhter Geschwindigkeit und dreimaligem Übersehen einer roten Ampel. Bereits elfmal wurde sein Porsche abgeschleppt, während er sich in Bordellen aufhielt.

Das kostete ihn schon zweimal den Führerschein für jeweils vier Monate. Vermutlich sammelte er auch spezielle Treuepunkte in einschlägigen Bordells. Vor drei Jahren wurde er von einer Prostituierten wegen schwerer Körperverletzung angezeigt. Aus heiterem Himmel habe er wie ein Wahnsinniger auf die Frau eingedroschen. DNA-Abgleiche hatten die Straftat eindeutig bewiesen. Der beschuldigte leugnete hartnäckig und zahlte schließlich fünfzigtausend Euro Schmerzensgeld. Seit sieben Jahren verheiratet mit der neunundzwanzigjährigen Verena, geborene Kundermann. Seit gut einem Jahr leben Roger und Verena getrennt. Frau Gellhoff wohnt mit der gemeinsamen Tochter Susanna bei ihren Eltern in Regensburg. In Gellhoffs moderner Vierzehnzimmervilla mit Swimmingpool, Sauna, Wellnessbereich und Fitnessraum, fanden seit knapp einem Jahr heiße Partys statt. Sehr zum Leidwesen der Nachbarn. Mehrere Anzeigen bei der Polizei wegen erheblicher Ruhestörungen bis zum Morgengrauen brachten nicht den gewünschten Erfolg, sondern verliefen im Sand.

Roger Gellhoffs Hobbys: Seit vier Jahren aktives Mitglied im Golfverein Bad Abbach, war dort seit einem Jahr nicht mehr gesehen worden.

„Sein Hobby hat sich mehr in die Horizontale …“

„Na, na, bleiben Sie bei den Tatsachen“, mahnte Pflamminger den Praktikanten mit erhobenem Zeigefinger.

„Okay. So viel zu Roger Gellhoff“, sagte Kramer und sah in drei staunende Augenpaare.

„Wow! Nicht schlecht Chef, oder?“, sagte Rebecca Reischl, die sich verspätet dazugesellt hatte.

Mit dem Daumen nach oben signalisierte sie, Lorenz gut gemacht.

„Kompliment! Gute Arbeit“, sagte Pflamminger und lächelte den jungen Mann an, der sich über das Lob freute.

„Die kooperativen Kollegen in Baden-Württemberg haben die Akte Gellhoff sofort gesendet … äh … mit Kriminaloberrat Möllers tatkräftiger Unterstützung.“

Gedankenversunken runzelte Pflamminger die Stirn, trommelte mit den Fingerkuppen auf die Tischplatte.

„Mein lieber Herr Gesangsverein. Eine schwere Hypothek auf Gellhoffs Schultern und trotzdem meisterte er eine bemerkenswerte Karriere. Franziska gibt es noch Relevantes zu berichten?“, fragte der Chef.

„Allerdings! Jetzt wird’s interessant. Kollege Igor Hagemond hat Brisantes von Broncovic und Ulanov übersetzt.“

„Was? Sie haben das Gebet aufgenommen während …? Franziska, wo soll das noch hinführen?“, sagte Pflamminger mit ironischem Unterton.

„So what, ich interessiere mich schon immer für andere Länder und Sprachen“, konterte sie augenzwinkernd und drückte die Starttaste.

Tamara Broncovics laute Stimme übertönte ihren Begleiter Oleg Ulanov.

„Rumänisch, Russisch?“, fragte Pflamminger.

Lux hielt die CD an. „Russisch. Und jetzt haltet euch fest, was Übersetzer Igor Hagemond dazu zu sagen hat. So, Ruhe bitte und genau hinhören.“ Lux drückte erneut die Starttaste.

CD ab mit Igor Hagemonds Stimme: *Erst sprechen Tamara Broncovic und Oleg Ulanov ein bekanntes russisches Gebet, was bei der traditionellen Totenwache gesprochen wird. Dann folgt ein markanter Nachsatz: „Meine über alles geliebte Natascha, so war ich hier stehe, wir werden deinen Tod rächen. Dieser perverse Banker, dieser Porschehengst, dieser Hurensohn ist kein Mensch, er ist ein verkommenes Stück Dreck. Er muss büßen. Bei meinem Leben, ich werde ihn zur Strecke bringen, selbst wenn ich dabei draufgehe.“*

Die beiden sprechen russisch. Vielleicht sind sie zweisprachig aufgewachsen. Vielleicht haben sie in Rumänien Verwandte oder sie sind vor oder kurz nach der Wende nach Rumänien verschwunden in der Hoffnung, schneller nach Westeuropa zu kommen. Vielleicht reisen sie mit gefälschten Pässen durch die EU. Rumänien ist ein Mekka für Urkundenfälscher.

Zusätzliche Analyse unseres Sprachsoftwareprogramms: Klang, Intonation und Aussprache der beiden eindeutig RUSSISCH.

Kollege Igor Hagemond stets zu Diensten. Bei den Ermittlungen weiterhin viel Erfolg!

„Ich tippe auf Gellhoff“, sagte Kramer überzeugt und sah abwartend zu Pflamminger hinüber, der das letzte Stück Croissant verdrückte.

„Nicht so voreilig junger Mann. Das behalten Sie erst mal noch …“

Staatsanwalt Heinrich Hammerschmidt und der Chef der Spurensicherung Claudio Thurner kamen schnellen Schrittes durch die offenstehende Tür.

„Lagebesprechung meine Herrschaften, hopp, hopp, Zeit ist Geld", klatschte Hammerschmidt in die Hände und zog sich einen Stuhl an den runden Tisch.

„Na, geht's voran im Fall PORTA Bank?"

„Herr Staatsanwalt, die Safe-Soko", sagte Kramer etwas voreilig, „verfolgt eine heiße Spur ..."

Mit einer Handkantenbewegung bremste der Chef seinen Praktikanten Kramer aus und stellte ihn erst einmal vor.

Heinrich Hammerschmidt grinste breit.

„Engagierte Praktikanten sind immer willkommen. Also, was gibt es Neues zu berichten?", fragte Hammerschmidt gut gelaunt, mit Maßanzug und neuer Nerdbrille, die er abnahm, mit ihr spielte, sie wieder aufsetzte, als plötzlich Kramers Smartphone ,losbellte' und schnell lauter wurde.

„Who let the dogs out ... Who let the dogs out ... Who let the dogs out ..."

Alle warfen sich fragende Blicke zu, während Kramer hektisch an den falschen Stellen nach der Lärmquelle suchte.

„Who let the dogs out ... Who let the dogs out ..."

Reischl kicherte und amüsierte sich über Hammerschmidts verständnislosen Gesichtsausdruck.

Pflamminger zog die Augenbrauen hoch. Lux verhielt sich neutral, als ob der lauter werdende Handyklingelton das Normalste der Welt wäre.

Hammerschmidts Gesicht verzog sich, schließlich sagte er: „Was für ein grässliches Geräusch!"

Endlich hielt Kramer das Smartphone in Händen und stoppte das ohrenbetäubende Hundegebell.

„Schauderhaft!" Hammerschmidt musterte Kramer mit einem strafenden Blick.

„Entschuldigung! Wird nicht wieder vorkommen", sagte dieser verlegen.

Kramer grinste zu Reischl hinüber, die ihren Drang loszuprusten gerade noch zurückhalten konnte.

„Ein weniger spektakulärer Klingelton wäre eine Maßnahme, nicht wahr junger Mann“, sagte Hammerschmidt, ohne ihn anzusehen.

„So, wenn keine Extraeinlage mehr zu befürchten ist, könnt ihr jetzt meine Töne hören“, sagte Thurner mit solidarischem Blick auf Kramer gerichtet.

Thurners schwarze Lockenpracht hatte sich in eine Stiftelkopffrisur verwandelt, was bei Lux und Reischl ein verstohlenes Grinsen auslöste. Seine vorherige füllige Wellenfrisur stand ihm besser, dachten beide übereinstimmend.

„Claudio, wo sind die schönen Haare?“, flüsterte Reischl und sah in seine großen gletscherblauen Augen, die es ihr angetan hatten.

„Meine Damen, keine Panik“, ging Pflamminger mit einer abwinkenden Handbewegung dazwischen.

Thurner setzte sich an den Tisch und präsentierte die neuesten Ergebnisse der KTU: „Also meine Handytöne, nein im Ernst, meine Leute haben alle Räume in der PORTA Bank mit der Lupe abgesucht. Ebenso die angrenzenden Nachbargebäude. Ergebnis? Null! Zwei Mitarbeiter der Geldtransportfirma Weihrauch und Pfundmayer wurden spurentechnisch überprüft. Am besagten Tag trafen sie pünktlich in der PORTA Bank ein, nahmen drei Geldkisten an sich im Beisein der Bankmitarbeiter, Harry Grammel und Leo Zentner. Von der Ü-Kamera aufgezeichnet. Nach zehn Minuten setzten sie die obligatorische Tour fort, fuhren alle Zweigstellen an. Leider gibt es keine verdächtigen Hinweise. Ach ja, der tote Edmund Rutzmoser zwischen den Mülltonnen hat mit den Exkrementen im Keller nichts gemein. Das Kunstwerk stammt von anderen Personen. Der Menge nach zu urteilen, waren es drei, die dort stinkende Spuren hinterlassen haben. Der Datenabgleich hat leider nichts ergeben. Als ob der Teufel die Hand im Spiel hätte“, seufzte der Chef der Spurentechnik, der seinem Kollegen und Freund Toni gerne handfeste Hinweise präsentiert hätte.

Pflamminger hakte skeptisch nach: „Die Alarmanlage? War sie defekt oder vorübergehend abgestellt?"

Kramer meldete sich zu Wort: „Vermutlich von Hackern blockiert. Für versierte Hacker ein Kinderspiel. Alarmanlage, Kameras, automatische Türöffner, gezinkte Pinnkarten oder Codes, das geht geräuschlos vonstatten, und zwar vierundzwanzig Stunden am Tag. Schauen Sie denn keine Sciencefiction-Filme? Kennen Sie War Craft-Spiele, zum Beispiel „Reign of Chaos" nein? Okay, ich bin ein Kind der Nintendogeneration und besuche jedes Jahr die internationale Gamescom in Köln."

Staatsanwalt Hammerschmidt, Spurenspezialist Thurner und Hauptkommissar Pflamminger wechselten schnelle Blicke, dann zu Praktikant Kramer, der sich in seiner Rolle als fundierter Warcrafter und Nintendokenner sichtlich wohl fühlte.

Er setzte noch eins drauf.

„Ein *Internet-Knowledge*, das moderne Zeitgenossen *unter* dreißig abgespeichert haben und es jederzeit abrufen und anwenden können."

„So weit hergeholt ist dieses Szenario nicht", sagte Lux in das betretene Schweigen.

Zu gerne hätte Lux ein Foto von den drei Herren gemacht, die schon ein viertel Jahrhundert im Kriminaldienst tätig waren und von Hackerangriffen offensichtlich wenig Ahnung hatten. Okay, Hackerattacken war Aufgabe der Cybercrime Abteilung.

„Ah, bevor ich's vergesse. Den Radius der Verdächtigen haben wir vorsichtshalber ausgeweitet ..."

„Sehr vernünftig", sagte Hammerschmidt, Thurners Ausführungen scheinbar entspannt lauschend.

„Alle Schaltermitarbeiter und Reinigungskräfte wurden überprüft, die sieben Abteilungsleiter samt deren Stellvertreter und last but not least Johann Gschwendtner und Roger Gellhoff ..."

„Na, hören Sie mal!", empörte sich Staatsanwalt Hammerschmidt, „Ihr Diensteifer in Ehren, aber das geht nun entschieden zu weit!"

„Reine Routine", sagte Thurner unbeeindruckt, er schlug die mitgebrachte Mappe auf und schob sie dem Hauptkommissar zu.

„Mehr kann ich nicht bieten. Weder Fingerabdrücke, Stofffaser, Hautpartikel oder Ähnliches. Nichts! Edmund Rutzmosers DNA ist mit dem Blut an der Spritze identisch. Eine Fremd-DNA an seinem Körper oder in den Wunden war nicht vorhanden. Der Mann war wohl zu schwach, um sich zu wehren oder er wurde im Schlaf erschlagen. Die Exkremente im Kellerflur stammen nicht von ihm. Erwähnte ich bereits. Weder die Alarmanlage noch die Videokameras waren blockiert. Der Fall hat es in sich, eine harte Nuss. Noch Fragen?"

Toni Pflamminger, der sich in Heinrich Hammerschmidts Anwesenheit häufig unwohl fühlte, seufzte tief und berichtete über den neuesten Stand der Ermittlungen, die alles andere als zufriedenstellend waren.

„Kollegen, Kolleginnen, de facto hat die intensive Befragung zum rätselhaften Mordfall Rutzmoser weder innerhalb der Bankbelegschaft noch in der Nachbarschaft Erhellendes hervorgebracht. Leider konnten Bekannte von Rutzmoser und Angestellte des Männerwohnheims nicht einen verwertbaren Hinweis erbringen. Zwei Mitarbeiter der Geldtransportfirma kommen jeden Montag um halb elf Uhr. Der Geldkistentausch geschieht unter Aufsicht von Leo Zentner und Harry Grammel von den Ü-Kameras aufgezeichnet. Ich habe die Aufnahmen mit Kollege Schindlbeck überprüft. Die ganze Aktion dauert maximal zehn Minuten. Leider gibt es nicht *ein* Indiz, das uns voranbringen könnte. Die Fahndungsmeldung PORTA Bank wurde von der Pressestelle bereits im Polizeinetz veröffentlicht. Das war's von meiner Seite."

Pflamminger war klar, sein unersprießlicher Bericht würde ihm kein Ruhmesblatt einbringen, sondern herablassende Kommentare seitens Heinrich Hammerschmidt, die nicht lange auf sich warten ließen. Der Staatsanwalt brachte sich in Stellung, rutschte auf dem Stuhl nach vorne, legte die ineinander gefalteten Hände auf den Tisch, sah mit strengem Blick auf Thurner und sagte: „Keine Fremdspuren? Undenkbar! Das glauben Sie doch selbst nicht! Ein derartiger Bericht wurde mir in diesem Haus noch nie vorgelegt. Herr Thurner, Sie haben einfach nicht gründlich genug gearbeitet. Nun, Sie wissen was Ihr Team zu tun hat. Haben wir uns verstanden? Also, hurtig ans Werk!"

Thurner verschlug es die Sprache. Erst monierte Hammerschmidt ihn wegen der ausgeweiteten Spurensicherung, sprich Fingerabdrücke von Roger Gellhoff und nun kam offensichtlich die Retourkutsche. Die Luft im Raum brannte. Thurners Wut auf den hochnäsigen Staatsanwalt war deutlich zu spüren. Diese verbale Attacke hatte ein Nachspiel, das war klar. Er musste mehrmals schlucken, sah Hammerschmidt mit funkelnden Augen an und sagte betont ruhig: „Herr Staatsanwalt, wir sprechen uns noch. So, ich habe noch Außentermine. Ciao allerseits!"

Staatsanwalt Hammerschmidt lächelte unterkühlt in die sprachlose Runde und kam ohne Umschweife auf sein Hauptanliegen.

„Herr Pflamminger, wenn die Ermittlungen in Kürze keine Erfolge zeigen, muss ich das LKA hinzuziehen. Der Fall würde dann in kompetentere Hände übergehen."

Was ist denn bloß in den Typen gefahren? Erst eiskalt Claudio Thurner als Stümper hinstellen und jetzt war wohl er dran, dachte Pflamminger und glaubte sich verhört zu haben. Warum wurde ausgerechnet die Bohnenstange im Maßanzug zu diesem vertrackten Fall dazu geholt? Hatte der sonst nichts zu tun? Okay, der ärgerliche fallbegleitende Tatbestand in Gestalt von Hammerschmidt war hier und heute nicht zu klären.

„Seit wann ist das LKA für Einbrüche zuständig? Ein billiger Bluff?", fragte Pflamminger gedehnt, gleichzeitig überlegte er, wie er dem Heini Paroli bieten konnte.

„Wie bitte?", sagte dieser mit Häme in seiner Stimme.

Pflamminger speicherte das Gehörte zähneknirschend ab und sagte in routinemäßigem Tonfall: „Eine heiße Spur führt von Roger Gellhoff direkt ins Rotlichtviertel und zum Taiga-Club, was bedeuten könnte ..."

Hammerschmidt wedelte heftig mit der Hand und ging dazwischen: „Moment, Herr Hauptkommissar, also: Erstens hat dieser angebliche Hinweis rein gar nichts mit dem Fall zu tun. Und zweitens geht es Sie und ihr Team schon drei Mal nichts an, wie und wo Herr Gellhoff seine Freizeit verbringt ...“

„Freizeitbeschäftigung hin oder her, wir ermitteln in alle Richtungen“, konterte Pflamminger ihm das Wort abschneidend.

„Noch mal für alle zum Mitschreiben! Herr Gellhoff hat noch nie ein Bordell von innen gesehen. Dafür lege ich meine Hand ins Feuer ...“

„Vorsicht Brandgefahr!“, sagte Pflamminger verwundert über Hammerschmidts aufgewühltes Verhalten.

Hammerschmidt konnte seine Wut nur schwer verbergen, er beugte sich weit über den Tisch, nahm die Brille ab und sagte eindringlich: „Herr Gellhoff ist ein tüchtiger und integrer Bankdirektor. Sowohl er als auch seine Frau Verena kommen aus angesehenen Familien. Seit Jahren ist Frau Gellhoff mit Fürstin Gloria von Thurn und Taxis befreundet. Einmal im Jahr organisieren sie zusammen einen Wohltätigkeitsbasar ...“

„Das heißt noch lange nicht, dass so jemand dagegen gefeit ist ein krummes Ding zu drehen“, platzte Kramer in Hammerschmidts Lobeshymne hinein.

Dem Widerspruch hassenden Staatsanwalt blieb der Mund offen stehen, er fing sich schnell wieder und sagte: „Junger Mann, wie heißen Sie noch mal?“

Dieser Praktikanten-Rotzlöffel war seiner Meinung nach, noch nicht ganz trocken hinter den Ohren und für den Job im Polizeipräsidium gänzlich ungeeignet.

„Mein Name ist Lorenz Kramer“, antwortete er selbstbewusst.

„Sie sind so ein ganz schlauer, wie? Hören Sie? Noch so eine unqualifizierte Bemerkung und Sie können sich das Praktikum in die Haare schmieren. Haben wir uns verstanden?“

„Jawohl, Herr Staatsanwalt.“

Kramer musste sich am Riemen reißen. Zu gerne hätte er noch eine Bemerkung hinterhergeschoben.

Hammerschmidts Adamsapfel hüpfte nervös auf und ab, er räusperte sich dezent, knetete seine Hände durch, dabei den Grünschnabel fest im Blick. Es schien, als müsste er seine Wut über den vorlauten Praktikanten, diesen unerfahrenen Jungspund, erst einmal überspielen. Plötzlich grinste er breit über den Tisch und sagte: „Herr Pflamminger, ein läppischer Einbruch wie ich meine. Diesen Fall haben Sie in Kürze gelöst", betonte er mit einem spöttischen Lächeln um den Mund. „So Herrschaften, in fünf Minuten habe ich einen wichtigen Termin bei Polizeipräsident Kollberg."

„Herr Staatsanwalt, Sie werden vergesslich", sagte Pflamminger.

„Was? Wie bitte?"

„Der Tote im Hinterhof der Bank?", erinnerte der Hauptkommissar den Staatsanwalt, was diesen offensichtlich nicht im Geringsten bekümmerte.

„Edmund Rutzmoser wurde brutal erschlagen", sagte Lux.

Hammerschmidt ignorierte die Frage, er drehte sich noch mal um und sagte: „Herr Pflamminger, einen gutgemeinten Rat an Sie persönlich und an ihr Team. Ermitteln Sie zügig weiter, aber bitte nicht auf Stammtischniveau, sondern professionell!"

„Sind Sie taub? Wir ermitteln in einem Mordfall", sagte Pflamminger laut, erstaunt über Hammerschmidts Ignoranz.

Genervt blieb dieser im Türrahmen stehen, sah nach hinten und sagte mit gleichgültiger Miene: „Ein Junkie, der sich ins Nirwana spritzt. Selbstmord, was sonst?"

Er rückte seine Krawatte zurecht, sah zum x-ten Mal auf seine Armbanduhr und eilte davon.

Betretenes Schweigen im Raum.

Pflamminger schüttelte den Kopf und sagte in ruhigem Ton: „Rebecca, bitte öffnen Sie die Fenster."

Was hatte er nur falsch gemacht, dachte der Chefermittler, dass er sich beinahe täglich mit so einem Lackaffen herumschlagen musste.

Lux und Reischl tauschten schnelle Blicke. Sie wussten, wie es um die Männerfreundschaft der beiden Herren bestellt war.

„Wer möchte Schokolade? Habe rein zufällig eine riesengroße Tafel in der Schublade", sagte Reischl und lächelte ihren grimmig dreinschauenden Chef an.

Pflamminger lehnte sich weit zurück, streckte seine langen Beine auf dem Schreibtisch aus und sagte: „Immer her damit."

Warum nahm Staatsanwalt Hammerschmidt den Jungbanker Gellhoff in Schutz? Verbindungen der besonderen Art? Gab es vielleicht Absprachen hinter den Kulissen? Hammerschmidt hatte vor kurzem eine hundertachtzig Quadratmeter große Dachterrassenwohnung in bester Lage erstanden. Günstige Tilgung? Pflamminger verwarf den Gedanken und brach sich ein großes Stück Schokolade ab.

„Chef, warum ist der Staatsanwalt so unkooperativ", fragte Lux.

„Hat der sich seinen juristischen Abschluss aus dem Zigarettenautomaten gezogen?", kommentierte Kramer Hammerschmidts Auftritt und musste sich das Lachen verkneifen.

„Herr Kramer bitte!", ermahnte Lux den kecken Praktikanten.

„He, Franziska, meine Recherche spricht Bände, oder? Ah, Herr Pflamminger, soll ich Hammerschmidtchen vielleicht eine Abschrift …"

„Auf keinen Fall. Lorenz ihr Engagement in allen Ehren, aber manchmal sind Sie etwas zu forsch. Unbedingt merken: der Staatsanwalt hat viele Kontakte nach oben …"

„Pfff, na und! Ich habe many Connections nach unten und in die Breite", erwiderte er schlagfertig.

„Vergesst den Staatsanwalt, der war schon immer eine Spaßbremse. Humorlos in Reinkultur", sagte Reischl.

Sie zog am neuen, bunten, knielangen Faltenrock herum, den heute noch niemand gewürdigt hatte. Zum Trost genehmigte sie sich ein zusätzliches Rippchen Schokolade.

Kramer vollzog auf seinem Stuhl ausgedehnte Streckübungen, grinste und sagte: „So sieht er auch aus. Ein karrierebewusster Netzwerker im teuren Maßanzug in dem er ziemlich Sch… aussieht."

„Es gibt Zeitgenossen, die müssen mit jedem Wort, das sie sagen, jemand anderem eins auswischen", sagte Lux und sah in fragende Augenpaare.

„Und solche Menschen gibt es auch im Polizeipräsidium oder?", sagte Reischl mit großen Augen und alle wussten wer gemeint war.

Pflamminger war mit seinem Team einer Meinung, behielt es aber vorerst für sich, gleichzeitig fuchste ihn Hammerschmidts überflüssige Einmischung. LKA, LKA, LKA hämmerte es im Kopf nach. Er konnte und kann ihn nicht riechen, diesen aufgeblasenen Hornbrillenträger. Tja, Großmeister Hammerschmidt saß am längeren Hebel, noch Fragen Herr Hauptkommissar, dabei sah er gedankenversunken aus dem Fenster.

„Chef, vergessen Sie die unprofessionellen Kommentare des arroganten Staatsanwalts. Er weiß alles besser und muss immer das letzte Wort haben. Erinnert mich ein wenig an meine Mutter. Komisch, oder?", bemerkte Reischl.

„LKA. Fall entziehen, so ein A..."

„Und Speichellecker", unterstrich Kramer Pflammingers Andeutung.

„Chef, lassen Sie ihn reden. Er ist und bleibt ein Wichtigtuer, aber wir sind ein effektives Team!", sagte Lux souverän, ohne überheblich zu wirken.

Kramer versuchte die gedrückte Stimmung etwas aufzuheitern und legte nach: „Ein cooles, unschlagbares Team! Ist es nicht so?"

Der Chef stimmte Kramer in Gedanken absolut zu. Nichtsdestotrotz bat er seinen Praktikanten bei Besprechungen wie gerade eben, nicht vorschnell Statements zu präsentieren.

„Erst denken, dann sprechen, angekommen?"

„Ja, aber ..."

„Nix, ja aber!", entgegnete der Chef nicht mehr so ernst wie vorhin.

Der Praktikant erinnerte ihn an seine Töchter, die manchmal spät abends, auf der Bettkante sitzend versuchten ihm die Welt zu erklären.

Kramer sah zu Lux hinüber. Sie zwinkerte ihm zu, was bedeutete *keine Sorge, das wird schon.*

„Chef, was ist das für eine Spur, die Sie vorhin erwähnt hatten?", wollte Reischl ablenkenderweise wissen.

„Rotlichtviertel, eine absolut heiße Spur“, der müssen wir unbedingt nachgehen. Nicht wahr Lorenz?“, sagte Pflamminger und lächelte ihn an.

„Es scheint Verbindungen zu geben zwischen der verstorbenen Natascha Schlunzinger, Tamara Broncovic, ihrem Freund Oleg Ulanov und eventuell einem integren und tüchtigen jungen Banker in der Stadt“, betonte Lux mit Nachdruck.

„Vielleicht hatte jemand aus dieser Ecke Interesse den Banksafe, um einige Euros zu erleichtern“, vermutete Kramer.

„Geht's auch präziser?“, fragte Lux und sah mit großen Augen zu Kramer hinüber.

„Ich verstehe die Frage nicht“, antwortete Kramer schulterzuckend.

„Keine Idee mehr heute, Herr Praktikant?“, fragte Pflamminger mit hochgezogenen Augenbrauen.

„Was? Wie bitte? Ich soll schon wieder eine Idee haben? Gerade sagten Sie ...“

12 Eine halbe Stunde vor Öffnung des Schalterraumes richtete Roger Gellhoff das Wort an die Belegschaft. Vergessliche Angestellte konnten „the very important news“ des Chefs im internen Netz nachlesen.

Die Schalterhalle füllte sich. Auf Anordnung des Chefs gab es nur Stehplätze. Sitzende Zuhörer neigten dazu auf dem Smartphone zu scrollen oder mit dem Nachbarn zu tuscheln, oder einzuschlafen. Schnellen Schrittes mit hochgekrempelten Ärmeln kam der Big Boss auf der breiten Treppe den Mitarbeitern bis auf die letzten fünf Stufen entgegen.

„Einen wunderschönen Guten Morgen wünsche ich allen Anwesenden. Liebe Mitarbeiterinnen, Liebe Mitarbeiter, in den vergangenen Tagen haben sich bedauerlicherweise traurige Ereignisse zugetragen. Und trotz alledem, liebe Kolleginnen und Kollegen, nicht vor Schmerz erstarren, nicht in Trauer verharren!

Schauen wir nach vorne und gestalten die Zukunft gemeinsam!

Nur gemeinsam sind wir stark! Eine Erkenntnis, die unter Wirtschaftsphilosophen und Finanzwissenschaftlern immer wieder bemüht wird, besagt: Prognosen waren und sind schwierig. Sehr verehrte Mitarbeiterinnen und Mitarbeiter, wir befinden uns in einem fundamental spannenden und gleichzeitig sensiblen Prozess. Wir müssen uns den globalen Herausforderungen stellen. Die bereits umgesetzten strategischen Maßnahmen zeigen erste Erfolge, auf die wir stolz sein können. Die Weichen sind auf Wachstum und sichere Erträge gestellt. Der Zug nimmt Fahrt auf. Und ich bin der festen Überzeugung, wir sind auf dem richtigen Weg ...“

„Oder auf dem Holzweg“, flüsterte Grammel dem Kollegen Zentner zu.

„Eine Kanzelpredigt. Pure Augenwischerei“, kommentierte dieser leise.

„Wen wundert's? Sein Vater war Pastor. Von der Pike auf gelernt“, ergänzte Oliver Wurzelmeier, was Kollegen neben ihnen mit strengen Blicken bewerteten.

Gellhoff dozierte weiter: „Viele von Ihnen wissen bereits, dass wir uns seit einem Jahr mit tatkräftiger Unterstützung unseres vor kurzem ausgeschiedenen Direktors, den von mir sehr geschätzten Herrn Langhofer, mit der Modernisierung und den notwendigen Umstrukturierungen, passgenau auf unser Haus zugeschnitten, offensiv auseinandergesetzt haben ... ich beglückwünsche Sie zu dem unternehmerischen Mut, der mittel- und langfristig sichtbare Erfolge erwirtschaften wird ... zum Schluss: ein weiteres Zitat von einem mir nicht näher bekannten Philosophen, der einmal gesagt hat: *Fantasielosigkeit ist der Bremsklotz des Fortschritts.* Das möchte ich dreimal rot unterstreichen. Ihre und meine Ideen, unser unermüdliches Engagement müssen zwangsläufig zu Siebenmeilenstiefeln des Erfolges werden!“

„Blablabla! Am Kern der tatsächlichen Veränderungen vorbei gelabert“, flüsterte Grammel.

„Absicht, was sonst?“, sagte Zentner mit gedämpfter Stimme, „Ich komme mir vor wie auf dem Kasernenhof.“

„Der Chef hat sich gerade sein Gehalt kräftig erhöht. Habe ich heute aus sicherer Quelle erfahren“, wisperte Wurzelmeier seinen unmittelbaren Nachbarn zu, die ihn mit großen Augen ansahen.

„Und der Aufsichtsrat? Im Tiefschlaf?“, fragte Zentner entsetzt.

„Zugestimmt. Was sonst? Viele müssen gehen, ergo können Gelder umgeschichtet werden“, frotzelte Grammel.

„Pssst! Ruhe!“, mahnte die frisch promovierte Dr. Kim-Dörte Gauthier-Schickl. Die hohe, durchdringende Stimme der jungen Mitarbeiterin aus der Devisenabteilung, seit vier Wochen in der Bank, war so laut, dass sich mehrere Köpfe nach ihr umdrehten.

„Liebe Mitarbeiterinnen und Mitarbeiter, mit den gut durchdachten und unumgänglichen Maßnahmen sind wir für die Zukunft bestens aufgestellt … unsere Abteilungsleiter werden in Kürze ein von mir geleitetes Führungsseminar absolvieren. Wann? Wo? Was genau? Wie lange wird den Teilnehmern rechtzeitig mitgeteilt. Wenn das mal keine frohe Botschaft ist … besten Dank für ihre Aufmerksamkeit! Ich wünsche allen weiterhin frohes Schaffen und uns allen viel Erfolg!“

Er lächelte breit, während die vorderen Reihen kurz und verhalten applaudierten. Gellhoffs Lächeln ähnelte mehr einem diabolischen Grinsen mit dem Subtext: *wenn ihr wüsstet, was ich mit euch vorhabe. Ihr würdet mich noch heute vom Hof jagen.*

Alle Blicke richteten sich auf die sechs überraschten Abteilungsleiter und eine Abteilungsleiterin, die mit den Schultern zuckte und ihrem Stellvertreter Oskar Knödler zugewandt bemerkte: „Wir hatten doch erst vor zwei Monaten ein Optimierungsseminar.“

Geraune und Gemurmel verstummten als Leo Zentner laut über die Köpfe hinweg rief: „Herr Gellhoff, wann ist die Beerdigung von Natascha Schlunzinger?“

Alle Augen richteten sich auf den Chef, der bereits mehrere Stufen noch oben geeilt war.

Er drehte sich um und sagte lapidar: „Bin ich das Beerdigungsinstitut?“

Sprach's und nahm zwei Stufen auf einmal.

Empört schüttelten viele Mitarbeiter den Kopf, waren sprachlos über Gellhoffs Taktlosigkeit. Nicht einmal hatte er Natascha
Schlunzingers tragischen Tod erwähnt, geschweige sein Bedauern
ausgesprochen.

„Was für ein gefühlskalter Mensch", sagte Zitzelsberger zu ihrer
Kollegin.

„Kälter als eine Tiefkühltruhe", bemerkte Haller.

„Keine Sorge Kollegin, der bleibt nicht lange. Dem ist es hier
zu provinziell", bemerkte Zitzelsberger und hoffte, ihr heimlicher
Wunsch möge sich bald erfüllen.

„Sein Start hätte schlechter nicht sein können. Stell dir vor, er
will bei der Beerdigung eine Rede halten. Ausgerechnet er!", sagte
Haller entsetzt und hielt sich die Hand vor den Mund.

„Ein ganz schlechter Scherz, oder? Was sagt Fred dazu?", fragte
die Kollegin verständnislos.

Gellhoff kam den Flur entlang gehastet und erblickte seine
Sekretärinnen.

„Meine Damen, was gibt es zu tuscheln? An die Arbeit. Ich zahle
Sie nicht fürs dumm herumstehen."

13 „Wie die drei verplombten Geldkisten einfach so verschwinden konnten, ist mir ein absolutes Rätsel", sagte
Fred Schlunzinger stirnrunzelnd, als er die Zwischen-
tür im Kellerflur aufschloss.

„Ist Ihnen denn so gar nichts Verdächtiges aufgefallen? Seltsame Geräusche? Ein Lichtschein? Fremde Stimmen?", fragte der
Chefermittler und blieb im Türrahmen stehen.

„Nichts, rein gar nichts! Herr Kommissar, ich sitze gemütlich
vorm Fernseher, schaue mir das Spiel Bayern gegen Bremen an.
Bayern führt sieben zu null und zeitgleich werden im Keller in
aller Seelenruhe mehrere prall gefüllte Geldkisten abtransportiert.
Eine Kiste war vollgestopft mit Münzgeld, betonschwer. Eine
Person schafft das nicht. Ich vermute, da waren zwei oder drei
kräftige Muskelprotze am Werk."

Mit der einen Hand hielt er den Ermittlern die Tür auf, während er sich mit der anderen hinterm Ohr kratzte.

Langsam gingen sie den breiten Kellerflur entlang.

„Gab es vielleicht einen bewusst herbeigeführten Stromausfall mit dem Ziel, die Alarmanlage für kurze Zeit außer Gefecht zu setzen?", fragte Lux.

„Dann wär's in meiner Wohnung auch zappenduster gewesen und außerdem ist die Alarmanlage vom Keller bis unters Dach mit der nächsten Polizeidienststelle verbunden."

Der Hausmeister winkte kopfschüttelnd ab.

„Wie konnte Edmund Rutzmoser in den abgeschlossenen Hinterhof gelangen? Unüberwindbare Mauer, das Hoftor drei Meter hoch und abgesperrt. Irgendwie eigenartig", sagte der Ermittler und beobachtete den Hausmeister.

Schlunzinger senkte den Blick, seufzte, zuckte mit den Schultern und sagte: „Gute Frage Herr Kommissar. Keine Ahnung. Habe stundenlang gegrübelt, wie der Mann in den Hof gelangt sein könnte und warum er sich ausgerechnet hinter den Mülltonnen aufhielt ...? Ein weiteres großes Rätsel!"

Fred Schlunzinger hatte in jener Nacht kaum geschlafen, stand mehrmals am Flurfenster und wartete auf seine Frau, aber das behielt er für sich. Seine privaten Probleme hatten mit dem toten Obdachlosen und dem Geldraub nichts zu tun. Trotzdem fragte es sich, wie konnte dieser Mann dorthin gelangen? Sobald nachts jemand den Hof überquerte, sprang sowohl der Bewegungsmelder als auch die Flutlichtanlage an, außer die Alarmanlage wurde manipuliert.

Seit zweiundvierzig Jahren versah Fred Schlunzinger den Hausmeisterdienst in dem alten Gebäude. Die gesamte Elektronik und Sicherheitstechnik hielt er in Schuss. Er gehörte noch zu jenen, die über den Dächern der Regensburger Altstadt thronten. In der Nachbarschaft, beinahe in der gesamten Innenstadt, war er der letzte seiner Zunft. Ein aussterbendes Privileg. Bis vor gut zwanzig Jahren kannte er mehrere Hausmeisterkollegen sowohl in den überwiegend gewerblich genutzten Gebäuden als auch in privaten

Mietshäusern. Beim Stammtisch im Alten Augustiner Kloster schwadronierte er gerne mit ehemaligen Berufskollegen über vergangene Zeiten. Weniger Stress, freundlich grüßende Hausbewohner, freundliche Angestellte und Chefs. Tja, das war einmal. Die modernen Handyhausmeister hetzen oft von Objekt zu Objekt und heißen heute Facility Manager. Eine Berufsbezeichnung, die keiner richtig aussprechen kann, geschweige denn braucht. Schlunzingers persönliche Meinung.

„Und wer kann die Anlage bedienen?", wollte Lux wissen.

Schlunzinger drehte sich zu ihr um und grinste breit.

„Dreimal dürfen Sie raten", und fügte gleich hinzu, "der Chef der Alarmanlage steht vor Ihnen. Keine Sorge Frau Lux, die Spurensicherung hat mich gründlich unter die Lupe genommen, ebenso die Kollegen Zentner und Grammel. Sogar meinen Arbeitskittel haben ihre Kollegen mitgenommen. Haben Sie was Verdächtiges entdeckt? Nein."

Lautlos öffnete sich am Ende des Flurs der Aufzug. Ein Putzwagen rumpelte geräuschvoll heraus, blieb auf halbem Weg stehen. Parallel dazu war eine laute Frauenstimme mit osteuropäischem Akzent zu hören.

Ruckartig wirbelte Schlunzinger herum und eilte Richtung Aufzug. Im Weggehen sagte er: „Das kann nur unsere Tschatschurtschika sein. Ich bin gleich wieder da."

Tschatschurtschika Ruzickova postierte sich vor der Lichtschranke mit dem Rücken zum Flur. Sie telefonierte in einer Lautstärke, die alle und alles übertönte.

Der Hausmeister zog den Putzwagen ruckartig aus dem Aufzug und riss die kleine Mittvierzigerin beinahe mit um. Ihre schulterlangen braunen Haare mit blond eingefärbten Strähnen wurden von einer glitzernden, großen Klammer am Hinterkopf zusammengehalten.

„Ey Schlunzi, ich putzen Aufzug, du nix sehen?", sagte sie verständnislos.

„Putzi, wie oft soll ich dir noch sagen? Der Aufzug ist keine Telefonzelle und auch nicht die Kaffeeküche!"

„Jaaa, isse schon gutt", sagte sie unbeeindruckt.

Sie ließ ihr Handy in der Kitteltasche verschwinden, sah mit neugierigen Blicken auf Pflamminger und Lux.

„Darf ich vorstellen, das ist …"

„Nix Zeit, musse machen putzen fertig. Schon viele spät heute", sagte sie hektisch und schob den Reinigungstrolley zurück in den Aufzug.

Die Ermittler kamen näher, stellten sich vor und hatten gleich eine Frage, ob sie am Abend des Überfalls im Haus war, etwas gehört oder gesehen habe.

Sie legte die flache Hand auf ihren üppigen Busen und sagte: „Schlimmes Unfall, armes, armes Natascha, meiner Gott, meiner Gott, armes, armes Fred, machen so viel traurig in meiner Herz." Sie bekreuzigte sich, bekam feuchte Augen und sah voller Mitgefühl auf Schlunzinger.

„Es geht nicht um Natascha. Es geht um die gestohlenen Geldkisten. Habe ich dir doch erzählt."

„Ja, ja, ja, Geld weg, einfach weg, uuuh, meiner Gott, meiner Gott! Ich war nix in die Bank, ich … ich war krank. Fred kann sagen, Stempel von die Uhr kann sagen."

Schlunzinger nickte. An dem besagten Tag war sie nicht im Haus.

„Meine liebe Fred, es ist sich traurig, armes, armes Natascha, junges Frau. Warum sterben?", wechselte sie schluchzend das Thema.

Nataschas Tod schien ihr nahe zu gehen. Schnell zog sie ein Papiertaschentuch aus der Schürze und trocknete die Tränen.

Schlunzinger senkte den Blick, schwieg eine Weile und sagte: „Kommst du zur Beerdigung?"

„Fred, ich komme Friedhof, ich kommen. Mussen machen putzen fertig."

Sie klopfte ihm auf die Schulter und verschwand samt Putzequipment im Aufzug.

Der Rundgang durch alle Kellerräume und Stockwerke brachte weder neue Hinweise noch Erkenntnisse, die den Ermittlern hätten weiterhelfen können.

„Herr Schlunzinger, es gibt noch offene Fragen“, sagte der Hauptkommissar.

Spontan lud der angesprochene die Besucher auf ein Bier in seine Mansardenwohnung ein. Fernseher und Radio liefen den ganzen Tag. Die Stille in der Wohnung war für den Witwer schwer zu ertragen. Zu viel erinnerte an seine Frau. Ein großes Bild mit Trauerschleife neben dem Computer zeigte ein hübsches, heiteres Gesicht, große warme Augen, blondes über schulterlanges Haar. Natascha.

Schlunzinger streifte das Bild mit wehmütigem Blick, griff nach der Fernbedienung und schaltete die Geräte aus.

„Natascha war ein Wirbelwind. Wenn sie Zuhause war, lief das Radio in der Küche und der Fernseher im Wohnzimmer gleichzeitig. Oft tanzte sie durch die Wohnung“, sagte er mit hängenden Schultern und traurigem Blick.

Die mysteriösen und gleichzeitig widerlichen Umstände, die zum sinnlosen Tod seiner Frau führten, machten das Unglück für Fred Schlunzinger unbegreiflich. Seine Trauer war grenzenlos. Nachts lag er stundenlang wach und starrte ins Nichts. Er war felsenfest überzeugt, die Drogen, die Natascha das Leben kosteten, stammten von seinem Chef. Hat sie dieses Dreckszeug freiwillig genommen? Diese Frage nahm sein ganzes Denken in Beschlag. Eine Antwort auf den plötzlichen Tod seiner Frau wird es nicht geben, damit musste er sich wohl abfinden.

Die ermittelnden Kripobeamten waren angehalten Fragen zu stellen, die zur Aufklärung von Verbrechen beitrugen. So auch in diesem Fall. Es ließ sich nicht umgehen, neben allgemeinen Sachverhalten auch sehr persönliche Themen abzufragen, um Ursachen, Motive, Auslöser, Zusammenhänge und Schlussfolgerungen besser zu verstehen, die vielleicht zu einer gesetzeswidrigen Tat geführt haben könnten.

„Herr Schlunzinger, wir können die Trauer um ihre Frau nachempfinden, aber wir ...“, sagte Lux vorsichtig.

„Was wollen Sie denn noch wissen?“, fiel er ihr ins Wort und seufzte schwer.

„Wo haben Sie Tamara Broncovic und Oleg Ulanov kennengelernt?"

Schlunziger nahm einen kräftigen Schluck Weißbier, wischte sich mit dem Handrücken den Schaum von den Lippen und sah lange durch die Fenstergardine, bevor er antwortete.

„Wie aus dem Nichts tauchten die beiden Schießbudenfiguren hier auf. Vor vier Jahren, also einen Tag nach unseren Flitterwochen, stand Tamara mit dem undurchsichtigen Büchsenspanner Oleg im Schlepptau vor der Tür. Beide stellten sich als beste Freunde aus der Schulzeit vor. Ungefragt hat Oleg damals acht Monate hier übernachtet. Heute weiß ich, er hat meine Gutmütigkeit ausgenutzt."

„Gingen die beiden einer Arbeit nach?", wollte Pflamminger wissen.

„Gute Frage. Sie behaupteten, sie seien an der Regensburger Universität eingeschrieben. Als ich nach dem Studienfach fragte, alberten sie herum, kicherten wie Kinder, behaupteten Theologie, Philosophie, Astrophysik und Internationales Recht zu studieren. Das war natürlich ein Witz."

„Und wie ging es weiter mit den fleißigen Studierenden?", fragte Lux, dabei warf sie ihrem Chef einen Blick zu und musste sich das Lachen verkneifen, als Schlunzinger die Studienfächer aufzählte.

Er hob die Schultern, druckste eine Weile herum, schließlich sagte er kleinlaut: „Angeblich überweisen sie monatlich Geld an Tamaras kranke Mutter. Sie wohnt in der Nähe von Hermannstadt. Die Mutter habe nur vierzig Euro Rente im Monat. Zwei Wochen nach unserer Hochzeit besuchten wir die alte Frau in Rumänien. Sie lebt in einer wunderschönen Gegend, aber in sehr armen Verhältnissen. Die Mutter, Anfang siebzig, konnte kaum gehen. Ein verbogener Regenschirm diente als Gehstock. Ich habe ihr sofort einen Rollator geschickt, der bis heute nicht angekommen ist. Wir sind noch mal hingefahren und haben ihr eine Gehhilfe persönlich übergeben."

„Haben Sie Nataschas Eltern kennengelernt?", bohrte Lux weiter.

„Die sind früh verstorben und Natascha kam in ein Kinderheim. Tamaras Mutter hatte damals in der Heimküche gearbeitet. Sie beabsichtigte angeblich Natascha zu adoptieren, aber wegen Geldmangel konnte sie das Vorhaben nicht realisieren. Oleg sei auch in einem Waisenhaus aufgewachsen und mit fünfzehn verschwunden. Keiner weiß genau, wie er sich durchgeschlagen hat. Großes Geheimnis. Natascha reagierte meistens gereizt, wenn ich mehr über ihre Familie wissen wollte. Irgendwann habe ich aufgehört zu fragen."

„Wie haben Sie Natascha kennengelernt?", fragte Lux und setzte ihr charmantestes Lächeln.

Er senkte den Blick und ließ sich mit der Anwort Zeit.

„Über eine Wiener Agentur. Die Kontaktpersonen in Wien wirkten seriös. Die Vermittlungsgebühr war akzeptabel. Meine Schwester Hermine und mein Kollege Leo Zentner haben mich nach Wien begleitet. Ich habe mich vorgestellt, Papierkram erledigt und fünf Wochen später haben wir zusammen mit einem Mitarbeiter der Agentur Natascha vom Wiener Hauptbahnhof abgeholt, und vier Wochen später in Regensburg standesamtlich geheiratet."

„Wie haben Sie sich verständigt?", fragte Lux.

„Am Anfang war es schwierig. Aber Natascha war ehrgeizig und lernte schnell", sagte er und sah gedankenverloren auf den hellbraunen Teppichboden mit dunkelgrünem Zickzackmuster.

Viele Siebenbürger Sachsen saßen kurz vor der Wende auf gepackten Koffern. Vor allem junge Menschen haben nach dem Tod des Diktators Nicolae Ceausescu das Weite gesucht. Die Grenze war plötzlich durchlässig, die Kontrolleure haben lieber gesoffen, als nach einem Pass zu fragen, so hatte es Natascha ihrem Fred erzählt. Und mit ein paar Mark oder Dollars lief alles wie geschmiert.

Fred Schlunzinger vermutete, Tamara Broncovic und Oleg Ulanov waren gut zehn Jahre früher als Natascha in den Westen gekommen.

„Sprechen Broncovic und Ulanov auch russisch?“, fragte Lux.

Schlunzinger blickte nervös abwechselnd in beide Augenpaare und überlegte.

„Gut möglich. Tamara und Oleg haben in einem Hotel am Schwarzen Meer gearbeitet, in dem viele Touristen aus Russland logierten. Da war es von Vorteil russisch zu sprechen.“

„Wissen Sie, welche Tätigkeit Broncovic zurzeit ausübt“, sagte Pflamminger.

Schlunzinger grinste schelmisch und sagte: „Raten Sie mal?“

„Sie werden es uns sagen.“

„Sieht sie aus wie eine Studentin um die Zwanzig? Nein. Sie behauptet, sie sei dreiunddreißig. Für mich ist sie schon über vierzig. Aber ihr Typ ist sehr gefragt. Der Taiga Club, den sie leitet, war früher die Rote Matratze. Damals ein billiges Provinzbordell. Heute läuft der Laden angeblich ziemlich gut.“

Schlunzinger erhob sich, ging in die Küche und holte ein zweites Weißbier.

„Gesichtsoptimierung?“, sagte Pflamminger an Lux gewandt.

„Hallo, das sieht doch ein Blinder. Die Stirn, die Wangen und die Längsfalten am Hals sind schon einige Male bearbeitet worden. Botox sei Dank.“

„Was Frauen sofort ins Auge fällt“, sagte der Hauptkommissar und grinste seine Assistentin an.

„Präzise Beobachtungsgabe gehört zu unserem Job“, sagte Lux.

„Wohl war“, nickte ihr Chef.

Schlunzinger rief aus der Küche herüber: „Mein Chef ist Stammkunde im Taiga Club und der Wadlbeißer Ulanov arbeitet dort als Türsteher.“

Die Ermittler tauschten vielsagende Blicke.

„Was machte ihre Frau beruflich?“, wollte Lux wissen nach dem sich Schlunzinger wieder dazugesetzt hatte.

„Sie arbeitete als Schuhverkäuferin in den Arcaden am Hauptbahnhof. Sie war beliebt bei den Kollegen. Zwei Jahre lang besuchte sie an der VHS einen Deutschkurs für Ausländer. Vor einem halben Jahr hat sie einen Englischkurs belegt.“

„Herr Schlunzinger, warum hat Ihre Frau ausgerechnet Ihnen die Schwangerschaft verschwiegen? Wollten Sie keine Kinder?"

Pflamminger bemerkte, die heikle Frage kam nicht gut an, aber aus ermittlungsrelevanten Gründen ließen sich intime Fragen nie ganz ausschließen.

Schlunzinger schluckte mehrmals, walkte seine Hände kräftig durch und vermied sein Gegenüber anzusehen. Nach einem tiefen Seufzer sagte er: „Glauben sie mir, ich hätte mein Kind auf Händen getragen, aber das Schicksal hat anders entschieden."

Er nahm die Flasche und ließ das Weißbier langsam ins Glas fließen.

Der Chefermittler setzte die heikle Befragung fort: „Hatten Sie in den vergangenen Monaten Sex mit ihrer Frau?"

Schlunzinger wäre beinahe die Flasche aus der Hand gerutscht. Seine Augen flackerten. Er biss sich auf die Unterlippe, stellte die leere Flasche neben sich auf den Boden, griff schnell nach dem Papiertaschentuch und schnäuzte sich lange.

Die Antwort blieb er schuldig, stattdessen flüchtete er sich in den Vorwurfsmodus, sah an Pflamminger vorbei und sagte leise: „Ich dachte immer Polizeibeamte sind Menschen mit Feingefühl."

Er fühlte sich spürbar unwohl. Noch so eine unverschämte Frage und er würde sie hochkant hinauswerfen, dachte er und bemühte sich eine freundliche Miene aufzusetzen.

„Wussten Sie, dass Ihre Frau Drogen nahm?", fragte Lux.

Herrgott noch mal! Wieder so eine überneugierige Frage, dachte er, musste sich zusammenreißen, um seine innere Anspannung zu verbergen.

Er schlug die Augen nieder und sagte: „Der Arzt behauptet sie hätte ... ich ... ich kann es nicht glauben!"

„Hatte Natascha Freunde oder Kollegen, mit denen sie manchmal wegging, spät nach Hause kam oder woanders nächtigte?", wollte Lux wissen.

„Ab und zu ging sie mit Kollegen zu dem angesagten Karel G, einer Kneipe in der Unteren Bachgasse oder ins Gondola. Spätestens um elf Uhr war sie Zuhause", sagte er schleppend.

„Waren Sie mit ihrer Frau öfter unterwegs, zum Beispiel beim Shoppen, im Kino oder im Jahnstadion?", fragte Lux.

Nachdenklich sah er durch die Gardinen, rieb sich am Knie und sagte: „Die erste Zeit kam sie einmal die Woche mit ins Schützenheim. Na ja, die Jungs machten manchmal Witze über uns. Vati führt seine schöne Tochter aus oder Vati bringt seiner hübschen Tochter das Schießen bei. War nicht so gemeint, wie es sich anhört. Aber Natascha mochte das Gerede nicht."

„Trieb Natascha Sport, hatte sie besondere Hobbys?", fragte Pflamminger nach.

Schlunzinger ging die Fragerei zunehmend auf die Nerven, wechselte skeptische Blicke zwischen den Besuchern und sagte: „Sport war nicht ihr Ding. Ihr Hobby steht dort drüben. Onlinespiele."

Mit einer Kopfbewegung deutete er auf den Schreibtisch mit PC und Spielkonsole. Mit feuchten Augen sah er zum PC-Tisch hinüber mit Nataschas rot gerahmten Bild und Trauerschleife, als würde er sie dort sitzen sehen.

„Haben Sie auch mal zusammengespielt", sagte Lux.

„Tsss, ehrlich gesagt, hat es mich nicht interessiert. Natascha war erwachsen, sie musste wissen mit was sie sich die Zeit totschlug."

„Hat sie sich mit Broncovic und Ulanov ab und zu oder öfter getroffen?", fragte Pflamminger.

Schlunzinger rieb sich lange die Augen und wischte verstohlen ein paar Tränen weg, schließlich sagte er: „Die beiden kamen oft zu Besuch, standen einfach vor der Tür. Natascha zauberte ein Gericht auf den Tisch. Sie kochte gerne. Meistens scharfe Sachen, was ich nur mit viel Bier und Magenbitter verdauen konnte. Wenn ich um Mitternacht sagte, es sei Zeit aufzubrechen, lachte Tamara frech und sagte, *geh du Bett, wir noch reden von Heimat, haben viele Sehnsucht nach Mutter, Onkel, Tante, kannst du verstehen? Geh, du Bett. Ich für dich beten.* Hat sie wortwörtlich so gesagt. Die meiste Zeit redeten sie in ihrer Sprache und ich saß daneben wie ein Volltrottel. Tja ... und dann ... plötzlich ... Natascha veränderte sich und war verrückt nach Partys, ging in angesagte Clubs. Ich weigerte mich mitzukommen. Nach durchtanzten Nächten landete sie immer öfter in Gellhoffs Haus. Spätestens da hätten bei mir alle Alarmglocken angehen müssen!"

Beschämt senkte er den Blick. Er fühlte sich wie ein Versager und die Kriminalbeamten hörten nicht auf zu fragen.

„Was war so schrecklich in Gellhoffs Haus", unterbrach Lux sein verlegenes Schweigen.

Ihr Blick wanderte zu ihrem Chef, der ebenfalls seine Ermittlerantennen ausfuhr.

„Gehörten Sie auch zu den willkommenen Partygästen", erkundigte sich Pflamminger und erntete einen strengen Blick von seiner Assistentin *Chef! Etwas mehr Feingefühl!*

Schlunzinger schüttelte den Kopf und sagte: „Für jeden Mist und jede kleine Reparatur in dem riesigen Kasten war ich zuständig. Steckdosen montieren, Beleuchtungen reparieren, Rasenmähen, Laubfegen, Swimmingpool säubern, Dach abkehren, verstopfte Toiletten reinigen … für die Partys ... war ich wohl nicht gesellschaftsfähig."

„Broncovic, Ulanov und ihre Frau waren gesellschaftsfähig. Wer bestimmte das?", sagte Lux.

Fred Schlunzinger fuhr sich mit der linken Hand durch sein volles graues Haar und sagte: „Tamara, dieses raffinierte Miststück hat alles arrangiert. Sie hat Natascha mit in den verdorbenen Sumpf hineingezogen. Vor einem halben Jahr ist mir der Kragen geplatzt. Wir haben tagelang gestritten. Als das Wort Scheidung fiel, habe ich nachgegeben. Seitdem hing der Haussegen schief. Natascha war häufig schlecht gelaunt, sprach oft Wochen kein Wort mit mir. Plötzlich klagte sie über Erschöpfungszustände und Übelkeit, ließ sich immer öfter krankschreiben. Der Arzt sagte, er könne nichts finden. Ich hoffte, sie sei schwanger ...“

„Herr Schlunzinger, können Sie sich vorstellen, dass ihre Frau in Kreisen verkehrte, denen sie nicht gewachsen war?", deutete Pflamminger vorsichtig an.

Schlunzinger sah lange durchs Fenster, atmete schwer und sagte: „Ich habe auf ganzer Linie versagt."

Wieder stiegen ihm Tränen in die Augen. Verstohlen sah er auf die Uhr, stützte sich auf den Sessellehnen ab und erhob sich langsam. Er habe noch wichtige Dinge zu erledigen. Er begleitete seine Gäste nach unten, sperrte die Hintertür auf und sagte peinlich berührt: „Herr Pflamminger, bevor Sie es von jemand anderem erfahren, Gellhoff und meine Frau hatten ein Verhältnis."

„Sie wussten davon?"

Er nickte wie ein geprügelter Hund, hob hilflos die Schultern, seine Wangen röteten sich.

„Gellhoff musste nur mit den Fingern schnipsen ... sie war wie hypnotisiert ... war *verrückt* nach diesem Hurenbock! Und ich ... ich war machtlos."

14 Das warme Licht des Abends tauchte Häuser, Gassen und Plätze der zweitausendjährigen Stadt in eine stimmungsvolle Atmosphäre, die zum Verweilen einlud.

Pflamminger und Lux schlenderten über autofreie Straßen, vorbei an Einheimischen und Touristen, die entspannt in diese oder jene Richtung flanierten.

„Frau Lux ein Bierchen gefällig?"

„Sehr gerne."

Vor dem Café Goldenes Kreuz wurde ein Tisch frei. Bei Pils und Espresso ließen sie das Gespräch mit Fred Schlunzinger noch mal Revue passieren, versuchten sich in Nataschas veränderte Lebenssituation im kapitalistischen Westen hineinzuversetzen. War sie von dem neuen Leben überfordert? Sie hatte ein krankes Herz. Wusste sie es wirklich nicht oder war es ihr schlichtweg egal? Die junge Natascha Schlunzinger und ihr Ehemann gaben Rätsel auf. Warum hatte er sich seine Frau von Gellhoff ausspannen lassen? War Geld geflossen? Private Prostitution?

„Ebenso unklar ist die Tatsache: Hausmeister Schlunzinger wünscht sich sehnlichst ein Kind. Seine Frau hat angeblich keinen Bock auf eine Schwangerschaft und rumsdibumbs ...?"

„Na, na, na, Herr Hauptkommissar, was für eine saloppe Wortwahl?"

Lux warf ihrem Chef einen strafenden Blick zu.

„Kleiner Scherz am Rande. Alles auf Anfang. Also, das beschauliche Leben in Freds muffiger Mansardenwohnung im altmodischen Einrichtungsmix ...?"

Pflamminger suchte nach einem passenden Wort.

„Monotonie, Langeweile und Unlustgefühle machen sich breit", mahlte Lux den Ehealltag der Schlunzingers weiter aus.

„Fred verbringt seine Freizeit häufig bei seinem Altmännerverein am Schießstand. Natascha, jung, unternehmungslustig ...", ergänzte Pflamminger und zündete sich eine Zigarette an.

„War ihr das von Anfang an nicht bewusst?", sagte Lux mit hochgezogenen Brauen, während sich der Chef mit Rauchkringelproduktionen abquälte.

Lux blinzelte nachdenklich in die untergehende Sonne. Das Bestreben in den „Goldenen Westen" zu gelangen, lässt nach wie vor viele junge Menschen wie hungrige Lemminge ins Unglück rennen. Gleich nach dem der Eiserne Vorhang fiel, blühte der Straßenstrich an der ehemals unüberwindlichen Ost-West-Grenze auf. Mütter holten ihre oftmals erst fünfzehnjährigen Töchter nachts von der Straße. Tatsache ist: die Ware „Frau" lässt sich neben Waffen und Drogen ähnlich gut verkaufen. Ein globales und lukratives Geschäft. A never ending story. Gesetze zum besseren Schutz von Prostituierten laufen meist ins Leere. Das entwürdigende Geschäft, dem sich Frauen entweder freiwillig aussetzen oder von Männern unter Androhung von Gewalt erzwungen, war und ist weltweit ein Big Business. Tamara Broncovic schien sich in dem von Männern dominierten Zuhälteruniversum standhaft durchzuboxen. Nach Franziska Lux' Einschätzung war sie eine eiskalte, knallharte Unternehmerin. Nutzte sie junge Frauen schamlos aus?

Pflammingers Zigarette verglühte im Aschenbecher, er hörte auf zu scrollen, ließ das Smartphone in der Seitentasche verschwinden und antwortete nach einer längeren Kunstpause: „Gute Frage,

Kollegin. Die lebenshungrige Natascha sucht nach Alternativen, geht mit Freunden auf die Piste. Plötzlich kreuzt Turbo-Roger ihren Weg und das Leben bringt neuen Schwung und eine neue Ausrichtung. Natascha zelebriert eine wilde Party nach der anderen, noch dazu mit attraktiven cash-potenten Männern. Was für ein stimulierendes Gefühl für eine junge Frau, aufgewachsen in ärmlichen kargen Waisenhausverhältnissen ..."

Lux unterbrach ihn und fügte hinzu: „Angekommen im vermeintlich paradiesischen Disneyland-Freizeitpark mit goldglänzenden Konsumtempeln. Alles völlig okay und nachvollziehbar. Und plötzlich wird sie schwanger. Gewollt? Ungewollt?"

Der Chef grinste über den Tisch und spann weiter: „Und verschweigt es ihrem Mann."

„Aber warum geriet ihr gesichertes Leben plötzlich aus den Fugen? Mitten hinein in einen verhängnisvollen Sog von Alkohol und Drogen?", rätselte Lux.

„Naivität? Überforderung? Frust? Depression? Schmerzhafte Defizite aus der Kindheit vergessen machen? Unbedingt dazugehören wollen?", zählte Pflamminger auf.

„Die Verlockung aufzusteigen in die Liga der Reichen und Schönen, war für sie wohl unwiderstehlich. Frei nach dem Motto: Everything is possible! Zum Wohl Chef."

„Wohl bekomm's. Vielleicht rechnete sie sich eine realistische Chance aus, die Mansardenwohnung samt behäbigen Fred gegen eine Villa inklusive gutaussehenden Bankdirektor auszutauschen?", sagte Pflamminger, „mit den Waffen einer Frau?", schob er augenzwinkernd schnell nach.

Er grinste seine Assistentin vielsagend an und nahm einen weiteren Schluck.

„Haben Sie schon immer so schöne smaragdgrüne Augen?", fragte er spontan und zusammenhangslos.

Lux reagierte einen Moment lang irritiert, dabei fuhr sie sich durch die kurzen rotblonden Locken. Hatte der Chef schon ein Bier zu viel intus? Sie antwortete: „Ja, von Geburt an. Haben meine Augen etwas mit dem Fall zu tun?"

Franziska Lux, mittelgroß, schlank, sportliche Figur, leidenschaftliche Tischtennisspielerin und Judo beherrschte sie aus dem Effeff. Mühelos warf sie männliche Kollegen auf die Matte und erreichte bei Polizeiwettkämpfen stets einen der vordersten Plätze. Mit sechzehn erkämpfte sie sich die Bayerische Jugendmeisterschaft und zwei Jahre später gewann sie den schwarzen Gürtel. Mit ihrem Lebenspartner Holger radelte sie oft querfeldein übers Land. Innenarchitekt Holger war beruflich engagiert. Seit einem Jahr versuchte er mit zwei ehemaligen Studienkollegen eine eigene Firma aufzubauen. Das Unternehmen stand auf wackeligen Füßen, aber Holger und seine Partner waren überzeugt, es war ihre berufliche Zukunft.

Während der Chef die Frage der Assistentin unbeantwortet ließ, sagte sie: „Sie haben das Thema gewechselt.“

„Soll vorkommen. Wo waren wir? Genau ... und jubelte Gellhoff ein Kind unter.“

Lux rollte mit den Augen und dachte, typisch Mann.

Pflamminger sah vorbeischlendernden Passanten hinterher, griff zum Glas, nahm einen Schluck und schenkte Lux einen unschuldigen, treuherzigen Blick.

Führte er etwas im Schilde, dachte Lux. Sie beobachtete ihren Chef aus dem Augenwinkel, sah wie er die Zigarette im Aschenbecher ausdrückte und dabei wie zu sich selbst sagte: „Wir müssen uns den aalglatten Banker noch mal vorknöpfen.“

Er blinzelte in die flacheinfallenden Sonnenstrahlen, winkte die vorbeieilende Bedienung heran und bestellte ein weiteres Pils.

„Und als erstes Blut abzapfen!“

„Dazu brauchen wir einen triftigen Grund“, antwortete er stirnrunzelnd.

„Erhärteter Verdacht auf Vaterschaft, was denn sonst?“

Bei dem unbeliebtesten Test der Welt schalten viele Männer auf Slow Motion oder Stand-by-Modus, oder analysieren konzentriert die neuesten Fußballergebnisse, dachte Lux amüsiert.

Lautlos pfiff sie eine, anders gesagt, improvisierte sie eine Melodie und behielt dabei ihren Chef fest im Blick.

Pflamminger räusperte sich lange und bemerkte scharfsinnig: „Vielleicht gibt es noch andere Männer, die als Vater in Frage kommen könnten?"

„Der Ehemann vielleicht oder Staatsanwalt Hammerschmidtchen? Wer weiß? Wer weiß?", sagte Lux und musste lachen.

„Why not? Gellhoffs enger Freund und Blutsbruder im Geiste. Rechtsanwalt Oswald Polsterer oder Johann Gschwendtner, Harry Grammel, Leo Zentner ...?"

„Die Herren würden uns etwas husten und alle Hebel in Bewegung setzen, um den Test zu verhindern. No chance for us. Wie sagte der Turbo-Banker? O-Ton: Es gibt für alles eine tragfähige Lösung."

Dieser Satz spukte Lux immer noch im Kopf herum. Was meinte er damit? Zum Beispiel bei jedem unausweichlichen Hindernis entsprechende Geldsummen springen lassen und die Sache war vom Tisch?

Lux verdrängte Gellhoffs manipulatives Gesäusel, das er beim letzten Zusammentreffen zum Besten gegeben hatte.

„Hm, spätes Eheglück mit junger, attraktiver Frau. Er gutmütig, ehrlich, fürsorglich, treu ..."

Pflamminger fiel ihr ins Wort und spann weiter: „Sie weder treu noch ehrlich, benutzt den gutgläubigen Fred als Sprungbrett in ein besseres Leben, möchte mehr und wird übermütig."

„Chef, könnten Edmund Rutzmosers und Natascha Schlunzingers Tod und der Geldraub etwas miteinander zu tun haben, vielleicht sogar verübt von ein und derselben Person? Gibt es vielleicht Verflechtungen, Motive, die wir noch schärfer ausleuchten müssen?"

„Hm, hm, hm? Rache? Inszenierte Ablenkungsmanöver? Aber wozu der ganze Aufwand?", sagte der Rauchkringelkünstler achselzuckend.

„Rache? Ablenkungsmanöver? Ich kann Ihnen nicht ganz folgen", sagte Lux mit grübelndem Blick auf den Chef, der sich schon wieder einen Glimmstengel angesteckt hatte.

Er nahm einen Schluck Bier und fuhr langsam fort: „Ich habe das Gefühl, wir treten auf der Stelle und rennen gleichzeitig gegen eine Mauer des Schweigens, die unsere Ermittlungen bewusst erschweren und ausbremsen sollen.“

„Sie denken an strippenziehende Hintermänner?“

Er nickte und sah seine Assistentin mit großen Augen an.

„Chef, denken Sie nur an Gellhoffs seltsames Gebrabbel. Er möchte die Vorfälle, wie er es nennt: wahrscheinlich ein gegen ihn gerichtetes Komplott im Turbotempo vom Tisch haben. Das riecht nach einer düsteren Vorgeschichte, die nicht an die Oberfläche kommen soll.“

„Denkbar. Warum wurde Natascha Schlunzinger ausgerechnet auf dem Krankenhausparkplatz abgelegt und nicht in die Notaufnahme gebracht? Wer hat sie dort hingebracht? Ein Taxler? Ein Partygast? Vielleicht die Broncovic oder Ulanov im Auftrag von Gellhoff? Hatte der oder hatten die Transporteure bewusst auf Nataschas Ableben spekuliert?“

Pflamminger zog seine Stirn in Falten und überlegte.

„Eine mittelbare Täterschaft nachzuweisen, ist so gut wie unmöglich. Bei Suizid zum Beispiel oder einem vergifteten Getränk oder wie bei unserem speziellen Fall mit gepanschten Drogen und Alkoholvergiftung. Fred Schlunzinger beschuldigt Roger Gellhoff massiv, am Tod seiner Frau beteiligt gewesen zu sein. War die Schwangerschaft der Grund sie für immer loszuwerden? Vielleicht hatte sie ihn erpresst?“

„Durchaus möglich. Blöderweise verfügt der Parkplatz über keine Kameras. Das musste der oder die Überbringer gewusst haben. Chef, wir werden es herausfinden.“

Pflamminger beugte sich nach vorne und klatschte seiner Assistentin im Give-Me-Five-Modus gegen die entgegengestreckte Handfläche.

„Die Getränke gehen heute auf meine Rechnung“, tönte Lux großzügig.

„Kommt nicht in Frage!

Pflammingers Handy schnarrte.

„Kerstin, grüß dich, was gibt’s? Na, läuft bei dir?“, lachte er entspannt.

Manno Paps, du hast die richtige Betonung immer noch nicht drauf ...

„Dann bring's mir bei, ich bin ein gelehriger Schüler“, sagte er mit todernster Miene und zwinkerte Franziska zu.

Vergiss es! Paps! Stell dir vor, ich bekomme den Praktikumsplatz.

„Freut mich für dich und wo?“, wollte der stolze Vater wissen, der gerade von seiner Tochter belehrt wurde, die Sprache der Jugend lieber der Jugend zu überlassen.

Im Altenheim Sankt Josef. Nächste Woche geht's los. Ich freue mich wahnsinnig. Mega cooler Job!“

„Bist du schon Zuhause?“

Wie krass bist du denn drauf! Es ist kurz vor sieben. Ich treffe mich mit ein paar Freunden im „Moritz“. Paps, vergiss Mamis Geburtstagsgeschenk nicht. Bitte denk dran! Ciao, Bussi.

„Ja, nein, was? Hallo? He? Monnomann, keine Zeit ein Geburtstagsgeschenk zu besorgen.“

Er winkte der Bedienung und bestellte ein Wasser, „auch noch eins?“

„Nein Danke. Geburtstag?“, wollte Lux neugierig wissen.

„Ein Geschenk für Ingrid.“

„Der wievielte?“

„Vierundvierzig. Geschenk? Wenn ich nur wüsste, was? Haben Sie eine Idee?“, lächelte er bemüht.

Tief seufzend ließ er seinen Blick über den weitläufigen Haidplatz und über den barocken Justitiabrunnen schweifen.

„Hobbys?“

„Gerade ist sie dabei ihr Hobby zum Beruf zu machen. Sie möchte Heilpraktikerin werden“, sagte er und nahm das Mineralwasser entgegen.

„Wie wäre es mit einem Buch aus dem Klosterkräutergarten von Hildegard von Bingen?“

„Sie hat schon ein ganzes Regal voll mit Büchern, CDs und DVDs aus dem Heilkräuterparadies.“

„Mit vierundvierzig beruflich neu durchstarten, cool. Wer oder was hat sie dazu bewogen?“

Der Chef verdrehte die Augen und kratzte sich am Hinterkopf.

„Vor gut einem Jahr pilgerte sie mehrere Monate auf dem Sankt Olavsweg durch Norwegen. Eines Nachts, mutterseelenalleine in einer zugigen, einsturzgefährdeten Berghütte hatte sie ein Erweckungserlebnis ...“

„Chef! Sie verarschen mich.“

„Nein im Ernst, sie möchte etwas Sinnvolles machen, nicht jeden Tag vorm PC sitzen und Zahlen eingeben. Seit sie sich für die Heilpraktikerausbildung entschlossen hat, gibt es bei uns kein Fleisch mehr. Können Sie verstehen, warum ich neuerdings mehr Wurstsemmeln verdrücke? Aber verraten Sie mich nicht.“

Lux zwinkerte ihm zu und hob die linke Hand zum Schwur. „Indianerehrenwort.“

15 „Asche zu Asche, Staub zu Staub. Denn Staub bist du und zum Staub wirst du zurückkehren“, sagte der junge, zartgliedrige Diakon mit verhaltener Stimme und indischem Akzent am offenen Grab und sprenkelte Weihwasser auf den Sarg. Besorgt warf er einen schnellen Blick gen Himmel. Der schwülheiße Mittag und in der Ferne vernehmbares Donnergrollen kündigte ein Gewitter an.

Fred Schlunzingers ausdrücklicher Wunsch: Keine Pseudograbreden! Sollte Gellhoff auftauchen, würde er ihn eigenhändig davonjagen. Vier Sargträger ließen den weißen Sarg, geschmückt mit einem üppigen Strauß dunkelroter Rosen, langsam hinuntersinken und verneigten sich über der Toten. Dezent traten die schwarz gekleideten Männer einige Schritte zurück. Fred Schlunzinger, gestützt von seinem Freund Leo und seiner älteren Schwester Hermine, schlurfte mit bleischweren Schritten ans offene Grab. Er war untröstlich, weinte hemmungslos. Natascha war noch so jung. Warum? Sein Leben fühlte sich an wie ein Trümmerfeld. Bis zum Ende seiner Tage würde er sich Vorwürfe machen.

Tamara Broncovic, im figurbetonten knielangen Kleid aus schwarzer Seide mit breitkrempigem schwarzem Hut und einem Trauerschleier bis zum Kinn, stand einige Schritte neben dem

Witwer. Ihr lautes Schluchzen und Klagen übertönte die salbungs-vollen Worte des Priesters, der sich einige Male nach ihr umdrehte. Immer wieder rief sie Nataschas Namen, führte Selbstgespräche, die niemand verstand, außer vielleicht die sechs hochgewachsenen, dunkel gekleideten, durchtrainiert wirkenden Männer mit großen Sonnenbrillen, die wie Zinnsoldaten hinter der schluchzenden stan-den. Vermutlich Broncovics Bodyguards, Türsteher oder Verwandte, Freunde aus der Heimat? Ulanov legte einen Arm um Broncovic.

„Natascha, Natascha ...?", rief sie verzweifelt mit bebenden Lip-pen.

Schlunzinger sah nach hinten und erblickte über viele Köpfe hin-weg Pflamminger und Lux. Gut dreißig Kollegen und Kolleginnen erwiesen Natascha Schlunzinger die letzte Ehre. Gellhoff, der angekündigt hatte, trostreiche Worte am Grab zu sprechen, war nicht erschienen, was der Witwer erleichtert zur Kenntnis nahm.

Praktikant Kramer war mit der Handy-Cam unterwegs und schoss heimlich Fotos von Broncovics Begleitern. Ab und an drehte sich einer der Männer um und überflog mit skeptischen Blicken die überschaubare Beerdigungsgesellschaft.

„Freunde oder Mitarbeiter aus dem Taiga Club?", flüstere Lux ihrem Chef zu.

„Gut möglich. Wo ist denn unser Praktikant abgeblieben?", fragte der Chef und sah in alle Richtungen.

„Er ist in geheimer Mission unterwegs", erwiderte sie im Flüs-terton.

„Wer hat ihm das erlaubt?"

„Ich."

„So, so."

Fred Schlunzinger ließ einen Strauß Rosen ins Grab fallen. Oleg Ulanov warf ungerührt einen Strauß Lilien hinterher, während Tamara Broncovic laut und anhaltend weinte. Der Priester ging auf Schlunzinger und Broncovic zu und sprach ihnen sein Beileid aus.

Dunkle, sich auftürmende Wolken kamen näher. Blitz und Don-ner wurden heftiger. Der Seelsorger sah gen Himmel. Mit Blicken und einer dezenten Kopfbewegung ordnete der Geistliche den

Rückzug an. Zusammen mit seinen Begleitern samt Sargwagen, entfernte er sich langsam, während die helltönige Glocke über der Aussegnungshalle zu läuten begann und das nächste Begräbnis ankündigte.

Luise Haller, Betti Zitzelsberger, Tilmann Senner, Harry Grammel und Leo Zentner legten im Auftrag des Chefs ein Bukett weißer Rosen nieder, kondolierten den nächsten Angehörigen und sprachen ihnen Trost zu. Während der feierlichen Zeremonie am offenen Grab, hatte Kramer unbemerkt mehrere Trauergäste fotografiert. Plötzlich kam ein kräftig aussehender Mann schnellen Schrittes auf ihn zu. Er stieß einen Fluch aus, den Kramer nicht verstand.

Er kam schnell näher und forderte ihn mit scharfer Stimme auf: „Kamera weg!"

Würde dir so passen, dachte sich der Praktikant und rannte zwischen den Grabsteinen hindurch davon.

„Was wird das jetzt?", fragte der Chefermittler und sah, wie Kramer Fersengeld gab und von dem hochgewachsenen Muskelpaket verfolgt wurde.

„Ich seh' mal nach", sagte Lux und entfernte sich unauffällig von der Gruppe.

Sie hielt nach allen Richtungen Ausschau, aber Kramer und sein Verfolger waren wie vom Erdboden verschluckt.

In letzter Sekunde erreichte Kramer die Aussegnungshalle, in der kleine und große schwarz gekleidete Gruppen zusammenstanden. Kramers Verfolger kam langsam näher. Geduckt eilte Kramer zwischen Wartenden auf eine Tür zu mit der Aufschrift:

Nur für Mitarbeiter

Die Sargträger von vorhin saßen um einen Tisch herum, stärkten sich mit Kaffee und warteten auf den nächsten Einsatz.

„Junger Mann, Sie haben sich in der Tür geirrt", sagte der ältere der Gruppe, erhob sich und ging auf Kramer zu.

„Entschuldigung, wo ist die Toilette? Mir ... mir geht es gerade nicht gut", sagte er scheinheilig mit schmerzverzerrtem Gesicht.

Schnell legte er eine Hand auf den Bauch und deutete sein dringendes Problem an.

Die vier Männer sahen ihn ungläubig an. Schließlich begleitete ihn der jüngere der Gruppe bis zur Mitte des langen Flurs und zeigte auf das Toilettenschild.

„Vielen Dank. Hinaus finde ich allein."

Kramer verschwand in der Toilette. Gestank schlug ihm entgegen, als hätten zehn Elefanten einen Zwischenstopp eingelegt. Seine Nase zuhaltend riss er das Fenster auf mit direktem Blick auf den Parkplatz. Sieh an, sieh an, er entdeckte seinen Verfolger, der am Auto lehnend telefonierte. Kramer zückte die Kamera, zoomte den fast Zweimetermann heran. Sicherheitshalber sendete er seine Ausbeute sofort ins Kommissariat.

16 Die heimlich geschossenen Fotos förderten Brisantes zutage. Kramers Verfolger, Mirko Neshkova, zweiundvierzig, durchtrainierter Oberkörper, breite Schultern, slawische Augenform. Geboren in Hermannstadt, studierte angeblich an der Regensburger Universität vier Semester Russisch-Orthodoxe Kirchengeschichte. Weder das Einwohnermeldeamt noch die Universitätsverwaltung konnte einen Eintrag Mirko Neshkova bestätigen. Eine auskunftsfreudige Mitarbeiterin des Studentenwerks berichtete, es sei keine Seltenheit mit gefälschten Pässen und Abiturzeugnissen nach Westeuropa zu kommen, günstig im Studentenwohnheim zu logieren und den Lebensunterhalt mit lukrativer Schwarzarbeit zu bestreiten. Erst vor drei Wochen hätte die Wohnheimverwaltung fünf Scheinstudenten rausgeschmissen. Die Herrschaften hatten nicht eine Stunde an der Uni zugebracht, dafür aber das halbe Wohnheim mit schmutzigen Drogen versorgt. Die jungen Männer waren seitdem spurlos verschwunden.

Mirko Neshkova war im Polizeipräsidium München kein Unbekannter. Sein Sündenregister: Zwanzig Kilogramm Crystal Meth über die Grenze geschmuggelt. Eine stark euphorisierende und schnell abhängig machende Partydroge, was der ahnungslose Konsument leider zu spät bemerkt. Mirko Neshkova kam mit zweieinhalb Jahren Strafe auf Bewährung davon. In einem Elektrogroßhandel wurde eine viertausend Euro Kamera rein zufällig in Neshkovas Spind entdeckt. Der Arbeitgeber erstattete Anzeige und kündigte ihm fristlos. Neshkova legte sofort ein Geständnis ab, entschuldigte sich bei dem Bestohlenen und kam mit einem blauen Auge, neun Monate Bewährungsstrafe, davon. Am Münchner Flughafen arbeitete er in der Gepäckabfertigung. Exklusiv aussehende Koffer hatten es ihm angetan. Trotz überall angebrachter Überwachungskameras ließ er einen Koffer verschwinden. Noch bevor er das vierte Sicherheitsschloss mit dem Bolzenschneider knacken konnte, war er den Job los.

17 Viele Mitarbeiter vermuteten, einige wussten es. Gellhoff hatte seit gut einem Jahr ein Verhältnis mit Natascha Schlunzinger und seit einem halben Jahr traf er sich auch mit seiner Pressesprecherin Trixi von Thalhussen.

Der plötzliche Auszug seiner Frau Verena aus der Villa kam daher nicht überraschend. Die Chefsekretärinnen Zitzelsberger und Haller konnten sich noch gut an den Tag erinnern, als Gellhoff das erste Mal unausgeschlafen und übelst gelaunt erst gegen elf Uhr ins Büro gestürmt kam und halbstündlich fragte, ob seine Frau angerufen habe. Hatte sie nicht. Wenn sie anrufe: sofort durchstellen, sein Smartphone sei gerade in Reparatur. Seit der Trennung rief weder seine Frau Verena noch seine Tochter Susanna im Büro an.

Vor einem halben Jahr begann Trixi von Thalhussen in der Bank zu arbeiten. Schnell gehörte sie zu den gern gesehenen Partygästen in Gellhoffs Villa, was sie ihren Abteilungsleiterkollegen bei jeder passenden Gelegenheit genüsslich unter die Nase rieb. Die intime Nähe zu Bankdirektor Gellhoff veranlasste Hauptkommissar Pflamminger die karrierebewusste junge Frau in sein Büro zu zitieren und mit ihr über die exklusiven Wochenend-Happenings zu plaudern. Eine Auflistung der honorigen Gäste gleich mitgeliefert, wäre eine prima Sache, dachte Pflamminger voller Ermittlungseifer, als er der Leiterin der Pressestelle gegenübersaß.

Die Einladung ins Kommissariat hätte Frau von Thalhussen nur zu gerne vermieden, wie ihr grimmiger Gesichtsausdruck verriet. Warum musste ausgerechnet sie der Polizei Rede und Antwort stehen? Ausdruckslos sah sie auf die Ermittler. Diesen farblosen, nichtssagenden Blick lernte man höchstwahrscheinlich im Führungskräfteseminar. Nur nicht erkennen lassen, dass man seine Untergebenen oder sonstigen Zeitgenossen, wie zum Beispiel Polizeibeamte für Vollidioten hielt.

„Sie waren in besagter Nacht in Gellhoffs Villa. Ebenso Natascha Schlunzinger. Wer war noch dort?", fragte Pflamminger mit Nachdruck.

Frau von Thalhussen schlug die langen Beine übereinander, lächelte selbstbewusst über den Tisch und antwortete: „Namen von Gästen, die ich nicht kenne?"

„Natascha Schlunzinger?", hakte Lux nach.

„Mein Chef kennt viele ... warten Sie mal ... meinen Sie ... aaah! Natascha ... Schlunzinger ..."

„Ganz genau."

Die Einbestellte senkte den Blick, wippte fortwährend mit dem linken Bein und sagte emotionslos: „Die männermordende ... kleiner Scherz ... die Frau unseres geschätzten Hausmeisters?"

Pflamminger sah kurz zu seiner Assistentin, die wohl Ähnliches dachte. Natascha Schlunzingers tragisches Schicksal schien von Thalhussen nicht im Geringsten zu berühren.

„Frau Schlunzinger wurde heute beerdigt und jetzt spielen sie nicht die Unwissende. Sie kannten sich seit mindestens einem halben Jahr. Es gab konfrontative Begegnungen zwischen Ihnen und Frau Schlunzinger!"

„Unverschämte Unterstellungen, die Sie ... ich kannte Frau ... also nicht persönlich", sagte sie mit Blick auf ihren goldenen Armreif gerichtet, an dem sie schon eine Weile herumfummelte.

„Sie lügen!", sagte Pflamminger.

Von Thalhussen neigte den Kopf zur Seite und sagte: „Es tut mir wirklich sehr leid, dass sie so jung ... ich bin immer noch fassungslos."

Die wahren Gedanken konnte man ihr von der Stirn ablesen: *Eine Konkurrentin weniger. Ha! Meine Chancen steigen wieder!*

„Klingt wenig überzeugend", sagte Lux.

„Der arme Fred", seufzte von Thalhussen Empathie heuchelnd wie jeder Blinde sehen konnte.

„Sie hatten Stress mit Frau Schlunzinger. Was war der Grund?", fragte Lux.

„Ich? Wo denken Sie hin. Ich hatte mit der Frau nichts am Hut! Stress? Wenn jemand Stress mit ihr hatte, war es ... vielleicht ihr Mann und mehrere Kollegen. Viele waren rattenscharf auf diese rumänische Schla... äh ... sorry ... war nicht so gemeint", sagte sie und wechselte mehrmals ihre Sitzposition.

„Sie lenken vom Thema ab. Sie haben Frau Schlunzinger öfter als einmal beleidigt und bedroht", sagte Pflamminger.

Mit kurzem Nicken gab Pflamminger seiner Assistentin zu verstehen, Aussagen von Kollegen der angeblich Unwissenden in Erinnerung zu rufen.

Lux schlug die schmale Mappe auf und begann zu lesen:

Du blutsaugende Balkanhure! Erst einen alten vertrottelten Hausmeister heiraten, sich ins gemachte Netz setzen, strategisch schon das nächste, lukrative Opfer im Visier und flugs die Beine breitmachen. Dieser Schachzug wird dir nicht gelingen. Roger gehört mir! Merk dir das, du Flittchen! Dumm wie Bohnenstroh, aber mit dem Chef in die Kiste springen. Im Osthafen gibt es genügend von deiner Sorte. Dort kannst du vielleicht als ambulante Geländenutte Karriere machen, aber nicht hier im Haus. Pack die Koffer und verschwinde endlich!

Von Thalhussen sah gelangweilt durchs halb offene Fenster. Die wenig schmeichelhaften Vorwürfe ließ sie an sich abperlen. Äußerlich. Innerlich kochte sie vor Wut und Rachegedanken. Welche hinterfotzigen Kollegen könnten sie derart verleumdet haben. Sie würde es herausfinden. Fristlose Kündigung plus einer Anzeige wegen Rufmord, legte sie sich sekundenschnell zurecht. Ihre Augenlider flackerten, während sie in Gedanken schon die Messer wetzte.

Pflamminger neigte sich nach vorne von Thalhussen fest im Blick und sagte: „Herr Gellhoff ist verheiratet."

Sie schwieg und lächelte verhalten, als hätte die Frage mit ihr nicht im Geringsten etwas zu tun.

Pflamminger fuhr fort und fragte eine Spur zu laut: „Welchen strategischen Zweck verfolgten Sie mit den menschenverachtenden und diskriminierenden Drohungen?"

Von Thalhussen zuckte leicht, schluckte verlegen, hektische Flecken überzogen ihren dünnen Hals hinauf über die Wangen bis hinter die Ohren. Nervös fummelte sie an ihrem Armreif herum, überlegte angestrengt und vermied den Fragenden in die Augen zu sehen. Ihre brünetten, über schulterlangen Haare schob sie nervös nach hinten. Sie räusperte sich, schließlich sagte sie mit zusammengekniffenen Augen: „Privatsache! Das geht Sie nichts an. Außerdem verbitte ich mir diese üble Nachrede! Wer behauptet denn so einen verlogenen Mist? Nennen Sie mir Ross und Reiter!"

„Die Fragen stellen wir", sagte Lux betont lässig.

Sie beobachtete die junge Frau, die ihre innere Anspannung zu verbergen suchte, was gehörig misslang.

Von Thalhussen biss sich auf die Unterlippe, zupfte an ihrem Armreif herum, als böte er Halt. Um Fassung ringend sagte sie: „Sie haben Recht, das ist nicht gerade die feine englische Art ... wissen Sie, wenn ein Mitarbeiter in meiner Abteilung so etwas sagen würde, der bekäme von mir eine Standpauke und eine Abmahnung obendrauf. Schließlich haben wir Prinzipien und Leitlinien ..."

Die Röte jenseits der Betriebstemperatur hatte ihr Gesicht bis in die Haarspitzen in Beschlag genommen und wollte nicht mehr weichen. Mit demütig gesenktem Blick seufzte sie betroffen. Pflamminger ließ sich von ihrem Getue nicht beeindrucken. Niederschmetternde Zeugenaussagen, ihr augenscheinliches Verhalten und das Geschwafel von angeblichen Leitlinien? Ein Widerspruch in sich. Geht's noch?

„Und Sie bestimmen wie diese sogenannten Leitlinien Pi mal Daumen in der Praxis angewendet werden?", unterbrach der Hauptkommissar ihr fadenscheiniges Ablenkungsmanöver.

„Hören Sie mal! Ich ... ich verbitte mir hinterhältige Fangfragen!"

„Sie waren maßlos eifersüchtig. Ist es nicht so?", sagte Lux.

„Eifersüchtig? Ich?"

Sie lachte hysterisch auf, fing sich wieder und blitzte Lux giftig an.

„Natascha Schlunzinger war offensichtlich auf dem besten Weg ihnen den Rang abzulaufen. Sie war eine ernstzunehmende Konkurrentin, die es galt auszuschalten."

Beinahe regungslos hörte sie sich die Anschuldigungen an. Ihre Gesichtsfarbe normalisierte sich nach und nach wieder, sie sah über die Köpfe der Kriminalbeamten hinweg, fixierte einen imaginären Punkt und verneinte kopfschüttelnd.

„Beantworten Sie gefälligst unsere Fragen und eiern Sie nicht ständig herum, als würden wir chinesisch sprechen!", sagte Pflamminger in scharfem Tonfall.

Sie ließ sich nicht noch mal verunsichern, wechselte schnelle Blicke zwischen den neugierigen Ermittlern und sagte: „Ich habe mit Frau Schlunzinger nicht ein Wort gewechselt. Wer derartigen Unsinn behauptet, der ... der lügt! Das sind verleumderische Äußerungen, schlimmer noch: das ist Rufmord!"

Sie sah auf ihre teure Armbanduhr und spielte wieder mit dem Armreif.

„Nennen Sie uns Personen, die bei den Business-VIP-Partys anwesend sind", sagte Lux spontan.

Von Thalhussen war innerlich alarmiert, schaltete auf Abwehrmodus, legte eine längere Pause ein, sah aus dem Fenster und sagte Traurigkeit simulierend: „Ich versichere Ihnen, jeder im Haus bedauert Frau Schlunzingers plötzlichen Tod und jeder versucht dem trauernden Witwer Trost zu spenden. Herr Gellhoff hat darum gebeten, Herrn Schlunzinger in den nächsten Wochen und Monaten mit Verständnis und Feingefühl zu begegnen."

Mir kommen gleich die Tränen, dachte Lux und brachte einen neuen Aspekt zur Sprache, der von Thalhussen innerlich in Rage versetzte.

„Kannten Sie Edmund Rutzmoser?“

„Also, hören Sie mal? Ich verkehre nicht mit Gesindel wie …“, sie unterbrach sich selbst und sagte hochnäsig: „Mit Verlaub, ihre Ermittlungsmethoden gehen meiner Meinung nach am Kern der Sache vorbei und obendrein in die völlig falsche Richtung. Aus unserem Safe wurde eine riesige Summe gestohlen. Und? Gibt es schon eine heiße Spur?“

Sie lehnte sich zurück, streckte den linken Arm nach vorne, klopfte mit den Fingerkuppen auf die Tischplatte mit einer selbstgerechten Miene, die deutlich zum Ausdruck brachte *ich lasse mich von zwei kleinen Kriminalfuzzis nicht aufs Glatteis führen. Scheiß Bullen!!!*

Pflamminger und seine Assistentin ließen sich von der selbstsicheren und rhetorisch geschulten Abteilungsleiterin nicht ins Bockshorn jagen.

Lux hakte nach: „Kannten Sie Edmund Rutzmoser?“

„NEIN!“

„Auf den Happenings in Gellhoffs Villa fand sich die High Society der Stadt ein. An einige können Sie sich mit Sicherheit erinnern und uns die Namen nennen“, sagte Pflamminger und sah in zwei erstaunte Augen, die ein eindeutiges Signal aussandten *einen Teufel werde ich tun.*

„Fragen Sie den Gastgeber. Und außerdem war ich nur selten eingeladen.“

Gekonnt zog sie eine Schnute und senkte den Blick.

„Sie gehören zum inneren Circle, zum harten Kern, zu jenen Gästen, die bis zum Morgengrauen tanzen, saufen und kiffen“, sagte Pflamminger und grinste unverhohlen über den Tisch.

Erneut überzog deutliche Wangenröte ihr schmales Gesicht, sie schluckte, rang um Beherrschung und sagte: „So! Es reicht!“

Sie schoss hoch, nahm ihre Handtasche und strebte zur Tür.

„Frau von Thalhussen, die Befragung ist noch nicht zu Ende“, sagte Pflamminger laut und deutlich.

Mit unterdrückter Wut kam sie der Aufforderung widerwillig nach.

„Wann die Befragung zu Ende ist, bestimmen wir, ist das klar? Sie haben ein Verhältnis mit Roger Gellhoff", sagte der Chefermittler wie aus der Hüfte geschossen.

Von Thalhussen zelebrierte eine Kunstpause und antwortete mit einem sparsamen Lächeln um die Mundwinkel.

„Er ist charmant, zuvorkommend. Bin ja nicht gerade hässlich, aber mit dem Chef gleich intim werden, nein, nein", betonte sie mit schamhaft gesenktem Blick, legte ihre gefalteten Hände wie zum Gebet auf den Tisch und sah dem Hauptkommissar tief in die Augen.

„Frau von Thalhussen, bei jeder Party wurde Stoff herumgereicht. Wer hat die Drogen angeboten, Sie?", wollte Lux unmissverständlich wissen.

Die Angesprochene hob die Schultern, lächelte unschuldig wie ein Kind und sagte: „Drogen in Gellhoffs Haus? Niemals!"

„Filmriss, wie?", fragte Lux ironisch.

„Glauben Sie mir, das sind Fakenews", antwortete sie mit sanfter Stimme, als hätte sie das Wort Drogen noch nie gehört.

„Frau Schlunzinger war auf der letzten Party, das wissen Sie sehr genau! Es gibt mehrere Zeugen! Leugnen ist zwecklos und jetzt hören Sie endlich auf uns irgendwelche dümmlichen Ausreden aufzutischen!"

Pflamminger schlug mit der flachen Hand auf die Tischplatte und ärgerte sich über seinen Wutausbruch, der nichts brachte.

Von Thalhussen spitzte ihre Lippen, drehte gelangweilt an ihrem silbernen Ring am Finger und schwieg.

„Frau Schlunzinger ist an einer toxischen Mischung aus Alkohol und gepanschten Drogen gestorben. Sie wurde bewusstlos auf dem Krankenhausparkplatz der Barmherzigen Brüder abgelegt. Hätte Herr Gellhoff oder Sie oder ein anderer Partygast den Notarzt gerufen, wäre sie vielleicht noch am Leben. Noch mal, wer hat auf den Partys Drogen herumgereicht?", drang Lux weiter in sie ein.

Von Thalhussen schien nachzudenken, zog ihre schmalen Brauen hoch und sagte ironisch lächelnd: „Fragen Sie mich was Leichteres."

„Wer hat auf der Party Drogen vertickt? So reden Sie schon!", schrie Pflamminger über den Tisch.

Ihr Lächeln fiel ruckartig in sich zusammen, sie richtete sich auf und sagte: „Ja, ich trinke gerne mal ein Gläschen Wein, vielleicht auch zwei, aber irgendwelche Drogen ... Sie fragen die Falsche."

Ihr affektiert wirkendes Selbstbewusstsein schien zu bröckeln. Nichtsdestotrotz grinste sie den Chefermittler lange an.

„Tatsache ist, Sie waren an jenem Abend vor Ort, an dem es wohl ziemlich zügellos zuging und Sie behaupten von Gras, Koks oder sonstigen Partydrogen nichts bemerkt zu haben? Frau von Thalhussen, das nehmen wir Ihnen nicht ab!", sagte Pflamminger mit kantigem Tonfall.

„Das ist Ihr Problem. So und jetzt spitzen Sie die Ohren. Zum letzten Mal: Drogen waren und sind für mich tabu. Bluttest jederzeit möglich. An besagtem Abend bin ich kurz vor Mitternacht mit einem Taxi nach Hause gefahren. Ich war erschöpft von dem langen Arbeitstag am Wochenende, Homeoffice! Verstehen Sie? Ist Ihnen wahrscheinlich fremd, aber der Arbeitsstress in einer Bank nimmt drastisch zu. Eine Besprechung jagt die andere. Jeden Freitag werden am späten Nachmittag Verkaufsergebnisse abgefragt. Das Tagespensum von Polizeibeamten kenne ich nicht, aber ich komme meistens vor zweiundzwanzig Uhr nicht nach Hause. Ich fühle mich wie erschossen, falle bleischwer ins Bett. Was Frau Schlunziger an jenem Abend im Haus von Herrn Gellhoff getrieben hat *weiß ich nicht!* Ich habe mich von der Party schnell verabschiedet. Ich hatte Migräne. Mehr habe ich dazu nicht zu sagen. Den Rest erledigt mein Anwalt", sagte sie entschieden.

Mit erhobenem Haupt klackerte sie auf ihren hohen Absätzen zur Tür.

„Haben Sie Zeugen?", rief Pflamminger ihr hinterher.

„Wie bitte?"

„Kann jemand bezeugen, wann Sie die Party verlassen haben?", fragte Lux.

Von Thalhussen drehte sich langsam um und lächelte.

„Klar doch. Mein Chauffeur."

„Hat der einen Namen?", wollte Lux wissen.

„Muss ich Zuhause recherchieren. Ich habe nicht alle meine Verehrer im Kopf ..."

„Aber mit Sicherheit auf ihrem Smartphone", schob Lux schnell nach.

„Habe ich leider im Büro vergessen", sagte sie spitz und eilte nach draußen.

Lux sah ihren Chef fragend an: „Wieso lassen Sie sie gehen?"

Er winkte ab und sagte: „Die Presselady lügt wie gedruckt. Die halbe Bank weiß, dass sie es auf den Chef abgesehen hat und plötzlich durchkreuzt Natascha Schlunzinger ihre ehrgeizigen Pläne. Eifersucht, die mit Eifer nach Alternativen sucht, kann ungeahnte Kräfte produzieren. So und jetzt brauche ich einen starken Kaffee, um meine Nerven wieder zu beruhigen."

„Chef, wie passt das zusammen?"

Eifersüchtige Frauen können zu unberechenbaren Furien werden, können hinterhältig und abgrundtief gemein agieren, war Fred Schlunzingers Meinung, die er dem Kommissar mit auf den Weg gab. Diese Madame von Thalhussen sei hochnäsig und intrigant, das könne sich niemand vorstellen. Gellhoff und seine Pressereferentin zelebrierten fast täglich stundenlange Besprechungen. Selbstverständlich zum Wohle der Bank. Die Chefsekretärinnen durften das sich zärtlich in die Augen schauende und dabei zukunftsorientierte Themen wälzende Turteltäubchenteam keinesfalls stören. Als Roger Gellhoffs amouröse Geneigtheit für Natascha Schlunzinger so richtig Fahrt aufnahm, sanken die individuellen und persönlichen Gesprächstermine mit Trixi von Thalhussen auf null. Ihre schlechte Laune stieg sprunghaft an, was ihre engsten Mitarbeiter täglich zu spüren bekamen. Im Rennen hinein in Gellhoffs Schlafzimmer lag Natascha Schlunzinger eindeutig vorne. Obendrein war von Thalhussen zum Gespött und zur Lachnummer der Belegschaft geworden. Aber deswegen gleich jemanden umbringen, fragten sich die Ermittler während der Kaffeepause. Eifersucht, Habgier, Besitzstandswahrung, Rache oft gepaart mit Charakterdefiziten gehören überwiegend zu jenen Motiven, die rote Linie zu überschreiten.

„Wir müssen schnellstens herausfinden, welch' vornehme Herren auf der Party Rock'n Roll und Tango tanzten. Lorenz, das übernehmen Sie", ordnete der Chef an.

„Ich? Wie ... wie soll ich ... ich allein? Ganz so easy ... Chef, ich meine ...?", sagte er unzusammenhängend mit großen Augen.

„Heute keine Idee Herr Kramer?", fragte Pflamminger dabei rührte er geräuschvoll in der Kaffeetasse und amüsierte sich über Kramers irritierten Gesichtsausdruck.

„An die Namen der betuchten Gäste ranzukommen, könnte sich schwierig gestalten", nuschelte Kramer mit der Tasse in der Hand gedankenversunken vor sich hin.

„Wo ist das Problem?", fragte Pflamminger mit feinem Spott in der Stimme.

„Chef, mit jemandem aus ihrem kompetenten Team wäre es eine richtig coole Maßnahme", mit Blick auf Franziska Lux, die sich gerade in ihr Smartphone vertieft hatte.

„Kleiner Scherz Herr Praktikant. Nein im Ernst, schnappen Sie sich Franziska, Kompetenz hoch drei und inspizieren den Partytatort noch mal präzise, das nähere Umfeld und sprechen Sie mit den unmittelbaren Nachbarn. Vielleicht ist dem einen oder anderen noch etwas eingefallen, das er bei der ersten Befragung vor Aufregung vergessen hat."

„Vielleicht haben die Nachbarn auch mitgekokst ... wer weiß, wer weiß?", ereiferte sich Kramer und glaubte einen guten Witz gemacht zu haben.

„Möglich. In unserem Business gibt es nichts, was es nicht gibt",
sagte der Chef.

Er musste sich das Lachen verkneifen, während er in der neuesten Ausgabe der internen Polizeizeitung blätterte und dabei Kaffee genoss.

„Was? Wie? Wozu? Chef, sollte ich nicht bei der Befragung von Broncovic und Ulanov dabei sein?", moserte Lux überrascht über die spontane Änderung der bereits festgelegten Tagesagenda.

„Mein Bauchgefühl sagt mir, die beiden Herrschaften werden wir wohl noch öfter vorladen müssen."

„Ihr Bauchgefühl? Aha. Ganz was Neues", sagte Lux und beobachtete ihren Chef.

Im Schnelldurchlauf las er das interne Blättchen und sagte nebenbei: „Unser kompetenter Dolmetscher wird mich nach Kräften unterstützen. Ulanov spricht angeblich nur zehn Wörter deutsch."

Der Chef leerte den Rest Kaffee in einem Zug und genehmigte sich eine weitere Tasse.

18 In figurbetonter Trauerkleidung, hochgesteckter Frisur, augenfälliger Neuauflage der mahagoniroten Haarfarbe, erschien Tamara Broncovic umweht von intensivem Lavendelduft im Befragungsraum. Ihr Auftritt, ihre Gesamterscheinung war ein Eye-Catcher.

Oleg Ulanov im dunklen Anzug mit Boss Sonnenbrille und tief geneigtem Kopf, folgte auf dem Fuß.

Der begleitende Polizeibeamte postierte sich neben der Tür.

„Warum müssen kommen in die Polizeihaus wie Bandidos?", ergriff Broncovic mit vorwurfsvollem Gesichtsausdruck das Wort.

Pflamminger wies mit der Hand auf die Stühle.

„Bitte setzen Sie sich und nehmen die Sonnenbrille ab", mit Blick auf den lässig im Raum stehenden Begleiter der Bordellchefin.

Ulanov kam der Aufforderung ungern nach. Er ließ die Brille in der Jackeninnenseite verschwinden, setzte sich, verschränkte die Arme und streckte die langen Beine aus. Sein emotionsloser Blick wanderte die Wände hinauf und hinunter, er verhielt sich, als hätte die Vorladung mit ihm rein gar nichts zu tun.

Broncovic lehnte sich entspannt zurück, schlug die Beine übereinander, legte die Handtasche auf ihren Schoß und sah Pflamminger selbstbewusst an, der ihren Blick lange erwiderte. Dunkle, verführerische Belladonnaaugen mit schwungvollen, langen Wimpern und gestylten Brauen. Er räusperte sich und sagte: „Frau Broncovic, Sie wissen, warum wir Sie und Herrn Ulanov hergebeten haben?"

Sie verneinte kopfschüttelnd und sagte: „Nix wissen."

„Frau Lux, meine Assistentin, hat es Ihnen am Telefon bereits mitgeteilt."

Sie wechselte einen kurzen Blick mit ihrem Begleiter, beugte sich mit einem tiefen Augenaufschlag über den Tisch und sagte resolut: „Herr Kommissare! Was ich sagen ist Wahrheit. Chef von die Bank hat großer Schuld. Der is nix Mensch, der is großes Drecknwilderschwein von die Scheißndreckn ...!"

„Halt! Stopp! Wir sind nicht auf dem rumänischen Bauernbasar. Keine Beleidigungen! Und damit eins klar ist: Die Fragen stellen wir. Falls es Sprachprobleme gibt, Herr Hagemond zu meiner Rechten spricht rumänisch und russisch", sagte der Chefermittler deutlich.

Die Einbestellten sahen Igor Hagemond ungläubig an und warfen sich skeptische Blicke zu.

Igor Hagemond geboren in Kiew, kam vor dreißig Jahren als Sechsjähriger mit seinen Eltern und zwei jüngeren Schwestern nach Regensburg. Seine Großeltern mit deutschen Wurzeln wurden nach dem Zweiten Weltkrieg von Genosse Stalin nach Kasachstan umgesiedelt. Ende der Siebziger bekam Igors Vater eine Anstellung als Lehrer in Kiew. Während Michail Gorbatschows Entspannungspolitik zwischen Ost und West wurden viele Ausreiseanträge genehmigt. Hagemonds Familie war eine der ersten, die gehen durfte.

Hagemond nickte freundlich und lächelte Broncovic und Ulanov an. Sie blieben bei ihrer reservierten Haltung, verzogen keine Miene. Hagemond beherrschte Russisch, Tschechisch, Polnisch und Rumänisch. Unbeeindruckt von Pflammingers Klarstellung und Mahnung, meldete sich Broncovic sofort wieder zu Wort.

„Herr Kommissare, haben nix Zeit. Vieler Terminen. Immer busy, immer busy. Zeit ist Geld", sagte sie mit einem gekonnten Augenaufschlag und lehnte sich mit einem lasziven Lächeln zurück.

„Da haben wir ja was gemeinsam", sagte Pflamminger und bat Hagemond die beiden Vorgeladenen über ihre Rechte und Pflichten aufzuklären. Gleichgültig lauschten sie den Worten des Dolmetschers. Broncovic fixierte Hagemonds blonde Pferdeschwanzfrisur. Ulanov hielt sein Smartphone fest in den Händen, steckte es in die Hosentasche, holte es wieder heraus, schaltete es aus, verstaute es und sah unentwegt auf den Boden, während Broncovic misstrauische Blicke zwischen Dolmetscher Hagemond und Hauptkommissar Pflamminger wechselte.

„So, kommen wir zur Sache. Frau Broncovic, vergangenen Sonntag befanden Sie sich im Haus von Roger Gellhoff?", begann der Hauptkommissar mit fester Stimme.

Broncovic spitzte die dunkelrot geschminkten Lippen, räusperte sich und sagte: „Äh ... ja ... später kommen, ganz später kommen, weil vieler Arbeit in die Club, war busy und viele Business. Oleg nicht auf Party", übernahm sie ungefragt die Antwort ihres Begleiters vorweg und warf einen strengen Blick auf ihn, der geistesabwesend neben ihr saß.

„Frau Broncovic, Sie müssen nicht für ihn antworten."

„Oleg! Die Kommissare fragen!"

Pflamminger und Hagemond verständigten sich mit schnellen Blicken. Das kann ja heiter werden, dachten beide einvernehmlich.

„Ja, nein, ja“, sagte er mit belegter Stimme, räusperte sich lange und sagte schüchtern: „War auf Party in die Stadt.“

Er vermied es Pflamminger und Hagemond anzusehen.

„Lauter, wenn ich bitten darf. Wo waren Sie? Genaue Adresse?“, forderte ihn Pflamminger auf.

Ulanov sah fragend zu Broncovic als müsste er sich von ihr die Sprecherlaubnis einholen. Konnte oder wollte er nicht verstehen? Hagemond dolmetschte. Ulanov überlegte. Wie ein unsicheres Kind warf er einen fragenden Blick auf Broncovic, sie lächelte ihn an und nickte, was bedeutete *jetzt sag schon, wo du am Sonntag warst*. Er antworte kurz und knapp in rumänischer Sprache und sah dabei angestrengt zu Boden.

Hagemond dolmetschte: „Er war in der Unteren Bachgasse bei Karel G. Mehrere Freunde können es bezeugen.“

Broncovic ging dazwischen und bestätigte die Antwort. Karel G. sei Olegs Stammlokal. Menschen verschiedener Nationen gingen dort ein und aus. Das Lokal sei vor allem bei Osteuropäern und auch bei Studenten überaus beliebt.

„Frau Broncovic, Natascha Schlunzinger war vergangenen Sonntag auch Partygast. Haben Sie mit ihr gesprochen?“

Sie hüstelte vornehm, sah an Pflamminger vorbei und sagte kopfnickend: „Sprechen mit Natascha.“

Sie lächelte charmant mit unschuldigem Augenaufschlag, der Männerherzen höherschlagen ließ.

Der Hauptkommissar fragte weiter: „Ging es Frau Schlunzinger an jenem Abend nicht gut? Klagte sie über Schmerzen?“

Broncovic überlegte, sah kurz zu Ulanov, der ihr auswich, stattdessen wiederholt die Fußbodenbeschaffenheit intensiv studierte.

Frau Broncovic zog die Schultern hoch und senkte den Blick.

„Nein, Natascha nix krank. Sie war mide, sehr mide. Wollen gehen Zuhause. Aber Roger ... Herr Gellhoff sagen, mussen bleiben und Natascha bleiben. War nix gut. Natascha sehr mide.“

„Sie war müde und wäre lieber Zuhause geblieben?“, fragte er unvermittelt.

Broncovic blickte ihren Begleiter vielsagend an mit der eindeutigen nonverbalen Aufforderung *Mund halten!*

„Frau Broncovic. Haben Sie meine Frage verstanden?", bemühte sich Pflamminger um eine deutliche Aussprache.

„Natascha nix krank, war mide, sehr mide, nix krank", antwortete sie leise und sah abwechselnd zu Pflamminger und Hagemond.

„Natascha tanzen viele Stund mit Gästen und Roger ... Herr Gellhoff. Immer viel lachen. Alles gutt."

Broncovic genehmigte sich eine Pause. Sie öffnete ihre Handtasche, holte Handspiegel und Lippenstift heraus und zog seelenruhig ihre Lippen nach. Sie begutachtete ihr stark geschminktes Gesicht, als säße sie in der Maske und bereite sich für den nächsten Bühnenauftritt vor.

So so, dachte der Chefermittler genervt, sich mit Drogen optimieren und die prickelnde Partystimmung stellt sich wie von selbst ein.

Pflamminger sah genervt zu Hagemond, der sich das Lachen verkneifen musste, die Augenbrauen hochzog, während Broncovic Schminkutensilien fachgerecht in Slow Motion in der geräumigen Ledertasche verstaute.

„Wussten Sie und Herr Ulanov von Nataschas Drogensucht?"

Wieder schwiegen beide wie ein Grab, nachdem sich ihre Blicke kurz getroffen hatten. Hagemond dolmetschte die Frage zur Sicherheit noch mal mit demselben Ergebnis. Keine Antwort.

Pflamminger und Hagemond kamen gewisse Zweifel, was Ulanov betraf. Dieser glänzte fortwährend mit geistiger Abwesenheit, die seines Gleichen suchte. Waren seine Deutschkenntnisse wirklich gering oder gehörte es zu seiner Strategie den stummen und völlig regungslosen Beisitzer zu spielen?

„Haben Sie Natascha Schlunzinger auf dem Parkplatz der Barmherzigen Brüder abgelegt?", konfrontierte Pflamminger ihn mit der zentralen Frage, weswegen beide ins Kommissariat gebeten wurden.

Ulanov war plötzlich hellwach, sah unsicher zu Broncovic, die nicht weniger nervös ihre Sitzstellung wechselte, sich schnell beruhigte und für ihren Freund in die Bresche sprang.

„Nein", sagte sie scheinbar gelassen, „Oleg war bei die Karel, dann in die Club. An die Türe stehen, dass kommen netter Menschen in die Club. Böser Menschen nix gut für die Club. Oleg hat vieler Zeugen mit die beweisen. Ich schwören!", sagte sie nach der Hälfte ihrer Aufzählung etwas zu hastig und schenkte den beiden Herren ein künstliches Lächeln, das ungewollt eine aufkommende Unsicherheit erkennen ließ.

Pflamminger gab auf Broncovics Alibiaussage für ihren Türsteher Ulanov keinen Pfifferling. Er bat Hagemond, die Frage noch mal in rumänischer Sprache zu wiederholen.

Plötzlich sah sich Ulanov gezwungen mehr Aufmerksamkeit zu zeigen. Er setzte sich aufrecht hin, nickte kräftig und zählte monoton auf: „Erst Party bei die Karel, dann Arbeit in die Club bis zu die Mittag und einkaufen für Club. Ja, alles, ja."

Nach mehreren kurzen Seitenblicken zu Broncovic senkte er den Blick, verschränkte die Arme und hoffte keine weiteren Fragen beantworten zu müssen.

„Wir werden das alles sorgfältig überprüfen", sagte Pflamminger routinemäßig von Ulanovs Aussage wenig überzeugt.

„Frau Broncovic, war Fred Schlunzinger auch Partygast in Gellhoffs Villa?"

Broncovic lachte glockenhell und hämisch. Sie rümpfte die Nase und sagte: „Die alte Fred, oh meiner Gott, ist gegangen mit die Gewehr in die Schießerstand. Machen peng, peng, wie kleiner Kind. Nix gehen Party."

„Wusste Herr Schlunzinger von den häufigen Besuchen seiner Frau im Hause Gellhoff?"

„Jaaa, Fred wissen. Warum fragen? Natascha bei die Gellhoff arbeiten. Service für die Catering organisieren, alles putzen, alles Blumen machen und ander vieler Arbeit. Hat bekommen nix viele Geld. Gellhoff geizig Mann!"

„Frau Schlunzinger war Schuhverkäuferin und hatte ihr Auskommen. Warum der Nebenverdienst bei Gellhoff?"

Die beiden hatten ein Verhältnis, das hatte Fred Schlunzinger dem Hauptkommissar gesteckt. Würde Broncovic lügen oder die Affäre kurzerhand als erotische Dienstleistung präzisieren?

Broncovic sah zur Decke. Sie schien nachzudenken. Ihr nervöser Blick wanderte kurz zu Ulanov, der gelangweilt in sich versunken auf dem Stuhl lümmelte.

„Herr Kommissare mussen wissen, Natascha war große Managementer. Die Gellhoff war gut zufrieden mit Arbeit ...“

Um das Ganze abzukürzen, fiel Pflamminger ihr ins Wort und sagte: „Die beiden hatten ein intimes Verhältnis? Seit wann?“

Broncovic umklammerte die Handtaschengriffe, rollte mit den Augen, lächelte vielsagend über den Tisch.

„Natascha schönes Frau. Roger ist Mann. Meiner Gite, machen Liebe. Ich sagen, Natascha stopp! Du bist Heirat, Roger hat Frau mit die Kind. Roger will Sex, immer viele Sex. Aber ... ich nix können machen? Natascha fallen zu Liebe mit die Roger. So ist Leben.“

Sie begann zu schluchzen und suchte in ihrer Tasche nach einem Taschentuch.

„Wie lange ging diese Beziehung zwischen Herrn Gellhoff und Frau Schlunzinger schon?“, fragte Pflamminger, während er ungeduldig ihr konzentriertes Herumwühlen in den endlosen Tiefen der Tasche beobachtete mit einem kurzen Blick zu Hagemond.

„Frau Broncovic, bitte, hören Sie auf in der Tasche herumzuwühlen. Beantworten sie meine Frage!“

Sie zuckte leicht und sagte: „Eine ... eine Monat ...“

Flugs holte sie das Taschentuch heraus und begann zu weinen.

Pflamminger warf Hagemond einen genervten Blick zu, der kurz die Schultern hob.

„Frau Broncovic, können wir die Befragung fortsetzen oder ...?“

Broncovic schnäuzte lange und nickte.

„Oder wollten Sie sagen, das intime Verhältnis begann bereits vor einem Jahr?“

„Ich nix gutt wissen.“

„Frau Broncovic, ich verstehe ihre Trauer. Natascha war jung, wollte ihr Leben genießen, sie hatte viele Freunde ...“

„Ja“, hauchte sie mit gesenktem Blick und tupfte sich Tränen unter den Lidschatten verschmierten Augen weg.

Angelte den kleinen Spiegel aus der Tasche, betrachtete intensiv die Augen, versuchte die verschmierte Farbe zu entfernen, was ihr nur unzureichend gelang.

„Wer hat Natascha die tödliche Dosis verabreicht?“, fragte der Hauptkommissar unmissverständlich und sah abwechselnd in zwei nervöse Augenpaare.

Die innere Anspannung der beiden war deutlich zu spüren, sie wechselten schnelle Blicke und schwiegen im Duett.

„Vielleicht hat Frau Schlunzinger in einem abgehobenen Speed, How to get to your Nirvana?“ zu viel geschluckt ...?“

Aufgeregt schnitt Broncovic dem Kommissar das Wort ab und sagte flehend: „Nein, nein, nein, nix Drogen!“

Sie sah die Ermittler mit großen Augen an, nickte folgsam und sagte: „Was wollen? Natascha tot, wir traurig. Wir nix verstehen Fragen.“

Hagemond dolmetschte. Interesse und Anteilnahme sieht anders aus, dachte Pflamminger, als sie mit gleichgültigem Gesichtsausdruck der Übersetzung lauschten.

Schluchzend hob Broncovic den Kopf und flüsterte: Natascha nix Drogen! Nix Drogen! Ich schwören, schwören!“

„Frau Broncovic, Herr Ulanov, ihre Freundin Natascha ist an einer Überdosis verunreinigter Drogen und hochprozentigem Alkohol gestorben ...“

„Ja, Doktor sagen. Aber Doktor auch Mensch, kann machen Fehler.“, schluchzte Broncovic und verhielt sich wie ein trotziges Kind.

Pflamminger und Hagemond konnten sich des Gedankens nicht erwehren, Broncovic in offenherziger Trauerkleidung, die sie ausgesprochen attraktiv erscheinen ließ und ihre Wirkung nicht verfehlte, in Begleitung des schweigsamen Ulanov, zog eine bühnenreife Show ab. Broncovic sah kurz zu Ulanov, etwas länger zu

Hagemond, noch intensiver zu Pflamminger und betrachtete schließlich ihre rot lackierten Nägel, als handele es sich um neu erstandene Brillanten.

Natürlich wussten beide, dass ihre Freundin seit Jahren Drogen konsumierte und dem Alkohol sehr zugetan war, was ihr zum Verhängnis wurde. Nichtsdestotrotz verharrten sie auf dem Standpunkt: zwei erfahrene Ärzte waren nicht in der Lage den tatsächlichen Grund, der zum Tod führte, festzustellen. Hatten beide triftige Gründe sich unwissend zu geben und das Thema Drogen weit von sich zu schieben? Pflamminger vermutete Letzteres.

„Frau Broncovic, um Nataschas Giftmischer zu finden, müssen Sie uns Namen der Partygäste nennen. Haben Sie die Frage verstanden?", fragte er eindringlich und ließ sie nicht aus den Augen.

Sie sah nach oben, machte ein nachdenkliches Gesicht und sagte kaum verständlich: „Namen? Ich nix kennen. Aaaah, Bankfrau Trix ... die von die Trix ... ja!"

„Lauter bitte!"

Broncovic drückte den Rücken durch und sagte: „Dieser Trix arbeiten in die Bank. Andere Namen, nein, nix kennen, nein", sagte sie schulterzuckend und begutachtete erneut ihre Hochglanznägel.

„Trixi von Thalhussen?"

„Ja", sagte sie mit der Unschuldsmiene eines Kindes und senkte schnell ihren Kopf nach unten.

„Wer noch? Jetzt lassen Sie sich doch nicht alles aus der Nase ziehen. Waren auch Stammkunden aus ihrem Club anwesend?"

Nach einer längeren Pause, die mit einem tiefen Seufzer endete, antwortete sie: „Fremde Männer. Ich nix kennen Herr Pflamm ... Herr Kommissare."

Sie sagte es überzeugt und trocknete dabei die letzten Tränen.

„An jenem Abend hat Trixi von Thalhussen Gellhoffs Haus wann verlassen?", hakte er schnell nach.

Sie machte eine wegwerfende Handbewegung und sagte: „Ach, dieser Trix immer bis in die Morgen bleiben, trinken, viel trinken! Alle wissen, ist scharf auf die Roger ... auf Herr Gellhoff wie die Nachbar auf die Lumpi."

Dem Hauptkommissar schliefen beinahe die Füße ein. Am liebsten hätte er die beiden in die Arrestzelle verfrachtet. Klar kennt sie Gellhoffs Gäste, die sich mit Sicherheit auch regelmäßig in ihrem Club tummelten. Broncovic war die angesagteste Escortlady und Bordellbetreiberin in der Stadt. Männer mit dickem Geldbeutel und schnellen Autos gingen in ihrem Establishment ein und aus.

„Herr Gellhoff ist ein guter Kunde in ihrem Club?“

Pflamminger wusste im Voraus, die Frage war für die Katz.

Ulanov sah kurz zu Broncovic, als wäre er für einen kurzen Moment aufgewacht und versenkte sich ruckzuck wieder in eine imaginäre Welt.

„Herr Pflamm, viele Männer kommen in die Club. Wir sind bestes Club. Alle immer happy, wann gehen Zuhause.“

Mit tiefem Augenaufschlag und doppeldeutigem Lächeln sah sie Pflamminger und Hagemond an.

„Es gibt mehrere Zeugen, die Herrn Gellhoff dort in Ihrer wehrten Gesellschaft angetroffen haben“, ließ er nicht locker.

Die Bordellchefin seufzte, konzentrierte sich nichts Falsches zu sagen. Diskretion war das oberste Gebot in ihrem Haus, das sie ihren Mitarbeiterinnen beim wöchentlichen Jour fixe unmissverständlich einhämmerte. Vor den beiden Polizeibeamten durfte sie sich keinen Schnitzer erlauben. Die betuchten Stammkunden würden es ihr nie verzeihen. Es wäre ihr Ruin. Ja, der Herr Kommissar war hartnäckig und nicht dumm. Seine Speerspitze war zielgenau auf sie gerichtet. Auch wenn er sie Tag und Nacht mit Fragen löcherte, sie wusste geschickt zu parieren.

„Ja, viele Männer kommen in die Club. Viele Gäste, die mit mir lachen, viel lachen, ja, viele, aber alle Namen? Herr Kommissare Pflamm, bin ich Computer?“, sagte sie ernst, dem schnell ein charmantes Lächeln folgte.

Dabei drehte sie unentwegt an den drei glitzernden Ringen ihrer linken Hand.

„Jetzt spielen Sie nicht die Unwissende. Herr Gellhoff ist ihr

Stammkunde und Sie waren bei jeder Party in der Villa dabei. Zeugen sagen, Sie hätten ein Verhältnis mit ihm?"

Sie setzte ein verführerisches Lächeln auf, legte den Kopf zur Seite und sagte mit warmer Stimme: „Happiness und Erotik ist meiner Business ... sie wissen ... meiner Gott, Herr Gellhoff hat vieler Stress mit die Job, dann kommt manchmal in die Club, wir trinken gutes Champagner und viele Wellness."

Sie lehnte sich zurück und sah den Kripobeamten mit großen Augen unmissverständlich an.

„Und Herr Gellhoff hält sich am liebsten in ihrer exklusiven Suite auf, ist es nicht so?", präzisierte er Gellhoffs Bordellbesuche.

„Wir geben bestes Service!"

Plötzlich plärrte Ulanovs Smartphone mit einer bekannten Schlagermelodie aus den Siebzigern lautstark los.

„Dsching, Dsching, Dschingis Kahn ... "

Wie von der Tarantel gestochen schoss er hoch, schaltete es aus und tat so als sei nichts gewesen.

Fuchsteufelswild fuhr Broncovic herum und raunzte ihn an, was Pflamminger nicht verstand außer: „Scheißndreckn Handy."

„Noch mal auf Deutsch bitte und im Normalmodus", sagte er genervt und belustigt gleichzeitig.

Broncovic winkte ab und verdrehte die Augen. Hagemond grinste und umschrieb die Worte: „Ordinäre Schimpfworte, die ich nicht wiederholen möchte, aber er solle sich sein Scheißndreckn-Handy in den A.... stecken."

Pflamminger schaute auf die Uhr. Hoffnungsloser Fall gestand er sich in Gedanken ein. Schlunzingers Worte kamen ihm in den Sinn. Tamara Broncovic war gerissen und mit allen Wassern gewaschen. Die führe alle an der Nase herum. Und ihr Freund und Lakai Ulanov sei ihr hündisch ergeben.

Pflamminger möchte wissen, warum beide so gut Russisch sprachen.

Broncovic neigte sich nach vorne und sagte selbstbewusst: „Herr Kommissare, uns Vater kommt von die großer Russland, war stolzes Offizier in großes Sowjetarmee, uns Mutter kommt von die Bulgarien, uns Oma und Opa kommt von die Krim, echtes Tartar. Wir gewachsen in die Hermannstadt. Oleg und ich haben viele slawisch Blut.“

Sie lachte laut und überlegte als wollte sie sagen *da staunen die deutschen Dichter und Denker Goethe, Schiller, Hegel und Kant.* Sie klopfte ihrem Freund kumpelhaft auf die Schulter. Ruckzuck erhob er sich, verzog den Mundwinkel zu einem schiefen Lächeln und strebte zur Tür.

Augenblicklich pfiff Broncovic ihn auf zwei Fingern wie einen Hund zurück.

„Wir gehen, wann ich sagen, wir gehen. Kleines, dummes Oleg.“

Sofort nahm er wieder Platz. Sie lächelte ihn milde an und tätschelte seinen Handrücken.

„Wer beschafft die Drogen?“, fragte Pflamminger, die beiden fest im Blick.

„Drogen? Nix Drogen“, sagte sie mit einer Unschuldsmiene und wechselte schnell in ein breites Lächeln.

„Herr Ulanov, beschaffen Sie die Drogen?“

„Drogen ist die Gift von die Teufel. Nein, Oleg und ich nix machen“, sagte sie mit fester Stimme.

„Ich habe Herrn Ulanov gefragt. Also, ich höre.“

Er zuckte mit den Schultern und sagte verhalten: Nix Drogen, nein nix Drogen.“

Pflamminger wurde das Gefühl nicht los, die beiden spielten mit ihm. Mit lauter und scharfer Stimme sagte er: „Natascha Schlunzinger ist an einer Mixtur aus Alkohol und Drogen gestorben, ‚Gift von die Teufel‘ und Sie wollen mir allen Ernstes weiß machen, auf der Party gab’s keine Drogen. Also, raus mit der Sprache. Nennen Sie mir endlich Namen von Besuchern der Drogenparty!“

Broncovic verschränkte unbeeindruckt die Arme und behauptete: „Ich nix verstehen Frage.“

Hagemond dolmetschte die Frage. Beide sahen sich kurz an, neigten ihre Köpfe nach unten und versanken in kontemplatives Schweigen.

Pflamminger sah Broncovic prüfend an, war überzeugt, sie und ihr scheinbar stummer Kammerdiener wissen sehr wohl, in welch erlauchten Kreisen sie sich bewegen. Ein hervorragendes, cleveres Geschäftsmodell. Eine lukrative Drehscheibe für Prostituierte und Drogendealer. Eine gediegene Zweigstelle, ein getarntes Ausweichquartier für die Clubbesucher, um nicht zu oft im Taiga Club gesichtet zu werden. Schließlich gehörte man der gehobenen Bildungsbürgerschicht an. Wer weiß, was die Villa auf dem sonnenverwöhnten Hügel über der Donau noch für Geheimnisse barg.

Broncovic hielt Pflammingers Röntgenblick stand. Sie zupfte an den seidenen Spitzen rund ums Dekolleté herum, dabei lächelte sie milde über den Tisch und sagte mit betörendem Augenaufschlag: „Jemand hat gebracht ... Partypulver ...“

Der Ermittler glaubte sich verhört zu haben und fiel ihr ins Wort: „Juckpulver? Genauer bitte!“

Mit mütterlich-fürsorglichem Blick auf den Kommissar fuhr sie fort: „Ich Natascha sagen nix nehmen! Sie nix hören. Bestimmt war drin viele Gift, nix gut. Und ... und ... Frau von die Trix hat geben viele Alkohol zu Natascha. Frau Trix böser Hexe! Alles traurig, alles schlimm!“

Sie schluchzte laut und begann zu weinen.

Ulanov im Standby-Schlafmodus zeigte Gefühle und nahm sie in den Arm.

Von der strategisch ins Feld geführten Tränenshow war der Hauptkommissar wenig beeindruckt.

Er erinnerte die auskunftssperrigen Herrschaften an das Zusammentreffen in der Pathologie. Im Beisein von Dr. Kugler und Fred Schlunzinger hatten die beiden neben der toten Natascha ein kurzes Gebet gesprochen.

„Ja! Ist verboten?“, fragte Broncovic patzig.

Hagemond schob den CD-Player in die Mitte des Tisches und drückte die Starttaste. Der Mitschnitt setzte genau dort ein, wo Tamara Broncovic in russischer Sprache vermutlich Roger Gellhoff als perversen Banker und Porschehengst beschimpft, ihm eine Mitschuld an Nataschas Tod zugeschoben und Rache geschworen hatte, selbst wenn sie dabei draufgehen würde.

Hagemond stoppte die Aufnahme.

Broncovic und Ulanov hatten mit schlaffen Schultern und gesenkten Blicken zugehört, saßen regungslos auf den Stühlen und schwiegen.

Schließlich fragte Pflamminger: „Möchten Sie dazu etwas sagen?"

Keine Antwort. Keine Regung, als hätte jemand sie in einen tiefen Trancezustand versetzt.

Pflamminger schlug mit der Faust auf den Tisch und schrie: „So antworten Sie!"

Beide zuckten kurz, machten keine Anstalten auch nur eine Silbe von sich zu geben.

Der Hauptkommissar seufzte tief, lehnte sich weit zurück, wandte sich mit fragendem Blick an seinen Kollegen. Gleichzeitig ärgerte er sich über sein impulsives Verhalten.

Broncovic räusperte sich, ließ das Taschentuch im Ärmel verschwinden, stellte die Tasche auf den Boden, beugte sich etwas nach vorne, wechselte mit einem Kleinmädchenblick zwischen den Fragenden hin und her, dann sagte sie: „Was wollen? Ja, wir beten für uns Natascha, beten ja und ... und Gellhoff ist uns bestes Freund. Stimme auf die CD ist ... ist fremder Stimme von die Radio, von die Internet oder von die Kopie aus die Kopie, nix meiner Stimmen!"

Pflamminger sah ratlos zu Hagemond und war kurz davor zu explodieren.

„Schluss jetzt! Frau Broncovic für wie blöd halten Sie uns? Das ist Ihre und Herrn Ulanovs Stimme! Zum letzten Mal, hat Roger Gellhoff ihrer Freundin Natascha Schlunzinger die tödliche Mischung verabreicht?"

Broncovic sah auf die Armbanduhr, kurz zu Ulanov, der unbeeindruckt von der gehörten Aufnahme zu sein schien, die sie in arge Bedrängnis bringen könnte, sollte die ganze Angelegenheit vor dem Haftrichter landen. Völlig losgelöst von alledem sagte sie: „Herr Kommissare, sprechen mit meiner Rechtsanwalter. Er wird sagen und klären. Jetzt mussen gehen. Haben vieler Terminen, vieler Arbeit in die Club."

Pflamminger war sprachlos über so viel Kaltschnäuzigkeit und Verlogenheit. Er beendete die Befragung, bat sie in den nächsten Tagen und Wochen nicht zu vereisen.

Pflamminger schlüpfte in seinen Rennradanzug, trat kräftig in die Pedale, radelte stadtauswärts, versuchte den Nachhall der zähen und ergebnislosen Befragung mit Broncovic und Ulanov aus seinem Kopf zu bekommen. Ja, es war vorstellbar, Broncovic und Gellhoff in einvernehmlicher Kooperation geschickt getarnt als Eventunternehmen, arrangierten für finanzstarke Zeitgenossen eine Plattform, eine Kontaktbörse öffentlichkeitsscheuer Absprachen, die schnellen Profit erzielten. Seit vielen Jahren recherchierten und informierten investigative Journalisten über die zunehmende Schattenwirtschaft und Parallelgesellschaft in der Finanzwelt. Vermehrte Korruption, Schmiergelder, vor allem im Baugewerbe, schnelle Deals, an der Steuer vorbei dirigierte Schwarzgeschäfte.

Die nach außen seriös wirkende Villa-Gellhoff, eine perfekte Fassade, ein gut getarntes Forum, ein Parkett, auf dem sich gewinnbringende Arrangements zwischen profitsüchtigen Dealmakern und korrupten Politikern geräuschlos realisieren ließen. Umrahmt und versüßt mit willigen, zugedröhnten Blondinen? Das alte Rom lässt grüßen. Und die junge, naive Natascha fühlte sich von den reichen Männern in Nadelstreifen magisch angezogen, unfähig diesen amoralischen Morast auf zwei Beinen zu erkennen. Bereit jeden Blödsinn mitzumachen. Sie war jung, unerfahren, wollte das Leben genießen, wollte ankommen. Wo genau, wusste sie wahrscheinlich selbst nicht. Sie machte sich zum Spielball sexsüchtiger Herren mit guten Manieren, aus gutem Hause und mit dickem Geldbeutel. Die junge Frau aus Rumänien war zu blauäugig, um die wahren Absichten dieses Herrenclubs zu durchschauen. Vermutlich alle in wichtigen Ämtern und Funktionen mit gutem Ruf, die nur Gutes wollten, wie sich Staatsanwalt Hammerschmidt kultiviert ausdrückte.

Wie ein Gejagter brauste Pflamminger an dem lauen Maiabend

an der Donau entlang. Kurz vor Matting bremste ein Anruf seine rasante Fahrt aus. Lux war neugierig den Ausgang der Befragung mit Broncovic und Ulanov zu erfahren.

„Das Gespräch kannst du in den Wind schießen", sagte der Chef schlecht gelaunt.

Lux musste sich das Lachen verkneifen. Ihre News waren ergiebiger. Der pikfeine Gellhoff, dieses tüchtige und systemrelevante Unschuldslamm, hatte es faustdick hinter den Ohren. Die Rechercherundfahrt zusammen mit Kramer, nebst Befragungen unmittelbarer Nachbarn erbrachten brandneue Erkenntnisse und Hinweise. Nach dem Gellhoffs Frau vor einem Jahr mit Kind und Kegel ihren Mann überstürzt verlassen hatte, folgte jede zweite Woche eine heiße Party auf die nächste. PS-starke Nobelkarossen kamen angefahren und parkten rücksichtslos die Straße zu. Als schmückendes Partybeiwerk wurden junge Frauen in Kleinbussen angekarrt und im Morgengrauen wieder abgeholt. So weit so gut. Ähnliches hatte Fred Schlunzinger schon berichtet.

Berechtigter Verdacht: Die vornehme Villa habe sich in ein williges und billiges Bordell für schwerreiche Bildungsbürger verwandelt. Die lärmintensiven Gartenfeste seien ein einziges Ärgernis und in hohem Maße abstoßend, versicherte ein genervter Nachbar, namens Hilmar Hohmbacher, der erotische Aktivitäten in Gellhoffs Garten mit einem Nachtfernglas heimlich beobachtete.

19 Kriminaloberrat Diethard Möller, mittelgroße gedrungene Figur mit stattlicher Leibesrundung unter dem weiten Sakko. Sein graues Wuschelhaar erinnerte ein wenig an Albert Einstein. Die tiefen Geheimratsecken versuchte er mit Haarsträhnen nach vorn gekämmt zu verdecken. Mitarbeitern begegnete er auf Augenhöhe, freundlich und respektvoll. Immer schön mit der Ruhe, war sein Lebensmotto. Mit knapp sechzig Jahren strahlte er Lebenserfahrung und Gelassenheit aus. Die Hektik jüngerer Kollegen kostete ihn ein müdes Lächeln. Die Zusammenarbeit mit Pflamminger und Lux verlief kooperativ und kon-

struktiv. Intensive Diskussionen und Abwägungen zu diesem oder jenen Fall nicht ausgeschlossen.

Staatsanwalt Heinrich Hammerschmidt, groß gewachsen von hagerer Gestalt, Halbglatze, leicht vorstehende dunkle Augen, spitze Nase. Kollegen, vor allem Untergebene hielt er auf Abstand. Sein abgehobenes Verhalten brachte ihm einen unehrenhaften Ruf im Haus ein: Ein harter Hund. Diese wenig schmeichelhafte Typisierung seiner Person ließ er an sich abperlen. Stets eilte er energiegeladen durch die Flure mit dem eindeutigen Signal: *NICHT ansprechen! Ich bin auf dem Weg zu einem wichtigen Termin!*

Zu seinen häufigen Außenterminen gehörten auch spontane Treffen mit Freunden auf dem Golfplatz oder eine Weinprobe im idyllischen Kruckenberg an der Donau, oder ein dringender Friseurbesuch.

Als Pflamminger und Lux in den Flur einbogen, kam ihnen Hammerschmidt entgegen, seines Zeichens unbeliebtester Staatsanwalt der Stadt, wie Reischl ihn hinter vorgehaltener Hand bezeichnete. Bei dem Schnellsprecher Heinrich Hammerschmidt schwang ein gestresster Unterton mit, was ihn nicht sympathischer machte.

Nanu, heute mal gut gelaunt, dachte Lux, was bei Hammerschmidt selten vorkam. Pflamminger schwante nichts Gutes.

„Guten Morgen Frau Lux, Herr Pflamminger", grüßte er freundlich.

Lagebesprechung. Nach einem kurzen Aufwärmgeplänkel ging der Staatsanwalt übergangslos zum Hauptgrund des Treffens über. Er klatschte in die Hände, gemäß dem Motto, alles hört auf mein Kommando!

„Nun Herr Pflamminger, neues im Fall PORTA Bank? Gib es eine heiße Spur?"

Er grinste über den Tisch. Seine großen Ohren verhinderten, dass sich sein überdehntes Grinsen nicht bis zum Hinterkopf hinzog.

Fast unbemerkt öffnete sich die Tür. Möllers langjährige Sekretärin Gunda Bieler-Broccoli kam mit einem sparsamen Lächeln und einer Thermoskanne dazu, und schenkte Kaffee ein. Möller bedankte sich mit freundlichem Nicken und Bieler-Broccoli zog sich geräuschlos zurück.

Pflamminger nahm einen Schluck und spürte Hammerschmidts lauernden Blick. Der Staatsanwalt hatte eine kindliche Freude daran, mit hämischen Kommentaren jedem Ermittler die Arbeit zu erschweren. Der Hauptkommissar überspannte den Bogen des Wartens, als müsse er sich in Gedanken erst noch auf die bevorstehende Gesprächsrunde vorbereiten, während er ausgiebig im Kaffee rührte.

„Nun, Herr Pflamminger, wie laufen die Ermittlungen? Kommen Sie voran?", fragte Möller, nicht weniger neugierig den Ist-Zustand zu erfahren. Abwartend lehnte er sich im rückenstützenden Chefsessel zurück.

Der Hauptkommissar rieb sich an der Nasenspitze, stieß einen tiefen Seufzer aus und sagte: „Der Fall ist verzwickt und vertrackt ..."

„Das ist uns bekannt", ging Hammerschmidt messerscharf und vermutlich vorinformiert dazwischen.

Pflamminger wechselte schnelle Blicke mit Möller und Lux, er sagte: „Die Spurensicherung hat jeden Zentimeter innerhalb des Bankhauses, Keller, Garagen, Hinterhof und die angrenzenden Gebäude präzise durchkämmt. Ergebnis? Nichts. Ich bin überzeugt, da waren Profis am Werk. Die Überwachungskameras zeigten nicht einen Schatten von einer Person, Geräusche oder irgendwelche verdächtigen Bewegungen. Als ob Geister das Geld abtransportiert hätten."

Hammerschmidt grinste in die Runde, walkte die Hände durch und ließ die Fingerknochen laut krachen, was ihm missbilligende Blicke einbrachte. Schnell verschränkte er die Arme und sagte: „Organisierte Banden aus Osteuropa sind bekannt für Raubüberfälle wie diese."

„Was Sie nicht sagen", raunte der Hauptkommissar mit hochgezogenen Augenbrauen.

Er schenkte sich Kaffee nach plus Zucker und startete erneut eine intensive Verrühraktion.

„Osteuropäische Banden haben sich laut Statistik vorrangig auf Zweigstellengeldautomaten spezialisiert ...", sagte Lux.

„Was Sie nicht sagen, Frau Lux", schnitt Hammerschmidt ihr das Wort ab, Pflamminger nachäffend.

„Herr Hammerschmidt, ihr Sarkasmus bringt uns keinen Schritt weiter", ging Kriminaloberrat Möller dazwischen, „Frau Lux, bitte."

Lux wechselte einen kurzen Blick mit ihrem Chef, der mit den Achseln zuckte, als wollte er sagen *nicht ärgern, nur wundern.*

„Ein Abgleich in der Verbrecherdatei über ähnliche Raubzüge war negativ. Die sofort gestartete Fahndung von Europol, vor allem an den Grenzübergängen haben bisher keine Erkenntnisse gebracht. Der liberale Schengen-Raum lädt organisierte Banden regelrecht ein, in Westeuropa auf Diebestour zu gehen", sagte Lux mit Blick auf den grienenden Staatsanwalt.

Es war ein offenes Geheimnis, Hammerschmidt war kein Freund von Kommissarinnen. Hinter den Kulissen hätte er Frauen gerne ein Plätzchen zugestanden, zum Beispiel in der Materialausgabe oder in der Asservatenkammer, Schreibarbeiten, Telefondienst und Kaffee kochen.

Hammerschmidt beugte sich weit über den Tisch, riss die Augen auf, sah strafend über Lux hinweg, verschlang die Finger ineinander und sagte: „Danke für die Belehrung, aber die Liberalisierungsmaßnahmen innerhalb der EU sind mir hinlänglich bekannt. Fazit, null Ergebnisse!"

„Organisierte Banden vor allem aus Georgien, Moldawien und anderen ehemaligen Sowjetstaaten ausfindig und dingfest zu machen, das wissen Sie sehr genau, wäre beinahe wie ein Hauptgewinn im Lotto", hielt der Chefermittler dem nervigen Klugscheißer entgegen.

„Tja, wenn Sie das so sehen, können wir die örtliche Polizei mitsamt Europol, Interpol und FBI komplett abschaffen. Kurzum, Sie sind mit ihrem ermittlungstechnischen Latein am Ende, richtig?"

Der Staatsanwalt lehnte sich zurück und beobachtete den Hauptkommissar wie ein Falke vor dem Zugriff.

„Herr Hammerschmidt, die Fahndung ist gerade angelaufen. Und obendrein sind Ihre vorschnellen Schlussfolgerungen kontraproduktiv", sagte Möller scharfkantig und bat Pflamminger fortzufahren.

Hammerschmidt ignorierte die Zurechtweisung, schlug die Beine übereinander, verschränkte die Arme und behielt Pflamminger abwartend im Blick. Keine Frage, der Hauptkommissar steckte in einer Sackgasse, dachte er mit beißendem Spott.

Obwohl Pflamminger innerlich vor Wut kochte, ging er auf die provozierenden Kommentare des dilettantischen Juristen, nicht ein.

Pflamminger räusperte sich kurz und sagte betont sachlich: „Das Geld könnte auch von Mitarbeitern aus der Bank geschafft worden sein ..."

„Von Mitarbeitern? Ha! Was für eine abwegige These!", ging der Staatsanwalt kopfschüttelnd dazwischen und lachte zynisch.

„These hin oder her, in unserer Branche ist vieles möglich. Überraschungen gehören zu unserem Geschäft", sagte Möller leidenschaftslos.

„Grandiose Idee!", ereiferte sich Hammerschmidt, „Herr Möller, auf was warten Sie noch? Lassen Sie doch gleich die gesamte Belegschaft verhaften und das Bankhaus versiegeln!"

Der Chefermittler hätte dem Störenfried am liebsten den heißen Kaffee über seinen teuren Anzug geschüttet. Versehentlich versteht sich.

„Bitte, Frau Lux", bat Möller die Kommissaranwärtin.

„Befragungen innerhalb der PORTA Bank haben folgendes ergeben: Herr Gellhoff wird vom Großteil der Mitarbeiter wenig geschätzt. Dazu kommt, der neue Direktor wolle die Belegschaft massiv verschlanken. Viele bangen um ihren Job ..."

Hammerschmidt schüttelte verneinend den Kopf und platzte dazwischen: „Ich bitte Sie, was sind denn das für Totschlagargumente Fräulein Assistentin? Das eine hat mit dem anderen rein gar nichts zu tun. Und lassen Sie gefälligst Herrn Gellhoff aus dem Spiel, okay?"

Er lächelte sie mitleidsvoll an, als wollte er sagen *Mädel, du bist ja*

„Mein Name ist Lux und nicht Fräulein Assistentin", verbesserte sie ihn mit fester Stimme.

Hammerschmidt grinste selbstgefällig. Mit spitzen Fingern zupfte er ein paar imaginäre Flusen von seiner Jacke, ignorierte die Belehrung kurzerhand, die ganz und gar nicht nach seinem Geschmack war.

„Anstehende Kündigungen verbreiten Angst", sagte Möller und nickte in die Runde.

„Sogar Herr Gellhoff hegt den Verdacht", nahm Pflamminger den roten Faden wieder auf, „Angestellte könnten hinter dem Diebstahl stecken ..."

„Wie bitte? Herr Gellhoff? Das ... das sind wilde Spekulationen, die zu nichts führen. Herr Pflamminger wir brauchen Indizien, stichhaltige Beweise und solange Sie diese nicht liefern ..."

„Sind die Bankräuber auf freiem Fuß", ging der Chefermittler mit zornesroten Wangen dazwischen.

„Apropos Motive. Folgendes ist von Gellhoffs rotem Maßnahmeindex bereits in aller Munde", sagte Lux Kriminaloberrat Möller zugewandt.

„Sie werden es uns gleich sagen."

„Vor kurzem hat Herr Gellhoff offiziell mitgeteilt, die Belegschaft werde in den kommenden Jahren um ein gutes Drittel eingedampft. Die bevorstehende Entlassungswelle zielt ausschließlich auf langjährige Angestellte ab. Männer wie Frauen im besten Alter von fünfundvierzig Jahren. Herr Gellhoff sei überzeugt, nur mit jungen Fachkräften könne er die Bank in die Zukunft führen. Dem ehrgeizigen Chef in Form eines mysteriösen Überfalles eine vor den Bug zu geben, könnte ein Motiv, ein Versuch sein, ihn zum Einlenken zu bewegen und von Entlassungen dieser Größenordnung abzusehen", sagte sie und bemerkte aus dem Augenwinkel heraus, wie Hammerschmidt versuchte das Lachen zu unterdrücken.

Plötzlich brach es aus ihm heraus, er klatschte mit den Händen auf seine Schenkel: „Ich schmeiß' mich weg!"

„Was finden Sie daran so lustig?", fragte Möller.

Der Staatsanwalt nahm die Nerdbrille ab und wischte sich Lachtränen weg.

„Meine Herrschaften, ich bitte Sie, was haben interne Maßnahmen mit dem Geldraub zu tun? Nichts, aber auch rein gar nichts. Herr Pflamminger und Sie Frau Lux ermitteln an der Sache vorbei. Geben Sie zu, der Fall überfordert Sie und deswegen ..."

„Moment mal", empörte sich Pflamminger.

Dieser blasierte Schnösel, der den ganzen Tag im feinen Zwirn von einem Büro zum nächsten schlenderte, sich lange mit jungen Sekretärinnen und Polizistinnen unterhielt, hatte die Stirn, ihn vor seinem Chef und seiner Assistentin zum Deppen zu machen.

„Das ist schlechter Stil! Herr Hammerschmidt, so können wir nicht ...!", echauffierte sich Möller.

Der Staatsanwalt legte nach: „Herr Pflamminger, wenn der Fall in zwei Wochen nicht aufgeklärt ist, werden die Ermittlungen in kompetentere Hände gelegt. Und jetzt zum Mitschreiben! Hören Sie auf in der Bank frustrierte und missgünstige Mitarbeiter zu befragen und in Herrn Gellhoffs Privatleben herumzustochern. Das gehört sich einfach nicht!"

Er schoss hoch und eilte vor Wut schäumend zur Tür.

Dem Chefermittler verschlug es die Sprache, wechselte ratlose Blicke mit seiner Assistentin.

Verärgert rief Möller dem davoneilenden hinterher: „Augenblick noch Herr Hammerschmidt"

„Ja bitte?", sagte er und grinste über die Schulter nach hinten.

„Der Chef bin immer noch ich, auch wenn ich schon zu den fünfundvierzig plus gehöre. Haben wir uns verstanden?"

Hammerschmidt schluckte, lächelte bemüht, spitzte die Lippen und sagte in betont nasaler Tonlage: „Der Staatsanwalt je suis! Verstehen Sie französisch? Nein."

Mit Wucht warf er die Tür ins Schloss, dass die Wände wackelten.

„Je suis ... was? Spinnt der jetzt komplett?“, sagte Pflamminger stinksauer und sah zu Möller, der sich laut lachend an die Stirn fasste.

„Herr Pflamminger, Sie kennen ihn doch. Er ist und bleibt ein besserwisserischer Hitzkopf ...“

„Der mit möglichst wenig Einsatz schnell Karriere machen möchte“, schob Pflamminger schnell nach.

Der Hauptkommissar fühlte sich blamiert und vorgeführt. Am liebsten hätte er dem hochnäsigen Typen die Thermoskanne nachgeschmissen.

„Gellhoff und Hammerschmidt sind ziemlich gute Freunde und Stammkunden im Taiga Club“, sagte Lux und lächelte Möller vielsagend an.

„Was sagen Sie da? Warum haben Sie ihn damit nicht konfrontiert?“, fragte dieser verwundert.

„Deren Privatsache“, sagte Pflamminger mit scheinbar gelöstem Gesichtsausdruck, aber die Wut auf den Staatsanwalt war noch nicht ganz verraucht.

„Eine heiße Spur führt von Roger Gellhoff direkt zur verstorbenen Natascha Schlunzinger und weiter zum Taiga Club“, sagte Lux.

„Sowohl Tamara Broncovic als auch Fred Schlunzinger erheben massive Vorwürfe gegen den Banker Gellhoff. Er könnte etwas mit Nataschas Drogentod zu tun haben. Zusammenhänge und Motive müssen wir noch präziser durchleuchten. Deswegen werden wir Hammerschmidt auf Abstand halten. Ich vermute Hammerschmidt und Gellhoff sind in ständigem Kontakt. Vielleicht in der Funktion als informeller Informant“, sagte Pflamminger mit hämischem Lächeln.

„WAS?“, sagte Möller mit großen Augen, „das lässt das Ganze in einem neuen Licht erscheinen.

„Herr Möller, ist Ihnen aufgefallen, den getöteten Edmund Rutzmoser im Hinterhof der Bank hat der Staatsanwalt mit keinem Wort erwähnt. Tote Obdachlose scheinen ihn wenig zu interessieren. Ich fasse es nicht“, sage Lux kopfschüttelnd.

„Typisch Hammerschmidt", sagte der Chef, „der Einbruch in der Bank hat für ihn absolute Priorität."

Möller beugte sich weit nach vorne und sagte: „Für mich ist der Staatsanwalt ein Rätsel. Das bleibt aber jetzt unter uns Pfarrerskindern. Vorschlag: Ab sofort finden die Besprechungen zwischen uns dreien statt, ohne diesen eingebildeten Heini."

20 Hammerschmidts unfaire Kritik spukte in Pflammingers Kopf herum, vergällte ihm den Saunagang. Nachdenklich saß er auf der untersten Stufe, versuchte unnötige Pfunde am Bauch wegzuschwitzen, während Kollege Claudio Thurner den zweiten Aufguss schöpfte.

„Hey Toni", stieß ihn sein Freund Bruno aus Schulzeiten an, „hast du die ewige Jugend gepachtet?"

Mit seinem jungenhaften Gesicht, wachen dunkelbraunen Augen, feuchten kurzen Haaren, sah er um Jahre jünger aus als seine Freunde. Außer der Bierbauch, egal. Ab sofort werde er sich jeden Abend aufs Rennrad schwingen und in einigen Tagen, Wochen ... unschöne Rundungen ade!

„Ewige Jugend? Logisch. Ich optimiere mich täglich", sagte er und schielte ein wenig neidisch auf Brunos durchtrainierten Sixpackbauch. Um seine Glatze beneidete Toni ihn nicht. Na ja, man kann eben nicht alles haben.

„Mit welchen Mittelchen?", fragte Claudio neugierig.

„Top Secret!"

„Toni, wie läuft das Geschäft mit Mördern und Bankräubern? Ist unsere Stadt in großer Gefahr?", fragte Bruno ironisch.

Schweiß lief über sein knallrotes Gesicht.

„Business as usual oder anders formuliert, wenn Chefs ständig Erfolgsmeldungen haben wollen, selbst wenn es nichts zu vermelden gibt."

Er kletterte zu Bruno auf die dritte Stufe, stützte sich auf den Ellbogen ab und vergrub sein Gesicht zwischen den Händen. An

Hals, Schultern und am Oberkörper bildeten sich breite Rinnsale, die nach unten strebten.

„Toni, vergiss den geschniegelten Heinrich. Den nimmt sowieso kaum jemand ernst", sagte Claudio, „vor drei Stunden bin ich zusammen mit unserem Vizepräsidenten Gackstetter bei ihm unangemeldet aufgeschlagen. Gut zwanzig Kolleginnen und Kollegen ließen Hammerschmidts Sekretärin zum Dreißigsten hochleben. Alle Anwesenden befanden sich in fortgeschrittener Sektlaune und ich knallte dem Ahnungslosen den seitenlangen Abschlussbericht vom Tatort PORTA Bank samt neunzig Fotos auf den Tisch. Bis morgen früh müsse er den Bericht tiefschürfend prüfen und mir schnellstens Rückmeldung geben, ob die KTU-Abteilung schlampig gearbeitet habe. Er grinste breit, winkte ab, bot uns Sekt an, den wir großzügig ablehnten. Von Gackstetter wurde er für morgen früh um acht Uhr zum Rapport beim Big Boss gebeten. Es gäbe dringenden Gesprächsbedarf unterstrich Gackstetter das kurzfristig einberufene Treffen bei Polizeipräsident Kollberg. Dem blasierten Heinrich klappte der Kinnladen herunter, während die Kollegen die Ohren spitzten. Man muss sich nicht alles gefallen lassen."

„Hey Kollege, gut gemacht! Mir gegenüber spielt er sich auf, als wäre er der Fürst von Thurn und Taxis persönlich, sagte Toni griesgrämig.

Claudio Thurner hatte die Schnauze gestrichen voll. Schon öfter wurde er vom Staatsanwalt vor versammelter Mannschaft gemaßregelt. Das musste ein Ende haben. An dem bevorstehenden klärenden Gespräch werde auch die Chefin des Personalrates teilnehmen.

Claudio Thurner, aufgewachsen mit fünf Geschwistern in einer Südtiroler Bergbauernfamilie in der Nähe von Sterzing, ein stets freundlicher und hilfsbereiter Kollege, hatte Hammerschmidts launenhafte Starallüren und Gehabe lange ertragen. Aber bei der letzten Lagebesprechung hatte der Staatsanwalt die rote Linie überschritten.

„Gut gemacht Claudio!", lobte Toni.

Während die drei auf der obersten Stufe heftig schwitzten, eine Weile schwiegen, kam Bruno wieder auf das leidige Thema Gellhoff und Hammerschmidt zurück.

„Toni, das ist doch logisch wie sonst was. Hammerschmidtchen versucht seinen Bankspezl Roger aus der Schusslinie zu nehmen."

„Toni, cool down und genieße den Saunagang", versuchte Claudio den grübelnden Starkschwitzer aufzumuntern.

„Bruno, Claudio, da mag was dran sein, aber vermutlich steckt hinter der Männerfreundschaft noch ... hm?"

„Wir sind ganz Ohr", fiel Bruno ihm ins Wort.

„Kein Wort verlässt die Sauna! Ehrenwort! Schieß los!", sagte Claudio und rückte näher an Toni ran.

„Beim Schwur von Old Shatterhand!", sagte Bruno mit rot erhitzter Gesichtsfarbe.

„Hm. Es gibt Hinweise auf Drogenkonsum und Prostitution hinter der Fassade ‚hochanständiger' Bürgerlichkeit. Das ist ein Anfangsverdacht, es gibt noch keine stichhaltigen Beweise."

„Ja, so was soll es öfter geben", sagte Claudio, stieg langsam nach unten und griff zur Kelle.

„Die ahnungslose Natascha Schlunzinger rutschte vermutlich in einen Drogensumpf hinein, umgeben von ‚ehrbaren Herren' und ging unter", fuhr Toni fort.

„Alkoholvergiftung stand in der Zeitung", sagte Bruno.

„Plus gepanschtem Drogenmix. Haut den stärksten Ochsen um", ergänzte Toni kopfschüttelnd.

„Tja, die Leute sind erwachsen und sollten ihre Verträglichkeitsgrenzen kennen. Die hübsche Natascha soll ein Techtelmechtel mit dem Turbo-Roger gehabt haben. Ein Gerücht oder ...?", wollte Bruno wissen.

„Woher weißt du ... wer behauptet das?", fragte Toni, während er sich mit dem Handtuch Gesicht, Nacken und Haare abtrocknete, was umsonst war.

„Stadtbekanntes Tagesgespräch. Sie war oft Gast in Gellhoffs Villa, begleitete Speedy-Roger in angesagte Clubs."

„Arbeitest du neuerdings für die Regensburger Yellow Press?“, fragte Toni und warf das Handtuch auf die untere Stufe.

„Manchmal war auch die heiße Tamara vom Taiga Club mit von der Partie“, sagte Bruno und grinste wissend übers ganze Gesicht.

„So ist es. Die sich angeblich an keine Namen mehr erinnert. Ihre Biofestplatte unter ihrem gefärbten Haarschopf habe nicht so viel Speicherkapazität sagte sie sinngemäß.“

„Und der flotte Heinrich?“, fragte Bruno neugierig weiter.

„Der nimmt den genialen Geldvermehrer Gellhoff in Schutz“, antwortete Toni mit einem tiefen Seufzer.

„Sag’ ich doch und höchstwahrscheinlich positioniert er sich mit einem großen Schutzschild auch vor die temperamentvolle Taiga-Tamara. Zum Dank gibt es kostenlose ‚Liebesnächte-in-der-Taiga‘. Toni, das ist doch alles kalter Kaffee. Der geile Heinrich und der Speedy-Roger besuchen seit Jahren regelmäßig das Bordell ihres Vertrauens. Und seit einem Jahr steigt zweimal im Monat eine mega Party mit finanzpotenten Gästen in der Gellhoff-Villa.“

„Und du gehörst zu den special guests?“, vermutete Toni mit Wasserautobahnen von Kopf bis Fuß.

Bruno triefte vor Schweiß und lachte laut.

„He, sehe ich aus wie ein Bordelljunkie. Was man so hört, reicht die Taiga-Tamara auch gerne Speedmittelchen über den Tresen.“

„Optimierung in jeder Lebenslage. Voll im Trend“, ging Claudio grinsend dazwischen.

„Gehirndoping im Optimierungszeitalter gehören im Bordell und in den Manageretagen zum guten Ton“, sagte Bruno so selbstverständlich, als handele es sich um eine neu erstandene Fahrradpumpe.

„Dio mio, wie krank ist das denn?“, bemerkte Claudio zwei Schwitzstufen unter Bruno und Toni.

„Hochinteressant. Die beiden ein Herz und eine Seele im Bordell, im Suff und beim Buffen. Jetzt wird’s hinten höher als vorn!“ Toni wunderte sich über nichts mehr.

„Ein Joint am Morgen vertreibt Kummer und Sorgen. Ein lockerer Spruch aus der Hippiezeit.“

Bruno lachte, als hätte er einen coolen Witz zum Besten gegeben.

Toni war nicht zum Lachen zumute. Er rollte mit den Augen und dachte, eure Sorgen möchte ich haben.

„In fast allen Gesellschaftsschichten sind Speed Präparate auf dem Vormarsch. The new lifestyle! Wo soll das noch hinführen?", sagte Claudio kopfschüttelnd.

„Hammerschmidt auf Drogen?", bemerkte Toni nachdenklich.

Toni kam aus dem Staunen über seinen Freund Bruno nicht mehr heraus. Man könnte meinen, er gehöre zu diesem erlauchten Herrenclub in der Villa. Nein dem war nicht so, aber seine Tante wohnte in Gellhoffs Straße drei Häuser weiter. Wegen der Partyaktivitäten munkelte man so einiges über den flotten Bankdirektor. Autos mit PS-starken Motoren, lautes Gelächter, lautes Gebrabbel, laute Musik die ganze Nacht. Brunftgegrunze und Klimaxgestöhne in der Gartenlaube, im Swimmingpool, setzten dem Partylärm die Krone auf. Ekelhaft! Die ganze Nachbarschaft war in Aufruhr, wenn eine Party am Start war. Ab Mitternacht sehe eine von den Nachbarn gerufene Streife nach dem Rechten. Trotzdem ginge das mondäne Happening mit reduziertem Lärmpegel ungeniert weiter. Die Hauptleidtragenden waren die Hohmbachers, ein älteres Ehepaar, mit direktem Blick auf die Partyarena.

„Und Kotzbrocken Hammerschmidt will mich vom Fall abziehen", sagte Toni mit aufkommender Wut.

„Toni, wenn es darauf ankommt, zieht das Großmaul als erster den Schwanz ein. Du kennst ihn doch", sagte Claudio, „er ist ein riesengroßes ...?"

„Arschloch!", sagten sie unisono.

„Freunde den heutigen Saunagang nenn' ich gelungen und Balsam für meine Kriminalerseele", atmete Toni tiefenentspannt durch.

„Meine Tante hat schon mal ein paar Namen fallen lassen. Warte mal, da wäre der Chef vom Fürstlichen Rentamt, Name entfallen, einige BMW-Manager, ein heuchlerischer Kirchensteuerbeamter des Ordinariats und der ach so hochverehrte Stellvertreter Regierungspräsident Dr. Ottfried Kraxner, ein Schulfreund meiner Schwester. Wer noch? Ah, der Schampus-Großlieferant Tscharlie Tschako. Seine Champagner-Pipeline pumpt auch gehörige Mengen in den Taiga Club. Freunde, Ohren spitzen! Der gottesfürchtige Kraxner setzt sich für humane Sterbehilfe ein. Prost Mahlzeit, wenn dieser Drei-Zentner-Typ an deinem Sterbelager steht?", sagte Bruno.

„Den laden wir mal zum Saunen ein", schlug Claudio vor und bemühte erneut die Schöpfkelle für einen zischenden Aufguss.

„Toni, die sexy Tamara musst du in die Zange nehmen", riet Bruno, „dann sprudeln die Namen der feinen Herren nur so ..."

„Vergiss' es. Die weiß, was ihr blüht, wenn sie auch nur einen ihrer Stammkunden in Misskredit bringt", bremste Toni Brunos Ratschlag aus.

„Warum der Bordellbesucher Hammerschmidt das Verfahren so schnell wie möglich einstellen möchte, liegt auf der Hand, oder?", sagte Bruno und setzte ein vielsagendes Grinsen auf.

„Vielleicht steckt der smarte Herr Staatsanwalt im Drogenhandel tiefer drin, als wir uns vorstellen wollen?", mutmaßte Toni.

„Vorsicht Toni, der flotte Heinrich hat beste Beziehungen nach ganz oben", gab Bruno zu bedenken.

„Ja und?"

21 Fred Schlunzinger kam ins Sekretariat gestürmt als wäre der Teufel hinter ihm her.

„So, jetzt ist er fällig ... der ... der Hurenbock!"

Er eilte geradewegs durch die offenstehende Tür ins Chefzimmer. Aber der Vogel war ausgeflogen.

Schlunzinger wirbelte herum und schnarrte die Sekretärinnen an: „Wann kommt er zurück?"

„Herr Schlunzinger? Jetzt machen Sie aber mal halblang, ja!", sagte Zitzelsberger und sah fassungslos auf den vor Wut schnaubenden Hausmeister.

So unbeherrscht hatten sie ihn noch nie erlebt. Im Gegenteil, stets freundlich, hilfsbereit, oft einen Witz auf den Lippen, so kannte sie ihn seit vielen Jahren.

Nach dem tragischen Tod seiner Frau hatte die Kommunikation zwischen Gellhoff und Schlunzinger, die von Anfang an unterkühlt war, einen Nullpunkt erreicht. Schlunzinger verdächtigte den Chef am Tod seiner Frau eine Mitschuld zu tragen. Ab und an ließ er im Haus Bemerkungen fallen, die im Chefzimmer wütende Reaktionen hervorriefen. In einem Vieraugengespräch drohte Gellhoff mit einer Anzeige wegen Rufschädigung und übler Nachrede. Als Direktor habe er genügend Möglichkeiten ihn in die Schranken zu weisen. Er solle sich das hinter die Ohren schreiben. Trotz geschlossener Türe mit Schallschutzpolsterung wurden die Sekretärinnen unfreiwillig Ohrenzeuginnen als Gellhoff wie ein Tobsüchtiger auf Schlunzinger einbrüllte und den eingeschüchterten wortgewaltig aus seinem Büro hinauswarf.

„Fred, warum bist du so wütend? Ist was passiert?", wollte Haller wissen.

Zitzelsberger war schon auf dem Weg ins Wochenende, als Schlunzinger hereinpolterte, ein Schriftstück aus seinem grauen Kittel zog und auf den Tisch legte.

„Fristlose Kündigung. Innerhalb vier Wochen muss ich die Wohnung räumen", sagte er zornig mit funkelnden Augen.

Zitzelsberger erschrak, unterdrückte einen Aufschrei. Die Sekretärinnen sahen sich entsetzt und lange in die Augen, als könnten beide Gedanken lesen, die für die nahe Zukunft nichts Gutes bedeuteten.

„Das ist jetzt aber ein ganz schlechter Scherz", sagte Haller.

Sie griff nach dem Kündigungsschreiben und überflog die Zeilen mit offenem Mund.

„Das geht entschieden zu weit", ergänzte Zitzelsberger und wählte erst die Nummer des Betriebsrates gefolgt von dessen Stellvertreter.

„Keiner von den Herren erreichbar", seufzte Zitzelsberger

schwer. Sie sah auf die Uhr, in zwanzig Minuten begann ihre Physiotherapie Behandlung. Hektisch kramte sie in ihrer Tasche, suchte nach der privaten Nummer des Betriebsratsvorstands, tippte die Nummer ... not available.

Haller bot dem aufgebrachten Hausmeister eine Tasse Tee an. Er winkte ab.

„Ich warte so lange, bis dieser Schweinepriester hier antanzt. Die Uhr läuft!“, sagte er ungehalten. Mit zornesrotem Kopf postierte er sich breitbeinig vor der offenstehenden Durchgangstür.

Die Sekretärinnen warfen sich fragende Blicke zu. Haller hob hilflos die Schultern und sagte: „Fred, er kommt erst am Montagmittag zurück.“

Wer könnte das nächste Kündigungsopfer sein, schoss es ihr durch den Kopf. Gellhoff drohte nicht nur, er handelte, und zwar gnadenlos.

Mit grimmigem Blick starrte Schlunzinger durchs Fenster, schwieg und wünschte dem Chef die Pest an den Hals.

Haller sandte auf ihrem Privathandy eine Nachricht an Leo Zentner mit der Bitte sofort zu kommen! Sie verstand den Chef nicht mehr, der täglich unberechenbarer wurde. Seine Ankündigung, die Belegschaft zu verschlanken, setzte er um. Vor allem ältere Mitarbeiter standen im Fokus. Nur ein junges, tatkräftiges Team könne die PORTA Bank stärken, war Gellhoffs Credo, das er bei jeder Gelegenheit zum Besten gab. Vielleicht würden in Kürze zwei blutjunge Chefsekretärinnen das Zepter übernehmen. Was bedeuten würde: Endstation Bürgergeld. Wer stellte heutzutage noch jemanden ein, der auf die Sechzig zuging, dachte Betti Zitzelsberger. Luise Haller, Mitte vierzig, erging es nicht besser. Geschieden, zwei halbwüchsige Kinder, eins der Mädel war oft krank. Beschäftigte mit krisenanfälligem familiärem Background waren nicht gerne gesehen. Wenn der Chef in dem Tempo weitermachte ... na dann gute Nacht, dachten Haller und Zitzelsberger mit Sorgenfalten auf der Stirn.

Harry Grammel und Leo Zentner kamen herbeigeeilt und glaubten sich verhört zu haben.

Grammel hatte schon ausgestempelt, war zwischenzeitlich beim Friseur, wie jeder sehen konnte. Das Geburtstagsgeschenk für seine Frau, ein Gutschein für zehn Vorstellungen im Stadttheater, hatte er im Büro liegen lassen und kam deswegen noch mal zurück. Im Flur traf er auf Leo Zentner, der ihm brühheiß von Freds Kündigung berichtete.

„Harry bist du unter den Rasenmäher geraten?", fragte Haller und hielt sich die Hand vor den Mund, um nicht loszulachen.

Alle sahen ihn entgeistert an. Unwichtig. Heute ging es um den arg gebeutelten Hausmeister, der wie ein geprügelter Hund vor ihnen stand.

„Also ... also, das gibt's doch nicht. Völlig übergeschnappt oder hat der Chef was eingeworfen?", sagte Grammel mit abrasierter Meckifrisur und großen Augen.

„Harry, bitte!", sagte Zitzelsberger kopfschüttelnd.

Seinen neuen Gefängnishaarschnitt fand sie unmöglich, passte nicht zu ihm. Geschmacksfrage.

„Es kann jeden von uns treffen, morgen, übermorgen?", sagte Haller in großer Sorge eventuell die Nächste zu sein. Schnell verdrängte sie den Gedanken.

„Kollegen, das nimmt Ausmaße an, das dürfen wir uns nicht gefallen lassen", sagte Zentner entschlossen und sah mit besorgtem Blick auf Fred.

„Fred, beruhige dich. Am Montag wird der Betriebsrat mit dem Chef Klartext reden und auf die geltenden Regeln verweisen", sagte Grammel einfühlsam, in der festen Überzeugung Gellhoff müsse sich an die arbeitsrechtlichen Gesetze halten.

„Tsss! Unser Betriebsrat verkommt mehr und mehr zum zahnlosen Tiger", sagte Zitzelsberger mit vorwurfsvollen Blicken auf die ratlos dreinblickenden Kollegen, „ist es nicht so?"

Grammel und Zentner tauschten verstohlene Blicke und blieben die Antwort schuldig.

In Gedanken stimmte Haller der Kollegin zu hundert Prozent zu und sagte: „Meine Herren, eure edle Absicht in Gottes Ohr, aber Gellhoff verfolgt seine Ziele kompromisslos. Umstrukturieren und möglichst viel Personal reduzieren."

Erwin Semmelhofer, langjähriger Vizechef der Devisenabteilung kam durch die offenstehende Tür geschlendert. Vor sechs Monaten hatte er den Betriebsratsjob hingeschmissen. Grund? Die angekündigten personellen Veränderungen wollte er nicht mittragen.

„Wo brennt's?", fragte er in gewohnt ruhiger Art mit wohltuender Bassstimme und einen kurzen Blick auf Grammels neue Frisur.

„Fred, lass mich raten. Fristlos gekündigt?", sagte er, als handelte es sich um eine Fußballwette zwischen dem SSV Jahn und dem SG Walhalla Regensburg.

Schlunzinger schluckte, nickte, schnäuzte sich lange, um Semmelhofer nicht ansehen zu müssen.

„Erwin, vielleicht bist du der Nächste", mahnte Zitzelsberger mit hochgezogenen Brauen.

„Habe ich es nicht gesagt? Wenn der irre Gellhoff das Steuer übernimmt, läutet er eine Zeitenwende ein."

„Ach was, der muss sich an die Spielregeln halten wie seine Vorgänger", sagte Zentner und klopfte Schlunzinger auf die Schulter.

„Einen Dreck wird er!", hielt ihm Semmelhofer entgegen, „wenn wir uns wegducken, macht der mit uns, was er will."

Die Kollegen versuchten Schlunzinger Mut zu machen. Er müsse einen Rechtsanwalt einschalten. Und wenn nötig, würde das Arbeitsgericht dem Chef die rote Karte zeigen. Alle hier im Raum würden hinter Schlunzinger stehen und ihn tatkräftig unterstützen.

Gellhoff wollte den ständig frotzelnden Witwer nicht mehr in seiner Nähe wissen. Gleichzeitig testete und demonstrierte er wohl seine Macht, ältere Mitarbeiter zügig loszuwerden. Alle Anwesenden stimmten Semmelhofers Einschätzung zu.

„Mich stellt keiner mehr ein", jammerte Schlunzinger.

Erneut schnäuzte er kräftig ins Taschentuch.

„Wo ist denn der gnädige Herr?", erkundigte sich Semmelhofer.

„Er bereitet das Outdoor-Speed-Training-Coaching-Dingsbums
vor. Morgen Vormittag große Premiere im Kelheimer Forst, aber
hallo!“, sagte Betti Zitzelsberger und kicherte in staunende Augenpaare.

„Outdoor was?“, fragten die Herren synchron.

„XXL-Turnübungen für die Abteilungsleiter“, ergänzte Haller
todernst, als wüsste sie schon das Ergebnis der extravaganten
Schulung samt Evaluation, Feedback mit allem pipapo.

„Und was soll dieser Outdoor-Schwachsinn bringen?“, wollte
Zentner wissen.

„Am Montag den Chef fragen. Heute präpariert er zusammen
mit dem Praktikanten Wurzelmeier die orakelhafte Tour durch
den tiefen Wald. Und morgen pünktlich um neun Uhr geht’s los.
Carmen Hierlhauser und ich sind fürs Catering und das Drumherum zuständig.“

„Tja, neuer Chef, hochfliegende Pläne, neue Strukturen, Fortbildungen, kurzum: Zeitenwende“, zählte Semmelhofer trocken
auf, lehnte sich mit den Händen in den Hosentaschen an den Türrahmen und sah mitfühlend auf den bedauernswerten Hausmeister. Gut vierzig Jahre versah Fred Schlunzinger jahrein, jahraus
seinen Dienst. Er war selten krank, stets zur Stelle und machte
seine Arbeit ordentlich. Und nun bekam er vom Jungspund Gellhoff einen betriebsbedingten Arschtritt. Der langjährige und erfahrene Mitarbeiter Semmelhofer überlegte, wie man die Kündigung rückgängig machen könnte. Herr, lass Hirn regnen, dachte er.
Wenn nicht heute, aber am Montag musste er schlagkräftige Ar-
gumente parat haben, die er dem Betriebsrat Senner vorschlagen
werde. Er war sich sicher, Gellhoff würde sich von niemandem
etwas raten, geschweige vorschreiben lassen. Fred Schlunzingers
Schicksal war besiegelt, dachte Semmelhofer mit sorgenvoller
Miene.

„Muss Trixi auch über Stock und Stein traben oder ist sie nur
noch für extravagante Chefsonderprojekte zuständig?“, fragte
Grammel mit einer mordsmäßigen Wut im Bauch.

Einige werden vom Chef mit Samthandschuhen angefasst. Beispiel, Trixi von Thalhussen. Und andere bekommen grundlos und eiskalt die Kündigung auf den Tisch geknallt. Grammel war eine Frohnatur, den so schnell nichts umhaute. Seinen Freund und Kollegen Fred kannte er seit Jahrzehnten. Zwei Mal im Monat vergnügten sie sich beim Kegeln, gefolgt von einer geselligen Stammtischrunde im Spitalgarten. Roger Gellhoff war ihm, wie vielen seiner Kollegen, von Anfang an nicht geheuer und nun das! Fred würde keine Anstellung mehr bekommen. Folge: Arbeitslosigkeit und weniger Rente. Gellhoffs rücksichtsloses Vorgehen verursachte ihm seelische Seitenstiche. Vielleicht war er nächste Woche oder nächstes Jahr dran? Als Mittfünfziger wurde man sowohl von jungen Chefs, als auch von jungen Mitarbeitern nicht mehr für ganz zurechnungsfähig gehalten. Viele schräge Blicke signalisierten den Älteren: Wie lange muss ich deine runzlige Visage denn noch ertragen? Arroganz und Respektlosigkeit in Reinkultur.

„Frau von Thalhussen hat sich bis Dienstag krankgemeldet", sagte Zitzelsberger augenzwinkernd, „wegen einer XY-Virus-Grippe fühle sie sich außerstande an der mit Sicherheit ‚interessanten' Weiterbildung teilzunehmen."

„Das hätte ich auch gemacht. Hoffentlich regnet es morgen den ganzen Tag wie aus Kübeln, dann bleibt euch einiges erspart. So, Kollegen, das depperte Outdoor-Speed-Dingsda morgen ist mir jetzt so was von wurscht. Heute geht es um Fred", sagte Zentner und lächelte ihn zuversichtlich an.

„Erwin, du kennst dich mit fristlosen Kündigungen aus. Also, was passiert jetzt mit Fred?", fragte Haller.

„Mich zuckt es plötzlich in den Beinen. Wenn der Chef jetzt da wäre, würde ich ihm einen kräftigen Tritt verpassen!", sagte Semmelhofer.

„Na, na, na, Herr Kollege", mahnte Zitzelsberger.

„Hätte er denn etwas anderes verdient?"

Semmelhofer lachte verschmitzt wie ein Schuljunge, der seinem verhassten Klassenlehrer heimlich ein Furzkissen auf den Stuhl gelegt hatte.

Während Betti Zitzelsberger das fiese Schriftstück kopierte und an die Kollegen verteilte, rieten sie dem Verzweifelten, nicht klein beizugeben. Der Chef hat mit der bescheuerten Kündigung erstens den Betriebsrat umgangen. Ein Kardinalfehler! Und zweitens lag kein Kündigungsgrund vor. Ergo, Schlunzinger werde seine Tätigkeit als erfahrener und geschätzter Hausmeister wie gewohnt fortsetzen. Und am Montag würden alle zusammen beim Chef auf der Matte stehen, versprachen sie Schlunzinger und baten die Damen den Termin gleich dick und fett einzutragen.

„Bei Gellhoffs Vorgänger hätte es das nicht gegeben", sagte Zitzelsberger mit kummervollem Blick in die betretenen Gesichter der Kollegen.

„Wer weiß, wer als nächster dran ist?", mutmaßte Haller.

Sie sah auf die Uhr und seufzte. Für das Outdoortraining musste sie noch eine To-do-Liste abarbeiten. Den großen Moderationskoffer, Schreibutensilien, vier Flipcharts, mehrere Champingstühle, den Erste-Hilfe-Kasten et cetera vorbereiten und in den Kleinbus verfrachten. Als alleinerziehende Mutter von zwei halbwüchsigen Töchtern war der Freitagnachmittag stressig. Gerne würde sie das Büro mittags verlassen, aber Gellhoff war anderer Meinung. Auch am Freitag musste sein „Oval Office" bis siebzehn Uhr besetzt sein. Wenn es ihr nicht passe, könne sie sich jederzeit einen anderen Arbeitgeber suchen. Jüngere Mitarbeiter ohne Kinder gäbe es zur Genüge, sagte er ihr erst vor kurzem frostig ins Gesicht.

Betti Zitzelsberger erlitt vor zwei Jahren einen unverschuldeten Unfall. Seitdem war ihr linkes Knie steif. Aus gesundheitlichen Gründen hatte sie ihre Arbeitszeit verkürzt und arbeitete montags und freitags jeweils nur fünf Stunden. Roger Gellhoff wollte sie in eine andere Abteilung abschieben. Behinderungen, sichtbare körperliche oder psychische Defizite passten nicht in sein Weltbild. Der Betriebsrat war einstimmig dagegen. Zähneknirschend gab Gellhoff klein bei.

Schlunzinger bedankte sich für die kollegiale Solidarität. Bis

Montag im Sekretariat auf den Chef warten, war nicht so ganz ernst gemeint. Grammel und Zentner begleiteten ihn in seine Wohnung. Der Kühlschrank war gut gefüllt. Der Kündigungsschock musste reflektiert und verdaut werden. Ihr Kollege und langjähriger Freund hatte vor kurzem seine Frau verloren, als wäre das nicht schlimm genug. Und nun der nächste Nackenschlag. Betriebsbedingte Kündigung. Das würden sie mit Fred gemeinsam durchstehen. Null Toleranz! Null Akzeptanz! War die übereinstimmende Meinung nach dem fünften Bier. Gegenmaßnahmen mussten her, und zwar sofort. Gellhoff war eine Drecksau! Wenn der sich für eine Sache entschieden hatte, zog er es alternativlos durch. Man müsste dem arroganten Rotzlöffel mal so richtig eine vor den Bug geben. Vielleicht brächte ihn das zum Umdenken, sinnierten die drei vor sich hin in der Mansardenwohnung, die den Charme der späten fünfziger Jahre versprühte.

Betti Zitzelsberger wünschte ein erholsames Wochenende und rauschte davon, während Luise Haller die Vorbereitungen für die Outdoorschulung fortsetzte. Erwin Semmelhofer war noch geblieben und wollte etwas mehr über den bevorstehenden Drillparkour wissen. Spontan fiel ihm ein, vorgestern hatte Gellhoff die vom Betriebsrat beschlossenen Kurse, „Yoga" und „Achtsamkeit" für Mitarbeiter aus fadenscheinigen Gründen gestoppt und Fortsetzungskurse gestrichen. Sei alles nur Gedöns und Bullshit-Workshops. Von Achtundsechzigern und stinkfaulen Hippies im Suff ausgedacht. Koste einen Batzen Geld und bringe rein gar nichts.

„Was für eine abwegige Idee", sagte Semmelhofer und ließ sich mit einer fast einsneunzig großen, korpulenten Statur auf Hallers Stuhl plumpsen.

Entspannt grinsend schaute er der Kollegin beim Arbeiten zu und fragte schließlich: „Von wem lässt sich der fantasielose Gellhoff solch kostspieligen Schnickschnack andrehen?"

„Dreimal darfst du raten", sagte sie und überprüfte den Inhalt des geöffneten Moderationskoffers.

„Ich tippe auf die sündhaft teure Consultingfirma Häuffele, Schäuffele und Silberfischlein Company aus Freiburg.“

„Bingo!“, rief Haller, „das Konzept dieses Frischluft-Traras kostet, halt’ dich fest, sechzehntausend Euro! Ständig predigt der Chef, wir müssen sparen und gleichzeitig wirft er für so einen Blödsinn Geld zum Fenster raus!“

„Luise, für mich ist diese sündhaft teure Beratungsagentur ein Trojanisches Pferd. Die werden Gellhoff Tag und Nacht das Mantra einflüstern: Belegschaft verschlanken, verschlanken, verschlanken, Mitarbeiter entlassen, entlassen, entlassen! Und wir versichern ihnen, die nächste Jahresbilanz fällt hervorragend aus!“

„Iwooo, wo denkst du hin? Nein, es geht um deine, meine, um unser aller Zukunft. Gellhoff meint es gut mit uns und will den modernisierungsunwilligen Abteilungsleitern noch mehr neoliberale Ökonomie verordnen. Alles easy going. Erwin, es geht um nichts anderes als um Decision-Making ...!“

„Hä? Ist das etwas zum Essen?“

Semmelhofer hatte schon mehrere Neuerungen und Umstrukturierungen in der PORTA Bank live miterlebt, aber Decision-Making war auch für ihn Terra incognita.

„Erwin, lebst du auf dem Mond?“, sagte sie ironisch. „Es geht um nichts Geringeres als um das Einüben von schnellen und transparenten Entscheidungsabläufen nach dem Vorbild ... sitzt du gut?“

„Ich sitze immer gut.“

„Anschnallen bitte, also nach dem Vorbild des Militärs“, sagte sie in sein feistes Gesicht mit offenem Mund und verkrampftem Blick.

„Häää? Luise, du verarscht mich. Das ist abartig ...!“

„Mach den Mund zu, dann siehst du intelligenter aus.“

Sie lachte und fuhr gelassen fort: „Wer weiß, für was und für wen es gut ist.“

„Für die Mitarbeiter ein weiteres Kontrollinstrument“, sagte Semmelhofer und verschränkte die Hände hinter dem Nacken.

Haller öffnete den Schrank, holte einen Packen bunter Filzstifte und Schreibblöcke heraus.

„Stinkfaule Abteilungsleiter liefen durch den Wald ... tralalala ...
am Montag waren's nur noch ...?", sang Semmelhofer in gehässiger Tonlage.

Er drehte sich mehrmals um die Stuhlachse und prustete los
vor Lachen.

„Erwin, lach' nicht so blöd! Es handelt sich um eine wissenschaftlich erforschte Junglerallye ... eine todsichere Sache", sagte
Haller und lachte eine Runde mit.

„Noch mal, sagtest du nach militärischem Vorbild? Ist der Chef
jetzt komplett durchgeknallt?"

Haller trocknete ihre Lachtränen und sagte: „Was ich so zwischen Tür und Angel mitbekommen habe, nach dem Vorbild des
US-Militärs. Jetzt bist du platt?"

„Jetzt fehlt nur noch die berühmte US-Bomberjacke, mit der
sich US-Präsidenten öffentlichkeitswirksam zeigen, wenn sie auf
einem Flugzeugträger salutierend die Parade abnehmen."

Semmelhofer bog sich vor Lachen und glaubte er säße in einem
ganz schlechten Film.

„Vielleicht müssen wir demnächst morgens wie auf dem Kasernenhof antreten? Vorschlag. Komm' morgen mit, dann kannst du
dir schon mal ein Bild davon machen, wie die zukünftigen Fortbildungsmaßnahmen ablaufen werden. Auf jeden Fall nichts für
Feiglinge und Weicheier. So wird die Spreu vom Weizen getrennt.
Ein uraltes Hausrezept", sagte Haller.

„Der Typ gibt Gas, will auf die Überholspur", sagte Kollege
Semmelhofer und schüttelte nachdenklich den Kopf.

„Tja, wenn der Chef keine Ideen hat und seinen Mitarbeitern
nichts zutraut, lässt er sich von einer angesagten, kostspieligen
Consulting Firma beraten. Stimmt's Erwin?"

„Luise, ich sage nur: Zeitenwende."

22 Die Führungskräfte müssen auf Linie gebracht werden, parallel dazu ein indirekter Tauglichkeitstest, war
Gellhoffs Zielvorstellung. Rentierten sich Investitio-

nen in den einen oder anderen Möchtegernleader? Das Outdoor-Speed-Training werde nun zweimal pro Jahr stattfinden. Die Teilnahme war Pflicht!

Für den ersten Outdoor-Parkour wurden teure Fitnesstracker angeschafft. Bewegungen jeglicher Art oder Stillstand, häufige Verschnaufpausen, lange Pipi-Pausen, private Telefonate oder eine frühzeitige Aufgabe würden punktgenau dokumentiert und am Ende akribisch evaluiert und ausgewertet.

Raus aus der Komfortzone, rein ins unternehmerische Risiko, war Gellhoffs Leitmotiv. Als Student hatte er jedes Semester ein Outdoor-Speed-Training erfolgreich absolviert, manchmal auch bei britischem Scheißwetter. Das könne er guten Gewissens auch seinen Führungskräften abverlangen. Wenn sein Bankhaus im internationalen Wettbewerb, im globalen Haifischbecken vorne mitschwimmen wollte, musste er alte Zöpfe abschneiden, moderne Führungs- und Arbeitsmethoden rigoros umsetzen. Auf den Punkt gebracht: Im operativen Geschäft mit härteren Bandagen kontinuierlich Gewinne maximieren. Gemäß seinem Schlachtruf: *Fit, flott, fokussiert = Erfolg!*

Die konzentrierte Übung in freier Natur würde sich in der täglichen Praxis im positiven Sinne widerspiegeln. Eine Karriere in der Bank unter seiner Führung war nichts für Zauderer und Waschlappen. Mantrahaft wiederholte er diesen Satz in jeder Abteilungsleitersitzung. Ein stattliches Gehalt hatte seinen Preis, das müsse jedem klar sein. Wer Gellhoffs Optimierungsphilosophie verinnerlichte und umsetzte, hatte gute Chancen aufzusteigen.

„The winner takes it all."

Ab sofort werde er auch das Teambildungscoaching und das Projektbegleitungscoaching übernehmen.

„So, meine Herren, wie ich sehe sind alle zweihundertprozentig motiviert", sagte Gellhoff voller Tatendrang.

Er sah auf seine Armbanduhr, dann auf den Fitness-Tracker, winkte mit einer zackigen Handbewegung Praktikant Wurzelmeier zu sich. Mit einer Sportpistole sollte der Parkour eröffnet werden.

Wurzelmeier brachte die alte Konfettipistole seiner Großmutter mit, hielt diese in die Höhe.

„Karneval, Sylvester, Kindergeburtstag? Wo ist die Sportpistole?", blaffte er Wurzelmeier an.

„Erkläre ich Ihnen später", sagte er mit belegter Stimme und hielt die rosarote Plastikpistole in die Höhe.

„Drei, zwei, eins."

Peng. Ein bunter Konfettiregen ergoss sich über den Praktikanten.

„Die Parforcejagd beginnt! Und ab geht's!", rief Gellhoff den Abteilungsleitern zu.

Mit schlaffen Schultern und hängenden Mundwinkeln marschierten die Abteilungsleiter los. Die meisten wünschten den Chef zur Hölle. Gellhoff grinste ihnen hinterher mit der Botschaft *der Chef bin ich!*

Kaum waren die drei Zweiergrüppchen außer Hörweite, stießen einige wilde Flüche aus. Einstimmiger Tenor: Was für eine unsinnige Schinderei am Wochenende.

Speed- und Survivaltrainings in freier Natur werde es in Zukunft öfter geben. Fortbildungen für Führungskräfte, hämmerte der Boss den zur Teilnahme verdonnerten Männern tags zuvor ein, sei eine imagefördernde und vorbildliche Maßnahme, gehöre zu einer modernen Bank wie der süße Senf zur Weißwurst. Dieses spezielle Training würde die Geschicklichkeit, Reaktionsfähigkeit und Entscheidungsfindungen verbessern. Die konzertierte Fortbildung würde alle Sinne schärfen und für jeden von großem Nutzen sein, versuchte er die skeptisch dreinblickenden Männer für das bevorstehende Outdoor-Happening zu begeistern.

„Sind wir jetzt auf einer militärischen Kaderschmiede? Vielleicht plagt mich morgen ein heftiger Durchfall", flüsterte Rainer Wachtlhuber aus der Kreditabteilung seinem Kollegen Tristan Brettschneider zu, Leiter des Personalmanagements.

„Mir könnte morgen plötzlich ein Furunkel auf der linken Arschbacke aufplatzen", flüsterte Walter Staudinger, Chefberater für Aktien und Anleihefonds, wenig begeistert.

Mit den Kollegen mehrere Runden Schafkopf spielen wäre ihm hundert Mal lieber, als bei dem kühlen Wetter durch den Wald zu irren. In Gedanken suchte er krampfhaft nach einer überzeugenden Unpässlichkeit, die ihm den Pfadfinder-Kinderzirkus ersparen könnte.

„Noch Fragen meine Herren? Sie Herr Wimmer? Nein, gut, dann kommen Sie morgen pünktlich zum Treffpunkt. Gehen Sie heute früher schlafen und verzichten sie auf Alkohol, dann sind Sie morgen gut in Form."

„Kameraden, tonight no sex please!", flüsterte Wimmer mit strenger Miene.

„Herr Gellhoff", fragte Brettschneider, „sollte morgen jemand wegen Krankheit …"

„Diese Frage kann auch nur von Ihnen kommen. Meine Herren, morgen werden Sie wie vereinbart, um Punkt neun Uhr und topfit auf der Matte stehen! Haben wir uns verstanden? Sie können abtreten, hätte ich beinahe gesagt."

23 Carmen Hierlhauser ließ sich von Roberto Rossi, ein Charmeur wie er im Buche steht, einen Becher Kaffee kredenzen. Der Endvierziger, zu Übergewicht neigende Cateringchef, machte es sich im Campingstuhl bequem, atmete ausgiebig die klare Landluft ein und zündete sich eine Zigarette an.

Praktikant Wurzelmeier verstaute die Konfettipistole im Rucksack und ging Luise Haller zur Hand. Sie war fünf Minuten später als vereinbart am Meeting-Point eingetroffen und bekam vom Chef einen Anschiss, der sich gewaschen hatte. In aller Eile baute sie ein provisorisches Outdoor-Office auf. Nach der dreistündigen Tour querfeldein, war an Ort und Stelle eine Feedbackrunde geplant, sofern es nicht in Strömen regnete, was sich alle sehnlichst wünschten, außer Gellhoff

Gellhoff zitierte Wurzelmeier zu sich, erkundigte sich, ob er alles im Griff habe. Logisch, der Praktikant war bestens auf alle

Unwägbarkeiten vorbereitet, hoffte er zumindest, genauso wie sie es gestern besprochen hatten. Wurzelmeier grinste den Chef mit müden Augen an und bemühte sich einen energiegeladenen Eindruck zu vermitteln. In Wirklichkeit hätte er im Stehen einschlafen können.

„Klar Chef.“

„Sie, die beiden Damen und der Catering-Fritze bleiben wie vereinbart vor Ort. Oliver passen Sie auf, dass der Fettsack nicht zu viel von den teuren Sachen wegfrisst und vor allem nicht zu viel säuft. Dieses parasitenähnliche Verhalten ist in seiner Branche weit verbreitet. Hat dieser ordinäre Mensch doch die Stirn und begrüßt mich mit einer Alkoholfahne, dass es mir den Atem verschlägt. Meiner sensiblen Nase entgeht nichts!“

In einem knalligen blauroten Tracksuit und nagelneuen Laufschuhen begann Gellhoff mit Aufwärmübungen. Er hüpfte, trabte im Stand, wirbelte die Arme nach vorne, nach hinten, spuckte in die Hände und rief aufgekratzt: „Banking ist Sport! Nach dem Deal ist vor dem Deal.“

Als die Speed-Trainingsassistenten Gellhoffs Startruf hörten, warfen sie sich schnelle Blicke zu, täuschten Geschäftigkeit vor und hofften, dass er endlich zwischen Sträuchern und Unterholz verschwinden würde. Sobald der Chef außer Sicht war, müsse Wurzelmeier eine weitere Hellwachpille einwerfen, um die kommenden Stunden durchstehen zu können. Mannomann, gib Gas und verzieh dich endlich, dachte er verkatert.

Gellhoff war dem Praktikanten gewogen. Großgewachsener junger Mann, dunkles volles Haar, unten kurz geschnitten, oben länger. Sein freundliches Wesen mit einem gekonnt verwegenen Lächeln auf den Lippen, ließ schon in der Schule viele Teenagerherzen höherschlagen. An Verehrerinnen mangelte es Oliver nicht. Nichtsdestotrotz hatte ihm seine Ex-Freundin vor sechs Wochen den Laufpass gegeben. Ihrer Meinung nach war er mehr in seine Hobbys verliebt. Sie fühlte sich von dem umtriebigen Oliver sträflich vernachlässigt.

„Vivien, was meinst du mit … ?

„Emanzipier dich endlich!", fiel sie ihm ins Wort.

„Wie bitte?"

Und weg war sie, die schöne Vivien aus Landshut.

Gellhoff und Wurzelmeier diskutierten gerne über die zügig voranschreitende Digitalisierung, die in naher Zukunft die Arbeitswelt kräftig durcheinanderwirbeln würde, was Gellhoff nicht tangierte. Kopfzerbrechen machten ihm Hackerangriffe. Wie könnten diese rechtzeitig abgewehrt werden? Nur Wurzelmeier durfte dem kritikresistenten Chef widersprechen. Logisch, der Praktikant war keine ernstzunehmende Konkurrenz für ihn.

„Das Wetter hält? Haben Sie die Deutsche Wetterzentrale angerufen?", fragte Gellhoff, während er seine Oberschenkel abklopfte.

„Klaro. Offizielle Vorhersage, ein heiterer Frühlingstag", versicherte Wurzelmeier (wer's glaubt).

Wetterzentrale anrufen. Sonst noch was, dachte er, die Vorhersage auf dem Smartphone musste genügen.

„Na dann!", rief Gellhoff gut gelaunt, „und los geht's!"

Zum x-ten Mal sah er auf die Chronometeruhr, holte tief Luft, startete durch und entfernte sich mit einem rasanten Sprint vom Basiscamp.

Haller sah dem davonpreschenden Chef hinterher und sagte: „Bei dem Affenzahn wird ihm bald die Luft ausgehen."

Caterer Rossi gähnte ausgiebig, fuhr sich über seinen kahlen Kopf, kratzte sich hinterm Ohr, erhob sich, schenkte allen Kaffee nach, grinste breit und sagte: „Porco Dio! Die vergangenen zwanzig Jahre habe ich schon viele Manager bekocht. Alle hatten Starallüren oder Marotten, aber dieser Typ schießt den Vogel ab. Mama Mia!"

Hinter dem Wiesenhügel lief der Chef und Coach in moderatem Arbeitstempo eine schmale Forststraße entlang, begleitet von fröhlichem Vogelgezwitscher. Er atmete gleichmäßig tief ein und aus, genoss die Morgenluft. Es roch nach feuchtem Gras, nach Erde und Fichtenwald. Vor der nächsten Wegbiegung drehte er sich noch mal um. Das Scheunendach in der Nähe des Startpoints war noch zu sehen. Nach einigen hundert Metern erreichte er einen Schotterweg, der in einen festgetretenen Trampelpfad überging. Kurzer Check des Fitnesstrackers. Alles im grünen Bereich. Aus dem nahegelegenen Unterholz war ein Kuckuck zu hören, Bienen summten über den Wildblumen. Ein leichter Wind wehte durch die Talsenke, wog die Baumspitzen jenseits des Bachlaufes behutsam hin und her. Wölkchen schoben sich ab und an vor die Sonne, zogen weiter Richtung Osten. Ein sanft ansteigender Hang mit frisch gepflanzten Fichtensetzlingen breitete sich vor dem Jogger aus. Laut kreischend schoss ein Fasanengockel hinter einem Strauch hervor, flatterte über Gellhoff hinweg, gefolgt von drei Rebhühnern. Gellhoff erschrak, zog den Kopf ein, während das Federvieh zwischen hohem Schilfgras verschwand. Er verlangsamte das Tempo, blieb stehen, holte tief Luft, hielt den Atem an, zählte bis zehn und pustete kräftig aus. Diesen Vorgang wiederholte er fünfmal. Die Waldluft war belebend, eine wunderbare Energiezufuhr, auch mentaler Art. Er fühlte sich richtig gut und setzte das Laufpensum fort. Nach einigen hundert Metern durch ein zusammenhängendes Waldstück, steuerte er auf eine ausgedehnte Lichtung mit hohem Wildgras und bunten Frühlingsblumen zu, die von einer kleinen Anhöhe begrenzt wurde. Dahinter breitete sich eine Wiese einen langen Abhang hinunter aus. Ha, jetzt begann die Chefroute, dachte er überschwänglich und gab Gas. Mehrmals bremste er abrupt ab, hüpfte auf der Stelle, wirbelte die Arme durch die Luft, Rumpfbeugen, links, rechts, rechts, links. Wie ein ausgelassenes Kind legte er einen Schnellstart hin und dachte vergnügt an seine Möchtegern-Führungskräfte, wie er sie manchmal hämisch nannte. Was würden die Superhelden gerade machen? Vermutlich waren einige schon bei der ersten Aufgabenstellung kläglich gescheitert. Vor seinem inneren Auge sah er bereits die überraschten und abgehetzten Gesichter, wenn er plötzlich bei dem einen oder anderen Duo wie aus dem Nichts auftauchte und vertrackte Fragen stellte. So ist das Leben nun mal. Ja, nur der Beste, Willigste Stärkste und Schnellste war für die gesteckten Ziele, die neue Ausrichtung im globalen Bank-Business jetzt und in naher Zukunft geeignet. Und ja, nur jene hatten

Aussicht auf eine respektable Karriere, die die von ihm vorgegebenen Spielregeln zu hundert Prozent befolgten.

Das Navi signalisierte ihm, in fünf Minuten werde er den ersten Breakpoint erreichen, wenn er das momentane Lauftempo beibehalte. Und genau dort werde er sich auf die Lauer legen und dem erstbesten Abteilungsleiter, der um die Ecke bog, mit kniffligen Fragen konfrontieren. Voller Häme stellte er sich die geistlos dreinschauenden Gesichter der Männer vor. Allein die Vorstellung in wenigen Minuten in der gründlich durchdachten Wegstrecke am Breakpoint als Chef-Coach in Aktion zu treten, spornte ihn an gepaart mit boshafter Schadenfreude. Übermütig warf er sich auf den Boden, sog das würzige Aroma der Wiesenkräuter ein und feuerte sich an: „Hey, Roger, fünfzig Liegestützen, eine deiner leichtesten Übungen. Auf geht's! Eins, zwei, drei, vier, fünf ...“

Nach gut zehn Stützen vernahm er seltsame Laute? Was war das? Ein Rehbock? Ein Falke? Rivalisierende Fasane? Waldgeister? Nichts! Er setzte die Übungen gleichmäßig fort. Wieder Geräusche, die er nicht zuordnen konnte. Sie wurden lauter. Er kniete auf dem Boden und lugte über das Wildgras hinweg. Grunzlaute? Etwas außer Atem stand er auf, sah nach hinten und entdeckte dreißig, vierzig Meter entfernt eine fette Bache mit drei, nein fünf Frischlingen aus dem Unterholz heraustrotten. Hm? Deren Familienausflug wollte er nicht stören. Keine Panik Roger, sagte er sich in Gedanken. Er musste einen Baum oder eine Erhöhung finden, sich eine Weile ruhig verhalten, bis die Bache mit ihren süßen Kleinen weiterzog. Er spähte in alle Richtungen, suchte nach einer Rettungsinsel. Ein hoher Stapel Holz? Eine Hütte? Nichts dergleichen befand sich in der Nähe. Die langsam herantrollende würde mit ihrer Brut höchst wahrscheinlich schnell wieder im Unterholz verschwinden.

Tat sie nicht. Die borstigen Vierbeiner hatten einen Zacken zugelegt und kamen unaufhaltsam näher. Gellhoff baute sich auf, machte den Hampelmannsprung, wirbelte mit den Armen, brüllte furcherregend laut. Gleich mal zeigen, wer hier der Chef war. Die sportliche Abschreckungsaktion fiel für Coach Gellhoff ungünstig aus. Der Schwarzkittel hielt den kräftigen Rüssel hoch und entdeckte den schreienden und hüpfenden Zweibeiner. Gefahr in Verzug für die fünf Jungen? Wie von der Tarantel gestochen preschte die Wildschweinmutti los.

„Verdammte Scheiße!"

Gefahr erkannt, Gefahr nicht gebannt. Der Gejagte rannte um sein Leben, entdeckte eine stämmige Eiche mit einem Hochsitz gepaart. Die Rettung? Gellhoff sprang regelrecht auf die morschen Sprossen zu, die krachend brachen. Er rutsche ab, die Nähte an den Ärmeln und Beinen platzten auf und zu allem Übel schürfte er sich die Unterarme und die Knie wund. Die Muttersau gefährlich nahe hinter ihm. In letzter Sekunde zog er sich hoch, erreichte höhergelegene Sprossen, die Gott sei Dank hielten. Halb zu Tode erschrocken setzte er sich auf das schmale Brett und sah auf den grunzenden Koloss hinunter. Bedrohlich und zum Äußersten entschlossen glotzte das Rüsseltier zu ihm hinauf *Freundchen, ich habe dich fest im Blick!*

Gellhoff keuchte, der Puls jagte, der Schreck fuhr ihm in alle Glieder. Wütend und erregt checkte er seine Chronometeruhr, die alles sekundengenau aufzeichnete, sah wieder auf das selbstbewusste Borstenvieh hinunter, das sich beruhigt hatte und den herumtollenden Frischlingen auffordernd zubrummte, die Muttis Lockruf folgten.

Gellhoff prüfte das schmale Sitzbrett. Es machte einen wackligen und morschen Eindruck. Oberdrein ragten mehrere rostige Nägel heraus. Vorsichtshalber kletterte er auf einen dicken, sicheren Eichenast. Sein Puls pochte immer noch bis in die Haarspitzen. Piano, piano, versuchte er sich zu beruhigen. Gleich wird der borstige Spuk vorbei sein. Wieder sah er auf den Bewegungsmesser, der einiges zu tun hatte. Gellhoff zwang sich ruhig und gleichmäßig zu atmen.

Noch einen Moment entschleunigen, dann würde er sich die lästigen Verfolger vorknöpfen, die seinen präzise abgesteckten Zeitplan erheblich durchkreuzten.

Tempo- und Ausdauervergleich zwischen Mensch und einer Wildsau? Smartphone, Smartphone in meiner Hand, wer ist der Schnellste im ganzen Land? Antwort: *Selbst ein geübter Jogger oder Marathonläufer wird von dem streng riechenden Vierbeiner in kürzester Zeit eingeholt.*

So what! Unvorhersehbare Hindernisse mit Verve angehen und diesem dämlichen Stinktier zeigen, wer hier das Sagen hat. Unwägbarkeiten kommen und gehen, privat wie auch im täglichen Geschäftsleben. Dieser lächerliche Zwischenfall würde sich binnen Minuten erledigt haben, wenn er, der unerschütterliche Gellhoff, den großen Boss herauskehrte. Jemanden unvermittelt forsch, wenn es sein muss, grob angehen, zog immer und schüchterte ein. Überraschungsoffensiven waren eine von ihm gern praktizierte Methode, davor hatten seine Mitarbeiter großen Respekt. Wenn er unvermittelt in eine Abteilung stürmte und einen unwesentlichen Arbeitsvorgang scharf kritisierte. Und einer war immer der Dumme. Das schaffte ein Klima der Habachtstellung und Angst, hielt die Fähigen wie die Faulen auf Trab und auf Abstand. Gellhoffs Führungsphilosophie war anderes als die der Vorgänger. Sein straffer Führungsstil forderte Anpassung, Optimierung und konstante Gewinnmaximierung. Wer anderer Meinung war, hatte keine Chance. Die globalen Veränderungen forderten ihren Tribut. Kollateralschäden gab es immer und nicht zu knapp, wie zum Beispiel beim Bau der Pyramiden, der Chinesischen Mauer oder des Kölner Doms, des Sueskanals, des Eifelturms, oder das einzigartige Schloss Versailles. Wie viele damals zu Tode kamen? Fragen Sie mich was leichteres. Diese oder jene unschönen Begleitumstände würden sich auch zukünftig nicht vermeiden lassen. Wer sich im Wettbewerb der globalen Finanzwelt Beschränkungen auferlegt, hat schon verloren. Wer ist denn heutzutage noch fair?

Politiker, Parteien, Lobbyisten, Eliten, Geldhäuser, Großkonzerne, Aufsichtsräte, Manager, Milliardäre, Börsianer, Shareholder … man könnte es beliebig fortsetzten.

Überall wo große Geschäfte gemacht werden, gab und gibt es keine Moral. Die Zielvorgaben müssten erreicht werden, koste es was es wolle. Der Rest (der Kostenfaktor Mensch) war Nebensache. Schon als Teenager zog Roger Gellhoff der Geruch des schnellen Geldes magisch an. Er fühlte sich berufen, die Ziele schneller als die Konkurrenz zu erreichen und die Gewinnmarchen stets zu erhöhen. Die PORTA Bank war nun mal kein Streichelzoo oder Wellnesshotel.

Genervt sah er nach unten.

„Na, ihr Trüffelschweinchen, was habt ihr denn heute so geplant, hm? Der Tag ist noch jung. Also macht euch auf die Socken! Faulenzen unter der schattigen Eiche? Hey, du dumme Sau, wie lange willst du hier noch rumhängen?", brüllte er genervt.

Er checkte den Timetracker. Verdammt, wertvolle Zeit vergeudet wegen der übelriechenden Mistviecher.

„Verschwindet auf der Stelle oder ich rufe den Metzger! Wildschweinbraten gehört zu meiner Leibspeise!"

Die Bache reagierte nicht auf das Donnerwetter vier Meter über ihr. Stattdessen kümmerte sie sich liebevoll um ihre Jungen, beschnüffelte jedes einzeln, drehte sich zweimal um die eigene Achse. Erst links-, dann rechtsherum. Gemütlich langsam streckte sie sich der Länge nach auf dem Boden aus, mit wohlwollendem Grunzen an ihre quakende Brut gerichtet, die reflexartig an die Zitzen drängte. Der Mann im Baum traute seinen Augen nicht.

„Hey! Was wird das jetzt? Verschwindet endlich!", schrie er auf die Wutz-Family hinunter.

Gierig balgten sich die Kleinen um die Zitzen, saugten um die Wette. Nervös fingerte der ausgebremste Speed-Trainer sein Smartphone aus der Hüfttasche und checkte noch mal Tempo und Power einer Wildsau.

Eine ausgewachsene Bache kann bis zu vierzig km/h schnell und ausdauernder als ein Mensch sein.

Flucht ausgeschlossen. Er scrollte weiter.

„Ja, was haben wir denn daaaa?"

Ein Wildschweingehege sechs Kilometer von hier entfernt. Betreiber: Bayerischer Staatsforst. Er las weiter: *Das eingezäunte Gehege umfasst dreißig Hektar Wald, Wiesen, mehrere Weiher, Bachläufe und einen alten Steinbruch. Begegnungen mit Menschen in freier Wildbahn sind ausgeschlossen. Bitte beachten Sie die Hinweisschilder.*

„Hinweisschilder?"

Wütend las er weiter: *Vier Aussichtspoints. Schaufüttern, Donnerstag, Freitag, Samstag jeweils von dreizehn bis siebzehn Uhr.*

Dieses Mistvieh war wohl ausgebrochen. Typisch Bayerischer Staat. Kein Geld für einen ausbruchsicheren Zaun ums Wildschweingehege.

Der Hightech-Ticker signalisierte *seit zwanzig Minuten Ruhephase drei Meter fünfundsiebzig über der Erdoberfläche und 412 Meter über dem Meeresspiegel.*

„Himmel, Arsch und Borstenvieh!"

Die Wildschweinfamilie entspannte sich ausgelassen. Einige Bälger wälzten sich im Gras und freuten sich des Lebens. Verflixt noch mal, das Gesäuge musste doch längst leer sein? Wenn jetzt ein Abteilungsleiter entlangkäme, ihn auf dem Baum hockend entdeckte, nicht auszudenken. Rausfiltern! Ein Wildschweinflüsterer, schoss es ihm durch den Kopf. Er begann zu suchen in der Hoffnung praktikable Tipps via Telefon zu bekommen. Es müsste doch möglich sein bei professioneller Herangehensweise, sich schnellstmöglich vom Acker zu machen, ohne von dem unberechenbaren Grunztier verfolgt zu werden. Parallel zu seinen Gedanken, die ihn hoffnungsfroh stimmten, erhob sich die Wutzmama ruckartig, schüttelte sich kräftig, scheuerte ihren Ranzen, erst die linke Seite, dann die rechte Seite lange und lustvoll am Eichenstamm. Den Rücken nicht vergessen. Sie warf sich wieder auf den Boden, wälzte sich genussfreudig auf den Baumwurzeln hin und her, schielte dabei nach oben ey *Alter, was ist mit dir? Willst du dort übernachten? Meinetwegen. Wir machen eh, was WIR wollen!*

Die Sau stand wieder auf allen Vieren, hob ihr Ringelschwänzchen und ließ einen kräftigen Strahl auf die Wurzeln prasseln. Ein Rinnsal bildete sich und verschwand im Gras. Beißender Gestank erreichte Gellhoffs Nase, die er sich angewidert zuhielt. Die fürsorgliche Bache ließ sich auf ihren breiten Hintern plumpsen, beobachtete die quirlige Bande, die gestärkt um sie herum Fangen spielte. Die Zeit verging und die Wutzis machten immer noch keine Anstalten den Standort zu wechseln. Angestrengt überlegte Tarzan Roger, wie er diese lästigen Kreaturen verjagen könnte. Einen Wildschweinflüsterer gab es nicht. Sollte er das Forstamt, die Feuerwehr oder den technischen Hilfsdienst anrufen? Und am Montag stünde das Malheur groß und breit in allen Zeitungen. Aber irgendwie musste er sich aus dieser beschissenen Lage befreien. Verdammt! Warum musste das ausgerechnet ihm passieren? Wenn diese Biester unter ihm nicht bald ihren Weg fortsetzten, hinge er womöglich noch Stunden oder die ganze Nacht hier oben. Soweit kommt's noch, von einer Wildsau schachmatt gesetzt zu werden, die sich gerade bequemte, ihren Rüssel gebieterisch in alle Richtungen zu strecken, sich langsam erhob und sich noch mal am Stamm scheuerte, als plötzlich scharfe Pfiffe zu hören waren. Gellhoff zuckte zusammen. Sowohl er, als auch die Bache hielten die Nase in jene Richtung, aus der die Pfiffe kamen. Endlich! Hilfe nahte. Er drückte den Ast nach unten, um eine bessere Sicht in die Umgebung zu haben. Nichts. Außer Hundegebell? Höchstwahrscheinlich ein Förster oder ein Wildhüter. Eventuell doch ein Borstenvieh-Ranger, der mit Hunden nach den Ausreißern suchte. Wenn er jetzt auf dem Ast sitzend entdeckt werden würde, wäre es ihm höchst unangenehm. Er würde sich zum Gespött in der ganzen Region machen. Von seinen Abteilungsleitern samt Belegschaft gar nicht zu sprechen. Aber mit ein paar dicken Geldscheinen ließe sich auch ein Niederbayerischer Staatsforstbeamter gewogen machen.

Die Schmerzen an den Unterarmen und an den Knien wurden heftiger. Wütend besah er sich die wundgescheuerten, leicht bluteten Stellen. Der Erste-Hilfe-Kasten befand sich am Startpoint. Pech für ihn. Es half nichts, da musste er jetzt durch ... ein Indianer kennt keinen Schmerz.

Das kläffende Hundegebell kam schnell näher. Oder war es eine Täuschung? Eine Fata Morgana im Gehörgang? Die vierbeinige Platzhalterin unter ihm stand konzentriert in der Pole-Position. Plötzlich schoss das borstige Schwergewicht wie eine Rakete davon. Zwischen den Baumwurzeln zitterten die ratlosen Frischlinge wie Espenlaub. Hilflos und alleingelassen harrten sie der Dinge. Das deutliche Bellen mehrerer Hunde näherte sich unaufhaltsam, wurde aggressiver und bedrohlicher.

Was war das? NEIN! Drei ausgewachsene Kampfhunde tauchten im hohen Wildgras auf und rasten direkt auf die Eiche zu. Die armen Frischlinge, dachte Gellhoff einen Augenblick und sah nach unten. Weg? Sie preschten ihrer flüchtigen Mutter hinterher, die sich im dichten Unterholz in Sicherheit gebracht hatte. Angriff wäre jetzt die beste Verteidigung oder die Hunde würden den Nachwuchs zerfleischen. Ein ungleicher Kampf auf Leben und Tod wie im Römer Kolosseum, dachte dieser auf dem sicheren Eichenast sitzend. Die drei tödlichen Waffen auf vier Beinen, wie es aussah, allein unterwegs auf weiter Flur, bremsten wie ferngesteuert direkt unter ihm ab, streckten die breiten Hälse nach oben, fletschten die Reißzähne, als würden sie ihn jeden Moment mit einem Sprung vom Ast herunterzerren. Er hielt sich mit beiden Händen fest und starrte auf die Hunde. Hatte sie der Teufel geschickt? Die waren zehnmal gefährlicher als die Wildsau. Wo war der Hundebesitzer? Oder sah und hörte er Gespenster? Roger, keine Panik. Im Geschäftsleben gab es mit so manchen unfähigen Mitarbeitern beinahe täglich Schrecksekunden, die es zu meistern galt. Lass die dort unten machen. Die beruhigen sich von selbst wieder. Einfach ignorieren. Die Hunde bellten ausdauernd, befanden sich im Angriffsmodus, sprangen am Stamm hoch und gebärdeten sich wie ausgehungerte Wölfe. Fünfundvierzig Minuten saß er nun schon unfreiwillig auf dieser bescheuerten Eiche, wie ihm der Fitnesstracker gnadenlos anzeigte. Hätte er ein Gewehr dabei, würde er diese schwarzen Ungetüme auf der Stelle abknallen. Aufgewühlt googelte er nach gefährlichen Hunderassen, währenddessen sich die Köter unter ihm beruhigt hatten. Sie gähnten, reckten und streckten sich. Zwei dösten ein, einer schnarchte, der dritte beobachtete unablässig den einsamen Baumhocker. Chef-Coach Gellhoff spürte mittlerweile jeden Knochen einzeln. Rücken und Gesäß schmerzten, vor allem die aufgeschürften Stellen am Knie und an den Unterarmen. Sein linker Fuß? Blau angelaufen mit stechenden Schmerzen. Er biss die Zähne zusammen, vermied jede Bewegung, um die drei Teufelsknochen nicht zu reizen.

Es war merklich kühler geworden, was ihm in der Aufregung und Konzentration auf das Miniaturkolosseum unter ihm, bisher entgangen war. Frischer Wind und Nieselregen setzten ein. Verdammt! Verdammt! Verdammt! Das Schäferstündchen mit Tamara fiel ihm ein. Das müsse er wohl angesichts des nicht eingeplanten Boxenstopps in freier Wildbahn verschieben.

SMS: *Liebste Tami! In einer Stunde Skype-Konferenz mit Börsenmaklern … erst mit New York und London, dann Tokio und Shanghai … wichtige Vertragsabschlüsse, feile noch an den Argumenten … Vorbereitungen dauern an*, mit wütendem Blick auf seine neuen unbezwingbaren Bewacher … *unser Treffen später, um 17:00 Uhr … melde mich in einer Stunde noch mal … Ciao, heißgeliebte Wildkatze!!! Dein Tiger …*

Die Höllenhunde aus dem Totenreich waren munter geworden, balgten sich, rannten um den Baumstamm, blieben stehen, knurrten bedrohlich nach oben. Das Wetter verschlechterte sich zusehends. Den Hunden war das egal. Gellhoff fröstelte. Vorsichtig rubbelte er seine Oberarme und Oberschenkel. Er spürte es deutlich, er kam an seine physischen Grenzen. Herrje! Nein! Jetzt kam, was kommen musste. Nicht nur, dass der Wind heftiger blies, dunkle Regenwolken aufzogen, verspürte er ein dringendes natürliches Bedürfnis. Sollte er in die Baumkrone klettern oder von hier auf die Hunde pissen? Heilige Scheiße, wo war denn nur der verdammte Hundehalter? Lange hielt er dieses absurde Schauspiel nicht mehr aus. Notfalls musste er seinen Praktikanten anrufen. Der sofort Hundefänger hierher bestellen müsse oder die Polizei mit Scharfschützen.

Der Fitnesstracker zeigte elf Grad Celsius an und einsetzenden Regen über den Mittag. Das Ganze wurde immer unwirklicher. Die Biester mussten doch jemandem gehören? Und außerdem war es verboten Kampfhunde ohne Maulkorb frei laufen zu lassen. Was Gellhoff hier und heute erlebte, würde ihm niemand glauben.

Ein irrwitziger Tatbestand, den man nicht einmal seinem Tagebuch anvertraute. Er musste es durchstehen, er würde es meistern. Fieberhaft überlegte er, wie er diese verfahrene Zwangslage beenden könnte, ohne sein Gesicht vor seinen Mitarbeitern zu verlieren? Jetzt erst bemerkte er, dass seine Jogginghose plus Unterhose hinten breitflächig aufgerissen war. Die rostigen Nägel? Oberscheiße! Wind und Regen legten zu. Die Hunde verhielten sich ruhig, lagen ausgestreckt auf dem Bauch, die Schnauze auf den Baumwurzeln. Sie hatten wohl das Interesse an dem Mann im Baum verloren. Hinabsteigen und es mal mit der freundlichen Tour versuchen, dachte er einen verzweifelten Moment lang. Lieber nicht. Mit aggressiven Hunden hatte er keine Erfahrung. Meldungen in den Medien von Angriffen solcher Kampfmaschinen mit oft tödlichem Ausgang gab es in letzter Zeit nicht wenige. Gellhoff wurde zunehmend ungeduldig. Sollte sich das Wetter weiter verschlechtern müsse er einen Notruf absetzen. Er könnte vor Erschöpfung nach unten fallen … es wäre fatal.

Was war das? Ein deutlich lauter und langer Hochfrequenzpfiff, gefolgt von zwei kurzen, ließen Gellhoff aufhorchen. Die Hunde spitzten die Ohren und standen ruckzuck auf allen Vieren. Weitere Signalpfiffe ließ sie losrennen, den Hang hinauf, aus der Richtung, aus der sie gekommen waren.

Gellhoff sah sie im hohen Gras verschwinden, hoffentlich auf Nimmerwiedersehen! Uff! Noch mal gut gegangen. Er atmete auf und sah wie gebannt den Hang hinauf. Was kommt als Nächstes? King Kong und Godzilla per Arm? Zehn Dinosaurier aus dem Jurassic Park? Er öffnete den Reißverschluss und erleichterte sich. So, jetzt eine geraume Weile warten, dachte er, obwohl er es auf dem unbequemen Ast kaum mehr aushielt. Jeder Millimeter an seinem Hinterteil schmerzte. Kälte und Nässe krochen unter den ziemlich lädierten Jogginganzug. Nein, er hatte keine Lust mehr, jetzt wollte er nur noch absteigen, endlich sicheren Boden unter den Füßen spüren und nachsehen, was seine lahmen Abteilungsleiter geschafft hatten. Was ihn für peinvolle Überraschungen heimgesucht hatten, würde er niemandem verraten, das schwor er sich. Obwohl er sich hundeelend fühlte. Der Regen durchnässte ihn bis auf die Haut. Er zitterte am ganzen Körper. Langsam kletterte er auf den Hochsitz hinüber, der gefährlich wackelte, was ihm bei dem schnellen Aufstieg nicht aufgefallen war. Die Schwarzwildfamilie hatte er schon vergessen, aber die drei Hunde spukten immer noch in seinem Kopf herum. Offensichtlich gab es in der Gegend unverantwortliche Idioten, die ihre zuckersüßen Lieblinge im Wald frei rumlaufen ließen.

Dunstschwaden schwebten vom Bachlauf herauf, kamen langsam näher. Was für eine ungenaue, beschissene Vorhersage, dachte er stocksauer. Es sollte ein lieblicher Frühlingstag werden und nun so ein Wetter! Vorsichtig stieg er auf die oberen Sprossen, tastete sich langsam nach unten. Die mittleren Sprossen knackten bedrohlich. Die darunter waren abgebrochen. Einen Sprung mit seinem lädierten linken Fuß wäre zu gefährlich. Womöglich verstauchte er sich auch noch den rechten. Um einen Absturz zu vermeiden, kletterte er wieder auf den Baum zurück. Er versuchte sich an einem starken Ast nach unten zu hangeln. Es ging gründlich daneben. Fast unten angekommen, schnellte der Ast nach oben und senkte sich sofort gefährlich knarzend wieder nach unten. Gellhoff wippte leicht und baumelte knapp zwei Meter über dem Boden. So sehr er sich bemühte, es gab kein Entrinnen. Er war gefangen zwischen Himmel und Erde. Die Joggingjacke an den Nähten aufgerissen, hatte sich verhakt und stülpte sich beschissenerweise blitzschnell über seinen Kopf. Nur durch einen schmalen aufgetrennten Stoffschlitz konnte er mit einem Auge die Umwelt wahrnehmen.

„Verdammte Scheiße! Ich dreh' durch!"

Schlimmer geht immer. Jogginghose und Feinrippunterhose hingen zur Hälfte oben, der klägliche Rest flatterte um ihn herum.

Nicht um alles in der Welt war er in der Lage, dem gefährlichen Freiluftgefängnis zu entkommen ...

Aus den dichten, tiefhängenden Dunstschleifen, die vom Unterholz heraufzogen, schälten sich drei Personen heraus. Sie schlenderten am Bach entlang, blieben stehen, sahen in alle Richtungen und näherten sich schließlich der Eiche.

Gellhoff sah sie kommen. Spaziergänger? Wanderer? Endlich kommt jemand in diese gottverlassene Gegend, dachte er und versuchte die zweite Hälfte des Jogginganzuges und der halbierten Unterhose herunterzuangeln - vergeblich.

„Hiiilfeeee ...!“

Carmen Hierlhauser blieb wie angewurzelt stehen und sah als Erste den baumelnden Jogginganzug.

„Mich trifft der Schlag! Ist das nicht der ...?“

Sie unterdrückte einen Aufschrei und deutete in Richtung Eiche.

„Ein Gespenst oder der Chef? Und hängt ... am ... am ... Baum?“, stotterte Luise Haller entsetzt.

„Wo?“, fragte Oliver Wurzelmeier.

„Dort!“, rief Hierlhauser hysterisch und deutete zur Eiche.

Wurzelmeier erblickte den zappelnden Chef und rannte los.

„Carmen, um Himmelswillen, wieso hängt er ...?“

Hierlhauser und Haller sahen sich entsetzt an, sofort legten beide den fünften Gang ein.

„Allmächtiger! Halb ... fast ... nackt ...?“, stotterte Haller.

Vor Schreck blieb ihr der Mund offenstehen.

Der Praktikant erreichte den verzweifelten Chef als Erster, erlöste ihn aus der misslichen Hängepartie und bekam gleich eine Standpauke zu hören.

„Wieso haben Sie mich nicht vor diesen verfluchten Wildsäuen gewarnt?“, herrschte er ihn an, „wer kommt denn dort noch angaloppiert?“

Ausgerechnet diese zwei alten Fregatten! Die würden das Ganze brühheiß durchs Haus posaunen, dachte der verletzte Chef wütend. Ich werde ihnen einen Maulkorb verpassen müssen.

Völlig erschöpft saß er auf dem Boden und überlegte, wie er diese Bullshit-Situation nun rechtfertigen sollte.

Etwas außer Atem kamen Hierlhauser und Haller näher und sahen den Chef kreidebleich in zerfledderter Sportkleidung im Gras sitzen. Ein Bild zum Weinen und zum Lachen.

„Herr Gellhoff, was ... was ist ...?“, fragte Hierlhauser atemlos.

„Fragen Sie nicht so blöd. Her mit der Jacke. Diese verfluchte

Wildsau-Pest! Ich werde die Forstverwaltung verklagen! Was stehen Sie noch rum, helfen Sie mir gefälligst!"

Gellhoff biss die Zähne zusammen. Wurzelmeier und Hierlhauser stützten ihn so gut es ging. Vorsichtig setzten sie sich in Bewegung und gingen den Wiesenhang hinunter.

Wildschweine, dachte Haller irritiert, während sie die Notfallnummer drückte. In der Gegend gab es keine freilaufenden Wildschweine, das wüsste sie. Seit Jahren war ihr Onkel als stellvertretender Forstamtsleiter unterwegs und achtete darauf, dass Borstentiere nicht ins Kraut schossen. Wenn sich welche hierher verirrten, wurden sie eingefangen und ins Großgehege gebracht oder dezent dezimiert. Aber das behielt sie lieber für sich. Dem Chef in dieser unsäglich peinlichen Situation zu widersprechen wäre keine gute Idee.

„Der Krankenwagen ist schon auf dem Weg. Muss jeden Moment kommen", sagte Haller einfühlsam.

Hinter Gellhoff stehend gab sie den Kollegen gestikulierend zu verstehen, der Krankenwagen könne nur bis zu der Scheune fahren.

„Wir müssen Sie zur Straße hochbringen. Chef, schaffen Sie das oder sollen wir einen Rettungshubschrauber anfordern?", fragte Wurzelmeier.

„Es muss gehen! Ganz so schlimm wie es aussieht, ist es nicht. Also Abmarsch!", schnarrte er die besorgten Helfer an.

Vor seinen Mitarbeitern wollte er nicht als wehleidige Memme dastehen, obwohl ihm vor Erschöpfung und Kälte zum Weinen zu Mute war. Sein ramponierter Jogginganzug samt zerfetzter Unterwäsche war peinlich genug.

Haller und Hierlhauser wechselten fragende Blicke und wunderten sich über nichts mehr. Wie konnte das ausgerechnet ihm passieren? Ein Rätsel mit sieben Siegeln.

Den groß gewachsenen, humpelnden Chef bis zum Startpoint zu geleiten war Schwerstarbeit. Hierlhauser, untersetzte, kompakte Figur, hatte kräftige Arme, schnaufte, sah mehrmals zur Kollegin. Hierlhausers jahrelange aktive Mitgliedschaft im Ruderclub machte sich heute bezahlt und die Wegstrecke bis zur Scheune etwas erträglicher.

Der Nieselregen machte eine Pause, dafür waren die Temperaturen spürbar gesunken. Haller bot dem zitternden Chef ihre Jacke an, die er sich wortlos um die Schultern hängen ließ. Hierlhausers Regencape diente als Lendenschurz.

Als Wurzelmeier und Hierlhauser mit dem Chef losgezogen waren, entdeckte Haller neben dem Baumstamm ein Smartphone mit der Mitteilung: *Glaube keine Wort. Du bist gegangen ander Frau. Ich hasse dir! Ich vermisse dir! Viller, Kisse, Kisse, Kisse, Kisse, Tami warten auf dir!!!*

Während Haller dem Chef und den Helfern langsam folgte, las sie die gesendete SMS an Tamara Broncovic. Sie schüttelte mit dem Kopf, musste sich das Lachen verkneifen.

Haller eilte voraus und warnte alle Wartenden eindringlich. Nichts fragen! Nichts sagen! Und nicht blöd glotzen! Der Chef hatte einen Unfall. Er müsse ins Krankenhaus gebracht werden, dabei deutete sie auf den von der Straße heranfahrenden Notarztwagen und auf die drei, die gerade hinter einem blühenden Holunderstrauch auftauchten.

Was war das jetzt? Ein Fake oder hatte sich der Chef in seinem Optimierungslabyrinth vercheckt und vercoacht, dachte Brettschneider mit fragenden Blicken zu seinen Kollegen, die den Frischluft-Hokuspokus für ein Hirngespinst hielten, mit Ausnahme von Böcklberger.

Die ahnungslosen Abteilungsleiter lümmelten windgeschützt und tiefenentspannt in Campingstühlen in dem leeren Schuppen, in den sie kurzerhand umgezogen waren. Sie wussten nicht, ob sie träumten oder schon ein Bier zu viel intus hatten.

Zwei Ersthelfer wickelten den Verletzten in ein Evakuierungstuch und brachten ihn ins Krankenhaus.

„Kann mir das jemand erklären?", fragte Wimmer und prustete los vor Lachen.

Die anderen taten es ihm gleich, außer Böcklberger. Er verzog keine Miene, saß wie versteinert zwischen den Kollegen, dachte an den armen Chef. Wie konnte das nur passieren? Das hörte sich nach einer hundsgemeinen Sabotage an.

Während Haller mit den Aufräumarbeiten begann, beobachtete sie aus dem Augenwinkel heraus Gellhoffs loyalsten Abteilungsleiter, der erst seit einigen Wochen in der Bank war und jede Ansage von oben eins zu eins umsetzte. Böcklberger entfernte sich von der Gruppe, telefonierte, stieg ins Auto und brauste davon.

„Hätte euch auch passieren können", unterbrach Hierlhauser die gelöste Stimmung gepaart mit Lachsalven.

„Herrschaften, aufräumen. Los! Hop, hop!", sagte Haller.

Während alle mithalfen, das vom Wind verwehte Outdoor-Office einzusammeln und in den Kleinbus zu verstauen, begann es in Strömen zu regnen. Der Wind hatte die Flipcharts umgestoßen, aufgeweichte Karteikärtchen waren davongeflattert und lagen kreuz und quer im Gras. Cateringchef Rossi hatte versehentlich ein Weißbier über den Beamer verschüttet und somit die PowerPoint-Präsentation unmöglich gemacht.

„Na, dann auf unser aller Wohl und auf die baldige Genesung des Chefs!", rief Wurzelmeier in die entspannte Runde.

Brettschneider hob die Flasche: „Und auf das gelungene Militärdrill-Nonsens-Projekt!"

„Der Chef ist einfach eine Granate", sagte Wurzelmeier.

„Oliver, wie meinst du das? So herum oder so herum?", fragte Haller mit ironischem Grinsen um die Mundwinkel.

„Vergiss es!", winkte Wurzelmeier ab, „eine Kegelpartie und ein Fass Freibier hätte mehr Teambildung bewirkt als diese bescheuerte Hasen-und-Igel-Aktion."

Alle nickten zustimmend, griffen zur Flasche und ließen den Chef noch mal hochleben.

„So, Freunde der christlichen Seefahrt. Nächste Woche erreicht ‚Hurrikan-Roger' unsere Bank", prophezeite Hierlhauser mit klatschnassen herunterhängenden grauen Haarsträhnen. Genervt und erschöpft stieg sie in den Kleinbus.

24 Mit geballten Fäusten in den Hosentaschen stand Fred Schlunzinger im Betriebratsbüro und wartete ungeduldig, bis Tilmann Senner sein Telefonat beendete. Der Betriebsrat, noch keine dreißig, deutete mit einer Handbewegung an: Türe schließen, setzen und Ruhe bewahren. Senner hing am Telefon, lachte hämisch, als hätte ihm der Anrufer einen schmutzigen Witz erzählt. Der junge Mann wurde vor sieben Monaten in das Amt gewählt, nachdem drei Ältere ihre Kandidatur zurückgezogen hatten. Schon damals wurde gemunkelt, sollte Gellhoff den Chefposten bekommen, wäre die gewählte Interessenvertretung der Belegschaft bald Vergangenheit. Gellhoffs Überzeugung nach völlig überholt und überflüssig wie ein Kropf. Die Tarifverträge für das private Bankgewerbe, waren ihm ebenfalls ein Dorn im Auge. Abschaffen, definitiv! So bald als möglich, notierte er handschriftlich auf seinem Top-Secret-Master-Plan, den er in Kürze dem Aufsichtsrat präsentieren wollte.

Mit Engagement hatte Senner den neuen Aufgabenbereich übernommen. Von Gerüchten ließ er sich nicht aus der Ruhe bringen. Das Telefonat zog sich hin. Schlunzinger ging Senners gute Laune auf die Nerven. Ihm hingegen war das Lachen vergangen.

„Okay, stimme dir vollkommen zu. Das nimmt bedenkliche Ausmaße an ... keine Sorge ... ich kümmere mich sofort um Fred ... jaja ... er ist gerade hereingeschneit ... also, bis später, Servus, Ciao!"

Senner legte auf und wandte sich dem ungeduldig wartenden zu: „Guten Morgen Fred! Na, wo drückt der Schuh?"

Schlunzingers Rauswurf wurde dem Betriebsratsvorsitzenden von Kollegen brühheiß zugetragen. In allen Abteilungen war das Aufregerthema „fristlose Kündigung" Diskussionsstoff. Ältere Mitarbeiter befürchteten, Schlunzingers Kündigung markiere den Startschuss für weitere Entlassungen.

„Dieses Arschloch will mich rausschmeißen", polterte er los und hielt Senner das zerknüllte Schriftstück unter die Nase.

„Hast du wieder was ausgefressen?"

„Wenn es so weitergeht, lande ich noch im Irrenhaus."

Senner überflog die Kündigung, ließ das Schreiben in der Vorlagenmappe verschwinden. Mit einem spitzbübischen Lächeln drehte er sich auf dem Stuhl sitzend zum Hausmeister.

„Fred, vergiss die Kündigung. Und jetzt zu den News besser gesagt, zum Witz des Jahres."

Senner bog sich vor Lachen, schlug sich mit beiden Händen auf die Oberschenkel, während Schlunzinger gedankenverloren aus dem Fenster sah, an Neuigkeiten nicht wirklich interessiert. Erst der plötzliche Tod seiner Frau und jetzt der Rauswurf. Es traf ihn wie ein Faustschlag mitten ins Gesicht. Sein Blick wanderte über den weiten Marktplatz. Vertraute Geschäfte, Cafés, Gemüse- und Obststände. Viele Standbetreiber kannte er seit Jahrzehnten. Und nun musste er seine gewohnte Umgebung wegen einer ...

„Fred, hörst du mir überhaupt zu?"

Senner zupfte ihn am Ärmel, wischte sich mit dem Handrücken die Lachtränen weg.

„Du findest das auch noch lustig, wie?"

„Fred halt dich fest. Beim Speed ... Dingsda ... ich schmeiß mich weg ... der Boss ist vom Baum ..."

Wieder prustete er los, bog sich vor Lachen, klatschte in die Hände und klopfte Schlunzinger auf die Schulter.

Schlunzinger sagte lapidar: „Ja und?"

„Der Chef liegt im Krankenhaus ..."

Schlunzinger hob die Schultern. Mit gleichgültigem Gesichtsausdruck sah er Senner an.

„Tja, vielleicht hat er einen Joint zu viel geraucht und dachte er kann fliegen."

„Da könnte was dran sein. Komm, wir gehen zu Luise Haller. Sie war am Samstag bei der Coaching-Gaudi dabei."

Im Flur standen Mitarbeiter in kleinen und größeren Gruppen zusammen, kicherten, lachten laut, unterhielten sich, manche redeten gleichzeitig. Warum denn auf Bäume klettern? Das machen Katzen und Eichhörnchen, alberten einige schadenfroh hinter vorgehaltener Hand. Aber was suchte der Chef auf der Eiche? Genoss er die schöne Aussicht oder wollte er in Ruhe telefonieren?

Für Oliver Wurzelmeier, Carmen Hierlhauser und Luise Haller, die zupackenden Retter, gab es Lob und Anerkennung. Einige Mitarbeiter empfanden Mitleid, andere konnten ihre Schadenfreude kaum verbergen.

Der Unfall des Chefs samt der Wild-Life-Drill-Aktion war Tagesgespräch.

Die zur Teilnahme verpflichteten Abteilungsleiter rätselten nach wie vor, was den Chef bewog auf den Baum zu klettern? In Gedanken gingen sie mehrere Szenarien durch: Börsenkurse gecheckt? Ein Nickerchen? Blackout? Misslungener Selbstmord?

Das bizarre Szenario am Ast baumelnd gab Rätsel auf. Sein loyalster Mitarbeiter Boris Böcklberger, vermutete einen hinterhältigen Überfall. Mehrere Kollegen wollten dem Chef eins auswischen und griffen ihn mit geschlossenem Visier an. Feinde hatte er genug in der Bank. Jemand oder etwas musste ihn auf den Baum getrieben oder gelockt haben. Nur wer oder was und warum?

Oliver Wurzelmeier kannte die Laufstrecke des Chefs, die weder am Bach entlang noch an der Eiche vorbeiführte. Warum wich Gellhoff vom Weg ab? Wer steckte hinter dem seltsamen Vorfall, fragte sich die Belegschaft. Niemand wusste eine Antwort außer Trixi von Thalhussen. Sie hatte Oliver Wurzelmeier schwer in Verdacht. Dem Praktikanten traute sie nicht über den Weg. Vielleicht ein dummer Jugendstreich, ohne an irgendwelche Konsequenzen zu denken. He, dieser Vorwurf war eine böse Unterstellung, die er locker widerlegen konnte. Der Praktikant Wurzelmeier saß die ganze Zeit über am Start-Point und spielte mit Cateringchef Rossi und den Kolleginnen Haller und Hierlhauser Karten.

Wildschweinattacke? Kampfhundeterror? So ein Schwachsinn! Viele glaubten, der Chef hatte schon am Morgen zu viele Optimierungspillen geschluckt und vor lauter Bäumen den Wald nicht mehr gesehen. Vielleicht sah er Waldgeister doppelt und dreifach? Das soll bei Kiffern schon mal vorkommen.

Verena Gellhoff rief an und bat Luise Haller Bademantel, Unterwäsche, Handtücher, Rasierapparat und Hygieneartikel zu kaufen. Frau Gellhoff hielt sich mit ihrer Tochter bei Verwandten in Basel auf. Heute oder morgen käme sie nach Regensburg. Ihre Eltern seien leider verhindert. Sie kurten in Bad Wörishofen und könnten die Behandlungen nicht unterbrechen. Die Haushälterin ihrer Eltern sei in Urlaub.

„Auch das noch", seufzte Haller, „die Herrschaften reisen in der Weltgeschichte herum, statt sich um den verletzten Ehemann und Schwiegersohn zu kümmern."

Kollegin Zitzelsberger zuckte mit den Schultern und sagte mit ironischem Grinsen: „Was für ein Durcheinander! Erst wird Schlunzinger vom Chef gefeuert, jetzt muss er ihm Rasierzeug und Badeschlappen ins Krankenhaus bringen."

Schlunzinger sah Pflamminger und Lux den Krankenhausflur entlangkommen und rief ihnen entgegen: „Ihr kommt gerade richtig. Wollt Ihr Herrn Gellhoff ein Besuch abstatten?"

„So ist es. Wie geht es ihm?", erkundigte sich Pflamminger.

„Es geht aufwärts", sagte Hierlhauser zuversichtlich.

Sie musste sich das Lachen verkneifen.

„Der Chef ist hart im Nehmen", ergänzte Haller und sah ihre Kollegin mit Verschwörermiene an.

„Herr Pflamminger an ihrer Stelle würde ich jetzt nicht hineingehen. Wahrscheinlich werden Sie hochkant rausgeschmissen", warnte Schlunzinger und sah in zwei fragende Gesichter.

„Ist uns gerade passiert. Madam Broncovic ist bei ihm und verbittet sich jedwede Störung. Frau Gellhoff wird jeden Moment eintreffen, wie peinlich!", sagte Hierlhauser mit ratlosem Gesicht.

„Das sich der Chef mit so einem ordinären Frauenzimmer abgibt", bemerkte Haller und schüttelte verständnislos den Kopf.

Pflamminger lächelte gelassen in die Runde und sagte: „Na, dann wollen wir mal."

Knifflige Situationen wie diese waren ihm und seiner Assistentin nicht fremd. Regelmäßige Deeskalationstrainings im Umgang mit schwierigen und kriminellen Menschen oder sonstigen prekären Umständen gehörten zum Standard interner Schulungen ähnlich wie Erste-Hilfe-Kurse und Schießübungen mit der Dienstwaffe.

Er klopfte an die Tür, öffnete sie einen Spalt und vernahm eine ihm wohlbekannte Stimme.

„Das viele Stressnjob in die Bank isse nix gut für meiner Lieberling. Cheri, wir mussen machen Heirat", beschwor Tamara Broncovic auf der Bettkante sitzend über den Patienten gebeugt.

Pflamminger sah über die Schulter nach hinten, grinste und zog die Augenbrauen hoch. Die Gesichter der drei Wartenden verrieten *haben wir's nicht gesagt.*

Die Ermittler fanden einen völlig entnervten Gellhoff und eine zutiefst besorgte Broncovic vor, die von den Eintretenden keine Notiz nahm.

„Wir fliegen nach die schöner Amerika, machen Hochzeit, machen großer Happy End!"

Der Patient bot ein Bild des Jammers. Lange Pflasterstreifen in der rechten Gesichtshälfte und am Hals, breitflächiger Verband an den Beinen und an den Unterarmen, linker Fuß mit Kompressionsverband gestützt und hochgelagert. Seine Bewegungsfreiheit war stark eingeschränkt und war der zudringlichen Besucherin praktisch ausgeliefert. Er drehte den Kopf so gut es ging zur Seite, was ihm fast die Luft abschnürte. Wegen der straffen Pflaster fiel ihm das Sprechen schwer. Verzweifelt klingelte er nach dem Pflegepersonal - vergeblich.

Pflamminger und Lux tauschten verwunderte Blicke aus, waren über Broncovics Ansinnen erstaunt und gleichzeitig amüsiert.

Oha? Die beiden waren doch intimer miteinander verbandelt als sie zugaben. Aber wie ein Blinder sehen konnte, war Gellhoff über Broncovics Offerte alles andere als erfreut.

Pflamminger räusperte sich und wünschte einen guten Tag. Broncovic sah kurz nach hinten und ließ augenblicklich vom genervten Patienten ab.

„Aaah, die Mann von die Polizei. Ich gehen draußen."

Schnell trocknete sie ein paar Krokodilstränen und verschmierte dabei ihren Lidschatten.

„Du wirst sofort das Krankenhaus verlassen! Deine Besuche verbitte ich mir!", schnaubte Gellhoff mit hochrotem Gesicht durch den Raum.

Broncovic erhob sich von der Bettkante, blitzte Gellhoff giftig an und sagte: „Aaah, ich nix gut für die großer Chef. Ich geben Hilfe, aber ich nix gut."

Die Kripobeamten beobachteten den bühnenreifen Abgang der verschmähten Besucherin. Das theatralisch wortgewaltige Shakespeare Drama à la Tamara Broncovic im Patientenzimmer war jedoch knallharte Realität mit ungewissem Ausgang für beide Hauptdarsteller.

Broncovic nahm ihre große Ledertasche und ging langsam zur Tür. Sie blieb stehen, drehte sich ruckartig um, ihre Augen verengten sich zu Schlitzen, sie sagte: „Roger, du bereuen!"

Sie verließ grußlos den Raum, hastete mit erhobenem Kopf an den Sekretärinnen und am Hausmeister vorbei.

Haller, Hierlhauser und Schlunzinger sahen Broncovic hinterher, wechselten fragende Blicke. Schließlich gingen die beiden Damen leise ins Patientenzimmer. Schlunzinger zog es vor auf dem Flur zu warten.

Gellhoffs frostiger Blick verriet, auf Broncovics Besuch hätte er gerne verzichtet. Zurückhaltend erkundigten sie sich nach seinem Befinden. Er winkte ab und bat die Damen die mitgebrachten Sachen in den Schrank zu legen.

„Hat meine Frau angerufen?", fragte er kleinlaut.

„Ja, sie kommt heute", antwortete Haller und empfand Mitleid mit dem sonst so selbstbewusst und forsch auftretenden Chef.

Er seufzte erleichtert und sagte: „Vielen Dank für ihre Mühe, Sie können gehen. Wie Sie sehen, habe ich noch Besuch."

Es war ihm peinlich, sich vor Mitarbeitern in diesem unbeweglichen Zustand präsentieren zu müssen. Es ist, wie es ist. Die beiden hatten ihn aus einer äußerst brenzligen Situation befreit, von seinem zerfetzten Outfit ganz zu schweigen. Okay, forget about it, dachte er genervt.

Verena Gellhoff war wenig geneigt, sich um ihren verletzten Mann zu kümmern. Die notwendigen Besorgungen überließ sie kurzerhand den Sekretärinnen. Nichtsdestotrotz setzte Gellhoff große Hoffnungen in den bevorstehenden Besuch seiner Frau. Er werde sich entschuldigen und sie bitten mit ihm einen Neuanfang zu wagen. Das konnte doch nicht so schwer sein. Seit einem Jahr versteckte sie sich bei ihren Eltern, verhielt sich derart stur, gab ihm keine Chance, Vorgefallenes für immer aus der Welt zu schaffen.

„Herr Gellhoff, wenn Sie etwas brauchen, rufen Sie uns an“, sagte Hierlhauser, „ach ja, die gesamte Belegschaft wünscht ihnen gute und schnelle Besserung! Alle hoffen, dass sie bald wieder ...“

„Ja, schon gut“, schnitt er ihr das Wort ab, ohne sie anzusehen.

Abwesend sah er durchs Fenster, in Gedanken bei Frau und Tochter, die hoffentlich bald kämen.

Hierlhauser warf ihrer Kollegin einen motivierenden Blick zu. Sie nickte, als wollte sie sagen *jetzt oder nie.*

„Auf was warten Sie denn noch?“

Frau Haller nahm all ihren Mut zusammen, räusperte sich und sagte: „Herr Gellhoff, könnten Sie vielleicht ... wegen Herrn Schlunzinger ... die Kündigung hat er nicht verdient ...“

„Was Sie nicht sagen“, fiel er ihr schnippisch ins Wort, sah durch die Balkontür auf die blühenden Mandelbäume und fügte hinzu: „Die Kündigung ist hinfällig ... schreddern. Und jetzt Abmarsch! Der Kommissar will mich auch noch nerven.“

Die Sekretärinnen bedankten sich, wünschten ihm noch mal gute Besserung und eilten aus dem Zimmer. Die Genesungswünsche von der gesamten Belegschaft waren eine Notlüge, die voll ins Schwarze traf, davon waren Hierlhauser und Haller überzeugt.

Gellhoff zog sich am Bettgalgen langsam hoch, während Lux die Rückenstütze passend einstellte. Die Anwesenheit der beiden Kriminalbeamten war ihm nicht geheuer. Grimmig fragte er: „Was verschafft mir die Ehre Ihres Besuches?“

„Survival-Speed-Safari?“, sagte Pflamminger und ließ sich die heimliche Schadenfreunde nicht anmerken.

Gellhoffs Sekretärinnen hatten von der blamablen Führungskräftefortbildung, vor allem über das unrühmliche Ende, anschaulich berichtet.

„Shit happens, sagt der Engländer", raunte Gellhoff mit Blick durchs offene Fenster.

„Herr Gellhoff, es gibt offene Fragen", kam Pflamminger zum tatsächlichen Grund des Besuchs und zog den Stuhl näher ans Bett heran.

„Tatsächlich", sagte er gequält, gleichzeitig beobachtete er Assistentin Lux, die aus der mitgebrachten Mappe großformatige Bilder herausnahm und auf den Tisch legte.

Wegen der lärmintensiven Partys hatten drei Nachbarn des Öfteren Anzeige erstattet, um den zügellosen Budenzauber endlich zu stoppen. Fotos von eindeutigen Sexszenen vor Gellhoffs Haus, ein Quickie auf der Motorhaube oder im Auto mit geöffnetem Schiebedach. Schließlich gaben die Nachbarn frustriert auf und fragten sich, wurde die gerufene Streife vielleicht bestochen? Warum waren die Beamten nicht in der Lage, den Tatbestand „Erregung öffentlichen Ärgernisses" zu beenden?

„Herr Gellhoff, wer hat dafür gesorgt, die zur Anzeige gebrachten Beschwerden ihrer Nachbarn nicht weiterzuverfolgen?", fragte der Chefermittler unmissverständlich.

Gellhoffs Gesicht verfinsterte sich. Er sah an den Besuchern vorbei, schien nachzudenken, biss auf die Unterlippe und schwieg.

„Offensichtlich sind Sie gut vernetzt. Wir auch und werden es ohne Ihr Zutun herausfinden, weshalb die Anzeigen folgenlos blieben. Das könnte für Sie teuer werden."

Der Patient atmete aufgeregt, kniff die Augen zusammen und sagte: „So what? Bilder wie diese kann sich jeder Depp aus dem Internet herunterladen, ein wenig bearbeiten und fertig ist die Sexorgie."

„Beruhigen Sie sich Herr Gellhoff, das ist nicht gut für ihre momentane Befindlichkeit", riet ihm der Hauptkommissar.

„Wer hat die Bilder geschossen und wieso gelangen sie ausgerechnet in ihre Hände? Ich verlange eine Erklärung von Ihnen, und zwar sofort!"

„Herr Gellhoff, die wurden von ...“

„Werde ich beschattet, überwacht? Ha, wie stümperhaft ist das denn. Illegal beschafftes Beweismaterial ist wertlos“, ging er scharf dazwischen und grinste verächtlich.

Pflamminger bekam die Bilder von Kollegen überstellt, aber Gellhoff glaubte ihm nicht. Er vermutete bewusst provozierende Ermittlungspraktiken, um ihn aufs Glatteis zu führen. Schlagartig wurde ihm klar, wenn diese Bilder an die Öffentlichkeit kämen, dann Buona Notte, könnte er aus- oder ins Gefängnis wandern. Sein Anwalt Oswald Polsterer musste die peinliche Angelegenheit sofort aus der Welt schaffen, dachte er und hoffte, dass die beiden von Steuergeldern bezahlten Schießbudenfiguren endlich sein Zimmer verließen.

Pflamminger fuhr in neutraler Tonlage fort und konfrontierte den übel gelaunten Patienten mit Natascha Schlunzingers Tod.

„Herr Gellhoff, einige Stunden vor Frau Schlunzingers Tod haben Sie mit ihr gefeiert, getanzt, gesoffen, gekifft und zum krönenden Abschluss hatten Sie mit ihr Geschlechtsverkehr. Früh morgens wurde Frau Schlunzinger von einer Krankenschwester bewusstlos auf dem Parkplatz der Barmherzigen Brüder gefunden und in die Notaufnahme gebracht. Haben SIE Frau Schlunzinger auf dem Parkplatz wie einen Hund eiskalt ausgesetzt?“

Gellhoffs Betriebstemperatur fuhr schlagartig hoch, er umklammerte den Triangelgriff des Bettgalgens, als wollte er ihn zerquetschen. Er konnte sich kaum bewegen, rang um Beherrschung und sagte mit unterdrückter Wut: „Wer behauptet so einen Unsinn? Hören Sie, diese ... diese hirnlosen Unterstellungen, verbitte ich mir! Raus! Sofort!“, schrie er sich in Rage mit erhöhtem Puls, wie sein dunkelrot anlaufendes Gesicht verriet.

„Natascha Schlunzinger erwartete ein Baby“, fuhr der Chefermittler routiniert fort, „DNA-Proben haben ergeben, Sie sahen Vaterfreuden entgegen.“

„Wie ... wie kommen Sie an meine ...? Das hat ein Nachspiel! Das schwöre ich Ihnen! Sie verlassen auf der Stelle das Krankenhaus! Sofort!“

Er bediente die Rufglocke, hielt sie krampfhaft fest und sah zur Tür: „Verdammt nochmal, sind die alle im Tiefschlaf?"

„Sie konsumieren Drogen?", fuhr der Chefermittler gelassen fort.

„NEIN!"

„Das Ergebnis der Laboruntersuchung sagt eindeutig ja und nicht zu knapp."

„Unterbezahlte Laboranten arbeiten schlampig!", konterte er überzeugt.

„Seit einem Jahr hatten Sie mit Frau Schlunzinger ein intimes Verhältnis, haben uns seriöse Zeugen versichert und plötzlich waren Sie der jungen Frau überdrüssig. Was war der Grund?"

Es schien ihn gleich zu zerreißen vor Wut und Zorn. Erneut bediente er die Klingel, zerrte ungeduldig am Galgengriff.

Er wollte das Bett verlassen, aber das bandagierte Bein hinderte ihn daran.

„Auf Ihren Partys wurden Drogen vertickt. Herr Gellhoff, es gibt Zeugen ..."

„Zeugen, die über eine lebhafte Fantasie verfügen", sagte er mit gepresster Stimme und einer wegwerfenden Handbewegung.

„Und vor dem Haftrichter aussagen werden."

„Wie grotesk! Sie haben nicht einen Beweis! Ist es nicht so Herr Superkommissar?"

Er griente überlegen, drückte zum x-ten Mal den Alarmknopf, verschränkte mit der Klingel in der Hand die Arme und sah wütend aus dem Fenster.

„Sie wussten, dass Frau Schlunzinger von Ihnen schwanger war? Sie leugneten es und die werdende Mutter setzte Ihnen das Messer auf die Brust. War es so, Herr Gellhoff?"

Nach einer langen Schweigeminute hatte er sich wieder etwas beruhigt und sagte: „Diese Nutte hat für jeden die Beine breit gemacht und Sie wollen ausgerechnet *mir* eine Vaterschaft unterjubeln ... so weit kommt's noch!"

„Herr Gellhoff, wir können alle männlichen Partygäste einbestellen und einen Speicheltest vornehmen lassen. Eine unserer leichtesten Übungen.“

„Das verbiete ich Ihnen!“, brüllte er wie von Sinnen, holte kurz Luft und legte nach: „So, jetzt stellen Sie mal ihre Beamtenlauscher auf! Ich zeige Sie beide an! Und zwar wegen illegaler Ermittlungspraktiken, Rufmord und Verleumdung! Das werden Sie nicht überleben, das schwöre ich Ihnen! Machen Sie sich schon mal mit der Bürgergeld-Karriere vertraut!“

Wieder läutete er nach dem Stationspersonal.

„Man könnte in dem Drecksloch verrecken ...!“

„Wer hat geholfen Natascha Schlunzinger auf dem Parkplatz wie ein Tier auszusetzen?“, schnitt Pflamminger ihm das Wort ab.

Der Hauptkommissar ließ nicht locker, beobachtete den aufgewühlten, der durchs Fenster starrte und trotzig schwieg.

„Herr Gellhoff, Wohnungsprostitution, Drogenhandel und obendrein Natascha Schlunzingers mysteriöser Tod könnten Ihnen eine hohe Haftstrafe einbringen. Wir werden ...“

„Sie verlassen jetzt sofort mein Zimmer, bevor ich mich vergesse!“, brüllte er mit sich überschlagender Stimme.

Die Tür ging plötzlich auf. Eine kleine, stämmige Mittzwanzigerin im weißen Arbeitskittel mit blonder Stoppelfrisur stand etwas verdattert im Türrahmen.

„Herr Gellhoff, Sie haben geläutet, was kann ich für Sie tun?“, fragte sie freundlich mit einem nicht zu überhörenden osteuropäischen Akzent. Ihr fragender Blick wanderte schnell zwischen Gellhoff und den Besuchern hin und her.

„Werfen Sie die beiden raus, und zwar sofort!“, sagte er mit unterdrückter Wut, ohne sie anzusehen.

Unsicher und irritiert blickte die Krankenschwester auf Lux und Pflamminger, der sie um zwei Kopflängen überragte und sagte: „Bitte gehen Sie. Herr Gellhoff braucht absolute Ruhe.“

Lux sammelte die Bilder ein, steckte sie in die Mappe und wünschte Gellhoff schnelle Genesung.

Der Hauptkommissar lächelte die Krankenschwester freundlich

an, die die angespannte Situation nicht einzuordnen wusste. War mit dem Wutanfall vielleicht sie gemeint, weil sie das häufige Gebimmel ignorierte? Erst verließ eine gewisse Broncovic schimpfend das Zimmer und jetzt zwei Kripobeamte. Hatte der ständig nörgelnde Banker etwas auf dem Kerbholz, dachte sie beunruhigt. Wenn der wüsste, dass sie eben mit ihrem Freund Mike telefoniert hatte, während Gellhoff stürmisch läutete. Mike hatte die Stirn spontan zwei Wochen Urlaub auf Mallorca zu buchen zusammen mit seinen Stiefelsauf-Kumpanen. Das musste sie ihm ausreden oder mitfliegen.

„Überdenken Sie das Ganze noch mal, aber nicht zu lange. Ich rate Ihnen mit uns zu kooperieren. Gute Besserung Herr Gellhoff", sagte Pflamminger und verließ mit seiner Assistentin das Krankenzimmer.

Gellhoff wartete ab, bis die beiden die Tür hinter sich zugezogen hatten, griff zum Handy und rief seinen Rechtsanwalt an.

„Herr Gellhoff, haben Sie einen Wunsch? Tee? Kaffee?", fragte Schwester Kyrilla freundlich in Gedanken bei ihrem Freund Mike, wie sie ihm und mit welchem Move die Reise ausreden könnte.

„Danke, ich muss dringend telefonieren. So gehen Sie schon!"
Gellhoff beauftragte Rechtsanwalt Polsterer die äußerst peinlichen Bilder, wahrscheinlich von neidischen Nachbarn aufgenommen, sofort zu konfiszieren und beim Polizeipräsidenten eine saftige Beschwerde einzureichen wegen unlauteren Ermittlungen. Der Kripotölpel würde ihn kennenlernen. Mit Roger Gellhoff trieb man keine Spielchen. Die Fotos stammten mit ziemlicher Sicherheit vom alten Hohmbacher, den er schon öfter mit einem Fernglas herumhantieren sah. Der Spanner gehört ins Irrenhaus oder ins Altenheim für Demenzkranke. Der alte Trottel hatte den ganzen Tag nichts zu tun, dachte Gellhoff mit grenzenloser Wut und Racheplänen. Dem würde er zeigen, wer der Herr auf dem Hügel war. Er werde ihn einbestellen, um ihn zu grillen! Der Rechtsanwalt musste sich erkundigen, wie viel die alte Hütte nebenan kostete. Kaufen, abreißen und das Grundstück seinem Garten einverleiben. Was bildete sich dieser undurchsichtige Stasispitzel über-

haupt ein. Der würde eine Lektion erhalten, die ihn an den Rand eines Herzinfarkts katapultierte.

Rechtsanwalt Polsterer wurde darüber hinaus beauftragt, sofort einen Personenschützer zu organisieren, der unangemeldete Besucher von Gellhoff fernhielt. Der gereizte Patient befürchtete, Broncovic würde so schnell nicht aufgeben. Sie hatte ein durchsetzungsstarkes Temperament. Womöglich rückte sie mit männlicher Verstärkung aus ihrem dubiosen Umfeld an. Nicht auszudenken, wenn die Presse Wind davon bekäme.

An einem runden Besuchertisch bestückt mit Erikablumen, saß der einen Meter neunzig große, durchtrainierte Securitymann, mit direktem Blick auf Gellhoffs Tür. Nach der Arztvisite gingen Pflegekräfte ab und an in Gellhoffs Zimmer, versorgten ihn mit Essen, Getränken und legten frische Verbände an.

Sascha Biersack googelte nach Bildern von Tamara Broncovic. Sein Auftrag war, die resolute Bordellchefin von der Station fernzuhalten. Die Polizei, allen voran Hauptkommissar Pflamminger mitsamt seiner spitzfindigen Assistentin, hatte auf Gellhoffs Anordnung hin absolutes Zutrittsverbot! Ebenso waren neugierige Pressefritzen definitiv unerwünscht! Biersack grinste, als er Broncovics Bild sah. Er kannte die stadtbekannte Taiga-Tiger-Tamara flüchtig und hoffte im Geheimen, dass sie seinem Schutzbefohlenen mehrere Besuche abstatten werde. Mit der attraktiven und feurigen Tamara mal ein wenig zu plaudern, das hatte was, dachte er und warf einen Blick in den blitzblank gereinigten Flur, der nach der Vormittagsvisite still und friedlich wirkte.

Die Mitarbeiter an der Hauptpforte und auf der Station waren in die Sicherheitsvorkehrungen eingeweiht. Von den Sondermaßnahmen für den herummäkelnden Gellhoff war niemand begeistert.

Sollte sich jemand nach dem Patienten in Zimmer einhundertacht erkundigen, musste der fast Zwei-Meter-Mann in den Vierzigern sofort verständigt werden.

Der Vormittag zog sich hin, frische Bettwäsche und Handtücher wurden angeliefert, die Reinigungskräfte hatten ihren Job erledigt, der Stationsarzt wechselte mit seinem Assistenten einige Worte, sie gingen wieder ihrer Wege, keine besonderen Vorkommnisse. Business as usual. Während Biersack den fünften Automatenkaffee genossen hatte, gelangweilt in einer Illustrierten blätterte, signalisierte sein Smartphone: *Hauptpforte an Bodyguard Biersack. Frau Gellhoff mit breitkrempigem Hut in männlicher Begleitung im Anmarsch … Ziel: Zimmer 108 … die Dame sieht Tamara Broncovic sehr ähnlich … spricht gebrochen Deutsch.*

„Oha!", raunte Biersack alarmiert.

Das riecht nach *Action*, dachte er, eilte zum Stationszimmer und bat die blutjunge Krankenpflegerin um Unterstützung. Hä? Mit großen, braunen Kulleraugen sah sie ihn fragend an, rätselte was der aufgeregte Hüne wollte oder sprach er chinesisch?

Sie räusperte sich und sagte monoton als würde sie das Gesprochene vom Monitor ablesen: „Hm? Also die diensthabenden Ärzte sind vor fünf Minuten in die Kantine verschwunden und Kollegin Kyrilla ist gerade gegangen, sie fühlt sich nicht …"

„Mittagspause um elf?", unterbrach er Schwester Gisela.

„Ja, zwanzig vor zwölf wird das Essen für die Patienten angeliefert und verteilt. Da sind alle wieder zurück", sagte sie pflichtbewusst. Sie schlug die Modezeitschrift zu und ließ sie schnell in der Schublade verschwinden.

Schwester Gisela, Anfang zwanzig, brünette Kurzhaarfrisur, hatte gestern erst den Stationsdienst in der First Class angetreten. Zwar kannte sie die Kollegen auf der Station, aber die Patienten waren ihr noch nicht so geläufig, außer Gellhoff, der wegen jedem Fliegenschiss läutete, wie Kyrilla ihr in der ersten halben Stunde zuflüsterte.

„Der Neuzugang auf Zimmer hundertacht, ein unentspannter Typ. Ein Kotzbrocken hoch drei! Den möchtest du nicht mal mit der Kneifzange anfassen", kamen ihr Kyrillas Worte in den Sinn.

Ja und wer soll ihm dann frische Verbände anlegen, sinnierte sie nachdenklich.

Biersack holte sie wieder in die Realität zurück und ordnete an: „Rufen Sie sofort den Stationsarzt an! Gleich wird es hier sehr laut werden. Ich brauche unbedingt Verstärkung. Ich bin für Herrn Gellhoffs Sicherheit abgestellt. Verstehen Sie?"

Dein Problem, dachte Gisela emotionslos. Mit unwissendem Gesichtsausdruck sah sie ihn an und verstand nicht ganz, warum der kräftige Mann, der sie an einen berühmten Boxer erinnerte, so hektisch redete und ständig in alle Richtungen sah, als würde gleich Schlimmes passieren. Trieben Arzneiräuber ihr Unwesen im Haus? Oder sollte vielleicht jemand entführt werden? Blödsinn, sagte sie sich in Gedanken. So etwas gab es in Amerika, aber doch nicht in einer Regensburger Klinik. Aber wozu ein persönlicher Sicherheitsmann für den grantigen Banker? Davon hatte ihr niemand etwas gesagt, auch Kyrilla nicht, die vorhin wie der Blitz davonschoss, obwohl sie sich angeblich so erschöpft fühlte.

Rumps, die zweite Nachricht an den Personenschützer: *Hauptpforte an Bodyguard Biersack: Frau Gellhoff mit Tochter gerade angekommen. Jetzt könnte es spannend bis kritisch werden. Schaffen Sie das?* Gefolgt von einem spöttischen Smiley.

Biersacks Antwort: *Wir sind Profis und bestens vorbereitet.*

Doofe Kuh, dachte er, sah den Flur rauf und runter, noch keine Taiga-Tamara in Sicht. Vielleicht haben sie sich verlaufen, das verschaffte ihm eine strategische Denkpause.

Lernschwester Gisela schielte auf den etwas ratlosen Titan, der sich lange am Hinterkopf kraulte und messerscharf überlegte, wie sich das Aufeinandertreffen, anders ausgedrückt, der Crash der beiden Kontrahentinnen verhindern oder zumindest abfedern ließe.

Die Klitschko-Brüder, genau, dachte Gisela, was für eine verblüffende Ähnlichkeit! Vielleicht ist Biersack mit ihnen sogar verwandt? Hm? Vitali oder Wladimir? Aus dem Augenwinkel heraus fixierte sie den nervösen Goliath, funkte parallel dazu ihren Chef an, bat um Unterstützung für den unsicher wirkenden Bodyguard, der immer noch unentschlossen vor dem Leitungszimmer stand und sich stirnrunzelnd am breiten Kinn rieb.

„Doktor Menzl und sein Assistent sind schon unterwegs. Könnte ein wenig dauern. Keine Sorge Herr Biersack, ich bin ja auch noch da", sagte sie zuversichtlich.

Gleichzeitig überlegte sie immer noch konzentriert, Vitali oder Wladimir?

„Super! Mädel, du hältst hier die Stellung.“

Während Biersack einen prüfenden Blick auf den Flurmonitor warf, holte Gisela ihr Smartphone aus der Handtasche und suchte nach den prominenten Klitschkos. Nein, die platt geschlagenen Boxervisagen der berühmten Brüder waren nicht ihr Geschmack. Sascha Biersack mit dem Adoniskörper, gefiel ihr um Längen besser. Schnell ließ sie das Telefon in der Seitentasche verschwinden, holte die Modezeitschrift hervor und setzte seelenruhig die unterbrochene Lektüre über Reiche und Schöne fort.

Verena Gellhoff mit Tochter Susanna an der Hand bog in den Flur ein. Biersack eilte ihr entgegen und stellte sich vor.

„Security?“, fragte sie überrascht.

„Herrn Gellhoffs ausdrücklicher Wunsch“, erklärte er und hoffte, dass Tamara Broncovic nur eine Fata Morgana war. Vielleicht hatte sie im weitläufig verwinkelten Gebäude die Orientierung verloren und irrte irgendwo herum.

Frau Gellhoff ließ den Securitymann stehen und ging mit ihrer Tochter ins Zimmer hundertacht.

Biersack atmete auf, postierte sich neben der Tür und hatte den Stationseingang fest im Blick.

Gut gelaunt kamen der Stationsarzt und sein Assistent aus der Kantine zurück. Sie machten sich über Biersack ein wenig lustig.

„Na, wo ist die männermordende Tamara?“, fragte Menzl und sah mit Verschwörermiene den Flur rauf und runter.

„Frau Gellhoff und Tochter sind vor ein paar Minuten gekommen.“

„Na, das ist ja wohl noch erlaubt“, scherzte der Assistenzarzt mit leicht hämischem Lächeln um die Mundwinkel, „ah, Gisela haben Sie große Vasen auf Lager?“

„Vasen? Wie groß?“

„Sehr groß. Frau Broncovic haben wir am Blumenkiosk gesehen. Wie es aussieht, kauft sie alle Rosen auf.“

„Ja wie … wo … wo soll ich jetzt so viele Vasen … pfff. Hm?“

Schnelle Stöckelschuhgeräusche waren zu hören. Die automatische Glastür öffnete sich und Broncovic kam schnellen Schrittes angeklackert, gefolgt von Rosenkavalier Ulanov, sein Gesicht von einem großen dunkelroten Strauß halb verdeckt.

„So große Vasen haben wir nicht", flüsterte Gisela als würde sie gleich im Stehen einschlafen.

„Dann besorgen Sie welche", sagte der Assistenzarzt, während er gebannt Tamara Broncovic entgegensah.

In einem weinroten, figurbetonten, tiefdekolletierten Seidenkleid, roter Umhängetasche, hohen Stöckelschuhen, gekrönt von einem breitkrempigen roten Hut, kam sie mit charmantem Lächeln näher, umweht von intensivem Rosenblütenduft.

„Wow! The Lady in red has arrived", sagte der hochgewachsene Assistenzarzt mit Dreiviertelglatze.

Er nahm die Breitrandbrille ab und ließ sie in der Seitentasche verschwinden. Vor drei Wochen hatte sich der Mittdreißiger mit der um zehn Jahre älteren Physiotherapeutin Dana aus Pilsen verlobt.

Während der Mittagspause gingen beide oft engumschlungen im Park spazieren. Als er auf dem Rückweg von der Kantine Tamara Broncovic im Blumenladen entdeckte, whatsappte er an seine Verlobte: *Notfall eingeliefert. Melde mich so bald als möglich – Bussi!!!*

Sollte seine geliebte Dana in der Notfallaufnahme nachfragen, hätte er ein Problem.

„Hallöööchen", rief Broncovic den Wartenden entgegen, die sich wie Zinnsoldaten dicht vor Gellhoffs Zimmertür postiert hatten.

Menzl, ein Gentleman alter Schule, ging der Lady in Rot entgegen, begrüßte sie charmant mit dem Hinweis: „Bedauerlicherweise wünscht Herr Gellhoff heute keinen Besuch mehr. Frau Broncovic, die Blumen nehmen wir Ihnen gerne ab. Gisela, bitte holen Sie zwei große Vasen … "

Gisela überhörte den Auftrag geflissentlich. Zaubert euch doch Vasen aus dem Hut, dachte sie keck.

Mit stark geschminkten Augen fixierte Broncovic den Arzt, der den Blick von ihr nicht abwenden konnte. Sie sah gut aus. Erotik pur ... am liebsten hätte er sie sofort auf eine Tasse Kaffee in die Kantine eingeladen.

„Verstehen Frage nicht.“

„Wehrte Frau Broncovic, Herr Gellhoff möchte keinen Besuch …!“

„Ich machen Besuch!“, sagte sie und drängte sich am Arzt vorbei.

Schließlich griff Biersack durch, stellte sich der unerwünschten Besucherin breitbeinig in den Weg und sagte: „Frau Broncovic! Herr Gellhoff braucht Ruhe. Bitte gehen Sie!“

„Heute alles verruckt? Vor halb Stunden mit Roger telefonieren. Er warten auf meiner Besuch. Weg von die Tür“, befahl sie lautstark.

Die Tür ging auf. Verena Gellhoff erblickte Tamara Broncovic und fragte: „Was ist denn hier los?“

Broncovic nutzte das Überraschungsmoment, des unerfreulichen Zusammentreffens, was unbedingt vermieden werden sollte und flitzte pfeilschnell zwischen Verena Gellhoff und Bodyguard Biersack hindurch.

Biersack schoss hinterher, bat sie sofort das Zimmer zu verlassen. Sie ignorierte die Aufforderung, fiel vor Gellhoffs Bett auf die Knie und sagte: „Roger, meiner Lieberling, du hast mir ganz heilig, ganz hoch versprechen Heirat mit mir! Wie lange mussen warten? Du bist grosses Ligner! Betriger! Und du mussen geben Geld für alle die Bussiness, für die Catering, für die viele Escortenservicen! Wenn Geld nicht kommen, ich lassen dir fahren in Luft ... in die Hölle!“

Irritiert sahen beide Ärzte samt dem bärenstarken Bewacher auf die kniend bettelnde Broncovic.

„Himmel noch mal, so tun Sie doch etwas! Schaffen Sie mir diese Verrückte vom Hals!“, schrie Gellhoff.

Ausgerechnet im Beisein seiner Frau und seiner Tochter, die nicht verstanden, welche Seifenoper hier gespielt wurde.

Biersack und der Assistenzarzt traten in Aktion, griffen nach Broncovic und zogen sie unsanft vom Bett weg.

„Frau Broncovic, bitte!", sagte Menzl energisch.

„Hilfen! Hilfen! Polizei! Polizei!", kreischte sie und gebärdete sich widerspenstig, was den Männern alle Kraft abforderte.

Biersack umfasste Broncovic, wuchtete sie hoch und legte die strampelnde über seine Schulter.

Der durchtrainierte Bodyguard hatte schon viele extreme Situationen erlebt, aber eine Frau mit solch physischer Kraft und Lautstärke noch nicht.

„Ich schwören Rache! Rache! Rache! Roger, du gehen Hölle! Lassen los! Polizei! Helfen …?"

Biersack schleppte sie auf den Flur, dabei verlor sie den Hut und eine kleine Pistole. Menzl stellte einen Fuß auf die Waffe. Alle starrten Broncovic an, die wieder festen Boden unter sich hatte und ihr Kleid zurechtrückte.

„Gehört die Ihnen? Die Frage nach einem Waffenschein ist wohl überflüssig?", sagte Menzl.

Broncovic bückte sich und ließ die Waffe in ihrer Tasche verschwinden. Der Juniorarzt reichte ihr den Hut.

„Regensburg ist kalter Stadt. Ich mussen mir schitzen von die Bandidos und von alle die Nazi!"

„Jetzt ist es aber genug", sagte der Stationsarzt eine Spur zu unfreundlich, „wollen Sie wegen unerlaubtem Waffenbesitz ins Gefängnis …?"

„Ich haben Schein für die Waffe!", fauchte sie ihn mit gefährlich funkelnden Augen an.

Sie wirbelte herum, gab Ulanov mit einer Kopfbewegung zu verstehen, Abmarsch! Mit ausgestreckten Beinen lümmelte dieser in der Besucherecke auf Biersacks Stuhl und scrollte lässig auf seinem Smartphone.

„Immer Handy in die Finger. Wie kleines Junge spielen mit die Schwanz. Gehen! Sofort!", schnarrte sie im Kasernenhofton.

„Verlassen Sie augenblicklich das Krankenhaus oder ich rufe die Polizei", drohte Biersack.

„Und nicht vergessen, ab jetzt haben sie Stationsverbot!", gab ihr Menzl mit auf den Weg.

Broncovic schnarrte ihrem Begleiter etwas zu, was die Umstehenden nicht verstanden. Ulanov, den die ganze Aufregung kalt ließ, erhob sich, nahm den großen Strauß, pfefferte ihn auf den Boden und ging Richtung Ausgang. Erhobenen Hauptes verließ Broncovic die Station.

„Rosenkavalier mal ganz anders", sagte der Assistenzarzt und setzte seine Brille wieder auf.

„Kollege, sehen wir nach unserem Patienten", sagte Menzl.

„Ist sie endlich weg?", fragte Gellhoff kleinlaut.

Nach Broncovics exaltiertem Auftritt, den er nur knapp für sich entscheiden konnte, fühlte er sich entsetzlich kompromittiert.

„Frau Broncovic wird das Krankenhaus nicht mehr betreten. Ich werde mich persönlich darum kümmern", sagte Menzl entschieden.

„Wo sind meine Tochter und meine Frau?"

Er musste dringend mit Verena sprechen und ihr erklären, dass zwischen ihm und dieser verrückten Broncovic nichts war und nichts ist (wer's glaubt). Dieser unsäglich peinliche Zirkus hatte nichts, aber auch gar nichts zu bedeuten, versicherte der bis auf die Knochen blamierte Patient den Umstehenden. Diese Verrückte kenne er nicht. Vermutlich sei sie eine Stalkerin oder eine aus dem Irrenhaus Entlaufene. Die Ärzte und der Personenschützer tauschten vielsagende Blicke, dachten sich ihren Teil und schwiegen.

Verena Gellhoff und ihre Tochter waren nirgends zu finden. Hoffentlich trafen die Damen auf dem Parkplatz nicht noch mal aufeinander, dachte Gellhoff wütend.

„Biersack, was stehen Sie hier noch herum?", forderte er den Mann auf, den er für seine Sicherheit engagiert und gleich beim ersten Einsatz kläglich versagt hatte.

„Ich bin schon unterwegs."

Mit zwei Schritten war er an der Tür und stieß mit Lernschwester Gisela zusammen.

„Nicht nötig. Ich habe Frau Gellhoff zum Notausgang begleitet, damit sie nicht noch mal auf Frau Broncovic trifft."

„Gut gemacht Gisela", lobte der Stationsarzt die neue Mitarbeiterin.

Gisela errötete leicht und freute sich über das Lob.

„Himmel noch mal!", seufzte Gellhoff.

Auf dem Handy versuchte er seine Frau zu erreichen. Not available. Er schleuderte das Handy auf die Bettdecke. Warum gab sie ihm nicht den Hauch einer Chance, wenigstens ein paar Minuten wie zwei Erwachsene miteinander zu reden.

„Darf ich Ihnen Kaffee oder Tee bringen, Herr Gellhoff?", fragte Gisela freundlich.

„Nein!", antwortete er genervt und schob schnell ein, „Danke nein", im Normalton hinterher, „bitte gehen Sie, ich muss telefonieren."

„Einfach klingeln, wenn Sie etwas brauchen", sagte sie äußerlich ruhig und dachte an ihre Kollegin, die sie vor dem sehr speziellen Patienten, Typ Kotzbrocken, gewarnt hatte.

Zusammen mit den Ärzten und dem Bewacher verließ Lernschwester Gisela den rätselhaften Banker. Uncoole Nervensäge war Giselas spontane Typisierung. Im Hinausgehen schenkte sie Sascha Biersack einen treuherzigen Augenaufschlag. Viel hübscher als die Klitschko Kampfsportler, dachte sie.

Der Assistenzarzt sandte seiner Dana eine Nachricht: *Darling alles im grünen Bereich. Hast du Zeit auf eine Tasse Kaffee?*

Augenblicklich rief Gellhoff seinen Anwalt an und bat um einen zweiten Bodyguard. Nach einer Stunde war Verstärkung zur Stelle. Der junge Kollege war im Nebenberuf Judolehrer.

25

Die Spatzen pfiffen es von den Dächern. Der neue Direktor war bei vielen Mitarbeitern unbeliebt.

Obwohl Gellhoffs Stapellauf als Bankdirektor denkbar schlecht und spektakulär vonstatten ging, wich dieser vom eingeschlagenen Kurs nicht ab. Kritik an seinem kruden Führungsstil ließ er nicht gelten. Der gesamte Betriebsrat und mehrere Abteilungsleiter unterbreiteten dem Direktor konstruktive Vorschläge zur Förderung eines besseren Arbeitsklimas. Bei der Abteilungsleitersitzung nahm Gellhoff die über einhundert Seiten ausgearbeiteten Vorschläge in die Hand, hielt sie für alle sichtbar hoch und zerfetzte sie vor aller Augen mit hämischem Grinsen.

Den Anwesenden verschlug es die Sprache.

„Wer sich in der Bank unwohl fühlt, kann jederzeit gehen. Noch Fragen meine Herren?“

Kurz nach dem Gellhoff den Chefsessel erklommen hatte, wurde ein toter Obdachloser im Hinterhof entdeckt. Beinahe zeitgleich der Versuch den Kellersafe zu plündern mit der plakativen Drohung *Gellhoff wir kommen wieder, wir kriegen dich!* Zwei Tage später schlugen die Bankräuber erneut zu. Diesmal mit mehr Fortune. Sie erleichterten die Bank um zweihundertfünfzigtausend Euro ohne irgendwelche verwertbaren Spuren zu hinterlassen.

Natascha Schlunzinger wurde bewusstlos auf einem Krankenhausparkplatz wie ein Stück Vieh abgelegt. Einige Stunden später starb sie. Todesursache: Gepanschte Drogen und Alkoholvergiftung. Die gesamte Belegschaft war geschockt. Was hatte das alles zu bedeuten? Seit die Regensburger Bürger denken konnten, war die PORTA Bank ein beliebtes und renommiertes Geldhaus in der Stadt. Nachdem der langjährige Direktor Lutz Langhofer in den Ruhestand verabschiedet wurde, zogen dunkle Wolken auf. Eine Heimsuchung gemäß dem Sprichwort, ein Unglück kommt selten allein! Oder einfach nur fatale Zufälle in kurzer Abfolge. Die Presse berichtete fast täglich über die desaströsen Ereignisse in der Bank. Vielleicht lag ein Fluch auf dem Haus, munkelten die einen, andere betrachteten die traurigen und schrecklichen Vorfälle nüchtern, wie der Hauptkommissar und seine Assistentin schnell erkennen konnten. Mehrere Angestellte und Abteilungsleiter berichteten unverhohlen, seit Gellhoffs Berufung zum Direktor, verschlechtere sich das Betriebsklima beinahe stündlich. Jene, die einen neuen Job fanden, waren schnell weg. Auffallend wenig Befragte lobten den neuen Chef. Er brächte neue Ideen und frischen Wind in die Bank. Die Mehrheit der Belegschaft zog den Kopf ein und schwieg. Manche redeten offen und verdeutlichten ihre Kritik mit Beispielen aus der täglichen Praxis. In immer kürzeren Zeitabständen fordere der Turbo-Chef von der Angestellten mehr Leistung. Oft gäbe es ad hoc Kontrollen. Langatmige Sitzungen, in denen der Chef wie im Frontunterricht ununterbrochen dozierte. Oder die nervigen internen Newsletter mit unverblümten und markigen Worten an alle Mitarbeiter.

Wer die Zukunft der Bank mitgestalten wolle, müsse sich täglich optimieren und zur stetigen Gewinnmaximierung beitragen. Die PORTA Bank sei endlich aus dem Dornröschenschlaf erwacht und arbeite mit voller Schubkraft nach vorne mit dem Ziel …

Mitarbeiter, die nach Meinung des Chefs zu wenig Produkte verkauften, wurden in sein Büro zitiert, zusammengestaucht und mit folgendem Satz hinausgeworfen: „Schreiben Sie sich das Wort Gewinnmaximierung auf die Stirn und verkaufen Sie nächste Woche das Doppelte oder Sie fliegen!"

Die zum Rapport Einbestellten waren meist ältere Angestellte und Gellhoffs Überzeugung nach ungeeignet den Anforderungen moderner Finanzdienstleistung und den gesetzten Zielen gerecht zu werden. Er setzte noch eins drauf. Mittvierziger befänden sich bereits am Rande der Demenz. Viele fühlten sich neuerdings bespitzelt. Ausgedehnte Toilettengänge und Rauchpausen, private Gespräche auf dem Flur, in der Teeküche oder am Telefon wurden vom Zeitkonto abgezogen und nicht selten als Arbeitsverweigerung interpretiert. Vermehrte Audits, Evaluationen, Feedbackgespräche, die mehr einem Tribunal gleichkamen. Gefürchtet waren telefonische Anfragen vom Big Boss: „Was haben Sie heute Vormittag schon geleistet?"

Der strategische Druck, das bewusst erzeugte Klima der Angst führte zu Misstrauen innerhalb der Belegschaft. Mehr Krankmeldungen, Gleichgültigkeit oder innere Kündigungen waren die Folge.

Sowohl in der Zentrale als auch in den Zweigstellen machte sich ein Leck-mich-am-Arsch-Gefühl breit.

Gellhoffs Frauenverschleiß war ekelhaft. Bei der Weihnachtsfeier oder beim Grillabend machten sich junge Mitarbeiterinnen schnell vom Acker. Hinter vorgehaltener Hand hieß es, der Chef konsumiere Drogen. Mindestens zweimal pro Monat brachte ein Fahrradkurier ein Päckchen ins Sekretariat. Adressiert an Gellhoff persönlich. Ohne Absender. Vor drei Wochen verursachte der Überbringer auf dem Weg zur Bank einen Unfall. Gellhoff wurde nervös, telefonierte mit dem unbekannten Absender und innerhalb einer halben Stunde kam Broncovics Allroundwaffe Ulanov in die Bank und übergab die verbotene Fracht einem Schalterangestellten. Gellhoff fluchte wie ein Bierkutscher. Der Überbringer hätte die Lieferung dem Empfänger persönlich in die Hand drücken müssen, so stand es in fetten Großbuchstaben auf dem Päckchen.

Der Gipfel der Neuerungen war, wie auskunftseifrige Mitarbeiter berichteten, Gellhoff fühle sich wie der edle König Artus mit seinen getreuen Freunden und seinem Lieblingsabteilungsleiter, der ihm wie ein Leibeigener folgte, sich jedoch nicht besonders edel verhielt. Im Gegenteil, oft gebärdeten sie sich wie ein Rudel Löwen, die ältere Tiere töten, anders formuliert, unverhohlen mobbten. Sie witterten sofort die schwächsten Glieder in der Gruppe. Wenn jemand die geforderte Leistung nicht brachte oder über den neuen Führungsstil lautstark wetterte, war es um ihn geschehen. Das anvisierte Opfer wurde erst mies dargestellt, dann vor die Wahl gestellt: Anpassen oder gehen?

Betti Zitzelsberger erlaubte sich einmal zu widersprechen, als Gellhoff den langjährigen Mitarbeiter und Betriebsratsstellvertreter nach einem kurzen Streitgespräch aus seinem Büro hinausbrüllte. Gellhoff schrie so laut, dass der halbe Flur mithören konnte. Der Vizebetriebsrat Gerhard Angerer hatte sich wegen zu vieler unbezahlter Überstunden stark gemacht. Gellhoff rastete aus, drohte dem Beschwerdeführer mit sofortiger Kündigung und riss die Tür auf: „RAUS!"

Zitzelsberger war entsetzt und sprang für den Kollegen in die Bresche. Gellhoff schnarrte sie an, sie könne froh sein, hier arbeiten zu dürfen. Viele Betriebe beschäftigten keine Behinderte, aber er sei ein guter Mensch.

„Überschreiten Sie nicht Ihre Grenzen! Sie Humpelstilzchen!",
sagte er mit Häme in der Stimme und warf einen verächtlichen
Blick auf ihr steifes Bein.

Zitzelsberger beschwerte sich bei dem damaligen Direktor Langhofer. Sofort nahm er sich Gellhoff zur Brust und bat ihn seine
scharfe Tonlage und autoritäre Wortwahl nicht zu übertreiben.
Sein impulsives Verhalten komme bei den Mitarbeitern nicht gut an
und ginge seiner Meinung nach entschieden zu weit. Wütend ging
Gellhoff in sein Büro zurück und machte sich über die Zurechtweisung lustig. Der Pipifax-Flower-Power-Führungsstil der Altacht-
undsechziger würde bald ein Ende haben, wenn er …

Gerhard Angerer versuchte ein zweites Mal ein konstruktives
Gespräch mit Roger Gellhoff in Gang zu bringen.

„Dort hat der Schreiner ein Loch gezimmert. Abmarsch oder wir
sind geschiedene Leute", brüllte Gellhoff mit größter Verachtung
auf den völlig fassungslosen ein.

Angerer stockte der Atem. Schweiß trat auf seine Stirn, er schaffte
es gerade noch in sein Büro, sackte auf den Stuhl und spürte einen
stechenden Schmerz in der Brust. Herzinfarkt. Nach einer fünfmonatigen Fehlzeit wollte der in Ungnade gefallene mit neunund-
vierzig Jahren an seinen Arbeitsplatz zurückkehren. Aber Gellhoff
bremste ihn mit einer betriebsbedingten Kündigung aus. Angerer
gab auf und ging zur Konkurrenz.

Über diesen unfairen Vorfall rätselten viele Mitarbeiter bis heute.
Warum hatte sich der Vorgänger Langhofer damals nicht vor Angerer gestellt und seinen Assistenten Gellhoff in die Schranken
gewiesen?

Stellvertreter Johann Gschwendtner verbat sich befragt zu werden,
wollte jedoch als stiller Zuhörer im Raum bleiben, was der Hauptkommissar strikt ablehnte.

„Sollte die Belegschaft morgen streiken, mache ich *SIE* dafür
verantwortlich", sagte Gschwendtner verschnupft und verließ türknallend den Raum.

Pflamminger und Lux hatten die Befragung in der Bank fürs Erste beendet und waren gerade am Gehen. Da kam Gschwendtner ins Sekretariat gestürmt und verlangte den Fangfragen-Zirkus sofort zu beenden. Die Anwaltskanzlei Polsterer, Wanzhofer und Mörtl ließ dezidiert ausrichten, die Fragerei und Schnüffelei in der Bank sei inakzeptabel und widerrechtlich. Glaubten diese Wichtigtuer von der Polizei, sie könnten einfach so hereinmarschieren? Nein! Damit war jetzt Schluss!

„Staatsanwalt Hammerschmidt erwartet Sie bereits", sagte Gschwendtner mit hochgezogenen Brauen und breitem Grinsen.

Die Schadenfreude über Pflammingers bevorstehenden Anschiss stand ihm ins Gesicht geschrieben *in deiner Haut möchte ich jetzt nicht stecken.*

Pflamminger lächelte und sagte: „Herr Gschwendtner, Sie wissen gar nicht über welch kompetente Mitarbeiter die PORTA Bank verfügt. Vielleicht eröffne ich demnächst ein Konto."

„Tun Sie das Herr Pflamminger. Ich würde das sehr begrüßen." Gschwendtner schaltete sofort auf ein gekünsteltes Businessgrinsen um und rückte dabei seine verrutschte Krawatte zurecht.

„Mahlzeit", sagte Pflamminger und deutete seiner Assistentin mit einer leichten Kopfbewegung an *raus aus der Höhle des Löwen.*

„Herr Pflamminger, nicht vergessen, Sie haben sich im Präsidium bei Staatsanwalt Hammerschmidt zu melden. Er wartet bereits mit Ungeduld auf Sie", ereiferte sich Gschwendtner, um Ernsthaftigkeit bemüht.

Pflamminger verzog seinen Mund zu einem schiefen Lächeln und wiederholte sich: „Mahlzeit."

Na, der wird euch beiden den Marsch blasen, dachte Gschwendtner mit Genugtuung. Dieses Aushorchen der Belegschaft hätte er nur zu gerne im Keim erstickt. Weitere völlig unnütze Befragungen würde es nicht geben. Seine Befürchtung war nun, die Kripobeamten hätten den einen oder anderen Mitarbeiter motiviert, gegen Gellhoffs straffe Personalpolitik aufzubegehren. Das fehlte noch. Schließlich oblag es an ihm, die aufgeheizte Stimmung im Haus zu beruhigen. Wer weiß, wie lange Gellhoff wegen des bedauerlichen Unfalls noch arbeitsunfähig war, schoss es ihm durch den Kopf.

„Wünsche allen Anwesenden einen schönen Tag", lächelte der Hauptkommissar in die Runde. Er öffnete die Tür und ließ seiner Assistentin den Vortritt.

Als Pflamminger und Lux durch den Hinterausgang auf den Hof hinaustraten, trafen sie auf Schlunzinger, der die Gelegenheit ergriff und sagte: „Herr Kommissar, wir waren einmal eine angesehene Bank in der Stadt. Und jetzt sind wir dabei zu einer Schlangengrube zu verkommen. Wenn der Gellhoff nicht bald abgelöst wird, geht die Bank mit Mann und Maus unter. Viele Kollegen und ich haben da so eine Vorahnung."

Er ging langsam weiter, drehte sich noch mal um.

„Mehr sag ich nicht."

Schlunzinger verschwand ums Hauseck.

„Tja, mit Vorahnungen ist das so eine Sache", rief ihm Lux hinterher.

Der Chef drückte seinen Rücken durch und sagte: „Mein leerer Magen sagt, höchste Zeit fürs Mittagessen."

Sie nahmen Kurs auf zum Brandl Bräu. In Gedanken ging Pflamminger schon mal die Speisekarte durch und blieb beim Schweinekrustenbraten hängen oder vielleicht doch ein Eilsbrunner Brezenschnitzel? Wie ferngesteuert legte er einen Zacken zu, was wohl seinem knurrenden Magen geschuldet war.

Kurz vor der Gaststätte, checkte Pflamminger seine Apps. Während des Essens wollte er nicht gestört werden. Er blieb abrupt stehen und las Kramers Mitteilung laut vor: „Hallo Chef, Gewitterwolken brauen sich über unserem Fall zusammen. Heinrich H. tobt. Wartet ungeduldig auf Sie und Franziska. Don't worry. Rebecca und ich haben alles im Griff. Ihr kooperativer Praktikant LK."

„Wir können den Fall getrost abgeben", sagte Lux, „Rebecca und Lorenz kommen sehr gut ohne uns zurecht."

Pflamminger ließ das Smartphone in der Seitentasche verschwinden und fragte augenzwinkernd nach den Souvenirs, die Frau Haller seiner Assistentin zugesteckt hatte.

„Die Sekretärin hat Ihnen eine Sparbüchse, Kugelschreiber und Goldmünzen in die Hand gedrückt, oder?"

„Gut beobachtet", grinste Lux und zog die Beute aus ihrer Jeansjacke.

Pflamminger staunte nicht schlecht: „Eine …?"

„Haarbürste und obendrein einen klitzekleinen USB-Stick. Zufälle gibt es manchmal. Unglaublich, oder?"

„Tja, wie das Leben manchmal so spielt", grinste Pflamminger. Parallel dazu dachte er an Gesprächsfetzen mit Angestellten der PORTA Bank.

„Mannomann! Meine Mädels tun mir heute schon leid, sollten sie einmal in ein solch stressiges Arbeitsumfeld geraten."

„So geht es zu in der heutigen Businessworld. Optimierung und Profitmaximierung Tag und Nacht. Vermutlich werden sie den Speedy-Roger irgendwann ausbremsen."

„Oder auch nicht."

Gentlemanlike hielt der Chef seiner Assistentin die Gaststättentür auf.

26 Mit geschwellter Brust präsentierte Lorenz Kramer den aktuellen Ermittlungsstand, den er in Kooperation mit Rebecca Reischl zusammengetragen und plakativ aufbereitet hatte.

„Voilà, den unteren Bereich kennen wir bereits. So weit, so gut. Verflechtungen und Wege von Roger Gellhoff führen nicht nur in den Taiga Club, sondern auch in die berühmt berüchtigte Spelunke von Karel G. Beliebter Treffpunkt der Regensburger Junkieszene", sagte Kramer ernst mit leicht geröteten Wangen.

„Interessant. Können Sie uns das etwas präziser erläutern?", fiel ihm Pflamminger ins Wort.

„Logisch."

Kramer holte einen kleinen Plastikbeutel mit weißem Pulver aus der Hosentasche und legte das Corpus Delicti auf den Tisch.

„Hat fünfzig Mäuse gekostet. Bringe die Ausbeute nachher ins Labor."

„Selber getestet? Sind Sie deswegen so gut drauf?"

„Nein! Wo denken Sie hin?"

„Von wo genau und von wem stammt das weiße Zeug?", wollte der Chef wissen.

„Also von einem Bekannten, dessen Bekannter hatte es angeblich von seiner Cousine und deren Freund im Karel G …"

„Also Chef, tun Sie doch nicht so, als hätten Sie keine Ahnung", ging Lux dazwischen, „am Bahnhof oder im Osthafen, in angesagten Kneipen und …"

Reischl kam abgehetzt in den Raum, entschuldigte sich. Der Termin beim Zahnarzt war alles andere als kurz und schmerzlos gewesen.

Pflamminger grinste mitleidsvoll und flüsterte in ihre Richtung: „Das Kaffeedepot ist empty."

„Chef, ich denke mit. Nachschub schon besorgt", sagte sie mit geschwollener Backe.

Sie hielt die große Stofftasche mit zehn Kaffeepackungen für alle sichtbar in die Höhe.

"Ich habe das Geld ausgelegt", sagte sie laut und deutlich.

Kramer räusperte sich, nahm den roten Faden wieder auf und setzte seine PPP fort.

„Dieses billige und oft gepanschte Dreckszeug …", sagte er mit unsicherem Blick zu Lux, die ihn kopfnickend und mit einem Lächeln motivierte und ihm bedeutete, sich nicht provozieren zu lassen.

„Also, in der Studentenszene ist es heutzutage beinahe normal, wenn es nicht ganz so rund läuft, zum Beispiel bei Seminararbeiten, Zwischenprüfungen, … dann, wenn nachgeholfen werden kann … wird oder auch nicht", druckste er herum.

„Sprechen Sie aus Erfahrung?"

„Natürlich nicht! Chef, wofür halten Sie mich?"

„Chef, bitte", sagte Lux genervt.

„Ja, vielleicht mal auf Partys, aber nur einen Joint light, also very light mit fast nix drin. Gut, weiter im Text. Weil bei Karel G und in einigen anderen Lokalen ständig Checker rumchecken und nur warten bis sich wieder ein Studi notenmäßig vercheckte und der nervenschwache Papa den Notenabsturz nicht erfahren dürfe. Konsequenz, der monatliche Check würde wahrscheinlich gestoppt werden. Folglich muss das nicht vorzeigbare Zensurchaos dringend bereinigt werden. Kurzum, Speedmittelchen sind stets verfügbar, weil die Checker an jedem Tresen bereitstehen. Und wenn der Studi genügend Bargeld dabeihat, checken beide vielleicht im Klo oder anderswo ein, was den Dealer high macht, macht nach kurzer Zeit auch den Abnehmer high. Wenn der Dealer einen guten Lauf hat, vercheckt er seine Ware oft die ganze Nacht hindurch. Das Business nennt man heute Checkerdeals im Backstage. Genau genommen gibt es Easy-Checker, Little-Checker, Discount-Checker, Expensive-Checker, Dreckschecker und Scheißndreckn-Checker …“

„Wie Frau Broncovic sich gerne ausdrückt“, fiel Lux dem Praktikanten ins Wort und sah zum Chef hinüber, der dem Checker-Vortrag stirnrunzelnd lauschte.

Pflamminger kratzte sich hinterm Ohr und sagte: „Spricht man heute so in der Freizeitwelt oder im Universum der Optimierer? Ist das die Checker-Language der Jugend?“

Er sah zu Lux hinüber, die gerade ihr Smartphone „checkte“.

„Ja, so in die Richtung geht es“, sagte Kramer und dachte, verdammt, vielleicht habe ich mich jetzt komplett vercheckt.

Der Chef sah Kramer halb amüsiert, halb nachdenklich an und sagte: „Ihr seid ja gut informiert und kennt euch in der Checkerszene hervorragend aus.“

Plötzlich fiel ihm siedend heiß ein, sein selbstbewusster Praktikant trifft sich neuerdings mit Kerstin in diversen Clubs. Gleich heute Abend werde er mit seiner Tochter ein ernstes Wort reden. Sollte sich herausstellen, dass Checker-Lorenz seine Tochter mit Drogen versorgte, würde er ihn checkertechnisch betrachtet sofort auschecken.

„Mein lieber Herr Kramer, damit das klar ist *keine* Drogengeschichten oder Ähnliches! Und jetzt weiter im Text, was haben Sie noch zu verchecken …?"

„Kapier' ich jetzt nicht ganz. Ich …"

„Wer hat was zu verchecken und ist schwer von Kapee?", platzte Hammerschmidt, ohne anzuklopfen, in den Raum, „Herr Pflamminger, wie oft soll ihnen meine Sekretärin denn noch mitteilen, dass wir einen wichtigen Termin beim Präsidenten haben, jetzt sofort!"

„Cool down", fiel Pflamminger dem stets Hektik verbreitenden Staatsanwalt ins Wort.

„Ach, verwendet man hier neuerdings auch die unzensierte Jugendsprache, die kein normaler Mensch hören möchte, geschweige denn versteht", monierte Hammerschmidt schmallippig.

Er machte auf dem Absatz kehrt und verließ das Büro.

27 Hammerschmidt knallte den Vorabdruck der Tageszeitung auf den Tisch und sagte vorwurfsvoll: „Von den Bankräubern gibt es nicht die leiseste Spur, aber Herr Gellhoff wird mit Schmutz beworfen. Ich verlange eine Erklärung, und zwar jetzt!"

„Na, na, na", ging Polizeipräsident Kollberg dazwischen.

Kurzerhand übernahm er die Gesprächsführung und wollte nun seinerseits wissen, wer diese Schlagzeile - *Bayerns jüngster Bankdirektor optimiert sich mit Drogen* - zu verantworten habe.

Hauptkommissar Pflamminger wechselte Blicke mit Kriminaloberrat Möller und Vizepräsident Gackstetter, die genauso überrascht waren und keine nachvollziehbare Erklärung beisteuern konnten.

„Die Pressestelle fragen", sagte Pflamminger unbeeindruckt.

„Beantworten Sie gefälligst meine Frage!", erhob Hammerschmidt seine durchdringend scharfe Stimme mit beleidigtem Unterton, als ginge es um die Ehrenrettung seiner Frau Elvira.

Manch gehässiger Mitarbeiter munkelte Frau Hammerschmidt sei ein Phantom. Jeder internen Feier blieb sie fern. Als vor gut einem Jahr der langjährige Polizeipräsident mit großem Tamtam in den Ruhestand verabschiedet wurde oder vor vier Wochen Vitus Gackstetter seinen Fünfzigsten im Haus feierte, sollte Elvira zusammen mit ihrem Heinrich am Ehrentisch sitzen, aber ihr Platz blieb jedes Mal leer. Hammerschmidts Ehrenplatz im Taiga Club blieb wohl selten leer, ohne seine Elvira versteht sich. Gerüchteküche oder alles nur ein Fake?

„Während laufender Ermittlungen mit der Presse zu sprechen? Für mich ein No-go", sagte Pflamminger in Hammerschmidts vor Zorn erhitztes Gesicht.

„Haben Sie die Presse informiert? Ja oder nein?", bohrte er weiter.

„Wird das jetzt ein Verhör?"

„Wollen oder können Sie nicht?"

„Vielleicht haben es die Posaunen von Jericho von den Domtürmen geschmettert?", sagte Pflamminger trocken.

„Sehr witzig", sagte Hammerschmidt mit Häme in der Stimme.

In Anwesenheit von Kollberg, Gackstetter und Möller ließ Pflamminger sich nicht provozieren, obwohl ihn die Zweideutigkeit der Frage wurmte. Mit einem Lächeln auf den Lippen sagte er: „Herr Staatsanwalt, Ihr hochverehrter Herr Gellhoff ist Drogen nicht abgeneigt, das wissen Sie sehr genau. Und jetzt spielen Sie hier nicht den Ahnungslosen. Als Party-Stammgast ist Ihnen mit Sicherheit nicht entgangen ..."

„Was erlauben Sie sich! Ich ... ich zeige Sie an wegen ...!"

„Wegen was?", ging Pflamminger schnell dazwischen: „In Gellhoffs Haus werden Drogen vertickt und Prostituierte zu den Special Events angekarrt inklusive Outdoor-Sex. Es gibt Zeugen!"

„Also ... also, das sind Unterstellungen der unverschämtesten Art!", sagte er erregt, rutschte auf dem Stuhl hin und her, während er an seiner kleinkarierten Jacke herumnestelte.

Aus dem Augenwinkel heraus beobachtete Hammerschmidt die erstaunten Gesichter des Polizeipräsidenten, des Stellvertreters und des Kriminaloberrats.

„Laut integrer Zeugen sind *Sie* bei den Wochenend-Happenings regelmäßig vor Ort“, schob Pflamminger genüsslich nach.

Hammerschmidt schlug mit der flachen Hand auf den Tisch, dass es schepperte und klirrte.

„Das ist doch ... das ist eine ... eine infame Verleumdung!“, brüllte er den Hauptkommissar an, „wenn Sie die Behauptung nicht zurücknehmen, zeige ich Sie wegen Rufschädigung an! Sie ... Sie ... Ihre Ermittlungen sind alles andere als zielführend! Sie sind ein Dilettant!“

Hammerschmidt sprang auf, klemmte die schmale Aktenmappe unter den Arm, verließ mit Riesenschritten den Raum und knallte die Tür hinter sich zu.

Arschloch dachte Pflamminger wütend. Am liebsten wäre er ihm hinterher gesprintet und hätte ...?

„Herr Pflamminger, sind Sie sich bewusst, mit wem Sie sich gerade angelegt haben?“, sagte der Polizeipräsident mit abwartendem Blick.

Mit seinen braunen, freundlichen Augen, dunklen, vollem Kurzhaarschnitt, könnte er als Spanier oder Portugiese durchgehen. Seine Mutter kam aus Pforzheim, sein Vater aus Pentling. Beide waren stolz auf ihren Sohn, der seit einem Jahr in der Stadt für Recht und Ordnung sorgte. Statt einer Krawatte bevorzugte er die Fliege, die er heute wegen der heißen Temperaturen abgelegt hatte.

Vitus Gackstetter reagierte gelassener. Hammerschmidts wütende Auftritte hatte er schon öfter erlebt.

„Wie pflegte meine Oma stets zu sagen. Wer schreit hat Unrecht“, bemerkte Möller und zwinkerte Pflamminger zu.

„Meine Herren, reden wir nicht lange um den heißen Brei. Wir haben mehrere verbürgte Zeugenaussagen und darüber hinaus gestochen scharfe Bilder, aufgenommen von Gellhoffs Nachbarn, die sich seit einem Jahr von häufigen wilden Partys massiv gestört fühlen. Anzeigen seitens der lärmgeplagten Nachbarn wurden niedergeschlagen. Kurzum, unser Herr Staatsanwalt ist Stammgast in der Villa. Und nun zu den Drogen. Gellhoffs Sekretärinnen wissen von der Einnahme, es handelt sich vermutlich um Koks und Gras, ebenso von dem regelmäßigen Drogennachschubtransfer, überbracht von einem angeblichen Pizzaservice. Quelle und Absender, Achtung! Tamara Broncovic. Die scharfe Pizza wird von einem Fahrradspaceshuttle mindestens zweimal monatlich eingeflogen. Folglich werden wir noch heute Madam Broncovic einen investigativen Besuch abstatten. Ich denke, einem Durchsuchungsbeschluss in Broncovics Club und in ihrer Wohnung steht nichts mehr im Wege", sagte Pflamminger und grinste den staunenden Zuhörern ins Gesicht.

„Was macht Sie da so sicher?", fragte Kollberg mit Sorgenfalten auf der Stirn.

Was Pflamminger hier und heute mit einer Selbstverständlichkeit auf den Tisch legte, klang in den Ohren des Polizeipräsidenten nicht gut. Als der Name Heinrich Hammerschmidt mit Drogendeals und Wohnungsprostitution in Verbindung gebracht wurde, fühlte sich Kollberg in seinem bequemen, rückenschonenden Chefsessel sichtlich unwohl.

Gackstetter grinste und sagte: „Bei Hammerschmidt wundert mich nichts mehr."

„Was? Wie bitte? Sie scheinen alle gut informiert zu sein", sagte Kollberg und wechselte schnelle Blicke zwischen den anwesenden Herren.

„Eindeutige Beweise als da wären: Fotos von Partygästen, Zeugenaussagen von Bankmitarbeitern, Koksreste von Gellhoffs Schreibtisch und last but not least ein USB-Stick."

Gellhoffs Haarbürste ließ er vorerst unter den Tisch fallen. Würde den jungen Polizeipräsidenten nur unnötig aufregen, brächte ihn womöglich auf ermittlungshemmende Anweisungen.

„Was?", sagte Kollberg um Fassung bemüht", wie ... wie sind Sie da drangekommen?"

„Gehackt", sagte Gackstetter scherzhaft und erntete vom Chef einen unverständlichen Blick.

Pflamminger lehnte sich zurück und wartete mit wohligem Gefühl, unterfüttert mit neuen, eindeutigen Ermittlungsergebnissen, auf Kollbergs Reaktion.

„Herr Pflamminger, überschreiten Sie nicht ihre Kompetenzen.“

„Kleiner Scherz am Rande. Im Ernst, wurde uns anonym zugespielt. Tja, es gibt tatsächlich noch mitdenkende Zeitgenossen ...“, unterbrach er sich selbst und fuhr übergangslos fort mit einer verschwiegenen Vermutung.

„Vielleicht steckt hinter dem Geldraub der Bankchef höchstselbst.“

„Sie verdächtigen Gellhoff?“, fragte Kollberg überrascht, beugte sich mit dem Oberkörper weit nach vorne, als habe er sich gerade verhört.

„Einige Mitarbeiter trauen es ihm zu. So, eine Bitte habe ich noch.“

„Und die wäre“, sagte Möller sich zurücklehnend.

„Die Sache mit den Daten muss vorerst unser ‚süßes Geheimnis‘ bleiben. Wenn Hammerschmidt Wind davon bekommt, wird er alle Hebel in Bewegung setzen und mich vom Fall abziehen. Gleichzeitig würde er seinen Freund Roger warnen. Aber Gesetz ist Gesetz!“

Heinrich Hammerschmidt auf Drogen? Kollberg wollte es nicht so recht glauben. Sagte Pflamminger die Wahrheit oder wollte er den ständig kritisierenden Staatsanwalt auf Abstand halten?

Wenn Hammerschmidt auf Partys sich mit Speed etwas anturnte, seine Privatsache. Sollte sich Pflammingers Bericht allerdings bestätigen, könnte die Zusammenarbeit mit dem Staatsanwalt noch anstrengender werden. Wer oder was könnte diesen abhalten seinem Spezl Gellhoff nicht ständig den aktuellen Ermittlungsstand zuzuflüstern? Noch war es nur eine Vermutung. Sollte sich der Verdacht erhärten, würden sich interne Informationen in die entgegengesetzte Richtung kaum verhindern lassen.

Mit nachdenklichem Gesichtsausdruck sah Kollberg zu Möller und Gackstetter, die wohl Ähnliches dachten.

Pflamminger schaute auf die Uhr und seufzte: „So, jetzt habe ich noch einen unangenehmen Termin wahrzunehmen.“

„Unangenehmer Termin? Bei der Polizei gibt es nur erhellende und erkenntnisreiche Termine“, scherzte Kollberg.

„Darmspiegelungsvorsorge. Ah, Herr Möller, den Durchsuchungsdinges nicht vergessen.“

Pflamminger und Gackstetter verließen gemeinsam Kollbergs Büro. Gackstetter brannte darauf, von Pflamminger etwas mehr über Hammerschmidts Bordellbesuche zu erfahren. Flurgeflüster war nicht Pflammingers Art, außerdem war er in Eile. In fünfzehn Minuten musste er in der Arztpraxis sein. Der Vizepräsident ließ ihn ziehen und ging in sein Büro zurück.

Vitus Gackstetter groß und kräftig gebaut, hatte so sehr gehofft, der neue oberste Polizeichef zu werden, aber der jüngere Bewerber hatte das Rennen gemacht. Ja, die Absage hatte ihn bis ins Mark getroffen, er dachte an eine Versetzung, aber nach kurzer Zeit nahm er es sportlich. Unerwarteterweise lief die Zusammenarbeit mit dem neuen Polizeipräsidenten vom ersten Tag an reibungslos und konstruktiv. Der Plan eine Versetzung zu beantragen war vom Tisch.

Gackstetter und Hammerschmidt lagen oft über Kreuz. Sie fanden keinen Draht zueinander. Ein Umstand, den er mit vielen Kollegen im Präsidium teilte. Mit sechzehn Jahren begann er die Ausbildung zum Streifenpolizisten. Später absolvierte er die Polizeiakademie, arbeitete viele Jahre im Betrugsdezernat und zielstrebend auf das höchste Amt im Haus hin. Gackstetter war bei den Mitarbeitern sehr beliebt und gut vernetzt. An seinem fünfzigsten Geburtstag, der in der Kantine gefeiert wurde, wartete er mit einer Überraschung auf, die viele Mitarbeiter etwas albern fanden, was ihn nicht im Geringsten störte. Seit der Geburtstagsfeier zierte seinen kahlen Kopf ein dunkelbraunes, atmungsaktives Toupet mit unsichtbarem Haaransatz.

„Tragekomfort Tag und Nacht“, sagte er aufgekratzt nach dem vierten Glas Champagner.

28 Pflamminger und Lux waren über Kramers Fingerfertigkeit höchst erstaunt. Mit speziellen Kunstgriffen konnte er beinahe jeden Geheimcode umgehen.

„Wer hat Ihnen die Tricks beigebracht?", fragte Pflamminger und sah dem Praktikanten fasziniert über die Schulter.

„Wenn es unter uns bleibt, verrate ich Ihnen mein Hobby", antwortete er und grinste überlegen.

„Ich wette im CampusChaosCrashClub. Von dem habe ich schon abenteuerliche Dinge gehört", vermutete Lux.

„Bingo."

Kramer strahlte Lux an und sagte: „Voilà."

Nacheinander ploppten Bilder von attraktiven Blondinen auf. Absender: Tamara Broncovic. Empfänger: Roger Gellhoff. Kramer druckte mehrere Bilder aus. Neben Nacktfotos von Tamara und Natascha, tauchten noch andere Frauen auf, die Rogers Herz und sonstiges höherschlagen ließen. In null Komma nichts zierten zehn Blondinen Kramers dienstliche Pinnwand.

Zudem präsentierte der Praktikant die Adresse einer Privatklinik am Vierwaldstättersee, in der sich der gestresste Bankdirektor in den vergangenen Jahren jeweils mehrere Wochen erholte, anders ausgedrückt, den Entzug vermutlich als Optimierungsurlaub tarnte.

„Welche Krankheiten werden dort behandelt? Dreimal dürft ihr raten? Alkohol- und Drogenprobleme."

„Ein Trinker und ein Junkie?", sagte Pflamminger und nippte am frisch aufgebrühten Kaffee.

„Außen hui! Seht her, ich, der erfolgreiche Chef-Dynamiker, ich bringe die Bank nach vorne und innen pfui, unsicher und fragil. Für mich eine pathologisch narzisstische Persönlichkeit", analysierte Lux.

„Es kommt noch besser", grinste Kramer und zauberte ein Paar von Broncovics schmalzigen Liebesschwüren auf den Bildschirm.

„Ich fasse es nicht", sagte Pflamminger und schüttelte verwundert den Kopf.

„In der Regel lassen sich viele Passwörter einfach umgehen, aber

Gellhoff hatte seine Inhalte hinter dicken digitalen Burgmauern versteckt."

„Und trotzdem liegt alles vor uns wie ein offenes Bilderbuch. Attenzione prego! Franziska, nächste Schulung Passwörter knacken", sagte Pflamminger.

„Lorenz hat mir schon ein paar Tricks gezeigt."

Lux lächelte verstohlen, ohne den Blick vom Computer zu nehmen.

„Bin mal wieder nicht eingeweiht, wie?"

„Chef, jetzt wird es krass. Broncovics Liebesschwüre verkehren sich ins Gegenteil. Und zwar, Achtung, jetzt kommt's! Geldforderungen und nicht zu knapp."

Broncovic hatte für die „High-Class-Prostitutionspartys" hübsche Mädels einfliegen lassen. Transfer und Tageslohn, besser der Lohn der Nacht, wurde offensichtlich nur schleppend oder gar nicht bezahlt. Broncovic drohte ihrem Auftraggeber sehr eindeutig.

Bringen schöner Girlis kosten vieler Money!!! Ich liefern du nix zahlen, warum??? Ich brauchen die Geld, sofort, sofort, schnell, schnell!!! Wenn du nix zahlen lassen gehen hoch du und ALLE deiner geiles SCHWEIN-FREUNDEN!!! wenn Geld du versprechen nix kommen meine schönes Club kaputt und meiner Haus geht weg. Manager von Bukarest will Geld!!! Er schießen zu mich mit Pistole ich bankrotten du großer Schuld du falsches Bocknhund!!! ich hasse dir!!!!!!!! Schwefel und heißer Scheiße von die Satan kommen auf deiner Arschenkopf!!!!!!

„Der Geldvermehrer und Frauenversteher ist wohl ein skrupelloser und gewissenloser Windhund. Dem traue ich zu, den Geldraub initiiert zu haben", sagte Kramer überzeugt.

„Gellhoff ein Bankräuber? Was will er damit bezwecken?", fragte Lux.

„Das Sicherheitsbedürfnis seiner Mitarbeiter befeuern und einschüchtern. Gleichzeitig die Zügel straffer anziehen, strengere Regeln einführen und sein Gewinnmaximierungsprojekt durchpeitschen", sagte Pflamminger, während er die Blondinen auf dem Bildschirm intensiv beäugte. Dienstlich versteht sich.

„Und so ganz nebenbei seine Geheimkonten in Monte Carlo oder Lichtenstein, oder auf Malta auffüllen“, bemerkte Reischl, während sie einen Magerquark löffelte.

„Es gab und gibt Diktatoren, die geben heimlich einen Putsch in Auftrag, lassen das Ganze niederschlagen und sich als Held feiern. Obendrein wird behauptet, die Opposition stecke hinter dem versuchten Umsturz. Ein Phantom oder wer auch immer wird zum Staatsfeind erklärt, gesucht, gejagt, nie erwischt, weil es den mysteriösen Anderen gar nicht gibt. Aber der heldenhafte Befreier ergreift sofort Maßnahmen, lässt die Schrauben im ganzen Land anziehen, belohnt sich selbst mit noch mehr Geld und stattet sich mit noch mehr Macht aus. Howgh, ich habe gesprochen“, sagte Kramer und wandte sich wieder dem Bildschirm zu.

„Nicht schlecht Herr Specht“, sagte Pflamminger, „zwei Dinge noch. Natascha Schlunzingers Bild abnehmen. Sie ist tot, mehr Respekt bitte. Und vorerst weder Infos an die Pressestelle noch an Kriminaloberrat Möller und schon gar nicht an Hammerschmidtchen. Den Zappel-Heini halten wir auf Abstand. Lorenz, habe ich Ihr Indianerehrenwort?“

„Klar Chef.“

29 In Broncovics Wohnung wurden die drei Polizeibeamten fündig. Ein kleines Beutelchen Kokain, achtzig Kartons mit je sechs Zweiliterflaschen Wodka und Becherovka wurden beschlagnahmt. Das weiße Pulver musste jemand vergessen haben. So etwas passierte schon mal, sagte Broncovic beiläufig. Ach, wie oft lasse sie ihre Handschuhe irgendwo liegen oder komme mit zwei Regenschirmen nach Hause. Sie lachte den Beamten verschmitzt ins Gesicht, glaubte einen guten Witz gemacht zu haben.

Ob sie sich wenigstens an den Namen des Lieferanten für Hochprozentiges erinnern könne, wollte einer der Polizisten wissen.

Oh, wie peinlich, die Adresse war der Bordellchefin entfallen.

„Hundertprozentig vom Champagner-Tscharlie Tschacko“, raunte der jüngere Kollege, „seine Karosse war schon öfter in der Nähe des Taiga Clubs im Halteverbot geparkt und abgeschleppt worden", fügte er hinzu.

Alles kein Problem, ging Broncovic dazwischen, die Rechnungen befänden sich ordnungsgemäß beim Steuerberater und der befände sich für mehrere Monate im Urlaub. Und man glaubte es kaum, aber Frau Broncovic präsentierte den Polizeibeamten eine gültige Erlaubnis eines Waffenscheines. Die kleine Pistole, die ihr im Krankenhaus bei dem heftigen Gerangel mit dem Personenschützer Biersack aus der Tasche gefallen war.

Dennoch, Broncovic wirkte nervös, verbreitete plötzlich eine Hektik und behauptete sie habe einen wichtigen Termin wahrzunehmen, der keinen Aufschub duldete. Sie wäre den Herren sehr dankbar, wenn sie jetzt die Wohnung verlassen würden. Aber den Ordnungshütern drängten sich weitere Fragen auf. Wie jeder sehen konnte, warteten fünf blutjunge, attraktive Damen im eindeutigen Outfit auf Kundschaft. Im geräumigen Flur saßen sie auf Kunstledersofas und lächelten die Uniformierten freundlich an. Broncovic, um keine Ausrede verlegen, stellte die Situation anders dar. Beste Freundinnen, nur eine Stippvisite, in drei Stunden ginge deren Zug nach Paris.

Einsatzleiter Zuber telefonierte mit Pflamminger und berichtete über die unzweideutige Situation in Broncovics Wohnung.

Order: Die Damen mussten einen längeren Zwischenstopp einlegen und Frau Broncovic sofort in Gewahrsam nehmen. Verdacht auf Privatwohnungsprostitution?

Waren die fünf Frauen beim Gesundheitsamt als Prostituierte gemeldet? Broncovic blieb die Antwort schuldig. Die offenen Fragen mussten sofort überprüft werden. Die Aufforderung mit ins Präsidium zu kommen, prangerte die Bordellchefin lautstark als Verletzung der Menschenrechte an. Widerwillig und mit viel Gezeter stieg sie schließlich in den Streifenwagen.

„Frau Broncovic gehen die Geschäfte schlecht im Taiga Club?", erkundigte sich der Hauptkommissar und sah lange in ihre großen, dunklen Augen.

Von dem spontanen Kontrollbesuch war Tamara Broncovic wenig erfreut, wie ihr grimmiger Blick verriet. Leicht nach vorne gebeugt legte sie die gefalteten Hände auf den Tisch und sagte mit gepresster Stimme: „Warum haben Polizei überfallen meiner Haus? Ich werden beschweren bei Oswald Poschtra!"

„Polsterer", verbesserte sie Lux.

„Was wollen? Haben nix Zeit, mussen arbeiten, mussen machen Geld. Mutter krank, Tante krank, meiner Oma, meiner Opa krank ..."

„Der Bruder, der Schwager, die Taufpatin, die Erbtante, der Untermieter", schnitt Pflamminger ihr das Wort ab, „zum letzten Mal, Koks, Unmengen Alkohol ohne Lieferantenadresse und fünf junge Sexarbeiterinnen mit kommerziellen Absichten in Ihrer Wohnung? Haben Sie dazu eine plausible Erklärung?"

Der Chefermittler hatte Mühe mit seinem Blick nicht zu oft in ihr offenherziges Dekolleté hineinzustolpern.

Broncovic überlegte lange, hob die Schultern, inszenierte einen unschuldigen Augenaufschlag und sagte mit sanfter Stimme: „Nix Drogen, nix Alkohol ..."

„Und auf was oder auf wen warteten Ihre besten Freundinnen?"

Sie senkte die Augenlider, legte die Hände in den Schoß und schwieg.

Pflamminger schlug mit der flachen Hand auf den Tisch: „Frau Broncovic, spielen Sie hier nicht das Unschuldslamm ...!"

Sie erschrak und sagte: „Was ist Unschuld ...?"

Dolmetscher Hagemond übersetzte. Broncovic huschte ein Lächeln übers Gesicht, wurde sofort wieder ernst, senkte den Blick, zupfte an ihrem neckischen rosaroten Jäckchen herum, darunter eine weiße mit großen Schleifen figurbetont gebundene Bluse. Sie schlug die Beine übereinander, sah nach ihrer großen Krokodilledertasche, die neben ihr auf dem Fußboden stand und schwieg.

„Hören Sie gut zu. Sollte sich der Verdacht auf Alkoholschmuggel, Drogenhandel und Wohnungsprostitution bestätigen, haben Sie ein großes Problem!", sagte Pflamminger mit Nachdruck.

Broncovic erschrak, fing sich wieder, lächelte und sagte: „Warum Problem? Wir mussen machen renovieren. Club alt, Vorgänger großer Schlampe. Mussen Club machen schöner. Club sperren.“

Sie sagte es mit heiterem Gesichtsausdruck, als würde sie mit einem Handwerksmeister den ihr vorgelegten Kostenvoranschlag besprechen, der ganz nach ihrem Geschmack war.

„Keine Ausweichmanöver. Beantworten sie meine Fragen!“

Plötzlich führte sie Umbauarbeiten ins Feld, obwohl sie angeblich für Verwandte dringend Geld anschaffen musste. Strategieänderung?

Broncovic spitzte die Lippen, sah auf ihre Armbanduhr und schwieg.

„Ihre Freunde Ulanov und Neshkova dealen mit Drogen im Karel G, in Studentenlokalen und im Taiga Club. Das wissen Sie ganz genau!“

Broncovic fühlte sich nicht angesprochen, lächelte bemüht, warf wieder einen verstohlenen Blick auf die Uhr, stand auf und sagte: „Mussen gehen. Terminen mit die Finanzenamten.“

Mit wiegendem Hüftschwung stöckelte sie Richtung Tür.

„Frau Broncovic, das Interview ist noch nicht zu Ende, hinsetzen!“

„Herr Kommissare, verschwenden von die Zeit, sprechen mit die Poschta … äh mit Dr. Poscht. Ich mussen gehen weg. Wichtig Businessterminen und vieles Arbeit in meiner Office.“

Der wachhabende Polizeibeamte neben der Tür versperrte ihr den Weg und bedeutete ihr, sich wieder zu setzen.

„Wollen Sie die Nacht in der Arrestzelle verbringen?“, sagte der Hauptkommissar laut und streng.

Sie wartete eine Weile, seufzte schwer und sah auf die Uhr.

„Wenn setzen, meiner Anwalt mussen kommen!“, sagte sie scheinbar beherrscht, war aber kurz davor einen Wutausbruch aufs Parkett zu legen, wie ihr angriffsbereiter Blick verriet.

Sie beharrte auf dem Prinzip des Schweigens. Die Wartezeit vertrieb sie sich scrollend auf ihrem Smartphone.

Rechtsanwalt Oswald Polsterer hatte seinen ehemaligen Studienkollegen und langjährigen Stammtisch Spezl angefleht, Tamara Broncovic stellvertretend Rechtsbeistand zu leisten.

Lars-Rüdiger Kock lehnte vehement ab.

„WAS? Ausgerechnet ich! Na, besten Dank! Dieses Miststück ist für mich gestorben!", schrie dieser ins Telefon mit dem Hinweis: „Ich habe meine Gründe. Ende der Durchsage!"

Polsterer kannte die Gründe. Es handelte sich um wenig schmeichelhafte Gerüchte, die außerhalb des Taiga Clubs die Runde machten. Kock sei ein lahmer Hengst. Obwohl im besten Alter, komme er nur viagragestärkt halbwegs in Fahrt. Vermutlich wurde die peinliche und imageschädigende Klatschgeschichte aus Rache unter die Leute gebracht. Die bewusst gestreuten Lästereien hatten eine Vorgeschichte, die Broncovics Marketingstrategie empfindlich störte. Kock soll nach erfolgten „lauwarmen erotischen Dienstleistungen" die Zahlung mehrmals verweigert haben und die Mädels aus Osteuropa obendrein mit rassistischen Andeutungen verunglimpft haben. Broncovic erklärte ihn zur Persona non grata plus Clubverbot.

Oswald Polsterer kannte Broncovic seit gut zehn Jahren und wusste, sie fackelte nicht lange, sie handelte. Nach sieben weiteren erfolglosen Telefonaten im Kollegenkreis gab er auf und übernahm die Mandantschaft.

Der etwas zu kurz geratene, übergewichtige Mittfünfziger mit dichten Augenbrauen, hatte den Beinamen „Napoleon." Er stellte sich vor seine Mandantin und verwarf jeden Verdacht einer Gesetzeswidrigkeit auf das Entschiedenste. Frau Broncovic sei eine tüchtige Geschäftsfrau, ihr Establishment ... ihr Club habe einen einwandfreien Ruf. Der Vorwurf Wohnungsprostitution, Drogen oder Alkoholschmuggel sei so was von absurd und obendrein eine Verleumdung. Noch heute werde er Frau Broncovics Steuerberater kontaktieren. Die vorgebrachten Behauptungen würden sich bald in Luft auflösen.

Polsterer atmete schwer, Schweißperlen überzogen seine breite Stirn, vorwurfsvoll sagte er: „Immer noch keine Klimaanlage."

Er erhob sich, streifte sein dunkles Jackett ab, legte es über die

Lehne und schob beiläufig den Stuhl näher an Broncovic heran. Nach ihrem Geschmack zu nah. Große Schwitzflecken waren auf Polsterers weißem Hemd unter den Achseln zu sehen. Eine spezielle Duftmischung aus strengem Körpergeruch und einem intensiven Männerparfüm durchdrang den Vernehmungsraum, welches Broncovics teures Eau de Cologne in den Schatten stellte.

Mit einem Taschentuch wischte er sich Schweißperlen von der Stirn, schenkte seiner Mandantin ein breites Lächeln und nahm wieder Platz. Eine Lücke zwischen den vorderen Schneidezähnen verursachte bei Schnellsprecher Polsterer ab und an einen feuchten Auswurf. Ein weiterer Grund für Broncovic mit ihrem Stuhl von ihm abzurücken.

Oswald Polsterer verehrte Tamara Broncovic seit vielen Jahren, anders gesagt, er war heiß auf sie. Nun ja, erotische Dienstleistung hin oder her, sie konnte ihn nicht riechen, im wahrsten Sinn des Wortes. Kein Parfüm der Welt bekam seine Body-Transpiration auch nur ansatzweise in den Griff.

Nachdem Polsterer seine Sicht der Dinge darlegte, die Krawatte lockerte, tief durchatmete, sagte Pflamminger: „Faktencheck! Die Kollegen fanden Kokain und kartonweise Alkohol verzollt oder geschmuggelt? Wird gerade überprüft. Darüber hinaus fünf junge Damen in Frau Broncovics Wohnung. Beste Freundinnen? Verwandte? Familientreffen? Nachbarschaftstreffen? Die Überprüfung läuft. Die Damen in unzweideutiger Arbeitskleidung auf goldfarbenen Kunstledersofas, entspannten sich mit einem Joint, blätterten in Modezeitschriften. Drei Frauen hatten Häkelequipment dabei und warteten, dreimal dürfen Sie raten ... auf Kundschaft. Tatsache ist, die Wohnung in einem reinen Wohngebiet wurde zu einem Bordell umfunktioniert.

Die Einrichtung, die Atmosphäre, überall gedimmtes Licht und Sie glauben allen Ernstes, das Damenkränzchen gehört einem Tischläuferhäkel-Club an?“

„Herr Pflamminger, Herr Möller, ich behaupte gar nichts. Aber ich kann Ihnen versichern, die Angelegenheit wird sich aufklären“, sagte der Rechtsanwalt weniger forsch, lächelte seine Mandantin zuversichtlich an, während er durchgehend versuchte mit einem Taschentuch sein Schweißaufkommen in Schach zu halten.

„Für weitere Fragen stehe ich jederzeit zur Verfügung. Sie müssen verstehen, Frau Broncovic ist die deutsche Sprache noch nicht so ganz geläufig, deswegen werde ich ab jetzt für sie sprechen. Glauben Sie mir, in spätestens drei Tagen ist der Vorfall Geschichte. Wünsche einen guten Tag."

„Frau Broncovic, für weitere Fragen stehen Sie uns zur Verfügung?", sagte Möller freundlich und sah lange in ihre großen Augen.

Sie setzte ein verführerisches Lächeln auf, erhob sich, ging auf ihn zu, neigte sich nach vorne.

„Meine liebe Herr Moll, sie können mir immer sprechen. Besuchen meiner Club, bringen die Kommissare Pflamm und die Hagemond mit."

Sie lächelte ihn lange an, zwinkerte ihm zu, „wir trinken ein guter Gin Tonic", hauchte sie im Marylin Monroe-Modus und verließ hüftschwingend den Vernehmungsraum. Der schwitzende Rechtsanwalt schnappte seine Jacke und Tasche, und folgte ihr auf den Fuß.

Amüsiert beobachtete Lux die filmreife Abgangsszene, die den Herren im Gedächtnis bleiben sollte.

Möller räusperte sich, sah auf die Uhr und sagte: „Oh Gott, schon wieder so spät. Herr Pflamminger, Frau Lux, Sie halten mich bitte auf dem Laufenden", er öffnete seine Anzugjacke, „warum ist es hier drin immer so heiß?"

Pflamminger und Lux überhörten die Frage und gingen mit ihm auf den Flur. Durch das offenstehende Fenster hörten sie unten im Hof, Broncovic laut und wüst schimpfen. Neugierig steckten sie die Köpfe aus dem Fenster und sahen Polsterer zwischen seinem Auto und Broncovic stehen. Mit kreischender Stimme bellte sie auf ihn ein.

„Du dummes Flasche! Ich geben vieler Money! Du musst stoppen Polizei weg von meiner Haus, weg von die Club! Kapieren?"

Polsterer versuchte sie zu beruhigen, ohne Erfolg. Grußlos stieg er in sein Auto und brauste davon. Broncovic warf den Motor ihres Passats an und gab Gas. Beinahe wäre sie mit einem um die Ecke biegenden Streifenwagen zusammengekracht.

30 Silentium und meditative Entrücktheit könne man in einem buddhistischen Kloster praktizieren, sinnierte Roger Gellhoff gelangweilt. Rückzug, Auszeit, Nichtstun führt zu Stagnation, bedeutete Rückschritt und war für den agilen Banker kaum zu ertragen. Abschalten, in einem Wellnesshotel entspannen, dort alle Fünfe gerade sein lassen, jederzeit, aber der Aufenthalt in einem sterilen Krankenhauszimmer?

Mehrmals am Tag schlurfte der ungeduldige Patient mit den Gehilfen über den Krankenhausflur. Das sterile Zimmer empfand er zunehmend unerträglich, machte ihn nervös. Er fühlte sich vom aktiven Leben abgeschnitten. Neben Arztvisite, Verpflegung, Zimmerreinigung, Zeitungslektüre, TV und Internet bot die Station kaum Abwechslung. Dazu kam der eklatante antibakterielle Krankenhausgeruch, Duftmarke Allzweckreiniger, dem seine empfindliche Nase Tag und Nacht ausgesetzt war. Die Lieblingspizza „Tamara" mit doppeltem Boden anzufordern, war zu riskant.

Kurz entschlossen ließ er sein Köfferchen packen und verließ das Klinikum auf eigene Verantwortung. Eine Menge Arbeit wartete auf ihn, die sich nicht von selbst erledigte.

Den verstauchten Fuß und die Schürfwunden könne er auch zu Hause auskurieren. Der Hausarzt würde seine Genesung schneller voranbringen. Er müsse dringend mit seinen Abteilungsleitern sprechen, die Einnahmen-Ausgaben-Rechnung der letzten Tage gründlich prüfen, evaluieren, Arbeiten delegieren, Besprechungen via Skype abhalten, die Mitarbeiter weiter auf Kurs halten und vor allem die Gewinnmarge steigern. Seinen Stellvertreter Gschwendtner hielt er für einen Stümper und Heuchler, traute ihm nicht über den Weg. Sobald sein Fuß wieder in Ordnung war, würde er das nächste Outdoor-Speed-Training vorbereiten ...

Während Stellvertreter Gschwendtner, Rechtsanwalt Polsterer, die Lieblingsabteilungsleiter Böcklberger und von Thalhussen bei belegten Brötchen, starkem Kaffee und gelöster Stimmung, important news in der Donaustadt und in der PORTA Bank austauschten, schickte sich Tamara Broncovic an ihrem zahlungssäumigen Banker einen spontanen Besuch abzustatten.

Der ausstehende hohe Geldbetrag musste endlich eingetrieben werden, am besten noch heute. Sollte Gellhoff wieder mit fadenscheinigen Ausreden argumentieren, konnte sie für nichts mehr garantieren. Ja, Tamara Broncovic hatte Schulden, aber das war ihre Privatangelegenheit. Heimlich hatte sie Geld nach Bulgarien transferiert, mit der Absicht am Schwarzen Meer neu durchzustarten.

Ein Achtzig-Zimmer-Wellnesshotel-Bordell mit finnischer Sauna und orientalischem Hamam, Thalassokuren, Ayurveda Treatments, indische Paarmassagen, Außenpool und Barbecue, eine moderne Ganzkörper-Wohlfühloase für betuchte Gäste aus Europa, Amerika und Asien. Wenn Gellhoff die ihr zustehende Kohle nicht sofort rüberschiebe, könne sie sich den Traum vom eigenen Hotel in die Haare schmieren. Langsam bog sie in Gellhoffs Straße ein und fuhr vor sein Haus. Die Einfahrt war von Autos zugeparkt, deren Kennzeichen ihr geläufig waren. Polsterers neuester schnittiger silbergrauer BMW, Böcklbergers gebrauchter schwarzer Porsche und Gschwendtners dunkelblauer Mittelklasse Audi mit Schiebedach. Mit ihrem Auto blockierte sie kurzerhand die Feuerwehrzufahrt. Entschlossen stöckelte sie zur Haustüre hinauf und läutete. Es dauerte geraume Zeit, bis sich jemand von innen der Türe näherte.

Trixi von Thalhussen öffnete einen Spalt. „Ja, bitte?“

„Mussen sehen die Chef. Sofort!“, sagte Broncovic im Befehlston und drückte die Türe weiter auf.

Von Thalhussen hielt dagegen und wich keinen Millimeter zurück. Die abweisende Mimik einer Gefängniswärterin brachte das eisige Verhältnis beider Rivalinnen zueinander deutlich zum Ausdruck.

„Mussen sofort reden mit die Chef!“

Broncovic stellte einen Fuß in die Türe und drängte auf Einlass.

Frau von Thalhussen versuchte sie abzuwimmeln.

„Herr Gellhoff empfängt nur angemeldete Besucher. Außerdem erwarte er jeden Moment den Arzt. Also verschwinden Sie!", raunzte sie Broncovic an.

Broncovic verengte die Augen und sagte: „Hast du Dreck in die Ohr? Ich mussen gehen zu Gellhoff!"

Von Thalhussen war kurz davor zu explodieren, behielt die Beherrschung und sagte: „Beim nächsten Mal rufen Sie vorher gefälligst an. Wir sind in Deutschland und nicht in Sibirien, kapiert?"

„Ich mussen reden mit die Roger, du nix kapieren?"

Broncovic drückte kraftvoll die Tür weiter auf, eilte an der überrumpelten vorbei geradewegs ins große Wohnzimmer. Die Anwesenden waren von dem Überraschungsgast not amused.

Von Thalhussen rannte hinterher, zuckte hilflos mit den Schultern, als Gellhoff sie anpflaumte. Mit einem unzweideutigen Blick forderte er seine männlichen Besucher auf, den ungebetenen Gast sofort nach draußen zu befördern. Noch bevor Broncovic sich setzen konnte, kamen die Herren der nonverbalen Aufforderung nach und begleiteten sie zur Haustüre.

„Rufen sofort Kommissar Pflamm und die Hammschmidter und sagen wer ist Big Bandidos! Es gibt großer Rache! Ich kommen wieder!", rief sie mit vor Zorn rot angelaufenem Gesicht.

An der Haustüre versuchten Polsterer und Gschwendtner sie mit gutem Zureden zu besänftigen. Herr Gellhoff sei krank und erschöpft. Sie müsse sich noch zwei Wochen gedulden. Er würde sich bei ihr melden und den Sachverhalt zufriedenstellend regeln.

Broncovic atmete schwer, blickte alle mit Verachtung an, glaubte ihnen kein Wort. Ihr war zum Heulen zu Mute, aber nicht vor dieser farblosen Bohnenstange, die triumphierend neben der weit geöffneten Eingangstüre stand und hämisch grinste. Ihr wünschte sie Pest und Cholera an den Hals.

„Verena weg. Natascha weg. Du bist Neue? Du Hurenschlampe von die Scheißndreckn!", brüllte sie von Thalhussen an und spuckte ihr vor die Füße.

Angeekelt wich diese zurück.

„Ich darf doch sehr bitten!", sagte Gschwendtner und sah hilfesuchend zu dem schmächtig gebauten, einen Meter sechzig großen Boris Böcklberger, der sicherheitshalber einige Schritte hinter ihm stand, sich unauffällig verhielt, um nicht Zielscheibe von Broncovics unberechenbarem Temperament zu werden.

Von Thalhussen verzog keine Miene, warf mit Wucht und Genugtuung die Haustüre ins Schloss.

„Vampirhure aus Transsilvanien oder aus Sibirien", sagte sie gehässig.

Sie rieb sich die Hände und lächelte die drei Herren an.

„Danke! Sie haben gute Arbeit geleistet."

„Warum ist denn Frau Broncovic in letzter Zeit so unzugänglich?", wollte Böcklberger wissen.

Von Thalhussen, Gschwendtner und Polsterer warfen sich wissende Blicke zu, zuckten mit den Schultern und gingen zurück ins Wohnzimmer.

Am Ende des Flurs stand Tschatschurtschika Ruzickova mit umgebundener Küchenschürze. Das lautstarke Duell der Kontrahentinnen war bis in die Küche zu hören gewesen.

„Haben Sie nichts zu tun? Husch, husch, ab in die Küche!", herrschte von Thalhussen Frau Ruzickova an.

Tamara Broncovic war einem Nervenzusammenbruch nahe. Sie brauchte dringend Geld, um den verdammten Kredit zu tilgen, den Gellhoff bei der Konkurrenz eingefädelt hatte. Nach den hässlichen und geschäftsschädigenden Schlagzeilen in der Presse war der Umsatz im Taiga Club schlagartig eingebrochen. Womöglich würde sie wegen der Wohnungsprostitution, die ja nur vorrübergehend als kleines Zubrot gedacht war, mit einer hohen Geldstrafe belangt. Verzweifelt versuchte sie Gellhoff und Hammerschmidt telefonisch zu erreichen - not available und keiner von den feinen Herren rief zurück.

Sie war verzweifelt. Schließlich ging es um ihr Lebenswerk. Der Taiga Club durfte nicht sterben. Gellhoff stand nicht zu seinem

Wort. Er war ein verlogener Hurenbock! Sie hätte es wissen müssen. Nun musste sie mit anderen Geschützen auffahren, um ihn zum Zahlen zu bewegen. Er hatte es nicht anders verdient. Eine Tamara Broncovic gab niemals auf! Niemals! Sie hatte die Kraft, das Rad des Schicksals herumzureißen.

31 Vier Herren und eine Dame hatten beschlossen, die renitente Bordellchefin ab sofort auf Distanz zu halten. Ihr Verhalten hatte in letzter Zeit an Niveau verloren. Die tumultartigen Szenen im Krankenhaus waren mehr als peinlich. Partys in der Villa? Passé! Gellhoff werde sich bei seinen Nachbarn entschuldigen und bei nächster Gelegenheit zu einer gediegenen Kaffeerunde einladen.

Trixi von Thalhussens Herz schlug schneller. Diese Worte aus Gellhoffs Mund klangen in ihren Ohren wie sphärische Musik in den schönsten Tönen. Ihr Herz pochte aufgeregt, ihre Gesichtszüge wurden weich und weicher. Am liebsten hätte sie ihn umarmt und für Stunden, Tage, Nächte ... nicht mehr losgelassen. ENDLICH! Der Weg war frei! Amors Pfeil traf sie erneut mitten ins Herz. Sie spürte, fühlte, wusste es, Roger war der Vater ihrer zukünftigen Kinder. Sie schwebte auf Wolke sieben mit Roger, der ab sofort nur ihr gehörte! Warum hatte er sie heute in die Villa gebeten und nicht seine Frau? Die soll mal schön bei ihren Eltern bleiben, dort war sie gut aufgehoben, dachte von Thalhussen und freute sich grenzenlos auf den bevorstehenden Abend der Zweisamkeit. Roger brauchte Unterstützung, brauchte jemanden an seiner Seite. Mit dem Gehstock konnte er durchs Haus humpeln, mehr aber auch nicht.

Tschatschurtschika Ruzickova werde sie wegschicken. Das bisschen Haushalt, hallo! Für Roger würde sie noch andere Opfer bringen. Eine Ehefrau hat in guten wie in schlechten Zeiten zu ihrem Mann zu stehen. Pfui, Frau Gellhoff! Schämen sie sich! Aber jetzt war ja sie in der Villa und alles würde sich zum Guten wenden.

Was von Thalhussen nicht wusste, Verena Gellhoff hatte die

Scheidung bereits eingereicht. Roger Gellhoff war entsetzt, wollte die Scheidung unbedingt verhindern. Sobald er wieder ohne Stock gehen konnte, werde er Verena besuchen und sie um Verzeihung bitten. Ja, er hatte Fehler gemacht, aber musste sie deswegen gleich ausziehen. Wie ein kleines Mädchen verschanzte sie sich bei den Eltern. Unzählige Male übersandte er dunkelrote Rosensträuße, schrieb ihr täglich Mails, bat um Rückruf - keine Reaktion. Schuld an allem war die durchgeknallte Broncovic, dachte er wütend. Sie hatte die Stirn ihn im Krankenhaus vor Zeugen mit Vorwürfen zu bedrängen, obendrein faselte sie etwas von Heirat, reflektierte er missgelaunt, während er mit von Thalhussen schweigend Schwarztee trank.

Von Thalhussen übernahm kurzerhand das Kommando im Haus, schickte Ruzickova nach Hause. Diese war erleichtert den Anfang der Aquagymnastik noch rechtzeitig zu erreichen und anschließend ihre Lieblingsshow, mit der von ihr sehr verehrten Schlagersängerin Andrea Berg, genießen zu können. Eine Melodie summend packte sie ihre Sachen zusammen und schlenderte den langen Flur entlang. Das Telefon läutete, Ruzickova spitzte die Ohren. Von Thalhussen befand sich in der Küche und verschüttete Eiswürfel auf den Boden.

„Roger ich geh sofort ran", rief sie mit glockenheller Stimme, die bis zum hohen C reichte.

„Zum letzten Mal! Meine Geduld ist ... was? Geld von mir? Ich schulde dir ... was? Zweihunderttausend morgen bar auf die Hand? Hast du sie noch alle! Was ...? Dein bescheuerter Club ist mir so was von scheißegal! Kredit? Dein Problem! Und jetzt tu mir einen Gefallen! Rufe mich nie wieder an oder du lernst eine andere Seite von mir kennen!"

Er beendete das Gespräch und warf das Smartphone wütend aufs Sofa.

Von Thalhussen stellte den Eiskübel mit Champagner auf dem Tisch ab und beobachtete Roger, der frostig ins Leere starrte.

Von Thalhussen fragte vorsichtig: „Broncovic?"

„Verrückt! Komplett verrückt! Bin ich das Sozialamt für Irre?

Wie bekommt man so eine Klette wieder los? Verdammt! Als ob ich nicht schon genug Sorgen hätte. Ist die Ruzickova noch da?", fragte Gellhoff und sah zur Tür.

„Schon weg. Ein Gläschen Champagner gefällig?"

Auf leisen Sohlen verließ Ruzickova durch den Hinterausgang die Villa.

Ein leichtes Lüftchen wehte durch die Birkenbäume. Die Abendsonne schien warm durch die offenstehende Glasschiebefront. Singvögel überboten sich mit lebhaftem Gezwitscher. Gellhoff saß im Lesesessel, das lädierte Bein hochgelagert. Er überflog die Tageszeitung und warf zwischendurch einen Blick auf sein Smartphone.

Trixi von Thalhussen hatte sich fein gemacht, ein durchsichtiges figurbetontes weißes Kleidchen übergestreift. Sie versprach sich viel von der bevorstehenden Nacht. Trixi und Roger allein. Himmlisch! Die verrückte, unberechenbare Taiga-Tussi war Geschichte. Seine Frau war Geschichte. Endlich war ihre große Chance gekommen, Frau Gellhoff von Thalhussen zu werden. Heute Nacht würden sie alte Zeiten reaktivieren. Sie kannte seine Lieblingsspeisen, seine Lieblingscocktails, seine Lieblingsmusik und, und, und.

Der Catering Service war für einundzwanzig Uhr bestellt. Und nach dem Essen ...?

Während er sich in Arbeitsunterlagen vertiefte, verwandelte sich von Thalhussen in eine Femme fatale. Bei heruntergedimmtem Licht wurde das Abendessen eingenommen. Roger war gereizt. Beinahe krampfhaft versuchte Trixi eine lockere Konversation in Gang zu bringen, aber er schwieg wie ein Mönch mit einem von höchster Stelle verordneten Schweigegelübde. Nach dem vierten, fünften Glas Rotwein werde er schon gesprächiger und vor allem zugänglicher, dachte sie und berichtete von engagierten und weniger engagierten Mitarbeitern in ihrer Abteilung. Was der eine oder andere ablieferte, könnte auch ein Azubi oder ein Praktikant bewerkstelligen. Ein nicht zu verachtender Kostensenkungsfaktor. Er ließ sie reden. Er wusste, sie war eine loyale und zupackende Führungskraft. Aber ihr privates Engagement ihn betreffend war ein für alle Mal vorbei! Okay, sie hatten eine gute Zeit miteinander verbracht, aber das war Geschichte. Noch heute Nacht werde er einen Brief an seine Frau und an seine Schwiegereltern verfassen, sie zum hundertsten Mal um eine persönliche Aussprache bitten.

Leise surrend senkten sich die Rollos. Es klang wie ein Startsignal, wie eine Verheißung, jetzt oder nie. Trixi zog alle Register der Verführungskünste, aber ihr sehnsuchtsvolles Schnurren und Gurren wurde ignoriert.

Ohne von Thalhussen anzusehen, sagte Gellhoff: „Bestell' dir ein Taxi!"

Sie zuckte, sah ihn entgeistert an und sagte: „Rogerlein? Chéri?"

„Verschwinde!"

„Roger?"

„Bist du taub? Sofort!"

Ungerührt konzentrierte er sich auf die Unterlagen. Ihre Anwesenheit war ihm zuwider. Der Entschluss stand fest. Sie musste auf der Stelle das Haus verlassen.

Tat sie nicht. Gekränkt ging sie in den Vorratsraum und nahm eine Flasche hochprozentigen Whisky mit ins Gästezimmer. Gellhoff atmete auf.

Gegen Mitternacht kam sie wie ein verspieltes, schnurrendes Kätzchen angeschlichen, beseelt von dem Gedanken, ihn umstimmen zu können. Im TV liefen Nachrichten. Nur mit Mühe konnte er sich erheben, stützte sich auf dem Stock ab und brüllte: „Zum letzten Mal, du verlässt jetzt sofort mein Haus!"

Mehr als beschwipst ging sie augenzwinkernd auf ihn zu, lächelte lasziv, schmiegte sich an ihn und hauchte: „Rooogerlein ..."

Er schlug sie mit der flachen Hand ins Gesicht.

Sie fiel rückwärts aufs Sofa.

„Roger?"

Tränen liefen ihr über die Wangen. Sie rappelte sich auf, stolperte über eine Teppichbrücke und schwankte zurück ins Gästezimmer.

„Trixi?

Er humpelte hinterher und klopfte an der Tür.

„Trixi, so kann es nicht ... ich ... ich empfinde nichts mehr für dich.“

„Du lügst!“, rief sie und trommelte mit den Fäusten gegen die Tür.

„Verena und ich ... wir fangen noch mal von vorne an.“

Als sie das hörte, packte sie die nackte Wut. Sie suchte nach einem Gegenstand, nahm die große Vase und warf sie gegen die Tür.

„Nein! Nein! Nein!“, schrie sie verzweifelt.

Zutiefst verletzt leerte sie den restlichen Whisky in einem Zug und warf die Flasche mit Wucht gegen die Tür.

32 Es goss in Strömen als die junge Streifenpolizistin Larissa Köster dem Hauptkommissar und seiner Assistentin den möglichen Unfallhergang schilderte. Franziska Lux mit dunkelblauem Regencape, hielt einen großen Schirm über ihren Chef. Er hasste es bei Einsätzen wie diesen, nach kurzer Zeit pudelnass auszusehen.

„Der Wagen muss mit hohem Tempo die abschüssige Straße heruntergerast, bei dem Starkregen die Kurve zu spät wahrgenommen und volles Rohr gegen die Wand geknallt sein. Auffallend! Keine Bremsspuren? Die Fahrerin trug keinen Sicherheitsgurt. Im Auto roch es stark nach Alkohol. Unverantwortlicher Leichtsinn, alkoholisiert auf regennasser Straße! Selbstmord? Vielleicht defekte Bremsen?“, vermutete Köster und fügte kopfschüttelnd hinzu: „Die Frau war blutjung.“

„Oder manipulierte Bremsen“, mutmaßte Lux und warf ihrem Chef einen vielsagenden Blick zu.

Trotz heftigen Regens fotografierten mehrere Reporter was das Zeug hielt. Einige wollten vieles auf einmal wissen. Wer? Wie viele Personen saßen im Auto? Herr oder Frau Gellhoff mit Tochter ... mit ihren Eltern?

Pflamminger und Lux winkten ab. Sie beantworteten keine einzige Frage.

„Wenden sie sich an die Pressestelle“, sagte Köster und bat die nervenden Journalisten eindringlich die Absperrungen nicht zu übertreten.

Die Zahl der mit Schirmen bewaffneten Gaffer neben den Absperrbändern stieg stetig an. Der ältere Mann mit klatschnassen herunterhängenden, grauen Haaren, der die Polizei verständigt hatte, gab zu Protokoll, er war auf dem Weg zur Toilette, als er den lauten und heftigen Aufprall hörte. Im ersten Moment dachte er an eine Explosion. Die Morgendämmerung setzte gerade ein. Er lief auf den Balkon und sah das gestauchte Auto, an dem die Rückleuchten blinkten. Augenblicklich meldete er den Unfall und eilte dann sofort nach unten. Von seiner Gartentür aus sah er einen Fahrradfahrer direkt neben dem Unfallauto, der kurz durchs Seitenfenster ins Autoinnere sah, zurückzuckte und davonraste. Er sah den Mann nur kurz von hinten. Er könne nicht sagen, ob männlich oder weiblich. Der Größe nach zu urteilen, könnte es ein Mann gewesen sein. Er trug einen dunklen Jogginganzug mit übergestülpter Kapuze. Genauer könne er den Radfahrer nicht beschreiben. Er war zu weit weg und obendrein behinderte der Starkregen eine klare Sicht. So plötzlich wie der Unbekannte aufgetaucht war, so schnell verschwand er auch wieder. Sein Nachbar und Hausarzt, Roland Maurer, kam mit dem Arztkoffer angelaufen und versuchte zu helfen. Pflamminger drehte sich zum Arzt im Regenmantel, der wie sein Nachbar klatschnasse Haare hatte, beide um die sechzig, zuckte mit den Achseln und sagte: „Die junge Frau war sofort tot. Und wie schon erwähnt, die Fahrerin war nicht angegurtet. Selbst der Airbag konnte sie vor dem sicheren Tod nicht schützen.“

Als die Ermittler in Gellhoffs Haus eintrafen, waren Stellvertreter Gschwendtner und Rechtsanwalt Polsterer schon vor Ort. Gellhoff war geschockt, er wollte sofort zur Unfallstelle gefahren werden.

„Davon rate ich Ihnen strikt ab! Herr Gellhoff, der Unfallwagen muss genauestens untersucht werden, er besteht der Verdacht auf Manipulation der Bremsen“, sagte der Hauptkommissar.

Gellhoff wurde kreidebleich, sah mit aufgerissenen Augen zu Gschwendtner, der seinem Blick auswich. Kopfschüttelnd wandte er sich an Rechtsanwalt Polsterer und sagte mit belegter Stimme: „Manipuliert? Das ... das glaube ich nicht. Wie kann das sein?"

„Herr Gellhoff, hätten Sie mit dem verletzten Fuß fahren können?", wollte Lux wissen.

Er sah zu Boden, verneinte kopfschüttelnd und sagte: „Herr Gschwendtner wollte mich heute abholen. Morgen bekomme ich ein Auto mit entsprechender Kupplung."

„Wussten Sie, dass Frau von Thalhussen mit ihrem Auto wegfährt?", fragte Pflamminger den fahrig wirkenden Gellhoff, dem der plötzliche Tod seiner Abteilungsleiterin sehr nahe ging.

„Nein. Wie auch, ich ... ich habe fest geschlafen."

Er vermied den Chefermittler anzusehen, rieb seine Handflächen intensiv aneinander, presste die Lippen zusammen, während die Augenlider nervös zuckten.

„Wann haben Sie von dem Unfall erfahren?", fragte Lux.

„Ein Fremder hat angerufen. Ich dachte, irgend so ein Vollidiot erlaubt sich einen üblen Scherz ... habe es nicht ernst genommen ... kurze Zeit später standen zwei Streifenbeamte vor der Tür", er räusperte sich lange und fuhr fort: „Frau von Thalhussen hat mir nicht ... ich … ich wusste nicht, dass sie bei regennasser Straße ...?", sagte er stockend und sah betroffen zu Boden.

Mit ungekämmten Haaren, deutlichen Schatten um den Augen, wirkte er um Jahre gealtert.

„Ist Frau von Thalhussen das erste Mal oder schon öfter mit ihrem Auto gefahren?", fragte Lux.

„Nein ... ja ... also ... ja sie hatte eine gewisse Fahrpraxis, ja das hatte sie", sagte er leise.

Was er nur ungern zugab, um nicht zu viel Nähe und Intimität mit seiner Abteilungsleiterin preisgeben zu müssen.

„Warum hat Frau von Thalhussen bei Ihnen übernachtet? Hatten Sie ein Verhältnis mit ihr?", fragte Pflamminger wenig einfühlsam.

„Jetzt gehen Sie entschieden zu weit", ging Polsterer energisch dazwischen, „klären Sie schnellstmöglich die Unfallursache und stochern Sie nicht schon wieder in Herrn Gellhoffs Privatleben herum. Haben wir uns verstanden?"

„Wir haben noch wichtige Dinge zu besprechen", ereiferte sich Gschwendtner und war bemüht weitere Fragen an Gellhoff gerichtet zu vermeiden.

„Herr Gellhoff wird ab heute wieder arbeiten. Also, bitte, ich glaube, es ist alles gesagt", gab der Stellvertreter geflissentlich zu verstehen und forderte die Polizeibeamten höflich auf zu gehen.

„Wer kümmert sich um Ihren Haushalt?", erkundigte sich Lux.

„Die ... die ... Frau Ruzickova. War's das jetzt?", sagte Gellhoff auf dem Sofa sitzend mit krampfhaft ineinander verschlungenen Händen, blasser Gesichtsfarbe und geistesabwesendem Blick.

„Ist Frau Ruzickova schon im Haus?", wollte Lux wissen.

„Sie kommt gegen acht oder ...? Ich weiß es nicht genau", sagte Gellhoff gereizt.

„Für weitere Fragen, Sie wissen schon", sagte Pflamminger mit Blick auf Gschwendtner und Polsterer, die Gellhoff nicht von der Seite wichen.

„So gehen Sie doch endlich", sagte Polsterer hastig und deutete mit der Hand zur Tür.

Regen samt dunkler Wolken hatten sich verzogen. Während der Fahrt hinunter in die Stadt versuchte Lux Frau Ruzickova zu erreichen. Sie ging nicht ran. Von Fred Schlunzinger erfuhr sie, Tschatschurtschika Ruzickova sei in seiner Wohnung anzutreffen bei Weißwurst und Weißbier. Lux aktivierte die Lautschaltung.

Herzklopfend berichtete Frau Ruzickova durchs Telefon von heftigen Streitereien, die es zwischen Broncovic, von Thalhussen und Gellhoff gegeben hatte. Die beiden Damen buhlten um den schönen Roger. Gestern gegen achtzehn Uhr kam Broncovic unangemeldet ins Haus gestürmt und wurde von Gschwendtner, Polsterer und Böcklberger hinausgeworfen. Die Herren seien rabiat vorgegangen. Von Thalhussen stand daneben und habe sich über den Rauswurf gefreut. Die Männer seien bald gegangen. Trixi habe mit einem Catering Service telefoniert und Essen für zwei Personen bestellt. Gegen sieben Uhr wurde sie von Trixi weggeschickt, obwohl es anders vereinbart war. Heute müsse sie wieder in die Villa hinauffahren, die großen Fensterflächen putzen, waschen und einkaufen. Herr Gellhoff sei freundlicher zu ihr und zahle wegen der Doppelbelastung einen höheren Stundenlohn. Am liebsten würde sie kündigen. Die Villa mitsamt der schlimmen Ereignisse in letzter Zeit würde ihr immer unheimlicher.

„Der gemeinsame Abend mit Gellhoff und von Thalhussen war wohl harmonisch gestartet. Aber warum dann das tödliche Ende? Was oder wer brachte das Schäferstündchen zum Kippen?", sagte Lux gedankenversunken.

„Deswegen war der Money-Optimierer vorhin so nervös. War seine Betroffenheit echt? Oder hat er eiskalt gelogen?", sagte Pflamminger kopfschüttelnd und fügte hinzu: „Gellhoff und seine Frauengeschichten!"

Mit ausgestreckten Beinen lümmelte der Chefermittler auf seinem bequemen Drehstuhl, als sich auf seinem Handy und das der Kollegin eine SMS von der Spurensicherung ankündigte.

SpuSi an Ermittler: Bremspedal von Gellhoffs Porsche war ziemlich sicher manipuliert. Das Pedal klemmte. Bremsflüssigkeit fehlte. Da war ein Profi am Werk.

Gellhoff gab zu Protokoll er habe ein starkes Schlafmittel genommen. Dass Tschatschurtschika Ruzickova von Trixi von Thalhussen wegschickt wurde, wusste er angeblich nicht. Genauso wenig will er bemerkt haben, dass seine Lieblingsabteilungsleiterin beim ersten Hahnenschrei das Haus verlassen hatte. Ja, es gab eine kleine Meinungsverschiedenheit, aber das hätte er mit ihr bei einem Glas Rotwein geklärt. Er sei dann schlafen gegangen. Frau von Thalhussen hatte sich ins Gästezimmer zurückgezogen. So und nicht anders war der Abend verlaufen. Darauf könne er jeden Eid leisten. Die heikle Frage nach der leeren Whiskyflasche und der teuren Jugendstil Vase, die Ruzickova in tausend Scherben im Gästezimmer vorfand, war ihm ein Rätsel.

33 Drei Streifenbeamte brachten Tamara Broncovic in Begleitung ihrer Reinigungsaushilfskraft ins Präsidium. Als Hauptkommissar Pflamminger den Raum betrat ergriff Broncovic ungefragt das Wort. Sie schluchzte und bedauerte Trixi von Thalhussens Unfall. Der schreckliche Unfalltod würde alte Wunden aufreißen. Ständig tauchten vor ihrem inneren Auge Bilder von ihrer geliebten Freundin Natascha auf, die auch sinnlos sterben musste. Pflamminger ließ sie eine Weile gewähren. Dann wollte er von ihr wissen, wo sie die vergangene Nacht verbracht habe. Zeugen? Selbstverständlich. Mehrere Angestellte und Mandy Koschinsky zu ihrer Linken könnten ihre Anwesenheit im Club bis in die Morgenstunden bezeugen. Der Club schließe gegen fünf Uhr. Danach starte sofort die intensive Reinigung. Die blonde Mandy Koschinsky bekräftigte die Aussage ihrer Chefin. Mangels knapper Kasse musste Broncovic nun auch selbst den Putzlappen schwingen. Eine zusätzliche physische wie psychische Belastung. Sie sei auch nur ein Mensch und keine Maschine. Pflamminger stoppte ihren jammervollen Redeschwall und konfrontierte sie mit ihren Geldsorgen und dem gestrigen heftigen Streit mit Roger Gellhoff. Broncovic hielt inne, überlegte. Hatte Gellhoff oder Gschwendtner geplaudert? Streit mit Gellhoff? Nein! Gellhoff sei ihr bester Freund. Sie werde sich mit ihrem Rechtsanwalt beraten, wie sie sich gegen Unterstellungen und Verleumdungen seitens der Polizei besser schützen könne.

Pflamminger wusste, sobald sie mit dem Rechtsanwalt drohte, folgte eisernes Schweigen. Er hätte wetten können, Broncovic hatte etwas mit dem Unfall zu tun, der für von Thalhussen tödlich endete. Aber es fehlten stichhaltige Beweise.

Er versuchte die Bordellbesitzerin aus der Reserve zu locken und sagte: „Frau Broncovic, wir werden alles präzise nachprüfen. Sollten Sie uns anlügen, muss ich Sie in Untersuchungshaft nehmen."

Mit verschränkten Armen lehnte sie sich zurück, sah am Hauptkommissar vorbei und schwieg.

Er musste die Frauen gehen lassen und bat sie in nächster Zeit keine Reisen zu unternehmen, sondern für weitere Befragungen zur Verfügung sehen. Die sonst so souverän wirkende Broncovic, die gerne mit ihrer attraktiven und erotisierenden Ausstrahlung kokettierte, wirkte unsicher, war Pflammingers Eindruck. Wer nervös ist, macht Fehler. Er hatte sie als Auftraggeberin und ihren Allrounder Ulanov als Ausführer schwer in Verdacht, die Bremsen an Gellhoffs Porsche manipuliert zu haben.

Ulanov war zur Tatzeit bei seinem Freund Neshkova in München. Sie feierten in einem angesagten Lokal in der Sonnenstraße. Der Lokalbesitzer, der Türsteher und zwei Thekenmitarbeiter bestätigten, die beiden trinkfreudigen Herren hätten gegen fünf Uhr nicht mehr ganz nüchtern das Lokal verlassen. An den Bremsen konnte jemand mehrere Tage vorher Hand angelegt haben. Aber warum sollte Broncovic den Banker Gellhoff töten, wenn er ihr eine hohe Summe Geld schuldete, das sie dringend benötigte, um den Kredit zu tilgen. Vielleicht waren die defekten Bremsen als letzter Warnschuss gedacht? Was Trixi von Thalhussen leider das Leben kostete. Oder wollte Broncovic von Thalhussen für immer aus dem Rennen um Gellhoff kicken?

Spielte die Bordellchefin ein doppeltes Spiel? Wer hatte wen in der Hand? Broncovic drohte pikante Fotos Regensburger VIPs der Presse zuzuspielen, in der Konsequenz könnte es das Karriereende für den einen oder anderen feinen Herrn bedeuten. Die Forderungen offene Rechnungen zu begleichen, lehnte Gellhoff rundweg ab, was Broncovic geschäftlich ruinieren könnte. In ihrer verzweifelten und desolaten Lage griff sie zu drastischeren Methoden, um an das Geld zu kommen. Die Ermittler glaubten ihr kein Wort. Im Gegenteil, sie trauten Broncovic zu, einen Profi zu engagieren, der Gellhoffs Autobremsen gegen Geld entsprechend bearbeitete.

Der Rotlichtexpertin stand das Wasser bis zum Hals. Ihr zuständiger Kundenberater bei der Sparkasse versicherte, der hohe Kredit wurde bereits drei Mal gestundet, aber damit sei jetzt Schluss. Außerdem habe Roger Gellhoff seine Bürgschaft vor mehreren Wochen zurückgezogen, was die prekäre Angelegenheit für Broncovic nicht einfacher machte. Mit Sicherheit würde sie bei ihrem zahlungsunwilligen Freund und Geschäftspartner noch mal anklopfen und ihm mit der Drohkeule Veröffentlichung des brisanten Fotomaterials die Hölle heiß machen.

Dem berechtigten Verdacht, ob Trixi von Thalhussen vorsätzlich getötet wurde, mussten die Ermittler sofort nachgehen. Oder fiel die junge Frau einer merkwürdigen Laune des Schicksals zum Opfer und stieg in der falschen Nacht, am falschen Ort, ins falsche Auto?

Pflamminger und Lux wunderten sich über Hammerschmidts Abwesenheit. Wieso hatte er sich nicht längst besserwisserisch zu Wort gemeldet und ein weiteres Mal gedroht beide vom Fall abzuziehen? Die unerfreuliche Pressemeldung über seinen Freund Roger mit blütenweißer Weste, Pardon, dem koksenden Optimierer ließen ihn vermutlich kleinlaut werden. Die selbstgefälligen Belehrungen und Störfeuer vermissten die Ermittler jedenfalls nicht.

Order: „Sofort Gellhoffs privates Telefon anzapfen und überwachen!"

34 Den ärztlichen Ratschlag, mindestens zwei Wochen den verletzten Fuß zu schonen, schlug Gellhoff kurzerhand in den Wind. Was den Heilungsprozess betraf, erwartete Patient Gellhoff von seinem Hausarzt Wunder, die dieser nicht vollbringen konnte. Voller Elan kehrte er an seinen Arbeitsplatz zurück, saß mit hochgelagertem Bein an seinem Schreibtisch und hielt die Chefsekretärinnen auf Trab. Durch die Flure flitzen, spontane Kontrollbesuche in den verschiedenen Abteilungen oder drei Stufen auf einmal nehmen, waren nicht möglich. Eine ungewohnte Situation für Turbo-Roger. Das misslungene Outdoor-Speed-Training vor gut einer Woche war tabu. Hatte nie stattgefunden. Erster Auftrag an die Sekretärinnen: Besucher und Anrufer von ihm fernhalten. Wozu habe er einen Stellvertreter. Sollten sich Verwandte von Frau von Thalhussen, die Presse oder die Polizei melden, er sei nicht erreichbar. Das ganze Drumherum

des bedauerlichen Unfalls delegierte er an Gschwendtner. Sobald der Tag der Beerdigung feststand, würde das Bankhaus einen Trauerkranz übersenden. In der sofort einberufenen Abteilungsleitersitzung wiederholte Gellhoff mit Nachdruck die strikt einzuhaltende Maulkorbsperre, „nicht für Hunde, für Mitarbeiter mit losem Mundwerk", ergänzte er kaltschnäuzig.

Dem schüchternen Mittdreißiger, Oskar Knödler, der ab sofort von Thalhussens Platz einnahm, wurde mit sofortiger Kündigung gedroht, sollte er das Kommunikationsmanagement sowohl nach innen als auch nach außen nicht im Griff haben. Knödler fiel der Kinnladen nach unten, als er Gellhoffs messerscharfe Anordnung hörte. Betti Zitzelsberger musste auf Anweisung des Chefs eine Rundmail an die gesamte Belegschaft versenden, mit dem großen Bedauern eine der fähigsten Mitarbeiterinnen durch einen tragischen Unfall verloren zu haben. Der Betriebsrat verfasste einen würdigen Nachruf und stellte von Thalhussens Bild ins Internetportal der Bank.

Fünf Frauen mittleren Alters stellten sich bei Gellhoff vor und boten ihre Dienste als Hauswirtschafterin an. Der zeitlich begrenzte Arbeitsvertrag galt nur während der Abwesenheit seiner Frau. Vielleicht zwei Wochen, vielleicht ein halbes Jahr oder vielleicht auch nur drei Tage. Der Arbeitsvertrag, der stündlich enden konnte, kam bei den Bewerberinnen nicht gut an. Vier Frauen verließen nach wenigen Minuten das Chefzimmer. Die fünfte Bewerberin aus Moldawien sprach kein Wort Deutsch. Gellhoff bat sie zu gehen. Sie blieb auf dem Stuhl sitzen. Mit Händen und Füßen gaben die Sekretärinnen der Bewerberin zu verstehen, ohne entsprechende Sprachkenntnisse wäre es nun mal unmöglich ...

Als die letzte Bewerberin die Tür hinter sich zugezogen hatte, polterte Gellhoff los: „Meine Damen herkommen!"

Welch eine Unverfrorenheit ihm fünf unfähige Bewerberinnen zu präsentieren. Zitzelsberger und Haller standen im Türrahmen und mussten sich das Lachen verkneifen.

„Die Agentur für Arbeit ...", begann Haller.

„Vergessen Sie's, winkte er genervt ab, „rufen Sie die Ruzickova an. Sie muss noch eine Weile durchhalten. Und übermorgen tanzen hier Bewerberinnen an, die der deutschen Sprache mächtig sind! Haben wir uns verstanden?"

„Selbstverständlich Herr Gellhoff. Und die anderen Bewerberinnen? Sie machten auf mich einen guten Eindruck", sagte Haller und sah dabei Zitzelsberger an, die sich auf die Lippen biss, um nicht loszulachen.

„Eine sprach so langsam und in vernuscheltem sächsischem Dialekt, wenn die so arbeitet ...", er verdrehte die Augen, „außerdem hatten diese Weiber Gehaltsvorstellungen, nein, war nichts Passendes dabei."

Mit freundlicher Tonlage sagte er: „Sollte meine Frau anrufen, sofort durchstellen ... äh ... ich erwarte einen wichtigen Brief, ungeöffnet auf meinen Tisch legen! Alles klar?"

„Geht in Ordnung, Herr Gellhoff", sagten beide unisono.

Mit einer Handbewegung bedeutete er den Sekretärinnen *raus und Tür zu*.

Zitzelsberger und Haller sahen sich lange an und glaubten sich verhört zu haben.

„Luise, nach alldem was passiert ist! Glaubt der im Ernst, seine Frau kommt zu ihm zurück?", flüsterte sie über den Schreibtisch hinweg.

Betti Zitzelsberger sah kurz zur Tür, ob diese nicht nur angelehnt war und flüsterte: „Einen Teufel wird sie tun. Kollegin, unter uns Pfarrerskindern, manchmal zweifle ich an seinem Verstand oder leidet er zunehmend an Realitätsverlust?"

Die Sekretärinnen waren über Gellhoffs schroffes Verhalten den Bewerberinnen gegenüber sprachlos.

„Für ihn müsste man eine Haushälterin backen oder schnitzen. Zahlt grottenschlecht und glaubt eine Spitzenkraft zu bekommen. Möchtest du seinen Haushalt schmeißen?", fragte Haller über den Bildschirm hinweg und grinste schelmisch.

„Na besten Dank, Kollegin."

Zitzelsberger erhob sich, öffnete ein Fenster und atmete die milde Frühlingsluft tief ein.

„Jetzt, wo es ihm schlecht geht, soll seine Frau zurückkommen und die geduldige Krankenpflegerin spielen", sagte Haller leise.

„Die halbe Stadt redet darüber, dass er sich fast täglich im Taiga Club herumtreibt. Na ja, jetzt wird er wohl eine Weile pausieren müssen ...", wisperte Zitzelsberger augenzwinkernd, hielt sich die Hand vor den Mund, um nicht zu lachen.

„Tja, harte Zeiten für ihn, da muss er jetzt durch", grinste Haller und fuhr fort: „Die Scheidung läuft doch längst. Lass ihn weiter träumen."

Haller legte den Finger auf die Lippen, schlug die Arbeitsmappe auf und seufzte: „Der wird sich nie ändern, verhält sich wie ein kleines Kind in der Dauertrotzphase."

„Schuld haben immer andere. Er glaubt, er sei der Größte, der Klügste, der Schnellste", sagte Zitzelsberger. „Ach, waren das Zeiten mit unserem charmanten und zuvorkommenden Herrn Langhofer. Er hatte Charakter und Format, und vor allem keine Starallüren."

„Und den hervorragenden Wein, den er uns jedes Jahr aus der Toskana mitgebracht hatte. Zwei Kartons für jeden", schwärmte Haller.

35 Die Musik wummerte grenzwertig laut. Eine Unterhaltung from face to face war kaum möglich. Von Ohrmuschel zu Ohrmuschel schon eher. Lorenz Kramer hatte Franziska Lux und Kerstin Pflamminger auf einen Drink ins angesagte Karel G eingeladen. Von dem Kneipenbesuch erhoffte er sich, wenn der Zufall es wollte, einen Backstage-Checker bei einem Deal so ganz nebenbei in flagranti zu erwischen.

Der Lokalinhaber Karel G kam gut gelaunt an den Tisch. Seine markanten Gesichtsfalten und Tränensäcke unter den Augen zeigten deutlich, seine besten Jahre waren vorbei. Eitel wie Karl Lagerfeld verheimlichte er sein Alter. Das Äußere auf jugendlich getrimmt,

war er in eine hautenge schlammgrüne Lederhose gezwängt, dazu
ein knallbuntes Blusenhemd und Cowboystiefel. Seine schulterlangen, grauschwarzen Haare straff zu einem Pferdeschwanz nach
hinten gebunden. Mit lautem, „Hallo“, begrüßte er Lorenz und
taxierte aus dem Augenwinkel heraus dessen Begleiterinnen.

„Hey Kumpel, läuft bei dir!“

„Und bei dir?“, wollte Kramer wissen.

Mit einer Kopfbewegung deutete Karel G zum Soundmixer JoJo.

„Neuer DJ aus Prag, cooler Typ, bringt Stimmung in die Bude“,
sagte er mit der Lässigkeit eines Udo Lindenbergs.

„Ich habe Mirko schon länger nicht mehr gesehen. Ist er aus-
gewandert?“, fragte Kramer beiläufig und wischte sich mit dem
Handrücken Bierschaum von der Oberlippe.

„Ey, null Ahnung“, antwortete er schulterzuckend, „der Typ ist
unzuverlässig, mal kommt er jeden zweiten Abend, mal lässt er sich
über Wochen oder Monate nicht blicken.“

Er ging nahe an Kramer ran und flüsterte: „Stoff?“

Dabei beobachtete er die Begleiterinnen, die die Frage musik-
lärmtechnisch nicht verstehen konnten.

„Heute nicht, aber nächste Woche.“

Karel G beugte sich nochmals zu ihm und wisperte: „Wenn du
dringend was brauchst, komm’ nachher Backstage, okay? Was ist
mit den Girlis?“

„Darf ich vorstellen, Franziska und Kerstin.“

„Hi, Mädels“, grinste er breit, „alles okay?“

Die Damen nickten freundlich zurück.

„Kerstin, coole Frisur. Steht dir, echt“, sagte Karel G augenzwinkernd.

Kerstin hatte ihre glatten, hellen Haare auf Schulterlänge gekürzt
und sich einen ins Auge springenden handbreiten lilafarbenen
Streifen von der Stirn bis zum Hinterkopf einfärben lassen.

„Danke“, sagte sie ein wenig schüchtern.

Kerstins Freunde fanden das Farbexperiment megacool, ihre
Eltern waren sprachlos.

Karel G klopfte Kramer auf die Schulter mit Blick auf die Begleiterinnen, er sagte: „Cooler Typ. I like him!“

Die Thekenkraft rief laut nach Karel G.

Er sah nach hinten und sagte: „Freunde, die Hütte brennt. Ciao.“

Stante pede machte er auf dem Absatz kehrt, verschwand zwischen den dicht an dicht stehenden Gästen, tauchte hinter der Theke auf und unterstützte den Schankkellner Gábor, der im Rekordtempo Bier zapfte.

„Ich bin überzeugt, Karel gibt den beiden Bescheid heute nicht zu kommen“, sagte Lux.

„Kollegin, hier gibt es keine harten Drogen, die werden woanders vertickt“, sagte Kramer und ließ seinen Blick über die Köpfe der Gäste schweifen.

„Lorenz, dein Checkerblick fällt auf“, sagte Lux und stieß ihn mit dem Ellbogen in die Seite.

„Auaa!“

„Bei harten Drogen hätte die Polizei doch längst zugeschlagen oder Franziska?“, fragte Kerstin Pflamminger.

„So lange kein ernstzunehmender Verdacht gemeldet oder zur Anzeige gebracht wird, kann die Polizei nicht aktiv werden“, antwortete Lux.

„An diese Typen ranzukommen ist ziemlich aussichtslos“, glaubte Kramer mit hochgezogenen Schultern und prostete den Frauen zu.

„Unser neuer Chef vom Drogendezernat“, sagte Lux amüsiert und zwinkerte Kerstin zu.

„Verdeckte Verkaufswege hin zum Endverbraucher sind straff organisiert“, dozierte Kramer ergänzend, als sei er ein ausgewiesener Kenner der Szene.

Karel G kam noch mal an den Tisch und stellte drei Weißbiere hin. „Geht aufs Haus. Zum Wohl!“

Kramer bedankte sich bei dem edlen Spender und sah schulterzuckend auf seine Begleiterinnen.

„Was soll das?“, fragte Lux.

„Wenn ich so weiter trinke, sehe ich euch bald doppelt“, sagte Kerstin.

Sie lachte eine Spur zu laut und schenkte Kramer einen zärtlichen Blick, den er gerne erwiderte.

Lux entgingen die verspielten Blicke der beiden nicht. Enwickelten sich zwischen Kerstin und Lorenz zarte Bande.

„Don't worry, alkoholfrei“, bemerkte Lorenz und klopfte kumpelhaft auf Kerstins Schultern.

Stolz berichtete Lorenz, er und seine Freunde vom ChaosCampusCrashClub versuchten seit einer Woche herauszufinden, ob die Alarmanlage in der PORTA Bank von Hackern manipuliert worden war.

Kerstin sah Lorenz mit großen Augen an und fragte: „Und Rätsel gelöst?“

Ehe er antworten konnte, sagte Lux: „Geheimnisse? Orakel sprich' mit uns! Herr Juniorkommissar, ich dachte, wir sind ein Team?“

„Lorenz arbeitet auf zwei Baustellen“, platzte Kerstin heraus.

„Geht es konkreter?“, staunte die Kommissaranwärterin und wechselte schnelle Blicke zwischen den Geheimniskrämern.

„Meine Damen, vor euch steht der Praktikant der CybercrimeAbteilung und Master of the CCCC“, scherzte Lorenz.

Er klopfte sich auf die Schulter und strahlte übers ganze Gesicht, als habe er gerade die offizielle Mitteilung bekommen, ein Volontariat bei Scotland Yard mit James Bond als Mentor absolvieren zu dürfen.

„Und was hat unser genialer Toppraktikant ermittelt?“, hakte Lux neugierig nach.

„Also, die Alarmanlage wurde nicht gehackt. Das könnte bedeuten, der Dieb kennt sich in den Katakomben der Bank gut aus. Eine Vermutung wohlgemerkt“, sagte er mit roten Wangen und genehmigte sich einen kräftigen Schluck.

„Hey, ich bin außer Dienst“, seufzte Lux und holte ihr schnarrendes Smartphone aus der Umhängetasche.

„Holger hat Sehnsucht nach dir?“, sagte Kramer und glotzte neugierig auf die digitale Anzeige.

„Hallo! Verstehe nichts, kleinen Moment. Ich gehe nach draußen", rief sie laut ins Telefon.

Vor dem Lokal entfernte sie sich einige Meter von einer Rauchergruppe und glaubte sich verhört zu haben, was Pflamminger am späten Abend zu berichten hatte.

Claudio Thurners Freund, Stefan Denglmeier, hatte den Verdacht, sein Chef habe die rechtsmedizinische Untersuchung an Natascha Schlunzinger, bewusst oder unbewusst, halbherzig vorgenommen und schnell abgeschlossen. Lange Rede, kurzer Sinn: Stefan und seine Kollegin Rita haben besagten Mageninhalt noch mal gründlich untersucht und wurden fündig. Neben Hochprozentigem und gestrecktem Kokain gab es eindeutige Spuren von Atropin und nicht zu knapp. Atropin wird sowohl bei Augenkrankheiten und vor Operationen vom Anästhesisten in entsprechender Dosis als Narkosemittel verabreicht. Für herzkranke Menschen ein Brandbeschleuniger, was tödlich enden kann, wie im Falle Natascha Schlunzinger. Atropin wirkt schnell, verursacht Herzrasen, gefolgt von Atemlähmung und Bewusstlosigkeit. Hätte man Natascha sofort in die Notaufnahme gebracht, hätte sie eine reelle Überlebenschance gehabt. Der Giftmischer hatte nur ein Ziel, die junge Frau sollte schnell einschlafen und nie wieder aufwachen.

Der Banker Roger Gellhoff war fällig. Morgen Vormittag werde der First-Class-Patient mit den neuen Tatsachen konfrontiert und von seiner Villa in die weniger komfortable Krankenstation hinter Gefängnismauern verlegt.

Order: Franziska Lux musste pünktlich um halb zehn im Präsidium sein und mit Hauptkommissar Steindl und drei Kollegen, alle in Zivil, Roger Gellhoff einen Überraschungsbesuch abstatten. Lux schlug vor, den Besuch bei Gellhoff früher zu starten, sieben oder halb acht.

„Sollte der Vogel ausgeflogen sein, sofort zur Bank fahren und den noblen Herrn in Gewahrsam nehmen."

„Und was sagt Hammerschmidt zu dieser Aktion?", fragte Lux.

„Keine Ahnung."

„Ja, aber ..."

Plötzlich war die Leitung unterbrochen. Lux war sprachlos. Sie wählte Pflammingers Nummer. Außer knacksender Geräusche war nichts zu hören. Kein Gesprächsaufbau möglich. Befand sie sich mitten in einem Funkloch oder was hatte das zu bedeuten? Sie ging zurück ins Lokal und behauptete Sweetheart Holger habe aus Mailand angerufen. Alles bestens, alles paletti.

Während die drei im Karel G weiter mehrere Szenarios durchspielten, wie sich der Abtransport der Geldkisten abgespielt haben könnte und DJ JoJo mit kurzen, akrobatischen Tanzeinlagen die Stimmung anheizte, gelangte Tamara Broncovic mit einem nachgemachten Schlüssel durch den Wintergarten in Gellhoffs Haus. Auf Zehenspitzen schlich sie Richtung Wohnzimmer. Hatte Gellhoff Besuch oder telefonierte er? Sie lugte durch die halboffene Tür. Er saß in einem Lehnsessel, das verletzte Bein auf einem kleinen Hocker gelagert. Als das Telefonat beendet war, ging sie ins Wohnzimmer und hauchte: „Hallo, meiner Lieberling!“

Er fuhr herum und unterdrückte einen Aufschrei.

„Roger, wir missen reden, ich ... ich ...“

„Verdammt noch mal! Wie oft soll ich dir ... wie ... wie bist du reingekommen? Du verschwindest auf der Stelle oder ...“

„Türe offen ...“

„Leg’ den Schlüssel auf den Tisch! Sofort!“

Tat sie nicht. Sie setzte sich ihm gegenüber sagte mit sanfter Stimme: „Roger, bitte zahlen Geld und deiner Schulden ...!“

„Bist du taub? Du verlässt sofort mein Haus!“, brüllte er mit zornesroter Gesichtsfarbe, dabei suchte er nach seinen Stöcken, die neben dem Sofa lagen.

Wenig beeindruckt holte Broncovic ein Bündel Rechnungen aus der Handtasche und legte sie auf den Tisch: „Dreiundzwanzig Party mit zwanzig Frau, Catering für alle die Party, Alkohol für alle die Party, Drogen für alle die Party, zwei kleiner Bus für alle die Party. Alles in das Summe von gesamt zweihundertfünfundzwanzigtausend Euro! Alle Belegen schicken zu deiner Haus, aber du nix zahlen! Warum Roger? Warum?“

Er starrte auf die Rechnungen und überlegte verbissen. Verflucht! Hätte er doch auf den Rat seines Rechtsanwalts gehört, privaten Personenschutz zu organisieren. Jetzt war es zu spät.

„Mir kommen gleich die Tränen", grinste er hämisch, „deine fingierten Rechnungen sind für die Tonne und jetzt Abflug!"

Broncovic ließ sich von Gellhoffs Gebrüll nicht aus der Ruhe bringen und sagte: „Roger, du immer wollen Party, vieler Party. Oleg, Mirko, Natascha und ich machen alle die Organisationen. Haben alle Beweisen auf die Belegen und in das Stickspeicher …"

Gellhoff schäumte vor Wut, suchte nach seinen Gehhilfen, die Broncovic mit dem Fuß unters Sofa geschoben hatte. Mit funkelnden Augen starrte er sie an und schrie: „Zum letzten Mal, wenn du mit deinen bescheuerten Rechnungen nicht sofort verschwindest, rufe ich die Polizei und erzähle denen etwas über dein wahres Herkunftsland samt gefälschtem Pass!"

Er griff nach seinem Smartphone, tippte die hundertzehn, hielt inne, sah sie an und grinste teuflisch. Sein Daumen schwebte über der grünen Taste.

„Nix Polizei! Roger nein!", flehte sie verzweifelt.

„Du verruchte Hexe hast die Bremsen manipuliert!"

„Nein, nein, nein! Ich nix machen …!"

„Mit gefälschtem Pass hast du dir ein Eintrittsticket in die EU erschlichen und *DU* willst *MICH* erpressen? Du bist und bleibst eine billige Hure! Noch heute Nacht könnten Beamte des Bundesgrenzschutzes vor deiner Tür stehen und dich sofort zum Flughafen verfrachten. Zurück ins verlauste Sibirien! Gute Reise!"

Er lachte überlegen und ließ sie nicht aus den Augen. Er hatte ihre persönliche Achillesferse getroffen.

Sie zuckte zusammen und sagte mit bebenden Lippen: „Roger, bitte weg mit die Handy … bitte, du mussen zahlen!"

„Einen Scheißdreck muss ich! Wenn du nicht augenblicklich aus meinem Haus und aus meinem Leben verschwindest, lasse ich dich hochgehen!"

Sie begann zu schluchzen, Tränen flossen über ihre Wangen. „Wenn du rufen Polizei … du toter Mann. Du Schwein von die

Nazi! Alle Schwein von die Nazi! Poscht, Hammschmidt, Schwendter, Bockberg, Pflamm, Moller und die Lux, alles großer Nazischweinen!"

Eiskalt genoss er ihre Verzweiflung. Das Smartphone in Händen haltend lehnte er sich zurück und weidete sich an ihrem persönlichen Waterloo.

Broncovic blieb ruhig, hielt seinem arroganten Blick stand und überlegte. Hatte sie ihn unterschätzt? Im Geheimen hoffte sie, er empfinde etwas für sie, zeige Verständnis für ihre schwierigen Lebensumstände. Das war offensichtlich ein Trugschluss, dem sie aufgesessen war. Aber jetzt überspannte er den Bogen. Und sie musste nachgeben oder alles war umsonst. Mit Schrecken dachte sie an Nataschas Schicksal. Sie musste sich vor diesem Monster schützen und sich eine andere Strategie überlegen. Warum war sie so grenzenlos naiv und hatte das Geld vorgestreckt. Sie war auf ihn hereingefallen. Dumm gelaufen und jetzt stand ihr das Wasser bis zum Hals. Es musste ihr etwas einfallen, nicht heute, aber morgen. Sie wusste von hohen Schmiergeldsummen und von illegalen Machenschaften, die dieser windige Bankdirektor hinter den Kulissen abwickelte. Ein anonymer Anruf beim Finanzamt und Gellhoffs Karriere wäre am Ende.

Wenn er morgen nicht zahlte, würde sie die Asse wie eine siegreiche Matadorin gnadenlos ausspielen.

Verdammt, sie wollte nur das Geld, das ihr zustand. Und sie würde es bekommen. Broncovic war zu allem entschlossen. Allein der Gedanke an ihr einst so tristes Leben in Sibirien motivierte sie ihm Paroli zu bieten. Ein Leben jenseits des Urals war kein Zuckerschlecken. Das konnten sich in Watte gepackte, in einer Rundumversorgungsstation aufgewachsene Westeuropäer nicht vorstellen.

Sie werde kämpfen bis zum Letzten schwor sie sich in ihrer Verzweiflung. Es hatte sie große Anstrengung und vor allem viel Geld gekostet, in diesem Haus für betuchte Herren ein lukullisches und vergnügliches Lustzentrum zu ermöglichen. Und parallel dazu fädelten ehrgeizige Unternehmer profitable Geschäfte ein. Am Fiskus vorbei. Wild entschlossen ging sie in Stellung, zündete die erste Stufe und drohte mit einer Anzeige über korrupte Deals, die einer gefährlichen Lawine gleichkamen, die sie auch im hintersten Sibirien lostreten konnte. Der sich selbst überschätzende Banker würde in heftige Turbulenzen stürzen mitsamt seinen raffgierigen Kumpanen. Er und seine Helfershelfer haben viel Dreck am Stecken. Schlimmer noch, sie haben Natascha auf dem Gewissen. Weil Natascha sich in den smarten Roger verliebt hatte und ein Kind von ihm erwartete, war sie zur Belastung geworden. Das passte weder in Gellhoffs Karrierekonzept noch in den noblen Lebensentwurf eines reichen Bildungsbürgers. Er entsorgte Natascha wie eine lästige Fliege, die ihn beim Zeitungslesen störte. Die Hände wollte sich der Eliteuniabsolvent nicht schmutzig machen. Sein Arschkriecher Boris Böcklberger und ihm hündisch ergebener Assistent, Linus Gutschler, mussten ihm Natascha vom Hals schaffen, und zwar für immer. Boris und Linus waren ein Paar. Heimlich. Viele Mitarbeiter wussten es, ebenso Gellhoff. Er verbat ihnen strikt, die Beziehung am Arbeitsplatz offen zu zeigen. Sollten sie die Anordnung ignorieren ... fristlose Kündigung.

Tag und Nacht verfolgten sie Gellhoffs eiskalten Worte *schafft sie weg, bevor es hell wird! Stadtauswärts! Kapiert?*

Broncovic war den beiden Männern hinterhergesaust, war beinahe die Außentreppe hinuntergestürzt, weil sich ein Stöckel vom Schuh gelöst hatte, hatte die Transporteure in letzter Sekunde erreicht, hatte gedroht, gefleht und gebettelt, Natascha sofort ins nächste Krankenhaus zu fahren. Böcklberger hatte am Steuer gesessen, keine Miene verzogen und monoton gesagt: „Wir wissen, was wir zu tun haben."

Er war aufs Gaspedal getreten und davongeprescht.

Broncovic hatte ihnen blind vertraut. Mit Sicherheit würden sie Natascha direkt in die Notaufnahme bringen und nicht, wie von Gellhoff befohlen, außerhalb der Stadt irgendwo in einem entlegenen Waldstück wie Müll entsorgen. Die Männer waren zum Krankenhaus gefahren und hatten die bewusstlose Frau kurz vor Sonnenaufgang auf dem Mitarbeiterparkplatz abgelegt. Beiden war sehr daran gelegen gewesen, die Angelegenheit schnell und anonym hinter sich zu bringen. Die Karriere in der PORTA Bank war wichtiger, als Nataschas Leben zu retten.

Mit Unmengen Alkohol und einer Überdosis an Drogen war es ein Leichtes, einen Menschen Schachmatt zu setzen, noch dazu mit labiler Gesundheit. Trotz der vielen Streitereien mit Natascha machte sich Broncovic schwere Vorwürfe, weil sie nicht rechtzeitig und energisch genug eingegriffen hatte, sie vor diesem Scheusal zu warnen. Jetzt war es zu spät. Fakt war, Natascha war der verführerischen Mischung aus Charme und Selbstbewusstsein des gutaussehenden Gellhoffs nicht gewachsen. Seine fast perfekte Maske war schwer zu durchschauen. Dahinter versteckte sich ein unberechenbares Raubtier, das sie nicht wahrhaben wollte. Nun war es Broncovic schlagartig klar geworden. Eine bittere Erkenntnis, mehr noch, eine lebensgefährliche Gewissheit, der sie gerade in die Augen sah.

„Es gibt Beweisen. Roger, du wissen. Linus und Boris bringen Natascha in die Wald und lassen verrecken. Oleg und Mirko alles gut wissen. Roger überlegen was du machen. Und jetzt spitzen Ohren! Morgen acht Uhr Oleg kommen und holen die Geld. Du kapieren?"

Langsam schob sie das Bündel Rechnungen über den Tisch, dabei bemerkte sie auf Gellhoffs Stirn einen Kranz glänzender Schweißperlen.

Sie wusste, dass er stets viel Bargeld im Haus aufbewahrte. Er könnte die Rechnungssumme an Ort und Stelle begleichen, aber sie traute ihm nicht, wenn sie mit ihm allein in den Keller hinunterstieg ... vielleicht käme er auf seltsame Gedanken?

Gellhoff starrte sie an. Diese russischen Bastarde wollen ihm tatsächlich den Tod von diesem Flittchen anhängen. Das wäre für ihn der Supergau. Noch heute Nacht werde er mit seinem Rechtsanwalt telefonieren, damit der sich mit der entsprechenden Gesetzeslage vertraut machte und sich für den Fall der Fälle eine bombensichere Verteidigungsstrategie zurechtlegte.

„Du verschwindest jetzt sofort aus meinem Haus", sagte er mit zunehmender Nervosität, „oder es passiert ein ...!"

„Ja, ich gehen. Morgen, acht Punkt Geld in Tüte geben Oleg. Und alle Kamera aus! Nix vergessen!"

Sie sprach unaufgeregt und sah ihm tief und entschlossen in die Augen. Langsam stand sie auf und verließ die Villa durch die Haustüre, die sie laut knallend ins Schloss warf. Gellhoff atmete schwer. Sein Puls pochte bis in die Haarspitzen. Mit dem Handrücken wischte er sich den Schweiß von der Stirn und schrie: „Verdammt! Verdammt! Verdammt!"

36 Der Morgen war strahlend schön. Der Frühling zeigte sich von der schönsten Seite. Die Maisonne ließ die Stadt glänzen, als Franziska Lux mit einem Strauß Pfingstrosen auf dem Gepäckträger zu den Pflammingers radelte und sich zur Geburtstagsständchengruppe gesellte.

„Happy Birthday to you ...", sang Toni Pflamminger zusammen mit seiner Mutter und den Töchtern Kerstin und Sophie.

Ingrid Pflamminger nahm die guten Wünsche gerührt entgegen. Rinderbraten in Rahmweinsoße stand auf der Geburtstagsspeisekarte zubereitet von seiner Mutter. Für Toni ein Gaumenschmaus, was er vermied in Gegenwart seiner Frau auszusprechen. Vor einigen Monaten hatte Ingrid mit den Kindern beschlossen keine Fleischgerichte mehr auf den Tisch zu zaubern. Kompromiss: Geburtstage und Feiertage ausgenommen.

Während die Gratulanten noch aus Leibeskräften sangen, surrte Lux' Telefon. Himmel noch mal, ausgerechnet jetzt. Ohne aufs Display zu sehen, drückte sie den Anrufer kurzerhand weg. Wieder schnarrte es los. Mit Handzeichen gab sie zu verstehen, bin gleich wieder zurück. Sie eilte in den Flur hinaus.

Möller hier.

„Guten Morgen. Herr Möller? Wo brennt's?"

Wo ist Toni? Ist er krank?

„Er hat Urlaub. Seine Frau feiert heute Geburtstag ..."

Hastig fiel er ihr ins Wort: „*Roger Gellhoff wurde erschossen!*"

„WAS?"

Vor etwa zwanzig Minuten hat ihn eine Nordic Walking-Gruppe in seiner Garage gefunden. Ich bin schon auf dem Weg. Entweder Sie kommen allein oder ...?

„Wir kommen sofort", sagte Lux.

Sie sah zu der ausgelassenen Gruppe hinüber, die mit gefüllten Gläsern im Wohnzimmer standen und warteten.

Sophie schoss ein Foto nach dem anderen. Die Jubilarin rollte genervt mit den Augen.

„Sophie es reicht."

Pflamminger winkte seine Assistentin heran ein Gläschen mitzutrinken, sie schüttelte den Kopf, setzte ein megawichtiges Gesicht auf und deutete auf ihr Smartphone.

Er runzelte die Stirn, kam zu ihr in den Flur und fragte: „Der Papst persönlich?"

„Auf Gellhoff wurde geschossen und tödlich getroffen", flüsterte sie.

„Nein!"

„Eine Nordic Working-Gruppe hat ihn vor seiner Garage entdeckt."

„Erschossen ... Nordic Walking-Gruppe?"

„Ja ... nein, die Gruppe hat ihn gefunden, nicht erschossen."

„Wann?"

„Laut Möller vor etwa zwanzig Minuten."

Sie wusste was jetzt in ihm vorging. Sie schwieg. Ein Verbrechen kündigte sich nicht einen Tag vorher an. Trotzdem. Gott sei Dank hatte ihr Chef die Entscheidung nicht allein getroffen.

„Wir hätten ihn früher ... verdammt!", flüsterte er wütend.

„Chef, das konnte niemand voraussehen. Ich fahre jetzt los ..."

„Ich komme mit", sagte er entschlossen, sah zu seiner Familie hinüber, die am gedeckten Tisch Platz nahm.

Er ging ins Wohnzimmer zurück, sah in fragende Augenpaare, „also ... es ... es ... tut ..."

„Spuk's schon aus", sagte das Geburtstagskind mit angesäuertem Gesicht.

„Sorry, die Pflicht ruft. In zwei Stunden bin ich wieder zurück und esst nicht die ganze Torte auf.“

„Dürfen wir wenigstens erfahren, wo es schon wieder Mord- und Totschlag gegeben hat?“, fragte Sophie enttäuscht, weil ihr Vater so mir nichts, dir nichts Mamis Geburtstagsfeier sausen ließ.

„Was für ein scheiß Job“, grummelte sie und sah abwartend auf ihren Vater.

„Ein Bankdirektor wurde tot aufgefunden“, sagte Lux.

„Wir müssen die Kollegen unterstützen“, ergänzte Pflamminger mit Blick auf seine Frau und schielte kurz auf die Armbanduhr, ging ins Arbeitszimmer, um seine Dienstwaffe zu holen.

„Frau Pflamminger, tut mir sehr ...“

„Schon in Ordnung“, lächelte sie Lux an, die schon an der Tür stand und zum Gehen drängte.

„Aber Papa hat doch Urlaub!“, sagte Sophie vorwurfsvoll.

„Vergiss es“, flüsterte ihre Mutter mit einer wegwerfenden Handbewegung.

„Ich tippe auf den koksenden Turbo-Banker Gellhoff, stimmt’s?“, platzte Kerstin heraus.

„Kannst du hellsehen?“, fragte ihr Vater, während er sich den Ledergürtel samt einsteckender Pistole umschnallte.

„Das ist doch ein offenes Geheimnis und außerdem ist dieser Typ wegen seines autoritären Führungsstils und täglichen Brüllorgien wie auf dem Kasernenhof bei seinen Mitarbeitern abgrundtief verhasst“, fügte sie hinzu.

„Woher weißt du das?“, wollte ihre Mutter wissen.

„Ich kenne jemanden, der ihn kennt ... kannte“, sagte sie in die gedämpfte Geburtstagsstimmung, „Paps, vielleicht war es der Bilanzbuchhalter oder der Kassenangestellte oder sein Stellvertreter“, gab Kerstin ihm mit auf den Weg.

„Besten Dank für die Hinweise“, scherzte er halbwegs und schob den Gürtelverschluss zuschnappend ineinander.

„Tsss, Papa ist in zwei Stunden nicht zurück, da verwette ich meine gesamten Musiksammlung“, moserte Sophie und bemerkte, wie ihre Mutter einen Moment traurig durchs Wohnzimmerfenster sah, als würde sie dort draußen etwas Bestimmtes suchen.

„Heiratet nie einen Polizisten", sagte sie zu ihren Töchtern, während ihr Mann mit seiner Assistentin im Auto davonbrauste.

37 Sechs Polizeiautos sperrten die Straße komplett ab. Acht Uniformierte standen vor den Absperrbändern und hielten neugierige Nachbarn auf Abstand. Mehr und mehr schaulustige Passanten kamen angestapft, wollten das Unfassbare aus nächster Nähe bestaunen, anders gesagt, begaffen. Vielleicht sogar ihr Gesicht in jenen TV-Berichterstattungen entdecken, welche grausame Kapitalverbrechen wie diese, rund um die Uhr sendeten. Auf Balkonen unmittelbarer Nachbarhäuser standen Personen und beobachteten die Arbeit der Polizei durch Ferngläser. Ob die staunenden und geschockten Personen an den Absperrbändern vielleicht etwas Verdächtiges gesehen oder gehört hätten. Die Befragungen ergaben nichts Brauchbares. Pure Neugierde bewog die Menschen herzukommen, als Polizeiautos und ein Notarztwagen in die sonst so ruhige Straße einbogen.

Eine schmale, getrocknete Blutspur zog sich von der Garage hinunter bis auf den Gehsteig. Wie konnte so ein Verbrechen am helllichten Tag geschehen? Gab es Zeugen? Die Polizisten neben den Absperrbändern gingen auf neugierige Fragen nicht ein. Unbefugte durften den Tatort nicht betreten. Handys wurden gezückt. Die Ordnungshüter griffen durch, drängten Unvernünftige und Begriffsstutzige massiv zurück.

„Fotografieren ist unter Strafe verboten", rief der Einsatzleiter in die sensationslüsterne Passantengruppe, die sich stetig vergrößerte.

Sein Kollege kam ihm zu Hilfe und bat eindringlich den abgesperrten Bereich nicht zu betreten.

Währenddessen wurde vor der offenen Garage eine drei Meter hohe Sichtschutzwand aufgestellt, damit die Gerichtsmediziner ungestört alle notwendigen Maßnahmen einleiten konnten. Taktlosen

Fotojägern und gierigen Fernglasgaffern war somit die direkte Sicht auf den Toten verwehrt.

Als Pflamminger und Lux am Tatort eintrafen, wurde der Tote in der Evakuierungsdecke auf der Rollbahre festgezurrt, in den Notarztwagen geschoben und direkt ins Rechtsmedizinische Institut transportiert.

Neben den Rechtsmedizinern Pfeffer und Hoffmann war auch Thurner mit seinem Team vor Ort. Als langjähriger und erfahrener Kriminaltechniker hatte er eine Blutspur wie diese noch nicht gesehen. Die Gerichtsmediziner würden im Institut die klaffende Wunde am Kehlkopf genauer unter die Lupe nehmen. Ihre erste Einschätzung am Tatort war, Gellhoff wurde von einem geübten Schützen aus nächster Nähe niedergestreckt. Die Kugel zerfetzte Kehle und Halsschlagader.

Staatsanwalt Hammerschmidt, Kriminaloberrat Möller und Hauptkommissar Steindl standen diskutierend neben der Sichtschutzwand.

„Glauben Sie mir, da stecken die russische Mafia und die Hexe vom Taiga Club dahinter", ereiferte sich Hammerschmidt mit gerötetem Gesicht Möller zugewandt.

Hauptkommissar Lothar Steindl musste den Fall stellvertretend für Pflamminger übernehmen. Begeisterung sah anders aus. Lothar Steindl war kurz vor seinem Fünfzigsten nochmal Vater geworden. Seine Frau Elena schenkte ihm nach zwei Mädchen, die schon im Teenageralter waren, Zwillinge. Jonas und Korbinian. Herr Steindl war gestern aus der fünfmonatigen Elternzeit zurückgekehrt und gleich am zweiten Tag ein Mordfall, der ihn mit Wucht in den Arbeitsalltag zurückkatapultierte.

Pfeffer und Hoffmann kamen die Treppe herunter und trafen auf Pflamminger und Lux. Sie wechselten ein paar Worte und verabredeten sich zu einem späteren Zeitpunkt im Institut.

Hammerschmidt war irritiert, als er Pflamminger die Steintreppe heraufkommen sah. Er war der Meinung, Pflamminger sei endlich vom Fall abgezogen und dem kompetenteren Hauptkommissar

Steindl übergeben worden. Pflamminger hatte am Tatort nichts zu suchen, dachte er zornig.

Hammerschmidt war am Vortag nicht zu erreichen gewesen. Somit war er in das Vorhaben, Roger Gellhoff in Gewahrsam zu nehmen, nicht in Kenntnis gesetzt worden. Höchstwahrscheinlich hätte er seinen Freund Roger gewarnt, war die einhellige Meinung der Initiatoren im Polizeipräsidium gewesen.

Grund der Maßnahme Gellhoff zu inhaftieren: An dem tödlichen Cocktail, den Natascha Schlunzinger auf der letzten Party in Gellhoffs Villa bewusst oder unwissentlich genossen hatte, wurde eine zweite Untersuchung im toxikologischen Labor der Rechtsmedizin vorgenommen. Ergebnis: Dem Mix aus hochprozentigem Alkohol und gepanschtem Kokain war eine beträchtliche Dosis Atropin untergemischt worden, was eine rasche Bewusstlosigkeit verursachte und zu Herzversagen geführt hatte.

„Herr Staatsanwalt, wenn es so einfach wäre, könnten wir uns eine Menge zeitaufwendiger Ermittlungen sparen", rief ihm Möller hinterher.

Hammerschmidt eilte Pflamminger und Lux entgegen und wetterte los: „Warum hatte Herr Gellhoff keinen Personenschutz?"

„Ich dachte, Sie sind der Gellhoff-Kümmerer?", sagte Pflamminger schulterzuckend und sah den vor Wut dunkelrot anlaufenden Staatsanwalt überrascht an.

„Roger Gellhoff wurde kaltblütig erschossen", bellte er Pflamminger aggressiv an.

„Deswegen sind wir hier", sagte dieser äußerlich ruhig.

Seine Wut verschob er vorerst weit nach hinten. Bei passender Gelegenheit werde er sich den aufgeblasenen Wichtigtuer zur Brust nehmen und mit ihm Klartext reden. Dazu war jetzt keine Zeit.

„Auch noch schwer von Kapee, wie? Hauptkommissar Steindl ist für die Ermittlungen hier zuständig. Sie vergeuden nur Ihre Zeit", schnaubte Hammerschmidt.

Steindl und Pflamminger verständigen sich kurz. Hammerschmidt wechselte schnelle Blicke mit Möller und sagte: „Wie? Was ... was ... was läuft hier?"

Steindl grinste, klopfte seinem Kollegen auf die Schulter und sagte: „Ich bin dann mal weg."

Mit großen Schritten eilte dieser zu seinem Dienstauto, seufzte erleichtert auf und fuhr zurück ins Präsidium.

Viele Kollegen machten um den hochnäsigen Staatsanwalt einen großen Bogen. Grund? Eine Zusammenarbeit mit ihm gestaltete sich schwierig. Er gehörte nun mal zu der Sorte Mensch, die sich für intelligenter hielt als der Rest der Welt.

Hammerschmidt wandte sich an Möller und fragte mit Schärfe im Ton: „Wieso erfahre ich das erst jetzt?"

„Herr Staatsanwalt, wir haben einen Mord aufzuklären. Also bleiben Sie sachlich", sagte er mit Blick auf Pflamminger und Lux.

Der Staatsanwalt schloss für einen Moment die Augen, atmete schwer und betonte jedes Wort einzeln: „Das hat Konsequenzen!"

„Jaja, schon gut", sagte Möller gelassen mit beiden Händen in den Hosentaschen.

Hammerschmidt ignorierte Möllers Äußerung und sagte mit verbissenem Gesichtsausdruck: „Sollte sich herausstellen, dass der Mord auf das Konto der russischen Mafia ...!"

„Oder auf das Konto der Marsmännchen", fiel Pflamminger ihm ins Wort.

„Sie reden einen Schwachsinn im Quadrat! Ich warne Sie, nehmen Sie die Sache ernst oder ich ziehe Sie noch heute von dem Fall ab!", drohte er mit erhobenem Zeigefinger.

„Herr Hammerschmidt vorschnelle Schlüsse waren noch nie hilfreich", sagte Möller um Fassung bemüht.

Obwohl Diethard Möller schon über vierzig Jahre im Polizeidienst stand und viele grausame Verbrechen aufzuklären hatte, ging ihm der Mord an dem jungen Mann an die Nieren. Staatsanwalt Hammerschmidt hätte er am liebsten nach Hause geschickt. Er war nicht mehr objektiv. Einerseits auch verständlich. Sein Freund Gellhoff wurde brutal ermordet. Der hinterhältige Mörder auf der Flucht. Andererseits mussten Ermittlungen so schnell wie möglich eingeleitet werden und dazu bedurfte es nun mal Augenmaß und Nervenstärke.

Hammerschmidt machte den Eindruck, als stünde er neben sich, schüttelte unentwegt den Kopf, Schweißperlen glänzten auf seiner Stirn, die grauen Augen wirkten hinter den Brillengläsern noch größer und stechender.

Fahrig und kurzatmig sagte er: „Die Bankenwelt ist erschüttert. Manager vieler Geldinstitute zittern ..., frösteln ..., wenn ... wenn unzufriedene Kunden kurzerhand zur Waffe greifen oder ... bin mir sicher, das ist ein organisiertes Kapitalverbrechen!"

„Am besten gleich an die Presse weitergeben", unterbrach der Hauptkommissar Hammerschmidts überbordende Mutmaßungen und hielt nach Thurner Ausschau.

„Wo soll das noch hinführen, wenn Bankdirektoren am helllichten Tag erschossen werden, weil ..., weil ... weil der Kredit nicht gestundet wurde oder die Bürgschaft geplatzt ist?", redete Hammerschmidt wie ein Sturzbach auf Pflamminger ein.

„Sie scheinen über mögliche Motive gut informiert zu sein", sagte Pflamminger über die Schulter nach hinten und wandte sich seiner Assistentin zu.

Lux war die Dissonanz zwischen den beiden Herren nicht fremd.

Sie ging dazwischen und sagte: „Herr Hammerschmidt, haben Sie einen Verdacht, der uns ...?"

„Halten Sie sich da gefälligst raus!", schnarrte Hammerschmidt, ohne sie anzusehen.

„Gut, dann gehe ich nach Hause ...", erwiderte sie trocken.

„Na, na, na, Herr Staatsanwalt, piano bitte", sagte Möller deutlich und versuchte die Wogen zu glätten.

Er wechselte schnelle Blicke mit Lux und Pflamminger, den es wurmte, seinen Urlaub zu unterbrechen und sich öffentlich haltlose Vorwürfe anhören zu müssen.

„Bestimmt steckt diese ... diese Broncovic dahinter", sagte der Staatsanwalt und wischte mit dem Taschentuch Schweiß von Stirn und Nacken.

„Eine gute Freundin von Ihnen", sagte der Hauptkommissar, ohne den aufgewühlten Spezl des Toten eines Blickes zu würdigen.

„Was ... was erlauben ..., veranlassen Sie sofort, dass diese unberechenbare Hexe noch heute ins Präsidium gebracht wird, samt ihrem Zirkusclown Ulanov. Bei der Vernehmung werde ich anwesend sein. So, ich muss zum Jour fixe", beendete er übergangslos seinen Auftritt als Oberschlauberger, der nur Hektik verbreitete und bewusst oder unbewusst Sand ins Getriebe streute. Grußlos sauste er davon.

Hammerschmidtchen, das hatte gesessen, dachte Lux. Das ganze Präsidium tratschte über die häufigen Besuche im Taiga Club des wehrten Herrn Staatsanwalts. Lux zwinkerte ihrem Chef zu, als wollte sie sagen *gut pariert!*

„Wenn mir der Typ schon morgens über den Weg läuft, versaut es mir den ganzen Tag", raunte Pflamminger stocksauer.

Möller klopfte Pflamminger auf die Schulter und sagte: „Vergessen Sie den Staatsanwalt. Konzentrieren wir uns auf den Fall. Ein Berg Arbeit wartet auf uns, die ganze Stadt möchte wissen, wer den Bankdirektor auf dem Gewissen hat!"

„Die ganze Stadt?", fiel Pflamminger ihm ins Wort.

„Also, Herr Pflamminger, Frau Lux, hurtig ans Werk und vergesst den dünnhäutigen Heinrich."

Pflamminger verzog den Mund zu einem schiefen Lächeln und warf seiner Assistentin einen kurzen Blick zu. Sie ahnte was er gerade dachte.

„Toni, eine heiße Spur!", rief Thurner über die Blumenbeete hinweg. Er hielt eine Patronenhülse in der Hand, die von der Mordwaffe stammen könnte.

Pflamminger zeigte mit den Daumen nach oben: „Hervorragende Arbeit Kollege."

„Gehen wir ins Haus. Die Nordic Walking-Gruppe und die Haushälterin müssen befragt werden. Von den Damen will niemand einen Schuss gehört oder irgendetwas gesehen haben", sagte

Möller, der mit Tschatschurtschika Ruzickova und der Wandergruppe bereits kurz gesprochen hatte.

„Vielleicht der Nachbar Hohmbacher?“, sagte Lux.

„Frau Lux, selbstredend. Alle Anwohner in der Straße müssen befragt werden“, ordnete Möller mit energiegeladener Körperhaltung an.

Lux warf einen vielsagenden Blick auf Pflamminger *wie schön, dass es den guten alten Diethard Möller gibt, der sagt, wie wir zu ermitteln haben.*

„Wurde Frau Gellhoff schon benachrichtigt?“, fragte Lux, während sie Richtung Haustüre gingen.

„Gellhoffs Stellvertreter Gschwendtner hat in Begleitung zweier Streifenpolizisten die traurige Nachricht überbracht“, sagte Möller, während er die Steinstufen hinauf schnaufte.

„Halt, stopp“, rief Thurner über die Pfingstrosensträucher hinweg und hielt etwas Kleines, Schmales in die Höhe.

„Kann ich von hier nicht erkennen“, sagte Möller über Pflammingers Kopf hinweg, der vier Stufen unter ihm stand.

Thurner ging schnell auf die drei Wartenden zu.

„Ein Teil eines Stöckelschuhs etwa zwölf Zentimeter lang“.

Er zog ein Maßband aus der Seitentasche. Gut geschätzt.

„Es könnte schon länger hier rumliegen, mehrere Tage oder ein, zwei Wochen?“

„Wo genau ist die Fundstelle?“, wollte der Chefermittler wissen.

„Neben dem Gartentor.“

„Franziska, rufen Sie bitte Rebecca an. Sie soll sofort vier Kollegen losschicken. Broncovic und Ulanov aufs Präsidium bringen. So und jetzt gehen wir erst mal ins Haus und sprechen mit der Walking-Dings-Gruppe und Frau Ruzickova.“

Während Lux telefonierte, drückte Möller die Klingel.

„Vielleicht liegt Hammerschmidt ja gar nicht so falsch“, mutmaßte Möller.

„Klingt für mich nicht kompatibel. Vielleicht ein Ablenkungsmanöver, ein doppeltes Spiel?“, sagte der Chefermittler andeutungsweise.

Der Kriminaloberrat sah den Hauptkommissar mit hochgezogenen Augenbrauen an.

„Vorsicht! Bauchgesteuerte Vorurteile sind meist fehl am Platz."

Der Hauptkommissar ignorierte den unzweideutigen Seitenhieb, stattdessen konzentrierte er sich auf den breiten Haustürrahmen, der oben links mit einer kleinen Überwachungskamera bestückt war, die offensichtlich abgeschaltet war. Gleichzeitig drängten sich mit dem heutigen Tag unerfreuliche Tatbestände in den Vordergrund, wie es nun mit den Ermittlungen weitergehen werde? Bauchgefühl hin oder her, die unvermeidliche Zusammenarbeit mit Staatsanwalt Hammerschmidt würde komplizierter werden.

Langsam öffnete sich die schwere Haustüre. Tschatschurtschika Ruzickova stand mit weißer Kittelschürze und geröteten Augen im Türrahmen, bat die drei Kriminalbeamten freundlich ins Haus.

Fünfzehn Frauen, untersetzt, um die Hüften gut gepolstert, offenkundig bewegungseifrige Frührentnerinnen in knallbunter bodybetonter Wanderkleidung mit verschiedenen grellen LED-Blinklichtern an den Laufschuhsohlen, saßen auf dem langen Überecksofa.

Einem Hühnerhaufen ähnlich informierten sie via Handy aufgeregt und durcheinander sprechend ihre Nächsten über das soeben Erlebte ...

"Oh, Gott, oh Gott ... du ahnst es nicht, was wir gerade ... wir waren gerade so schön in einem flotten Gleichklang ... in einem Rhythmus ... plötzlich, du Heilige Dreifaltigkeit ... aus heiterem Himmel eine lange Blutspur ... ich sage dir, wie in einem Draculafilm ... aus dem Garten des Bankdirektors ... jaaa ... doch ... stell dir nur vor! Wir sind fast zur Salzsäule erstarrt ... wussten nicht was wir machen sollten ... ja ... nein ... ich kann doch kein Blut sehen ... nein ... am liebsten wären wir einfach ... dann folgte ich mit Hilde ... jaaa ... ein toter Mann von dem das viele Blut ... habe sofort Polizei und Notarzt verständigt ... mitten in einer Blutlache ... uns stockte der Atem ... ich fiel fast in Ohnmacht ... es war der blanke Horror ... ein Alptraum ... entsetzlich ... jaaa ... Hilde schrie hysterisch auf ... ich glaube ... jaaaa ... er war schon tot ... wir waren geschockt! Schrecklich ... die Kehle zerfetzt ... er blutete wie ein Schwein, hätte ich beinahe gesagt ... ich bin schweißgebadet ... mein Gott, draußen wartet die Presse ... was sage ich denen nur ... am besten nichts ... was meinst du? Wahrscheinlich müssen wir vor Gericht aussagen ... wie ist mir das Ganze peinlich ... jetzt kommt der Herr Kommissar noch mal mit Verstärkung ... dann bis später ... mein Gott, was für eine Tragödie ... werde dir alles haarklein berichten ... Servus ... Tschüss ... Tschautschi ..."

Ruzzikova räusperte sich laut und sagte in getragenem Tonfall: „Herr Kommissaren möchten fragen was Sie haben gesehen."

Die Haushälterin war sich der neuen Situation bewusst, ab sofort die Ansprechpartnerin in der Villa zu sein. In diese Rolle wurde sie vom Schicksal regelrecht hineinkatapultiert. Höchstwahrscheinlich würde Frau Gellhoff in Kürze kommen und das Regiment als Hausherrin wieder übernehmen. Nur zu gerne wäre Ruzickova in der großen, hellen Villa als Hausdame weiterhin tätig.

Die Nordic Walking-Gruppe hörte gleichzeitig auf zu telefonieren. Die Damen steckten ihre Handys in die Gürteltaschen, sahen auf die Eintretenden und hofften nach einer kurzen Befragung wieder des Weges ziehen zu können. Schließlich hatten sie für den neuen VHS-Kurs „Englisch-to-go" bezahlt. Wenn sie vor der vereinbarten Zeit das Ziel erreichten, bekämen sie Bonuspunkte für einen weiteren Kurs. Und nun das! Ein unvorhergesehener albtraumhafter Boxenstopp.

Möller stellte das Ermittlerduo Pflamminger und Lux vor. Diese grüßten freundlich und kamen ohne Umschweife zum Thema.

„Meine Damen, wenn Sie psychologische Betreuung wünschen, können wir das sofort organisieren", bot Pflamminger an.

„Nein Danke, wir kommen schon zurecht", sagte Hilde Hollescheck mit kastanienbraun gefärbtem Kurzhaarschnitt.

Schnell tauschte sie Blicke mit den rotwangigen Gesichtern ihrer „Keep-on-walking"-Freundinnen, die zustimmend nickten.

„Haben Sie, als Sie in die Nähe von Gellhoffs Anwesen kamen einen Schuss oder Hilferufe gehört?", fragte Pflamminger.

„Nichts, absolut gar nichts", sagte Hollescheck, die sich kurzerhand als informelle Sprecherin des „English-to-go-Kurses" hervortat.

„Oder ein auffälliges Fahrzeug, ein Fahrrad, ein Motorrad oder einen oder mehrere Fußgänger, die sich verdächtig verhielten, es sehr eilig hatten?", fragte Lux weiter.

Wieder verneinten alle im Gleichklang die Frage und schüttelten den Kopf, als hätten sie es für eine Filmrolle einstudiert.

„Wissen Sie, wir waren gerade so schön im Tritt mit einer neuen Learning-by-doing-Methode, die Nordic Walking noch mehr Schwung verleiht, nun ja ...", ereiferte sich Hollescheck.

„Also, während wir marschierten, sangen wir gut gelaunt und laut unseren selbstgetexteten Song", ging Christl Lackerbauer mit buntem, bis über die Augenbrauen verrutschtem Stirnband dazwischen.

„Im Frühtau zu Berge, wir ziehn fallera ...", sagte Pflamminger und sah kurz zu seiner Kollegin.

„So ähnlich ... nein ... es geht so: Hurray, hurray, fifty shades of hey, hey, hey, okay, okay and stop and breathe in and out, in and out, two steps to the left, then to the right, backwards, forward and go, go, go ..."

Was wird das jetzt, wenn's fertig ist, dachte Pflamminger, tauschte schnelle Blicke mit Lux und Möller, die sich nicht weniger amüsierten.

„Okay, gut", unterbrach Pflamminger die Textdemonstration.

„Das kommt mir irgendwie bekannt vor", mischte sich Lux ein und musste sich das Lachen verkneifen.

„Ist das jetzt ein Englischkurs oder eine Nordic Walking-Gruppe? Naja, egal. Ist jemand schnell die Straße entlanggerannt über den Zaun gesprungen? Ein Rascheln im Gebüsch? Hinter den Rosensträuchern? Brauste ein Auto davon oder Ähnliches ...?", erkundigte sich Pflamminger, in der Hoffnung verwertbare Hinweise von der munteren Truppe zu erhalten.

„Nein, nichts, ich wiederhole mich. Uns ist nichts Verdächtiges aufgefallen", fiel Hollescheck dem Hauptkommissar ins Wort und sah ungeduldig auf die Armbanduhr.

Berta Lodermeier mit hochroten Wangen, hoher Stirn und verschwitzten Stoppelhaaren meldete sich mit erhobener Hand zu Wort.

„Herr Kommissar als wir der Blutspur folgten und Herrn Gellhoff entdeckten, war er schon tot. Wir haben sofort die Polizei angerufen. Aber fragen Sie doch mal die Hausdame, vielleicht hat sie ..."

Sie deutete auf Ruzickova, die mit einer Fünfliter-Thermoskanne ins Wohnzimmer gewieselt kam und vor der Walking-Gruppe stehen blieb.

„Ich nix hören ... nix sehen, ich ... ich ... waren in Kiche, habe Herr Möller alles gesprochen."

„Frau Ruzickova, wir sprechen gleich mit Ihnen, einen Moment noch", sagte Pflamminger, wandte sich wieder der Gruppe zu, die sich bereit erklärte für weitere Fragen jederzeit zur Verfügung zu stehen.

„Meine Damen, eine letzte Frage. Ist jemand von Ihnen im Besitz einer Schußwaffe?", fragte der Hauptkommissar und erntete entsetzte Blicke.

„Herr Kommissar, ich bitte Sie", begann Frau Hollescheck, während sie aufgeregt unentwegt den Kopf schüttelte, kurz zu ihren Walking-Kolleginnen nach hinten sah, die die Frage überflüssig fanden.

„Wir sind doch keine Scharfschützen, hätte ich beinahe gesagt ... Freud'scher Versprecher", sagte Frau Lodermeier und erntete unverständliche Blicke von ihren Freundinnen.

Lux notierte die Kontaktdaten und entließ the english-walking-women-group. Ruzickova begleitete sie zum Hinterausgang. Mit Unterstützung mehrerer Polizeibeamten setzten sie ihren Weg fort, vorbei an den staunenden Passanten, die sich fragten, wo denn die Frauengruppe plötzlich herkam. Hatten die sportlichen Damen etwas gesehen oder hatten sie mit dem Mord etwas zu tun? Pressefotografen rannten der davoneilenden Sportgruppe hinterher, machten Fotos und stellten neugierige Fragen. Die fünfzehnköpfige Truppe hatte es sehr eilig, hielt sich strikt an die Vereinbarung mit Hauptkommissar Pflamminger. Keine Interviews! Sie legten einen Zacken zu, bis die Pressemeute schließlich aufgab.

Der geleaste BMW mit Spezialkupplung für Gehbehinderte und dem zerschossenen linken Vorderreifen wurde von den Kriminaltechnikern abtransportiert. Thurner und seine Leute suchten mit Akribie jeden Zentimeter ums Haus und in den angrenzenden Grundstücken nach verwertbaren Spuren ab. Auch ein Hightech-Suchgerät kam zum Einsatz, das kleinste Metallteile aufspüren konnte. Die Ausbeute war gering. Zwei Patronenhülsen und ein abgebrochener Stöckel. Weder Reifenspuren vor der Villa und nicht ein Schuhprofil im Rasen oder im Blumenbeet. Nichts. Selbst in den benachbarten Grundstücken gab es nicht den kleinsten Anhaltspunkt, der auf den oder die Mörder hindeuten könnte.

Tschatschurtschika Ruzickova war geschockt. Sie saß auf dem breiten Sofa und trocknete sich mit dem Taschentuch die Tränen. Sie war die Letzte, die Gellhoff lebend gesehen und mit ihm kurz gesprochen hatte. Sie befand sich in der Küche, als Herr Gellhoff durch den Flur rief, er fahre jetzt zu seinem Hausarzt, den Verband wechseln, danach ins Büro, gegen neunzehn Uhr, eventuell auch später, käme er wieder zurück. Sie solle keine Fremden oder neugierige Pressefritzen ins Haus lassen und nicht ans Telefon gehen, der AB würde alles aufzeichnen. Er wünschte ihr einen schönen Tag und zog die Türe, die zur Garage führte, hinter sich zu. Ruzickova, schaltete ihren CD-Player an und genoss mitsingend ukrainische Volkslieder, während sie den Geschirrspüler einräumte. Nach zehn oder fünfzehn Minuten, läutete es plötzlich Sturm. Sie dachte Gellhoff habe etwas vergessen. Oder die Post oder vielleicht Frau Gellhoff? Nein es waren zwei Frauen von der Walking-Gruppe, die an die Haustüre bollerten und aufgebracht durcheinanderredeten.

Zusammen mit den beiden Frauen rannte sie hinaus und sah Gellhoff in der offenen Garage neben dem Auto liegen. Eine der Damen hatte den Notarzt und die Polizei verständigt. Sie habe dann das Chefsekretariat in der Bank angerufen. Passanten blieben stehen und glotzten. Sie wusste nicht mehr, wo ihr der Kopf stand. Sie konnte nur noch weinen. Der arme, arme Herr Gellhoff. Wer hatte ihm das angetan? Gestern und heute war er ausgesprochen nett zu ihr gewesen. Das war nicht immer so, aber Schluss damit.

Am Vorabend gegen neunzehn Uhr hatte Ruzzikova das Haus verlassen. Heute betrat sie um halb acht die Villa. In den letzten Tagen sei Gellhoff sehr nervös gewesen, fühlte sich einsam. Er habe viel telefoniert, war schlecht gelaunt. Ruzickova wurde nicht schlau aus ihm. Wie aus dem nichts bekam er Tobsuchtsanfälle, die sie bis in den zweiten Stock oder in den Keller hinunter hören konnte. Was der Grund war oder gegen wen die Wut gerichtet war, niemand wusste es. Ruzickova war überzeugt, er war ein unglücklicher Mensch, obwohl er viel Geld, eine schöne Frau, eine liebenswerte Tochter und ein großes Haus hatte. Er kämpfte mit Dämonen. Das spürte sie vom ersten Tag an. Was würde denn jetzt aus der schönen Villa werden, wollte Ruzickova spontan wissen. Vorerst würde der Tatort abgesperrt und das Haus versiegelt bleiben. Verena Gellhoff hatte sich angekündigt. Ruzickova nickte zustimmend und hoffte, dass Frau Gellhoff nicht zu viele Fragen stellte. Was für ein Unglück ...! Tschatschurtschika Ruzickova, die das Unglück hautnah miterleben musste, war mit den Nerven am Ende. Dessen ungeachtet musste sie das kriminaltechnische Procedere über sich ergehen lassen. Fingerabdrücke wurden gesichert, Hände und Kleidung nach Schmauchspuren untersucht. Obwohl sich niemand vorstellen konnte, die freundliche Haushälterin könnte Gellhoff auf dem Gewissen haben, mussten diese Maßnahmen ergriffen werden. Sie war die Letzte, die Gellhoff nachweislich lebend angetroffen hatte.

Lorenz Kramer und zwei Streifenbeamte befragten alle Nachbarn in der Straße. Verdächtige Personen, Fahrzeuge, Geräusche und so weiter. Die Nachbarn waren entsetzt, fanden den grausamen Tod von Roger Gellhoff schrecklich, einige kamen aber nicht umhin, sich nochmals zu seinen wilden Festivitäten zu äußern. Er habe es übertrieben. Einige vermuteten Geschäfte mit der Mafia, Drogenhandel, Mädchenhandel. Er sei ein Tunichtgut gewesen. Das Resultat nun eindeutig, das eine tun, um das andere zu tarnen. Seine Frau hatte gute Gründe sich von ihm zu trennen. Hinter der stets glänzenden Fassade des erfolgreichen Bankers taten sich Abgründe auf. Nachdem seine Frau ausgezogen war, ließ er die Maske fallen, war die überwiegende Einschätzung der Nachbarn. Es schien, als hätten viele eine Rechnung offen mit dem ehrgeizigen Banker. Aber würden sie deswegen gleich zu Mördern? Der höfliche frühpensionierte Professor für Kunstgeschichte, Hugo Strixner aus Leipzig. Die freundliche ehemalige Wurstfabrikantin Klara Westermaier, Mitte neunzig. Die aus Finnland zugewanderte Familie Aimkin mit drei kleinen Kindern. Der pensionierte Museumsdirektor Dirk Schack-Münzl mit seiner an Demenz leidenden Frau Grete, die jeden Eintretenden mit den Worten „Love and Peace" empfing und Kognak anbot. Oder der gut genährte Mittfünfziger, Musiklehrer, Ensemblemitglied im Stadtorchester. Hanno Kowalic, der Kinder mit Migrationshintergrund kostenlosen Musikunterricht gab? Die hochbetagten Zwillinge Helene und Ingburga Hopfenmüller, von Beruf reiche Erben eines Kunsthändlers, die für SOS-Kinderdörfer und die Regensburger Tafel spendeten. Hilmar Hohmbacher, Generalmajor a. D., der sich über die speziellen Events seines Nachbarn am meisten ärgerte, war mit seiner Frau in der Stadt, als die Schüsse fielen. Loretta Hohmbacher, seit fünf Jahren an den Rollstuhl gefesselt, hatte einen Termin beim Orthopäden am Obermünsterplatz. Anschließend tafelten beide im Bischofshof gute zwei Stunden zu Mittag. Die Restaurantleiterin, Paula Bicklberger, bestätigte die Anwesenheit des Ehepaars Hohmbacher. Sie seien gern gesehene Stammgäste und kämen seit vielen Jahren zweimal die Woche zum Mittagessen. Nahezu alle Befragten waren während der schrecklichen Tat

Zuhause, aber niemand will etwas Auffälliges bemerkt, gehört oder gesehen haben.

Grete Schack-Münzl mit einer hellen brüchigen Frauenstimme kicherte und sagte unvermittelt: „Der Mörder muss einen Schalldämpfer benutzt haben, Herr Oberbefehlshaber. Das lese ich oft in gruseligen Agentenkrimis. Die klassische Methode von Auftragsmördern. Möchten Sie noch einen Kognak? Ja, kommt sofort", sagte sie zu Kramer, der sie etwas irritiert ansah.

38 Tamara Broncovic wartete im Verhörraum, berichtete Kramer aufgeregt durchs Telefon. Rebecca habe bereits erkennungsdienstliche Maßnahmen veranlasst, Schmauchspuren und Fingerabdrücke. Die Kollegen hätten die Pistole konfisziert und bei der KTU abgeliefert. Zwei Wachhabende passten auf, dass sich die Hauptverdächtige nicht verdünnisierte. Es bestehe Fluchtgefahr. Das Vorstrafenregister beinhaltete von Broncovic und Ulanov keinen Eintrag. Außerdem wolle Broncovic unbedingt Polizeipräsident Kollberg sprechen. Dieser würde sie ihrer Überzeugung nach, wie ein Gentleman per Arm nach Hause begleiten. Mit dem Mord habe sie nichts zu tun. Er könnte schon mal mit der Vorvernehmung beginnen, schlug Kramer voller Tatendrang vor.

„Vorvernehmung? Sind Sie noch bei Trost? Auf keinen Fall, sagte er laut und schüttelte den Kopf über den selbstbewussten Praktikanten.

„Was ist mit Oleg Ulanov?"

„Den haben wir nicht angetroffen und Broncovic hat null Ahnung, wo er sich herumtreibt. Vermutlich getürmt."

„Da könnten Sie ausnahmsweise mal Recht haben. Lorenz, spitzen Sie die Lauscher! Rebecca muss sofort die Fahndung hochfahren! Handys von Broncovic und Ulanov orten und ein Bewegungsprofil erstellen. Das ganze Programm und unterstützen Sie Rebecca, okay? Zeigen Sie, was Sie bisher gelernt haben. Und noch eins ..."

„Ja, ich höre?"

„Sprechen Sie sich mit Rebecca gut ab. Keine Experimente, verstanden?"

„Logisch Chef", antwortete er mit gedämpfter Stimme.

39 Der Rechtsmediziner Enno Pfeffer hatte seinen Wanderurlaub durchs Pustertal verschoben. Zusammen mit seinem Stellvertreter hatte er die gerichtsmedizinische Autopsie vorgenommen. Hans-Hugo Hoffmann mit aufgeweckten Augen hinter einer Nickelbrille. Die Herren waren ein eingespieltes Team, hatten zusammen in München studiert. In einigen Jahren würden sie sich beinahe zeitgleich in die Rente verabschieden. Aber das war ein anderes Thema.

Pfeffer setzte seine Arbeitsbrille auf, ging nahe an den Obduktionstisch heran, auf dem der prominente Tote unter einem grünen Tuch lag. Hoffmann assistierte ihm, schob das Tuch bis zur Brust des Toten zurück. Über dem zerfetzten Hals lag ein weißes Tuch.

„Herr Gellhoff hatte keine Chance diesen hinterhältigen Überfall zu überleben", begann Pfeffer mit verhaltener Stimme.

Der Tod des jungen Mannes ging ihm nahe. Seit vielen Jahren war er mit Gellhoffs Schwiegereltern befreundet und kannte Verena schon als kleines Mädchen. Und nun dieser Schicksalsschlag. Eine Tragödie die schlimmer nicht sein konnte.

Verena Gellhoff kam kurz nach der Einlieferung ihres Mannes in Begleitung ihres Vaters und ihres Hausarztes. Die Witwe warf einen kurzen Blick auf den Toten und war außerstande auch nur ein Wort zu sagen. Gestützt von ihren Begleitern hatte sie nach einigen Minuten tränenüberströmt den sterilen Raum wieder verlassen.

„Der Täter muss aus einer Entfernung von etwa fünf bis sieben Metern geschossen haben", ergänzte Pfeffer, machte eine demonstrative Drehung wie es vielleicht auch das Opfer getan haben könnte und fuhr fort: „Gellhoff geht langsam zum Auto, will die

Fahrertür öffnen, just in dem Moment hört oder sieht er etwas oder jemand ruft seinen Namen, er dreht sich nach links, ein Schuss fällt ... Volltreffer. Gellhoff sucht vielleicht nach einem Halt, vergeblich, er sackt, wie die Blutspuren an der Autotür vermuten lassen, zu Boden. Die Kugel wurde von einem geübten Schützen abgefeuert und zerfetzte die Kehle samt Halsschlagader. Mit ziemlicher Sicherheit war Gellhoff binnen Sekunden bewusstlos. Der Blutverlust war enorm. Gleichzeitig drang Blut in die Lunge, was in kürzester Zeit zum Tode führte."

„Angenommen, jemand hätte sofort Erste Hilfe geleistet?", fragte Lux.

„Hm. Die Überlebenschance wäre äußerst gering gewesen. Mit Sicherheit kann ich das nicht sagen", antwortete Pfeffer.

Er nahm das weiße Tuch weg. Lux zuckte leicht, schloss für ein paar Sekunden die Augen. Durch massive Gewalteinwirkung zertrümmerte Körperteile, klaffende Wunden oder eine aufgerissene Kehle waren gewöhnungsbedürftig. Manchmal verfolgten sie Bilder wie diese bis in den Schlaf oder sie brachte den ganzen Tag keinen Bissen hinunter. Pflamminger war härter im Nehmen, sah kurz auf Gellhoffs zerschmetterten Hals, drehte sich zu seiner Assistentin und flüsterte: „Sind Sie OK?"

„Kein Problem, es war nur ... alles gut", sagte sie und ärgerte sich über ihre weichen Knie.

„Eine Kugel traf Gellhoff und ein Schuss wurde auf den linken Vorderreifen abgefeuert. Ergibt für mich keinen Sinn", sagte Pflamminger und sah auf seine Assistentin, die sich vom Toten einige Schritte entfernt hatte.

„Bei dem Volltreffer war eine Flucht unmöglich. Wozu dann noch den Autoreifen zerfetzen?", bemerkte Hoffmann.

„Vielleicht war der Mörder von seiner Treffsicherheit nicht restlos überzeugt und setzte erst das Auto schachmatt", sagte Lux mit fester Stimme, um ihr flaues Gefühl im Magen zu überspielen.

„Oder es haben zwei geschossen? Nur mal angenommen. Der Täter oder vielleicht sogar zwei Täter lauern schon eine Weile in der Nähe des Garagentors oder hinter einem Strauch, oder wo auch immer. Das Garagentor öffnet sich, Gellhoff humpelt zum Auto, beide schießen, nur so eine Theorie?", sagte Pflamminger und sah in drei skeptische Augenpaare.

„Was sagen die Nachbarn? Gibt es Zeugen? Der alte Generalmajor Hohmbacher hat den besten Blick auf die Garage. Wurde er schon befragt?", wollte Pfeffer wissen.

„Sie kennen Hohmbacher?", fragte Lux.

„Nur flüchtig."

„Herr und Frau Hohmbacher waren heute Vormittag beim Fußdoktor. Bereits überprüft", sagte Lux.

„Vielleicht hatte der Täter die regelmäßige Abwesenheit der Nachbarn sorgfältig ausspioniert, möglich wär's", mutmaßte der Hauptkommissar.

40 Die Pflichtverteidigerin Marie-Lou Dollner trug ein dunkelblaues, enganliegendes, knielanges Kostüm. Am linken Ringfinger einen Verlobungsring und am Mittelfinger einen Siegelring, was Pflamminger ins Auge fiel. Seiner Einschätzung nach war die selbstbewusst auftretende Anwältin noch keine vierzig.

Rechtsanwalt Oswald Polsterer hatte sich aus Befangenheitsgründen zurückgezogen. Er war nicht nur Gellhoffs Anwalt, sondern auch regelmäßiger Partygast in der Villa. Außerdem war er Zeuge, als Broncovic vor einigen Tagen ihren unberechenbaren Charakter zeigte, wie er es nannte und versucht hatte Gellhoff massiv unter Druck zu setzen. Vergangene Nacht hatte Gellhoff mehrmals versucht Polsterer telefonisch zu erreichen.

AB: *Oswald geh ran, verdammt! Ich brauche deine Hilfe. Die Hure will Geld, viel Geld. Sie erpresst mich und droht Fotos an die Presse zu geben. Schick das Russenpack zurück nach Sibirien. Am besten noch heute Nacht! Ruf zurück, es brennt an allen Ecken!*

Für Polsterer stand fest, wer seinen Freund Roger auf dem Gewissen hatte. Die brisante AB-Aufnahme löschte er, schaltete sein

Smartphone ab, entnahm die SIM-Karte, ließ diese präventiv verschwinden und benutzte vorübergehend nur sein Bürotelefon.

Vermutlich ging der Unfalltod von Trixi von Thalhussen auch auf das Konto der Bordellchefin. Hammerschmidt und Polsterer waren überzeugt, Broncovic hatte jemanden beauftragt, die Bremsen an Gellhoffs Auto zu beschädigen. Wusste sie, dass von Thalhussen noch dazu stark alkoholisiert in den Porsche steigen würde? Drei große Fragezeichen. Gellhoff von einem Auftragsmörder liquidieren zu lassen, war für beide ein weiteres großes Rätsel. Broncovic wollte endlich die längst überfälligen Rechnungen beglichen haben, aber vom lebenden Gellhoff. Gab es noch jemanden, der es Gellhoff heimzahlen wollte oder war die Geldübergabe schlichtweg aus dem Ruder gelaufen? Wieso waren die Ü-Kameras an Gellhoffs Haus ausgeschaltet? Beide Herren glaubten Gellhoff gut zu kennen, auch seine Unbeherrschtheit und seinen Hang zur Selbstüberschätzung unbesiegbar zu sein. Wer hatte ihm vor seinem Haus aufgelauert? Hatte Gellhoff sich mit seinem Mörder verabredet, ihm blind und naiv Bargeld in die Hand gedrückt? Wurde Tamara Broncovic von allen unterschätzt? Pflegte sie Kontakte zur russischen Mafia? Vielleicht. Hammerschmidt und Polsterer wussten, Broncovics finanzielle Situation war in eine äußerst kritische Schieflage geraten. Sie benötigte dringend einen neuen Kredit. Aber keine Bank in der Stadt war bereit, ihr unter die Arme zu greifen. Niemand wollte der angeblich so tüchtigen Geschäftsfrau ein zusätzliches Darlehen gewähren. Ihr letzter Hoffnungsanker war Roger Gellhoff. Dieser war nun tot. Folglich hatte es sich ausgeankert. Und Broncovic stand nun unter Mordverdacht. Würde sie dichthalten oder plaudern? Sie war in die lukrativen Business-Blackbox-Talks eingeweiht, die auf jeder Party stattfanden. Die höchst unangenehme Situation, bereitete Hammerschmidt und Polsterer großes Kopfzerbrechen, die Nähe zu Tamara Broncovic hing plötzlich bleischwer an ihren Füßen. Sollte sie plaudern, könnte es für mehrere bekannte Köpfe in der Stadt brenzlig werden. Was tun? Abwarten oder abtauchen?

Rechtsanwältin Marie-Lou Dollner stellte sich vor und gab sogleich selbstbewusst und entschieden zu verstehen, dass sie in ihrer Doktorarbeit die Ausbeutung und Unterdrückung von Prostituierten in Europa insbesondere in Deutschland wissenschaftlich fundiert analysiert habe. Ihrer Überzeugung nach von Politik und Gesellschaft leider ein häufig ignoriertes Thema. Darüber hinaus sei sie Vorstandsvorsitzende des Vereins „Mehr Rechte für Prostituierte in Deutschland e.V." mit dem Appell an die Gesellschaft: *Prostituierte sind Menschen wie du und ich, und keine Ware.*

Lux zollte der engagierten Anwältin Respekt und freute sich auf die Zusammenarbeit mit ihr.

Der Chef fuhr sich mit der Hand durch den glatten Kurzhaarschnitt, kratzte sich hinterm Ohr und dachte, das kann ja heiter werden. Engagement gut und schön, aber Verteidigerin Dollner hatte keinen blassen Schimmer welches Kaliber neben ihr saß.

Der Chefermittler lächelte Frau Dollner zuversichtlich an.

Die Tür ging auf und Dolmetscher Igor Hagemond kam abgehetzt mit roten Wangen in den Raum, entschuldigte sich für die Verspätung. Sein vierjähriger Sohn habe Fieber, seine Frau sei auf Fortbildung und Oma habe sich leider verspätet.

Möller und Hammerschmidt verfolgten die Vernehmung über den Monitor nebenan und waren neugierig, wie Broncovic es anstellte, ihren Kopf aus der Schlinge zu ziehen. Ihr holpriges Deutsch kompensierte sie mit Charme und erotischer Ausstrahlung, was so manchen Verkehrspolizisten ins Schwitzen und dazu brachte wegzusehen, wenn sie mitten in der Altstadt falsch parkte.

Tamara Broncovic dezent und hochgeschlossen gekleidet, saß regungslos neben der Pflichtverteidigerin, senkte schnell die Augenlider, wenn sich ihr Blick mit den Ermittlern traf. Schweigend harrte sie der Dinge, in der Hoffnung mit Dollner auf der sicheren Seite zu stehen.

„Frau Broncovic ...", begann Pflamminger mit fester Stimme.

„Ich habe Frau Broncovic bereits auf ihre Rechte hingewiesen, unter anderem auch, dass sie hier nichts aussagen muss, was ihr zum Nachteil gereichen könnte", fiel die Verteidigerin dem Vernehmungsleiter schnell ins Wort.

„Gut Frau Dollner ..."

„Wollte ich nur gesagt haben", lächelte sie ihre Mandantin an, die mit reduzierter Schminke, dunklen Augenringen und hängenden Mundwinkeln der Vernehmung entgegenzitterte.

All ihre Hoffnungen, ihre Zukunft lagen nun in den Händen der Rechtsanwältin. Konnte sie ihr vertrauen? Besaß diese zartgliedrige Frau Kraft und Kompetenz genug, sie zu verteidigen? Der Verdacht an Gellhoffs Tod eine Mitschuld zu tragen, lag tonnenschwer auf Broncovic. Ihr Vertrauen in das Gute im Menschen war zutiefst erschüttert. Zu oft wurde sie von angeblich guten Freunden bitter enttäuscht. Das hatte sie hart gemacht. Das Leben bedeutete für sie Kampf und ihrer festen Überzeugung nach kamen nur die Korruptesten ganz oben an, konnten das Leben genießen, ohne auch nur eine Sekunde an ihre Schandtaten zu denken oder vielleicht Reue zu zeigen. Sie war Ausländerin und Fremde eigneten sich immer gut als Bauernopfer. Sollte sie unschuldigerweise ins Gefängnis wandern, würde kein Hahn nach ihr krähen. Die Situation, in der sie sich befand, war kritisch. Aber noch verspürte sie unbändige Power, gegen die Anschuldigung anzukämpfen. Sie hatte Gellhoff nicht getötet, wiederholte sie in Gedanken ununterbrochen, um sich Mut zu machen. Denn was jetzt auf sie zurollte, könnte ihr das Genick brechen. Hat Oleg gelogen? Schon als Kind konnte er lügen, ohne rot zu werden. Selbst wenn Vater ihn windelweich schlug, weil er öfter bei Nachbarn schweres Werkzeug gestohlen und die Teile gegen harte Rubel verkauft hatte. Er gestand seine Schandtaten nie ein. Zwar gelobte er nach jeder Prügelstrafe Besserung, aber kurze Zeit später begann das Spiel von neuem. Oder hatte Oleg vielleicht in Panik abgedrückt? Jedenfalls war er erst mal unsichtbar. Und mithilfe der Rechtsanwältin konnte sie sich auf die Verteidigungsstrategie konzentrieren und Zeit gewinnen. Äußerste Vorsicht war geboten, um nicht in den Strudel der Machenschaften zu geraten, die sich in Gellhoffs Villa hinter den Champagner-Kulissen abgespielt hatten. Fluchtmöglichkeiten spukten ihr durch den Kopf, als sie Dollner sagen hörte: „Frau Broncovic, alles in Ordnung?"

Sie nickte, seufzte lange, legte die Hände in den Schoß und sah mit traurigen Augen zu Boden.

„Roger Gellhoff wurde heute zwischen acht und halb neun Uhr in seinem Anwesen vor seinem Auto erschossen ..."

Broncovic schluchzte, zog schnell ein seidenes Taschentuch aus der Handtasche und trocknete die Tränen.

„War gutes Freund. Bin traurig, bin viele traurig ...!"

„Wenn es Ihnen schwerfällt, dann ..."

„Nein", hauchte sie und schnäuzte geräuschvoll ins Taschentuch.

„Frau Broncovic wo waren Sie heute Vormittag zwischen sieben und elf Uhr?"

„Ich? Putzen in die Club. Boden waschen. Haben Zeugen, kann kommen und fragen", sagte sie selbstsicher und wischte ein paar Tränen weg.

Dollner bekräftigte die Aussage. Sie habe mit der Zeugin gesprochen, eine Mitarbeiterin des Taiga Clubs. Sie würde auch vor Gericht eine Aussage machen, sollte dies nötig sein, aber so weit würde es nicht kommen.

Ihr Wort in Gottes Ohr, dachte Pflamminger und ärgerte sich über die Vorgehensweise der Rechtsanwältin. Er räusperte sich und sagte: „Name und Wohnort der Zeugin?"

Broncovic warf Dollner einen hilflosen Blick zu.

„Ja natürlich", sagte die Verteidigerin und sah dabei mit auffordernder Mimik auf ihre Mandantin.

Broncovic reagierte nicht, tupfte weiter unter ihren Augen herum.

„Frau Broncovic, wie heißt die Zeugin?", fragte Lux.

„Ja, nein ... Yvonne Tasch ... Tesch ... Tosch ... Toscha ... fofinsky, ja, ist die Name. Arbeiten erst zwei Tagen in meine Club."

„Adresse? Telefonnummer?", fragte Lux weiter.

„Ich werde Ihnen die Adresse noch heute mailen", kam Dollner ihrer bis aufs Mark erschütterten Mandantin zu Hilfe.

„Frau Lux, bitte überprüfen. Frau Broncovic, die Spurensicherung hat am Tatort einen abgebrochenen Stöckel gefunden. Vermissen sie einen roten Stöckel?", fuhr Pflamminger fort.

Sie sah über Pflammingers Kopf hinweg und überlegte lange. „Nein, weiß nicht. Haben viele Schuh mit die Stöckel. Herr Gellhoff hat viele Kontakten mit die Frauen, weiß nicht, wer hat verloren."

„Zwei Kollegen werden Ihren Schuhschrank gründlich durchsuchen. Vielleicht fehlt einer wie bei Aschenputtel, *Rucke di gu, rucke di gu, Blut ist im Schuh ...*', mit den bösen Stiefschwestern ..."

„Herr Pflamminger keine Albernheiten. Halten Sie sich an die Fakten", fiel Dollner ihm mit strengem Blick ins Wort.

Humorlos ist sie auch noch, dachte er und setzte die Befragung fort.

„Frau Broncovic, wo ist Oleg Ulanov? Wo hält er sich zurzeit auf?"

Sie schluckte, verschlang die Hände krampfhaft ineinander, senkte schnell den Blick und schwieg.

„Ob Sie mit uns kooperieren oder sich in Schweigen hüllen, entscheiden Sie. Aber ich versichere Ihnen, wir werden ihren Freund finden!"

Vor eineinhalb Stunden nahm sie Oleg Ulanov zwei Smartphones ab, verpasste ihm eine Perücke, neue Kleidung, einen getürkten Pass und siebentausend Euro in kleinen Scheinen, fuhr ihn bis zur Stadtgrenze. Autowechsel. Ein zuverlässiger Freund fuhr den flüchtigen zum Prager Flughafen. Der Chauffeur ließ sich den spontanen Sonderfahrdienst fürstlich entlohnen.

Code: „Adler abgehoben" mit lachendem Smiley plus Daumen nach oben bestätigte der Fluchthelfer via SMS den Auftrag. Sofort zertrümmerte Broncovic ihr und Ulanovs Handy und hoffte inständig, Oleg möge so lange in Russland bleiben, bis Gras über die Sache gewachsen war.

„Frau Broncovic soll Herr Hagemond die Frage wiederholen?"

Sie erschrak, setzte sich aufrecht hin, schniefte, tupfte nicht vorhandene Tränen weg, hob mehrmals ihre Schulter und sagte mit gesenktem Blick: „Nix wissen. Manchmal Oleg hat ander Jobgelegenheit und nix sagen. Manchmal machen Urlaub in die Italien. Immer dummer Kopf. Vielleicht morgen zurück, vielleicht nächster Monat?"

„Herr Ulanov ist ein erwachsener Mann, er weiß selbst, was er zu tun und zu lassen hat. Er muss sich bei Frau Broncovic nicht abmelden", sagte Dollner belehrend.

„Er ist einer ihrer engsten Mitarbeiter und gibt Ihnen nicht Bescheid, wenn er verreist oder plötzlich abtaucht?", fragte Lux skeptisch.

Broncovic bemühte sich ruhig zu bleiben, sah an Lux vorbei und sagte mit gequältem Lächeln: „Wann kommen zurück, ich sagen, muss gehen Polizei. Ja, ich sagen Oleg."

Pflamminger glaubte ihr kein Wort. Sie weiß, wo er sich aufhält, dachte er und sagte: „Geben Sie uns seine Handynummer, sofort!"

Broncovic sah kurz zu Dollner. Sie nickte.

„Verstehe Frage nicht", sagte Broncovic kleinlaut und sah wieder hilfesuchend zu der Verteidigerin.

„Olegs Handynummer", sagte sie mit sanftem Lächeln.

„Äh ... ja, Nummer, ja, kleiner Moment."

Umständlich lange kramte sie in der Tasche, holte einen zerknüllten Zettel mit einer Telefonnummer hervor und schob sie über den Tisch.

„Wann haben Sie Oleg Ulanov zum letzten Mal gesehen? Gestern Nacht, heute früh, vor einer halben Stunde?" fragte Pflamminger eindringlich.

Broncovic überlegte lange und sagte: „Ah, Oleg wollen fahren Amsterdam zu Freunden. Ich nix kennen. Großer Geheimnis, Oleg hat neuer Freundin, ja ich glauben."

Sie lächelte breit, setzte eine Unschuldsmiene auf, die eine Schauspielerin nicht besser hätte einstudieren können.

„Wir werden ihre Telefonkontakte der letzten Tage und Stunden überprüfen", sagte Pflamminger ruhig und bemerkte Broncovics aufkommende Nervosität mit angstvollem Blick zu Dollner.

„Ihre Nummer!", sagte diese mit weicher Stimme und blickte die zögerliche Hauptverdächtige kopfnickend an.

„Nummer nix in die Kopf, Handy Zuhause", sagte sie abwehrend und hielt ihre Tasche mit beiden Händen fest.

Dollner klappte die Arbeitsmappe zu, verschränkte die Hände wie zum Gebet und legte sie auf den Tisch.

„So, genug, Herr Pflamminger. Frau Broncovic hat ein Alibi, hat Rede und Antwort gestanden. Weitere Fragen erübrigen sich. Und die Telefonüberprüfung ist überflüssig. Ich werde dies nicht zulassen ..."

„Moment! Wann die Befragung zu Ende ist, bestimme immer noch ich", sagte Pflamminger angesäuert und musste seinen Groll der selbstbewussten Rechtsanwältin gegenüber herausfiltern.

Pflammingers sensibler Magen mochte derartige Verhaltensweisen nicht. Sein Hausarzt riet ihm schon vor Jahren gesünder zu essen, mehr Sport zu treiben und den Berufsstress mit Yoga oder Tai Chi auszubalancieren. Lux spürte das aufkommende Unwohlsein des Chefs und schenkte ihm ein charmantes Lächeln, was so viel bedeutete, wie: *nicht ärgern Chef, wir sind Profis.*

Pflamminger sah kurz zu Lux, dann zu Broncovic, streifte Dollner, die ihn nicht aus den Augen ließ.

Der Hauptkommissar grinste über den Tisch und sagte: „Bevor Sie abrauschen, möchten wir Ihnen noch einen Tonmitschnitt vorführen. Hören Sie gut zu!"

Lux drückte die Starttaste. Nach den ersten Worten zuckte Broncovic zusammen, senkte den Blick, hätte sich am liebsten die Ohren zugehalten.

Dollner sah ungläubig auf das Abspielgerät, neigte sich etwas nach vorne, sah kurz zu ihrer Mandantin, die ihren Kopf noch tiefer nach unten neigte.

„Frau Broncovic ist das Ihre Stimme?"

Sie verneinte kopfschüttelnd und sagte: „Nix meiner Stimmen! Oleg kann machen beweisen! Ich schwören, ich schwören!"

Sie hielt sich an ihrer Tasche fest und wich den Blicken der Ermittler und der Verteidigerin konsequent aus.

„Also, was soll der Hokuspokus?", sagte Dollner lapidar, „eine Aufnahme wie diese kann jedes Tonstudio präparieren."
Der Chefermittler war über die Ignoranz der Rechtsanwältin ziemlich erstaunt. Er sagte: „Der Haftrichter wird die Aufzeichnung mit deutlichen Drohungen an Roger Gellhoff adressiert, anders beurteilen. Das ist Ihnen schon klar, Frau Dollner?"

Er sah die taffe Anwältin lange an, sie hielt dem Blick stand, hob kurz die Schultern und sagte: „Beurteile ich anders."

„Wie Sie wollen. Okay, Verhör für heute beendet. Für weitere Fragen, Frau Rechtsanwältin, Sie wissen Bescheid", sagte er mit deutlicher Ansage, dabei Tamara Broncovic fest im Blick.

„Ja, Herr Oberkommissar Pflamm ..."

Sie setzte ein gequältes Lächeln auf, wechselte schnelle Blicke zwischen Pflamminger, Lux und Hagemond.

„Mein Name ist P-f-l-a-m-m-i-n-g-e-r!"

Er stand auf, gab dem Polizeibeamten an der Tür mit einer Kopfbewegung zu verstehen, die beiden Damen nach draußen zu begleiten.

„War mir eine Freude, Sie und Frau Lux kennenzulernen", sagte Dollner mit geschäftsmäßiger Freundlichkeit und verließ mit Broncovic den Raum.

Gedankenversunken wippte Pflamminger auf seinem Stuhl nach hinten und sagte: „Die Broncovic lügt, leugnet und schweigt bis ans Ende ihrer Tage, ohne rot zu werden. Aus der werden wir nichts herausbekommen. Franziska, die Aufnahme gut verwahren. Mann, Mann, Mann! Die weiß haargenau, wo sich ihr getreuer Bordelllaufbursche aufhält. Was meinen Sie?"

„Sieht ganz danach aus. Vermutlich ist er bei Freunden irgendwo in der Stadt untergetaucht. Oder er ist Richtung Osteuropa verschwunden. Trauen Sie Broncovic und ihrem Helfershelfer den Mord zu?"

„Motive hat sie und ausgerechnet jetzt funkt uns die selbst ernannte Rotlichtreferentin dazwischen …“

„Na, na, na, Chef, das habe ich jetzt überhört“, empörte sich Lux.

„Die Dollner glaubt, sie habe ein unschuldiges Lämmchen aus dem knallharten Bordellbusiness vor sich, das Tag und Nacht unterdrückt und ausgebeutet wird. Der Verteidigerin werden die Augen bald aufgehen.“

Pflamminger unterdrückte ein Gähnen und sah auf seine Armbanduhr.

„Ein starker Kaffee wäre jetzt eine sympathische Abwechslung.“

Die Tür ging auf und Reischl stand im Türrahmen.

„Wollt ihr in dem muffigen Kabuff übernachten?“

„Rebecca, meine Rettung … Kaffee … prestissimo!“

Wieder unterdrückte er ein Gähnen.

„Chef, für Sie doch immer“, sagte sie.

Aus ihrer Arbeitsmappe zog sie eine Namensliste und legte diese auf den Tisch.

„Was ist das?“

„Sieht man das nicht?“

„Klären Sie mich auf.“

„Alle VIPs, die mit Gellhoff in engem Kontakt stehen … standen, seine Partys besuchten und befragt werden müssen.“

„Von wem ist die Liste?“

„Nicht verzagen, Oberkriminalrat Möller und Polizeibeamtin Reischl fragen.“

„Rebecca, wenn wir Sie nicht hätten, dann ginge uns die Arbeit aus.“

Er überflog die Liste, schüttelte grinsend den Kopf und schob sie Lux zu.

„Verschlusssache!“

„Ja, aber …?“

„Vorerst.“

Lorenz Kramer kam durch die offenstehende Tür und erhielt

sofort einen Auftrag: Handys von Broncovic und Ulanov orten. Einzelverbindungsnachweise der letzten drei Wochen, Tage und Stunden auflisten.

„In Kooperation mit Rebecca. Noch Fragen, Lorenz?"

„Ja ... nein ... ja ... äh ... Frau Gellhoff ist am Telefon."

Verena Gellhoff fragte den Hauptkommissar, ob er noch heute zu ihr kommen könne. Ja, in Begleitung seiner Assistentin? In Ordnung. Ohne Herrn Hammerschmidt betonte sie ausdrücklich.

41 Verena Gellhoff öffnete die Tür, bat die Besucher ins Haus. Sie gingen ins Wohnzimmer, das fünfmal größer war als Lux' Appartement. Sie ließen sich auf dem bequemen cognacfarbenen Überecksofa nieder mit vier ebensolchen Sesseln. In der Mitte stand ein großer Glastisch. Gegenüber befand sich hinter einem drei Meter langen Tresen ein breiter Schrank. Lux fiel auf, dass die zwei Regalfächer in der Mitte des breiten Schranks beim ersten Besuch mit einem hochprozentigem Alkoholsortiment bestückt waren: Whisky, Wodka, Cognac, Grappa, Stroh Rum, Likör, Absinth, Sambuca, Gin Tonic, Zwetschgengeist. Hatte Frau Gellhoff die Hausbar in einen anderen Raum verlegt oder das Überangebot geistiger Getränke entsorgt? Über den leeren Regalen hingen fünf großflächige abstarkte Kunstbilder.

Außer der hardcore Destillate in den Regalen hatte Lux die restliche teure Einrichtung beim ersten Besuch kaum wahrgenommen. Die Nordic Walking-Gruppe, fünfzehn Damen an der Zahl, hatten das Wohnzimmer regelrecht in Beschlag genommen und aufgeregt mit ihren Angehörigen telefoniert.

Tschatschurtschika Ruzickova kam dazu und fragte, ob sie etwas zu trinken bringen dürfe.

„Einen Kaffee", sagte Pflamminger wie aus der Pistole geschossen mit einem warnenden Blick von seiner Assistentin *denken Sie an ihren nervösen Magen.*

„Frau Lux?"

„Gerne ein Mineralwasser.“

„Sofort bringen alles“, sagte Ruzickova mit gebotenem Ernst und verschwand Richtung Küche.

„Sie werden sich wahrscheinlich fragen, warum ich Sie hierhergebeten habe“, sagte die Hausherrin leise mit verlorenem Blick in den weitläufigen Garten hinaus.

Obstbäume standen in voller Blüte. Der Swimmingpool war mit einer Plane abgedeckt, Gartenmöbel standen zusammengeklappt unter dem Vordach neben dem großen aus Naturstein gemauerten Kamingrill.

„Als Ermittler im Mordfall Ihres Mannes hatten wir selbstverständlich vor Ihnen einen Besuch abzustatten. Nun waren Sie schneller“, sagte Pflamminger und sah Verena Gellhoff erwartungsvoll an.

Die zart und zerbrechlich wirkende Witwe hatte ihre glatten dunklen Haare nach hinten gebunden. Ihre kleinen Hände schienen ein wenig zu zittern. Mit schüchternem Lächeln wartete sie bis Frau Ruzickova die Getränkte hereinbrachte. Auf leisen Sohlen kam diese in den Raum und stellte das Gewünschte auf den Tisch.

„Frau Gellhoff, nix essen, nix trinken, nix gut“, sagte sie, um die junge Frau besorgt.

„Danke, ich weiß, Sie meinen es gut mit mir.“

„Ich reden, reden, aber ...“

Mit ernster Miene hob sie die Schulter und verließ den Raum.

Verena Gellhoff lehnte sich zurück, legte ihre Hände in den Schoß, sah die Besucher an und begann ruhig und gefasst zu sprechen: „Wieso mein Mann in Finanzfachmagazinen und Internetforen mit viel Lob überhäuft wurde, war mir schleierhaft. Vor vier Monaten wurde ihm der Bayerische Verdienstorden verliehen. Was hat er dafür geleistet? Seine Kontakte bemüht, die bis in die Bayerische Staatskanzlei hineinreichten? Mein Mann hatte zwei Gesichter. Zeitgenossen, die ihm berufliche und finanzielle Vorteile verschafften, waren seine engsten Freunde. Die meisten seiner Mitarbeiter hasste er. Nutzlose Zombies. Den gefassten Plan, in den kommenden Jahren die Hälfte der Mitarbeiter zu entlassen, hätte er mit Sicherheit umgesetzt."

Sie wechselte schnelle Blicke zwischen den Besuchern und fuhr fort: „Ich bin mir ziemlich sicher, mehrere Menschen hatten ein Motiv es ihm heimzuzahlen. *Dem werde ich es gehörig heimzahlen*', war einer seiner Standardsätze."

„Haben Sie einen Verdacht? Kennen Sie jemanden, der es ihm heimzahlen wollte?", unterbrach Pflamminger die Witwe, die er nicht so ganz einzuschätzen wusste. Was wollte sie mit der spontanen Abendeinladung bezwecken?

Der Hauptkommissar und seine Assistentin vermuteten eine tief trauernde, traumatisierte junge Frau anzutreffen, deren Ehemann gerade durch eine Mörderhand aus dem Leben gerissen wurde. Frau Gellhoff wirkte gefasst, schien sich jedes Wort gut zu überlegen.

Seelischer Schock wegen eines schrecklichen Unglücks oder der Verlust eines geliebten Menschen äußerte sich unterschiedlich, wie die Ermittler in jahrelanger Arbeit auch als Überbringer schlimmer Nachrichten beobachten konnten. Weder ein erfahrener Kommissar noch ein Psychologe konnte hinter den dichten Vorhang einer menschlichen Seele sehen und die wahren Gefühle richtig einschätzen.

Verena Gellhoff überlegte und sagte: „Vielleicht ein oder mehrere Mitarbeiter in der Bank. Klärende Gespräche blockte er stets ab, stattdessen brüllte er Mitarbeiter zur Tür hinaus, gleichzeitig fühlte er sich stets als der Sieger und zeigte dies auch deutlich."

Wie stand es um Frau Gellhoffs Motive? Sie hatte sich von ihrem Mann getrennt. Was waren die Gründe? Fragen über Fragen schossen Pflamminger durch den Kopf, während er ihr zuhörte.

Sie warf einen kurzen Blick in den Garten und sagte: „Vor einem Jahr bin ich ausgezogen. Ich konnte seine Eskapaden nicht mehr ertragen. Es verging kein Tag ohne heftigen Streit. Meine Tochter verstand ihren Vater nicht mehr. Wir zogen zu meinen Eltern. Vor gut drei Wochen habe ich die Scheidung eingereicht. Das hat sich jetzt ..."

„Darf ich noch bringen Getränk?", durchdrang Ruzickovas einfühlsame Stimme die angespannte Atmosphäre.

Die Ermittler winkten dankend ab. Frau Gellhoff ließ sich einen Jasmintee bringen.

„Versprechen Sie mir, Herrn Hammerschmidt von unserem Treffen nichts zu erzählen. Dem aalglatten Typen traue ich nicht über den Weg."

„Keine Sorge, ich halte mich an unsere Abmachung."

„Herr Pflamminger, Frau Lux, gehen Sie in die Bank und sprechen Sie mit den Abteilungsleitern, den Chefsekretärinnen Frau Haller und Frau Zitzelsberger. Sie werden erstaunt sein, was Sie dort zu hören bekommen."

Ruzickova kam durch die Tür, stellte ein Kännchen Tee auf den Tisch und goss ein.

„Danke, Frau Ruzickova."

„Bitter scheen."

„Könnten die von ihrem Mann angekündigten Entlassungen den einen oder anderen Mitarbeiter in Panik versetzt haben?", fragte Lux spontan.

Verena Gellhoff nahm einen Schluck, stellte die Tasse ab, hob kurz die Schultern, sah mit stark geschminkten Augen die Ermittlerin an.

„Wer weiß? Vielleicht? Von den Sekretärinnen Zitzelsberger und Haller habe ich erfahren, dass mein Mann in kürzester Zeit innerhalb der Belegschaft viel Unfrieden gestiftet haben soll."

„Frau Gellhoff, jetzt möchte ich doch, sagen wir mal, auf die berühmt, berüchtigten Partys zu sprechen kommen", sagte Pflamminger.

„Mehr berüchtigt als berühmt", sagte sie mit einem ironischen Lächeln um ihre Mundwinkel.

„Können Sie uns Personen nennen, die daran teilgenommen haben?"

Verena Gellhoff machte beinahe den Eindruck, als hätte sie auf die Frage gewartet und legte los: „Die Broncovic war im Auftrag meines Mannes die Organisatorin der Partys. Darüber hinaus begleitete sie ihn unverfroren auf Dienstreisen oder schlichtweg als solche getarnte. Er hatte Affären mit mehreren Mitarbeiterinnen auch mit Natascha Schlunzinger und Trixi von Thalhussen. Als ich von seinen neuesten Eroberungen erfuhr, war mir klar, mit diesem Mann gibt es keine gemeinsame Zukunft. Ich stellte ihn zur Rede. Er verlachte mich und erwartete das Ganze sportlich zu sehen. Die Natur habe ihn nun mal mit viel Kraft zwischen den Lenden bedacht.“

Sie schluckte, bekam feuchte Augen und senkte verlegen den Blick.

Plötzlich surrten die Rollläden. Ruzickova stand im Türrahmen und sagte grinsend: „Schuldigung, vergessen.“

„Frau Ruzickova, lassen sie sie noch offen. Danke.“

Die Jalousien surrten nach oben und Ruzickova verließ schnell das Wohnzimmer.

„Können Sie uns weitere Partygäste nennen?“

Lux nahm den roten Faden wieder auf und hielt Block und Stift bereit.

„Zwei undurchsichtige Typen, angeblich Freunde der Bordellchefin, Oleg und Mirko heißen sie. Heinrich Hammerschmidt war Stammgast, ebenso Oswald Polsterer, Boris Böcklberger, Linus Gutschler ...“

Und weitere dreißig honorige Namen der Regensburger High Society, die Lux notierte.

„Broncovic war für junge, blonde Frauen zuständig, die sie mit Bedacht auswählte. Zum Amüsement hochkarätiger Geschäftsleute. Ekelhaft!“, sagte sie und schüttelte den Kopf.

„Waren Sie während der Partys anwesend“, fragte Lux.

„Gott bewahre! Nur einmal hat mich Roger regelrecht genötigt, als Gastgeberin gute Miene zum bösen Spiel zu machen. Nach einer Stunde habe ich die Flucht ergriffen“, sagte sie peinlich berührt und vermied ihre Besucher anzusehen.

„Frau Gellhoff, wo waren Sie heute Vormittag zwischen sieben und zehn Uhr?“, wollte der Hauptkommissar wissen.

Sie sah die Besucher mit großen Augen an und sagte ruhig: „Um halb acht habe ich wie jeden Tag meine Tochter zur Schule gefahren. Kurz darauf war ich wieder Zuhause. Sie können jederzeit in der Schule nachfragen, ebenso meine Tochter, meine Eltern und unsere Haushälterin Frau Griesbeck befragen.“

„Wie hat Herr Gellhoff Senior auf den Tod seines Adoptivsohnes reagiert?“, fragte Lux.

Frau Gellhoff seufzte tief, schluckte und sagte mit Tränen in den Augen: Nervenzusammenbruch. Er befindet sich in stationärer Behandlung. Seine Frau hat mich gebeten von jeglichem Besuch Abstand zu nehmen. Sein Zustand sei kritisch.“

Mit beiden Händen umklammerte sie die Tasse, als suchte sie nach Wärme und Halt oder wollte sie den Ermittlern noch etwas mitteilen. Ihre Augenlider zuckten, sie seufzte, schließlich sagte sie: „Ich weiß nicht, ob ich Ihnen das ...“

„Frau Gellhoff, jedes noch so kleine Detail könnte hilfreich sein“, versuchte der Chefermittler die Witwe anzuspornen mit kurzem Blick zu Lux.

„Mein Mann war ein schwieriger Charakter. Er ... er hatte gravierende Probleme und glaubte mit viel Alkohol und Drogen könne er seine Unzulänglichkeiten in Schach halten ... vor seiner Umgebung verbergen. Er litt am Borderline-Syndrom und an einer narzisstischen Persönlichkeitsstörung“, sagte sie leise mit gesenktem Blick.

Pflamminger sah fragend zu Lux, die etwas mehr über diese angebliche Krankheit wissen wollte.

Frau Gellhoff winkte ab und sagte: „Ich ... ich maile Ihnen die ärztliche Diagnose zu. Habe ich von seinem behandelnden Arzt in einem Luzerner Krankenhaus angefordert. Bevor ich meinen Mann verließ, besuchte ich Eckhard Gellhoff. Wir redeten lange über Roger, über sein jähzorniges Temperament, seine Ungeduld, seinen unsteten Geist. Roger war wohl ein schwieriges und eigenwilliges Kind. Seine Mutter, eine streng gläubige Baptistin, war mehr mit Beten und Gemeindearbeit beschäftigt, ließ ihre beiden Söhne oft allein und ohne Aufsicht. Wenn die Jungs etwas angestellt hatten, allen voran Roger, gab es von der Mutter heftige Ohrfeigen und obendrauf vom Vater Schläge mit dem Rohrstock und eine Woche lang Nachmittagsarrest. Als der verhasste Vater starb, atmeten die beiden Jungs auf. Drei Jahre später verstarb die Mutter und die Buben wurden vom Onkel adoptiert. Die Erziehung verlief, nun ja, statt Prügel gab es Kopfnüsse. Zuneigung, emotionale Wärme, Anerkennung? Fehlanzeige, wie Roger mal erzählte. Der Stiefvater setzte hohe Erwartungen in seine Stiefsöhne. Die Folgeschäden dieser gefühlskalten Erziehung, man könnte auch sagen dieses militärischen Drills, können Sie im Bericht nachlesen."

Verena Gellhoff räusperte sich, senkte den Blick und legte ihre gefalteten Hände erneut in den Schoß. Sie presste die bebenden Lippen zusammen.

Sie hob den Kopf, atmete schwer und sagte: „Ich möchte Sie nicht weiter langweilen mit ... mit ...“

„Nein! Sie langweilen uns nicht“, sagte Pflamminger.

Mit fragendem Blick sah er zu seiner Assistentin, überlegte wie er nach diesen freudlosen Details aus Roger Gellhoffs Kindheit einen entsprechenden Übergang formulieren sollte, um die plötzlich fragil wirkende Frau nicht noch mehr aus der Fassung zu bringen. Es fiel ihm nichts Passendes ein. Er war nun mal Polizist und kein Psychotherapeut und sagte mit sanfter Stimme: „Frau Gellhoff, als ermittelnder Kommissar muss ich Ihnen diese Frage stellen, besitzen Sie eine Waffe?“

Sie erschrak, sah mit großen Augen auf die Ermittler. Mit dieser Frage hatte sie nicht gerechnet.

„Ich? Nein. Sie können das ganze Haus durchsuchen ... warten Sie, ja klar, Roger hat eine kleine Pistole.“

„Wo ist die Waffe?“, wollte Lux wissen.

Sie überlegte kurz und sagte: „Vermutlich in seinem Arbeitszimmer, keine Ahnung. Schicken Sie jemanden vorbei. Ich ... ich habe keine Kraft nach dem Ding zu suchen. Laptop und Handy können Sie auch mitnehmen. Mit diesen Gerätschaften hatte er sich mehr beschäftigt als ...“

Die Pistole lieber gleich mitnehmen oder erst morgen Vormittag von den Kollegen der Spurensicherung abholen lassen? Lux sah ihren Chef fragend an. Er nickte zustimmend.

„Gut, Frau Gellhoff, morgen gegen neun kommen zwei Kriminaltechniker und holen die Pistole ab."

„Ich werde hier sein", sagte sie leise.

„Für weitere Fragen sind Sie wo anzutreffen?", erkundigte sich Lux.

„Bei meinen Eltern können Sie mich jederzeit erreichen. Dieses Haus werde ich verkaufen", sagte sie und wischte mit den Handflächen über die Tischplatte, als wollte sie die schlimmen Erinnerungen, die sie mit diesen Räumen verbanden, schnell aus ihrem Leben zu tilgen.

Mit Roger Gellhoffs Laptop und Handy verließen die Ermittler das Haus, in dem bis vor kurzem lärmintensive High-Class-Events stattfanden, die die Nachbarn zur Weißglut trieben.

Nun war abrupt Ruhe eingekehrt. Gespenstische Ruhe.

42 War Verena Gellhoff glaubwürdig? Oder hatte sie von Kindesbeinen an gelernt, in jeder noch so dramatischen Lebenslage Haltung zu bewahren? Was war der Grund den ermordeten Ehemann mies darzustellen? War er tatsächlich ein Psychopath? War die Borderline-Story plus narzisstischer Persönlichkeitsstörung eine Erfindung oder subjektive Wahrnehmung seiner Frau? Wenn ein ärztliches Gutachten über Roger Gellhoffs Psyche der letzten Jahre existierte, wohl nicht. Okay, der umtriebige Banker hatte seine Frau nach Strich und Faden betrogen. Ein nicht zu unterschätzendes Motiv, Mordgedanken zu hegen und diese im Affekt in die Tat umzusetzen. Oder hatte sie jemanden beauftragt ihren Womanizer von der Bildfläche verschwinden zu lassen. Verena Gellhoff gab Rätsel auf, so zumindest der Eindruck der Ermittler nach dem spontanen Besuch in der Villa.

„Trauen Sie Verena Gellhoff einen Mord zu?", platzte Lux in die Staumeldungen der Radiosprecherin hinein.

Der Chef hob die Schultern und sagte: „Möglich ist alles, dann hätten wir jetzt zwei Anfangshauptverdächtige. Die Taiga-Lady bekommt den dringend benötigten Kredit nicht und handelt. Frau Gellhoff erträgt das ständige Fremdgehen, die Demütigungen und die Party-Exzesse in ihrem Haus nicht mehr und handelt. Vielleicht haben die Damen in Kooperation Dirty-Roger entsorgt? Frauen können in speziellen Fällen wie diesen sehr kreativ werden. Rebecca muss morgen sofort nachforschen, ob eine Lebensversicherung existiert."

„Hundert pro eine hohe Risikoversicherung", sagte Lux.

In Gedanken versuchte sie sich in Verena Gellhoffs Situation hineinzuversetzen.

„Holen Sie morgen den Urlaubstag nach?", wollte Lux nebenbei wissen.

„Schön wär´s. Morgen früh nehmen wir uns die ‚Bad-Bank' vor."

„Das wird ein langer Tag", sagte Lux und gähnte durch das heruntergelassene Fenster.

Pflammingers Handy läutete.

Wir haben was für euch, sagte Thurner aufgekratzt, *halt dich fest, folgendes ...*

„Was? Mich tritt ein ... ganz sicher?"

Pflamminger schaltete das Telefonat auf laut. Thurner und seine Mitarbeiter haben die am Tatort gefundenen Patronenhülsen geprüft und herausgefunden: Den Hersteller, den Hauptabnehmer und zwar der Traditionsschützenverein „Zu den Linden". Fred Schlunzinger war dort seit vielen Jahren aktives Mitglied. Vor vier Wochen waren mehrere Packungen Patronen und eine Pistole mit Schalldämpfer weggekommen. Der abgebrochene Stöckel gehört tatsächlich Tamara Broncovic, allerdings könnte das frauenspezifische Teilchen schon eine Woche auf Gellhoffs Grundstück gelegen haben.

Alles auf Anfang. Die Bad-Bank musste warten, aber Witwer Schlunzinger werde man gleich morgen früh ins Präsidium einbestellen.

Sonderauftrag an Claudio Thurner: Gellhoffs Arbeitszimmer und jeden Winkel im Haus einschließlich Garage nach Waffen absuchen.

Befindet sich die Mordwaffe in der Villa? Vielleicht wurde der Banker von seiner Ehefrau getötet oder sie hat Hausmeister Schlunzinger angestachelt den nicht alltäglichen Auftrag auszuführen und ihm eine hohe Summe gezahlt?

43 Meeting. Kramer und Reischl servierten frische Butterbrezen, präsentierten handfeste Fakten und einen nagelneuen Beamer, der allerdings noch verpackt in der Ecke stand.

Pflamminger deutete auf den großen Karton und fragte: „Wer hat das Monster bestellt?"

„Sie Chef", sagte Reischl, „na ja, sagen wir mal so, Sie hatten es vor Wochen erwähnt, wir bräuchten dringend einen ... Lorenz unser Technikfreak wird das Gerät nachher aufbauen."

„Rebecca, ich habe keinen Bestellauftrag unterschrieben", sagte der von seiner Mitarbeiterin belehrte chef-mäßig streng.

„Meine Güte, Chef in den letzten Tagen waren wir weiß Gott mit Wichtigerem beschäftigt ... kurzum, der Rudi von der Materialabteilung hat mich angerufen ... da haben Franziska und ich gleich zugeschlagen."

Pflamminger verdrehte die Augen, machte eine wegwerfende Handbewegung und sagte: „So so, der Rudi. Na, hoffentlich funktioniert das Teil auch."

Neuester Ermittlungsstand: Vor zwei Tagen hatte Mirko Neshkova die Arbeit am Münchner Flughafen wieder aufgenommen. Sein Chef, ein ungarischer Subunternehmer gab ihm eine zweite Chance mit der eindringlichen Warnung, sollte er wieder lange Finger bekommen, würde er ihn persönlich zum nächsten Polizeirevier zerren. Somit war Neshkova aus dem Rennen oder Komplizen verschafften ihm ein Alibi. Zur Tatzeit transportierte er

Gepäck der China Air Maschine zu den Förderbändern wie sein Schichtleiter mitteilte. Präzise Arbeitszeit von fünf bis dreizehn Uhr, ordnungsgemäß eingecheckt plus lückenlose Ü-Kameraaufnahmen während der gesamten Tätigkeitsabläufe.

Ulanov war spurlos verschwunden, wahrscheinlich abgetaucht. Die europaweite Fahndung und jenseits der EU-Grenzen lief bereits mit hoher Drehzahl.

Die Liste der Einzelverbindungsnachweise zwischen Broncovic, Ulanov und Neshkova fielen mager aus. Broncovic und Ulanov hatten einen Tag vor Gellhoffs Tod telefoniert. Seit dem Tattag waren keine Telefonaktionen unter den Nummern registriert. Weder auf dem Festnetz noch auf den Smartphones. Die mobilen Telefone konnten nicht geortet werden. Vermutlich WLAN-Funktion deaktiviert, SIM-Karte ausgetauscht oder alles gründlich zerstört. Um gesetzeswidrige Aktionen zu vereinbaren, können auch Telefone von Freunden, Kollegen oder Nachbarn zum Einsatz kommen. Prepaidhandys, die auf andere Namen zugelassen waren oder das gute alte Münztelefon außerhalb des Aufnahmeradius einer Ü-Kamera.

Reischl brannte darauf die druckfrische Anfrage einer Schweizer Versicherung zu präsentieren.

„Rebecca, bitte, leg los", sagte der Chef und angelte sich die zweite Breze vom Teller.

„Also, Verena Gellhoff, geborene Kundermann, ist berechtigt folgende Versicherungssumme ...?"

Sie grinste und hielt die Luft an ..."

„Jetzt kann sie sich eine Südsee-Insel kaufen?", vermutete Kramer.

„Keine Ahnung was eine Insel kostet, aber ein zweihundert Quadratmeter Loft in München, Berlin oder Paris bestimmt. Also sie bekommt eine, zwei, drei, nein vier Millionen Euro!"

„Wow! Vier Mio für einen Mord. Ein lukratives Geschäftsmodell. Geringer Einsatz, aber ein spitzenmäßiger Gewinn. Wie im Casino ...", sagte Kramer.

„Der vermeintlich geringe Einsatz samt Gewinn, hm, der Schuss könnte schnell nach hinten losgehen!", sagte Lux.

„Wieso?", hakte Kramer nach.

„Verena Gellhoff hat keine finanziellen Probleme. Seit dem Auszug aus der verhassten Party-Villa genießt sie bei ihren Eltern eine Rundumversorgung plus stattlicher Erbschaft", sagte Lux.

„Und wem gehört die Villa?", fragte Reischl in die Runde.

„Ich denke, beiden", vermutete Kramer.

„Nein. Frau Gellhoff ist die alleinige Besitzerin. Ein Hochzeitsgeschenk ihrer Eltern. Hammer, oder?"

„Wow! Wie mein Opa schon immer sagte, die Welt ist ungerecht und der Teufel scheißt immer auf den größten Haufen. Qua Geburt Besitzende, als Taufgeschenk ein fettes Bankkonto, zur Hochzeit eine Villa und obendrein winkt ein stattliches Erbe", sagte Kramer kopfschüttelnd, „unsereiner ...?"

„Und, was hat Frau Gellhoff jetzt davon?", sagte Reischl.

„Ehemann tot, Geldhaufen über Nacht angewachsen", kommentierte Kramer und dachte einen Moment lang an sein mageres, sehr schmales Salär. Wie gut, dass sowohl seine Mutter als auch seine Großeltern ein Herz für bitterarme Praktikanten hatten.

Vor acht Jahren verschwand sein Vater aus seinem Leben. Der Kontakt wurde abrupt beendet. Vater heiratete seine blutjunge, schwangere Sekretärin, die ihm nach drei Monaten Zwillinge, zwei Mädchen schenkte. Tja, das Leben fühlte sich manchmal wie ein hinterlistiges Würfelspiel an. Man hat's nicht in der Hand, dachte Kramer gedankenverloren.

„Lorenz? Hörst du noch zu?", fragte Lux und lächelte ihn an.

„Was? Ja klar. Logisch."

„Gut. Zurück zum Thema. Angenommen, sie erschießt ihren Mann oder lässt ihn erschießen, um an die Millionen zu kommen?", sagte Lux mit fragendem Blick auf ihren Chef gerichtet.

Dieser schüttelte verneinend den Kopf, legte die Stirn in Falten und sah seine Assistentin ungläubig an.

„Trauen Sie der zierlichen, schüchternen Verena einen Mord zu?"

„Ja und nein. Wie auch immer, sie hat mehrere Zeugen, die für sie jeden Eid ablegen würden", sagte Lux.

„Die geschmähte Ehefrau, die auf Rache sinnt? Gut möglich. Und zu guter Letzt geht sie als Siegerin hervor mit einigen Millionen mehr auf dem Konto. Pfff, von wegen zierlich und schüchtern? Vergiss es!", betonte Reischl mit Nachdruck.

„Wie viele Politiker kommen mit einem Meineid durch oder mit dem berühmten Satz, 'Ich gebe mein Ehrenwort', ziehen sich aus der Öffentlichkeit zurück, lassen Bücher schreiben, was für tüchtige und unersetzliche Menschen sie sind ...", sagte Kramer.

„Langsam, langsam", unterbrach der Chef den Praktikanten.

„Da muss ich ihm Recht geben", sagte Reischl.

„Auftragsmorde lassen sich easy organisieren. Ohne Smartphone, ohne Mailverkehr, ohne SMS, zum Beispiel mit dem guten alten Fax, kurzes konspiratives Treffen in einer Kneipe oder im Stadtpark. Auftraggeber und Ausführender sehen sich nur einmal und danach nie wieder. Möglich ist alles zwischen Himmel und Erde", sagte Kramer.

„Verena Gellhoff eine Auftragsmörderin? Vor gut zwei Wochen hat sie die Scheidung eingereicht. Ergo, Trennung von dem Teufel for ever", sagte Lux.

„Vielleicht ein Ablenkungsmanöver?", warf der Chef nüchtern ein.

„Chef, Tamara Broncovic hat triftige Gründe durchzudrehen, oder? Sie setzt dem störrischen Zahlungsverweigerer die Pistole auf die Brust und zack!", ereiferte sich Kramer, „für mich ist sie die Hauptinitiatorin, anders gesagt die Mörderin."

Alle Blicke richteten sich auf den Chef, der nachdenklich einen unsichtbaren Punkt im Raum fixierte.

„Ich traue es beiden Damen zu. Anfangsverdacht wohlgemerkt ..."

„Ich weite den Anfangsverdacht auf einen oder mehrere Mitarbeiter der PORTA Bank aus", sagte Lux.

„Stimme Ihnen zu. Wie sagte Frau Gellhoff, ihr Mann habe viele Feinde in der Bank", ergänzte der Chef schulterzuckend.

„Uff, wie sollen wir da jemals zu Potte kommen? No Chance for us", gab Kramer zu bedenken.

„Übrigens, Frau Gellhoff möchte uns das angekündigte ärztliche Gutachten, die Borderline-Syndrom-Diagnose ihres Mannes, nun doch nicht zur Verfügung stellen. Ihrer Meinung nach sei der Bericht nicht ermittlungsrelevant. Ihr Mann ist tot und über Tote solle man nicht schlecht reden. Ihre Entscheidung", sagte Pflamminger.

„Aha? Erst kündigt sie's an, dann macht sie einen Rückzieher. Hm? Komisch, oder?", sagte Lux mit Blick auf ihren Chef.

Dieser zuckte mit den Achseln, verschränkte die Hände im Nacken ineinander, streckte seinen Körper nach hinten und drehte sich mehrmals um die Stuhlachse.

„Wir könnten es jederzeit in der Schweiz anfordern. By the way! Ist der Stick, den mir jemand zufällig in die Hand gedrückt hatte, schon ausgewertet?", fragte Lux mit konzentriertem Blick auf Praktikant Kramer.

Kramer fuhr hoch und sah verlegen in die Runde.

„Stick? Was für ein ... ja klar! Nein ... äh ... Rebecca haben die Kollegen bei dir angerufen?"

„Nicht das ich wüsste."

„Was machen diese Nasenbohrer eigentlich den ganzen Tag?", sagte Pflamminger mürrisch.

„No problem, Chef, rufe sofort bei den Kollegen an, ob sie schon Ergebnisse ... sie wollten mir längst Bescheid geben", entgegnete er kleinlaut und wählte die Nummer der Spurensicherung.

Ich kann doch nicht an alles gleichzeitig denken und erledigen, schmollte er in Gedanken. Auch ein Multitaskingtalent kann mal was vergessen.

44 Fred Schlunzinger wartete ungeduldig im Vernehmungsraum, klopfte mit den Fingerkuppen auf die Tischplatte, als die Ermittler eintraten.

„Guten Morgen Herr Schlunzinger, wie geht's Ihnen heute?"

Toni Pflamminger setze sich dem griesgrämig dreinschauendem Hausmeister gegenüber.

„Wie's einem halt so geht. Mal so, mal so", antwortete er mit gedämpfter Stimme und erwartungsvollem Blick auf den Hauptkommissar gerichtet.

„Herr Schlunzinger, wir müssen Tacheles reden."

Fred Schlunzinger fühlte sich unwohl in seiner Haut. Das war ihm deutlich anzusehen. Abwartend musterte er Pflamminger, als wollte er sagen *was soll das Theater? Hat die Polizei nichts anderes zu tun, als ehrliche, schwerarbeitende, steuerzahlende Bürger zu verdächtigen?*

„Möchten Sie etwas trinken? Wasser, Kaffee?", fragte Lux freundlich.

„Nein, warum bin ich herbeordert worden?"

Gereizt sah er auf die Ermittler, wetzte auf dem Stuhl hin und her.

Lux informierte ihn über seine Rechte und Pflichten und überließ die Befragung dem Chef.

„Herr Schlunzinger, am Telefon wurde ihnen bereits mitgeteilt, warum wir mit Ihnen sprechen müssen ..."

„Und warum gleich im Präsidium?", schnitt er ihm sauertöpfisch das Wort ab.

„Unser schönstes Vernehmungszimmer. Eine Fototapete mit Bayerwaldpanorama können wir leider nicht bieten."

Mit finsterem Gesicht wechselte Fred Schlunzinger schnelle Blicke zwischen Pflamminger und Lux, und sagte: „Eine Nacht war ich mal in einer Ausnüchterungszelle. Lang ist's her."

„Herr Schlunzinger, zwei Patronenhülsen wurden gestern Vormittag in Gellhoffs Anwesen gefunden. In ihrem Vereinsheim werden genau diese Patronen verwendet. Außerdem wurden vor kurzem aus dem Vereinsdepot eine Pistole und mehrere Packungen Patronen entwendet. Wieso hat das niemand angezeigt?"

„Was fragen's mich? Bin ich der Munitionswart? Keine Ahnung. Na ja, weg kommt schon mal was. Vor gut zehn Jahren hat jemand meine teure Lederjacke mitgehen lassen. Langfinger gibt's überall, aber von einer gestohlenen Pistole weiß ich rein gar nix."

„Sie gehören zu den besten Schützen im Verein", sagte Lux anerkennend.

Schlunzinger lächelte stolz und sagte: „Wer ko, der ko." (wer kann, der kann).

„Der Mörder war ein erstklassiger Schütze. Eine Kugel steckte im linken Vorderreifen des geleasten Autos und eine zweite traf Gellhoffs Kehle."

Die Ermittler beobachteten Schlunzingers Reaktion. Er wich dem Blick des Hauptkommissars nicht aus. Schließlich sagte er unaufgeregt: „Es gibt viele erstklassige Schützen, die sogar noch besser treffen als ich."

„Haben Sie zuerst auf den Reifen, dann auf ihren Chef gezielt?"

Schlunzinger schüttelte verneinend den Kopf, beugte sich mit dem Oberkörper leicht nach vorne.

„Herr Kommissar, warum sollte ich Gellhoff erschießen? Ob Sie's glauben oder nicht, ich bin ihm sogar dankbar wegen der Rücknahme der ... der ... Sie wissen schon ... Kündigung."

„Sie haben ein Motiv und kein Alibi, Herr Schlunzinger", sagte Lux und behielt ihn fest im Blick.

„Soll das jetzt ein Witz sein?", fuhr er hoch, beruhigte sich augenblicklich wieder und sagte betont langsam: „Frau Lux, ich habe so was von ein Alibi!"

„Wir hören", forderte der Vernehmungsleiter ihn auf Genaueres mitzuteilen.

Er lehnte sich weit zurück und grinste das Ermittlerduo an.

„Also, jeden Mittwoch werden die großen Mülltonnen geleert, die ich abholbereit ans Tor schiebe. Genau während dieser Zeit wurde der Chef erschossen. Überall Ü-Kameras. Meine Anwesenheit in der Bank und im Hinterhof genau dokumentiert. Kann man das noch toppen?"

„Das werden wir überprüfen", sagte Pflamminger sachlich und sah in Gedanken bereits Schlunzingers triumphierendes Grinsen, sollten seine Angaben tatsächlich stimmen.

„Frau Lux, kommen's nachher mit und wir schauen uns den Wahrheitsbeweis gemeinsam an. Die Aufzeichnungen werden jeden

Montag im Beisein eines Abteilungsleiters gelöscht. Die neuesten Aufnahmen sind noch vorhanden", sagte er selbstsicher.

Er sah auf seine Armbanduhr, als wollte er sagen, sie stehlen mir meine Zeit, was mache ich eigentlich noch hier?

„Die Müllabfuhr kommt gegen neun Uhr, der Mord an Roger Gellhoff passierte zwischen acht und halb neun. Sie hatten genügend Zeit die Mülltonnen nach vorne zu bugsieren, ins Auto zu steigen und innerhalb zwanzig Minuten zu Gellhoffs Villa zu fahren", sagte Pflamminger streng.

Was Schlunzinger keineswegs aus der Ruhe brachte. Er wich dem festen Blick des Chefermittlers nicht aus, hob die Schultern und sagte: „Ja und?"

„Die Fahrzeit haben unsere Kollegen auf dem Routenplaner und in der Praxis überprüft", ergänzte Lux.

Schlunzinger schüttelte unverständlich lange den Kopf. Er konnte es nicht fassen, dass ausgerechnet er plötzlich als Mörder herhalten sollte. Okay, er hasste diesen arroganten Weiberhelden abgrundtief und nach der fünften Halben schossen ihm manchmal extreme Gedanken durch den Kopf, die er besser für sich behielt, aber den Chef deswegen gleich abmurksen?

„Zwanzig Minuten? Bei dem Berufsverkehr? Niemals! Herr Kommissar, nur weil Sie schnellstens einen Durchschnittsdödelkillerdeppen brauchen, den Sie dem Staatsanwalt, dem Haftrichter, der Presse und was weiß ich noch wem präsentieren möchten ... ich lasse mich nicht übertölpeln ... ohne mich! Schauen Sie sich erst die gespeicherte Aufnahme auf dem Monitor an, dann reden wir weiter. Und fragen Sie meine Kollegen Grammel und Zentner, mit den beiden esse ich jeden Mittwoch um neun Uhr Weißwürste. Herr Kommissar, ich bin der Falsche! Die Befragung hier ist total für die Katz!"

Pflamminger warf seiner Assistentin einen fragenden Blick zu, die ihre schmalen, frisch gezupften Brauen hochzog, als wollte sie sagen *vielleicht ist er wirklich der Falsche?*

„Herr Schlunzinger, weder wollen wir einen Dödeldingsdeppen

übertölpeln noch einen schnellen Fahndungserfolg vorweisen. Wir suchen Roger Gellhoffs Mörder. Ihr aufgezeichnetes Alibi werden wir überprüfen. Sollte sich Ihre Aussage bestätigten, hat sich die Angelegenheit zunächst erledigt. Wenn nicht, müssen wir Sie vorläufig in U-Haft nehmen", sagte der Hauptkommissar streng und erhob sich.

„Herr Pflamminger", ich wiederhole mich, ich habe mit dem Mord nichts, absolut gar nichts zu tun. Da stecken andere Kaliber dahinter!"

Der Hauptkommissar stützte sich mit beiden Armen auf der Tischplatte ab und sagte: „Dann spuken Sie's endlich aus!"

Der Hausmeister sah zur Decke und biss auf seine Unterlippe.

„Vergessen Sie's", sagte er leise.

„Haben Sie etwas gesehen? gehört? Waren Sie dabei? Wer hat die Autobremsen manipuliert? Wer hat geschossen? Himmel, Arsch und Zwirn noch mal!"

Schlunzinger senkte den Kopf, spitzte die Lippen und sagte: „Fragen Sie die Chefsekretärinnen und die Abteilungsleiter. Glauben Sie mir, Gellhoff hat sich viele Feinde gemacht. Dass dem eines Tages jemand auflauert, wundert mich nicht. Mehr sage ich nicht."

45 Hauptkommissar Pflamminger zweifelte an Schlunzingers Aussagen. War der erstklassige Schütze tatsächlich psychisch stabil genug, tragische Schicksalsschläge einfach so wegzustecken? Der sinnlose Tod seiner Frau Natascha, die ein Verhältnis mit Roger Gellhoff hatte. Gleichzeitig drohte Natascha ihrem eifersüchtigen Ehemann mit Scheidung, wenn er ihr weiterhin Vorhaltungen mache. Schlunzinger fühlte sich hintergangen und ausgenutzt. Trotzdem fügte er sich zähneknirschend, während seine Frau ihm fast täglich Hörner aufsetzte und übellaunt über Erschöpfungszustände klagte, um ihn auf Abstand zu halten. Den wahren Grund durfte der Ehemann wohl nicht erfahren. Schwanger ausgerechnet von Roger Gellhoff. Demüti-

gungen, Kränkungen und verletzter Stolz können eine ziemlich explosive Mischung hervorbringen und sich schnell mal im Affekt entladen oder wie in diesem Fall, vielleicht nach akribischer Planung, den verhassten Nebenbuhler ums Eck bringen. Die Abfolge der Motive war heftig und schlüssig. Vieles sprach dafür, dass Gellhoffs Mörder im Verhörzimmer saß.

Schlunzinger drängte darauf, sein aufgezeichnetes Alibi sofort in Augenschein zu nehmen, um den schwerwiegenden Verdacht, Gellhoffs Mörder zu sein, zu widerlegen und das Gegenteil zu beweisen. Gemeinsam fuhren sie zur PORTA Bank.

Während der Fahrt erhielten die Ermittler von Reischl eine SMS: *Fred Schlunzinger, keine Einträge in der Vorstrafendatei.*

Hausmeister Schlunzinger drückte die Starttaste. „Zefix! Das gibt's doch gar nicht?"

Seit einigen Tagen hatte die Kamera einen Wackelkontakt, aber das verdrängte er kurzerhand.

„Tja, Herr Kommissar, da haben wir jetzt ein kleines Problem."

Schlunzinger starrte auf den schwarzweiß flimmernden Bildschirm.

„Hoffentlich hat ihr Kollege keinen Filmriss", sagte Pflamminger und musste sich das Lachen verkneifen.

„Wie lange ist die Kamera schon defekt?", fragte Lux nicht weniger amüsiert.

„Also, hm? Ehrlich gesagt ... da ... da bin ich jetzt überfragt."

Schlunzinger telefonierte mit Kollege Grammel, der sofort zur Stelle war und das regelmäßige gemeinsame Weißwurst-Frühstück im kleinen Hausmeisterbüro bestätigte.

„Leo Zentner war auch dabei", sagte Grammel mit todernster Miene.

„Ja dann", lächelte Schlunzinger erleichtert, „alles paletti oder Herr Kommissar?"

Er war heilfroh, dass sein Kollege ihn nicht hängen ließ.

„Herr Schlunzinger, die U-Haft bleibt Ihnen vorläufig erspart, aber in nächster Zeit nicht verreisen", sagte Pflamminger mit hochgezogenen Augenbrauen.

„Oder auf den Mond fliegen!", ging Grammel lachend dazwischen und klopfte seinem Freund auf die Schulter.

„So, wir müssen weiter", sagte Pflamminger, sah auf die Armbanduhr und nahm Kurs auf den ersten Stock.

Der kommissarische Geschäftsführer Johann Gschwendtner empfing die beiden Kripobeamten mit einer Herzlichkeit, als stünde eine informative Beratungsstunde bei Espresso und mehreren Martinis an, die in einen hochkarätigen Geschäftsabschluss mündete.

Kaffee, Tee, Mineralwasser und Gebäck standen bereit im stylisch eingerichtetem Konferenzraum mit einem überdimensionalen Flachbildschirm für Business-Talks via Skype rund um den Globus.

Gschwendtner im nagelneuen maßgeschneiderten dunkelblauen Armanianzug lobte den so plötzlich aus dem Leben gerissenen Bankdirektor über den Sanctus.

Pflamminger genoss den frischen Kaffee mit viel Zucker, beobachtete den ruckzuck ernannten kommissarischen Direktor und ließ seinem Redefluss freien Lauf.

„Herr Gellhoff war der beste, klügste und beliebteste Chef, den die PORTA Bank je hatte. Ein Mann mit Weitsicht. Er sprudelte nur so vor Ideen, die er mit Sicherheit umgesetzt hätte, um die Bank nach vorne zu bringen und vor allem Arbeitsplätze zu erhalten. Wir waren ein prima Team, gut aufeinander eingespielt. Er hatte noch das ganze Leben vor sich und nun das. Seine bedauernswerte Frau ... mein Gott, was für eine Tragödie", endete er mit ernstem Blick, faltete die Hände ineinander, als wollte er eine Gedenkminute zelebrieren.

Pflamminger warf seiner Assistentin einen schnellen Blick zu, während Gschwendtner die Lebensleistung des Ermordeten mit glorifizierenden Worten fortsetzte. Er pries den engagierten Bankdirektor, der eine große Karriere vor sich gehabt hätte, als herausragende Koryphäe mit einem fundierten Fachwissen im globalen Aktiengeschäft, Investment Banking und Kreditwesen. Ein großer Verlust für die Finanzwelt und für die Menschheit. Vielleicht war das schon der Entwurf der Grabrede, dachte Lux, nahm einen weiteren Keks vom Teller. Dabei fiel ihr das Gespräch mit Frau Gellhoff ein, die kein gutes Haar am Finanzgenie Roger gelassen hatte weder als Banker noch als Ehemann. Zwei völlig konträre Beschreibungen über eine Person.

Pflamminger fand das angestimmte Loblied überzogen. Er unterbrach Gschwendtner in dem er mit der Tür ins Haus fiel: „Frau von Thalhussen und Herr Gellhoff hatten eine intime Beziehung?"

Gschwendtner zuckte kurz zusammen und starrte Pflamminger mit vor Wut funkelnden Augen an. Was für eine seltsame und unpassende Frage? Schließlich ginge es um den hochverehrten Herrn Gellhoff und nicht um Trixi von Thalhussen, die er nicht ausstehen konnte, weil sie den Chef umgarnte wie die unheilverkündende Circe, die griechische Göttin aus dem Totenreich. Was Gschwendtner, viele Kollegen und Kolleginnen nicht guthießen. Bevor von Thalhussen in die Bank kam, war Gschwendtner stets der Erste, der morgens zu Langhofer und Gellhoff gerufen wurde. Sie sprachen über aktuelle Tagesgeschäfte, über kurz- und langfristige Ziele, über finanzwirtschaftliche Belange im Kleinen wie im Großen. Das änderte sich schlagartig, als von Thalhussen den Chefposten der Presseabteilung antrat und Gschwendtner jeden Morgen an Gellhoffs Tür klopfte und von Zitzelsberger oder Haller wenig schmeichelhaft belehrt wurde.

„Das Cockpit ist schon besetzt. Versuchen Sie es später noch mal, aber vorher bitte anmelden, Herr Gschwendtner."

Wie ein Schuljunge kam er sich vor, dem seine neunmalkluge Schwester schon wieder das Schinkenbrot weggefressen hatte. Beim Verlassen des Sekretariats wünschte er der von Thalhussen jedes Mal die Pest an den Hals. Sein Ärger blieb nicht unbemerkt und Frau Zitzelsberger setzte manchmal noch eins drauf: „Nur Hochqualifizierte erhalten ohne vorherige Anmeldung eine Audienz."

Den Ermittlern drängte sich der Eindruck auf, der plötzliche Unfalltod der ehemaligen Kollegin war sowohl von Gschwendtner als auch von vielen Mitarbeitern schon zu den Akten gelegt oder in Gedanken bereits geschreddert worden.

„Nein! Wie ... wie kommen Sie auf so eine absurde Idee?“, entrüstete sich Gschwendtner mit ansteigender Wangenröte und seine Krawatte zurechtrückend.

„Wie war Ihr Verhältnis zu Frau von Thalhussen? Gut? Weniger gut?“

„Nun ja, Frau von Thalhussen war eine kompetente und zupackende Abteilungsleiterin“, er räusperte sich kurz und fuhr fort: „Herr Gellhoff erkannte ihr Potential, ihre Kreativität, ihre fachliche Kompetenz, ihre Eloquenz, ihre rasche Auffassungsgabe, vor allem ihre Führungsqualitäten. Er forderte und förderte sie. Ist das etwa verboten?“, deklinierte er in der gedehnten Tonart eines Oberstudienrates.

„Und gab Frau von Thalhussen Nachhilfestunden bis hinein ins Schlafzimmer“, fiel Lux ihm ins Wort.

Gschwendtners wassergraue Augen stachen strafend über den Tisch, was Lux ein müdes Lächeln entlockte.

„Frau Lux, ihre geschmacklosen Unterstellungen entbehren jeglicher Grundlage“, sagte er mit vermehrt roten Flecken bis hinter die Ohren.

„Von Thalhussen hatte Ihnen den Rang abgelaufen. War es nicht so, Herr Gschwendtner?“, vermutete Pflamminger treffsicher.

Mit zunehmender Anspannung fummelte Gschwendtner an der Krawatte herum, wirkte, als hätte er den Faden seines gründlich vorbereiteten Textes gänzlich verloren. Keinesfalls wollte er von den Ermittlern als Amateur wahrgenommen werden. Wussten diese Typen, wer ihnen gegenübersaß? Der kommende Direktor der PORTA Bank. Diese übertriebene Schnüffelei in der Bank musste sofort ein Ende haben, durchfuhr es Gschwendtner wie einen Blitz.

„Kümmern Sie sich um den Fall und nicht um das Privatleben der ... der Toten. Das eine hat mit dem anderen nicht im Geringsten etwas zu tun. Finden Sie den Mörder! Haben Sie im Fall von

Frau von Thalhussen schon irgendetwas herausgefunden? Nein, haben Sie nicht!“

Von jetzt auf gleich oblag die Hauptverantwortung innerhalb der Bank bei Johann Gschwendtner. Beim ersten Versuch Direktor zu werden, war er Gellhoff unterlegen. Sein Ziel schien nun zum Greifen nahe. Könnte es sein, dass der geschniegelte Gschwendtner, der wie viele seiner Kollegen, der Meinung war, Gellhoff sei als Direktor eine Fehlbesetzung, doch ein wenig nachgeholfen haben könnte, um ...?

„Herr Gschwendtner, mein Team arbeitet auf Hochtouren. Der Porsche muss zweifelsfrei untersucht werden und ob die Bremsen defekt oder manipuliert waren, klärt sich dann. Wir arbeiten konzentriert und präzise, gehen jeden noch so kleinen Hinweisen nach, aber wir sind keine Roboter“, sagte Pflamminger wenig beeindruckt von Gschwendtners Vorwürfen und Aufgeregtheit.

In den kommenden Wochen würde Gschwendtner höchstwahrscheinlich den Chefsessel beerben. War er der bessere Banker? Oder ein ausgefuchster Stratege? Besaß er jene Persönlichkeit, die vor nichts zurückschreckte, um an sein Ziel zu gelangen? Jemand der geschmeidig die Fassade wahrte, aber im Hintergrund kräftig die Stippen zog?

„Der Unfalltod von Frau von Thalhussen und der Mord an Herrn Gellhoff könnten im Zusammenhang stehen. Vermutlich von ein und demselben Täter verübt“, sagte Lux und erntete von ihrem Chef einen erstaunten Blick.

Diese Vermutung wollte er erst später einfließen lassen.

„Das ist ja hoch interessant“, sagte Gschwendtner, griff nach der Teetasse aus feinstem Nymphenburger Porzellan, nahm einen Schluck und stellte sie eine Spur zu laut auf den Unterteller zurück.

„Ich hoffe so sehr, dass der oder die Mörder bald hinter Schloss und Riegel kommen“, schob Gschwendtner schnell nach, räusperte sich und nestelte an der Krawattennadel herum.

„Herr Gschwendtner wie sah denn Herrn Gellhoffs Businessplan aus, um das Bankhaus, wie Sie vorhin erwähnten, ganz nach vorne zu bringen und Arbeitsplätze zu erhalten?", lenkte Lux das Gespräch wieder auf die Sachebene, um seine Nervosität zu neutralisieren.

Gschwendtner wechselte mehrere Blicke zwischen den beiden Neugierigen. Wollten sie ihn verunsichern, womöglich aufs Glatteis führen? Die Art der Befragung gefiel ihm nicht, widerstrebend ging er auf die Frage ein und sagte: „Herr Gellhoff hatte mit erfahrenen und vorausschauenden Beratern aus London, Tokio und New York ein neues Geschäftsmodell erarbeitet. Ein fundiert durchdachter und ausgewogener Plan sollte Schritt für Schritt die Finanzdienstleistungen modernisieren, das Bankhaus zukunftsfähig aufstellen ...“

„Sozial ausgewogen?", ging Lux dazwischen, was nicht gut ankam, wie Gschwendtners Pokerface verriet.

„Die Belegschaft verschlanken und die verbleibenden Mitarbeiter jahrein, jahraus optimieren“, schob Pflamminger provokant nach.

Gschwendtners aufsteigende Wut war spürbar, aber er entschied sich für Kontenance und sagte in ruhigem Tonfall: „Tatsache ist, wir befinden uns mittendrin im Strom der voranstürmenden Globalisierung. Wir *müssen* uns neu orientieren, schnell sein, wenn wir uns auf dem Markt behaupten und Arbeitsplätze erhalten wollen. Aber wo gehobelt wird, da fallen nun mal Späne.“

Er sagte es mit einer sorglosen Betrachtungsweise, als handele es sich um die neue Weihnachtsdekoration an der Bankhausfassade, die er zwischen Tür und Angel mit der Sekretärin besprach.

„Wie würden Sie sich fühlen, wenn Sie zu den Spänen gehörten?", fragte Lux spontan.

„Ist Ihre Assistentin immer so vorlaut?", giftete er über den Tisch.

Pflamminger lächelte, ging auf die Frage nicht ein, er sagte: „Es stehen also Entlassungen an?“

Gschwendtner nahm einen Schluck Tee, als müsse er die Wut über die forsche Assistentin überspielen, um wieder chefmäßig souverän fortzufahren.

„Die internen Umstrukturierungen sind selbstverständlich sozial ausgewogen", sagte er staatstragend, als säße er bereits auf dem Direktorensessel.

„Wie sieht das in der Praxis aus?", wollte Lux wissen und lächelte ihn charmant an.

„Bitte haben Sie Verständnis, aber das Thema ist für die Öffentlichkeit noch nicht spruchreif. Das muss noch mit allen Abteilungsleitern, dem Betriebsrat und dem Aufsichtsrat gründlich diskutiert werden, um eine faire Ausgewogenheit für beide Seiten zu erreichen", sagte er mit einem angedeuteten Lächeln um die Mundwinkel.

„Der gesamte Betriebsrat soll auf der Abschussliste stehen", legte Lux nach und beobachtete die sich vermehrenden Schweißperlen auf Gschwendtners Stirn.

„Himmel noch mal, wer sagt denn so einen Scheiß! Entschuldigen Sie … ist mir jetzt … rausgerutscht. Verstehen Sie mich nicht falsch, aber zurzeit weiß ich wirklich nicht, wo mir der Kopf steht."

Mit einem Taschentuch tupfte er sich die Schweißperlen von der Stirn.

„Herr Gellhoff war also ein überaus beliebter Chef, hatte keine Feinde in der Bank? Oder gab es einen oder mehrere, die ein Motiv hatten, ihm eine Lektion zu erteilen, die bedauerlicherweise tödlich endete?", sagte der Hauptkommissar.

Gschwendtner fiel das Taschentuch aus der Hand und sah irritiert auf sein Gegenüber.

„Wie bitte?"

Er bückte sich schnell, hob das Taschentuch auf und ließ es in der Hosentasche verschwinden.

Steckte Gschwendtner mit einigen Abteilungsleitern unter einer Decke? Der vorgetragene und herausgehobene Nachruf auf Roger Gellhoff und Trixi von Thalhussen stand Schlunzingers Aussagen und denen vieler Mitarbeiter konträr gegenüber. Um sich ein umfangreicheres Bild von der Person Roger Gellhoff machen zu können, hatten sie mit Gschwendtner nicht gerade das große Los gezogen. Einerseits präsentierte er sich als loyaler Stellvertreter seines Ex-Chefs, andererseits wirkte er unsicher und widersprüchlich.

Betti Zitzelsberger, die damals für Gellhoff, zu der Zeit noch Chefassistent, Sekretariatsarbeiten zu erledigen hatte, entdeckte in dessen Papierkorb eine Namensliste, die viele Mitarbeiter aufschreckte. Der Betriebsrat war alarmiert. Als bei der darauffolgenden Personalplanungssitzung Gellhoff auf das brisante Papier angesprochen wurde, rastete er aus und drohte unter anderem mit der Abschaffung des Betriebsrates. Gellhoffs Vorgänger Langhofer beendete die aufgeregte Debatte und versprach Personalabbau stünde nicht auf der Agenda, was ihm niemand so recht glauben wollte. Langhofer ging in den Ruhestand und Gellhoff stieg zum ungestümen Platzhirsch auf. Seine eruptiven Wutanfälle waren damals schon legendär und viele dachten, dieser unbeherrschte Typ dürfe niemals Langhofer auf den Chefsessel folgen. Aber manchmal kam es anders als man hoffte. Seit einigen Jahren schon waberte das Gerücht durchs Haus, Roger Gellhoff sei der Kronprinz. Er werde den Alten beerben, was viele nicht verstanden und dem Vorgänger Senilität unterstellten. Als die Stabübergabe nahte, hintertrieb Gellhoff einen fiesen Plan mit dem Ziel, Haller und Zitzelserger müssten deutlich jüngeren Sekretärinnen weichen. In einer Dringlichkeitssitzung wurde einstimmig festgelegt, nach Langhofers Ausscheiden werden keine personellen Änderungen im Direktionssekretariat vorgenommen! Kaum zog der Neue ins Chefzimmer, zog gleichzeitig Unruhe, Hektik, Misstrauen und Arroganz mit ein. Die beiden Sekretärinnen passten sich der neuen Situation an, ohne sich vom den Turbo-Direktor verbiegen zu lassen.

Betti Zitzelsberger und Luise Haller gehörten zur älteren Mitarbeitergarde und wollten gemeinsam befragt werden, allerdings ohne Gschwendtner mit am Tisch. Dieser nahm es zähneknirschend zur Kenntnis und verließ türknallend den Raum.

Haller überließ ihrer Kollegin den Vortritt.

„Wenn ich die sechs Jahre Elternzeit abziehe, bin ich neunundzwanzig Jahre im Haus. Die ersten fünf Jahre arbeitete ich in der

Devisenabteilung, wechselte zu Herrn Langhofer, kurz zu Herrn Gellhoff und jetzt bei Herrn Gschwendtner."

Sie sah zu ihrer Kollegin, die zurückgelehnt mit verschränkten Armen den Ausführungen lauschte und keine Miene verzog.

„War Herr Gellhoff ein guter Chef? Hatte er Freunde, Feinde im Haus?", wollte Pflamminger etwas Tempo in die Befragung bringen und tauschte schnelle Blicke zwischen den Sekretärinnen.

Luise Haller räusperte sich lange, sah kurz zu ihrer Kollegin und sagte: „Gleich am ersten Tag mussten wir beide Gewehr bei Fuß antreten und Gellhoff verdeutlichte uns klipp und klar, spätestens in einem halben Jahr werde er zwei neue Mitarbeiter oder Mitarbeiterinnen einstellen. Wir sollten uns Gedanken machen, in welche Abteilung wir uns versetzen lassen möchten und gleichzeitig auf dem Arbeitsmarkt nach offenen Stellen Ausschau halten. Er war immer für klare Ansagen."

Die mit dem Betriebsrat schriftlich getroffene Vereinbarung, nach Langhofers Ausscheiden kein Personalwechsel im Direktionssekretariat, interessierte Gellhoff einen Dreck.

Zitzelsberger nickte zustimmend und sagte: „Das kann ich dreimal rot unterstreichen. Mir gegenüber äußerte er sich manchmal unverschämt und respektlos. Wenn er seinen Turbotag hatte und wir ihm angeblich zu langsam arbeiteten, rief er: „Hey, Humpelstilzchen, geht's auch etwas schneller?" Selbst der Betriebsratsvorsitzende konnte ihm diese despektierliche Wortwahl nicht abgewöhnen."

Vor zwei Jahren wurde sie von einem Betrunkenen angefahren. Der Unfallverursacher flüchtete und die Schwerverletzte lag mehrere Stunden hilflos im Straßengraben, bis sie von Ersthelfern ins Krankenhaus transportiert wurde.

„Hatte Herr Gellhoff innerhalb der Bank Feinde?", kam Toni Pflamminger wieder auf die zentrale Frage zurück.

Beide warfen sich vielsagende Blicke zu. Sollten sie jetzt lachen oder weinen?

Haller ergriff das Wort: „Ich behaupte, ohne rot zu werden, neunzig Prozent der Belegschaft wünschte ihn zur Hölle. Sein

Umgang mit Mitarbeitern war hochnäsig, eiskalt, grob bis menschenverachtend. Wir fragten uns oft, was haben wir nur falsch gemacht, dass wir nach dem höflichen und unkomplizierten Herrn Langhofer, so ein, entschuldigen Sie den Ausdruck, so ein Arschloch als obersten Chef bekommen haben?"

„Viele dachten, seine holprige Personalpolitik seien Anfängerfehler. Mitnichten! Wir beide hatten das Vergnügen Herrn Gellhoff knapp vier Jahre lang als Chefassistenten zu erleben. Das nassforsche Auftreten ließ seinen wahren Charakter schnell erkennen. In den ersten Jahren verhielt er sich zurückhaltender und umgänglicher. Bei wichtigen Entscheidungen, die er nicht immer mittrug, ließ er seinem Vorgänger den Vortritt, ordnete sich unter jedoch erst nach langen kontroversen Diskussionen", sagte Zitzelsberger.

„Meiner Kollegin und mir wurde schnell klar", übernahm Haller wieder, „sobald er auf dem Chefsessel sitzt, wird er sein wahres Gesicht zeigen und so kam es dann auch."

Pflamminger zog die Augenbrauen hoch und sagte: „Da fällt mir spontan der Vorfall im Kelheimer Forst ein. Diese Outdoor-Speed-Dating-Sache oder so ähnlich für Abteilungsleiter. Ihr Chef hatte sich dabei das Bein gebrochen oder verstaucht?"

Zitzelsberger grinste und verbesserte Pflamminger: „Speed-Training nicht Dating. Dabei hatte er sich den linken Fuß heftig verstaucht und großflächige Abschürfungen an den Unterarmen eingehandelt. Die ganze Aktion war ..."

Sie hielt inne, musste sich das Lachen verkneifen, sah zu ihrer Kollegin, die sich neutral verhielt, als wüsste sie nicht worüber die beiden gerade sprachen.

„Herr Gellhoff hatte trotz moderner Navi-Technik die Orientierung verloren ... Luise erzähl du weiter, ich muss ... wenn es nicht so traurig wäre."

„Herr Gellhoff war guter Dinge, die Abteilungsleiter weniger. Sie wurden vom Chef verpflichtet teilzunehmen, ob es ihnen passte oder nicht."

„Frau von Thalhussen hatte sich krankgemeldet", ging Kollegin

Zitzelsberger dazwischen und tupfte sich mit einem Taschentuch Lachtränen weg: „Entschuldigen Sie bitte.“

Mit unverhohlener Schadenfreude berichtete sie: „Herr Gellhoff ist Opfer seines Selbstoptimierungsgrößenwahnsinns geworden ...“

Haller räusperte sich und ordnete dabei ihren knielangen Faltenrock und sagte: „Das kann ich bestätigen. Die Kollegen waren längst zurück, aber vom Chef war weit und breit nichts zu sehen. Wir warteten eine Ewigkeit auf ihn, aber er kam nicht. Wir waren überzeugt, er hatte sich aus dem Staub gemacht und uns unserem Schicksal überlassen. Wir waren stocksauer und vermuteten, die bescheuerte und arbeitsaufwendige Aktion sei eine Verarschung hoch drei! Oliver Wurzelmeier, unser Praktikant, behauptete er wisse ungefähr welche Abkürzung der Chef eingeschlagen haben könnte. Gellhoff hatte vor, die Abteilungsleiter auf deren Wegstrecke zu überraschen und mit kniffligen Fragen dem Ganzen noch etwas Würze beizumischen. Frei nach dem Motto: Problemlösungskompetenz in freier Natur trainiert, in täglichen Finanzgeschäften erfolgreich umgesetzt. So weit so gut. Das Wetter hatte umgeschlagen, es wurde kühler und begann zu regnen. Schließlich machte ich mich mit Wurzelmeier und Kollegin Hierlhauser auf die Suche. Unweit von unserem Posten, etwa fünfzehn Minuten Fußweg, hinter einem abschüssigen Hügel, stießen wir auf den Chef, der verzweifelt versuchte sich von einem Eichenast zu befreien. Gefangen im zerfetzten Jogginganzug baumelte er hilflos zwischen Himmel und Erde. Er zitterte wie Espenlaub. Warum sein Jogginganzug so zerfleddert, ein Fuß verstaucht war, er heftige Schürfwunden an Armen, Beinen, und am Allerwertesten hatte, ist uns bis heute schleierhaft. Er war außer sich vor Wut. Er schnauzte uns an, verbat uns Fragen zu stellen. Ein herbeigerufener Notarzt brachte ihn sofort ins Krankenhaus. Und Sie vermuten jetzt, jemand hätte in den Ablauf dieser unsäglichen Aktion auf der grünen Wiese eingegriffen?“

Pflamminger konnte sich die Rettungsaktion des Wüterichs Gellhoff lebhaft vorstellen. Vor den Augen der Mitarbeiter der Hilflosigkeit und Lächerlichkeit preisgegeben, die ihn zum Gespött machten und Schuld war natürlich die doofe Belegschaft.

„Ich vermute alles und nichts."

„Wir rätseln bis heute, was er auf dem Baum suchte. Die ganze Situation war einfach grotesk!", fügte Haller hinzu.

Pflamminger legte die Stirn in Falten und wollte wissen, was Gellhoff mit dieser Frischluftschulung bezwecken wollte.

Die Sekretärinnen warfen sich einen verstohlenen Blick zu und hoben gleichzeitig die Schultern.

Schließlich sagte Zitzelsberger: „Die Abteilungsleiter auf Linie bringen. Was sonst?"

„Der Chef war ein Getriebener", brachte Haller sich wieder ein: „Jeden Montag hatte er einen neuen Spruch auf seinem Bildschirm in großen Lettern platziert. Sein letztes Statement lautete *Veränderung braucht spürbare und sichtbare Impulse.*

Haller lehnte sich zurück und sagte: „Rom wurde auch nicht in drei Tagen aufgebaut, sagte ich einmal zu ihm. Seine Antwort: „Haben Sie mal über Frühpensionierung nachgedacht?"

„Warum haben die Abteilungsleiter bei der Suche nicht geholfen?", fragte Lux und bemerkte, Haller verhielt sich ruhig und distanziert, wohingegen die Kollegin nervös die Hände knetete.

„Am besten die Herren Abteilungsleiter fragen", schlug Haller vor.

„Wie war das kollegiale Verhältnis zwischen Frau von Thalhussen und Herrn Gellhoff", bohrte Lux weiter.

Die beiden Damen sahen sich wissend an und antworteten gleichzeitig: „Mehr als kollegial."

Zitzelsberger überlegte, sah zur Decke, als könne sie dort etwas ablesen.

„Hm? Wo soll ich anfangen? Die beiden haben sich vom ersten Tag an prächtig verstanden und eine neue, eine spezielle Besprechungskultur eingeführt."

Sie grinste und schüttelte den Kopf.

„Sie werden es nicht glauben, aber die beiden hatten von Montag bis Donnerstag, manchmal auch am Freitag von neun bis elf Uhr, manchmal auch länger, Wichtiges zu besprechen. Sie durften nicht gestört werden, außer bei Feueralarm", sagte Haller.

Sie räusperte sich und rollte mit den Augen.

„Meine Damen, es war mir ein Vergnügen", beendete der Hauptkommissar die Befragung und erhob sich.

„Herr Kommissar, Herr Gellhoff war ein moderner, ehrgeiziger Banker, aber von Personalführung verstand er nichts. Die Mitarbeiter waren ihm scheißegal. Oft verhielt er sich wie der Anführer eines Löwenrudels. Er witterte sofort, wenn jemand Angst vor ihm hatte. Und dann Gnade ihm Gott! Meistens war der Betroffene schneller draußen, als der sich das vorstellen konnte", sagte Zitzelsberger mit ernstem Gesichtsausdruck.

Nach einer kurzen Kaffeepause mussten die fünf Abteilungsleiter, deren Stellvertreter und der gesamte Betriebsrat Rede und Antwort stehen. Gellhoffs ergebene Mitarbeiter, Boris Böcklberger und sein Lebenspartner Linus Gutschler, äußerlich ein ungleiches Paar, wollten gemeinsam befragt werden. Böcklberger mit großen, braunen Augen und auffallend langen Wimpern. Gutschlers Hose spannte sich sichtbar um seine Hüften. Beide trugen teure Maßanzüge und modische Lederschuhe. Sie redeten im Wechsel auffallend leise, als hätten sie sich vorher abgesprochen. Gutschler wirkte nervös, sah während des Gesprächs mehrmals zur Türe. Vielleicht horchte der neugierige Gschwendtner. In dem Haus war man nirgends sicher. Man könne niemandem trauen. Beide waren zu Tode betrübt, was dem hochverehrten Chef widerfahren war. Das habe er nicht verdient. Wegen des traurigen Anlasses hatten sie gekündigt. Gutschler habe dies dem kommissarischen Direktor Gschwendtner bereits schriftlich mitgeteilt. Vor vier Stunden habe er die Zusage einer Bank in Amsterdam erhalten. In zwei Wochen werde er dort im Department for International Investments starten. Böcklberger sei noch auf der Suche nach einem neuen Arbeitgeber. Er wolle seinen Lebensmittelpunkt auch nach Holland verlegen. Beide waren dezidiert der Meinung: Gellhoffs Mörder, einer oder vielleicht mehrere, befänden sich in der Bank. Ja, Gellhoff war ein strenger Chef gewesen, er habe viel von seinen Führungskräften verlangt, für manche wohl zu viel, aber ihn deswegen auf diese grausame Art und Weise aus dem Weg zu räumen, mache sie sprachlos. Pflamminger fragte nach verdächtigen Personen. Wer hatte mit Gellhoff des Öfteren Streit? Wer fühlte sich ungerecht von ihm behandelt?

Die Angesprochenen sahen sich lange an und sagten unisono: „Viele."

Gut zwei Drittel der Belegschaft wünschte Gellhoff zur Hölle, das hatten die Ermittler bereits von mehreren Befragten in Erfahrung gebracht.

Böcklberger und Gutschler trauerten um ihren Chef, gleichzeitig waren sie voller Hass auf Kollegen und Kolleginnen, aber brauchbare Hinweise steuerten sie nicht bei. Sollten beide den Wohnort wechseln, bitte dem Kommissariat sofort mitteilen. Pflamminger schob zwei Visitenkarten über den Tisch und entließ sie.

Das Fazit der umfangreichen Befragung: Gellhoff war als Chef äußerst unbeliebt, von vielen gefürchtet und gehasst. Zur Tatzeit befanden sich alle Mitarbeiter an ihrem Arbeitsplatz. Beweisführung? Die digitale Anwesenheitsliste. Die Kollegen und Kolleginnen gaben sich gegenseitig ein Alibi, was vermutlich auch stimmte. Nach eigener Aussage besaß niemand von ihnen eine Waffe, außer Fred Schlunzinger, der zudem ein treffsicherer Schütze war. Vielleicht wurde Hausmeister Schlunzinger von Mitarbeitern der Bank angestiftet, den missliebigen Direktor zu liquidieren?

Gschwendtner brachte sich in Stellung. Er eilte durch alle Abteilungen, von Büro zu Büro, suchte bewusst die Nähe zur Belegschaft, gab sich charmant, schenkte jedem ein freundliches Lächeln und hoffte, dass jüngere Mitarbeiter nicht kündigten. Nach den grässlichen Ereignissen der letzten Tage und Wochen war Gschwendtner vor allem um das Ansehen der Bank besorgt. Sollten kapitalstarke Kunden zur Konkurrenz abwandern, nicht auszudenken! Es käme einer ökonomischen Katastrophe gleich. Er bat die Angestellten am Schalter und am Telefon den Kunden geduldig zuzuhören und sie zuvorkommend zu beraten.

Erst Natascha Schlunzingers plötzlicher Tod, kurz darauf verunglückte Trixi von Thalhussen tödlich und jetzt auch noch der hinterhältige und feige Mord an Roger Gellhoff, ein gefundenes Fressen für die Presse.

Es lag nun an ihm, das angeschlagene Image des traditionsreichen Bankhauses schnellstmöglich abzuhaken und mit einer bunten, kundenfreundlichen Kampagne aufzupolieren. Darüber hinaus musste er die erschütterte Belegschaft beruhigen. Mehr noch, Gschwendtner befürchtete, neidische Abteilungsleiter könnten hinterrücks aktiv werden und den Verdacht gezielt auf ihn lenken, Direktor Gellhoff auf dem Gewissen zu haben. Wenn er nur daran dachte, schwirrte ihm der Kopf.

Johann Gschwendtner hatte zwei Gesichter, die er je nach Situation und Erfordernis gekonnt einzusetzen wusste.

46 Die Pistole, Marke Heckler & Koch, samt Behältnis mit einhundert Patronen befanden sich in der untersten Schreibtischschublade. Die Waffe war nagelneu und höchstwahrscheinlich noch nie benutzt worden. Die Spurentechniker, Thurner und Schindlbeck, packten den konfiszierten Fund in eine Plastiktüte und wollten sofort wieder zurück ins Präsidium fahren.

„So, das war's dann", sagte Thurner und ging auf Verena Gellhoff zu, um sich von ihr zu verabschieden.

Verena Gellhoffs vier Jahre ältere Schwester Patricia, die ihr zum Verwechseln ähnlich sah und ihr Mann, mittleren Alters, waren angereist, um ihr in den schweren Stunden beizustehen. Sie wechselten schnelle Blicke, schließlich sagte die Hausherrin zögerlich: „Herr Thurner ... im Keller ... dort unten befindet sich ein Safe. Wir ... ich möchte, dass der Safe von der Polizei geöffnet wird."

„Kennen Sie den Code?", fragte Thurner überrascht.

„Nein."

Er sah zu seinem Kollegen, der bereits zum Gehen drängte. Im Büro wartete eine Menge Arbeit.

Die wuchtige Safetür, die Thurner und Schindlbeck mehr für einen Bunkerzugang hielten, mussten Profis öffnen. Schindlbeck forderte einen Schlüsseldienst an. Thurner informierte Pflamminger, der sich mit Kriminaloberrat Möller sofort ins Auto setzte. Verena Gellhoff hatte gebeten, Hauptkommissar Pflamminger solle bei der Öffnung und Begehung des Kellerraumes dabei sein.

Vor sechs Jahren ließ Roger Gellhoff einen Bunker für zwölf Personen einbauen. Er wollte gegen Unwägbarkeiten des Lebens gewappnet sein. So begründete er die aufwendigen Umbaumaßnahmen. Sowohl seine Frau, sein Stiefvater als auch seine Schwiegereltern hielten den Aufwand an Sicherheit für übertrieben. Seit Jahren hegte Verena Gellhoff den Verdacht, dass dort unten seltsame Dinge vor sich gingen, vielleicht sogar Schwarzgeld geparkt wurde. Oft hielt er sich dort allein oder mit Freunden auf. Verena Gellhoff war der Zutritt in den merkwürdigen Schutzraum untersagt.

Ein Mitarbeiter des Schlüsselnotdienstes öffnete die schwere Türe und ließ Thurner den Vortritt. Mit einer Taschenlampe bewaffnet und eingezogenem Kopf betrat der den fensterlosen, muffig riechenden Raum. Er drückte den Lichtschalter und rief: „Bingo!“

Vorläufige Bilanz: Sechzig Goldbarren. Zehn schwarze Geldkoffer mit jeweils einhunderttausend Euro in Scheinen. Zwei Laptops. Internetanschluss. Eine Mappe mit Adressen von internationalen Rechtsanwälten, Steuerberatern, exklusive Hoteladressen in der Schweiz, Österreich, Liechtenstein, Luxemburg, Monte Carlo und auf Malta. Ein breiter Gewehrschrank aus Eiche mit dreißig wertvollen Waffen ohne Munition. Zwanzig DVDs mit beschriftetem Aufkleber, „MEGA MASTER PARTYS“. Eine Ersthelfertasche mit interessantem Inhalt: Zehn Fläschchen mit hochdosiertem Atropin. In einer überbreiten Arbeitstasche befand sich bündelweise Schriftverkehr zu drei Vaterschaftsklagen. Roger Gellhoff alimentierte drei außereheliche Kinder. Verena Gellhoff war ahnungslos und einem Nervenzusammenbruch nahe.

Roger Gellhoffs Bunker plus außergewöhnlichem Inhalt warf Fragen auf. Woher kam das viele Geld? Schwarzgeldgeschäfte? Oder hatte das hochgelobte Finanz-Genie per Dienstanweisung die PORTA Bank um hohe Summen erleichtert?

Während Lux durch den zähen Stadtverkehr Richtung Winzerer Höhen fuhr, las ihr Co-Pilot aus der Tageszeitung vor: *Hinterhältiger Mord an Bankdirektor der PORTA Bank - Die Regensburger Kripo steht vor einem schier unlösbaren Rätsel. Der ermittelnde Hauptkommissar hält sich bedeckt* ... wer haut denn so einen Bullshit über die Rampe? Der Chef?", fragte Kramer erstaunt.

„Hammerschmidt und Möller haben sich der Pressemeute gestellt", sagte Lux.

„Null Ahnung haben die Herren, aber neunmalklug daherreden. Sesselfurzer!", sagte Kramer mit hämischem Tonfall.

Er faltete das Blatt zusammen und warf es auf den Rücksitz.

Bevor Lorenz Kramer sich für die berufliche Laufbahn bei der Kriminalpolizei entschieden hatte, wollte er Journalist werden. Auf dem Gymnasium arbeitete er mit großem Engagement bei der Schülerzeitung. Er hatte eine flotte Schreibe. Kramers Kritikfreudigkeit am Lehrerkollegium und am bayerischen Schulwesen missfiel der Schulleitung jedoch. Dreimal wurde er zum Rektor zitiert mit der deutlichen Ansage, entweder die Artikel würden alltagstauglich oder er müsse die Mitarbeit beenden. Kramer stellte sich taub. Schließlich bekam seine Mutter den berühmten blauen Brief. Wenn sie es schaffe den Sohnemann zur Vernunft zu bringen, könne er weiterhin im Redaktionsteam mitarbeiten.

„Und? Hat sich der umtriebige Schüler Kramer den Vorgaben der Schulleitung untergeordnet?"

Lorenz Kramers Mutter konnte den Schulrauswurf mit Ach und Krach verhindern. Grund, ein läppisches Flugblatt. Der engagierte Schüler verfasste einen Text, mailte ihn an die Presse, die ihn für printuntauglich hielt, aber gemeinerweise an die Schulleitung weitersandte. Somit war die Karriere als kompetenter und erfolgreicher Junior-Journalist beendet.

Lux bog links ab, fuhr von der anderen Seite her langsam vor Hohmbachers Haus. Die Spurensicherung war ein weiteres Mal in der Gellhoff-Villa zugange, ebenso einige Schaulustige, die sich fragten, wie viele Leichen denn dort noch im sprichwörtlichen Keller lagen?

„Vielleicht wird aus dir ein kompetenter Kriminalbeamter“, sagte Lux amüsiert.

„Ja, glaubst du, ich habe Potential? Jetzt mal ehrlich?“, fragte er wie ein unsicherer Teenager.

„Heute etwas sentimental unterwegs?“

„Franziska, manchmal habe ich so meine Zweifel, ob das Polizeibusiness ...“

„Lorenz, wir reden ein andermal darüber. Herr Hohmbacher erwartet uns.“

Generalmajor a. D. Hilmar Hohmbacher hatte von seinem geräumigen, verglasten Balkon einen optimalen Blick auf die Straße, auf Gellhoffs Haus, Garten und Garage.

„Könnte mir Hohmbacher als perfekten Schützen vorstellen“, sagte Kramer wie aus der Pistole geschossen.

„Er war zur Tatzeit in der City“, erwiderte Lux.

„Einträge im Vorstrafenregister?“

„Schon gecheckt. Er ist clean.“

Lux sah auf die bis gestern verschlafene Straße, in der sich immer noch Sensationsgierige nahe der Absperrung aufhielten. Neben Gellhoffs Gartentor hatte jemand Blumen niedergelegt. Drei Grabkerzen flackerten zwischen Nelken und Rosen.

„Hey der alte Fuchs hasste seinen Nachbarn und außerdem war er Berufssoldat, folglich kann er schießen“, steigerte sich Kramer in sein gedankliches Szenario hinein.

„Jetzt mach mal halblang. Okay, die lärmenden Aktivitäten mit viel nackter Haut im Nachbarhaus haben ihn gestört, aber deswegen gleich den Revolver ziehen?“

„Franziska, du hast keine Ahnung, wie viele Nachbarn sich oft wegen Kleinigkeiten ein Leben lang streiten! Der Klassiker: Das Laub vom Nachbarbaum flattert unerlaubterweise über den Zaun oder Nachbars Köter hebt stets vor meiner Haustür das Bein und und und …"

„Meine Eltern sind leidenschaftliche Schrebergartenbetreiber. Ab und an erzählen sie von schrägen Storys und Scharmützel, die innerhalb der Großgrünanlage passieren. Wo Menschen sind, menschelt es eben", sagte Lux.

Kramer ging vor ihr die Natursteinstufen hinauf, blieb ad hoc stehen und sagte: „Wie wäre es mit Auftragsmord?"

„Meine Intuition sagt, er war's nicht."

Kramer sah Lux mit großen Augen an und sagte: „Intuition? Hä? Franziska, wie wäre es mit ‚Rent a Killer'? Es gibt viele arbeitslose Fremdenlegionäre. Das glaubt man gar nicht …"

„Wer behauptet das denn …?"

„Lass mich ausreden. Also. Auftrag nachhaltig ausgeführt und du siehst den Schützen nie wieder. Coole Sache. Ich wette mit dir, der Alte hat im Keller eine Modellmilitärbasis plus Hobbyschießstand. Ich habe mal gelesen, so mancher Berufssoldat, Fremdenlegionär oder Security-Typ, ja sogar der eine oder andere Polizist ist im Grunde ein unsicherer Mensch, hat Minderwertigkeitskomplexe, verdrängt diverse Ängste vielleicht mit einem Gewehr im Schrank oder einer Pistole im Holster.

„Und Kommissare?"

„Okay, natürlich nicht alle."

„Und wie steht es mit deiner Psycho-Balance? Ausgeglichen und stabil? Reif für eine Karriere bei der Polizei oder absolvierst du das Praktikum nur zum Spaß?"

„Mann! Versteh mich bitte nicht falsch …"

Die Haustüre öffnete sich. Hohmbacher bat die Besucher herein. Seine Frau hatte sich gerade zurückgezogen. Sie möchte an der Befragung nicht teilnehmen.

„Der tragische Tod des Nachbarn. Sie verstehen? Junger Mann, wie war gleich noch mal ihr Name?", fragte Hohmbacher freundlich.

„Gestatten, mein Name ist Kramer … Boandl … Kramer", sagte er und grinste schelmisch in Hohmbachers erstauntes Gesicht.

„So so, Herr Boandlkramer", sagte er not amused mit fragendem Blick Lux zugewandt.

Hohmbacher machte auf dem Absatz kehrt. Der großgewachsene, elegant gekleidete Mann ging den Besuchern, den Oberkörper leicht nach vorne gebeugt, langsam voraus durchs Wohnzimmer hin zu seinem Lieblingsplatz.

Lux buffte ihren vorlauten Praktikanten kräftig in die Seite und zeigte ihm unmissverständlich den Vogel. Hohmbacher bemerkte die Zurechtweisung nicht. Zuvorkommend bat er den beiden einen Sitzplatz auf dem Balkon an, üppig geschmückt mit hängenden Zierpflanzen und einer Armada verschiedenster Minikakteen. Auf dem kleinen runden Tisch mit eingelassenen bunten Mosaiksteinchen standen Kaffee und Schnittchen bereit.

„Bitte bedienen Sie sich."

Hohmbacher setzte sich in den breiten Korbsessel, der laut knarzte.

Kramer langte sofort zu, Lux lehnte dankend ab.

„Haben Sie schon eine heiße Spur oder jemanden im Visier, Frau Lux?"

Mit einem Seitenblick sah er auf den jungen Mann, der mit einem gesunden Appetit mehrere Brötchen vertilgt hatte.

Lux stieß ihrem meist hungrigen Begleiter leicht gegen das Schienbein mit dem deutlichen Hinweis *zügle deine Gefräßigkeit*.

„Wir ermitteln in alle Richtungen, vor allem sondieren wir Gellhoffs Umfeld und jeder noch so kleine Hinweis wird mit Akribie überprüft", sagte Lux.

Hohmbacher nickte zustimmend, räusperte sich und sagte: „Schöne Aussicht, nicht wahr?"

Mit der Hand deutete er auf den von zwei Polizeibeamten bewachten Tatort.

„Tja, jetzt haben wir auch noch den Tatort-Tourismus in unserer Straße."

Kopfschüttelnd sah er geraume Weile auf Gellhoffs Anwesen.

Lux glaubte seine Gedanken lesen zu können. *Täglich grausamste Verbrechen, Kriege, Flüchtlingsströme, Hungersnöte, Umweltkatastrophen in den TV-Nachrichten und plötzlich Mord und Totschlag direkt vor der eigenen Haustüre.*

„Von hier aus könnte der Täter auch gezielt haben", sagte Kramer mit vollem Mund.

Er griff nach einer Serviette und tupfte sich die Lippen ab.

Hohmbacher reagierte mit hochgezogenen grau-buschigen Brauen und wandte sich mit freundlichem Lächeln Franziska Lux zu.

„Herr Hohmbacher, ist Ihnen gestern oder vorgestern etwas Verdächtiges aufgefallen? Konnten sie jemanden beobachten, der herumspazierte, ums Haus schlich, als wollte er etwas ausspionieren?"

„Frau Lux, wenn es so wäre, hätte ich Sie sofort davon in Kenntnis gesetzt. Nichtsdestotrotz, meine Frau und ich haben lange und intensiv nachgedacht, ob in letzter Zeit in der Straße Auffälliges vorgefallen war, was mit dem Verbrechen vielleicht etwas zu tun haben könnte. Stundenlang habe ich mit Nachbarn telefoniert und über den tragischen Vorfall gesprochen. Aber beim besten Willen niemand hat in der Straße irgendetwas Außerge-wöhnliches bemerkt, gesehen oder gehört. Der Mörder, vielleicht waren es mehrere, ging äußerst professionell vor. Hat denn die Spurensicherung schon Verwertbares entdeckt?"

Kramer ereiferte sich ungefragt: „Die Kriminaltechniker haben am Tatort zwei Patronenhülsen gefunden, sofort Abgleiche und ballistische Untersuchungen vorgenommen. Die Patronen werden in Regensburger Schützenheimen verwendet. Der Hausmeister der Bank ist ein langjähriges Mitglied bei einem der Vereine, hat aber ein Alibi."

Lux trat auf Kramers Fuß, dieses Mal ziemlich kräftig. Am liebs-ten hätte sie ihn vor die Tür geschickt. Freundchen, das hat ein Nachspiel, dachte sie wütend.

Hohmbacher ging auf Kramer nicht ein, richtete das Wort wie-der an die Kommissaranwärterin.

„Frau Lux, vor gut acht Jahren hatten meine Frau und ich das Vergnügen, die neuen Nachbarn, also Herrn und Frau Gellhoff kennenzulernen. Wir waren zur Einzugsparty geladen. Eine junge sympathische Familie aus gutem Hause. Die Welt stand ihnen offen ... äh ... ich weiß nicht, ob das jetzt der Sache dient ...?“

„Herr Hohmbacher, jede noch so winzige Kleinigkeit könnte uns weiterhelfen“, sagte Lux und bat ihn fortzufahren.

„Nun ja ... schon nach kurzer Zeit, nach einigen Wochen etwa, also damals, stellte ich fest, dass Herr Gellhoff des Öfteren nach Mitternacht mit dem Auto wegfuhr und drei, vier Stunden später wieder zurückkam. Es gab Gerüchte, Herr Gellhoff sei Stammgast im Taiga Club. Meinetwegen, seine private Angelegenheit, ging mich nichts an. Vor einem Jahr zog seine Frau plötzlich aus. Unser Nachbar von gegenüber vermutete, da stünde wohl eine Scheidung an. Herr Gellhoff sei, wie man landläufig sagt, ein ziemlicher Hallodri, er habe viele Affären.“

Hohmbacher sagte dies mit hochgezogenen Augenbrauen und entsetztem Gesichtsausdruck. Wieder richtete er seinen Blick auf Gellhoffs Haus und seufzte schwer.

Sagte er die Wahrheit, dachte Lux plötzlich, wusste er mehr, als er bei Kaffee und Quark Schnittchen preisgab?

Kramer war überzeugt, der Alte verheimlichte etwas. Sein Bericht über Gellhoffs angebliche Schandtaten, sein verkrampfter Blick über den Balkon hinaus. Hm? Die Nachbarschaftskontakte zwischen Hohmbacher und Gellhoff standen nicht zum Besten. „Das finde ich hochinteressant, das könnte in Zusammenhang stehen mit ...“

„Kollege, bitte!“, fiel Lux ihm kantig ins Wort.

Womit sie zum Ausdruck bringen wollte, *mehr Sensibilität oder halt einfach die Klappe.*

Hohmbacher fuhr fort: „Sofort nach dem Auszug seiner Frau ging der Partyrummel los. Fast jedes zweite Wochenende, vermutlich mit Damen aus dem Taiga Club und manch bekanntem Gesicht der Regensburger sogenannten besseren Gesellschaft. Das hat mich derart auf die Palme gebracht, dass ich ab und an meine Kamera laufen ließ“, sagte er in zwei staunende Gesichter.

Kramer warf Lux einen schnellen Blick zu, trat ihr sanft auf den

Fuß mit dem Subtext *habe ich es nicht gesagt, der alte Fuchs weiß mehr, hat mehr gesehen und gehört, als wir uns vorstellen können.*

„Die Aufnahmen kann ich Ihnen zu Ermittlungszwecken zur Verfügung stellen. Sie werden eine illustre Party-Gesellschaft in Nachbars Garten entdecken", sagte Hohmbacher mit abschätzigem Gesichtsausdruck.

„Herr Hohmbacher, besitzen Sie eine Waffe?", fragte Lux spontan.

„Nein ... aaah Sie vermuten ... ich hätte von meinem Balkon aus den Nachbarn umgelegt?"

Er lachte eine Nuance zu laut, verschluckte sich und begann zu husten.

„Aber als ehemaliger Soldat können Sie schießen?", sagte Kramer, der sich nun wie elektrisiert an die zentrale Frage dranhing und den alten Herrn mit schlohweißem Haar und zwei wachen Augen genau musterte.

„Ich war mal ein guter Schütze. Vor fünfundzwanzig Jahren. Als ich in die Rente verabschiedet wurde, schwor ich mir, nie wieder eine Waffe anzufassen, außer in Notwehr."

„Und wie sieht ihre Notwehrwaffe aus?", hakte Kramer schnell nach.

„Nicht unverschämt werden junger Mann. Frau Lux, Sie müssen ihrem Naseweis-Kollegen erst noch die Methodik der informatorischen Befragung beibringen. Ich glaube, in dem Fach benötigt Ihr Schützling dringend Nachhilfe. So, genug geplaudert. Meine Frau wird gleich aufwachen. Bei der Auswertung meiner Aufnahmen wünsche ich Ihnen viel Spaß. Ich bringe Sie zur Tür. Herr Kramer, um ihre Neugierde zu stillen, mein Haus ist eine waffenfreie Zone. Hausdurchsuchung jederzeit möglich."

Sollte dem alten Herrn noch etwas Wichtiges einfallen, einfach anrufen. Lux legte ihre Visitenkarte auf die Schlüsselablage und nahm die bereitliegende DVD mit.

Auf der Straße checkte Lux ihr Smartphone. *Rückruf oder Sie kommen direkt in die Gellhoff-Villa. Pharaos Grabkammer geöffnet und den Schatz im Silbersee gehoben. Verdacht auf dirty Dollar. Pf.*

Lux und Kramer glaubten sich im falschen Film als Pflamminger und Möller ihnen von Gellhoffs Geheimbunker samt spektakulärem Inventar berichteten. Die Spurentechniker waren noch dabei, die Wertgegenstände zu ordnen und das Haus nach weiteren Bunkern, Safes, Geheimgängen, Wertsachen, Waffen, Falltüren, Folterkammern, 3D-Gelddruckern oder was auch immer zu durchleuchten.

Während der Rückfahrt durch die Stadt machte Lux ihrem Praktikanten klar, dass der Besuch bei Hohmbachers, alles andere als okay verlief. Vernehmung und Befragung waren zwei Paar Stiefel. Das lernt man auf der Polizeiakademie in der ersten Woche. Mit unüberlegten Fragen brüskiert man Menschen und führt meist dazu, dass sie nur noch lügen oder in strategisches Schweigen verfallen. Und der Obervorschlaghammer? Kramer stellte sich mit Boandlkramer vor.

„Hey, der alte Herr ist Mitte achtzig.“

Sollte ähnliches noch mal passieren, würde er den Rest seines Praktikums nur noch staubtrockene Arbeit erledigen, wie Ablage im Archivkeller, Bildschirme und Tastaturen reinigen, Kaffeemaschine entkalken unter Aufsicht von Rebecca Reischl.

Uff! Ansage angekommen. Mit dieser lautstarken Zurechtweisung hatte er nicht gerechnet. Anyway, Kramers Meinung nach übte Lux viel zu viel Nachsicht dem alten Herrn gegenüber. Hatte sie einen schlechten Tag oder stand sie auf Großvatertypen? Kramers Empfinden nach hatte es der Alte faustdick hinter den Ohren. Fakt war, er hasste seinen reichen Nachbarn bis aufs Messer, war auf die blonden Mädels scharf, wurde zu keiner Jungbrunnen-Party eingeladen. Frust pur. Ein Jahr lang fuhr er schwere Geschütze auf ... okay, keine Kanonen, dafür eine private Überwachungskamera mit Hosenträgern am Balkongeländer befestigt, um möglichst viele Beweise in der Hand zu haben. Gleichzeitig genoss er die heimlich aufgenommenen Sexvideos in seinem Hobbykeller ... und plötzlich, eines schönen Morgens im Wonnemonat Mai entlud sich die aufgestaute, ohnmächtige Wut. Der Ex-Feldwebel-General gab sich selbst den Befehl und der Feind wurde vom Balkon zwischen Minikakteen aus nächster Nähe niedergestreckt.

Lorenz Kramer nahm das Feedback sportlich. Dennoch blieb er bei seiner Vermutung, der ehemalige Kämpfer in der DDR-Volksarmee auf dem Feldherrnhügel über der Donau spielte nur den seriösen Rentner, der sein Gewehr angeblich verrosten ließ. Niemals! Wie konnte er Franziska und den Chef davon überzeugen, die berufliche Vergangenheit des Volksarmeesoldaten unbedingt tiefschürfend zu beleuchten? Er traute dem Alten nicht über den Weg.

„He! Der kampferprobte Haudegen pflegt mit Sicherheit Kontakte zu seinen einstigen Kameraden, kann locker einen Scharfschützen anheuern und fertig ist die Abschussrampe. Moment Mal, wann ging Mister Kalaschnikow in Rente?"

„Wieder nicht richtig zugehört. Vor fünfundzwanzig Jahren", sagte Lux und fuhr auf den Parkplatz.

„Ich hab's gerochen. Hohmbacher ist ein Vollprofi."

„Lorenz, cool down."

„Hey, wieso kann sich ein Ex-Militarist aus der Ex-DDR ein großes Haus mit einem stattlichen Garten drumherum und neben einem großen Wohnzimmer mit Eichenholzmöbeln auch noch eine altbayerische Zirbelstube leisten? Womöglich hat er auf seinem Grundstück in mehreren Armeekisten einen Großteil des SED Parteivermögens verbuddelt."

„Hast du heute etwas eingeworfen? Vielleicht hat er eine reiche Tante in Amerika."

Lux schüttelte den Kopf und amüsierte sich über den aufgedrehten Praktikanten.

„Oder in Moskau? Ich sage nur Stasi, informeller Mitarbeiter, oder Doppelagent im Kalten Krieg", zählte Kramer vorausahnend auf.

„Los, steig aus."

„Franziska, im Gesamtkontext betrachtet, also der scheinbar oberschlaue General legt eine falsche Fährte!"

„Sagt dein Bauchgefühl? "

„Sagt meine untrügliche Spürnase!"

„Na dann!"

„Franziska, ich erkläre dich hiermit zu meiner besten Assistentin, zuständig für spektakuläre und knifflige Fälle aller Art. Frau zukünftige Kommissarin, könnte ich nicht einen Tag lang dein Chef sein?"

„Vergiss es! So und jetzt hör' mir genau zu, Mister Sherlock Holmes! Von Hohmbachers Aufnahmen wissen wir vorerst nichts. Ich muss das heikle Thema mit dem Chef unter vier Augen klären. Kapiert?"

„Okay, auf mich ist Verlass. Das weiß du doch", stimmte er augenzwinkernd zu.

„Ich nehme dich beim Wort."

Kramer grinste breit und schwadronierte schon mal lautmalerisch über eventuelle pikante Szenen aus Hohmbachers DVD-Filmchen.

„Hey! Heinrich in Großaufnahme im schicken knallroten Lederdress auf allen Vieren der peitschenden Lieblingsdomina ausgeliefert? Game: ‚Finde deine Herrin'. Wuff, wuff, bitte, bitte schlag mich, wuff, wuff."

47 Rebecca Reischl stellte zwei Tabletts mit Nussbeugerl und Butterbrezen auf den Tisch. Für alle hörbar sagte sie: „Danke liebe Rebecca! Wie immer mitgedacht und perfekt organisiert!"

Pflamminger und Kramer diskutierten lebhaft die neuesten Fußballergebnisse und überhörten Reischls Ansage geflissentlich. Nichtsdestotrotz bemerkte Kramer das volle Tablett als Erster. Er schnalzte mit der Zunge und schnappte sich die Größte, wandte sich wieder dem Chef zu, der das letzte verlorene Spiel vom SSV Jahn als die pure Katastrophe analysierte. Der Trainer gehöre in die Wüste geschickt.

Lux klopfte der Kollegin auf die Schulter und sagte: „Rebecca, wenn wir dich nicht hätten, ...!"

„Würde der ganze Betrieb zusammenbrechen“, sagte sie in theatralischem Tonfall.

Kriminaloberrat Möller kam in den Raum, grüßte alle Anwesenden und bat an den runden Tisch.

„Gleich vorweg, Hammerschmidt lässt sich entschuldigen. Seine bevorstehende Kieferoperation musste wegen plötzlich aufgetretener Schmerzen vorgezogen werden.“

Entspannte Blicke flogen über den Tisch, die erkennen ließen, ein Tag ohne Hammerschmidt war ein guter Tag.

„Claudio Thurner kommt später. Er ist noch beim Goldbarrenschleppen“, sagte Reischl in die Brezen kauende Runde.

„Apropos Protokoll, liebe Frau Reischl, Herr Hammerschmidt möchte von der heutigen Besprechung eine Abschrift vorgelegt bekommen“, sagte Möller und lächelte sie charmant an.

„Heute? Warum nicht schon gestern Abend?“, antwortete sie keck.

„Ist er denn am Nachmittag schon wieder aus der Narkose erwacht und aufnahmefähig?“, fragte Kramer mit Mitgefühl, welches ihm keiner abnahm.

Pflamminger schüttelte den Kopf, hätte gerne noch eins draufgesetzt, aber im Beisein von Möller gab er den vorbildlichen Teamchef und sagte: „Herr Kramer, etwas mehr Respekt, wenn ich bitten darf. Und konstruktive Beiträge nicht mit vollem Mund über den Tisch schleudern.“

Ertappt schluckte Kramer die Brezenreste hinunter, tupfte sich die fettglänzenden Lippen ab und schaltete auf Präsenzmodus.

„Ja, dann lege ich mal los, wenn es Frau Lux, Frau Reischl, Herrn Möller und Herrn Pflamminger genehm ist?“

„Bitte sehr, Herr Junior-Kommissar“, sagte Möller augenzwinkernd.

Den aktuellen Ermittlungsstand hatten Kramer und Reischl an der Präsentationswand übersichtlich aufbereitet. Die heißen Blondinen aus Gellhoffs speziellem Mailverkehr mit Broncovic, die Kramer in Großformat ausgedruckt und hinter seinem Schreibtisch für jeden sichtbar an die Wand gepinnt hatte, stieß bei Kolleginnen auf wenig Zustimmung. Es erinnerte sie an längst vergangene Zeiten. Beinahe in jedem Spind, jeder Kaffeeküche oder wo auch immer, hing ein geschmackloser Schwedenkalender mit viel nackter Haut zum Amüsement der Männer für Zwischendurch.

Mordfall Roger Gellhoff, Unfalltod Trixi von Thalhussen aufgrund manipulierter Bremsen, Alkohol-Drogentod Natascha Schlunzinger und Edmund Rutzmoser, der mit einem harten Gegenstand erschlagen wurde, wie erkennbare Hämatome am Hinterkopf im Genick und auf dem Rücken aufzeigten.

Brandaktuell: Nebenschauplatz Gellhoffs Goldbunker plus dirty Dollar. Anfangsverdacht: Verena Gellhoff war der Inhalt des Bunkers nicht bekannt. Und warum wurde das viele Bargeld, nicht auf ein Bankkonto eingezahlt? Drei große Fragezeichen! Die Kollegen der Spurensicherung waren noch dabei, den geheimnisvollen Bunker gründlich zu durchleuchten, verwertbare Spuren wie Fingerabdrücke zu sichern. Ob das gebunkerte Geld und die Goldbarren im Zusammenhang mit dem Geldraub der PORTA Bank standen, konnte bis jetzt nicht bestätigt werden.

SpuSi-Chef Thurner kam auf leisen Sohlen in den Raum und setzte sich kopfnickend grüßend neben Pflamminger.

Praktikant Kramer verwies auf Fred Schlunzinger, der neuerdings im Fokus stand, Roger Gellhoff getötet zu haben. Allerdings wurde er von zwei glaubhaften Zeugen entlastet. Seine Kollegen Harry Grammel und Leo Zentner sagten aus, Fred Schlunzinger habe sich während der Tatzeit in der Bank aufgehalten und ging routinemäßig seiner Arbeit nach. Es gab noch zehn weitere Zeugen, die die Anwesenheit des Hausmeisters an seinem Arbeitsplatz am Tattag von morgens ab sieben Uhr bis spät nachmittags bestärkten. Thurner ging dazwischen und kündigte an, zu Fred Schlunzinger habe er unter anderem Neues zu berichten. Dazu später mehr.

Weiter im Text. Frau Gellhoff zeigte sich kooperativ, wie Lux und Pflamminger bereits mitgeteilt hatten. Aufgrund ihrer persönlichen Motivlage behalte man die Witwe weiterhin auf dem Radar. Aufhorchenswert waren die Befragungen von Mitarbeitern der PORTA Bank. Die überwiegende Mehrheit der Belegschaft stellte dem jungen Chef ein grottenschlechtes Zeugnis aus. Gellhoff sei für den verantwortungsvollen Direktorenjob noch zu jung gewesen, überfordert, arrogant, intrigant, impulsiv und machtbesessen. Die Chefsekretärin Betti Zitzelsberger hatte eine rote Liste entdeckt, auf der alle Mitarbeiter und Mitarbeiterinnen ab fünfundvierzig plus als Altlast und Bremser im System abgestempelt wurden. Diese Mitarbeiter galt es, nach Gellhoffs Überzeugung, möglichst schnell und geräuschlos zu entlassen. Angeblich war es Gellhoffs Absicht in Kürze den gesamten Betriebsrat gegen ein junges Recruitment-Planungsteam auszutauschen. Das hatte vor allem ältere Angestellte in Angst und Schrecken versetzt. Die unmittelbaren Nachbarn in Gellhoffs Straße wurden umfassend und erschöpfend befragt. Leider ohne brauchbare Ergebnisse. Niemand will etwas Verdächtiges bemerkt, gesehen oder gehört haben.

Neue Erkenntnisse zur Todesursache von Natascha Schlunzinger: Neben hochprozentigem Alkohol und gepanschtem Kokain wurde eine hohe Dosis Narkosemittel Atropin beigemischt. Diese brandgefährliche Mischung konnten die Rechtsmediziner erst bei der zweiten Mageninhaltsanalyse zweifelsfrei feststellen.

Sowohl bei Natascha Schlunzinger als auch bei Edmund Rutzmoser trete man auf der Stelle. Edmund Rutzmoser werde nirgends und von niemandem vermisst. Im Männerwohnheim in der Thurmayer Straße hatte er sich ab und an aufgehalten. Geboren und aufgewachsen in Blaubeuren. Dort war er bis zu seinem achtzehnten Lebensjahr gemeldet. Nach sieben Jahren in einem Internat in Blaubeuren war er spurlos verschwunden. Nach Auskunft der Pfarrei St. Matthäus in seiner früheren Heimat hinterließ er einen Abschiedsbrief. Inhalt kurz und knapp: Absicht nach Südamerika auszuwandern. Seine Mutter hatte das bestätigt, sinngemäß mit den Worten, Deutschland ein scheiß Land, Europa ein scheiß Kontinent. Die Menschen seien raffgierig, rücksichtslos, geizig und somit unweigerlich zum Untergang verdammt. Manches Mal hatte er der Mutter von seinem besten Freund, Roger Gellhoff, vorgeschwärmt.

„WAS?“, sagte Pflamminger erstaunt.

„Beide lernten sich in Ulm im Kindergarten St. Stephanus kennen“, nickte Kramer und fuhr selbstbewusst fort, „ich habe alle offiziellen Stellen wie Pfarrämter, Standesämter, Schulen, Kitas, Internate, Krankenhäuser, Gefängnisse, Pfandleihhäuser und Obdachloseneinrichtungen et cetera, landauf, landab abtelefoniert. In Ulm bin ich fündig geworden“, sagte Kramer in die staunende Zuhörerrunde.

„Kann ich bestätigen. Er hat den Angerufenen ein Loch in den Bauch gefragt“, ging Reischl anerkennend dazwischen.

„Herr Kramer, gut gemacht“, nickte Möller und lächelte ihm wohlwollend zu.

„Noch zwei Sätze zu Edmund Rutzmoser. Seine Mutter starb vier Jahre nach seinem Verschwinden. Ihre Schwester berichtete, der junge Mann sei bereits mit fünfzehn Jahren in der Drogenszene in Ulm und Stuttgart aktiv gewesen. Straffällig war er nie.“

„Und plötzlich wird er im Hinterhof der PORTA Bank tot aufgefunden. Pflegte er bis zu seinem Tod Kontakte zu Roger Gellhoff oder suchte er aus einem bestimmten Grund dessen Nähe?“, sagte Möller mit fragendem Blick zu Pflamminger.

„Vermutlich kannte er Gellhoffs Vergangenheit wie kein Zweiter und vielleicht waren diese Jugendsünden für den karriereversessenen Bankmanager mehr als nur peinlich. Vielleicht offene Rechnungen? Rache? Erpressung?“, vermutete Lux.

„Und wurde mutmaßlich deswegen aus dem Weg geräumt?“, bemerkte Reischl.

Hatte Frau Schlunzinger den tödlichen Mix freiwillig zu sich genommen? Wohl kaum. Oder sie wusste schlichtweg nicht welch tödlichen Zaubertrank sie hinunterkippte. Mehrere Zeugen bestätigten, sie war am Abend vor ihrem Tod in Gellhoffs Haus. Die Frage, ob sie übermäßig Alkohol und andere Rauschmittel konsumiert hatte, konnte oder wollte niemand beantworten. Äußerst fragwürdig war der Auffindungsort: Krankenhausparkplatz der Barmherzigen Brüder. Hatte sie sich selbst dorthin begeben? Schwer vorstellbar. Oder wurde sie von jemandem dort abgelegt, der um ihren lebensbedrohlichen Zustand wusste und ihr eine Überlebenschance zugestand.

Intensive Befragungen nähestehender Personen und dem diensthabenden Personal in der Notaufnahme des Krankenhauses ergaben bisher noch kein klares Bild. Niemandem war auf dem Parkplatz kurz vor Sonnenaufgang irgendetwas aufgefallen. Natascha Schlunzinger war im dritten Monat schwanger. Der Vaterschaftstest besagte eindeutig: Roger Gellhoff.

„Moment! Wie seid ihr denn da drangekommen? Ich meine, war Gellhoff einverstanden?", fragte Möller mit großen Augen.

Möller sah in schweigende Gesichter, die wie es schien, seine Frage nicht verstanden hatten.

„Ach wissen Sie, Herr Kriminaloberrat Möller, manchmal werden an der Information verschiedenste Sachen abgegeben oder landen direkt auf dem Tisch der Spurensicherung wie zum Beispiel ein Kamm oder eine Zahnbürste und keiner weiß woher. Und das Labor schafft dann Klarheit", sagte Lux und lächelte in die Runde.

„Aha, so so", sagte Möller erst Pflamminger, dann Thurner zugewandt.

Der Hauptkommissar gab sich unwissend und sah mit verstohlenem Blick zu Thurner.

Kramer befürchtete, der Alte würde jetzt gleich explodieren. Noch nie hatte er live miterlebt, wie Franziska Lux vor Kriminaloberrat Möller derart herumeierte.

Möller wechselte vielsagende Blicke mit Pflamminger und Thurner.

„Das ist unser aktueller Ermittlungsstand", sagte Kramer mit geröteten Wangen.

Er war erleichtert. Die Präsentation wurde von den Zuhörern weder mit Belehrungen noch mit Besserwisserei unterbrochen.

„Danke Frau Reischl. Danke Herr Kramer. Prima aufbereitet! Noch Fragen oder Anmerkungen?"

Alle verneinten. Möller lächelte wohlmeinend, wandte sich Thurner zu und bat ihn, Brandneues von den kriminaltechnischen Untersuchungen zu präsentieren.

Thurner legte den neuesten Bericht der Rechtsmedizin auf den Tisch und sagte: „Trixi von Thalhussen hatte fast drei Promille im Blut, bevor sie in Gellhoffs Auto stieg und auf regennasser Straße mit bedauerlicherweise manipulierten Bremsen gegen eine Wand raste. Ein verantwortungsloses Verhalten und brandgefährlich für andere Verkehrsteilnehmer.“

Thurner ging nach vorne und pikste ein durchsichtiges Plastikbeutelchen mit Stofffasern an die Tafel, die an den manipulierten Bremsscheiben hingen. Im Bremskupplungsbereich des Autos konnten Fingerabdrücke festgestellt werden, die sowohl beim elektronischen europaweiten Datenabgleich als auch mit im Verdachtsradius stehender Personen nichts ergeben hat. Der abgebrochene rote Stöckel stammte von Tamara Broncovic. Allerdings müsste das Teil schon mehrere Tage oder Wochen in Gellhoffs Garten gelegen haben.

„Maybe ein Täuschungsmanöver?“, gab Kramer zu bedenken.

„Maybe Herr Praktikant“, sagte Thurner, während er fünf Bilder aus Gellhoffs Bunker mit Goldbarren, schwarzen Koffern und Gewehrschrank an die Präsentationswand pinnte.

Gleich vorweg, seine Kollegen arbeiteten bis zum Anschlag. Fragen könnten in frühestens vier Tagen gestellt und vielleicht beantwortet werden.

„So Kollegen, ein aktueller Hinweis wurde mir vor zehn Minuten vom zweiten Schützenvereinsvorstand gesimst. Warum das bei mir gelandet ist, weiß ich nicht.“

Thurner legte sein Smartphone auf den Tisch.

„Jetzt mach es nicht so spannend“, sagte Pflamminger und sah als Erster auf die digitale Anzeige.

„Freunde, ich vermute der Kamerad weiß mehr, als er zugibt“, sagte Thurner.

„Dann schießen Sie mal los, Herr Thurner“, sagte Möller.

„Also, Hartmut Hacklsberger, langjähriger Vizevorstand des Schützenvereins ‚Zu den Linden‘ sagt, sowohl er als auch der erste

Vorstand, Alexander Kandler und last but not least Fred Schlunzinger haben für die Gewehrschränke einen Generalschlüssel."

„Ich fass' es nicht", sagte Pflamminger und fuhr fort: „Hm? Aber Schlunzinger hat doch eigene Waffen Zuhause. Wieso eine Pistole klauen oder ausleihen ...?"

Alle außer Pflamminger sahen Hammerschmidt in den Raum stürmen mit mehreren Zeitungen in der Hand, die er auf den Tisch knallte. Wegen der angeblich komplizierten Kieferoperation wirkte der Staatsanwalt weder weggetreten noch sprechbehindert. Einleitungslos polterte er los, wollte wissen, warum dieses Schlitzohr Schlunzinger immer noch frei herumliefe, das Ermittlungsteam tatenlos zusehe und auf Staatskosten Brezen vertilge ...?

„Herr Staatsanwalt, entweder Sie setzen sich dazu und reden mit uns im Normalton oder Sie können gleich wieder gehen", ging Möller erbost dazwischen.

„Wie reden Sie denn mit mir?"

„So wie man in den Wald hineinruft ... also, was wollen Sie uns mitteilen? Bitte sehr."

Möller ärgerte sich über die forsche Art des Staatsanwalts. Wegen seiner häufigen Überrumplungsauftritte war er im ganzen Haus bekannt.

„Eine Breze gefällig, Herr Hammerschmidt?", fragte Reischl betont freundlich.

Das war nur eine rhetorische Frage. Am liebsten hätte sie ihm eine Stinkmorchel an den Kopf geworfen.

„Ach", winkte er ab ohne sie anzusehen.

„Also, noch mal und für alle! Nach Faktenlage hat dieser bauernschlaue Hausmeister meinen Freund ... Herrn Gellhoff und wahrscheinlich auch Trixi von Thalhussen auf dem Gewissen", sagte Hammerschmidt mit hochrotem Kopf.

Sein vorwurfsvoller und stechender Blick war auf den Chefermittler gerichtet.

„Wir bleiben am Ball und kommen gut voran", sagte Pflamminger gelassen.

Dem frostigen Blick des Staatsanwaltes wich er aus.

„Wie verlief denn ihre Kieferoperation? Ich hoffe, Sie können bald wieder eine Schweinshaxn …“, erkundigte sich Kramer scheinheilig.

Hammerschmidt kam die Frage unpassend, wie alle sehen konnten.

„Die Operation? Ach, meine Frau hat … hat Termine durcheinandergebracht. Tut nichts zur Sache.“

Pflamminger verkniff sich die Schadenfreude, wechselte Blicke mit Lux und Möller. Der gute Lorenz ließ manchmal witzige Kommentare vom Band und die spontane Frage an den Staatsanwalt gerichtet fand Möller schwer okay.

„Herr Pflamminger, ich bestehe darauf, dass Sie *sofort* Fred Schlunzinger wegen Verdacht Roger Gellhoff …“

Erbost wirbelte Pflamminger herum und sagte energisch: „Fred Schlunzinger hat ein Alibi, das wissen Sie sehr genau. Mein Team und die Spurensicherung arbeiten am Limit. Seit heute Vormittag hat sich ein zusätzliches und umfangreiches Ermittlungsfeld im Fall Gellhoff aufgetan. Wir schieben Überstunden ohne Ende. Hören Sie endlich auf, sich dermaßen unprofessionell einzumischen!“

Hammerschmidts Adamsapfel hüpfte auf und ab. Einen Moment stand er wie eine Salzsäule im Raum, starrte auf den Hauptkommissar und japste nach Luft. *Vorsicht Explosionsgefahr* war in seinen boshaft funkelnden Augen zu lesen. Hammerschmidt schluckte, blitzte Pflamminger giftig an und sagte in gefasster Tonlage: „Unprofessionell? Sagten Sie unprofessionell? Wenn hier jemand unprofessionell arbeitet, dann sind das *SIE* und ihr Team! Unprofessionell, schlampig und schläfrig! Lesen Sie die Zeitung! Vielleicht kapieren Sie dann, was man von Ihrem Dreamteam denkt. Und noch was. Das zusätzliche Ermittlungsfeld, wie Sie es nennen, ist nicht ihre Baustelle! Haben wir uns verstanden?“

„Herr Hammerschmidt, da ist das letzte Wort noch nicht gesprochen“, mischte Möller sich ein und schenkte dem aufgebrachten Staatsanwalt ein breites Lächeln.

Hammerschmidts fester Überzeugung nach war der Bunker kein Fall für die Öffentlichkeit. Er habe alle Hebel in Bewegung gesetzt, um weiterführende Recherchen unter allen Umständen zu verhindern.

„Frau Gellhoff hat uns auf die Existenz der geheimnisumwitterten Black Box mitsamt der wundersamen doppelten Buchführung aufmerksam gemacht und die Öffnung veranlasst“, sagte Kramer mit gespielter Unschuldsmiene.

Hammerschmidt ignorierte Kramers Einwand, baute sich vor Pflamminger auf und sagte in bedrohlicher Tonlage: „Herr Pflamminger! Mit Ihrem bornierten Verhalten setzen Sie Ihre Karriere und die der Kollegen hier im Raum aufs Spiel. Denken Sie mal darüber nach!“

Wie von der Tarantel gestochen schoss Hammerschmidt davon.

„Vergessen sie den Operationstermin nicht“, rief ihm Kramer hinterher.

„Lorenz bitte“, sagte Lux, rollte mit den Augen und musste sich das Lachen verkneifen.

Möller schüttelte den Kopf und sagte: „Herr Pflamminger, der beruhigt sich wieder. Vielleicht plagen ihn gerade heute seine Kieferschmerzen ganz besonders. Was gibt es noch Wichtiges?“

„Wenn ihr mich fragt, spinnt der komplett!“, sagte Reischl.

Klammheimlich freute sie sich, dass ihr Chef dem affektierten Gockel endlich mal so richtig die Meinung gesagt hatte.

„Mein Gott, die Presse schreibt halt reißerisch wie immer, na und? Herr Pflamminger vergessen’s den Staatsanwalt. Essen Sie die letzte Breze, sonst verputze ich sie notgedrungen ...“, unterbrach sich Reischl mit kurzem Blick auf ihre kompakte Taille.

„Her damit, eine geht noch.“

Pflamminger nahm die letzte vom Teller. Gedankenversunken schwor er sich, Hammerschmidt, du miese Ratte, das hat ein Nachspiel und biss in die Breze.

„Chef, Sie werden doch vor diesem Vollhonk, hätte ich beinahe gesagt, vor diesem Speichellecker nicht einknicken? Jetzt, wo es spannend wird!“, betonte Kramer entschlossen.

Er sah in fragende Gesichter, die nach Hammerschmidts unerfreulichem Auftritt nachdenklich wirkten.

Lux räusperte sich, grinste in die schweigende Runde und sagte: „Vergesst den Wutbolzen. Themawechsel. Ich habe Brisantes im Gepäck."

Kramer strahlte wie ein Honigkuchenpferd und hielt beide Daumen nach oben.

„Haltet euch fest, was wir beide herausgefunden ..., naja plötzlich lag es auf unserem Tisch!", erklärte Lux.

Rentner Hilmar Hohmbacher hatte ihnen die DVD überlassen. Erotische Momentaufnahmen aus Nachbars Garten.

„Wer möchte sich das heiße Teil ansehen?", fragte sie in überraschte Gesichter.

„Sicher spannend, aber nicht mein Genre", griente Möller verschmitzt. Er neigte sich nahe an Rebecca Reischl heran und flüsterte: „Was meinte Kramer mit Vollhonk?"

„Harmlose Jugendsprache, Kosename. Hat nichts zu bedeuten.", flüsterte sie augenzwinkernd zurück.

Pflamminger konnte das Geflüster mithören, setzte ein hämisches Grinsen auf, was seinen Groll über Hammerschmidt etwas nach hinten schob. Dem Staatsanwalt ging die Düse, was den Inhalt des Bunkers betraf, das war allen Anwesenden klar.

Hammerschmidtchen wir bleiben dran und wenn es dich in der Luft zerreißt.

„Okay, ich werde mich der Sache annehmen und das oscarverdächtige Filmchen auswerten", sagte Pflamminger.

„Brauchen Sie einen kompetenten Medienanalysten?", fragte Kramer blitzschnell.

„Nach Dienstschluss?"

„In ... in der Freizeit? Klar doch ... logisch."

Während der Dienstzeit würde es Kramer mehr entgegenkommen. Er könnte auf angenehme Art und Weise Überstunden schieben und in zwei Wochen den bereits mehrmals verschobenen Kurztrip nach Berlin buchen.

„Bei mir Zuhause?", sagte Pflamminger.

„Sehr gerne", antwortete Kramer und dachte sofort an Kerstin, die er dann halb dienstlich, halb privat treffen konnte.

„So, meine Herrschaften, es war eine erkenntnisreiche Besprechungsrunde. Gut gemacht, Herr Pflamminger!", sagte Möller.

Er neigte sich Pflamminger zu und flüstere: „Vergessen Sie den impulsiven Hammerschmidt und von dem Video weiß ich nichts, rein gar nichts. Okay?"

Der Hauptkommissar flüsterte: „Welches Video?"

Möller augenzwinkernd: „Sagte ich Video? Ich meinte Rodeo!"

Möller schien den Unterschied zwischen einem Videoband und einer DVD nicht geläufig zu sein, dachte Pflamminger amüsiert.

Nach dem sich Möller verabschiedet hatte, räumte Reischl, wie meistens, den Tisch allein ab. Kramer verschwand auf die Toilette und Pflamminger überflog die reißerischen Schlagzeilen in der Klatschpresse, als sein Handy läutete.

Das Einbruchsdezernat bekam von einem Mitarbeiter der Hafenverwaltung einen Hinweis. Eine Pistole, Walther PPK, Kaliber 7,65 mm, wurde vom Reinigungstrupp in der Nähe eines illegalen Camps gefunden.

Sofort fuhr Pflamminger mit den Kollegen vom Nachbardezernat Norbert Nußhofer und Felipe Gomez zum Donauhafen.
Lux und Kramer wurden zum Innendienst verdonnert. Lästiger Papierkram stand auf der Tagesagenda. Ein Rundgang im Donauhafen hätte Kramer mehr interessiert. Aber auf die bevorstehende DVD-Nacht mit seinem Chef freute er sich riesig, mehr noch auf Kerstin als auf die dokumentierten Party-Aktivitäten mit potenzabbauenden alten Männern. Reischl und Lux widmeten sich den Protokollen, die Hammerschmidt bereits am Nachmittag auf seinem Tisch haben wollte. Lux fragte Kramer, der in der Tür stehen blieb, dabei sein Smartphone checkte, ob die Auswertungen der Telefonüberwachung zwischen Broncovic und Gellhoff schon vorlägen.

Bullshit, schoss es ihm durch den Kopf, das hatte er völlig vergessen. Nein, wegen Arbeitsüberlastung in die zweite Reihe verschoben. Neuen Beamer funktionstüchtig aufstellen, hundert Bilder scannen, die Pinnwand aktualisieren. Herr Kramer machen Sie dies, machen Sie das! Wie konnte ihm das nur passieren? Etwas verlegen sagte er: „Die Kollegen wollten mir Bescheid geben. Franziska, don't worry! Ich habe alles im Griff. Mea culpa! Wird sofort erledigt. Na, denen werde ich jetzt ...“

Er steckte sein Handy weg und sauste davon.

Reischl rief ihm hinterher: „Sack und Asche!“

Sie verdrehte die Augen und bemerkte: „Und der will mal Kommissar werden?“

Lux legte die Stimme tiefer und sagte getragen: „Nein! Höchstens Polizeipräsident.“

48 Yusuf Eymen, Chef der Reinigungsfirma *ANDIAMO & Amigos,* schritt energiegeladen neben Pflamminger her. Der kleine, stämmige Mann, berichtete mit kehliger Stimme was Sache war und was im Hafengelände dringend geändert werden müsste. In Begleitung der Kollegen Nußhofer und Gomez vom Einbruchsdezernat gingen die vier Männer geradewegs zum unerlaubten Mini-Campingplatz im Barbinger Osthafenbecken. Seit Jahren würden auf dem weitläufigen Areal immer mal wieder wilde Camps entstehen. Illegale Zuwanderer, Obdachlose, Drogendealer oder wer auch immer trafen hier aufeinander. Wenn seine Mitarbeiter Plätze wie diese entdeckten und das Räumungskommando im Anmarsch war, suchten die Schwarzcamper rechtzeitig das Weite.

Unter einem hohen Bretterstapel einige Schritte vom etwa zwanzig Quadratmeter großen Lagerplatz entfernt, entdeckten Reinigungskräfte eine neuwertige Pistole samt fünf Patronenpackungen in Plastiktüten gehüllt. Pflamminger erkundigte sich nach der ungefähren Anzahl der sogenannten unerwünschten Durchreisenden. In den kaum einsehbaren, windgeschützten Nischen hielten sich nie mehr als drei oder fünf Männer auf. Größere Gruppierungen flögen schneller auf. In den vergangenen Jahren gab es deutlich mehr Einbrüche in Werkstätten und Containerdepots. Ab sofort sei die Order ausgegeben, das Sicherheitspersonal müsse nachts nicht nur bequem im Auto zweimal übers Gelände fahren, sondern

alle zwei Stunden Ecken und Nischen ausleuchten. Diese Maßnahme werde nun versuchsweise über mehrere Monate durchgeführt. Ein stetig wachsender Hafen mit immer weniger Wachper-
sonal war kontraproduktiv, was sich schon vor Jahren deutlich
abzeichnete.

Drei Kollegen von der Spurensicherung nahmen die Arbeit auf.
Claudio Thurner startete auf seinem Laptop eine digitale Suche
und erzielte einen Treffer. Bei der gefundenen Pistole könnte es
sich um eine Waffe aus dem Schützenheim handeln. Die eingra-
vierte Nummer war zerkratzt. Der zurückgelassene Müll des unerlaubten Minicamps wurde eingesammelt: Plastiktüte und -ge-
schirr, Pizzakartons, unzählige Zigarettenkippen, Zahnstocher,
leere Dosen, drei gebrauchte Spritzen, ein zerfetzter Schlafsack,
zwei ramponierte Campingstühle, eine Klopapierrolle …

Die Untersuchungen würden sich ein bis zwei Wochen hinziehen, teilte Thurner den stets ungeduldigen Ermittlerkollegen mit.
Nicht zu vergessen, die noch andauernden, intensiven Untersuchungen des Gellhoff-Bunkers. Von dampfmachenden Anrufen
Abstand nehmen!

Claudio Thurner simste an Toni Pflamminger: *Wir haben heute eine
Menge Heu eingefahren! Obwohl wir am Limit arbeiten, bemühen wir uns
außerordentlich!*

Pflamminger seufzte als er die Arbeitsmappe aufschlug und die
vielen Protokollseiten sah, die es zu prüfen galt. Bevor er startete,
antwortete er: *Grazie! You do the best and I try the rest!*

Rückantwort: *Den nächsten Saunaaufguss wirst du nicht überleben!*

Möller rief an und fragte gut gelaunt: „Toni, sitzen Sie gut?"

„Meistens."

„Vor einer halben Stunde ordnete unser Staatsanwalt der Herzen …", Möller brach in herzhaftes Lachen aus, fing sich wieder
und fuhr fort: „Er wollte Hausmeister Schlunzinger in U-Haft
nehmen. Beinahe die halbe Belegschaft stellte sich den verdutzten
Polizeibeamten in den Weg, während der Kollege wahrscheinlich
irgendwo in den Katakomben der Bank abgetaucht war. Der kom-

missarische Direktor Gschwendtner versicherte mir soeben am Telefon, wenn nötig, werde er für Fred Schlunzinger eine entsprechende Kaution hinterlegen. Na, was sagen Sie jetzt?"

„Kaution? Schlunzinger hat ein Alibi."

„Sie sagen es."

Möllers erneutes lautes Lachen veranlasste Pflamminger den Hörer mit ausgestrecktem Arm von sich zu halten. Möller konnte sich kaum beruhigen. Er lachte nicht gehässig ... nein ... nur dienstlich.

Typisch Hammerschmidt, dachte Pflamminger, hintenherum zu agieren gehörte offenkundig zu seinen Lieblingsbeschäftigungen, wie die völlig sinnlose Aktion in der PORTA Bank wieder deutlich zeigte. War Hammerschmidt blind und taub oder schlichtweg dumm? Der Angerufene räusperte sich kräftig und sagte: „Das weiß auch der neunmalkluge Staatsanwalt. Könnte es sein, dass ihn etwas Bestimmtes umtreibt, was die Öffentlichkeit und wir nicht wissen sollen? Das Ganze riecht nach hektischem Aktionismus und Gemauschel. Vielleicht kann ich morgen oder übermorgen schon mit neuen Erkenntnissen aufwarten, mit nackten Tatsachen, die sich gewaschen haben."

In Gedanken befand sich Pflamminger schon bei Argusauge Hohmbacher und dessen heimlich gemachten Aufnahmen.

„Sie sprechen in Rätseln?", sagte Möller scheinbar streng, musste sich zusammenreißen, um nicht gleich wieder loszulachen.

„Schmalfilmkino? DVD? Video ...?"

„Rodeo", erwiderte er und legte auf.

Der Chef streckte seine Arme weit nach hinten und dehnte ausgiebig seinen Rücken.

„Sakradi, mein müdes Kreuz. Wo ist denn unser Superpraktikant abgeblieben?", rief er Reischl entgegen, die gerade mit einer Telefonnotiz unter dem Arm geklemmt und einer dampfenden Tasse in der Hand durch die Tür kam.

„Was schreien's denn so, Chef? Ich bin doch nicht taub. Also, Anruf von einer älteren Frau, schätze mal sechzig plus. Sie wirkte aufgeregt und schnappatmig."

„Was wollte sie?", fragte Lux und tauchte hinter ihrem Bildschirm auf.

„Drogenalarm im Studentenwohnheim."

„Sind wir das Drogendezernat?", sagte Pflamminger und machte weitere Dehnungsübungen in alle Richtungen.

„Chef übertreiben Sie's nicht", witzelte Reischl.

Sie legte die Notiz auf seinen Tisch und nahm einen Schluck von ihrem Gewichtreduzierungstee mit strenger Duftnote.

„Was riecht denn hier so eigenartig?"

Wie ein Spürhund schnupperte Pflamminger in Richtung des streng riechenden Tees.

„Mein Tee duftet, ist gesund, sorgt für gute Laune und für eine schlanke Figur. Kann ich Ihnen wärmstens empfehlen", sagte Reischl und sah gezielt auf Pflammingers Wölbung um die Nabelgegend.

„Danke für den deutlichen Hinweis. So und jetzt zum letzten Mal, wo ist unser Boandl-Kramer-Praktikant?"

„Chef, jetzt fangen Sie nicht auch noch an. Franziska und ich haben es ihm gerade abgewöhnt. In seinem Alter lässt man schon mal unbedachte Sätze vom Band und meint, es sei obercool. Haben Sie schon mal was vom Clash der Generationen gehört?"

„Was? Spielen Sie jetzt auch noch auf mein Alter an ...?"

„Nein! Chef, wo denken sie hin? Niemals!"

Schnelle Schritte auf dem Flur. Kramer kam durch die offenstehende Tür gerauscht.

„So, Kollegen, jetzt gibt's richtig was zu tun."

Mit Schwung und Elan präsentierte Kramer eine Kopie von Roger Gellhoffs Telefonmitschnitt.

Pflamminger, Lux und Reischl warfen sich Blicke zu, die der Praktikant nicht zu deuten wusste.

„Is' was?"

„Lorenz, ich erkläre dich hiermit zu unserem Best-of-Kollegen", sagte Reischl und grinste ihn augenzwinkernd an.

„Und? Kann ich mir davon was kaufen? Nein", erwiderte er unbeeindruckt, obwohl ihm der verliehene Titel schmeichelte.

Gut gelaunt wedelte er mit der CD vor Pflammingers Nase.

„Na dann legen's mal los."

Kramer sah aufgeregt in alle Augenpaare, konnte es kaum erwarten, den Profis die hochbrisanten News mitzuteilen und drückte die Starttaste.

Nach dem Krankenhausaufenthalt telefonierte Gellhoff von Zuhause aus mit seinem Stellvertreter Gschwendtner und mit einigen Abteilungsleitern. Inhalt uninteressant.

„Anruf von: *Oh Henry, oh Henry, ein Loch ist im Eimer, im Eimer, im Einer ...*", sang Kramer eine Zeile des bekannten Kalauers.

Hammerschmidt bot seinem Freund Gellhoff bestmögliche Unterstützung und Hilfe an. Nächster Call: Broncovic war die eifrigste Anruferin. Gründe hatte sie genug. X-mal flehte sie Gellhoff an endlich die offenen Rechnungen zu begleichen, was er eiskalt und wie ein Teufel lachend ablehnte. Ende.

Broncovic ließ nicht locker, bat tränenreich, sie nicht hängen zu lassen. Die vielen lustigen Abende in seinem Haus mit den schönen Mädels, dem Cateringservice, die speziellen Pizzakartons kosteten Geld, viel Geld. Sie wollte es endlich auf ihrem Konto sehen, und zwar pronto! Die Sparkasse machte Druck. Er müsse sofort liefern! Der Taiga Club, ihr Lebenswerk ... wieder wurde das Gespräch von Gellhoff beendet. Die Anruferin blieb hartnäckig, fuhr mit härteren Geschützen auf, setzte ihn unter Druck. Weniger schöne Vorkommnisse von ihm und seinem perversen Freund Heinrich und mindestens zehn weitere Namen werde die Öffentlichkeit erfahren. Wenn er nicht zahle folge sofort eine Anzeige bei der Polizei!

Kramer stoppte die CD und beobachtete die staunenden Zuhörer.

„*Ein Loch ist im Eimer oh Henry, oh Henry* ... vielleicht auch im Bunker ... *oh Henry, oh Henry* ... der Obersilvester-Knaller oder?"

Toni Pflammingers Vermutungen schienen sich zu bestätigen. Die Bordelltante spielte von Anfang an die Unschuld vom Lande, gleichzeitig agierte sie als knallharte Business-Woman. Warum hatte sie den notorischen Zahlungsverweigerer nicht angezeigt? War vielleicht Natascha Schlunzingers Drogentod ein Grund, fragten sich Pflamminger und Lux. Befürchtete sie, der Schuss könnte massiv nach hinten losgehen und sie mit in den Strudel nach unten reißen, dem sie nicht gewachsen war? Oder war sie so naiv oder gerissen zu glauben den Banker erpressen zu können? Und in seiner Not würde er sie zum Traualtar führen und sie würde im Gegenzug für immer schweigen, frei nach der Devise eine Hand wäscht die andere?

„Warum haben denn die Auswertungen so lange gedauert?“, wollte der Chef mit hochgezogenen Brauen wissen.

Franziska Lux setzte eine todernste Miene auf und antwortete stellvertretend für Kramer: „Die Kollegen haben zurzeit personelle Engpässe, Überstundenabbau, Krankenstände, Vaterschaftsurlaube, kläre ich später.“

„Kann ich bestätigen“, nickte Lorenz Kramer und wäre Lux am liebsten um den Hals gefallen.

Reischl lenkte das Thema schnell auf Hammerschmidt, lachte hämisch und sagte eine Spur zu laut: „Ich bin geplättet.“

Mit heimlicher Schadenfreude dachte sie an Hammerschmidt, der würde sich in naher Zukunft wohl warm anziehen müssen.

Der Chef glaubte die solidarische Strategie der Praktikanten-Flüsterinnen zu durchschauen. Er grinste verschmitzt und ließ weitere Fragen an Kramer unter den Tisch fallen.

Weiter im verbalen Telefonduell zwischen Broncovic und Gell-hoff.

Nach Überweisung der Summe von zweihundertfünfundzwan-zigtausend Euro würden unfeine Details von stadtbekannten Her-ren verschwinden ... abrupte Unterbrechung seitens Gellhoff im Brüll-Modus: *Fahr zur Hölle!* gefolgt von hämischem Gelächter. Ende.

Broncovic läutete sofort wieder, sprach auf den AB: *Morgen du mussen zahlen! Nicht zahlen, Party over,* brüllte sie ins Telefon ... knack-sen, piepsen, surren, rauschen ... Ende.

„Halt! Stopp“, sagte Pflamminger, „wie hoch ist die Summe, die der Bank gestohlen wurde?“

„Zweihundertfünfzigtausend“, sagte Kramer wie aus der Pistole geschossen.

„Wie viel Geld war im Bunker gelagert?“

„Schwarzgeld, Goldbarren und Gewehre aufgerundet knapp zwei Millionen“, sagte Lux.

„Gellhoff beklaut seine eigene Bank?“, sagte der Chef mit Stirnfalten und skeptischem Blick gegen die Decke gerichtet.

„Und verwandelt Bargeld auf wundersame Art in Goldbarren“, mutmaßte Kramer.

„In Nullzinszeiten ist Gold hoch im Kurs und viele bunkern Goldbarren unterm Bett oder im eigenen Geheimsafe“, sagte Reischl.

„Geld geklaut. Geld gebunkert. Wenn dem so ist, muss er Helfer gehabt haben“, vermutete Lux, „oder hat er nach Feierabend kurz die Ü-Kameras ausgeschaltet, seinen Aktenkoffer mit Scheinen vollgestopft und freundlich grüßend die Bank verlassen?“

„Ooooder, Schlunzinger und Gellhoff kooperieren? Ein Ziel? Ein Team? Beide verdächtigen sich gegenseitig lautstark und in Wirklichkeit sind sie ein ausgefuchstes Bankräuberduo. Why not?“, wartete Reischl mit einer neuen These auf.

Pflamminger kratzte sich am Hinterkopf und sagte: „Hm? Vielleicht handelt es sich um ein ausgeklügeltes ‚Tischlein-deck-dich, Esel-streck-dich-System‘? Oder Schmiergeld, das sich während der Geisterstunde wie von selbst in pures Gold verwandelt?“

„Lukrative Nebendeals von denen mit Sicherheit auch Tamara Broncovic profitierte“, vermutete Lux, „ich werde sofort alle Konten von Broncovic und Gellhoff überprüfen lassen.“

„Gute Idee! Vielleicht in einer Steueroase“, sagte der Chef.“

„Chef, stimme Ihnen zu“, sagte Kramer, „und nicht zu vergessen, unsere Freunde Broncovic, Ulanov und Neshkova mit gefälschten Pässen. Alle drei mussten jederzeit mit hohen Geldstrafen und Abschiebung rechnen.“

„Franziska, Sie nehmen die Konten dieser Herrschaften unter die Lupe“, sagte Pflamminger, schlug sich auf die Schenkel und lobte seine engagierte Truppe. „Ihr seid ein Superteam!“

„Darf ich Franziska bei der Kontenrecherche unterstützen? Das könnte eine zeitaufwendige Angelegenheit werden", sagte Kramer voller Tatendrang.

„Sie dürfen mit Chefin Franziska", schob Pflamminger hinterher.

„Geht klar Chef.", sagte Kramer mit Blick auf Lux, die mit den Augen rollte.

Reischl sah mit nachdenklicher Miene durchs Fenster, dann zu Pflamminger.

„Warum hat Gellhoff Broncovics Warnungen ignoriert? Hat er ihre Drohungen schlichtweg unterschätzt?", fragte Reischl mit Blick auf Lux.

Sie hob die Schulter und sagte: „Tja, wie das Leben eben manchmal ... keine Ahnung ... Leichtsinn, Überheblichkeit, quasi, mir kann eh keiner ..."

„Ich tippe auf Arroganz, Eitelkeit und Dummheit. Die Russen aus den sibirischen Sümpfen können mir das Wasser nicht reichen oder so ähnlich", beurteilte Kramer Gellhoffs sorgloses Verhalten ohne Happy End.

„J. F. Kennedy schlug am 22. November 1963 alle Warnungen der CIA in den Wind und fuhr im offenen Wagen durch Dallas", sagte Lux, „der Rest ist bekannt."

„John Lennon ging am 8. Dezember 1980 mit seiner Frau nichtsahnend auf sein Haus zu, vor dem sein Mörder seit Stunden auf ihn wartete. Lennon gab dem Typen ein Autogramm, fragte ob das alles sei, nein war es nicht. Der feige Attentäter drückte ab und der berühmte Beatle brach tödlich getroffen zusammen. John hätte sich Tag und Nacht locker zehn Bodyguards leisten können", gab Kramer seine Sicht des unberechenbaren Schicksals zum Besten.

„Und Caesars Ermordung 44 vor Christus. Angeblich wurde der Imperator gewarnt? Trotzdem ging er unbewaffnet in den Senat und wurde dort von Brutus und dessen Helfern brutal erdolcht", sagte Reischl mit großen Augen und ehrfurchtsvoller Stimme.

„Okay, okay, genug der Geschichtsstunde. Zurück in die Ge-

genwart. Schon Fahndungsergebnisse von Oleg Ulanov?", fragte
der Chef seiner Assistentin zugewandt.

„Die Großfahndung läuft. Ergebnisse? Absolut nothing. Aber
ich frage regelmäßig bei den Kollegen in Berlin und außerhalb
des Schengenraums nach."

„Sehr gut! Franziska und Lorenz, ihr besucht das Studentenwohnheim. Rebecca, Kontostände checken!"

„Ja, aber, ich dachte, die Konten ...", protestierte Kramer.

„Nix aber", ging Pflamminger dazwischen, „so, ich knöpfe mir
Madam Broncovic vor. Ihr Motiv ist eindeutig", sagte Pflamminger und drückte Möllers Nummer.

„Und ich knöpfe mir oh Henry vor. Henry mir graut vor dir!
Was für ein Highlight den hochnäsigen Typen in der Arrestzelle
schwitzen zu sehen", sagte Reischl mit ironischem Unterton.

„Den Peitschen-Henry heben wir uns für später auf. Rebecca,
legen Sie ihm alle Protokolle vor, dann ist er eine Weile beschäftigt und stellt keine blöden Fragen."

Der Chef atmete tief ein, vor seinem inneren Auge sah er Heinrich Hammerschmidt auf einem Stern sitzen, der steil nach unten
sauste ...

„Chef, ich ... ich würde so gerne einmal mit in den Taiga Club
kommen. Den Sündenpfuhl-Tempel von innen in Augenschein
nehmen."

Pflamminger sah seine Kollegin lange an, grinste und sagte:
Rebecca, es geht um Mord, Drogen, Erpressung ... keine Kaffee-
fahrt mit Kaviar und Champagner ..."

49 Intensiver Duftmix aus schwerem Parfüm, kaltem Ziga-
rettenrauch, abgestandener Luft, Alkoholdunst und
Raumspray mit Rosenduft hing im Raum als der Hauptkommissar das stadtbekannte Etablissement durch den offenstehenden Hintereingang betrat. Bei beschwingten Südseemelodien
reinigte Tamara Broncovic im knallbunten Jogginganzug den Tresen. Eine junge Frau war mit einem Staubsauger zwischen den

halbrunden Sitzgruppen zugange und nahm von den Eintretenden keine Notiz. Die bienenfleißige Bordellchefin bemerkte die unangemeldeten Besucher erst, als sie auf den Tresen zugingen.

Broncovic erschrak, fing sich schnell wieder, bemühte sich eines angestrengten Lächelns als Pflamminger in Begleitung von Reischl und zwei Polizeibeamten vor ihr stand.

„Guten Morgen, Frau Broncovic."

Sie stoppte die Musik und sagte unfreundlich: „Wir geschlossen! Was wollen?"

Mit nervös zuckenden Augenlidern wechselte sie schnelle Blicke zwischen Pflamminger und den Begleitern, legte den Putzlappen weg und streifte die Gummihandschuhe ab. Sie ahnte, was der Aufmarsch zu bedeuten hatte.

„Mascha! Stopp die Sauger!", schrie sie die Reinigungsassistentin an, die das Geräusch mit noch lauterer Musik im Ohr kompensierte. Die junge Frau reagierte nicht.

Wütend warf die Chefin den feuchten Putzlappen nach ihr. Sie zuckte zusammen, drehte sich um und zog die Stöpsel aus den Ohren

„Ja?"

Mit einer Kopfbewegung wies Broncovic auf die unangemeldeten Besucher hin.

Die ahnungslose junge Frau stellte den Staubsauger ab und musterte mit großen Augen die Besucher.

Der Hauptkommissar ging zu ihr und zeigte seinen Dienstausweis: „Kripo Regensburg."

„Ist was passiert?", fragte sie erstaunt.

„Wir müssen mit Frau Broncovic sprechen", erklärte er und ging zum Tresen zurück.

Broncovic nutzte den Moment, griff blitzschnell nach ihrem Smartphone und drückte eine eingespeicherte Nummer.

Ihr Rechtsbeistand Marie-Lou Dollner musste sofort kommen, dachte Broncovic nervös. Tag und Nacht würde diese zur Verfügung stehen. So jedenfalls hatte sie es ihr zugesichert.

„Mascha, du putzen fertig!", ordnete Broncovic im Befehlston

an, während sie spannungsgeladen wartete, bis sich Dollner endlich meldete.

Ihre Sekretärin bedauerte, Frau Dollner befand sich angeblich
in einer Gerichtsverhandlung. Broncovic wollte es nicht wahrhaben, brüllte und fluchte in unverständlichen Worten vermischt
mit ordinären Ausdrücken, was das Ganze nicht besser machte.
Dollners Sekretärin legte etwas irritiert auf.

„Blöder Frau!", schnaubte Broncovic und tippte eine neue Nummer ein.

Kurzerhand nahm Pflamminger ihr das Handy ab und sagte:
„Frau Broncovic, Sie sind vorläufig festgenommen ..."

„Scheißndreckn! Ich mussen putzen. Nix Personal, du kapieren?"

Pflamminger wollte sich das Gejammer nicht länger anhören.

„Frau Broncovic, es gibt offene Fragen, die wir mit Ihnen klären müssen und deswegen ..."

„WAS FRAGEN?", donnerte sie mit verengten Augen über den
Tresen.

Pflamminger wandte sich kurz an Mascha und wollte wissen,
wie lange sie schon hier im Haus arbeite.

„Seit vier Stunden als Vertretung ..."

„Du nix wissen! Ich reden mit die Mann", fiel die Chefin der
Aushilfe schroff ins Wort.

„Ich sagen immer Wahrheit. Du und alle verlassen meiner Haus!
SOFORT!"

„Sie haben mit Roger Gellhoff in der Nacht vor seinem Tod
mehrmals telefoniert…"

„Ich nix telefonieren!", fiel sie dem Kommissar scharf ins Wort.

„Hat ihr Freund Oleg Ulanov den Bankdirektor Roger Gellhoff
erschossen?"

„Du gehen nach deiner Haus!", schnauzte sie die staunende
Frau an, die ihren Ohren nicht traute, „SOFORT!", legte die
Chefin lautstark nach.

Mascha Gallovic ließ alles stehen und liegen, ging mit fragenden
Blicken an den Besuchern vorbei und verschwand eilig in die hin-

teren Räume. Ein Uniformierter folgte ihr und nahm Personalien und Adresse auf.

„Es besteht berechtigter Anfangsverdacht, dass Sie Oleg Ulanov zum Mord an Roger Gellhoff angestiftet haben ...“

Broncovic verschlug es die Sprache. Mit beiden Fäusten drosch sie auf den Tresen ein.

„Nein, nein, nein! Meiner Gott, Oleg dummes Junge ... ich ... ich, nein! Ich sagen nix! Ich sprechen mit Doll ... Doller ... Dollner“, sagte sie und wechselte ununterbrochen Blicke zwischen Pflamminger, Reischl und den beiden Polizeibeamten.

„Ich kann Ihnen nur raten, ab jetzt mit uns zu kooperieren. Also, wo hält sich Oleg Ulanov auf? Hier im Bordellkeller? In der Domina-Lust-Folter-Kammer?

„Ich nix wissen“, sagte sie mit gepresster Stimme und hielt Pflammingers Blick stand.

„Wollen Sie noch packen? Der Aufenthalt in unserem Gästehaus könnte sich hinziehen.“

Broncovics Smartphone läutete. Auf dem Display Marie-Lou Dollner. Pflamminger reichte es ihr. Sie seufzte erleichtert auf, als sie Dollners Stimme vernahm.

„Frau Dolli, Schuldigung, Frau Doller, der Himmel ... ja ... nein ... okay ... nein ... okay ... verstehen ... ja ... okay ... okay ... ich nix ... ja ... ja ... ja ... ich beten für Sie!“

Sie drehte den Besuchern den Rücken zu, um Dollners Ratschläge besser zu verstehen. Unhöflich griff Pflamminger nach dem Handy und teilte der Rechtsanwältin mit: „Frau Broncovic steht unter Verdacht eine Mitschuld an Roger Gellhoffs Tod zu haben. Sie wird in Polizeigewahrsam genommen.“

Für die angelaufene Großfahndung nach Oleg Ulanov musste Broncovic ein Bild von ihm herausrücken. Sie behauptete, sie habe kein einziges. Sämtliche Bilder seien damals auf der überstürzten Reise von Hermannstadt nach Deutschland verloren gegangen. Reischl und die begleitenden Beamten durchsuchten Broncovics Wohnung, ihr Büro, die Bar, Lager- und Kellerräume, ebenso die Chambre séparée auf den Plaisir d’amour-Etagen.

Oleg Ulanov kreuzte zwar nicht ihren Weg, jedoch fanden sie mehrere aktuelle Bilder von ihm. Der neue Fahndungsaufruf mit Bild wurde noch am selben Tag an alle Polizeidienststellen und Presseorgane in der ganzen Stadt, in der gesamten EU und darüber hinaus verbreitet.

50 Max Mangold, seines Zeichens Wohnheimleiter, führte Franziska Lux und Lorenz Kramer durch den mehrstöckigen Plattenbau, Architektur der sechziger Jahre. Als würde dieser einem Fünf-Sterne-Hotel vorstehen, so präsentierte er mit geschwellter Brust aufgeräumte Gemeinschaftsräume mit Billardtischen, Fußballkickern, Tischtennisplatten, einer Kegelbahn und mehreren schalldichten Musikübungsräumen. Mangold schritt den Besuchern langsam voraus.

Mit gedehnter und näselnder Stimme sagte er: „Drogendealer in unseren Wohnheimen? Niemals!"

Er nickte mehrmals, als wollte er das Gesagte noch mal mit Nachdruck bestätigen, lächelte vornehm und ging weiter. Seit gut zwanzig Jahren obliege ihm die Leitung der Wohnheime, aber Derartiges sei ihm noch nie untergekommen. Gerüchte, alles nur Gerüchte. Hausmeister oder Studierende zu befragen wäre pure Zeitverschwendung.

„Wissen Sie, die lieben Studenten reden viel, wenn der Tag lang ist. Bis vor einigen Jahren habe ich ab und an anonyme Mails erhalten mit fadenscheinigem Verdacht auf Drogenhandel", sagte er mit einer wegwerfenden Handbewegung.

„Und sind Sie dem Verdacht nachgegangen?", fragte Kramer schnell.

Mangold blieb abrupt stehen, wandte sich Kramer zu und sagte: „Junger Mann, glauben Sie mir, so manch einer möchte sich auf diese Weise doch nur wichtig machen."

Er lächelte selbstgefällig, schielte auf seine Armbanduhr, legte einen Zacken zu und bog in den nächsten, langgezogenen, schmalen Flur ab.

Schnell drängte sich Lux und Kramer der Verdacht auf, Mangold wolle von Drogengeschäften im Wohnheim nichts wissen, verharmlose den Verdacht. Verursache nur mehr Arbeit, zu schmuddelig, zu imageschädigend für die Wohnheime. Nicht auszudenken, wenn die Presse Wind davon bekäme.

Lux konfrontierte ihn mit der Tatsache, dass eine Mitarbeiterin aus der Wohnheimverwaltung telefonisch auf das drängende Problem hingewiesen habe. Darüber hinaus gäbe es zunehmend sogenannte Scheinstudenten, die sich mithilfe gefälschter Zeugnisse einen günstigen Wohnplatz erschlichen, die Uni nicht besuchten, dafür lukrativen Schwarzgeschäften nachgingen, wie zum Beispiel dem Drogenhandel. Mangold hielt kurz inne, sein gespieltes Dauergrinsen war plötzlich verschwunden. Er fing sich schnell wieder, blieb stehen, walkte die Hände kräftig durch, hielt sie dann hoch wie ein Pfarrer, als wollte er einen Segen erteilen, straffte die Schultern und sagte bemüht: „Wissen Sie, meine vornehmste Aufgabe besteht darin, für meine Mitarbeiter stets ein verständnisvoller Ansprechpartner zu sein. Vorkommnisse wie diese würden meine Leute *niemals* weder an die Presse noch an die Polizei weitergeben, sondern selbstverständlich zu aller erst mich darüber informieren. Ich versichere Ihnen meine Mitarbeiter habe ich fest im Griff. Höchstwahrscheinlich wollte ein anonymer Anrufer die Polizei in die Irre führen.“

Er nickte kräftig und verschränkte die Hände auf dem Rücken, gefolgt von einem scheinbar überlegenen Lächeln.

Lux und Kramer glaubten ihm kein Wort. Ihr Eindruck? Der smarte von sich überzeugte Wohnheimleiter mauerte. Dem berechtigten Verdacht nachzuspüren, bedeutete zusätzliche Arbeit und womöglich müsste er auch noch geschultes Personal einstellen.

Unverrichteter Dinge zogen die Ermittler ab und steuerten den beliebten Studententreff mitten auf dem Campus an. Die Musik wummerte ohrenbetäubend laut. Um sich einigermaßen verständigen zu können, musste man sein Gegenüber beinahe anschreien. Das Lokal hatte gerade geöffnet. Die ersten Kneipenbesucher lehnten lässig am Tresen, zeigten Lux und Kramer die kalte Schulter. Nicht einer war geneigt Auskünfte zu geben. Die einzige Botschaft, die sie an Lux und Kramer aussandten, war in ihren Gesichtern zu lesen *Bullen in Zivil! Ihr könnt uns mal!*

Etwas frustriert zogen sie ab mit dem untrüglichen Gefühl, die abweisenden und zugeknöpften Gäste würden eher ihre Großmutter verkaufen, als den geringsten Verdacht auf Drogen preiszugeben. Vor der Kneipe wartete ein schwarz gekleideter junger Mann mit rasierter Glatze, Springerstiefeln und silberglänzenden Piercings am linken Nasenflügel und in der Unterlippe. Er trat seine Zigarette aus und stellte sich Lux und Kramer in den Weg.

„Hier werden massenhaft Drogen vertickt, aber die Studis halten dicht. Aus welchem Stall ihr kommt riecht man zehn Kilometer gegen den Wind“, sagte er und grinste hämisch.

„Ey, wo checkst du ein, wenn du Nachschub brauchst?“, fragte Kramer neugierig.

Kumpelhaft legte der Fremde eine Hand auf Franziskas Schulter.

„Hände weg“, sagte Lux resolut und sah ihn strafend an.

Er taxierte sie von oben bis unten und sagte: „Heißer Tipp! Only for you! Hotspot Karel G. Eine nicht angemeldete Führung durch den Backstagebereich, ey, ich verwette meinen Arsch, dort wird massiv Stoff gebunkert!“

Überlegen grinste er die beiden an, ließ sie stehen und ging ins Lokal.

„He, Kumpel“, rief Kramer und rannte ihm hinterher, „kennst du Oleg Ulanov und Mirko Neshkova? Angeblich Stammkunden hier in der Kneipe. Ey, ich bin kein Bulle, mir kannst du ...“

Der Davoneilende drehte sich ruckartig um, zeigte den Mittelfinger und rief aggressiv: „Piss off!“

Er drehte ab und verschwand in Windeseile in die Kneipenküche, wusch sich die Hände, band sich eine weiße Schürze um und setzte die Kochmütze auf.

Kramer ging zu Lux zurück.

„Der kennt Neshkova und Ulanov. Hundertpro! So ein Blödmann!“

„Der Typ beißt sich lieber die Zunge ab, als jemanden aus der Drogenclique zu verraten“, sagte Lux aus Erfahrung.

„Ja aber, wieso war der Nasen-Lippen-Zugetackerte ungefragt so auskunftsfreudig? Vielleicht ist er auf Karel G nicht gut zu sprechen?“, rätselte Kramer und sah auf seine Armbanduhr,

„Noch ein Date heute?“, fragte Lux neugierig.

„In Carlito’s Cocktailbar kommst du mit?“

„Perhaps. Aber vorher ein Abstecher zum Hotspot. Move on!“, sagte sie und entriegelte mit dem Schlüssel das Auto.

„Könnte auch eine völlig falsche Fährte sein“, sagte Kramer scharfsinnig.

„Könnte, könnte! Könnte aber auch die richtige sein. In unserem Job weiß man nie, was als nächstes um die Ecke biegt.“

Das Lokal war brechend voll. Drei junge Free-Jazzer dudelten eine disharmonische Tonfolge, die beim Publikum wenig Anklang fand. Am hinteren Ende des Lokals, direkt neben der halb offenstehenden Toilettentür, fanden Lux und Kramer leere Stehtischplätze. Als hätte der Chef des Hauses auf sie gewartet. Aufgedreht winkte er hinter der Schanktheke, zwängte sich durch die Gäste hindurch, begrüßte Lux und Kramer überschwänglich.

„Hallöchen! Je später der Abend, desto interessanter und vor allem schöner die Gäste. Was darf ich bringen? Champagner?“

„Für mich ein alkoholfreies Weißbier“, sagte Lux.

„Für mich auch“, rief Kramer.

Aus dem Augenwinkel beobachtete er den aufgedrehten Karel G, der ihm heute sonderbar vorkam.

„Kommt sofort! Sobald zwei Sitzplätze frei werden ...“

„Wir stehen lieber“, lächelte Kramer und erntete von Karel G einen missbilligenden Blick.

Wieselflink verschwand er zwischen den Besuchern und tauchte hinter der Theke wieder auf.

Während Lux und Kramer im Undercover-Modus Gäste beobachteten, brachte die junge, gutaussehende Bedienung Milena mit blondem Pferdeschwanz, und stark geschminkten Augen, die Getränke an den Tisch.

„Getränke und Essen geht aufs Haus", sagte sie freundlich mit osteuropäischem Akzent und einem breiten Lächeln Lorenz zugewandt.

„Essen?", fragte die Bedienung.

„Nein Danke", antwortete Lux.

„Ja, sehr gerne!" Kramer strahlte Milena an und sagte: „Essen gehört zu meinen Lieblingsbeschäftigungen."

Lux trat ihm auf den Fuß und sagte: „Später Kollege."

Kramer sah Lux entgeistert an und sagte: „I'm very hungry ... okay you are the boss. Hey, wenn ich vom Fleisch falle, bist du schuld!"

Milena amüsierte sich über Kramer und wunderte sich über Lux, die ihrem Begleiter das kostenlose Essensangebot nicht gönnte. Sie ging zum Tisch nebenan und nahm Bestellungen auf.

Mirko Neshkova in Begleitung eines Mannes mit auffallend zerrupfter Dauerwelle tauchte am Eingang auf und hielt nach einem Platz Ausschau. Als Milena im Gästegedränge entschwunden war, zupfte Lux ihren Begleiter am Ärmel und flüsterte: „Dreh dich mal unauffällig um. Neben dem Eingang steht Mirko Neshkova in Begleitung. Der Kompagnon sieht Oleg Ulanov verdächtig ähnlich. Die Größe, die breiten Wangenknochen, die Knollnase."

„BINGO! Franziska, gut beobachtet. Soll ich Verstärkung anfordern?", fragte er und starrte wie gebannt auf die beiden Neuankömmlinge, die von Milena überschwänglich begrüßt wurden.

„Glotz nicht so auffällig. Vielleicht täusche ich mich."

„Ich frage Neshkova nach Stoff ..."

„Super Idee. Dem wurde doch längst gesteckt, sich schnellsten wieder vom Acker zu machen."

„Was machen wir jetzt? Was für eine bescheuerte Situation!"

„Keine Panik Herr Praktikant. Vorschlag, du tust so als würdest du mir einen Witz nach dem anderen erzählen. Ich höre amüsiert zu, währenddessen schicke ich eine Whatsapp an den Chef.

Mirko Neshkova in männlicher Begleitung befindet sich im Lokal Karel G ... Begleitung mit Perücke sieht Oleg Ulanov sehr ähnlich ... SEK? Warte auf Antwort.

Milena kam wieder an den Tisch, grinste Kramer an und fragte: „Immer noch keinen Hunger?“

„Wenn du mich so charmant fragst, doch, sehr gerne zwei Portionen Currywurst mit Pommes.“

„He, seit wann, esse ich Wurst?“, sagte Lux mit gespielter Empörung.

„Kommt sofort.“

Hinter Kramers Rücken starrte Lux wie eine Katze vorm Mauseloch auf ihr Smartphone.

Endlich, das Display leuchtete auf: *Wir kommen mit zehn Mann und sind in fünfzehn Minuten vor Ort.*

„Zehn SEK-Männer plus Chef sind in fünfzehn Minuten vorm Lokal“, flüsterte Lux und beobachtete, wie sich Milena mit einem Tablett zwischen den stehenden Gästen hindurchdrängte.

Der Tisch nebendran wurde frei.

„Setzt euch doch“, empfahl Milena und stellte das Tablett mit den Currywürsten ab.

„Sehr freundlich, nein danke, wir sitzen den ganzen Tag am Schreibtisch“, sagte Lux.

Ein Aromagemisch von Currywurst und Pommes stieg ihr in die Nase. So gar nicht ihr Geschmack. Sie blieb im möglichst unauffälligen Beobachtungsmodus, wiegte sich dabei im Rhythmus der Free-Jazz-Musik, während ihr gefräßiger Begleiter beide Essensrationen genüsslich verdrückte.

„Sind sie noch da?“, fragte er kauend.

„Was? Scheiße! Sie sind verschwunden? Verdammter Mist!“

„Piano Chefin, die werden eine rauchen, was sonst?“, sagte er abgefüttert und tupfte sich mit der Serviette über den Mund.

„Moment, neue SMS: Die Kollegen haben sich bereits positioniert. Wir sollen auf die beiden zugehen, Ausweiskontrolle, das Übliche und so weiter. Die Lokalbesucher sollen möglichst wenig mitbekommen.“

Was soll das? Neue SEK-Strategie? Lux steckte ihr Smartphone in die Seitentasche.

„Ready? Mister Vielfraß?"

Langsam zwängten sich die beiden in geheimer Mission zwischen den ahnungslosen Gästen hindurch, am Tresen vorbei, bedankten sich bei Karel G für Speis und Trank. Dieser zapfte ein Bier nach dem anderen, setzte ein halbherziges Grinsen auf, war erleichtert, als die Bullen endlich abschwirrten.

Neshkova und Ulanov standen einige Schritte neben der Tür, rauchten und waren in ein Gespräch vertieft. Lux atmete erleichtert auf und ging zügig auf die beiden Männer zu. Neshkova erblickte sie und blies eine lange Rauchfahne über ihren Kopf hinweg. Er grinste sie frech an. Der Perückenmann machte eine halbe Drehung und sah bewusst in die andere Richtung. Lux zückte den Dienstausweis.

Mirko warf einen schnellen Blick darauf und sagte: „Schöne Frau, so spät noch im Dienst?"

Kramer stand dicht hinter Lux, drängte sich blitzschnell nach vorne und sagte lautstark: „Kripo Kruckenberg, die Ausweise! Beide! Wird's bald!"

Lux zuckte, warf Kramer einen verächtlichen Blick zu, wandte sich schnell an Neshkova und sagte: „Kripo Regensburg. Sie und Ihr Begleiter sind festgenommen!"

Blitzschnell holte sie die Handschellen aus der Gürteltasche und legte sie um Neshkovas Handgelenk.

„Hey! Was soll das?", sagte Neshkova und grinste hämisch, sah kurz zu Ulanov, der nervös Rücken an Rücken mit Lux stand. Kramer durchsuchte seine Jackentaschen. „Verdammt!"

Und wo bleibt Pflamminger samt SEK? Was für eine Oberscheiße! Lässt der Chef uns hier im Regen stehen? Dachte Lux wütend.

Lux gab Kramer mit einer Kopfbewegung zu verstehen, wo sind die Handschellen. Kramer wurde nervös. Hektisch suchte er in seiner Cargohose nach den Handschellen, die er nicht fand. Vergessen? Du meine Fresse, was für eine Blamage, dachte er aufgewühlt.

Ulanov schnippte die Zigarette weg und schoss aus dem Stand wie eine Rakete davon. Kramer sauste hinterher, holte ihn ein und riss ihm die Perücke vom Kopf. Ulanov versetzte dem noch wenig kampferprobten zwei heftige Faustschläge in die Magengrube, die ihn in die Knie zwangen. Mit der Perücke in der Hand ging er zu Boden. Blackout. Ulanov entschwand in den verwinkelten Gassen der Altstadt. Lux, Pflamminger und zwei Polizeibeamte kamen Kramer zu Hilfe, der versuchte sich mit schmerzverzerrtem Gesicht aufzurappeln.

Kramer schämte sich unendlich den Einsatz derart versemmelt zu haben. Sein bescheuertes Verhalten war nicht zu rechtfertigen, dachte er.

„Leider saudumm gelaufen", sagte er kleinlaut.

„Alles in Ordnung? Lorenz, was machst du für Sachen?"

„Franziska, ich wollte ... es ist alles meine Schuld."

„Lorenz, du hast Mut bewiesen", sagte der Chef.

Er half seinem Praktikanten auf und war heilfroh, dass er nur ein paar Schrammen abgekommen hatte.

„Meine Mutter würde jetzt sagen, Mut oder Übermut ist manchmal pure Unwissenheit oder Dummheit. Franziska rufst du sie an?"

„Mach ich. Der Notarzt bringt dich ins Krankenhaus, zum Durchchecken ..."

„Vor allem das Hirn", sagte er mit gequältem Lächeln.

Sein Chef stützte ihn und sagte: „Lorenz, Einsätze wie diese machst du als Kriminaler nicht nur einmal. Kopf hoch! In ein paar Tagen kommst du wieder ins Präsidium."

Die Ersthelfer brachten den geschwächten Praktikanten ins Krankenhaus.

Neshkova stieß einen unverständlichen Fluch aus, als zwei SEK-Beamte ihn in die grüne Minna verfrachteten. Ulanov war unauffindbar, wie vom Erdboden verschluckt. Die intensive Suche nach Ulanov durch das spärlich beleuchtete Gassenlabyrinth der Altstadt blieb erfolglos. Karel Gs Lokal wurde geräumt, jeder Winkel nach Ulanov abgesucht - nichts. Der wutschnaubende Karel G drohte mit einer Beschwerde wegen Umsatzeinbußen und geschäftsschädigendem Imageverlust. Das würde den verhassten Bullen teuer zu stehen kommen.

51

Der missglückte SEK-Einsatz ging durch die gesamte Medienlandschaft. An Hohn und Spott wurde nicht gespart.

Kripo-Praktikant vermasselt Einsatz - Wegen Personalmangel musste der Polizei-Neuling hochriskanten SEK-Einsatz im Karel G koordinieren. Der offenkundig überforderte Praktikant wurde leicht verletzt ins Krankenhaus eingeliefert. Während des dilettantischen Zugriffs entschwand der europaweit gesuchte Oleg U. im Gassengewirr der Altstadt - Großfahndung sofort angelaufen. Die Polizei bittet dringend um Mithilfe der Bevölkerung und jeden noch so kleinen Hinweis der nächsten Polizeidienststelle persönlich oder telefonisch zu melden.

Polizeipräsident Jens Kollberg war fassungslos. Stellvertreter Vitus Gackstetter entsetzt. Kriminaloberrat Diethard Möller sprachlos. Staatsanwalt Heinrich Hammerschmidt tobte.

Pflamminger und Lux mussten vor den Herren Rede und Antwort stehen, gleichzeitig versuchten sie die übertriebenen Schlagzeilen zu entkräften und den Einsatz realistisch darzustellen.

Was Staatsanwalt Hammerschmidt nicht gelten ließ, als unhaltbare und fadenscheinige Rechtfertigung abtat. Er war von Anfang an überzeugt gewesen, der unfähige Hauptkommissar war mit dem Fall überfordert. Der wenig durchdachte Zugriff vor dem Lokal und die amateurhafte Herangehensweise war der eindeutige Beweis. Blamage hoch zehn für die gesamte Regensburger Polizei.

„Was muss denn noch passieren? Möchten Sie mir endlich mal erklären, was hier schiefläuft?", schnarrte der Staatsanwalt den Hauptkommissar an.

Pflamminger kochte vor Wut. Logisch, Hammerschmidt blies den zum Teil misslungenen Einsatz gewaltig auf, um von seinen Problemen abzulenken. Eigennutz und Affentheater pur. Dieser snobistische Besserwisser nutzte die Gunst der Stunde, um ihn vom Fall abzuziehen.

Die beiden Herren konnten sich nicht riechen. Schon bei der allerersten Fallbesprechung vor sechs Jahren, waren sie wegen einer Kleinigkeit wie zwei Gockel auf dem Misthaufen aneinandergeraten. Die kollegiale Abgeneigtheit war bis dato unverändert. Und ausgerechnet, als ob der Teufel seine Hand im Spiel hätte, musste Pflamminger einen Fall übernehmen, der Hammerschmidt persönlich naheging. Ob ihn Gellhoffs Tod wirklich betroffen machte, bezweifelte er mittlerweile. Erschwerend kam hinzu, die bis vor kurzem noch so vertraute Nähe zu Tamara Broncovic hatte sich Pflammingers Einschätzung nach um hundertachtzig Grad gedreht. Die Freundschaft zur hochgelobten und geschäftstüchtigen Bordellchefin könnte sich für Hammerschmidt mehr als fatal entwickeln, sollte die Dame aus dem Nähkästchen plaudern.

Wegen der regelmäßigen Besuche sowohl im Taiga Club als auch in Gellhoffs Partyvilla könnte er mit unangenehmen Fragen konfrontiert werden. Hammerschmidts extravaganten Freizeitaktivitäten an die Presse durchgestochen, wären für den feinen Herrn nicht karrierefördernd.

„Herr Hammerschmidt, so setzen Sie sich doch endlich und hören Herrn Pflamminger und Frau Lux erst einmal zu. Ihre Aufgeregtheit bringt uns nicht weiter", sagte Kollberg in beruhigendem Tonfall dem aufgebrachten Staatsanwalt zugewandt.

Hammerschmidt ignorierte die Aufforderung, stattdessen forderte er eindringlich: „Herr Präsident, es ist höchste Zeit, der Fall *muss* in kompetentere Hände gelegt werden."

Er setzte sich und schlug seine Beine übereinander mit abwartendem Blick auf Kollberg.

„Himmel noch mal! Herr Hammerschmidt, jetzt machen sie doch keine Staatsaffäre daraus", fuhr ihm Möller in die Parade und bat Pflamminger fortzufahren.

„Alles nur Zeitverschwendung", brummte Hammerschmidt in seinen Bart.

Warum Möller diese ungenügende Ermittlungsarbeit auch noch verteidigte, war ihm schleierhaft und ein unerträglicher Tatbestand.

Ohne auf Hammerschmidts Gemurmel einzugehen, schilderte der Hauptkommissar den Sondereinsatz. Warum ausgerechnet Ulanov fliehen konnte, war wahrscheinlich der Nacht geschuldet. Pflamminger machte weder den Kollegen vom SEK noch seiner Assistentin einen Vorwurf und nahm den nur halb geglückten Einsatz auf seine Kappe.

„Ha! Nacht, Stromausfall, oder wie? Ausreden, nichts als billige Ausreden. Hat denn die Erstvernehmung von Neshkova irgendetwas gebracht?", ging Hammerschmidt mit noch mehr Schärfe im Ton dazwischen und beantwortete die Frage gleich selbst: „Nichts, aber auch gar nichts, oder? Geben Sie es doch zu, Ihr Team hat Scheiße gebaut!"

„Herr Hammerschmidt noch so eine unverschämte Bemerkung und wir führen die Besprechung ohne Sie fort! Kapiert?", sagte der Polizeipräsident empört.

Hammerschmidt grinste und schielte gehässig zu Pflamminger, der die Sitzstellung mehre Male wechselte.

Gackstetter warf einen strafenden Blick auf Hammerschmidt und bat den Hauptkommissar fortzufahren.

„Herr Pflamminger, bitte ..."

Es klopfte. Die Sekretärin erschien im Türrahmen. Die Mittzwanzigerin Birte Hölzl kam mit Rebecca Reischl im Schlepptau in den Raum.

„Entschuldigen Sie bitte die Störung. Eine wichtige Mitteilung vom LKA bezüglich Mirko Neshkova", sagte Rebecca Reischl mit einer Dringlichkeit in der Stimme, die keinen Aufschub duldete.

Kollberg bat Reischl näher zu treten. Sie legte einen mehrseitigen Bericht auf den Tisch.

„Frau Reischl, den Inhalt in Kürze bitte", bat Kollberg freundlich.

„Sehr gerne, also in Herr Neshkovas Wohnung und in einem angrenzenden Gartenhäuschen haben Drogenspürhunde mehrere

Kilogramm Ecstasy, Kokain, Marihuana und haufenweise gefälschte Pässe gefunden und konfisziert."

Reischl genoss es die Nachricht überbringen zu dürfen, schielte verstohlen zu Hammerschmidt, dem die News nicht zu gefallen schienen. Von dem heutigen Gespräch mit Jens Kollberg, Vitus Gackstetter und Diethard Möller versprach sich der Staatsanwalt eine radikale Wende. Seiner Überzeugung nach musste der Fall Hauptkommissar Hans-Gerhard Hutzler übertragen werden. Mit ihm spielte er einmal die Woche Tennis in Königswiesen und zweimal im Monat trafen sie sich zu einem Golf-Match in Bad Abbach. Ein fähiger Kommissar und nicht so ein Sturkopf wie Pflamminger rekapitulierte Hammerschmidt in Gedanken seinen durchdachten Plan. Es musste ihm heute gelingen den alten Kriminaloberrat und den jungen noch unerfahrenen Polizeipräsidenten, samt dessen pomadigen und bräsigen Vize umzustimmen. Als eloquenter und erfahrener Staatsanwalt konnte es doch nicht so schwer sein, dem meist wortkargen Hauptkommissar die Stirn zu bieten und in der Folge ihm endlich den Fall zu entreißen.

„WAS?", sagten Kollberg, Möller und Gackstetter im Chor, als hätten sie es vorher eingeübt.

„Herr Kollberg, der Leiter der Münchner Drogenfahndung, Herr Sonnleitner, wird Sie in Kürze anrufen", ließ Reischl geflissentlich fallen.

Über den Brillenrand hinweg warf Hammerschmidt der Überbringerin der unpassenden Nachricht einen grimmigen Blick zu. Sie hingegen freute sich diebisch.

„Vielen Dank, Frau Reischl", sagte Kollberg hoch erfreut.

Er schlug sich mit der Hand auf den Oberschenkel und sagte: „Chapeau, Herr Pflamminger! Frau Lux! Na, wenn das kein Fahndungserfolg ist?"

„Gute Arbeit! Lob an die Ermittler. Ich bin mir sicher, dass uns auch Ulanov in den nächsten Tagen ins Netz gehen wird. Ausgerechnet jetzt das Ermittlerteam zu wechseln wäre Harakiri", sagte Möller mit Blick auf Hammerschmidt, der mit verschränkten Armen etwas entrückt über alle hinwegsah.

„Ich bin ganz Ihrer Meinung", pflichtete Kollberg kopfnickend bei.

„Stimme dem vollkommen zu", sagte Gackstetter und lächelte Pflamminger und Lux wohlmeinend an.

„Herr Pflamminger, Frau Lux, gut gemacht. Wie geht es unserem zupackenden Praktikanten?", fragte der Polizeipräsident besorgt.

„Viel besser", sagte Reischl, die gerade den Raum verlassen wollte, „ab morgen wird er uns wieder tatkräftig unterstützen."

„Dann wünsche ich ihm schnelle Genesung und richten Sie ihm die besten Grüße aus!", sagte Kollberg.

Mit heimlicher Schadenfreude beobachtete Lux Staatsanwalt Hammerschmidt, der wichtigtuend irgendwas in seiner Jackeninnentaschen suchte, nichts fand und sich in seiner Rolle als eigensinniger Oberfeldwebel gerade selbst in eine Sackgasse manövriert hatte.

52 Um Schwierigkeiten bei der Verständigung vorzubeugen, wurde Igor Hagemond zum Verhör dazu gebeten. Mirko Neshkova lümmelte auf dem Stuhl, sah regungslos zu Boden, verschanzte sich hinter dem Recht auf Aussageverweigerung und schwieg wie ein Grab. Er wusste sehr genau, was für ihn auf dem Spiel stand. Würde man ihm den Drogenhandel und die Dokumentenfälschungen zu hundert Prozent nachweisen, müsste er wahrscheinlich für mehrere Jahre in den Knast.

„Meinetwegen schweigen Sie bis zum Jüngsten Tag, spätestens übermorgen liegen uns die Ergebnisse der Kriminaltechniker vor. Dann könnte es für Sie anstrengend werden."

„Herr Pflamminger, bleiben Sie sachlich", sagte Dr. Gisbert Kudla spitz. Er hatte Neshkovas Verteidigung übernommen und litt offenbar unter Bluthochdruck. Auf seinem roten gut genährten Gesicht sammelten sich auf der Stirn und um den Nasenrücken zunehmend Schweißperlen, die er mit einem Stofftaschenzug wegtupfte.

„Einschüchternde Fragen beeindrucken meinen Mandanten nicht. Jetzt warten wir erst mal die Auswertungen vom LKA München und die der Spurensicherung ab. Wann liegen die Ergebnisse denn vor?", wollte der Anwalt wissen.

„Fragen sie beim LKA nach", antwortete Pflamminger eine Spur zu patzig.

„Okay, die Fragestunde ist beendet", sagte Kudla angepisst und packte seinen Unterlagenordner in die Arbeitstasche.

Oberschlaue und unkooperative Kommissare konnte er nicht ausstehen.

Pflamminger schob dem Anwalt Neshkovas Bankauszüge über den Tisch und sagte: „Herr Neshkova, seit drei Jahren mit zwei kurzen Unterbrechungen arbeiten Sie fünfundzwanzig Stunden die Woche am Münchner Flughafen. Als Gepäckabfertiger verdienen Sie netto 790 € im Monat. Ihre Miete beträgt 400 €. Sie besitzen einen Volvo und eine nagelneue Harley-Davidson, Wert: 90.000 €. Die Jahre davor verdienten Sie ihr Geld wochenweise als Türsteher, dann als Regalauffüller und zwei Jahre als Taxifahrer in München. Arbeitslosenhilfe haben Sie noch nicht in Anspruch genommen. Ihr aktuelles Guthaben auf dem Girokonto 54.760 €, auf ihrem Sparkonto 185.000 €. Woher kommt das viele Geld?"

„Was soll das denn jetzt?", echauffierte sich Kudla, der schon im Begriff war zu gehen.

Neshkova grinste selbstgefällig und schwieg.

„Das Geschäft mit gefälschten Pässen scheint offensichtlich zu florieren. Ist es nicht so?

Keine Antwort.

„Ihnen ist klar, aus dieser Nummer kommen Sie nicht mehr heraus! Das kann Ihnen mehrere Jahre …"

„Herr Kommissar, ich verbitte mir derartige Androhungen", schnitt ihm der schwitzende Pflichtverteidiger das Wort ab, was den Hauptkommissar wenig beeindruckte.

„Seit wann kennen Sie Oleg Ulanov und Tamara Broncovic?", fragte Pflamminger.

Neshkova sah emotionslos über den Tisch, zuckte mit den Schultern und sagte kaum hörbar: „Noch nicht lange.“

Er sprach gutes Deutsch, aber ein russischer Akzent war eindeutig erkennbar. In Pflammingers Straße wohnte eine Familie, die vor knapp dreißig Jahren als Spätaussiedler aus Hermannstadt zugewandert war. Die melodische Sprechweise der Familie Kaupner war bis heute unverändert geblieben. Pflammingers und Kaupners luden sich mehrmals im Jahr gegenseitig zu Gartenfesten ein oder man traf sich zufällig auf der Straße oder am Gartentor und plaudert miteinander, was Pflamminger in die Lage versetzte, den Akzent und Klang der Sprache erkennen zu können.

Neshkovas tiefbassige Art zu sprechen hörte sich russisch an und nicht rumänisch, wie es im Pass stand, was auch Hagemond bestätigte.

„Wie lange? Fünf, zwanzig, vierzig Jahre?“, fragte Pflamminger mit zunehmender Ungeduld und spürte Neshovas´ Unsicherheit, der beharrlich den Obercoolen gab.

Wieder grinste Neshkova gleichgültig, zupfte an seiner Nase, sah kurz zur Decke und murmelte: „Ein halbes Jahr.“

„Sie lügen! Mehrere Zeugen sagten uns, Sie kamen mit Broncovic und Ulanov vor neunzehn Jahren nach Regensburg!“

Neshkova senkte den Blick, schien kurz nachzudenken, sah grimmig auf Pflammiger und sagte: „Zeugen?“

„Hören Sie auf mit uns Katz und Maus zu spielen! Legen Sie ein Geständnis ab, jetzt!“

Neshkova senkte den Blick und schwieg.

Pflamminger hörte Kudla schwer atmen und bemerkte, wie er sichtbar nervös Schweißperlen wegtupfte.

Plötzlich schlug dieser mit der flachen Hand auf den Tisch.

„Schluss! Aus! Herr Neshkova, als Ihr Verteidiger rate ich Ihnen, ab jetzt keine Frage mehr zu beantworten.“

Neshkova ignorierte Kudlas Rat. Er lehnte sich entspannt zurück, streckte die Beine weit von sich, schielte auf Pflamminger und nuschelte: „Zwei Jahre.“

„Sie lügen schon wieder. Was zieht Sie mehrmals die Woche nach Regensburg?"

„Privatsache." Gefolgt von einem überheblichen Grinsen.

Ein Gartenhaus zu einer Dokumentenfälscherwerkstatt umfunktioniert, unter dem doppelten Boden kiloweise Drogen plus Bargeld bunkern. Freundchen, das ist Beweis genug, dich dem Haftrichter zu übergeben, dachte er und ließ den auf Zeit spielenden Neshkova nicht aus den Augen.

„Herr Pflamminger, zum letzten Mal ...!"

Der Hauptkommissar überhörte Kudlas erneuten Protest und fuhr fort: „Aus sicherer Quelle wissen wir, Sie und Ulanov verkehren seit gut zehn Jahren in der Studentenkneipe Campus und in der Kneipe Karel G. Weitere Zeugen haben uns bestätigt, Sie und Ulanov vertickten dort Drogen. Was sagen Sie dazu?"

Neshkova verschränkte die Arme, hob die Schultern und verneinte kopfschüttelnd.

„Machen Sie gefälligst den Mund auf!"

Anwalt Kudla blies verärgert die Wangen auf und sagte laut: „Herr Neshkova, wir gehen!"

Kudla erhob sich ruckartig, gab seinem Mandanten mit einer Handbewegung zu verstehen mitzukommen.

„Die Kollegen werden Herrn Neshkova in seine Zelle begleiten", sagte der Chefermittler.

Mit einer Kopfbewegung gab er dem Polizeibeamten neben der Tür zu verstehen, Abmarsch in die Arrestzelle.

Kudla klemmte die Aktentasche unter den Arm und eilte grußlos hinaus. Der Polizeibeamte ließ die Handschellen klicken und brachte Neshkova mit Unterstützung eines Kollegen in die U-Haftzelle zurück.

„Stress?", fragte Reischl vorsichtig.

Jeder wusste, der Druck auf den Hauptkommissar wurde täglich größer, gepuscht von den Medien und Staatsanwalt Hammerschmidt. Die halbe Stadt wartete auf konkrete Ermittlungsergebnisse. Leichter gesagt als getan. Der Chef winkte ab, schnupperte frisch aufgebrühten Kaffee.

„Ein Tässchen?", fragte Reischl mit fürsorglicher Stimme.

„Und wie immer einen starken Kaffee, bitte!"

Franziska Lux berichtete Lorenz Kramer habe gerade angerufen, er fühle sich bestens. Er entschuldige sich nochmals für den verpatzten Einsatz und schöne Grüße an alle. Sie hatte den Satz noch nicht zu Ende gesprochen, als Claudio Thurner wie ein frischer Bergwind durch die offene Tür geweht kam.

„Herrschaften, Brühheißes aus der Spurenküche."

„Immer her damit!", sagte Pflamminger, nahm einen Schluck und lobte Rebecca als beste Kaffeeköchin der Welt.

Thurner setzte sich mit an den runden Tisch und sagte: „Also, die im Hafen gefundene Pistole stammt eindeutig aus dem Waffenschrank des Schützenvereins 'Zu den Linden' hat Kollege Schindlbeck überprüft. Der restliche Krempel, leere Dosen, Zigarettenstummel, Streichhölzer, Plastikgeschirr aus dem provisorischen Schlaflager hat beim Datenabgleich bisher nichts ergeben. Ich schlage vor, die Daten auch vom LKA München checken zu lassen. Toni, was meinst du?"

„Nur zu", sagte er und kämpfte gegen die Nachmittagsmüdigkeit an mit Blick auf die Kaffeemaschine.

Reischl kümmerte sich um Nachschub, „Herr Thurner auch eine Tasse?"

„Nein Danke, mein Blutdruck sagt weniger Bohnenkaffee, mehr Sport. So, das Beste zum Schluss", er öffnete seine Arbeitsmappe und legte mehrere Pässe auf den Tisch.

„Gefälscht", sagte Lux, ohne lange zu überlegen.

„Sì! Neshkova hat sowohl mit Drogendealen als auch mit Ausweishandel einträgliche Geschäfte gemacht", sagte Thurner.

„Da kommt ja eins zum anderen. Das erklärt Neshkovas hohen Kontostand. Der schweigsame Neshkova ist wegen Dealerei bereits vorbestraft. Piloten, Flugbegleiter, Bodenpersonal, Securitys, Discos, Clubs und Studenten gehören zu seiner Stammkundschaft. Haben uns die Münchner Kollegen mitgeteilt", sagte Pflamminger.

„Toni, es geht voran!", sagte Thurner.

„Was kostet so ein gefälschter Pass?", wollte Reischl wissen.

„Verhandlungssache. Drei-, vier- oder fünfzehntausend Euro. Geschäftsleute aus Asien zahlen sogar fünfzigtausend Euro. Die kreativen Fälscher sitzen in Rumänien, Bulgarien, auf Malta und in Nordafrika", sagte Pflamminger.

„Auch in Italien, Spanien oder Portugal kann man ab zwölftausend Euro einen nagelneuen Pass bekommen", ergänzte Lux.

„Die Goldtaler von Gellhoffs Goldkammer schon addiert?" fragte Reischl neugierig.

Thurner holte eine Liste aus der Mappe und schob sie Pflamminger zu.

Roger Gellhoffs Bunker, Auflistung der Konfiszierung.

Verdacht: Illegale, Geld- und Goldwerte:

60 Goldbarren je 1 Kilo schwer = Kurswert: 3.550 Euro

Gesamt 213.000 Euro - ohne Zertifizierung / Seriennummern

10 Koffer mit je 100.000 Euro in Scheinen = 1.000.000 Euro

30 wertvolle Gewehre - Gesamt: 66.500 Euro

Gesamtwert: 1.279.500 Euro

5 3 Wechseln Sie wöchentlich ihre Telefonnummer?", fragte der Hauptkommissar und wusste im Voraus, Tamara Broncovic würde ihm eiskalt ins Gesicht lügen. Sie blitzte ihn hasserfüllt an mit der nonverbalen Ansage *das geht dich einen Dreck an!* Sie hob die Schultern, senkte den Blick, wandte sich schnell dem Ermittler zu, schien es sich anders überlegt zu haben und bat mit einem zauberhaften Lächeln um Nachsicht. „Verstehen Frage nicht?"

Pflamminger zog kurz die Brauen hoch und ignorierte ihren unschuldigen Augenaufschlag samt gebetsmühlenartig vorgebrachtem, „verstehen Frage nicht". Sie hatte die Frage sehr wohl verstanden, wie sich gleich zeigen sollte.

„Die Nummern, die Sie uns gegeben haben, existieren nicht mehr. Gibt es dafür einen triftigen Grund?"

Sie kramte in der Tasche, legte ein Smartphone auf den Tisch und sagte: „Nix Problem. Machen Test."

Franziska Lux notierte die Nummer und fragte: „Wann haben Sie es gekauft?“

„Vor einer Monat, ich glaube, ja. Ander Handy gestohlen von Pennermann.“

Broncovic stellte die Tasche auf den Boden, lehnte sich gelangweilt zurück und begutachtete ihre farblosen Fingernägel.

„Das werden wir genau prüfen!“, sagte der Hauptkommissar und fuhr fort: „Frau Broncovic, seit wann besitzen Sie den gefälschten Pass?“

Mit einem überraschten Gesichtsausdruck sagte sie: „Nix falsch! Gut Pass!“

Mit gestraffter Brust rutschte sie auf dem Stuhl nach vorne, sah Pflamminger finster an und hatte Mühe ihren aufkommenden Zorn im Zaum zu halten. Hilfesuchend sah sie kurz zur Verteidigerin, die ihr mit einer Handbewegung andeutete, gemach, gemach.

„Noch mal. Von wem haben Sie den gefälschten Pass bekommen?“

Broncovic schüttelte unentwegt den Kopf, wurde nervös, gab sich hilflos. Sie war felsenfest überzeugt mit dem neuen Pass komme sie ohne Schwierigkeiten durch die Sicherheitskontrollen im Kreml oder im Weißen Haus oder im Vatikan. Mirko Neshkova schwor beim heiligen Vladimir, kein Prüfgerät der Welt könne auch nur im Ansatz eine Fälschung nachweisen.

Eine fatale Fehleinschätzung. Sie räusperte sich, nahm all ihren Mut zusammen und sagte: „Nix falsch, gut Pass von Amt in die Heimat, schon viele Jahre.“

„Sind Sie gebürtige Russin oder Rumänin, oder fifty-fifty?“

Broncovic schielte hilfesuchend zu ihrer Verteidigerin, senkte den Kopf, schwieg geraume Zeit und sagte mit beleidigter Stimme: „Geboren in die Hermannstadt. Meine Pass, gut Pass!“

„Die Kriminaltechnik kann einen getürkten Pass sekundenschnell erkennen, das ist Ihnen schon klar, oder?“

Wie ein trotziges Kind verzog sie schmollend den Mund, verschränkte ihre Arme und sah bockig zu Boden. Pflamminger ließ nicht locker und wollte sie aus der Reserve locken.

„Haben Sie den Pass von Mirko Neshkova bekommen? Stellen Sie sich nicht dümmer als ... lügen zwecklos!"

Marie-Lou Dollner hielt sich bisweilen mit spontanen Zwischenkommentaren zurück. Doch nun ergriff sie vehement das Wort: „Herr Pflamminger, das ist Ihre Interpretation samt einer blühenden Fantasie. Hören Sie, meine Mandantin ist in Hermannstadt geboren und aufgewachsen. Vor zehn Jahren kam sie nach Regensburg. Sie ist Bürgerin dieser Stadt und ...!"

„Nein! Vor neunzehn Jahren ...", ging Lux dazwischen.

„Lassen Sie mich ausreden ...", sagte Dollner genervt.

Der Hauptkommissar ließ sie nicht ausreden, entschieden sagte er: „Frau Lux, helfen Sie Frau Dollner auf die Sprünge."

Er deutete mit der Hand auf das Schriftstück mit dem Testergebnis des Landeskriminalamts München.

Lux schob den neuesten Bericht über den Tisch auf dem zu lesen war: *Die Urkundenprüfung hat eindeutig ergeben, die Pässe von Tamara Broncovic als auch von Mirko Neshkova sind zweifelsfreie Fälschungen. Das LKA München ist diesbezüglich bereits in Kontakt mit mehreren Osteuropäischen Staaten, ehemaligen Sowjetstaaten und Russland. Vermutlich haben sich beide andere Namen zugelegt und das Geburtsdatum verändert.*

Mit ungläubigen Augen überflog die Rechtsanwältin den Bericht, sah schnell zu Pflamminger, dann zu Broncovic, die sich desinteressiert gab, als ginge die Verteidigerin mit dem Hauptkommissar die Betriebsanleitung einer eben erstandenen Kaffeemaschine durch.

Während Dollner kurz zu ihrer Mandantin schielte, hektische Blicke zwischen den Ermittlern wechselte, arbeitete die Rechtsabteilung hinter ihrer Stirn auf Hochtouren. Sie überlegte messerscharf, wie sie diese Vorwürfe und Behauptungen vom LKA München widerlegen konnte. Sie strich sich eine ins Gesicht gerutschte Haarsträhne hinters Ohr, räusperte sich und sagte: „Auch Kriminaltechniker können einen schlechten Tag haben, können sich irren. Ha! Was mir da schon alles untergekommen ist, das glaubt mir niemand. Nein, nein, überzeugt mich nicht."

Völlig klar, die Anwältin würde den vorliegenden Bericht der Urkundenfälschung anzweifeln, um die erdrückende Beweislage etwas zu entkräften. Fakt war, bei Urkundenfälschung verstanden die Richter keinen Spaß. Neshkova und Broncovic mussten aller Voraussicht nach mit mehreren Jahren Freiheitsentzug rechnen.

Der Hauptkommissar legte nach und bat seine Assistentin fortzufahren.

„Die Auswertung der Telefonate zwischen Broncovic und Gellhoff hat eindeutig ergeben …“

„Wie bitte! Sind Sie noch bei Trost?“, echauffierte sich Dollner.

Nervöse Blicke flogen zwischen Broncovic und Dollner hin und her. „Frau Doll, meine Telefon hören ist Strafe, oder?“

Aufgewühlt sah sie zu ihrer Verteidigerin, die dem Blick auswich. Etwas kleinlaut sagte diese: „Keine Sorge, ich werde das Ganze genauestens überprüfen.“

„Haben wir ins Schwarze getroffen?“

Pflamminger lehnte sich zurück und bemerkte, wie sich Dollner in ihrer Haut zunehmend unwohl fühlte.

Lux las aus dem Telefonprotokoll Auszüge vor, die es in sich hatten.

„Herr Gellhoff habe gesagt, Frau Broncovic solle gefälligst wieder nach Sibirien zurückkehren und ihn mit den bescheuerten Geldforderungen in Ruhe lassen.“

Diese Neuigkeiten passten so gar nicht in Dollners Verteidigungsstrategie und Broncovic hätte sich am liebsten die Ohren zugehalten. Mit hohem Puls, gesenktem Blick und hängenden Schultern saß sie neben der Verteidigerin.

Dollner klopfte mit den Fingerkuppen auf die Tischplatte, warf vorwurfsvolle Blicke auf die Ermittler und sagte: „Wieso erfahre ich das erst jetzt?“

„Ganz einfach, weil wir es auch erst seit heute wissen. Zudem hat Staatsanwalt Heinrich Hammerschmidt folgendes zu Protokoll gegeben: Tamara Broncovic, Mirco Neshkova und Oleg Ulanov sind Geschwister. Sie wurden in dem schönen Städtchen Serow am Rande des Uralgebirges geboren und sind dort aufgewachsen. Geburtsort Hermannstadt ist ein Fake. Ist es nicht so Frau Broncovic?“

Dollners Augenbrauen schnellten nach oben, schließlich sagte sie: „Staatsanwalt Hammerschmidt? Das können Sie ihrem Frisör erzählen ... das ist eine unverschämte Behauptung ... blanker Unsinn ... wie ... wie kommt er denn auf so ...?“

„Roger Gellhoff habe ihm, dies mehrere Male unter größter Verschwiegenheit natürlich ...“, sagte Pflamminger trocken.

Er hoffte, die engagierte Dollner würde ihre Mandantin endlich realistischer einschätzen. Erschwerend kam hinzu, Tamara Broncovic schwammen gerade die Felle davon. Und die Ermittler trauten ihr zu, alle Register zu ziehen, um ihren Kopf aus der Schlinge zu ziehen, was die Verteidigerin noch mächtig ins Schwitzen bringen könnte.

Broncovic murmelte etwas Unverständliches, kramte ein kleines Seidentüchlein aus der Handtasche und tupfte Krokodilstränen ab.

„Doll ... Frau Doktor Dollner, ich ... ich bin Unschuld. Nix gut was ... was Herr Pflamm sagen, alles großer Lügen!“, sagte sie wie ein beleidigtes Kind und begann laut zu schluchzen.

Dollner fühlte sich zunehmend verarscht von der eigenwilligen Bordellchefin. Mit Broncovics Freispruch wollte die Verteidigerin unter anderem öffentlichkeitswirksam für ihren Verein mehr Rechte für Prostituierte in Deutschland e. V. ein positives Zeichen setzen. Zwei Fliegen mit einer Klappe.

Dollner seufzte tief, beugte sich nach vorne, spitzte die Lippen und sah ungläubig auf Pflamminger.

„Herr Hammerschmidt behauptet allen Ernstes ... Herr Gellhoff soll ihm ...?“

„So ist es, Frau Rechtsanwältin.“

Broncovic wetzte auf dem Stuhl hin und her, konnte sich nicht mehr beherrschen. Mit der Wucht eines explodierenden Dampfdruckkessels brach es aus ihr heraus.

„Die Scheißendreckn von die Hammschmidt immer will Sex wie geiles Ziegerbockn! Er versprechen schweigen, aber ich packen aus! Alles, alles, alles packen aus ...!“

Sie fühlte sich hintergangen und betrogen. Ihr Gesicht lief bis über beide Ohren dunkelrot an. Sie fauchte wie eine angeschossene in die Enge getriebene Löwin, die ihre Jungen verteidigte.

„Sind Sie noch bei Sinnen?", bollerte Dollner entsetzt mit zornesroten Wangen dazwischen.

"Sie wagen es Staatsanwalt Hammerschmidts Namen ... Sie ... Sie ... Sie reden sich gerade um Kopf und ..."

„Du Doll haben nix Ahnung von geiles altes Männer, wenn zuhause Frau nix wollen Sex ...!", fiel sie Dollner giftig ins Wort.

„Mein Name ist Dollner. So, Frau Broncovic, und jetzt hören Sie mir gut zu! Entweder Sie befolgen meinen Rat oder Sie können sich sofort einen neuen Rechtsbeistand suchen ...!"

Die Warnung der bisher stets verständnisvollen Verteidigerin überhörte Broncovic, ließ sich weder einschüchtern noch aufhalten und legte wortgewaltig nach.

„Die ... die Hammschmidter ist ... ist grosser Dreckn ... Schmutzwildschweinersau! Ich werde ihm zahlen nach seiner Haus!"

„Schluss jetzt! Frau Broncovic, haben Sie mich nicht verstanden oder wollen Sie mich nicht verstehen?", sagte Dollner mit einer Mischung aus Wut und Ratlosigkeit über ihre Mandantin, deren Unbeherrschtheit offensichtlich niemand beikommen konnte.

Broncovic kannte kein Halten mehr. Mit vor Zorn funkelnden Augen vertrat sie lautstark ihre persönlichen Erfahrungswerte und Meinungen über sexbesessene deutsche Männer.

„Deutsches Mann will Sex mit junges Frau von die Osten, wildes Sex, ganze Nacht bum, bum, bum, dann nix zahlen! So ist deutsches Mann!"

Dollner wusste nicht mehr, wo ihr der Kopf stand.

„Und jetzt?", fragte sie konsterniert den Hauptkommissar.

Dieser zuckte kurz mit den Schultern und neigte sich nach vorne.

Broncovic lehnte sich zurück, trocknete ihre Tränen und konzentrierte sich auf einen imaginären Punkt an der Wand.

Von der tränenreichen Show und den heftigen Vorwürfen über sexhungrige deutsche Männer ließ er sich nicht irritieren.

„Frau Broncovic, es besteht der berechtigte Verdacht, ihr

Bruder Oleg wartete am Tattag zwischen acht und halb neun vor
Gellhoffs Garage. Glaubte er Gellhoff würde ihm die geforderte
Summe von zweihundertfünfundzwanzigtausend Euro in einer
Plastiktüte überreichen?"

Die zutiefst erschütterte Broncovic tupfte Tränen ab und schwieg.

„Kurze Zeit später wurde Gellhoff von einer Nordic Walking-
Gruppe neben seinem Auto tot aufgefunden. Wir haben Patronenhülsen am Tatort gefunden und wir haben die Telefongespräche am Abend vorher zwischen Ihnen und Roger Gellhoff ausgewertet. Frau Broncovic, hören Sie auf mit uns Russisch Roulette
zu spielen. Glauben Sie mir, wir finden ihren kleinen Bruder Oleg.
Es läuft eine Großfahndung bis ins hinterste Sibirien."

Broncovic saß zusammengesunken wie ein Häufchen Elend auf
dem Stuhl, schluchzte und weinte unaufhörlich. Jetzt ging es um
alles oder nichts, das war ihr schlagartig klar geworden. Vor ihr der
Abgrund, hinter ihr die Wölfe. Sie war außerstande einen vernünf-
tigen Gedanken zu fassen.

Verteidigerin Dollner wusste nicht, wie ihr geschah. Die ausge-
werteten Telefongespräche waren ein herber Rückschlag. Sollten
auf der Mordwaffe Broncovics Fingerabdrücke nachgewiesen werden ... Ende der Fahnenstange.

Tamara Broncovic war unbelehrbar, was die Rechtsanwältin an
die Grenzen des Machbaren brachte. Sie war mit ihrem Verteidi-
gungslatein am Ende und das ausgerechnet im Beisein des Hauptkommissars. Man konnte ihr beim Nachdenken und Abwägen
zusehen. Fieberhaft überlegte sie, ob sie die uneinsichtige Frau
weiterhin verteidigen oder den Fall abgeben sollte.

54

Appetitanregender Pizzaduft zog durchs Haus. Kerstin
und Sophie Pflamminger hofften bei der DVD-
Auswertung Zaungast spielen zu dürfen. Fehlanzeige.
Kommissar Papa lehnte das Ansinnen seiner Töchter strikt ab,
was Kerstin besonders wurmte.

Während der Hauptkommissar versuchte den DVD-Player zum Laufen zu bringen, redete Kerstin auf ihn ein, aber er blieb bei seinem Entschluss. Türknallend verließ sie den Kellerraum, lief enttäuscht nach oben und fiel Lorenz Kramer, der gerade durch die offene Tür kam, in die Arme.

Toni Pflamminger hörte bis in den Keller hinunter lautes Lachen. Neugierig ging er nach oben, blieb auf halber Strecke stehen und beobachtete durch die Treppengeländerstangen hindurch wie Kerstin und Lorenz sich lange eng umarmten.

Er räusperte sich laut und fragte neugierig: „Wie lange kennt ihr euch schon?"

Beide grinsten, zuckten mit den Schultern und ignorierten die Frage schlichtweg.

Stattdessen versuchte Kerstin ein weiteres Mal ihren Vater doch noch herumzukriegen.

„Kerstin, ein Nein ist ein Nein!", sagte er bestimmt und verschwand mit Kramer im Keller.

Nach dem Begrüßungsgeplänkel löschte Lux das Licht und sagte: „So, volle Konzentration and Action!"

„Und alles haarklein protokollieren, liebe Rebecca", betonte Kramer nicht ganz ernst gemeint.

„Logisch!", erwiderte sie mit erwartungsvollem Blick auf die Leinwand.

Film ab. Zeitangabe:

Samstagabend, 25. Juni 2022

Erstes Bild:

Großaufnahme, Gellhoffs Haus. Schwenk, Vorderseite, Außentreppe und Straße. Zwei Kleinbusse fahren vor. Sechzehn junge Frauen mit Trolleys und Beautycase-Koffern steigen aus. Sie eilen die breite Steintreppe hinauf. Die Haustüre öffnet sich wie von Geisterhand. Die Frauen gehen ins Haus.

Schnitt:

Die Kleinbusse, gesteuert von Neshkova und Ulanov drehen und verschwinden aus dem Aufnahmeradius.

Schnitt:

Nach und nach kommen Autos angefahren. Nummernschilder sind nicht im Bild. Einige parken vorschriftsmäßig entlang der Straße, andere kurzerhand auf dem Gehsteig oder in der Einfahrt.

Die männlichen Gäste gehen zügig zwei Stufen auf einmal nehmend die Außentreppe hinauf und verschwinden ins Haus.

„Ah, da ist ja unser Freund, Heinrich von und zu Hammerschmidt in Begleitung des übergewichtigen Steuerberaters Günter Gsodmeier, ich glaub mich tritt ein Elch!", sagte der Chef und schüttelte fassungslos den Kopf.

„Was will denn der, sorry, alte Gsodmeier auf der Party?", fragte Reischl in die Runde.

„Wer weiß, wer weiß? Na ja, eine kurze entspannte Plauderei mit Tamara oder mit einer der flotten Blondinen an der Hausbar wird schon drin sein. Vielleicht sogar mehr", sagte Lux und zuckte mit den Achseln.

„Rebecca, a bissl was geht immer", sagte Kramer verschmitzt.

Nächste Szene:

Tamara Broncovic entsteigt einem silbergrauen BMW, gefolgt von Natascha Schlunzinger. Beide in einem knallroten, hautengen Minikleidchen mit luftigen breitkrempigem Sommerhut, darunter eine großflächige weiß gerahmte Sonnenbrille. Auf hohen Absätzen erklimmen beide die Steintreppe, als wären sie Hauptdarstellerinnen in einem Werbefilm für eine Immobilienagentur mit dem Subtext: „Wir präsentieren Objekte nur für zahlungskräftige Interessenten!"

Die Haustüre öffnet sich automatisch, die Damen gehen hinein.

Der graue BMW fährt aus dem Bild, weitere Nobelkarossen kommen angefahren, denen überwiegend bekannte Köpfe der Stadt, Männer mittleren und reiferen Alters entsteigen.

Chefarzt und Vorstandsmitglied der Uni-Klinik, … Kulturstadtrat, … Vizevorstand vom SSV Jahn Regensburg, … BMW-Manager, … Siemens Vorstandsmitglied, … Professor für Osteuropäische Kunstgeschichte, … Vorstandsvorsitzende der EON-Company, … Brauereibesitzer, … die Frauen-

*flüsterer und Millionärssöhne Rummelsbeck. ... Trump-Verschnitt und Bau-
mogul Notker Hochwaldner ...* last but not least *Oswald Polsterer ...
Rechtsanwalt, Freund und Lebensberater des Gastgebers, Roger Gellhoff.*

Mit großen Schritten sausten weitere fünfzehn gut gekleidete
Herren in den besten Jahren zwischen vierzig und achtzig, viagra-
geputscht, die Stufen hinauf und verschwanden im Haus, die das
staunende Publikum nicht identifizieren konnte.

Auffallenderweise kam nicht ein männlicher Gast in Begleitung.
Die Ehefrauen waren zum Gipfeltreffen des Amüsements der
schwerarbeitenden Elite der Stadt offensichtlich nicht eingeladen
oder sie verzichteten freiwillig.

Schnitt:

*Trixi von Thalhussen stieg aus dem Taxi, steckte dem Fahrer Geld durchs
offene Seitenfenster zu, sah nach allen Seiten und stöckelte mit einem creme-
farbenen Minikleidchen, tiefem Rückenausschnitt, einer schmalen Clutch unter
dem Arm die Steinstufen hoch. Sie drehte sich noch mal um, als warte
sie auf jemanden oder befürchtete, neugierige Nachbarn lugten
hinter Gardinen hervor.*

„Sieh einer an, von Thalhussen und Gellhoff kannten sich bereits, bevor sie in der PORTA Bank arbeitete", sagte Lux.

Schnitt:

Vorgerückte Stunde mit Swing-Music: Glenn Miller, „In The
Mood", Louis Armstrong, „What a Wonderful World", weitere
bekannte Songs von Benny Goodman, Duke Ellington und Frank
Sinatra ...

*Gäste in gelöster Stimmung auf der weitläufigen Gartenterrasse ... Grüpp-
chen stehen mit einem Glas in der Hand oder eine Zigarre rauchend zusammen, plaudern, lachen ... einzelne bedienen sich am großen Buffet ... andere
Partyaktivitäten sind nur noch in kurzen Auszügen zusehen ... junge Männer
in weißen Bistroschürzen entkorken große Champagnerflaschen, sammeln
Geschirr und volle Aschenbecher ein ... nach und nach verschwinden auch die
Herren mit ihrer Auserwählten aus den Kleinbussen entweder im Haus oder
in der großen Gartenlaube oder springen übermütig in den Swimmingpool ...*

Geöffnete Fenster lassen die unmittelbaren Nachbarn akustisch am Gestöhne und wollüstigem Geschrei teilhaben.

Häufiges Grillen mit stundenlangem Rauchdurchzug durch Nachbars Wohnzimmer war ein Klacks, verglichen mit den offenherzigen Körperverrenkungen inmitten eines gediegenen Wohnviertels der gehobenen Bildungsbürgerschicht. Hilmar Hohmbacher hatte nicht übertrieben.

Die DVD-Filmanalysten staunten nicht schlecht. Einhellige Meinung: „Ekelhaft!"

Schnitt:

Die Schlussszene in der Bell-Etage schoss den Vogel ab. Die Zuseher trauten ihren Augen nicht, als Kameramann Hohmbacher eine hochgewachsene, schlaksige Figur, außergewöhnlich bekleidet heranzoomte. Oha! Kein Geringerer als *Staatsanwalt Heinrich Hammerschmidt im engen Lederriemenoutfit kommt unterwürfig in den Raum geschlichen, wirft sich auf irgendetwas drauf* (nicht im Bild). *Zwei junge Frauen im schwarzen Latex-Domina-Kostüm und Augenmasken tauchen auf. Sofort treten die beiden peitschenschwingend in Aktion,* musikalisch aufgeheizt: „I can't get no satisfaction ..."

„Aus! Aus! Aus! Alter Schwede! Was für ein heuchlerischer Kotzbrocken!", rief Pflamminger.

Er rieb sich die Augen, warf einen hämischen Blick zu Franziska Lux.

Diese schüttelte den Kopf und sagte: „Auweia! Voll krass!"

Reischl blieb die Luft weg, sah mit offenem Mund zu Lux hinüber, schließlich sagte sie: „Holla, die Waldfee!"

Lux musste sich beherrschen, um nicht laut loszubrüllen. Sie stand auf und ging zum Lichtschalter.

Kramer war von den Aufnahmen der freizügigen Aktivitäten derartig in Beschlag genommen, bemerkte nicht, dass er die ganze Zeit auf seinem Stuhl wippte und beinahe umkippte, wenn Lux ihn nicht aufgefangen hätte.

Fassungslosigkeit und Schweigen im Walde ... im Hobbykeller, schließlich sagte Kramer mit bis hinter die Ohren geröteter Gesichtsfarbe: „Also ... na ja ... äh ... verboten ist das nicht."

„Halleluja, sag ich da nur. Das reinste Sodom und Gomorrha! Wie hochnotpeinlich ist das denn?", sagte Reischl mit verzerrtem Gesichtsausdruck, als hätte sie süßen Kirschsaft mit Essig verwechselt.

„Und Gellhoff? Habe ich den übersehen oder steht er in der Küche und macht den Abwasch? Habt ihr ...?", fragte Lux in die Runde.

„Gellhoff ist tot. The party isch over!", winkte Pflamminger ab und hatte das Gefühl gerade aus einem Alptraum zu erwachen.

„Und Hammerschmidt dieser Perversling ... Entschuldigung, ist mir rausgerutscht", sagte Reischl.

„Tja ... wollüstiger Zeitvertreib und nicht zu knapp ... äh ... wissen die Ehefrauen, was auf den Hot Meetings so alles abging?", sagte Kramer.

„Könnte sein, dass die eine oder andere froh ist, wenn sich der Göttergatte aushäusig austobt, ... ihr versteht, was ich meine ...?", sagte Lux mit verschmitztem Lächeln um die Mundwinkel.

„Okay, sexuelle Gepflogenheiten von gewissen Herrschaften müssen wir jetzt nicht vertiefen", ging der Chef dazwischen.

Plötzlich hatte der Hausherr das Gefühl von jemandem beobachtet zu werden, sah nach hinten und erblickte Kerstin, die bereits geraume Zeit durch den Türspalt linste.

„Habt ihr noch genügend Getränke?", fragte sie höflich.

Kerstin platzte schier vor Neugierde, gleichzeitig war sie sauer auf ihren Vater, der ihr konsequent untersagt hatte, bei der DVD-Runde dabei sein zu dürfen.

„Kerstin, was haben wir vereinbart?", fuhr ihr Vater sie an.

„Alles angesehen? Oder geht es noch ...?"

„Vielleicht noch die halbe Nacht."

„Kompliment! Die Pizza hat hervorragend geschmeckt", sagte Reischl und lächelte Kerstin an.

„Danke. Noch was zu trinken?", wiederholte sie die Frage und hätte nur zu gerne Mäuschen gespielt.

Mit einer eindeutigen Handbewegung signalisierte ihr Vater: Abflug.

„Jaaa, ich bin schon weg“, sagte sie und zog sich schmollend zurück.

„Zurück zum Thema. Der flotte Heinrich ...? Mich haut’s gleich vom Hocker“, sagte der Chef und verdrückte das letzte Pizzastück.

„Fressen, saufen, kiffen, ficken ... erinnert mich an die Dekadenz der spätrömischen Oberschicht. So was wie der Tanz auf dem Vulkan. Was glotzt ihr so angestrengt? Auch eine kleine Polizeibeamtin nimmt hin und wieder ein fundiertes Geschichtsbuch zur Hand“, sagte Reischl.

„Das ist gar nicht so weit hergeholt. Ich finde Rebeccas Analyse zutreffend“, bekräftigte Kramer die These.

„Warum der geile Heinrich den Fall der Fälle schnellstmöglich abschließen und einstampfen möchte, ist auf der DVD glasklar dokumentiert“, sagte Lux.

„I can’t get no satisfaction im smarten Outfit wäre ein Festschmaus für die Presse, aber keine strafbare Handlung!“, sagte Kramer mit einem breiten Grinsen.

„Wohnungsprostitution in einem reinen Wohngebiet ist strafbar“, rückte Reischl den Tatbestand zurecht.

„Korrekt!“ sagte der Chef und fügte hinzu: „Hm? Der Club der noblen Topverdiener wird einen Teufel tun, uns Rede und Antwort zu stehen.“

„Die feinen Herren würden alle Hebel in Bewegung setzen und jeglichen Verdacht von sich weisen“, ergänzte Lux.

„Chef, wir müssen an die Escort-Mädels ran“, schlug Kramer vor.

„Vergiss es. Erstes Gebot im Escort-Service? Nix ausplaudern! Die Verschwiegenheitspflicht wird von Broncovic vermutlich mit stattlichem Extra-Trinkgeld zementiert“, sagte Pflamminger.

„Chef, gleich morgen könnten wir ...“, schlug Kramer vor.

„Keine Sorge, wenn ich es für zwingend notwendig halte, kommen wir an die Adressen“, fiel der Chef dem tatendurstigen Praktikanten ins Wort.

Kramer sah zu Lux und hoffte, sie würde den Vorschlag unterstützen, stattdessen sagte sie: „Wie krank muss jemand sein, sich auspeitschen zu lassen und dabei wie ein Lustmolch zu grunzen? Obendrein bei offenem Fenster mit dicht angrenzenden Nachbarn? Kann mir das jemand erklären?"

„Franziska, so was gibt's öfter als man denkt. Wahrscheinlich turnt es Dirty-Henry an? Der ... der anturnende Drive, der Kick ... quasi, wenn ... wenn ... jeden Moment jemand zur Tür hereinkommen könnte oder ein Nachbar mit dem Fernglas ... während er zum ...", stammelte Kramer verlegen.

Hektisch wechselte er zwischen drei Augenpaaren hin und her und glaubte das Satzende in den drei Gesichtern ablesen zu können.

„Orgasmus, wolltest du sagen, oder?", sagte Lux und amüsierte sich über den verschämt dreinblickenden jungen Mann.

Der Chef musste sich das Lachen verkneifen, rollte mit den Augen und sagte: „Okay, Sexpraktiken hin oder her, jetzt vergessen wir den Latex-Leder-Peitschen-Heini ...“

„Wollen wir den Rest noch sichten? Aus ermittlungsrelevanten Gründen versteht sich", fragte Lorenz Kramer vorsichtig.

Der Chef winkte ab.

„Kurze Rauchpause."

Er stand auf und ging zusammen mit Reischl nach oben.

Kerstin passte ihren Vater ab und sagte ihm, Lorenz und Franziska müssten ihm noch etwas Megawichtiges zeigen. Es habe nichts mit der DVD zu tun, aber mit einer ähnlichen Sache. Pflamminger und Reischl gingen vor die Tür und schmauchten eine Zigarette.

Kerstin kam hinterher: „Ich dachte, du rauchst nicht mehr? Egal, Paps, du musst dir ansehen, was sie herausgefunden haben."

Er sah seine Tochter skeptisch an und meinte: „Geht es etwas konkreter?"

Ingrid Pflamminger kam aus der Küche geeilt, verdrehte die Augen, als sie ihren Mann rauchen sah.

„Gutes Beispiel für deine Kinder."

Sie verschwand hinterm Haus und wässerte die Gemüsebeete.

„Also, um was genau geht es?"

„Die beiden haben etwas entdeckt, das du unbedingt wissen musst", sagte sie und war kurz davor zu platzen.

„Und was genau?"

„Folgendes: Lorenz und sein Hacker-Club haben herausgefunden, also er wird es dir nachher ganz genau erklären und ich möchte dabei sein. Paps, du bist doch einverstanden, oder?"

Er lächelte und sagte: „Wie lange kennt ihr euch schon?"

„Das tut doch jetzt nichts zur Sache."

„Wie lange?"

„Seit kurzem. Ist doch egal."

Pflamminger sah seine Tochter lange an, lächelte und sagte: „Morgen sprechen wir noch mal darüber."

Die beiden Raucher gingen wieder in den Partykeller hinunter. Schon auf der Treppe hörten sie, wie Lux und Kramer in eine lautstarke Diskussion verstrickt waren.

Lorenz Kramer versuchte Franziska Lux zu überzeugen den Escortdamen schnellstens einen Besuch abzustatten. Mit Sicherheit würden sie wertvolle Informationen über Gellhoffs Partygäste liefern, war Kramers Überzeugung. Und wieso holte sich Dirty-Henry „Streicheleinheiten" bei einer Domina ab? Kindheitstraumata? Gefühlskaltes Elternhaus? Strenge Mutter, Großmutter die nicht zögerten, den Kleinen mit einem Rohrstock zu züchtigen? Oder er kam nur auf diese Art und Weise in Fahrt ...

„Wir wissen es nicht", sagte Lux als die Raucher zurückkamen.

„Lasst uns die Sache hinter uns bringen", seufzte der Chef.

Er steuerte den uralten Sessel an, klatschte in die Hände und sagte: „Action please!"

Sonniger Abend. Samstag, 16. Juli 2022

Kamerafahrt über Gellhoffs weitläufigen Garten.

Schnitt:

Tamara Broncovic in Nahaufnahme.

In einem goldglänzenden Bauchtanzkostüm umwickelt mit einem langen, knallroten Seidentuch, begleitet von orientalischer Musik, schwebt sie tanzend über die Terrasse. Sie umtanzt Männer, flirtet mit ihnen, die sie mit gierigen Augen anschmachten ... Roger Gellhoff ist oft im Bild und strahlt die Tänzerin wie ein verliebter Primaner an ... sie schält sich aus dem breiten Seidenschal heraus und wickelt das flatternde Teil um Gellhoffs Hals und Schultern ...

Kameraschwenk an die Open-Air-Bar:

Natascha Schlunzinger in Flirtlaune, umrahmt von mehreren Verehrern. Sie lacht glockenhell. Fünf Männer prosten ihr zu. Gemeinsam leeren sie die Gläser bis auf den letzten Tropfen und werfen sie über die Schulter nach hinten, gefolgt von übermütigem Lachen und Geschrei: Werft die Gläser an die Wand ...!

Schnitt:

Ein Polizeiauto hält vor dem Gartentor ... zwei Beamte steigen aus, gehen zur Haustüre ... Roger Gellhoff erscheint im Türrahmen, spricht mit den beiden Männern, die schnell wieder ins Auto steigen und abrauschen.

Die Musik ist nun leiser als vor dem Besuch der Polizeibeamten.

Schnitt:

Uhrzeit eingeblendet: 03.00 Uhr - Nachtaufnahmen undeutlich: *Zwei Busse sind unter den Straßenlaternen gut zu erkennen. Die Mädels eilen aus dem Haus, hin zu den Fahrzeugen, steigen ruckzuck ein und fahren aus dem Bild.*

Kameraschwenk zum Haus. Durch einige Fenster ist heruntergedimmtes Licht erkennbar. Musik aus. Die meisten noblen Herren waren vermutlich abgereist. Wackliger Schwenk zur Haustüre ... Hohmbachers Kamera lief weiter ... schwarzgraues Standbild ohne Personen.

Wahrscheinlich war der Kameramann in seinem bequemen Korbsessel eingeschlafen.

„Was für ein Wahnsinn!", rief Pflamminger kopfschüttelnd.

Er atmete tief durch, glaubte zu träumen.

„Der Film ist einsame Spitze, ach was, oscarreif!", sagte Reischl und unterdrückte ein aufkommendes Gähnen.

„Und morgen holen wir die noblen Herren mit der grünen Minna ab. Wer kommt mit?", fragte Kramer und zwinkerte Lux zu.

Niemand ging auf den unrealistischen Vorschlag ein.

„Kleiner Scherz am Rande.", fügte er hinzu und grinste schelmisch.

„Ich wiederhole mich, Sodom und Gomorrha! Das sind unsere sogenannten honorigen, systemrelevanten Herrschaften in der Stadt", sagte Reischl mit Blick auf ihren Chef.

„Sofort auf Instagram stellen!", schlug Praktikant Kramer vor und grinste geringschätzig.

Der Chef verdrehte die Augen über die abenteuerlichen Vorschläge des Praktikanten, er ordnete an: „Wir speichern das Ganze als Hintergrundwissen ab und bei passender Gelegenheit spielen wir die Trümpfe aus. Franziska, Sie verwahren die DVD."

„Direkt unter dem Sarkophag des Pharaos", sagte Kramer mit todernster Miene.

„Besser im goldenen Safe des Bernsteinzimmers", scherzte Lux mit gespieltem Ernst.

„Und nur wir beide kennen den Code", flüsterte Reischl theatralisch.

Kramer warf Lux auffordernde Blicke zu, gab ihr nonverbal zu verstehen: jetzt oder nie!

Pflamminger bemerkte es und fragte: „Is' was?"

„Chef, das müssen Sie sich ansehen", sagte Lux mit wissendem Blick.

„Sie müssten etwas von ihrer kostbaren Zeit opfern", sagte Kramer.

„OK, wenn's nicht zu lange dauert."

„Chef, ich verdünnisiere mich", rief Reischl gut gelaunt.

Ihre Müdigkeit von vorhin schien plötzlich überwunden, sie

stand abmarschbereit an der Tür, die jemand von außen vorsichtig öffnete.

Kerstin steckte den Kopf durch den Türspalt.

„Und Fall gelöst?"

Der Papa schüttelte den Kopf. „Du bist aber auch hartnäckig heute ...!"

„Nicht so streng, Chef. Kerstin ist bereits eingeweiht. Der Apfel fällt nicht weit vom Stamm.", intervenierte Lux und sah ihn mit hochgezogenen Brauen an.

„Was ... was geht hier eigentlich vor? Kann mir das mal einer erklären?"

Er fühlte sich ein wenig verschaukelt.

„Eine Verschwörung! Vorsicht Chef!", sagte Reischl mit warnender Mimik, „so meine Lieben, ich bin dann mal weg. Schönen Abend euch!"

„Viel Spaß beim Salsa Dancing und schöne Grüße an Fernando", rief Lux augenzwinkernd der Kollegin hinterher.

„Danke, werde ich ausrichten", winkte sie in die Runde und zog die Tür hinter sich zu.

Schnell holte Kramer seinen Laptop aus dem Rucksack, fuhr ein special Programm hoch und öffnete einen geheimnisumwitternden Ordner.

Pharao-Ramses-Pyramiden-Labyrinth ... Top Secret ... do not open!!! DANGER!!!

Zusammen mit Franziska, Kerstin und drei Freunden hatte er das mögliche Szenario, wie die Transportkisten ungesehen aus dem Safe-Raum der PORTA Bank geschafft werden konnten, virtuell nachgestellt.

Pflamminger staunte nicht schlecht, als er seinem Praktikanten über die Schulter sah, er fragte: „Habt ihr das gehackt?"

„Chef, ein Kinderspiel", sagte Kramer aufgeregt.

Konzentriert scrollte er auf dem Laptop. Plötzlich erschien eine Pyramide mit der Aufschrift:

Tomb of the nameless PHARAO ... do not open ... DANGER!!!

Während sich das virtuelle Grab öffnete, sah der Hauptkommissar gebannt auf den Bildschirm. Ausgerechnet seine Assistentin und seine Tochter beteiligten sich an geheimen Hackeraktivitäten. Er nahm es zur Kenntnis. Vorerst. Alles weitere später.

„Voilà! Das modernste Medium der heutigen und zukünftigen Kriminalprävention", sagte Kramer stolz.

„Paps, wenn ich mein Soziales Jahr beendet habe, melde ich mich bei der Polizeiakademie an und ..."

„Moment! Moment! Kerstin, das werden wir hier und heute weder erörtern noch entscheiden", sagte der überraschte und sich überrumpelt fühlende Hauptkommissar.

„Paps, nächstes Jahr bin ich volljährig! Und du willst mir vorschreiben ...?", sagte sie gereizt.

Kommissar Papa klopfte ihr versöhnlich auf die Schulter und sagte: „Lass uns in Ruhe darüber reden, morgen, einverstanden?"

Sie verdrehte die Augen, sah hilfesuchend zu Lux hinüber.

Mit Daumen hoch ermunterte sie Kerstin *keine Sorge, dein Vater wird zustimmen*.

Kramer stoppte den Vater-Tochter-Disput abrupt und sagte: „Chef, hier das Resultat. Unser Galaxy-Club of the Future hat herausgefunden, Attention please ... Mensch ... kleine Störung im System, gleich behoben ..."

„Paps, was jetzt kommt ... halt dich fest!"

„Chef, ob Sie's glauben oder nicht, wir konnten feststellen, dass die Überwachungsanlagen der Bank fehlerfrei arbeiten. Auch am besagten Tatabend oder in der Tatnacht waren die Ü-Kameras durchgängig online. Wie konnten die drei Transportkisten ungesehen an der Ü-Technik vorbeigeschleust werden? Das ist jetzt The very big question."

„Durch einen unterirdischen Tunnel, den die Räuber unter unmenschlichen Bedingungen und schweißtreibenden Anstrengungen gegraben haben ...", antwortete dieser trocken.

„Paps, du nimmst uns nicht ernst."

„Und was sagt eure detektivische Spürnase?", fragte er mit in Falten gelegter Denkerstirn und ironischem Lächeln.

„Ein Mitarbeiter, der sich gut auskennt, hat eine Kiste nach der anderen unbemerkt weggebracht“, vermutete Kerstin.

„Und bei sich Zuhause in der Besenkammer versteckt“, sagte Papa und lächelte seine Tochter an, die allen Ernstes eine Ausbildung bei der Polizei in Erwägung zog.

Das musste er erst mal verdauen und wandte sich mit fragendem Blick an Franziska Lux.

„Vielleicht war es tatsächlich ein Racheakt und jemand wollte Gellhoff gleich zu Beginn seiner Chefkarriere Knüppel zwischen die Beine werfen. Auch die seltsamen Vorfälle im Kelheimer Forst, die mit einem vom Baum hängenden Gellhoff endeten. Äußerst rätselhaft“, sagte Lux.

„Und Gellhoff hatte eine Untersuchung dieser äußerst sonderbaren Veranstaltungen strikt abgelehnt“, ergänzte Pflamminger.“

„Vielleicht hat Gellhoff die Bank bestohlen und das Geld neben anderen Wertgegenständen in seinem ‘Hochsicherheitstrakt’ gebunkert. Der wertvolle Inhalt der bombensicheren, begehbaren Schmuckschatulle ließe diese Schlussfolgerung zu“, sagte Lux

Ebenso der Turbo-Roger, der seine Mannschaft immer öfter durch Optimierungsmaßnahmen peitschte. Die fachlichen Qualitäten der Mitarbeiter permanent unterschätzte und sich selbst überschätzte. „Franziska, stimme dir absolut zu. Das Verschwinden der vollen Geldkassetten wurde höchstwahrscheinlich intern organisiert.“

„Lorenz, ein Fallanalytiker könnte es nicht treffender formulieren“, sagte Lux anerkennend.

„Danke, Kollegin. So und wer wohnt in der Bank, kennt jede Ecke, jeden Winkel, verfügt über die Generalschlüsselgewalt?“, führte er sein Fallszenario zu Ende.

„Fred Schlunzinger“, antwortete Kerstin wie aus der Pistole geschossen.

„Und ihr traut dem Hausmeister so eine Tat zu?“, fragte der Hauptkommissar.

„Gellhoff hatte eine Affäre mit Schlunzingers Frau. Neben dem gehörnten Ehemann wusste es auch die halbe Belegschaft. Motive mit enormer Schubkraft", sagte Lux und sah ihren Chef lang an.

„Und was könnte da einem Mann mit geringem Selbstwertgefühl sauer aufstoßen? Na? Eifersucht, Kränkung, Wut, Frust, Verzweiflung, Rache und noch einiges mehr", zählte Kerstin auf, als gehörte sie offiziell zum Ermittlerteam.

Der Vater sah seine Tochter lange an.

„Du ziehst dir zu viele Liebesdramen rein ..."

„Ist das etwa verboten?", fiel sie ihm ins Wort.

„Wo waren wir? Also, die Motive sowohl von Schlunzinger als auch von Madam Broncovic sind bekannt. Was ist da jetzt neu, anders oder besonders? Oder kommt noch was?", fragte Pflamminger den Hobbycyberkriminologen und Digitalermittler.

„Wie Franziska gerade sagte, eine hochexplosive Melange, um jemanden ins Jenseits zu befördern", betonte Kramer.

„Paps, gekränkte Eitelkeiten, Eifersucht, Neid und Habgier", ereiferte sich Kerstin, „wenn du mich fragst, Brandbeschleuniger pur! Was statistisch gesehen weltweit am häufigsten zu Mord und Totschlag führt."

„Du sagst es", unterstrich er monoton ihre Aussage.

„Du nimmst mich nicht ernst. Nur weil du glaubst, besser als Sherlock Holmes, Hercule Poirot und James Bond zu sein."

Kerstin sah ihren Vater aus dem Augenwinkel heraus an und dachte an die Zeit, als sich Ingrid Pflamminger für eine sechsmonatige Auszeit entschieden hatte. Weit weg von Mann und Kindern wanderte sie auf dem entlegenen, menschenleeren Olavs Pilgerweg durch Norwegen, während der Herr Strohwitwer abends und an den Wochenenden schweigsam durchs Haus schlich.

55 Am Frühstückstisch überraschte Kerstin ihre Mutter mit dem neuesten Berufswunsch. Nach dem Sozialen Jahr werde sie sofort ein Schnupperpraktikum bei ihrem Vater absolvieren und anschließend werde sie sich bei der Polizeiakademie anmelden.

Ingrid Pflamminger fiel das Messer aus der Hand.

„Was? Was willst du?"

Verwundert sah sie auf ihren in die Zeitung vertieften Ehemann.

„Toni?", sagte sie laut und wandte sich schnell wieder an Kerstin, die sich über den Gesichtsausdruck ihrer Mutter amüsierte.

„Was? Wer? Wo?"

„Soll das jetzt ein Witz sein oder träumt deine Tochter tatsächlich davon Kriminalpolizistin zu werden? Toni, wie oft hast du mir vorgejammert ... Dauerstress, miese Bezahlung ... für Frauen viel zu gefährlich ...!"

„Aber Mami! Franziska hat mir ..."

„Ich rede gerade mit deinem Vater. Toni, aufwachen! Ich will nicht, dass Kerstin Streifenpolizistin oder Kriminalbeamtin wird."

„Ein Praktikum, na und."

Er zwinkerte seiner Tochter zu und setzte die Zeitungslektüre fort.

„Aha, das Ganze ist schon beschlossene Sache."

Verärgert strich sie mehr Butter aufs Brot als üblicherweise.

Toni legte die Zeitung weg und schenkte sich Kaffee nach. „Kerstin hat mich gefragt, ob es möglich wäre ein Kurzpraktikum zu machen. Ja, ist es, aber nicht bei mir. Außerdem müsste der oberste Chef einverstanden sein. Und bis dahin fließt noch viel Wasser die Donau hinunter."

Er lächelte seine Frau an, die ihre in die Hüften gestemmten Fäuste wieder entspannt auf den Tisch legte.

„Ich dachte, du möchtest Sonderpädagogik, Erzieherin, Sozialwesen oder etwas in der Art studieren?", sagte Kerstins Mutter und kratzte die zu dick aufgetragene Butter vom Brot.

„Vielleicht doch lieber Kriminalpsychologie, Rechtsmedizin oder Pathologie oder ich werde eine berühmte Profilerin. Voll krasser Job", sagte Kerstin provozierend.

„Igitt!", rief Sophie.

Die jüngere Schwester kam mit verschlafenem Gesicht, zerzausten langen Haaren in die Küche und setzte sich an den Tisch.

„Langschläferin, guten Morgen!"

Ihr Vater drückte ihr einen Schmatz auf die Wange.

„Profilerin? Pathologin? Schwesterherz das ist nichts für Feiglinge. Du kannst kein Blut sehen. Erinnerst du dich noch an den Vorfall im Zeltlager vor zwei Jahren?"

Sophie grinste spöttisch und gähnte über den Tisch, ohne sich die Hand vor den Mund zu halten.

„Sophie, bitte!", mahnte die Mutter.

„Mega cool! Handschellen klicken. Mörder abführen", sagte Kerstin selbstbewusst, als hätte sie diese Aktionen bereits eigenverantwortlich durchgeführt. Gleichzeitig war sie wütend auf ihre Schwester, die um Lichtjahre zurückliegende Kamellen auf den Tisch klatschte.

Sophie rührte im Müsli, beobachtete Kerstin und sagte: „Wieso warst du gestern Abend bei der top-secret Runde im Keller dabei und ich nicht?"

„Weil du noch ein kleines Mädchen bist, das mit Puppen spielt!" Kerstin grinste spöttisch über den Tisch.

„Kinder, Schluss jetzt! Beeilt euch, der Bus wartet nicht", sagte die Mutter.

„Und habt ihr gestern das Oval Office in the White House gehackt oder die Schwarzkonten des Vatikans oder die Machtzentrale im Kreml ...?", fragte Sophie mit dem Daumen nach unten.

„Kinder, ich möchte in Ruhe frühstücken!"

Ingrid Pflamminger schüttelte den Kopf, versuchte den Schlagabtausch der Töchter zu beenden - ohne Erfolg.

„Kerstin hackt jede Nacht mit der Taschenlampe heimlich unter der Bettdecke."

Sophie grinste breit und zeigte ihrer Schwester die Zunge.

„Tsss, Sophie fantasiert, hat Tagträume und wandelt bei Vollmond durch den Garten", konterte Kerstin, sah auf die Uhr und erschrak: „Ich muss los."

„Sophie, was bist du aber auch gehässig?", sagte ihre Mutter.

„Ich? Und Kerstin? Na ja, bestimmt spielen ihre Hormone verrückt und heute ganz besonders."

Sophie grinste ihren Vater vielsagend an.

„Sophie, was soll das?", sagte dieser streng.

„Papa, bist du blind! Kerstin ist verknallt, in den gestatten, mein Name ist Kramer!"

„Was?"

„Sie ist verschossen in deinen Praktikanten! Wozu donnert sie sich in letzter Zeit derart komisch auf? Lilafarbige Haarsträhne. Geschmacksverirrung hoch drei!"

„Sophie, was ist los mit dir? Muss ich mir ernsthafte Sorgen machen?", fragte ihr Vater mit vollem Mund.

Sophie rollte mit den Augen und dachte, wie kann ein Mensch so begriffsstutzig sein.

„Papa, springt dein Blaulicht immer noch nicht an?"

„Sophie bitte! Toni, was geht hier vor? Könntest du mich bitte mal ..."

Das Telefon läutete, Ingrid Pflamminger ging ran und vernahm Rebecca Reischls aufgeregte Stimme.

„Wir frühstücken noch", seufzte sie, „gibt es denn keine anderen Kommissare auf dem Revier?"

Der Hauptkommissar glaubte sich verhört zu haben. Tamara Broncovic habe es tatsächlich fertig gebracht wachhabende Beamte zu bezirzen. Vermutlich warf sie ihren gesamten erotischen Charme in die Waagschale und schwuppdiwupp weg war sie. Sie hatte es geschafft bis in den Flieger zu gelangen. Allerdings stellte sich der Pass der Last-Minute-Reisenden als Fälschung heraus. Als Broncovic sich einer genaueren Überprüfung widersetzte, mit der Handtasche um sich schlug, waren fünf Uniformierte nötig, um sie zu beruhigen. Wieso konnte diese durchgeknallte Frau firstclass buchen, dachten viele Passagiere, die die lautstarke Szene mit Unverständnis und Kopfschütteln beobachteten.

Tränenreich behauptete Broncovic ihre Großmutter sei gestorben und sie sei auf dem Weg zur Beerdigung. Die Polizisten glaubten ihr nicht und ließen den theatralischen Auftritt ins Leere laufen. Das habe ein Nachspiel, drohte Broncovic den Beamten. Sie werde sich bei der russischen Botschaft in Berlin beschweren. Zudem pflege sie gute Kontakte zu russischen Oligarchen und hochrangigen Politikern im Kreml. Broncovic befand sich bereits auf dem Weg zurück nach Regensburg. Hammerschmidt springe vor Wut im Dreieck. Er habe eine Dringlichkeitssitzung anberaumt.

56 Der Hauptkommissar hatte die engagierte Rechtsanwältin in Verdacht bei dem spontanen Kurztrip nach Moskau, der am Münchner Flughafen endete, direkt oder indirekt Patin gestanden zu sein. Beflügelt von der Gewissheit einer beinahe dreißigjährigen Berufserfahrung als Verhörspezialist und Menschenkenner, läutete er bei der Verteidigerin an. Ob sie denn schon wisse, dass ihr Vögelchen eine Reie ins Ausland geplant hatte. Pflammingers ironische Zwischentöne waren unmissverständlich. Lux tauchte hinter dem Bildschirm auf und versuchte ihren Chef mit Mimik und Gestik zu mäßigen. Dieser ignorierte den nonverbalen Appell. Entspannt lümmelte er auf dem ergonomischen Drehstuhl und grinste genüsslich.

„Ja, Sie haben richtig gehört, Frau Broncovic befindet sich auf dem Weg zurück in die Arrestzelle. Da gehört sie auch hin."

UND? Wo ist das Problem? Herr Hauptkommissar, jetzt hören Sie mir mal gut zu! Ihre typisch männliche Überheblichkeit können Sie sich in die Haare schmieren. Noch heute werde ich mit Frau Broncovic sprechen, wieso sie mich wegen der Beerdigung nicht informiert hat ...?

„Also doch eingeweiht? Und Sie nehmen ihr die Story ab? Falls Sie einen Kranz spenden möchten, Fleurop regelt das ..."

Werden sie nicht unverschämt ...!

„Ein gut gemeinter Rat meinerseits ..."

Wollen Sie mich belehren?

„Keineswegs, aber ihr Engagement Frau Broncovic betreffend ist vertane Zeit und obendrein Energieverschwendung", sagte der Hauptkommissar bestärkt durch langjährige Erfahrungswerte.

Unvorhersehbare Wendungen während laufender Ermittlungen lauerten ständig und überall, das wusste er nur zu gut. Selbst wenn Indizien, Beweise und Zeugenaussagen noch so erdrückend waren, konnte das mühsam zusammengetragene Puzzle plötzlich wie ein Kartenhaus einstürzen. Aber bei Tamara Broncovic war er sich ziemlich sicher, sie war in die Mordsache verwickelt, was die Pflichtverteidigerin aus einem völlig anderen Blickwinkel beurteilte. Dazu kam ihr Ehrgeiz die prekären Lebensumstände von Prostituierten zu verbessern. Ein unterstützungswürdiges Anliegen einerseits, andererseits stellte sie sich blind und taub, die aussichtslose Situation ihrer Mandantin realistisch einzuschätzen.

Jetzt hören Sie mir gut zu! Ihr unverschämtes, doppelbödiges Geschwafel muss ich mir nicht länger anhören! Und noch was, falls Sie ein brüchiges Selbstwertgefühl haben, gepaart mit einer niedrigen Frustrationstoleranz, sollten Sie einen anderen Job ausüben, einen der weniger an ihren Nerven zerrt. Guten Tag!

„Wie bitte?"

Knacksen in der Leitung. Dem Ermittler verschlug es die Sprache. Das hatte gesessen. Einen Moment lang starrte er aufs Telefon. Was bildete sich diese arrogante Zimtziege eigentlich ein, dachte er wütend. Und hoffte, dass Franziska Lux mit ihrem analytischen Röntgenblick und frauentypischem Gespür seine augenblicklichen Gedanken nicht erraten konnte. Er räusperte sich, pfiff leise eine Melodie und wandte sich den Protokollen zu, die es zu prüfen galt.

„Ist Marie-Lou heute schlecht drauf?", fragte Lux über den Bildschirm hinweg und vermutete, das Gespräch endete eins zu null für die Rechtsanwältin.

Er grinste, winkte ab, lehnte sich zurück, spielte mit seinem Drehstuhl mehrere Runden Karussell, stand auf, streckte sich ausgiebig, schließlich sagte er: „Die Broncovic tanzt ihr auf der Nase herum. Mich würde es nicht wundern, wenn die Taiga-Miezekatze demnächst am Arm von Hammerschmidtchen an unserem Büro vorbeistolziert und uns eine lange Nase zeigt."

„Wie hat sich Frau Dollner zu dem ‚Nacht-und-Nebel-First-Class-Flight' nach Osteuropa geäußert?" hakte Lux nach.

Er hob die Schultern, setzte sich, zog die Protokollblätter zu sich heran und nuschelte: „Sie wirkte ein wenig verschnupft."

Reischl klopfte an die Trennscheibe.

„Very important. Mister ‚oh Henry' ist in der Leitung."

„Hammerschmidt am Morgen bringt ... was reimt sich da drauf?"

Er seufzte und nahm den Hörer ab.

Staatsanwalt Hammerschmidt machte seiner Empörung Luft und wollte wissen, wie diese Hexe entwischen konnte. Der Chefermittler versuchte ihn zu besänftigen, aber der Anrufer ließ sich nicht unterbrechen, er redete im Stakkato ohne Luft zu holen. Welche wachhabenden Vollpfosten seien auf ihre Masche hereingefallen. Das ganze Land werde über diese Klamotte schallend lachen, polterte er weiter und war wohl mehr um seinen guten Ruf besorgt als um die zuständigen Kollegen im Gefängnistrakt.

Genervt bollerte Pflamminger dazwischen und beruhigte den ach so besorgten Staatsanwalt. Tamara Broncovic werde in Kürze in Regensburg eintreffen. Man werde der reisefreudigen Tamara sofort auf den Zahn fühlen. An komödiantischen Schlagzeilen war niemand interessiert, jedoch umso mehr an den Beweggründen einer Fernreise ohne vorherige Ankündigung und inkognito? Vor lauter Reisefieber hatte sie dem Kontrolleur auch noch einen anderen Namen genannt, was die Flughafenpolizei stutzig machte. Ihr Passfoto war etwas zu optimal bearbeitet. Dumm gelaufen. Eine weitere Untersuchung und ein Abgleich der Serienpassnummer bestätigte die Fälschung! Ehe sich die Beamten umsahen, war Broncovic verschwunden. Sie brachte es fertig ungesehen in die Kabine der Maschine zu gelangen, was sich als Sackgasse erwies.

Hm, hm, hm, sie ist und bleibt eine unberechenbare Person, ein durchtriebenes Luder, sagte Hammerschmidt wieder im dienstbeflissenen Sprechmodus, während in Pflammingers Kopfkino Bilder von Hohmbachers DVD hochfuhren: *Lustmolch Hammerschmidtchen im smarten Latexdress.*

Er musste sich beherrschen, um nicht am Telefon loszuprusten.

Herr Pflamminger, nach allem, was wir ermittelt haben, ist Tamara Broncovic längst fällig, sie muss sofort dem Haftrichter zugeführt werden. Es ist doch kristallklar, sie ist die Hauptverdächtige. Deswegen wollte sie sich vom Acker machen, eine Weile im hintersten Sibirien abwarten, bis Steppengras über die Sache gewachsen ist ..."

„Was *mein* Team und *ich* ermittelt haben, Herr Staatsanwalt“, korrigierte der Chefermittler den aufgeblasenen Heini und hätte am liebsten aufgelegt.

Ach was, wischte er den Einwand weg, *Fakt ist, die Broncovic gehört endlich vor Gericht gestellt und verurteilt.*

„Herr Hammerschmidt, mit Sicherheit ist Ihnen nicht entgangen, dass Broncovics Helfershelfer Ulanov, der als Todesschütze unter Verdacht steht, immer noch flüchtig ist. Und jetzt zählen Sie eins und eins zusammen. Von wem könnte Broncovic so schnell einen falschen Pass bekommen und wer könnte sie ruckzuck zum Flughafen gefahren haben?“

Was fragen Sie mich. Sie und ihr Superermittlerteam werden das so schnell wie möglich herausfinden und mir sofort berichten! Also, hurtig ans Werk! Guten Tag!

Aufgelegt.

„Arschloch! Der Peitschenheini im Lederriemendress wird sich noch wundern“, murmelte er vor sich hin.

Auf den Überwachungskameras am Flughafen München war neben Tamara Broncovic auch das Taxi samt Fahrer gut im Bild.

Autotyp: Mercedes. Kennzeichen: R – DZ 666. Der Taxifahrer, Mitte oder Ende zwanzig, kurzer, dunkler Bürstenhaarschnitt. Der junge, kräftige Mann wuchtete eine Reisetasche und einen großen Rollkoffer aus dem Heck. Broncovic eilte samt Gepäck aus dem Bild. Der Rest war bekannt.

Auftrag an Reischl und Kramer: Zulassungsstelle und Taxiunternehmen anrufen, den jungen Mann finden und ins Revier einbestellen.

Die Münchner Drogenfahnder ermittelten schnell, gründlich und mit Erfolg. In der kleinen Ortschaft Goldach zwischen Freising und Flughafen hatten die Kollegen einen Volltreffer gelandet.

Mirko Neshkova war im großen Stil als Drogendealer aktiv. Im Gartenhäuschen seines ahnungslosen Vermieters hatte er sich zur Tarnung eine kleine Fahrradreparaturwerkstatt eingerichtet. Ab und an reparierte er auch Räder von Nachbarskindern kostenlos. Im Kellerraum mit doppeltem Boden unter dem Holzhäuschen, spürten Suchhunde des LKAs ein gut gefülltes Vorratslager auf plus dreißigtausend Euro Bargeld. In gebrauchten Fahrradschläuchen transportierte und vertickte der gewiefte Mirko die heiße Ware ungehindert in alle Himmelsrichtungen. Darüber hinaus wurden im Versteck unter den Holzbodendielen drei große Werkzeugkästen voll mit namenlosen EU-Pässen entdeckt.

„Herr Pflamminger, ihr Team und die Kollegen in München, haben gut und effektiv gearbeitet. Neshkova ist ein klarer Fall für den Haftrichter", sagte Möller mit zufriedenem Gesichtsausdruck, als hätte er Neshkova auf frischer Tat ertappt, persönlich gestellt und in Handschellen ins Präsidium gebracht.

Er sah auf die Uhr, erhob sich und ging zur Tür. Der wöchentliche Jour fixe mit Polizeipräsident Kollberg und Stellvertreter Gackstetter startete in fünf Minuten.

„Für den Haftrichter in München?", fragte Kramer.

Möller blieb im Türrahmen stehen, drehte sich um und sagte: „Danke für den Hinweis Herr Kramer. Beinahe hätte ich ihn nach Gunzenhausen überstellen lassen."

Der Chef verdrehte die Augen und warf einen strengen Blick auf seinen Praktikanten.

„War nicht so gemeint", rief Kramer dem davoneilenden Kriminaloberrat hinterher.

„Schon verstanden Herr Junior-Assistent", erwiderte er im Weggehen mit einer beschwichtigenden Handbewegung.

„Lorenz, Lorenz. Das wird noch ein schlimmes Ende nehmen mit dir", rügte Reischl ihn kopfschüttelnd.

„Ach, der alte Herr hat doch Humor", erwiderte er, sah dabei auf sein Smartphone: *Kerstin: ... Rückruf!!!*

„Meine Rede. Manchmal ist Ihre Wortwahl etwas zu salopp. Übertreiben Sie es nicht! Also, noch mal", begann der Chef und schielte dabei unverhohlen auf Kramers Smartphone, konnte jedoch den Namen nicht lesen, „ihr beide ruft sofort die Zulassungsstelle und alle Taxiunternehmer, Taxizentralen an. Junger Mann mit Kurzhaarschnitt and the rest.“

Mit dem Kugelschreiber deutete er auf Kramer und Reischl.

„Chef, ich bin überzeugt, die Broncovic kannte den Taxifahrer“, sagte Kramer.

„Können Sie meine Gedanken lesen?“

„Vielleicht.“

„Lorenz, wollen Sie bei der Befragung hospitieren?“

„Cool! Sehr gerne. Rebecca auch?“

„Nein Danke. Ich sitze lieber mit Notizblock hinterm Monitor, mache eine Strichliste, wie viele vorschnelle Kommentare ein gewisser Herr K. von sich gibt“, sagte sie mit ernster Miene.

„Wie gemein von dir!“

Plötzlich beschallte Kramers Smartphone den ganzen Raum: *„Sexbomb, sexbomb. You're my sexbomb ...“*

Kramer wirbelte herum, griff nach dem Handy, schaltete es auf lautlos und drückte die Anruferin weg.

„Unverbesserlich“, sagte der Chef amüsiert.

„Typisch Mann“, sagte Lux und verdrehte die Augen.

„So, my very best team, you do the best and I try the rest. Franziska, Sie sind so nett und gehen die neuesten Berichte nochmals durch, die ich morgen unserem Freund Hammerschmidtchen auf den Tisch knalle ...“

„Wollten das nicht Sie erledigen?“

„Wie denn, wenn ich andauernd gestört werde, und außerdem muss ich dringend meine Überstunden reduzieren“, sagte er und räumte seinen Schreibtisch auf, was äußerst selten vorkam.

„Chef, was haben Sie vor?“, fragte Reischl und beobachtete, wie er Unterlagen in der Schublade verstaute und absperrte.

Ingrid und ich fahren nach München und genießen ‚*La Traviata*‘. Die Geburtstagsfeier musste ich wegen meiner Unentbehrlichkeit verschieben. So, alle Unklarheiten beseitigt.“

„Wow! Chef goes to the Opera im Smoking!“, bemerkte Reischl und grinste übers ganze Gesicht.

„Lederhose käme nicht gut an.“

„O là là, Monsieur Commissaire im Smoking! Très chic, très chic, ein Seeeelfie ...!“

„Meine liebe Rebecca, hundert pro nicht! Franziska, wenn's brennt, Sie haben meine Nummer.“

„Ein Selfie mit Elfi vor dem Orakel in Delphi“, sagte Kramer und schielte auf sein Display.

Leider musste er die ungeduldige Anruferin noch mal wegdrücken.

57

Hallo! Jemand Zuhause? Keiner da?“, rief Oma Pflamminger durch den Hausflur.

Würziger Lasagneduft wehte ihr um die Nase, aber von den Mädels keine Spur oder doch?

‚Who let the dogs out‘, dröhnte es plötzlich ohrenbetäubend vom Keller herauf. Oma erschrak, schüttelte den Kopf und wunderte sich stets aufs Neue, wie normale Menschen so einem unsäglichen Lärm auch noch etwas Positives abgewinnen konnten. Mit Musik hatte dieses unsägliche Gedröhne nichts zu tun. Sie stieg die Kellertreppe hinunter und beobachtete eine Weile ihre Enkeltöchter und deren Freunde, die sich inmitten der lauten Geräuschkulisse offensichtlich wohl fühlten. Die Abwesenheit der Eltern war für Sophie und Kerstin eine gute Gelegenheit, spontan mit Freunden ein wenig zu feiern. Wermutstropfen, Großmutter kam als Aufpasserin angeradelt. Gästeliste: Lorenz Kramer, Oliver Wurzelmeier, Klassenfreundinnen Lena und Grissi samt Boyfriends Nico und Lennard.

Sophie bemerkte die Großmutter als Erste, sprang auf, begrüßte sie und bat sie an den Tisch zu kommen. Sie winkte ab, verlangte die Musik auf Zimmerlautstärke zu stellen. Oliver bot ihr einen Platz an. Sie lehnte dankend ab. Sie bleibe lieber oben und genieße den ‘Tatort’.

Oma als Aufpasserin war nicht nach dem Geschmack der Gäste. Ein schneller Joint war unter den gegebenen Umständen undenkbar. Wie uncool, no joint tonight! Entsprechend gedämpft war die Stimmung. Der Abend plätscherte dahin. Alkoholfreies Bier, Billard, Dartspiel, Tanz bei gedimmtem Licht ...

Gegen halb zehn verabschiedeten sich Lena und Grissi mit ihren Begleitern. Ein Stündchen im Jugendtreff, was immer damit gemeint war, wäre noch drin, bevor sie Zuhause eincheckten. Oliver und Lorenz blieben, tranken noch ein Bierchen, plauderten über ihre Zukunftspläne. Oliver wolle die Welt bereisen, bevor er in der Firma seines Vaters einsteigen musste. Wenn das Kleingeld reiche, möchte er alle Kontinente besuchen. Lorenz fand das Praktikum bei Hauptkommissar Pflamminger obercool, dabei sah er lange in Kerstins glänzende Augen, was Oma nicht entging.

„Was schon so spät?", sagte Oma entschlossen.

Sie lächelte die Jungs an, verbunden mit der deutlichen Aufforderung: Abflug!

Die beiden bedankten sich für den netten Abend, verabschiedeten sich und nahmen es sportlich, ohne Schirm in die regennasse Nacht zu entschwinden.

„So, meine Lieben, ab ins Bett, husch, husch! Fast schon Geisterstunde", sagte Oma und klatschte in die Hände.

„Normalerweise dürfen wir länger aufbleiben", protestierte Sophie und fand es bescheuert so früh schlafen gehen zu müssen.

„Keine Widerrede!", sagte Oma streng, winkte den beiden hinterher, während sie den Haustürschlüssel zweimal umdrehte.

Sie kontrollierte Fenster und Terrassentür, dabei warf sie einen Blick in den nächtlichen Garten hinaus. Es schüttete aus Kübeln, der Regen prasselte ans Fenster.

Oma Resi bürstete ihre langen, grauen Haare noch mal kräftig durch, als sich die Türe einen Spalt öffnete. Sophie und Kerstin wünschten ihr eine gute Nacht und süße Träume.

Ein letztes Mal sah Oma in die regenschwarze Nacht hinaus und dachte bekümmert an die Opernbesucher, die hoffentlich bald gesund und munter zurückkehrten. Sie schlief unruhig, wälzte sich hin und her, nahm eine zweite Schlaftablette. Plötzlich bellte Nachbars Dackel laut und lange. Um diese Zeit? Oma ging ans Fenster. Der Starkregen wollte nicht enden. Bei Heffners brannte Licht im

Bad und im Schlafzimmer. Dackel Willi hatte sich wieder beruhigt. Sie schlüpfte unter die Decke und löschte die Nachttischlampe. Was für ein Mistwetter, ausgerechnet heute, dachte sie besorgt. Der Schlaf wollte sich nicht einstellen. Sie dachte an eine weitere Tablette, als ein laut klirrendes Geräusch sie halb zu Tode erschreckte.

Hatte sie geträumt? Einbrecher? Hatte Toni den Haustürschlüssel vergessen? Blödsinn! Schnell griff sie nach Morgenmantel und Pantoffeln, ging auf den hell erleuchteten Flur hinaus und wurde von den Enkelinnen bereits erwartet.

„Einbrecher?", flüsterte Sophie.

„Oma, alles okay? Ich rufe die Polizei an", sagte Kerstin und drückte Kramers gespeicherte Nummer.

Er war sofort dran. Keine Panik. In zehn Minuten sei er zusammen mit Oliver da. Am besten oben einsperren und nicht den Helden spielen.

Während Kerstin noch mit Lorenz telefonierte stieg Oma mit gemischten Gefühlen die Treppe hinunter, machte Licht, sah die zersplitterte Oberlichte über der Haustüre und stolperte beinahe über einen Stein, halb so groß wie ein Ziegelstein mit weißem Papier umwickelt. Sophie kam zögerlich hinterher.

„Oma nicht anfassen! Das ist ein wichtiges Beweisstück!"

„Jemand will uns etwas mitteilen", sagte sie und trennte das Papier vom Stein.

Kerstin hatte alle Lichter im und rund ums Haus angemacht. „Franziska ist mit Kollegen hierher unterwegs", sagte sie aufgewühlt, während sie die Treppe heruntereilte.

Es klopfte an der Haustüre. Alle drei zuckten zusammen.

„Wir sind's", rief Lorenz durch die zerbrochene Scheibe.

Lorenz und Oliver, beide bis auf die Haut durchnässt, kamen in den Flur geeilt. Sie beruhigten die vor Angst zitternden Mädels.

„Keine Sorge, wir haben alles im Griff", sagte Lorenz und nahm beide in den Arm.

Oma Resi gab ihm den Zettel. Er las die krakeligen vom Regen etwas zerlaufenen Sätze vor:

Plaming, wir wissen wo du und deine Haus wohnen! Wir stark und schnell

„Aha, daher weht der Wind", sagte Kramer und legte das Corpus Delicti auf der Flurkommode ab.

Ein heller Autoschein fiel durchs Flurfenster. Lux kam mit vier Kollegen angefahren.

„Keine Sorge, wir werden den oder die Steinewerfer finden", sagte Lux mitfühlend und legte ihren Arm um Resi Pflammingers Schulter.

„Wann ist die Opernvorstellung zu Ende?", fragte Kramer.

„Ingrid und Toni müssten jeden Moment kommen", antwortete Oma, dabei sah sie durch die offene Küchentür auf die Wanduhr.

„Wissen die beiden schon Bescheid?", erkundigte sich Lux.

„Lieber nicht. Womöglich rast Toni dann zu schnell über die regennassen Straßen?", sagte Oma mit sorgenvollem Gesicht.

Lux wandte sich ihren Kollegen zu und sagte: „Spurensuche bei Starkregen wird wenig bringen?"

„Sie sagen es, aber wir sehen trotzdem nach. Sollen wir auch bei den Nachbarn läuten, ob sie etwas Verdächtiges gesehen oder gehört haben?", fragte der junge, großgewachsene Elmar Roidl, der erst vor drei Wochen seinen Dienst in der Donaustadt angetreten hatte.

„Das nenne ich Einsatz, Kollegen", sagte Kramer zu den uniformierten Herren. „Oliver, wir kommen mit."

„Herr Roidl, morgen Vormittag fragen Sie in der Straße nach, ob jemandem etwas Verdächtiges aufgefallen ist", ordnete Lux an.

Plötzlich hörten sie von draußen her Stimmen. Nachbarn waren im Anmarsch. Kurt Heffner, Wolfgang Zausinger, Gunnar und Gerda Kreindl, alle im fortgeschrittenen Alter, kamen im Schlafmantel und Regenschirm durch die Haustüre geeilt, fragten aufgeregt, was denn um Himmelswillen passiert sei.

Ein anonymer Steinwerfer habe eine Scheibe zertrümmert. Keine Sorge, alles im grünen Bereich versicherte Lux. Die Nachbarn waren entsetzt, als sie die herumliegenden Glasscherben im Flur sahen. Leider hätten sie weder etwas gesehen noch gehört.

Sophie rannte an den Umstehenden vorbei hin zur Haustüre und rief: „Sie kommen."

Die ahnungslosen Opernbesucher fuhren durch das offene Gartentor und staunten nicht schlecht, als sie zwei Streifenwagen und ein hell erleuchtetes Haus vorfanden. Jemand habe einen Stein in den Flur geworfen, berichtete Sophie ihren Eltern aufgeregt. Franziska und Lorenz hätten sofort alle polizeilichen Sofortmaßnahmen eingeleitet, alles abgesichert und mega cool gemanagt. Sophie war sichtlich froh, dass ihre Eltern endlich wieder Zuhause waren.

Die besorgten Nachbarn gingen in ihre Häuser zurück und rätselten, wer hinter dieser Attacke stecken könnte.

Herzklopfend ging Toni Pflamminger in Begleitung seiner Frau durch alle Räume. Vielleicht war der Stein an der Vorderseite des Hauses nur ein Ablenkungsmanöver, um die hinteren Räume ungestört ausrauben zu können? Keine Unordnung, keine offenen Schranktüren oder Schubläden, nichts schien zu fehlen, aber der Schrecken war allen anzusehen.

„Chef, wenn Sie einverstanden sind, werden ab sofort zwei Beamte in Zivil in der Straße Wache schieben?", schlug Kramer vor.

„Gute Idee! Das wird wohl für einige Tage nötig sein."

„Oliver und ich machen natürlich auch mit", bot Kramer seine Dienste an.

„Coole Idee", sagte Sophie schüchtern.

„Jungs, euer Engagement in Ehren, aber mit zwei Kollegen in Zivil kommen wir zurecht", sagte Pflamminger seiner Assistentin zugewandt.

„Ich kümmere mich darum", sagte Lux nickend.

Der Hauptkommissar bedankte sich für den vorbildlich durchgeführten Einsatz bei Lux und den Kollegen.

Oma war Oliver und Lorenz unendlich dankbar, weil sie trotz des strömenden Regens sofort herbeigeeilt waren. Aus diesem

Grunde schlug sie vor, sie könnten gerne ein heißes Bad nehmen und die Nacht hier verbringen.

Die Polizeibeamten kamen von ihrem Rundgang durch den Garten zurück. Trotz Taschenlampe mit intensiver Strahlkraft konnten diese weder Fußspuren noch irgendetwas Verdächtiges entdecken.

„Vielleicht hatte der Steinwerfer auf eine Regennacht gewartet, um die Arbeit für die Spurensicherung so schwer wie möglich zu machen", vermutete Roidl.

„Da könnten Sie Recht haben. Trotzdem soll die Spurensicherung morgen früh das Ganze bei Tageslicht noch mal wiederholen", ordnete Hauptkommissar Smoking an.

„Morgen früh werde ich die Maßnahme mit Herrn Möller besprechen und koordinieren", sagte Lux.

Sie hielt den Plastikbeutel samt Stein und Drohbrief für alle sichtbar hoch, wünschte angenehme Nachtruhe und verließ mit dem Einsatzteam den Tatort.

Während Ingrid Pflamminger eine große Käseplatte zubereitete, verbarrikadierten die Männer die zerbrochene Scheibe mit einer Holzspannplatte.

An Schlaf dachte niemand mehr, stattdessen hatten alle ein großes Bedürfnis miteinander zu reden. Der Stein samt Papierfetzen hatte die beabsichtigte Wirkung nicht verfehlt, wie Kerstin und Sophie anzusehen war. Auch Oma schüttelte zwischendurch immer wieder den Kopf und dachte, das Ganze sei ein schlechter Scherz, ein Alptraum aus dem sie jeden Moment erwache.

„Ingrid, gibt's für mich auch ein Bier?"

„Jetzt noch?", sagte sie und rollte mit den Augen.

„Ich habe heute noch keinen einzigen Tropfen Alkohol getrunken."

Ingrid Pflamminger, schlank wie eine Tanne, seit gestern mit flottem Kurzhaarschnitt, erinnerte ihren Mann häufig daran mehr Sport zu treiben und weniger Fleisch zu konsumieren.

Um das leidige Thema gleich im Kern zu ersticken, wechselte Kerstin schnell das Thema und sagte: „Papa, Oliver war zwei Monate Praktikant bei Roger Gellhoff ...!"

„Der hat mich hochkant rausgeschmissen", fiel er Sophie ins Wort, „hm und jetzt ist er tot", schob er schnell hinterher.

Der Chef horchte auf.

„In welcher Abteilung haben sie in der PORTA Bank gearbeitet?"

„In der Chefetage. Ich war Gellhoffs persönlicher Sonder-Junior-Referent für Digitales. Einerseits zog er eine Schleimspur um mich herum, behauptete, er sei amused einen kompetenten Nerd an seiner Seite zu wissen. Andererseits, wenn er miese Laune hatte, musste ich mir eine Standpauke nach der anderen anhören. Obendrein nervte er mich mit endlosen Monologen. Manchmal kam ich mir wie sein persönlicher Psycho Mülleimer vor. Unter uns gesagt: Der Banker war mir ein Rätsel. Wenn ihm seine Abteilungsleiter ein von ihm kurzfristig angefordertes innovatives Optimierungskonzept vorlegten, das sie in nächtelangen Sitzungen ausgetüftelt hatten, riss er es vor aller Augen mit dem Arsch wieder ein und beschimpfte sie als die unfähigsten Volltrottel."

„Und warum sind Sie bei Gellhoff in Ungnade gefallen?", wollte Pflamminger wissen.

Oliver lachte laut, fasste die für Roger Gellhoff missglückte Wald-und-Wiesen-Story kurz zusammen, die er schon des Öfteren zum Besten gegeben hatte und jedes Mal Lachsalven auslöste. Der Big Boss hatte sich in den Kopf gesetzt, er müsse die lahmen Führungskräfte selbst coachen und sie auf seinen strammen Führungsstil einschwören. Frei nach dem Motto: Das globale Bankbusiness wird rauer und seine Führungskräfte müssten sich darauf einstellen, ob es ihnen passte oder nicht. Sich den globalen Herausforderungen stellen, lautete das Gebot der Stunde. Infolgedessen raus aus der Komfortzone, mitten hinein in den reißenden Fluss mit Stromschnellen und allen möglichen Hindernissen, die jeder schnell und effektiv zu meistern hatte.

Mit Olivers Hilfe bereitete Optimierer Gellhoff diesen bescheuerten Parkour mit verschiedenen Schwierigkeitsgraden vor. Wenn er nur daran denke, könne er sich wegschmeißen, wie er den Chef-Coach Gellhoff am Baum hängend entdeckte, zitternd vor Kälte.

Als er ihn mithilfe von Carmen Hierlhauser und Luise Haller aus der brenzligen Lage befreite, machte der Verletzte seinen Praktikanten für das Missgeschick verantwortlich.

Einen Tag später erhielt Oliver eine SMS: „Mit sofortiger Wirkung gefeuert! R.G.“

Alle hörten Oliver Wurzelmeier fassungslos zu. Der stadtbekannte und vom Bayerischen Bankenverband preisgekrönte Junior-Banker ein unbeherrschtes Rumpelstilzchen?

„Montags und freitags waren seine besten Tage“, berichtete Wurzelmeier weiter, „gegen neun brauste ein Pizzadienst an. Wie mir die beiden Chefsekretärinnen zuflüsterten, wurde in dem doppelbödigen Thermokarton auch noch etwas anderes mitgeliefert. Dreimal dürft ihr raten was?“

„Aufputschmittel “, sagte Kerstin.

„Korrekt. Manchmal erwartete er von mir Entertainment oder horchte mich neugierig aus. Frauen? Sexuelle Vorlieben? Um seinen dreisten Wissensdurst zu stoppen, erzählte ich ihm etwas über ‚the Generation Z‘, die sich blindwütigen Managern aller Couleur entgegenstellten. Die vergangene und gegenwärtige Ausbeutung und Zerstörung der Natur, die Folgen des Klimawandels müssten die nachfolgenden Generationen bitter bezahlen. Er grinste und sagte verächtlich, the Z-Generation-Movement sei öko-romantischer Schwachsinn. Damit war die Unterhaltung beendet. Er war ausgesprochen arrogant, zynisch, sprunghaft und unsicher. Das Letztere versuchte er oft mit einer verschwurbelten Wortwahl zu kaschieren und gleichzeitig gab er einem das Gefühl, nichts, aber überhaupt nichts zu kapieren. Ich glaube, er war Opfer seines krankhaften Ehrgeizes.“

„Und dann habt ihr euch in Cowboymanier duelliert“, sagte Kramer augenzwinkernd.

„Klaro, vor euch sitzt Gellhoffs Mörder. Herr Hauptkommissar, bitte werfen Sie mich in den Kerker.“

5 8 Voller Tatendrang und mit geballten Fäusten in den Hosentaschen schritt Staatsanwalt Hammerschmidt auf und ab. Heute oder nie dachte er ungeduldig und nahm einen erneuten Anlauf Oberkriminalrat Möller für sein Vorhaben zu gewinnen. Nämlich Hauptkommissar Pflamminger endlich den Fall zu entreißen.

„Herr Möller es ist nicht mehr zu verantworten, diese unsägliche Stümperei, verstehen Sie was ich meine?"

„Bitte, nehmen Sie doch erst mal Platz."

Hammerschmidt ging auf die Bitte nicht ein. Abrupt blieb er vor Möllers Schreibtisch stehen und sagte mit beschwörendem Blick: „Herr Oberkriminalrat, mal ehrlich, der Hauptkommissar, also der Hellste ist er ja nicht gerade ..."

„Herr Hammerschmidt, Beleidigungen dulde ich nicht! Haben wir uns verstanden?"

„Herr Möller aufwachen! Pflamminger samt seinem Dreamteam ermittelt mit angezogener Handbremse, im Schneckentempo."

„Hören Sie endlich auf Pflammingers Arbeit schlecht zu reden! Himmel noch mal!", fuhr Möller dem gehässig daherredenden Hammerschmidt energisch in die Parade.

Hammerschmidt schluckte, nahm die Zurechtweisung sportlich und dachte insgeheim, aufgeschoben ist nicht aufgehoben. Er holte einen Fetzen Papier aus seiner Arbeitsmappe und legte es auf den Tisch.

„Und was sagen Sie zu diesem hundsgemeinen, ordinären und obendrein gefährlichen Geschmier eines ... eines kriminellen Analphabeten?"

„Wollen Sie es uns nicht vorlesen? Guten Morgen, die Herren", grüßte Pflamminger freundlich.

Hammerschmidt fuhr schwungvoll herum und ging ihn scharf an: „Mit Ihnen habe ich ein Hühnchen zu rupfen!"

„Na dann rupfen Sie mal."

Der Hauptkommissar setzte sich entspannt an den Besprechungstisch.

Hammerschmidt nahm ebenfalls Platz und schob die schmuddelige Heftseite über den Tisch.

„Ich werde massiv bedroht!"

Pflamminger setzte die schmale Lesebrille auf und las vor: *Hammschmitter du sauwildhirschnbock von scheißndreckn hören uns zu!!! Tamara grosser Unschuuld!!! Du mussen sofort Tamara Freiheit geben oder deine Name mit Fotto in die Leterlochnstreifhosn gehen an alle von die Press!!! wir stark wir schnell!!! Deutsch Polizei faules schneck!! Wir nix warten, nix getuuld!!!*

Pflamminger steckte die Brille in die Seitentasche seines Jeanshemds und fragte: „Lederlochstreifenhosen? Klingt fantasievoll, ein Faschingskostüm?"

„Unsinn! Es gibt keine Fotos. Das hier ist ein übler Trick! Unterste Schublade! Und Ihnen ist hoffentlich klar, dass die Aufklärung dieses Schmierfetzens absolute Priorität hat!"

Hammerschmidts Nerven lagen blank. Pflamminger genoss es, er sagte: „Letzte Nacht flog bei mir ein Ziegelstein durchs Fenster mit ähnlich "freundlicher" Botschaft. Welche anonyme Drohung hat nun Priorität?" Schnell beugte sich Hammerschmidt nach vorne und sagte: „Herr Pflamminger entfernen sie ihren Bildschirmschoner und fahren Sie den Kompressor hoch …!"

Wütend schlug Möller mit der flachen Hand auf den Tisch: „Herr Hammerschmidt! Ich muss doch sehr bitten!"

Der Hauptkommissar lächelte gelassen, drehte sich langsam zum Wutbolzen Hammerschmidt, der kurz davor war an die Decke zu gehen. Seine Fingerkuppen trommelten nervös auf die Tischplatte. Auf was wartete er denn noch, dachte sich der Hauptkommissar, während sein Kopfkino automatisch ansprang und pikante Szenen des High-Class-Prostitutionshappenings heraufbeschwor. Happenings der besonderen Art, getarnt als vornehme Tea-Time-Party der gehobenen Gesellschaft. Analog dazu starrte ihm das sichtlich frustrierte Gesicht des Staatsanwalts entgegen. Der Hauptkommissar musste an sich halten, um sein Gegenüber nicht an Ort und Stelle mit Aufnahmen aus dem privaten Peitschenschwingerclub zu konfrontieren.

In sachlichem Ton sagte er: „Die Münchner Flughafenpolizei hat uns soeben interessantes Beweismaterial von Broncovic und ihrem Chauffeur zur Verfügung gestellt. Noch länger herumzusitzen bedeutet für mich Zeit- und Energieverschwendung. Herr Möller, ich empfehle mich und halte Sie auf dem Laufenden. Meine Herren, wünsche einen guten Tag.“

Er erhob sich und eilte zur Tür.

„Was geht hier ab? Herr Möller, so tun sie doch etwas!“, sagte Hammerschmidt brüskiert.

Wütend schoss er vom Stuhl hoch, sah zur Tür, dann zu Möller.

„Herr Kollege, ihre ständigen Störfeuer sind nicht hilfreich.“

Diesem geschwätzigen Wichtigtuer wünschte Möller manchmal eine Fahrt zum Mond ohne Rückfahrkarte.

„Wie bitte? Und wer kümmert sich jetzt um meinen brandgefährlichen Drohbrief? Und außerdem wollte ich mit Ihnen noch über eine wichtige, eine sehr wichtige Angelegenheit sprechen ...“

Möller sah auf seine Armbanduhr und sagte: „Tut mir leid, morgen vielleicht. Terminabsprache nur mit meiner Sekretärin.“

Staatsanwalt Hammerschmidt stand etwas verloren im Raum, sah abwartend zu Kriminaloberrat Möller, der sich Tee nachschenkte.

„Herr Hammerschmidt, Sie wissen genau, welches Referat für anonyme Drohbriefe zuständig ist. Auch ein Tässchen?“, fragte er freundlich mit einem Schuss Ironie in der Tonlage.

59 Rebecca Reischl klopfte aufgeregt an die Trennscheibe.
„Chef, megamäßige heiße Spur von Kommissar Zufall. Von einem anonymen Anrufer. Lorenz hat alles aufgezeichnet.“

Während Praktikant Kramer eine große Thermoskanne mit frisch aufgebrühtem Kaffee auf den Tisch stellte, straffte und dehnte der Chef die Schultern, grinste breit in die Runde und sagte: „Our best friend Hammerschmidtchen hat vergangene Nacht Post bekommen ohne Absender. Er ist außer sich, weil der Unbekannte mit der Veröffentlichung sehr spezieller Bilder droht, wenn er sich nicht sofort um Broncovics Freilassung bemüht. Die Spurensicherung hat sich der peinlichen Sache angenommen und durchleuchtet die zwei Schmierfetzen.“

„Na, da kann er mal eine Weile in eigener Sache ermitteln. Viel Erfolg Herr Staatsanwalt“, sagte Reischl amüsiert.

„Böse, böse Rebecca“, mahnte Kramer mit strenger Bassstimme.

Bevor Kramer seine News präsentierte, die mit Hilfe eines anonymen Anrufers den Weg ins Morddezernat fanden, schob Reischl schnell Roger Gellhoffs Kontostände dazwischen.

Aktueller Wasserstand: Vierhundertfünfzigtausend Mäuse waren in Aktienfonds angelegt. Auf ein weiteres gemeinsames Girokonto mit seiner Frau habe er monatlich sechstausend überwiesen. Eigenes Girokonto, Stand heute: Fünfzehntausend Euro und ein paar Zerquetschte. Für seine Tochter hatte er am Tag ihrer Geburt ein Sparkonto angelegt und monatlich fünfhundert Euro eingezahlt in Bar wohlgemerkt. Stand: Achtundvierzigtausend Euro. Woher das Geld kam, war nicht zu ermitteln. Auslandskonten innerhalb der EU oder in Steuervermeidungsländern? Fehlanzeige. Keine Steuerschulden, kein Kredit, keinen negativen SCHUFA-Eintrag oder Ähnliches.

Rebeccas spontaner Kommentar: „Perfekte Tarnung. Gellhoff überweist Haushaltsgeld, zahlt pünktlich die Steuern, legt für seine Tochter monatlich etwas zurück ...“

„Moment“, intervenierte Kramer, „die beiden Herrschaften leben doch getrennt und trotzdem überweist er ihr monatlich einen Batzen Geld? Wow!“

„Don't worry, Madam Gellhoff hebt zwischendurch kräftig ab“, sagte Reischl, „moderne Haushaltsführung oder wie auch immer.“

„Ich sage nur Bunkerstrategie!“, fiel ihr Kramer ins Wort und fuhr mit seinen neusten Rechercheergebnissen fort: „Also, die vorläufige Ausbeute von Gellhoffs privatem Laptop aus dem Arbeitszimmer bietet wenig Spektakuläres, unter ,Persönliches‘ ist folgendes eingescannt: Lebenslauf, Zeugnisse, Uniabschlüsse, mehrere Versicherungen wie Unfall, Hausrat, Rechtschutz, Haftpflicht,

Rechnungen, Steuererklärungen, mehrere Adressen von High-Class-Escort-Services, und Fotos von weißblonden Lifestyle-Schönheiten. Unzählige Mails an seine Frau, die wahrscheinlich in der Cloud verpufft sind. Nicht eine Rückmail von Verena Gellhoff. Mailverkehr mit seinem Stellvertreter Gschwendtner und Abteilungsleitern ohne verdächtige Inhalte. Bemerkenswert ist der Ehevertrag. Bei Scheidung hätte Roger Gellhoff sofort ausziehen müssen und monatlich wären zehntausend Euro an seine Ex fällig gewesen. Das Haus gehört Verena Gellhoff, finanziert von ihren Eltern. Einige Ordner wurden in der Nacht vor seinem Tod eliminiert. Die KTU versucht die Löschung rückgängig zu machen. Kann dauern, wie mir der Kollege Höllriegel versicherte. Auf seinem Handy versuchte Gellhoff beinahe Tag und Nacht seine Frau zu erreichen – no chance. Mehrere Anrufe mit Stellvertreter Gschwendtner, zwei Anrufe mit dem Chefsekretariat und spät abends wurde er viermal von Tamara Broncovic angerufen. Sein letzter Anruf kurz nach Mitternacht ging an Rechtsanwalt Oswald Polsterer. Ich habe heute versucht Herrn Polsterer zu erreichen, wollte den Grund des Mitternachtstelefonats in Erfahrung bringen. Antwort von seiner Sekretärin: Herr Polsterer sei nicht erreichbar. Krankenhausaufenthalt. Mit ein paar charmanten Worten habe ich ihr den Namen der Klinik entlockt ...“

Reischl grinste wissend, sah auf ihre Hüften und Oberschenkel. „Vielleicht lasse ich mich dort auch mal behandeln.“

„Jetzt macht es doch nicht so spannend“, sagte der Chef.

„Oswald Polsterer befindet sich in einer Spezialklinik bei einem bekannten Restaurator am schönen Bodensee“, sagte Kramer mit todernster Miene.

„Und was lässt man dort restaurieren?“

Pflamminger stellte sich unwissend und sah Reischl mit unschuldigen Augen an.

„Bei Rechtsanwalt Polsterer kommt meiner Einschätzung nach nur eine Sache in Frage. Fettabsaugen, was sonst?“, antwortete sie mit einem schiefen Grinsen.

Pflamminger schüttelte den Kopf, verkniff sich das Lachen, er sagte: „So so, kleiner operativer Eingriff. Okay. Gut. Dranbleiben. Sobald der abgesaugte Polsterer wieder in der Stadt ist, sofort einbestellen. Prima, gut gemacht, großes Lob an euch beide. Lorenz und jetzt zu der mega heißen Spur.“

„Yes Sir! Ein gewisser Dragan Zekkobodanovic hat die spontane Travel-Tamara zum Flughafen gefahren. Seinen Wohnort hat er in den vergangenen fünf Jahren viermal gewechselt. Kurzum, die Mitarbeiterin der Taxizentrale behauptete, sie wisse nicht, wo er sich zurzeit aufhielte, blablabla ... rufe gleich zurück, blablabla. Vermutlich wirbelten unsere Nachfragen hinter den Kulissen Staub auf. Vor fünfzehn Minuten kam folgender Anruf mit verstellter Stimme: Dragan Zekkobodanovic habe die Bordellchefin zum Flughafen gefahren. Seine Adresse: Sandgasse in der Konradsiedlung. Er arbeitet als Haustechniker im Donaueinkaufszentrum und verdient sich als Taxifahrer und Türsteher ein Zubrot. Man höre und staune, Türsteher im weltbekannten Taiga Club. Er hatte bereits mehrmals Kontakt mit der Polizei, Rebecca it's your turn.“

„Dragan Zekkobodanovic ist bereits zum wiederholten Male vorbestraft wegen Schlägereien und Alkoholschmuggel.“

„Rebecca schicken Sie drei Kollegen los. Den Chauffeur Dragan schauen wir uns aus der Nähe an. From face to face.“

60 Vor dem Eingang des Männerwohnheims bildete sich eine lange Warteschlange. Bei Regenwetter kam es schon mal zu Gedränge und Rempeleien. Jüngere Männer stießen ältere fast zu Boden, um selbst noch ein trockenes Plätzchen für die Nacht zu ergattern. Friedo Rahner ließ älteren und erschöpft aussehenden den Vortritt. Mit seinem Thermoschlafsack würde er im Wonnemonat Mai draußen auf der Platte nicht erfrieren. Eine trockene Nische auf einer Baustelle oder im Eingangsbereich eines Kaufhauses war immer eine Option. Seit Rahner aus geregelten Lebensverhältnissen herausgefallen war, ohne festen Wohnsitz, ohne Einkommen, ohne Ziel durchs Leben stromerte, fühlte er sich oft wie in einer Zwangsjacke des Schick-

sals, aus der es für ihn kein Entrinnen gab. Der verdammte Raucherhusten hatte sich verschlimmert und schwächte ihn täglich mehr. Friedo Rahner, Anfang dreißig, spindeldürr, weiß wie die Wand, fühlte sich hundeelend. Der letzte Arbeitgeber jagte ihn mitleidslos vom Baugerüst. Auslöser waren starke Brustschmerzen und Hustenanfälle. Rahner legte mehrere Zwangspausen ein, was den Baustellenleiter in Rage versetzte.

„He, Rahner, herkommen! Restlohn abholen!", schnaubte der kettenrauchende Chef.

Die Planvorgaben mussten termingerecht eingehalten werden. Aber das ginge nur mit gesunden und leistungsbereiten Mitarbeitern! Eine Baustelle war weder ein Freizeitheim noch die städtische Aufwärmstube.

Der ehrgeizige Kollege aus Slowenien hatte die Regeln des Turbo-Kapitalismus schnell gelernt, dachte Rahner, packte seine Habseligkeiten und verließ die staubige Baustelle. Und nun dieser verfluchte Dauerregen. Die anhaltende Feuchtigkeit war Gift für Rahner und vor allem für seine kaputte Lunge. Keine Frage, für die kommende Nacht wäre eine trockene Matratze und eine Decke fast wie ein Geschenk des Himmels. Morgen musste er sofort in der Keplerstraße aufschlagen und sich mit Medikamenten versorgen.

„Hey, was soll das?", sagte Rahner, als er von einem großgewachsenen Mann mit zerzausten Haaren auf den Fuß getreten und überholt wurde.

Der Rüpel zeigte ihm den Mittelfinger.

„Hinten anstellen!", sagte Rahner so laut, damit es andere hören konnten.

Drei Männer eilten Rahner zu Hilfe und stellten sich dem Drängler in den Weg.

Rahner hatte Glück. Mit einer schmalen Schaumstoffmatratze ließ er sich am Ende des Flurs im toten Eck nieder und gönnte sich eine Verschnaufpause. Die kleinsten Anstrengungen und Aufregungen setzten ihm mächtig zu, verursachten hörbare Qualen beim Atmen.

Bis vor einem halben Jahr hatte er in einem italienischen Restaurant als Geschirrspüler gearbeitet, wegen vieler Fehltage flog er raus.

Rahner kroch in den Schlafsack und aß Pizzareste. Schluckbeschwerden trieben ihm Tränen in die Augen und ausgerechnet heute würden die Schmerztabletten zu Ende gehen. Auf der Flurseite gegenüber hatte sich der Rempler von vorhin niedergelassen. Schnell schlüpfte dieser in den Schlafsack, legte die gefaltete Wolldecke unter den Kopf und schien mit niemandem in Kontakt treten zu wollen.

Rahner konnte nicht einschlafen. Vieles störte ihn. Das geräuschvolle Herumgesuche in Rucksäcken oder das hin und her Getrampel zu den Toiletten. Manche hatten sich viel zu erzählen und dachten nicht daran etwas leiser zu reden. Die vorgeschriebene spärliche Notbeleuchtung ließ den langen Flur gespenstisch erscheinen. Das Geraune und Gemurmel der müden und heimatlosen Männer wurde erträglicher. Rahner band sich ein dunkles Halstuch um die Augen, um wenigstens ein paar Stunden pennen zu können. Keine Chance. Düstere Gedanken schossen wie Gewehrsalven durch seinen Kopf, begleitet von Ohrensausen, die tagsüber vom Lärm der Straße übertönt wurden, ihm nachts jedoch den Schlaf raubten. Seine Eltern würden sich im Grab umdrehen, wenn sie wüssten, was aus ihrem einzigen Kind geworden war. Sie hatten ihr gesamtes Erspartes geopfert, damit der Sohn die Internationale Business Universität in Frankfurt besuchen konnte. Friedos Eltern wollten es nicht wahrhaben, dass er bereits als Teenager an depressiven Phasen litt. Ein Erbe von seiner oft kranken Mutter, die vor zehn Jahren an Krebs gestorben war. Friedos Vater, knapp dreißig Jahre älter als seine Frau, konnte den Tod seiner geliebten Dorothea nicht verwinden. Er zog sich in ein Altenheim zurück. Sein Lebensmut sank und sein Geist zerfiel zusehends. Die Außenwelt hatte er längst, wie seinen eigenen Sohn, ausgesperrt. Rahners Lebensgefährtin Ulla hatte vor drei Jahren die Flucht ergriffen, als seine unkontrollierten Wutausbrüche zunahmen und sich gegen jeden und alles richteten.

Oft suchte sie ihn stundenlang in verschiedenen Kneipen oder am Donauufer. Sturzbetrunken mit einer fast leeren Schnapsflasche in der Hand kam er meistens vor Sonnenaufgang in die Wohnung getorkelt. Er verstand nicht, warum sie so ein Theater um ihn machte. Wenn seine Tiefs abgeklungen waren, bedrängte er sie regelrecht ihn zu heiraten, eine Familie zu gründen. Ulla vertröstete ihn auf später. Für eine Familie fühlte sie sich noch zu jung. Familie bedeutete Verantwortung, Fürsorge, Vertrauen, Respekt, regelmäßiges Einkommen et cetera. Für ihre berechtigten Einwände zeigte er kein Verständnis. Im Gegenteil, oft rastete er aus, warf Geschirr durch die Wohnung. Die Freundin zog die Reißleine, verließ die gemeinsame Wohnung, für die sie über Jahre die Miete gestemmt hatte.

Laute Maschinengewehrsalven aus einem Handy holten ihn aus seinen wiederkehrenden zermürbenden Gedankenszenarios heraus. Der schnarchende Nachbar schoss hoch, griff nach seinem plärrenden Handy und wurstelte sich panisch aus dem Schlafsack. Dabei war seine Haarpracht nach hinten verrutscht.

Aha, der Rempler trägt Perücke, bemerkte Rahner. Der Telefonierende murmelte etwas Unverständliches und hastete Richtung Ausgang. Vor der Flurtür blieb er stehen.

„Der hat was auf dem Kerbholz", hörte Rahner eine reibeisenhafte Altmännerstimme zwei Meter hinter ihm sagen.

„Hi, ich bin Friedo", sagte er leise und spürte heftigen Druck in seiner Brust.

Hastig nahm er die letzten Tabletten auf einmal, würgte sie ohne Flüssigkeit hinunter einhergehend mit starken Schmerzen.

Der alte Mann reichte ihm seine Thermoskanne.

„Da ist Tee für zwei drin."

Rahner nahm das Angebot an, war gottfroh den Hustenanfall in Schach halten und die zischenden Atemgeräusche reduzieren zu können.

„Ich bin Walko", sagte der alte Mann mit Glatze, grauem Vollbart und einer auffallend breiten Zahnlücke.

Rahner genehmigte sich einen zweiten Becher Tee.

„Danke. Wo gibt es den hervorragenden Tee?“

„Vorne in der Küche.“

Rahner sah ihn an und sagte: „Walko, ein seltener Name?“

„Ganz einfach abgeleitet von Walter Kofling. Dich habe ich hier noch nie gesehen. Wo kommst du her?“

„Von weit her.“

Er grinste Walko an, hoffte der alte werde keine allzu lange Fragerei anstreben, das würde seinen entzündeten Rachen und seine kranke Lunge nur unnötig anstrengen und obendrein den verdammten Husten beflügeln.

„Die pampige Perücke kommt seit drei Tagen. Er telefoniert oft. Er weigerte sich sein Smartphone an der Pforte abzugeben. Er tat so, als würde er nichts verstehen. Der Diensthabende fühlte sich von ihm verarscht und warf ihn raus. Wenn du mich fragst, der hat es nicht nötig hier zu nächtigen.“

„Hm, so was geht gar nicht“, flüsterte Rahner und grübelte.

Warum trägt er eine Perücke? Hat er eine Glatze? Für junge Männer oft ein Problem. Mehr und mehr beschlich ihn das Gefühl, der Typ war ihm schon ein oder zweimal irgendwo begegnet.

„Vielleicht wird er polizeilich gesucht? Angeblich spricht er kein Wort Deutsch“, flüsterte Walko ahnungsvoll.

Rahner hörte seinem Nachbarn nur mit halbem Ohr zu, rieb an seinem schwarzen Kinnbart und überlegte. Der quadratische Schädel, die breite Nase, weißblonde Brauen und slawische Augenform. Irgendwo war ihm der Muskelprotz über den Weg gelaufen? In Gedanken ging er die Orte durch, in denen er sich in den letzten Wochen und Monate öfters aufgehalten hatte. Osthafen? Jahninsel? Bahnhofshalle? Bei Karel G? Bei der Tafel?

„Ich vermute der kommt aus Russland oder aus der Ukraine, Kasachstan oder Georgien? Mein Freund Ebbo hat heute ein Bett oben in der Bell-Etage ergattert. Der Typ lag gestern neben ihm und sein Gebrabbel hörte sich russisch an.“

„Ebbo?“

Wieder so eine grandiose Abkürzung, wunderte sich Rahner.

„Eberhard Bolzkamp. Ebbo klingt besser, oder?“

Er grinste und bot erneut Tee an.

„Danke!“

Dank der chemischen Keule ließen die Schmerzen im Hals und im Brustbereich ein wenig nach.

Die Perücke kam zurück, schlüpfte flink in den Schlafsack, drehte sich mit dem Gesicht zur Wand und ahnte nicht, was seine Nachbarn mit ihm vorhatten. Der Kommunikationsverweigerer schien einen gesunden Schlaf zu haben. Sich nicht vorzustellen, ein wenig auszutauschen, ging Walko gegen den Strich. Jetzt oder nie, dachte er. Geräuschlos schälte er sich aus seinem Stoffsarg, was seinen alten Knochen, jenseits der siebzig, ziemlich zu schaffen machte. In der Dunkelheit machte er absichtlich einen Schritt zu weit nach links und stolperte über Ulanov. Wie ein Pfeil schoss dieser hoch, knurrte Walko Unverständliches hinterher. Was für ein Pech aber auch, seine mobile Kopfpracht hatte sich am Rucksack verhakt, dachte Walko.

Die Straßenlaterne direkt vor dem Fenster warf schummrige Lichtstrahlen in den Flur und auf den perückenlosen Kopf. Zusätzlich knipste Rahner seine Taschenlampe an und leuchtete dem zornigen Mann ins Gesicht. Kein Zweifel, er war es. Die Perücke diente als Tarnung. Rahner verstaute die Lampe, entschuldigte sich gestenreich für Walkos Ungeschicktheit, der am anderen Ende des Flures zu den Toiletten abbog. Gereizt und hektisch sah Ulanov in alle Richtungen, setzte die Perücke auf, rückte sie zurecht und lehnte sich gegen die Wand. Rahner hatte seinen Reißverschluss bis unters Kinn gezogen, stellte sich schlafend. In Wirklichkeit beobachtete er genüsslich den nervösen Oleg Ulanov, der europaweit zur Fahndung ausgeschrieben war, gekoppelt mit einer hohen Belohnung. Sollte er die Polizei sofort anrufen oder erst morgen früh?

Walko kam zurück. Als er an Ulanov vorbeigehen wollte, packte ihn dieser grob am Arm und sagte: „Nie wieder machen! Dummes Mann! Gehen zurück in dein Sack von die Lausen!“

Walko befreite sich von Ulanovs Klammergriff und sagte: „Ganz ruhig mein Freund, ganz ruhig. Willst du wieder rausfliegen?"

Die restliche Nacht verlief ruhig, aber Rahner war wie so oft um den Schlaf gebracht. Seit Jahren war er nun schon auf der Platte, hatte es notgedrungen verinnerlicht, ständig im Standby-Modus zu schlafen, nicht zu sorglos zu sein neben schnarchenden Leidensgenossen im Obdachlosenheim oder unter einer Brücke. Ulanov lag etwa fünf Meter von ihm entfernt. Rahner müsste nur vor zur Pforte gehen und den Dienstleiter der Nachtschicht informieren.

61 Sieben Jahre vor der Jahrtausendwende kam der damals zweijährige Dragan Zekkobodanovic mit Eltern, Großeltern und Tante nach Regensburg. Die Familie war heilfroh den schrecklichen Bürgerkriegswirren im zerfallenden Jugoslawien entkommen zu sein. Nach zehn Jahren in Deutschland ließen sich Dragans Eltern scheiden. Seine Mutter und deren jüngere Schwester, Musliminnen, gingen nach Kroatien zurück, Dragan blieb bei Vater und Großeltern. Seine Mutter vermisste er Tag und Nacht. Plötzlich war sie die böse, faule moslemische Schlampe. Ethnische Konflikte innerhalb der Familie konnte Dragan nicht verstehen. Niemand sprach mit ihm über seine Ängste und Ohnmacht. Er war oft krank, schwänzte heimlich die Schule, wiederholte den Hauptschulabschluss, begann eine Ausbildung als Elektrotechniker, brach die Lehre nach drei Monaten ab. Nach einem halben Jahr zuhause vor der Playstation, startete er eine Ausbildung zum Automechaniker. Mit Unterstützung des Vaters und Extrataschengeld von den Großeltern schaffte er die Gesellenprüfung. Nach bestandener Prüfung finanzierte ihm sein Vater ein gebrauchtes Motorrad, mit dem er bei Nacht und Nebel Richtung Süden zu seiner Mutter fuhr und blieb. Nach mehreren Monaten des Herumlungerns warf sie ihn aus der Wohnung. Wieder in Regensburg jobbte er als Kellner, Hilfskoch, ab und an begleitete er Autoüberführungen nach Istanbul. Danach wollte er Berufssoldat werden. Hartnäckige großflächige Hautausschläge an Händen, Beinen und Füßen führten nach sechs Monaten zum ärztlich verordneten Zapfenstreich.

Ein Sozialpädagoge des Jugendtreffs riet Drago Zekkobodanovic zu einer Gesprächstherapie. Seiner Einschätzung nach war Drago ein typischer „Systemsprenger" mit hohen materiellen Ansprüchen. Das nötige Geld für teure Klamotten, schnelle Autos oder Motorräder müssten andere für ihn erbringen. Jeder Mensch dürfe sich mal eine Auszeit nehmen, antriebslos sein oder durchlebe Krisen, das gehöre nun mal zum Leben. Drago war jung und talentiert mit schlummernden Potentialen. Sogar das Abitur auf dem zweiten Bildungsweg wäre eine Option, ermunterte ihn der Jugendgruppenleiter.

Dragan Zekkobodanovic grinste breit, klappte das Schweizer Messer zusammen, mit dem er während des Gesprächs seelenruhig seine Nägel gereinigt hatte, stand auf, zeigte dem Ratgeber den Mittelfinger und sagte: „Zweiter Bildungsweg? Ey, eine lahme Veranstaltung! Ich bin keine Intelligenzbestie. Ich steh' auf Entschleunigung, kapiert? Bleib locker Alter. Dein unnützes Geschwafel kannst du ins Klo kotzen, okay? Pass auf, du Schnell-Checker! Karriere? Logisch any time, aber von der Reality hast *du* null Ahnung, du rosarotbebrillter Sozpädworker!"

Dragan Zekkobodanovic versprühte durchdringenden Räucherstäbchenduft, Marke Sandelholz, das den Ermittlern um die Nase wehte.

„Herr Zekkobodanovic, Ihre Coolness beeindruckt vielleicht ihre Clique, aber hier funktioniert das nicht. So und jetzt reden wir Klartext! Sie hatten schon mehrere Male unfreiwilligen Kontakt mit der Polizei?"

Pflamminger beobachtete den jungen Mann, der mit entspannt mahlendem Kiefer und geistesabwesendem Blick lässig auf dem Stuhl lümmelte. Der an Nase und Ohren mit kleinen silberschimmernden Ringen zugetackerte Bodybuilder-Typ mit Teneriffabräune schien nichts aus der Ruhe zu bringen. Seinen breiten Kopf zierte eine Undercut-Frisur (Kim Jong-un nicht unähnlich). Um den Hals schlängelten sich bunte tätowierte Drachen. Über dem weißen T-Shirt mit der Aufschrift, *fuck you*, trug er eine schwarze Bomberjacke. Mit gespielter Selbstsicherheit ließ er seinen Blick desinteressiert durch den Vernehmungsraum wandern und blieb demonstrativ über den Köpfen der Ermittler an einem imaginären Punkt hängen. Der junge Mann fühlte sich zu Unrecht vorgeladen. Nichtsdestotrotz, diese Art von Befragung war ihm nicht fremd. Wenn er mal wieder keinen guten Lauf hatte, kreuzte schon mal die Polizei seinen Weg. So what! Von den Bullen werde er sich weder einschüchtern noch ausbremsen lassen. Also, Hirn hochfahren, schweigen und warten bis sich ein geneigter Anwalt der Sache annahm und schon wäre der Käse gegessen. Die deutsche Rechtsprechung hatte ein Herz für Heranwachsende, für Kriminelle light. Seine schwierige Kindheit, sein zerrüttetes Elternhaus, seine Flucht aus dem brennenden Jugoslawien hatte schon so manchen Richter milde gestimmt und ihn mit Ermahnungen und einer läppischen Bewährungsstrafe nach Hause geschickt.

Franziska Lux schlug die Mappe mit dem Vorstrafenregister auf und begann zu lesen: „Fünf angezettelte Schlägereien in Discos und Jugendtreffs mit jeweils zweiwöchigem Strafarrest und vier Wochen Sozialarbeit im Altenheim. Drei Diebstähle mit einem Warenwert von dreitausend Euro in zwei Regensburger Kaufhäusern. Alkoholschmuggel von Ljubljana nach Regensburg. Sechs Wochen Freiheitsentzug plus neun Monate auf Bewährung. Seit knapp drei Jahren arbeiten Sie als Haustechniker im Donaueinkaufszentrum. Und seit gut einem Jahr haben Sie einen Zweitjob als Taxifahrer, seit vier Monaten sind sie auch als Türsteher im Taiga Club tätig.“

Mit einem schrägen Grinsen beugte sich der junge Mann über den Tisch, sah selbstsicher auf Franziska Lux und ließ eine Blase seines Kaugummis platzen.

„Okay, war eine krasse Zeit. Manchmal vercheckt, na und? Ey, was soll dieser aufgewärmte Bioeintopf? Hast du nie Scheiße gebaut?“

„Wir duzen uns nicht“, sagte Lux streng.

Zekkobodanovic lehnte sich entspannt zurück, grinste breit und sagte augenzwinkernd: „Okay, okay, im Taiga Club war ich nur kurz. Die zahlen grottenschlecht. Ey, nichts für mich. Noch Fragen?“

„Bis vor drei Wochen haben Sie für Frau Broncovic gearbeitet. Wegen hoher Lohnforderungen hat sie Ihnen gekündigt. Und trotzdem ließ sie sich ausgerechnet von Ihnen zum Flughafen fahren. Wie viel hat Sie Ihnen bezahlt?“, fragte Pflamminger nachdrücklich.

Er verschränkte die Arme und schwieg, schnaufte schwer, schließlich sagte er: „Meine Anwesenheit hier, ey Zeitverschwendung.“

„Stellen Sie sich doch nicht dümmer ... Schluss jetzt mit dem Dauergrinsen. Beantworten Sie meine Frage!“, forderte der Hauptkommissar den jungen Mann mit mehr Schärfe in der Stimme auf.

Zekkobodanovic kaute geräuschvoll auf einem Kaugummi, starrte gegen die Decke, er schien nachzudenken oder gehörte es zu seiner speziellen Performance?

„Hallo! Nicht einschlafen!“, sagte Pflamminger ungeduldig und klopfte mit den Fingerknöcheln auf den Tisch.

Wieder atmete er schwer, streckte die Cowboystiefel weit unter den Tisch und sagte lässig: „Und wenn Sie mich mit Daumenschrauben bearbeiten ... ey, was soll die Fragerei? Ich kenne diese ... diese Tamara Bronsda ... dingsda nicht.“

Mit seinen dunklen Augen taxierte er Franziska Lux unverhohlen von oben bis unten.

Die Ermittler tauschten kurze Blicke. Sie wussten, er spielte auf Zeit, gab sich ahnungslos, aber die Überwachungstechnik am Airport präsentierte den eindeutigen Beweis.

„Sie haben Frau Broncovic zum Flughafen gefahren. Die Kamera hat alles aufgezeichnet? Lügen ist zwecklos.“

Lux drehte den Laptop um, drückte auf Start und ließ den Beweis ablaufen.

Unbeeindruckt beugte Dragan sich nach vorne, kniff die Augen zusammen, faltete die Hände zum Gebet, ließ die Fingerknochen krachen und sagte mit kumpelhafter Großzügigkeit, als sei er der verständnisvolle Chef, der bis jetzt geduldig zuhörte und ab sofort die Gesprächsführung übernahm: „Herr Oberkommissar. Jetzt passen Sie mal auf und hören *mir* gut zu ...“

„Herr Zekkobodanovic, wir stellen hier die Fragen“, sagte Pflamminger laut und bestimmt, „und auf dem Film sind Sie und Beifahrerin Broncovic, ebenso das Kennzeichen ihres Autos deutlich zu erkennen!“

Zekkobodanovic ließ ihn warten, kratzte sich hinterm Ohr, sah auf seine Armbanduhr, begann plötzlich mit halbkreisförmigen Kopfbewegungen langsam nach links, dann nach rechts und sagte: „Aaaaah, mein Nackenwirbel spielt mal wieder verrückt.“

Pflamminger ging auf die Ablenkungsspielchen nicht ein.

„Für den Haftrichter ist dieser Beweis eindeutig genug, um Sie hinter Schloss und Riegel zu bringen.“

„Hey, Commissario, wollen Sie mich dissen?“

„Dissen was? Geht's auch konkreter?“, sagte Pflamminger und sah zu seiner Assistentin.

„Unwichtig“, sagte Lux und winkte ab.

Zekkobodanovic grinste Lux breit an und fuhr in lässiger Sprechweise fort: „Ey, was ich sagen wollte, klaro, auch Kameras können verzerrte Kreaturen produzieren. Viele von diesen komischen Kameras, ey Billigware, eingerostete Teile aus Nordkorea, Bildwiedergabe verschwommen und komplett verpeilt, sorry just for nothing. Wie oft habe ich das schon ...“

„Zu viele Krimis gesehen, wie?“, ging Pflamminger dazwischen und musste sich das Lachen verkneifen.

Dragan versuchte mit seinem lässigen Sprachjargon besonders selbstbewusst zu wirken.

„Cooler Joke, ey“, sagte er und grinste Lux an.

„Schluss jetzt mit der Komödie! Zum letzten Mal, ich rate Ihnen mit uns zu kooperieren! Zur Erinnerung: Wir ermitteln in einem Mordfall.“

„Wow! Ich bin echt geflasht, ey.“

„Mehr Respekt junger Mann, wenn ich bitten darf.“

„Krass! A real problem. Hat jetzt mit mir rein gar nichts zu tun.

Ey, ich glaube, eure Wahrnehmung ist komplett verpixelt. Ich schwöre bei meiner Großmutter! Nein, sorry, ich muss los. I'm off! Wünsche bei der Mörderjagd viel Erfolg, ehrlich", sagte er mit Blick auf Lux' Busen gerichtet.

„Suchen Sie was Bestimmtes?", sagte sie laut und schüttelte den Kopf.

„Logisch ... Bullshit! Sorry, ich kenne keinen Mörder. Meine Kumpel sind alle clean und okay. Ich lege für alle die Hand *nicht* ins Feuer!"

Belustigt über sich selbst klatschte er mit den Händen auf die Oberschenkel und erhob sich: „So Herrschaften, Ende der Vorstellung. Ich muss los. Very important date ...!"

„Setzen! Besitzen Sie eine Waffe?", fragte Pflamminger.

Zekkobodanovic drehte sich langsam um und sagte: „Ey, die deutsche Armee hat mich nach sechs Monaten rausgeschmissen. Ich kann nicht schießen. Mein Messer hat mir der Kollege vorhin abgenommen. Möchte ich wieder zurückhaben. Geht klar, oder?"

„Besitzen Sie eine Schusswaffe, ja oder nein?", wiederholte sich der Chefermittler unmissverständlich.

„Nein! Ey, ich schwöre jeden Eid. Frau Lux kann meine Wohnung durchsuchen ... aufräumen und Fenster putzen."

Der junge Mann lachte laut und lang, als hätte er einen Witz zum Besten gegeben.

Der Chef wusste nicht warum, aber er nahm es ihm ab, keine Pistole zu besitzen.

„Fakt ist, Sie wurden am Flughafen zusammen mit Tamara Broncovic von einer Ü-Kamera aufgezeichnet. Kurze Zeit später wurde ihre Begleiterin verhaftet. Hinsetzen!"

Zekkobodanovic ließ sich auf den Stuhl fallen und sagte gleichgültig: „Pfff, ein Doppelgänger, why not?"

Er glotzte über den Tisch, blieb mit seinen Augen und zusammengewachsenen buschigen Brauen wieder am Busen der Assistentin hängen.

„Hallo, schauen Sie zur Abwechslung in meine schönen Augen und sperren Sie die Ohren auf!"

Drago lehnte sich zurück, vergrub die Hände in den Hosentaschen, kniff die Augen zusammen und sagte: Ey, Kommissar, nur weil ich ein bildungsferner Typ bin, willst du, wollen Sie mir was an die Arschbacke kleben. So läuft das nicht!

„Nicht unverschämt werden", sagte Pflamminger deutlich.

Die Ermittler beschlich das Gefühl, Mister Coolness zeige plötzlich Betroffenheit oder gehörte es zu der bühnenreifen Verteidigungsstrategie?

Kramer wechselte mehrmals die Sitzstellung und Blicke mit Lux. Die Befragung fand er hochspannend. Nur zu gerne hätte er dem unverfrorenen Dragan auf den Zahn gefühlt, aber als Hospitant durfte er weder Fragen stellen noch Kommentare beisteuern.

„Ey, Sie haben doch alle Hightech-Tools der Welt, um Fotos so zu verchecken, dass ich genau in euer beschissenes Täterprofil passe. No chance for you!", sagte er in beleidigtem Tonfall.

Er holte sich ein weiteres Kaugummi aus der Jackentasche und schob es schnell zwischen die Zähne.

„Noch so eine unqualifizierte Äußerung und Sie bleiben so lange in Untersuchungshaft, bis Sie uns die ganze Wahrheit auf den Tisch legen. Also, wer hat Sie beauftragt Frau Broncovic zum Flughafen zu bringen? Oleg Ulanov?"

„Häää? Oleg wer? Eine Comicfigur?"

„Mehrere Zeugen haben Sie mit Oleg Ulanov und Mirko Neshkova sowohl im Taiga Club als auch bei Karel G gesehen, und zwar über Jahre hinweg und Sie wollen uns weismachen, die beiden nicht zu kennen?"

Zekkobodanovic mahlte genüsslich auf dem Kaugummi, beugte sich nach vorne weit über den Tisch und sagte: „Mister Commander, ich kenne diese Typen nicht! Was Sie mir alles andichten wollen? Echt cool, ich bin speechless, ey, verarschen kann ich mich selbst."

Er lehnte sich wieder zurück, spielte geräuschvoll mit dem Silberpapier, sah mit überlegenem Grinsen am Hauptkommissar vorbei und landete augenzwinkernd bei Franziska Lux.

Pflamminger spürte, der junge Mann verstecke sich hinter einer hemdsärmeligen Selbstsicherheit. Alle Beweise sprachen gegen den Dauergrinser. Trotzdem hatte er die Chuzpe alles an sich abperlen zu lassen.

„Also, ich möchte ja nicht die ganze Nacht hier mit euch … außer …“, unterbrach er sich selbst und strahlte Franziska Lux an.

„Außer?“, fragte Pflamminger ungeduldig.

„Ich möchte endlich den Boxenstopp in der Bullenstation beenden. Geht klar Chef, oder?“

Pflamminger sah kurz zu Kramer. Es war ihm anzumerken, die Situation des stillen Beisitzers behagte ihm so gar nicht. Nothing to do, very boring.

Der Kommissar wandte sich wieder an Dragan Zekkobodanovic, der immer öfter auf seine Armbanduhr schielte. Er holte eine halb zerknüllte Packung Zigaretten aus der Hosentasche und steckte sich demonstrativ einen Glimmstängel zwischen die Zähne.

„He Azubi, einen Ascher“, forderte er Kramer auf.

„Hier wird nicht geraucht!“, sagte Pflamminger streng.

Zekkobodanovic suchte in der Jacke nach einem Feuerzeug.

„Ich bin süchtig.“

„Und schwerhörig?“

„Ey, warum so uncool?“

„Brandschutz!“

Er rollte mit den Augen und ließ die Zigaretten in die Seitentasche verschwinden.

„Ey, ich kack’ gerade so was von ab. Wie wäre es mit einem Fairtrade Coffee XXL to go?“

Er lächelte Lux an, zwinkerte ihr zu und sagte: „Der Statist dort in der Ecke könnte mir einen Becher …“

Kramer musste sich am Riemen reißen, um Zekkobodanovic nicht gehörig über den Mund zu fahren. Lux signalisierte Kramer mit Blicken: Auf gar keinen Fall.

„Herr Kramer wird nichts holen. Weiter im Text, wir hören?“, sagte der Chef und klopfte mit dem Kugelschreiber auf die Tischplatte.

Zekkobodanovic kratzte sich am halb kahlgeschorenen Hinterkopf, seufzte und sagte schließlich: „Bad Service, ey, das ist sowas von anti. Okay, no coffee. So Leute, muss dringend weg ... eine Leberkässemmel chillen ...“

„Nicht ablenken! Weiter! Klartext junger Mann!“

„Also ... Franziska, wo waren wir?“, grinste er Kaugummi kauend.

„Weiter!“, spornte Pflamminger den nach Ausflüchten suchenden an und schlug mit der flachen Hand auf den Tisch.

„Schon gut, schon gut, also Oleg, den kenne ich echt nur so was von flüchtig ... pfff, zufällig habe ich von ihm gehört, no Garantie. Okay, hohes Gericht also ...“, er kicherte vor sich hin.

Pflamminger schlug mit der Faust auf den Tisch und schrie: „Sie wissen wo Ulanov sich versteckt! So reden Sie endlich!“

„Okay, okay, don’t panic ... angeblich besucht er gerade seine Mutter. Mehr weiß ich nicht. Kann ich jetzt gehen?“

„Genaue Adresse? Telefonnummer?“, fragte Lux.

„Ey! Franziska, Süße, ich bin gerade so was von vercheckt, keine Ahnung“, er lachte laut und lange.

Dabei fiel sein ausgelutschtes Kaugummi auf die Tischplatte, welches er schnell in der Hosentasche verschwinden ließ und gegen ein neues tauschte.

„Die Adresse!“, wiederholte Lux und musste sich das Lachen verkneifen.

„Franziska, kennst du, sorry, kennen Sie das scheiß Lied, ‚*Russland ist ein schönes Land, ho, ho, ho, ho*‘, irgendwo im wilden Osten. Im tiefsten, hintersten Sibirien glaube ich. Ja, könnte hinkommen. Mehr weiß ich nicht. Eure russischen Pelzmützenkollegen hinter hohen Schneewehen, Tag und Nacht einen Wodka-Flachmann griffbereit ...“

„Genaue Adresse, Ort? Straße?“, fiel ihm Lux kantig ins Wort.

Sie wechselte einen kurzen Blick mit ihrem Chef. Beide wunderten sich über das Verhalten des jungen Mannes. Typ: Harter Brocken.

„Stadt, Land, Fluss am schönen Wolgastrand ist das große Putinland, ha, ha, ha, ha, ey keine Ahnung, Null, Nullinger, tutti kompletti nothing.“

Pflamminger unterdrückte seine Wut und sagte: „Wo genau hält sich Ulanov auf? So reden Sie schon!“

„Echt jetzt, was unterstellen Sie mir, Herr Feldwebel von der Reservearmee.“ Er grinste.

Pflamminger ignorierte die freche Wortwahl und sagte: „Es kommt beim Richter gut an, wenn Sie mit uns zusammenarbeiten ...“

„Ey, Ihr wollt mich aufs Glatteis führen? No Change! Drago checkt schnell, Drago checkt alles!“, wies er Pflammingers Angebot frostig zurück.

Pflamminger wechselte schnelle Blicke mit Lux und Kramer und sagte kopfschüttelnd: „Zeitverschwendung.“

Der Hauptkommissar erhob sich, bat den Beamten, der neben der Tür stand, Mister Coolness in eine Arrestzelle zu bringen. Dort könne er in Ruhe überlegen, ob es nicht besser wäre zu kooperieren.

„Hey, was geht ab?“, protestierte er lautstark.

„Morgen sehen wir uns wieder!“

„Ey, echt! Ich glaub’ mein Holzwurm jodelt oder was?“, sagte er plötzlich dünnhäutig.

„Wollen Sie mit uns wie ein Erwachsener reden oder ...?“, fragte Pflamminger in neutralem Ton.

„Ich ... ich möchte sofort einen Anwalt sprechen und zwar auf der Stelle. Diese Lokation hier geht mir so was von auf den Sack! Voll krass! Was soll das? Vom Donnerbalken voll in die Scheiße oder wie?“

Er gebärdete sich wie ein beleidigter Teenager, dem man sein Smartphone weggenommen hatte. Ein zweiter Beamter kam hinzu, um den Renitenten in die Zelle zu begleiten.

An der Tür wurden sie von Reischl beinahe umgerannt. Wie eine frische Meeresbrise gepaart mit Chanel Nr. 5 kam sie in den ungelüfteten Raum gewirbelt und rümpfte die Nase.

„Sandelholz in Hochpotenz, extremer Achselschweiß plus ranziger Moschusduft? Die Betonung liegt auf ranzig! Bei diesem Mix dreht es mir den Magen um."

Sie hielt sich die Nase zu und überreichte dem Chef die Telefonnotiz.

„Gerade brühheiß reingekommen."

Reischl wartete auf Pflammingers Reaktion.

Ein anonymer Anrufer behauptete Oleg Ulanov nächtige im Männerheim der Caritas. Die zur Fahndung ausgeschriebene Person tarne sich mit Perücke und zerschlissener Kleidung. Wegen der lauten Hintergrundgeräusche kam der Anruf vermutlich von einem Münztelefon in der Bahnhofshalle. Vermutlich übernachte er nur bei schlechtem Wetter dort. Ansonsten ziehe er wohl die freie Natur auf der Jahninsel vor. Seinen Namen wollte der Anrufer nicht preisgeben.

Der Chef klatschte in die Hände und rief: „Lagebesprechung. Und wo ist meine Leberkässemmel? Besser wären zwei."

„Lorenz ist schon unterwegs. Wie hat er sich denn geschlagen?", fragte Reischl neugierig, während sie die Kaffeemaschine mit Wasser füllte.

„Wer?"

„Verhör-Hospitant Lorenz?"

Pflamminger und Lux tauschten zufriedene Blicke aus.

Nach einigen Rumpfdrehungen und Dehnungen sagte der Chef: „Schwer okay. Der Mann hat Potential."

Kriminaloberrat Möller ließ seinen Stammtischtermin sausen und nahm an der Besprechung teil.

Lux fasste die gerade durchgeführte Befragung kurz zusammen mit dem Ergebnis: Dragan Zekkobodanovic habe nichts Brauchbares beigetragen, im Gegenteil, er leugnete mit einer Dreistigkeit alles. Kurzum, er bleibe in U-Haft, um den untergetauchten Ulanov nicht zu warnen.

Order: Fahndungsstufe sofort hochfahren. Alle Obdachlosenunterkünfte aufsuchen, Wiesen und Grillplätze in der ganzen Stadt durchchecken. Dazu sei personelle Verstärkung nötig, was Möller sofort veranlasste. Herausfinden, wie viele Wohnungslose sich in der Stadt aufhielten. Kristine Kirchner, das Profilergenie, musste zwei neue Phantombilder mit und ohne Perücke von Ulanov herstellen. Das Kunstwerk mit Lichtgeschwindigkeit an die TV- und Printmedien, soziale Medien, Polizeireviere weitersenden.

„Auf geht's. Wir haben viel zu tun", sagte Pflamminger.

Er schnappte sich eine Wurstsemmel, mittlerweile kalt geworden, Senf tropfte auf sein Hemd, was auch schon egal war.

„Herr Pflamminger, die Belohnung erhöhen wir auf Zwanzigtausend", sagte Möller mit leidenschaftlicher Einsatzbereitschaft, dabei schielte er kurz auf die Armbanduhr.

Die Stammtischrunde traf sich in einer viertel Stunde. Das schaffte er locker.

„Na, dann. Schönen Feierabend!"

Zum Abschied tippte er sich mit zwei Fingern an die Stirn, lächelte zufrieden in die Runde und stapfte davon.

6 2 Von den Wänden öffentlicher Gebäude prangerte in doppelter Ausfertigung, mit und ohne Perücke, Oleg Ulanovs Konterfei. Zeitungen gingen weg wie warme Semmeln. Hörfunk und TV-Medien berichteten ununterbrochen mit der Bitte an die Bürger um Mithilfe.

Halbstündlich sendete das Regional-TV im Breaking News Modus „EILMELDUNG": Tatverdächtiger Oleg Ulanov ... Beschreibung des Gesuchten ... Erhöhung der Belohnung ... Telefonnummer der Polizei ...

Die ganze Stadt suchte nach dem Perücken-Mann.

Seit vier Tagen erschlich sich Ulanov unter anderem Namen einen Schlafplatz im Männerwohnheim. Drei Mitarbeiter des Hauses bestätigten seine Anwesenheit, nachdem ihnen die neuesten Fahndungsfotos vorgelegt wurden. Für die gesamte Belegschaft des Wohnheimes galt ab sofort größtmögliche Vorsicht und Alarmstufe ROT.

Sechs Polizeibeamte in Zivil postierten sich in drei unauffälligen Autos vor dem Caritas-Haus mit direktem Blick zum Haupteingang. Jede männliche Person, die sich dem Gebäude näherte, hineinging oder herauskam, wurde genauestens beobachtet.

Weitere vier Polizeibeamte ohne Uniform hielten sich im Eingangsbereich hinter der Information des Wohnheims auf mit ständigem Funkkontakt zu den Kollegen.

Der Vogel war in aller Frühe ausgeflogen und kam nicht mehr zurück. An jeder Straßenecke, in Einkaufspassagen, an jedem Kiosk, in jeder Kneipe könnte man ihn erkennen. Oleg Ulanov wurde nervös, warf die Perücke in die Donau, rasierte sich eine Glatze, klaute eine Wollmütze und überlegte fieberhaft, wo er untertauchen konnte. Der Dauerregen erschwerte Oleg das Leben zusätzlich. Das Freiluftversteck auf der Insel war passé. Tamara, Mirko und Dragan saßen in U-Haft. Verdammt, wäre er doch noch eine Weile in Sibirien geblieben. Aber sein Mütterchen und Wodkaliebhaberin, die bis kurz nach der Wende resolute Chefin einer Kolchose für tausende Rinder war, nervte ihn Tag und Nacht. Oleg war überzeugt, seine Mutter machte zwischen den Rindern, Vater Stanislav und den Kindern kaum einen Unterschied. Das Fünfjahresplansoll musste durchgepeitscht werden. Ob die Pi mal Daumen geschätzte Zielsetzung positive Wirkung zeigte, interessierte im kommunistischen Zentralbüro kaum jemanden. Hauptsache der Wodka ging nie aus.

Den ganzen Tag meckerte sie an ihm herum. Warum er so selten und viel zu wenig Geld aus dem verhassten Westen schicke. Wieso er ihr nicht mehr Rubel mitgebracht habe. Ob Tamara endlich mit dem Kapitalisten Gellhoff verheiratet sei. Wieso Natascha immer noch keine Kinder habe. Wann er denn endlich heiraten würde. Als die Mutter mit der fast hundertjährigen Wahrsagerin Warwarwa anrückte, die auf sein Geld scharf war, suchte er das Weite. Seit er denken konnte, dominierte und drangsalierte seine Mutter die ganze Familie, die fünfzig Kolchosemitarbeiter, ja beinahe das halbe Dorf. Ohne sich abzumelden, stieg er in den nächsten Zug nach Moskau via Berlin und weiter Richtung Regensburg.

In der Donaustadt glaubte er sich vor seiner ständig nörgelnden Mutter und der zahnlosen Warzenfrau sicher. Warwaras magischer Blick in versiffte Tarotkarten sah dunkle Wolken über Oleg heraufziehen. Die Reise bis hinter den Ural hätte er sich sparen können, war so unsinnig wie Warwaras Warzen samt ihrer seltsamen Vorhersagen, die nie eintrafen.

Auf einem gestohlenen Fahrrad fuhr Ulanov zu Karel G. Aufgeregt bollerte er an die Küchentür. Karel steckte seinen verschlafenen Kopf durch die Tür und war sofort hellwach als er Ulanov sah.

Er solle sofort verschwinden und sich nie mehr blicken lassen. Ob er denn noch keine Zeitung gelesen habe. Ulanov drängte in die Küche, was Karel ihm vehement verwehrte. Es kam zum Streit. Ulanov flehte den langjährigen Freund an, ihm vorübergehend Unterschlupf zu gewähren. Er bot ihm Geld. Karel wollte davon nichts wissen. Wenn er nicht sofort verschwinde, rufe er die Polizei, drohte Karel wortgewaltig. Ulanov glaubte sich verhört zu haben. Dogenhotspot hinter Bierkisten? Anruf bei der Polizei? Kompatibel war das nicht. Ulanov grinste hämisch. Karel G rastete aus, packte den verzweifelten Oleg unsanft am T-Shirt, zog ihn nahe an sich ran und sagte: „Du falsche Ratte drohst mir? Und jetzt hör mir genau zu! Du warst nie in meinem Lokal! Wir kennen uns nicht! Kapiert? Verpiss dich! Sofort! Verfluchtes Russenpack!"

Ulanov wollte es nicht wahrhaben. Ausgerechnet sein langjähriger Freund verleugnete ihn. Wo sie beide viele Jahre einträgliche Geschäfte organisiert hatten. Ulanov ließ nicht locker. Er würde sich bei Gelegenheit großzügig revanchieren ...

Die rüstige vierundneunzigjährige Emma Duschl lüftete die Toilette und hörte bis in den zweiten Stock hinauf das laute Wortgefecht. Sie lehnte sich aus dem schmalen Fenster und sah auf die streitenden Männer hinunter.

Unterschlupf ... abtauchen ... Polizeisteckbrief ... Drogenlager hinter den Bierkisten ... Russengesindel.

Jesusmariamuttergottes!", flüsterte sie erschrocken und hielt den Atem an.

Die Eilmeldung im TV! Wie ein Blitz durchfuhr es Emma Duschl, dabei schlug sie sich mit der Hand auf die Brust. Sofort eilte sie zum Telefon und informierte die Polizei.

Hastig kehrte sie an den Horchposten zurück und verfolgte durch das halb offene Fenster den nicht enden wollenden lauten und aggressiven Diskurs. Den Karel kannte sie gut. Tagsüber war er meistens mit einer wüsten Struwwelpeter Frisur anzutreffen, aber immer freundlich und hilfsbereit. Sie wollte nicht glauben, dass Karel etwas mit diesem europaweit gesuchten Banditen zu tun hatte. Oder war Karel auch ein Krimineller? Hatte er zwei Gesichter? Zu älteren Menschen im Haus war er besonders aufmerksam und zuvorkommend. Sollte Karel alle getäuscht haben? Ihre Nachbarin von gegenüber öffnete das Küchenfenster, winkte mit aufgedrehten Großlockenwicklern herüber. Emma Duschl gestikulierte wild zurück, sie solle das Fenster schließen. Die Nachbarin verstand nicht, sah nach oben, wie sich das Wetter entwickelte, dann nach unten und bemerkte die beiden streitenden Männer, die gerade in der Küche des Lokals verschwanden. Herrje, die Polizei war zu spät dran, dachte Emma Duschl und rief zu ihrer Nachbarin hinüber, im Lokal gäbe es Probleme. Helga Haslbeck, die ihr Hörgerät ausgeschaltet hatte, verstand kein Wort. Emma Duschl rief die Nachbarin an. Während sie geraume Weile am Telefon hingen, Emma das Gesagte fünfmal wiederholte, wurde es im Hinterhof plötzlich laut. Fünfzehn Polizisten vom Sondereinsatzkommando mit Gewehren im Anschlag kamen in den Hof gestürmt und postierten sich im Vorderhaus und vor Karel Gs Kücheneingang im Hinterhof.

„Hier spricht die Polizei. Schließen sie alle Fenster und die Balkontüren. Und bleiben sie weg vom Fenster!"

Emma Duschl fiel der Hörer aus der Hand. Aufgeregt sauste sie ins Badezimmer und sah nach unten.

„Mich trifft der Schlag! Hoffentlich erwischen sie den Verbrecher endlich", sagte sie im Flüsterton zu sich selbst.

Das Telefon läutete. Wie der Blitz rannte sie zurück ins Wohnzimmer, griff nach dem Hörer und hörte ihre Nachbarin aufgeregt reden: „Emma, Emma, was ist denn dort unten los?"

„Helga, hast du dein Hörgerät endlich eingeschaltet?"

„Ja, kann dich gut verstehen. Mein Gott, unten im Hof ist die Feuerwehr. Ich glaube beim Karel brennt's! Ogottogottogott!", sagte sie mit erhöhtem Puls.

„Feuerwehr? Nein Helga! Helga bist du noch dran?"

Plötzlich wurde es im Hinterhof sehr laut.

„Zugriff! Go! Go! Go!" brüllte der Einsatzleiter.

Türen wurden eingetreten. Durch den Vorder- und Hintereingang stürmten die Polizisten das Lokal.

Das Kommandogeschrei vom Hof störte das Telefonat so massiv, dass die Frauen ihr eigenes Wort nicht mehr verstanden. Beide hetzten ans Fenster und beobachteten mit angehaltenem Atem, wie Oleg Ulanov und Karel G in Handschellen von Polizisten aus der Küche geführt und weggebracht wurden. Gleichzeitig wurde das leere Lokal von mehreren Polizisten umstellt.

Ja, um Himmelswillen, wie in einem amerikanischen Tatort, dachte Emma Duschl herzklopfend.

Kurze Zeit später rückte ein Suchtrupp mit Drogenspürhund an, der im Lagerraum sofort anschlug.

„Fette Beute", sagte der Chef und klopfte seiner Assistentin wohlwollend auf die Schulter.

Karel Gs Drogendepot, ein stattliches Sortiment, gut getarnt im Getränkelager hinter einem raffiniert eingebauten Hohlraum, verschlug dem Hauptkommissar und den Kollegen die Sprache. Zweihundert Stangen Haschisch, zwanzig Kilogramm Kokain und fünfzehn Kartons mit pinkfarbenen Ecstasypillen in Plastiktütchen abgefüllt.

63 *Roger Gellhoffs mutmaßlicher Mörder gefasst? Der steckbrieflich gesuchte Oleg U. wurde im Ausland vermutet ... mit Perücke, unter falschem Namen ging er im Männerwohnheim ein und aus*

Plötzlich wollen es viele gewusst haben. Karel Gs stadtbekanntes Szenelokal war gleichzeitig ein Meeting-Point für Junkies und Optimierer. Ein offenes Geheimnis, aber niemand machte sich die Mühe, die Gesetzeshüter zu informieren. Die Erhöhung der Belohnung auf zwanzigtausend Euro hatte bei vielen Bürgern vermutlich einen Mitteilungsschub bewirkt. Einen Tag vor Ulanovs Festnahme liefen die Telefondrähte heiß. Viele Anrufer wollten plötzlich die Perücke da und dort gesehen haben. Sehr oft bei Karel G und in anderen angesagten Clubs. Bei Karel G müsse endlich mal ausgemistet werden. Dort verkehre nur Gesindel, sagte ein Anrufer mit zorniger Stimme und unterdrückter Nummer. Als Reischl nach dem Namen fragte, legte dieser auf. Reischl, Kramer und zwei hinzugezogenen Kollegen notierten alle Anrufer und deren Hinweise, die etwas mit Oleg Ulanov zu tun haben konnten. Ein Anrufer sagte heuchlerisch, wegen diesem perversen Perückengangster habe er massive Schlafstörungen. Noch ehe Reischl antworten konnte, wechselte dieser übergangslos auf bevorstehende Einbrüche. Seit Wochen beobachte er fremde Autokennzeichen mit unbekannten Gesichtern am Steuer, die angeblich alles auskundschafteten und bei günstiger Gelegenheit zuschlugen. Das müsse von der Polizei sofort untersucht und die Anwohner in seiner Straße beschützt werden.

Haben Sie alles notiert, Fräulein? Schicken Sie sofort eine Streife!
Andere Anrufer vermissten ihre Haustiere: Tigerkatze, Meerschwein, Zwerghase, Wetterfrosch, Frettchen, Wellensittich, Eichhörnchen, Papagei ...
Eine Anruferin war um ihre depressive Schildkröte Guggi sehr besorgt. Was war passiert? Seit vier Tagen sei Guggis Spielgefährte Hansi, ein Zwerghamster, spurlos verschwunden. Die ganze Familie suche immer noch nach ihm. Bis heute erfolglos.
Ein Anrufer war verzweifelt, weil sein Retriever seit einer Woche zielgenau auf den weißen Flokati scheiße. Ein fünfundachtzigjäh-

riger Witwer, vormals Schulrektor mit einer stattlichen Beamtenpension, wie er ungefragt durch die Leitung flötete, lud Reischl zum Essen ein.

Bei manchem Anrufer, dessen Anliegen am Thema völlig vorbeiging, mussten sich Reischl und Kollegen zusammenreißen, um nicht mitten im Gespräch loszuprusten. Ob die Belohnung schon ausgezahlt sei? Besonders gewitzte Anrufer erkundigten sich nach einer Teilbelohnung. Was freundlich, aber entschieden verneint wurde.

Dem Hauptkommissar wurde die Warterei auf Frau Broncovic zu dumm. Er stand auf, ging zur Tür, die sich just in dem Moment öffnete. Zwei Polizeibeamte führten Tamara Broncovic herein, gefolgt von Marie-Lou Dollner. Mit keinem Wort der Entschuldigung nahmen die Damen die Plätze ein. Demonstrativ sah der Chefermittler auf seine Armbanduhr und warf der Rechtsanwältin einen strengen Blick zu mit deutlichem Subtext, *schon mal was von Pünktlichkeit gehört?*

„Meine Mandantin ist heute physisch, wie psychisch angegriffen und geschwächt", sagte Dollner mit um Verständnis einfordernden Blicken auf Lux, Pflamminger und Hagemond, die bereits eine halbe Stunde auf die Damen warteten.

Mit tief geneigtem Kopf, hängenden Schultern, die Handtasche auf dem Schoß, saß die Delinquentin auf dem Stuhl. Mit einem Stofftaschentuch tupfte sie ein paar Tränen weg.

„Ich bitte alle Anwesenden die Vernehmung nicht ins Endlose ..."

Pflamminger setzte sich wieder und fiel der besorgten Verteidigerin ins Wort: „Frau Dollner, wir sind in der Lage Frau Broncovics gesundheitliche Verfassung realistisch einzuschätzen."

Es wäre nicht das erste Mal, mit angeblicher Unpässlichkeit zu versuchen den Verlauf einer Vernehmung zu beeinflussen. Diese Nummer zog nicht, dachte der Hauptkommissar, als ihn eine äußerlich veränderte Tamara Broncovic schüchtern anblickte. Ungeschminkt und Krähenfüße unter den Augen, blasses Gesicht, knielanger Jeansrock, dunkler Rollkragenpulli und flache Schuhe.

Eine um zehn Jahre gealterte Broncovic saß den Ermittlern gegenüber, hatte es faustdick hinter den Ohren, zog alle Register, um
ihr Gegenüber für sich zu gewinnen. Fiel jemand darauf herein,
verwandelte sich ihr breites Lächeln, ihre gespielte Geneigtheit in
forderndes Verhalten. Doch der Wind hatte sich gedreht und blies
Broncovic eiskalt ins Gesicht. In Gedanken fragte sich Pflamminger, wer von den beiden heute die Hosen anhatte? Mit Sicherheit
hatte Dollner ihrer Mandantin Ulanovs Verhaftung bereits zuge-
flüstert, obwohl es anders vereinbart war.

Möller, Kramer, Reischl und Hammerschmidt beobachteten das
Verhör nebenan vor dem Bildschirm.

Staatsanwalt Hammerschmidt sah blass aus und wirkte nervös.
War es tatsächlich die Virusgrippe, die ihm angeblich seit Tagen zu-
setzte oder war es die nackte Angst vor Broncovics heiklen Aussagen, die sich auch gegen ihn richten könnten? Dieser grässliche
Gedanke nagte Tag und Nacht an seinen sensiblen Nerven. Kriminaloberrat Möller hatte die peinlichen Aufnahmen, Hammerschmidt in einem unzweideutigen Outfit nebst Peitschen und
Dominas, mit eigenen Augen gesehen. Er musste an sich halten,
um ihn nicht anzuschreien *täglich Wasser predigen und selbst teuren
Champagner saufen! Heinrich mir graut vor dir!*

Während sich Broncovic lange schnäuzte, ein zweites Taschentuch aus ihrer Handtasche kramte, wurde Pflamminger ungeduldig.

„Frau Broncovic, Sie wussten wo sich ihr Bruder Oleg aufhält?“

„Bruder? Ich nix Bruder“, sagte sie leise und senkte den Blick.

„Herr Pflamminger, bitte! Frau Broncovic fühlt sich heute nicht
gut. Ich glaube, wir müssen die Befragung bald beenden“, sagte
Dollner im Tonfall einer engagierten Notfallärztin.

Pflamminger lehnte sich zurück, wechselte ungläubige Blicke mit
den Kollegen.

„Frau Verteidigerin, Sie wiederholen sich!“

Frau Dollner ignorierte Pflammingers Ungeduld, stattdessen
fragte sie ihre Mandantin: „Frau Broncovic, alles in Ordnung?“

„Ja“, hauchte sie mit vergrämtem Gesicht.

„Was soll das Theater? Wenn wir in dem Tempo weitermachen,

wird Frau Broncovic noch länger unsere Gastfreundschaft in Anspruch nehmen müssen und der Taiga Club bleibt bis auf weiteres geschlossen."

Dollner neigte ihren Kopf zur Seite, lächelte selbstzufrieden und sagte: „Herr Pflamminger, Ihre Sorge ist völlig unbegründet."

„Klären Sie uns auf?", sagte dieser mit einem gespielt breitem Grinsen.

„Der Taiga Club ist und bleibt geöffnet", sagte Dollner und äffte das breite Grinsen nach.

„Geht's noch? Habe mich wohl ...?"

„Sie haben richtig gehört. Mit freundlicher Unterstützung von Staatsanwalt Hammerschmidt", fiel sie dem verdutzt dreinschauenden Kommissar ins Wort.

„Das werden wir noch heute überprüfen", sagte er mit schnellem Blick zu seiner Assistentin.

„Tja, das Leben hält immer wieder Überraschungen bereit. Jetzt sind Sie sprachlos, wie?"

Die Rechtsanwältin lächelte den Hautkommissar triumphierend an.

Pflamminger warf einen fragenden Blick auf Hagemond, dessen Unterstützung als Dolmetscher bisher nicht nötig war. Lux zog die Brauen hoch und fühlte sich wie ihr Chef von dem eigenmächtigen Vorgehen der Verteidigerin überrumpelt.

„Ihre Vorgehensweise hat ein Nachspiel, wehrte Frau Anwältin", sagte er mit einer Mordswut im Bauch.

Aus dem Augenwinkel sah er, wie sich Broncovic und Dollner in harmonischer Übereinstimmung zulächelten.

„Mein gutes, bestes Engel", sagte Broncovic sanftmütig.

Mit einem lammfrommen Blick sah sie zu ihrer Anwältin auf und tätschelte kurz ihren Unterarm.

Dieses öffentlich zur Schau gestellte „Gewogensein", war nicht so ganz im Sinne der Anwältin. Ruckartig verschlang sie die Hände ineinander, räusperte sich und sagte: „Der Verein ‚Mehr Rechte für Prostituierte' kümmert sich um den reibungslosen Ablauf im Club."

„So so, ihr engelsgleicher Verein."

Der Hauptkommissar schüttelte verständnislos den Kopf, klappte die Arbeitsmappe auf und holte die Zeitung mit der neuesten Schlagzeile heraus.

Die Perücke, Oleg Ulanov, gefasst - Ist er der Mörder von Bankdirektor Roger Gellhoff? Mit gefälschtem Pass habe er sich den Zutritt in die EU verschafft und reiste mit verschiedenen Identitäten durch ganz Europa.

„Frau Dollner hat Sie über die Festnahme ihres Bruders informiert?", fragte er und ließ Broncovic nicht aus den Augen.

Wie vom Donner gerührt starrte Broncovic auf die fettgedruckten Zeilen. Ihr bleiches Gesicht lief blutrot an, hektische Flecken bildeten sich am Hals, ihre Augen flackerten, Schweißperlen bildeten sich auf der mit Knitterfalten überzogenen Stirn, die bei der letzten Befragung glatt geschminkt war.

Plötzlich bekam sie Atemnot, panisch holte sie einen kleinen Fächer aus ihrer Tasche, wedelte sich frische Luft zu, sie griff sich an den Hals und an die Brust, und sagte mit halberstickter Stimme: „Meiner Asthama ... meiner Asthama ... helfen ... sticken ... ich ... ich sterben ...!"

Während Broncovic nach Luft rang, laut röchelte, dabei mit den Armen um sich schlug und schließlich auf dem Stuhl in sich zusammensank, stürmte eine Bilderflut (Flashback) durch ihren Kopf.

Nach dem die Geldübergabe vor Gellhoffs Haus aus dem Ruder gelaufen war, packte Broncovic den Flüchtigen flugs ins Auto und verständigte sich mit Dragan Zekkobodanovic.

Codewort: *Adler muss fliegen.*

Ausgestattet mit neuem Pass, Perücke, Klamotten und einem Bündel Geld wechselte Ulanov an der nächsten Autobahnraststätte das Auto. Weiter ging der Sonder-Transfer nonstop zum Prager Flughafen. Broncovic hatte ihrem Bruder zwei Handys entrissen, Akkus, SIM-Karten samt Gehäuse mit dem Wagenheber in tausend Stücke zertrümmert inklusive ihrem eigenen. Die zerschmetterten Teile warf sie in den Fluss. Sie raste zurück in den Club, schwang den Putzlappen, als plötzlich Pflamminger in Begleitung vor ihr stand. Bisher hatte ihre Verteidigungsstrategie hervorragend funktioniert. Und nun das! Olegs bescheuertes Verhalten verhagelte ihren Notfallplan. In ein paar Tagen wäre sie wieder auf freiem Fuß gewesen und könnte ihren Geschäften nachgehen, die Schulden in den Griff bekommen, weiter in Deutschland oder in einem anderen EU-Land ihr Fortkommen organisieren. In drei Teufelsnamen, warum kam dieser Vollidiot gerade jetzt zurück? Glaubte er, er könne die deutsche Polizei an der Nase herumführen? Ihr eigener Fluchtversuch mit dem abrupten Ende am Münchner Flughafen kam ihr kurz in den Sinn, den sie schnell wieder verdrängte. Zu hundert Prozent steckte hinter der Rückkehr die Mutter, die auch ihre Mutter und unberechenbar war. Sie musste sich etwas Neues ausdenken, denn jetzt ging es um alles oder nichts. Zehn, fünfzehn Jahre Gefängnis um anschließend abgeschoben zu werden, zurück in die trostlosen Weiten östlich des Urals ohne Zukunftsaussichten, ohne Hoffnung auf ein besseres Leben.

„Helfen ... Heiliges ... Vladimir ... helfen ...", hechelte sie kaum verständlich.

„Frau Broncovic, Frau Broncovic hören Sie mich? Bitte sagen Sie etwas?", vernahm sie entfernt eine besorgte Stimme.

Zaghaft öffnete Broncovic die Augen und sah in mehrere über sie gebeugte Gesichter.

„Was ... was machen?"

„Sie wurden plötzlich ohnmächtig. Keine Sorge, wir bringen Sie ins Krankenhaus und alles wird gut", sagte Dollner und lächelte ihre vor Angst zitternde Mandantin aufmunternd an.

Möller, Pflamminger und Hagemond standen im Flur als Broncovic von Ersthelfern auf der Rettungsbahre vorbeigetragen und ins Gefängniskrankenhaus abtransportiert wurde.

Reischl schüttelte den Kopf und flüsterte Lux, und Kramer zu: „Was für eine raffinierte Show!"

„Wo ist denn unser Peitschen-Heini plötzlich abgeblieben?", erkundigte sich Pflamminger.

„Als vorhin sein Name fiel, musste er plötzlich weg. Angeblich ein wichtiger aushäusiger Termin", sagte Möller und zwinkerte mit dem linken Auge.

64

Ohne anzuklopfen, kam Hammerschmidt in den Raum gewirbelt und ergriff sofort das Wort.

„Wo bleiben die Ermittlungsergebnisse, die schlagenden Beweise? Die Öffentlichkeit wird ungeduldig."

Pflamminger sah kurz nach hinten und grinste den energiegeladenen Staatsanwalt an.

„Guten Tag Herr Hammerschmidt, bitte setzen Sie sich. Was möchten Sie uns denn mitteilen?", sagte Möller betont gelassen und lächelte den Staatsanwlalt freundlich an, obwohl er ihm liebend gerne die Tür gewiesen hätte. Würde es Hammerschmidt jemals begreifen, der Job eines Staatsanwalts war nichts für schwache Nerven?

„Tach allerseits", sagte Hammerschmidt miesepetrig.

Er setzte sich, blickte ungeduldig auf Hauptkommissar Pflamminger, während er mit den Fingerkuppen laut auf die Tischplatte trommelte.

„Herr Hammerschmidt, könnte es sein, dass Sie aus einem bestimmten Grund den Terminus ‚Öffentlichkeit' als Druckmittel aufblasen?", bemerkte Pflamminger gelassen mit Blick auf Möller.

Hektische Gesten und vor Wut funkelnde Blicke sagten manchmal mehr als Worte. Möller und Pflamminger wussten, was den wehrten Herrn Staatsanwalt umtrieb. Die Tatsache der häufigen Bordellbesuche im Taiga Club, geschenkt, aber die kontinuierliche Teilnahme an den exklusiven Events in der Villa mit vollem Körpereinsatz plus ‚Business Talks im Backstage' … oh, oh, oh … eine explosive Gemengelage, die dem umtriebigen Heinrich heftig auf die Füße fallen könnte.

Hammerschmidt schoss in die Höhe und schnarrte Pflamminger an: „Was erlauben Sie sich? Das ist eine infame Unterstellung!"

Er beruhigte sich sofort wieder und fuhr fort: „Zweifeln Sie an meiner Integrität?"

„Piano, Piano! Herrschaften, muss ich schon wieder den Ringrichter geben?", sagte Möller mit einem tiefen Seufzer.

Hammerschmidt setzte sich, schlug die Beine übereinander, nestelte an der Krawatte herum, holte sein Smartphone heraus, prüfte es kurz, ließ es wieder im hellbraunen Sakko aus feinstem Zwirn verschwinden. Auch eine Möglichkeit Nervosität zu überspielen.

Das halbe Präsidium lästerte hinter vorgehaltener Hand, Staatsanwalt Hammerschmidt sei ein leidenschaftlicher Sammler von Bonuspunkten im Bordell seines Vertrauens. Nach jedem Besuch in der Lasterhöhle gab es zum Abschied einen Kussmundstempel auf die Kundenkarte. Wenn er so zupackend weitermache, schaffe er bald die Jahres-Premium-Bordellcard. Schräge Blicke von Kollegen fochten ihn nicht an ... äußerlich. Aber sollte Broncovic aus dem Nähkästchen plaudern, der bloße Gedanke verursachte ihm Magenschmerzen. Er musste handeln, und zwar sofort und die unberechenbare Russin in die Schranken weisen, besser noch sie für immer außer Gefecht setzen.

Möller und Pflamminger rätselten nach wie vor, ob der Fürsprecher für Recht und Ordnung im Staate, der sich mit fundierten Beiträgen in juristischen Fachblättern hervortat und als Gastdozent an den Universitäten in Regensburg und Dresden Vorlesungen hielt, womöglich ein doppeltes Spiel trieb. Mal möchte er den Fall so schnell wie möglich dem Haftrichter übergeben, gleichzeitig gab er den Taiga-Club-Kümmerer. Wollte er sich die Bordellbetreiberin gewogen machen? Getreu dem Motto: Eine Hand wäscht die andere. War Heinrich Hammerschmidt vielleicht tiefer in unseriöse Business-Backstage-Deals verheddert? Könnte der geschmeidige Heinrich verstärkt Druck ausüben, um den Fall dem Haftrichter zu übergeben? Mit der Maßgabe diesen im Eiltempo abzuschließen, bevor noch mehr unseriöse Schachzüge ans Tageslicht kämen? Möglich ist alles, bewiesen nichts.

Möller nahm den Gesprächsfaden wieder auf und sagte: „Meine Herren, Fakt ist, Broncovic, Ulanov, Neshkova, Karel G und Dragan Zekkobodanovic... ein Künstlername oder ...? Sitzen in Untersuchungshaft", mit gewogenem Blick auf Pflamminger, fuhr er fort: „Hut ab, gute Arbeit!"

Der Taiga-Club wurde auf Pflammingers Initiative hin wieder geschlossen. Die Chefin saß in U-Haft. Rechtsanwältin Dollner gab kleinlaut zu, ihr Verein ‚Mehr Rechte für Prostituierte' verfüge zurzeit nicht über genügend professionelles Personal, um einen reibungslosen Geschäftsablauf im Amüsier-Etablissement zu gewährleisten.

Polizeipräsident Kollberg und Kriminaloberrat Möller hielten es deshalb für mehr als ratsam, den regulären Betrieb im stadtbekannten Bordell vorübergehend einzustellen.

Hammerschmidt war über diese Vorgänge einerseits empört, andererseits jedoch hin und her gerissen. Wie sollte er nun vorgehen? Agierte er verstärkt zugunsten von Tamara Broncovic würden sich die Verdachtsmomente von Kumpanei und Spezlwirtschaft noch verstärken. Aber als Staatsanwalt saß er am längeren Hebel und das würde er nun seinem Erzfeind Pflamminger glasklar in Erinnerung rufen.

Mit erzürntem Gesichtsausdruck beobachtete Hammerschmidt sein Gegenüber. Am liebsten hätte er augenblicklich sein Ass aus dem Ärmel gezogen und auf den Tisch geknallt. Später dachte er genüsslich und sagte: „Tja, ich befürchte, die Gerichtsverhandlung wird sich hinziehen, ein anstrengender Indizien-Marathonprozess", sagte der Staatsanwalt stirnrunzelnd.

Er nahm die Brille ab und sah besorgt aus dem Fenster, als sehe er bereits eine Prozesslawine auf das Landgericht zurollen. Mit ironischem Zug um die Mundwinkel sah er wieder auf den noch ahnungslosen Hauptkommissar.

„Das ist nicht unsere Baustelle", bemerkte Pflamminger sachlich.

„Aber Sie liefern dazu die Steilvorlage!", sagte Hammerschmidt überzeugt und positionierte sich hinter seiner überheblichen Art.

Wie war das jetzt einzuordnen, fragte sich der Chefermittler und bemerkte, wie Möller außerhalb Hammerschmidts Blickradius kräftig abwinkte.

Klar doch, dem smarten Maßanzugträger ging die Düse. Er war mit Broncovic befreundet, die wegen Verdacht auf Anstiftung zum Mord, Erpressung, Dokumentenfälschung und Wohnungsprostitution in U-Haft saß. Das passte so gar nicht in sein nach außen gepflegtes Biedermann-Image. Ergo war dem emsigen Staatsanwalt sehr daran gelegen, den Fall endlich abzuschließen in der Hoffnung, das kollektive Gedächtnis würde die unehrenhaften Schlagzeilen in der Presse schnell vergessen. Leider musste er sich noch geraume Zeit gedulden. Wer weiß, wie und wohin sich der komplizierte Fall noch entwickelte, dachte Pflamminger mit einer Unschuldsmiene, die Hammerschmidt innerlich auf die Palme brachte.

„Den Taiga Club wieder zu schließen, ist meiner dezidierten Meinung nach völlig überzogen!"

Hammerschmidt sagte es mit dem beleidigtem Tonfall eines Erstklässlers und gleichzeitig war es ein gezielter Seitenhieb auf Pflammingers vorschnelles Handeln.

Nicht ohne Hintergedanken fragte Pflamminger beiläufig: „Wollen Sie sich um den laufenden Betrieb kümmern? Ein neues Betätigungsfeld. Vielleicht entdecken Sie schlummernde Talente ...?"

„Also! Also! Unverschämtheit!", ging Hammerschmidt patzig dazwischen.

„Frau Dollner hat es wegen momentaner Arbeitsüberlastung abgelehnt, als Geschäftsführerin tätig zu werden. Die Stelle ist immer noch vakant", betonte Möller mit gespieltem Ernst.

Er biss sich auf die Unterlippe, um nicht lauthals zu lachen.

„Aber für häufige Störfeuer findet sie immer Zeit ...", sagte Pflamminger verärgert.

„Ach was Sie nicht sagen. Nein, nein, Marie-Lou ... Frau Dollner ist ein Profi, sie beherrscht ihr Metier, eine klasse Rechtsanwältin", betonte Hammerschmidt messerscharf.

Er zog die Brauen hoch, räusperte sich, beobachtete Möller und Pflamminger und hatte Mühe seinen beißenden Spott im Zaum zu halten.

„Mit Dollners überzogenem Engagement für Broncovic und ihrem gut vernetztem Verehrerkreis außerhalb der U-Haft besteht Fluchtgefahr auf breiter Front!", betonte Pflamminger mit Blick auf den nervös wirkenden Hammerschmidt.

Der Staatsanwalt sah über Pflamminger hinweg und sagte: „Na, na, das sind doch Wildwestgeschichten. Herr Möller glauben Sie mir, für Marie-Lou ... für Frau Dollner lege ich meine Hand ins Feuer ..."

„Die Sie sich vielleicht bald verbrennen könnten", fiel ihm der Hauptkommissar ins Wort.

Fassade, alles nur Fassade, dachte Pflamminger und tauschte verstohlene Blicke mit Möller aus.

Staatsanwalt Hammerschmidt drückte seinen Rücken durch und sagte tief überzeugt: „Meine Herren, der Fall gehört endlich dem Haftrichter übergeben. Weiteres wäre Verschwendung und außerdem steht für mich der Mörder fest."

„Und wer ist der Mörder Ihrer Meinung nach", sagte Möller überrascht.

Möller war es anzusehen, mit Hammerschmidts Vorstoß war er nicht einverstanden.

Der Staatsanwalt grinste triumphierend über den Tisch und sagte: „Herr Möller, hallo aufwachen! Hausmeister Schlunzinger! Wer sonst? Lesen Sie keine Verhörprotokolle? Für mich ist der verschlagene Typ eindeutig der Mörder. Er hat die stärksten Motive seinen Chef zu töten. Herr Gellhoff spannte ihm seine Frau aus. Die halbe Belegschaft wusste um die Probleme des Hausmeisters, der seiner jungen Frau nichts bieten konnte. Das war zu viel für den brüskierten, alten Mann. Er griff in den Gewehrschrank und peng! So meine Herren, ich werde die Unterlagen dem Haftrichter präsentieren und den Prozess einleiten."

Heute war sein Tag. Er würde allen zeigen, wer das Sagen hatte. Staatsanwalt Hammerschmidt lächelte selbstgefällig und sah in zwei verdutzte Gesichter.

Möller und Pflamminger tauschten verwunderte Blicke aus.

„Woher nehmen Sie die Gewissheit Fred Schlunzinger könnte der Mörder sein?", fragte Pflamminger.

„Herr Hauptkommissar, Sie wissen es genauso gut wie ich. Die vielen Beweise und Indizien, die Sie und ihr bienenfleißiges Team zutage gefördert haben, sprechen Bände", konterte Hammerschmidt mit großen Augen, als wäre er allein auf Mördersuche gegangen.

„So, auf einmal."

Pflamminger schaute auf die Armbanduhr und fragte sich, warum er hier noch sitze.

Möller rutschte auf seinem Stuhl nach vorne und sagte eindringlich: „Mehrere Zeugen versicherten eidesstattlich, Hausmeister Fred Schlunzinger befand sich zur Tatzeit in der Bank. Er hat ein wasserdichtes Alibi! Lesen Sie keine Verhörprotokolle? Herr Hammerschmidt, ich glaube, Sie sind gerade dabei, sich in etwas zu verrennen. Was wollen Sie damit bezwecken und vor allem ...?“

„Halt! Stopp! Herr Möller, ich bin völlig anderer Meinung“, fiel ihm der Staatsanwalt schnippisch ins Wort.

„Warum diese überstürzte Eile? Wird das jetzt ein Schnellschussverfahren?“, protestierte der Chefermittler.

Endlich konnte Hammerschmidt sein Ass im Ärmel gegen Möller und vor allem gegen Pflamminger ausspielen.

„Keine Sorge, meine Herren. Ich habe mit Kollberg und Gackstetter gesprochen. Kurzum, wir haben in Personalunion beschlossen, der gewichtige Fall muss zeitnah vor Gericht verhandelt und zügig abgeschlossen werden ...“

„Und was ist an dem Fall so gewichtig und zeitnah?“, fragte Möller mit scharfem Tonfall und skeptischer Miene.

Möller warf Pflamminger einen vielsagenden Blick zu. Gab es hinter den Kulissen Absprachen?

„Das Ganze riecht nach strategischem Aktionismus“, sagte Pflamminger überzeugt mit steigender Pulsfrequenz.

„Jetzt hören Sie mir mal gut zu“, entgegnete Hammerschmidt mit schneidender Stimme und erhobenem Zeigefinger, „seit Tagen bekommt unser Polizeipräsident besorgte Anrufe von namhaften Unternehmern, von Politikern, von Professoren, glauben Sie mir die Liste ist lang, sehr lang ...“

„Soll das ein Witz sein?“, ging Pflamminger erbost dazwischen, „Eine hochkarätige Unterschriftensammlung aller finanzstarker Stammgäste von Gellhoffs und Broncovics Bordellpartys, zu denen auch Sie gehören. Ist es nicht so, Herr Staatsanwalt?“

Hammerschmidts Gesicht verfinsterte sich augenblicklich. Er presste die Lippen zusammen, starrte kurz auf Pflamminger, fing sich schnell wieder und sagte mit scheinbarer Freundlichkeit: „Herr Hauptkommissar, Sie haben eine blühende Fantasie. Noch mal, der brisante Fall *muss zeitnah* verhandelt werden. Ansage von ganz oben! Die beinahe täglichen geschmacklosen Schlagzeilen müssen ein Ende haben! Die leidige Angelegenheit könnte der Stadt wirtschaftlichen Schaden zufügen", fuhr der Anklagevertreter mit todernster Miene fort.

Pflamminger und Möller warfen sich wissende Blicke zu. Seit längerem hegten Möller und Pflamminger den Verdacht, Hammerschmidt informiere seinen speziellen Freundeskreis über den neuesten Ermittlungsstand. Freundschaftsdienst? Seilschaften, der sogenannten besseren Gesellschaft?

Möller, knetete seine Hände durch und sagte: „Tja, das verleiht der Sache noch mal enorme Schubkraft. Nichtsdestotrotz, ich werde mit Herrn Kollberg, Herrn Gackstetter, Herrn Pflamminger und Frau Lux den Fall noch mal eingehend besprechen. Schnellschüsse haben noch nie zu einem guten Resultat geführt. Meine Sekretärin wird Ihnen das Gesprächsprotokoll zukommen lassen."

„Danke für die Mühe, aber an dem Gespräch werde *ich* selbstverständlich teilnehmen!", sagte er entschieden.

Hammerschmidt verdrängte den aufkommenden Ärger über seine begriffsstutzigen Gesprächspartner, die die Tragweite des Mordfalles Roger Gellhoff nicht kapieren wollten oder schlichtweg dazu nicht in der Lage waren. Na, das Herumgeeiere werde bald ein Ende haben, dachte er. Er täuschte einen wichtigen Termin vor und verließ schnellen Schrittes den Raum.

Pflamminger und Möller sahen sich lange an. Der Herr Staatsanwalt schien unter Druck zu stehen. Flüsterten ihm etwa seine einflussreichen Freunde verstärkt ins Ohr, in welche Richtung es zu gehen hatte?

„Tja, die Menschen stecken voller Überraschungen", sagte Möller. Plötzlich grinste er wie ein Teenager, als hielte er mit einer Neuigkeit hinter dem Berg, die er in Hammerschmidts Anwesenheit nicht hatte kundtun wollen.

„Wenn der so weitermacht, wird er noch ein Fall fürs LKA", sagte Pflamminger kopfschüttelnd, „und jetzt?"

„Abwarten. Es wird nichts so heiß gegessen, wie's gekocht wird. Hammerschmidt ist und bleibt ein notorischer Besserwisser."

Möller lehnte sich zurück, nahm die Brille ab, massierte mit Daumen und Zeigefinger die Druckstellen auf seinem Nasenrücken und sagte: „Wissen Sie schon das Neueste?"

„Nein, aber Sie werden es mir gleich sagen."

Möller setzte die schmale, randlose Brille auf, sah kurz zur Tür, ob sie geschlossen war und sagte mit gedämpfter Stimme: „Unser geschätzter und karrierebewusster Herr Staatsanwalt hat vor sich zu verändern."

„WAS? WANN?"

Der Hauptkommissar riss die Augen auf. Vor Überraschung blieb ihm der Mund offen stehen.

„Wenn's klappt, vermutlich bald, und zwar will er zum Oberlandesgericht München wechseln. Heute Morgen rief mich der zuständige Personalmanager an, erkundigte sich über dieses und jenes. Nun ja, vielleicht können wir den flotten Heinrich bald wegloben. Bleibt aber unter uns!"

„Manchmal hält der Tag auch gute, sogar sehr gute Nachrichten parat", bemerkte Pflamminger und schenkte sich Kaffee nach.

Möller klatschte in die Hände und sagte: „So und jetzt zu der resoluten Marie-Lou. Was schlagen Sie vor?"

65 Oswald Polsterer weigerte sich der Vorladung ins Polizeipräsidium Folge zu leisten. Über seinen Rechtsanwalt Timothy Tessmann ließ er ausrichten: *Aus gesundheitlichen Gründen sei Oswald Polsterer außerstande der Befragung im Polizeipräsidium beizuwohnen. Der grausame und hinterhältige Mord an seinem Freund Roger Gellhoff habe seinen Mandanten bis ins Mark getroffen. Sein Gesundheitszustand stünde nicht zum Besten, sei kritisch. Auf Anraten seines behandelnden Arztes müsse der Patient jede Aufregung vermeiden. Die Arbeit in der Kanzlei lasse er für mehrere Wochen, vielleicht für Monate ruhen und befinde sich aus genannten Gründen in einer Klinik.*

Die ärztliche Bescheinigung attestierte dem Patienten Oswald

Polsterer: *Posttraumatische Belastungsstörungen einhergehend mit schwerwiegenden physischen und psychischen Erschöpfungszuständen.*

Pflamminger schüttelte den Kopf, als er die Diagnose las, die er
für unglaubwürdig hielt. Bis vorgestern war der angeblich plötzlich Schwerkranke beim Fettabsaugen in Lindau und von jetzt auf
gleich wechselte er in die psychosomatische Klinik an den schönen Königssee. Da soll mal einer schlau draus werden. Pflamminger griff zum Telefon und erkundigte sich bei der behandelnden
Ärztin Consuela Wegerer-Schulz nach Polsterers Befinden. Ihrer
Einschätzung nach befände sich der Patient bereits auf dem Weg
der Besserung. Sein Zustand sei stabil. Er fühle sich auf ihrer Station gut aufgehoben. Gestern erkundigte er sich nach einer orts-
ansässigen Immobilienagentur. Er beabsichtige eventuell eine Feri-
enwohnung zu kaufen mit Blick auf den Watzmann. Nach tiefer
Trauer plus einer depressiven Belastungsstörung hörte sich der
Bericht der Ärztin nicht an. Eine kurze Befragung, die der Hauptkommissar unbedingt in Angriff nehmen wollte, etwa fünfzehn,
zwanzig Minuten sei möglich. Sie werde ihren Patienten davon in
Kenntnis setzen und zurückrufen, sagte die auskunftsfreudige
Ärztin mit wohlklingender Stimme, der Pflamminger gerne länger
zugehört hätte.

Polsterers Verhalten glich einem feigen U-Bootmanöver. Fertig
zum Abtauchen. Sich kurzerhand hinter Klinikmauern für Zeitgenossen mit dickem Geldbeutel verstecken, so als hätte es die
illegalen Deals mit Blutsbruder Roger nie gegeben. Tessmanns Bericht war das Papier nicht wert, geschweige denn der aufgeblasene
Inhalt.

Der Hauptkommissar fackelte nicht lange, er forderte Tessmann
schriftlich auf, seinem Mandanten mitzuteilen, sollte sich dieser
weiterhin einer Befragung verweigern, werden folgende Durchsu-
chungsmaßnahmen sofort umgesetzt: Polsterers Anwaltskanzlei in
Regensburg, das Haus in Pentling plus Feriendomizil im Altmühltal
werden von oben bis unten durchleuchtet und alle PCs beschlagnahmt. Der Durchsuchungsbeschluss, ebenso die Auskunftsersu-

chungsformulare für Banken und Sparkassen seien bereits genehmigt.

Oswald Polsterers Kanzleikollegen Justus Mörtl und Wieland Wanzhofer waren von Pflammingers Ansinnen wenig erbaut, anders gesagt, unangenehm überrascht worden. Ihrer Überzeugung nach würde Anwalt Tessmann aus München das rufschädigende Vorhaben der Polizei mit links abschmettern. Die Kanzleikollegen überlegten hin und her. Abwarten und grünen Tee trinken? Schließlich riefen sie Polsterers Frau an, erkundigten sich nach dem Befinden ihres Mannes. Ja, er mache Fortschritte. Spontane Anrufe in der Klinik hatte Gustava Polsterer den beiden Herren strengsten untersagt.

„Frau Polsterer, da wäre noch etwas“, druckste Mörtl herum.

„Ich höre“, sagte diese mit fester Stimme.

Als das Wort „Durchsuchung“ fiel, beendete sie das Telefonat, setzte sich ins Auto und brauste zum Anwaltsbüro.

Bei einer Tasse grünen Tee versuchte sie die Kanzleipartner ihres Mannes zu beruhigen. Während sie unaufgeregt dozierte, warfen sich Mörtl und Wanzhofer verstohlene Blicke zu.

Wozu die ganze Aufregung? Eine Anwaltskanzlei mit tadelloser Reputation. Keine Sorge, sie sei in der Stadt gut vernetzt.

„Meine Herren, kümmern Sie sich um ihre laufenden Projekte. Ich regle das auf meine Art und zu unser aller Zufriedenheit“, sagte sie mit durchdringender Stimme.

Sie verabschiedete sich, griff nach der teuren Lederhandtasche, verließ das Büro, stieg in ihren Audi Q8 und fuhr schnurstracks nach Schönau.

Oswald Polsterers längst überwunden geglaubte Gürtelrose, die ihm in der Kindheit mit einem autoritären Vater und in der Schule mit unsensiblen Lehrern manchmal heftig zugesetzt hatte, meldete sich ansatzweise zurück, was betrübliche Erinnerungen an frühere Zeiten wachrief.

Bei einer Tasse koffeinfreiem Kaffee auf der sonnenüberfluteten Terrasse mit Seeblick umgeben von atemberaubendem Bergpanorama, erzählte er seiner Frau von der bevorstehenden Befragung. Die deutlichen Anzeichen einer Gürtelrose auf seinem Rücken behielt er für sich. Er hoffte, dass die Hautrötungen, ebenso wie seine Frau bald wieder verschwinden würden. Er vertraute auf die kompetente und vor allem zauberhafte Ärztin Consuela Wegerer-Schulz, die er von der ersten Stunde an ins Herz geschlossen hatte.

„Oswald, was soll das ganze Theater? Wenn du eine weiße Weste hast, hörst du dir die paar Fragen an!"

Gedankenverloren sah Patient Oswald auf den smaragdgrün schimmernden See hinaus und schwieg.

Wo war das Problem? Gab es vielleicht Dinge, Vorkommnisse die er ihr verheimlichte? NEIN! Na, also. Patient Oswald gab klein bei und stimmte der Befragung zu, allerdings mit Muffensausen.

Rechtsanwalt Tessmann gab für die Befragung nur widerwillig grünes Licht, es passte so gar nicht in seine Verteidigungsstrategie. Natürlich werde er vor Ort sein und seinem Mandanten Rechtsbeistand leisten. Das war seine Pflicht, die er sich gut bezahlen ließ.

Ort der Befragung: Klinik am Königssee. Der Hauptkommissar war einverstanden. Bedingung: Assistentin Franziska Lux würde teilnehmen und das Interview aufzeichnen.

Im Nebenzimmer des behandelnden Arztes, sollte die Fragestunde stattfinden. Ein freundliches, helles, geräumiges Zimmer mit bequemen Möbeln und mit von Patienten kunstvoll gemalten Landschaftsbildern an den Wänden.

Bei dem unspektakulären, rein formalen Mini-Interview war auch Gustava Polsterer anwesend. Mit ihr hatte niemand gerechnet, außer Patient Polsterer. Verhindern konnte er es nicht. Auf die Frage hin, ob ihr Mann einverstanden sei, antwortete die schlagfertige Gustava: „Glauben Sie mir Herr Hauptkommissar, es tut ihm gut, wenn ich ihm Schützenhilfe gebe."

Sie tätschelte den Handrücken ihres Mannes, der wenig amused ruckartig seine Arme verschränkte und miesepetrig zu Boden sah.

Toni Pflamminger zweifelte nicht eine Sekunde, Gustava Polsterer hielt die Ehezügel straff in der Hand. Der erste Eindruck vermittelte den Ermittlern eine kühle und in allen Lebenslagen zielgerichtete und entschlossene Person. Sie war keine Schönheit im herkömmlichen Sinn, aber ihr Auftreten, ihr zeitloser und strenger Modestil forderte vom Gegenüber Respekt ein, was die viereckige Hornbrille mit den dicken Gläsern noch verstärkte.

Gustava Polsterer überragte ihren kreidebleich aussehenden Ehemann um eine gute Kopflänge. Im bequemen Trainingsanzug saß er wie ein Häufchen Elend auf dem Stuhl, umweht von einem intensiven Rasierwässerchen, vermengt mit einer rustikalen Männerparfümwolke, die sich im ganzen Raum ausbreitete. Altersmäßig war Gustava ihrem Oswald mindestens um zehn Jahre voraus. In ihrem grüngrauen, perfekt sitzenden Tegernseer Trachtenkostüm versprühte sie den Charme einer gestrengen Geschäftsführerin eines Beerdigungsinstituts. Die graue Kurzhaardauerwelle verlieh ihrem schmalen Gesicht Distanz und Courage. An Selbstbewusstsein mangelte es ihr nicht. Pflamminger hätte Frau Polsterer gerne nach nebenan geschickt, was sie strikt ablehnte mit Blick auf ihren Mann, der wie ein geprügelter Hund neben ihr kauerte. Und tatsächlich, er hatte viele Pfunde verloren oder absaugen lassen? Vor allem im Gesicht. Seine Wangen wirkten erschlafft, reduzierte Hüften, wie Pflamminger feststellte. Er überlegte, ob er sich vielleicht auch mal so einer Maßnahme unterziehen sollte.

Spontan fiel ihm das erste Zusammentreffen mit Oswald Polsterer ein, als er Tamara Broncovic Rechtsbeistand leistete. Mannomann, was für ein Unterschied physisch wie psychisch dachte Pflamminger. Damals saß er ihm voller Energie gegenüber, rundes Köpfchen, rote Wangen und mehr Pfunde am ganzen Körper. Vielleicht hing er zu lange an der Absaugmaschine? Lieber doch den Leberkäsverzehr reduzieren, dafür mehr aufs Rennrad steigen und kräftig in die Pedale treten.

Gustava Polsterer musterte Pflamminger und Lux ununterbrochen und ließ so ganz nebenbei erkennen, dass sie fest entschlossen war, ihren Mann zu verteidigen, egal was passierte. Wie schon erwähnt, reine Formsache das Ganze. Nach der Befragung würde sie mit ihrem Oswald auf der Sonnenterrasse entspannt einen Eiskaffee genießen.

Die Tür ging schwungvoll auf und Rechtsanwalt Tessmann aus München kam abgehetzt in den Raum. Er warf eine dünne Arbeitsmappe auf den Tisch, grüßte in die wartende Runde, entschuldigte sich kurz, bat sogleich um Rücksicht auf seinen kranken Mandanten und die Ermittler mögen sich bitte kurzfassen. Darauf bestand er ohne Kompromisse. Außerdem sei das Treffen überflüssig, denn sein Mandant habe sich nichts vorzuwerfen. Wie sich gleich herausstellen würde.

Timothy Tessmann sprach mit fester, tiefer Stimme und leicht britischem Akzent. Sein selbstsicheres Auftreten erinnerte Pflamminger an Staatsanwalt Hammerschmidt, der wegen einer Kiefer-OP verhindert war - dem Himmel sei gedankt.

Der Hauptkommissar wollte nun von Oswald Polsterer wissen, inwieweit er in die berühmt berüchtigten Bunkerdeals in Gellhoffs Haus eingeweiht, beziehungsweise aktiv an verschiedenen Transaktionen beteiligt war.

„Herr Hauptkommissar Pflamminger, ich möchte Sie daran erinnern ...“, sagte Tessmann deutlich.

„Welche Bunkerdeals?“, schnitt Gustava Polsterer dem Münchner Advokaten das Wort ab.

Sie nahm kurz die Brille ab und setzte sie sofort wieder auf die Nase.

Oswald Polsterer zuckte unmerklich, senkte den Kopf noch tiefer und schwieg.

„Welche ... Geschäfte ... habt ihr ... hast du ...?“, wandte sie sich mit scharfer Tonlage an ihren Mann, dabei die Fäuste in die Hüften gestemmt.

Patient Oswald wich den kalt blitzenden, ihn durchbohrenden Blicken aus, saß zusammengesunken neben seiner erzürnten Frau und sah zum Fenster, als suchte er nach dem Notausstieg samt Notfall-Hammer!

„OSWALD!“, donnerte Gustava, „du hast mir in die Hand hinein versprochen für Gellhoff nicht mehr zu arbeiten! Und was höre ich da? So rede schon!“

„Frau Polsterer bitte! So kommen wir nicht ... ich möchte Herrn

Pflamminger erinnern ...", mischte sich Tessmann beschwichtigend ein - zwecklos.

Sie wirbelte herum und schrie: „Sie halten sich da gefälligst raus! Das ist eine Sache zwischen meinem Mann und mir!"

Ihre Stimme klang schneidend und aggressiv. Sie sprang vom Stuhl hoch, ging um ihren Mann herum und baute sich vor ihm auf.

„OSWALD, du sagst mir auf der Stelle, was du mit dem drogensüchtigen Banker immer noch zu schaffen hattest?"

„Nichts. Gar nichts."

Der Hauptkommissar ging dazwischen und klärte die offensichtlich unwissende Gattin auf. Lukrative Deals, Steuerreduzierungstricks, die die kreativen Herren in verschwiegenen Sitzungen im Geheimkeller ausgeheckt und durchgezogen hatten. Lux überließ der ahnungslosen Gustava die Sündenfallliste, die sie schnell überflog. Plötzlich hielt sie das Blatt nahe an ihre Brille und erstarrte. Ihre Kinnlade fiel nach unten, als sie die Summe las.

Erst formte sich eine Zornesfalte zwischen ihren dünnen, grauen Brauen, gefolgt von einem Schweißausbruch und Wutanfall, der sich gewaschen hatte. Der kranke Ehemann fand vor den Augen seiner Frau keine Gnade.

Gustava Polsterer fing sich jedoch schnell wieder und riss die Gesprächsführung nun gänzlich an sich.

Timothy Tessmann wurde ungeduldig, wechselte mehrmals die Sitzstellung, beugte sich nach vorne und startete einen zweiten Versuch, die aufgebrachte Frau zu beruhigen.

„In meiner Funktion als Verteidiger möchte ich alle Anwesenden erinnern: Erstens, mein Mandant macht hier und heute vom Schweigerecht Gebrauch. Zweitens, die Liste der Regensburger Kripo muss doch erst einmal geprüft werden ..."

Eine fundierte Überprüfung der brisanten Liste hatte bereits stattgefunden. Schwarzgelder, Goldbarren und Gewehre befanden sich längst in polizeilichem Gewahrsam. Ebenso die vielen eindeutigen Notizen, Renditeaufstellungen, Adressen von ausländischen Banken. Rezeptionsmitarbeiter von Hotels auf Malta, in Liechtenstein, Monte Carlo et cetera in denen Roger Gellhoff und Oswald Polsterer nächtigten, hatten die Anwesenheit der beiden Herren in den vergangenen drei Jahren bestätigt. Der letzte gemeinsame Kurztrip nach Malta vor einem Jahr fiel ausgerechnet mit dem Katholischen Kirchentag in Köln zusammen, an dem Gustava mit ihren Kirchenchor-Freundinnen teilgenommen hatte. Ihr Mann beteuerte, er müsse das ganze Wochenende arbeiten und könne sie leider nicht begleiten.

Die Vaterschaftsklagen von Gellhoffs drei unehelichen Kindern sollte ihr Oswald, mit welchen fiesen Tricks auch immer, niederschlagen. Das war zu viel für die bibeltreue Gustava. Sie atmete schwer, suchte nach einem Taschentuch und wischte sich den Wutschweiß von den Schläfen dabei ihren Mann fest im Blick.

Sofort ergriff Rechtsanwalt Tessmann die Gelegenheit und sagte: „Wehrte Frau Polsterer, so beruhigen Sie sich doch. Das lässt sich alles in beidseitigem Einvernehmen ...“

„WAS?“ Gustava Polsterers Stimmenvolumen lief zur Hochform auf.

„Bitte! Frau Polsterer ...!“

„Sehe ich aus, als hätte ich Ihre Hilfe nötig? Sie ... Sie ... Sie gehören doch auch zu der Sorte ... Sie gehen jetzt besser, und zwar sofort! Ich habe Sie nicht herbestellt!“

„Ich darf doch sehr bitten ... Ihr Mann hat mich angerufen ...!“, empörte sich Tessmann.

Der sonnengebräunte Rechtsanwalt wechselte verlegene Blicke zwischen den Regensburger Ermittlern.

„Ihre Ratschläge werden nicht gebraucht und Ihr *sündhaft* teures Honorar können Sie sich sonst wo ... Guten Tag Herr Tessmann!“

Wortgewaltig und raumgreifend, wie Gustava Polsterer nun mal war, sah sie ihm frostig und kerzengerade in die Augen. Sie konnte es kaum erwarten, bis er das Feld räumte.

Das ging Timothy Tessmann über die Hutschnur. Wie versteinert stand er auf. Seine Wut unterdrückend sagte er: „Wie Sie wünschen. Die Rechnung liegt noch heute auf Ihrem Schreibtisch.“

Er fühlte sich blamiert und vorgeführt. Hastig klemmte er den schmalen Schnellhefter unter den Arm und verließ unverrichteter Dinge und mit großen Schritten den Raum. Noch nicht ganz draußen sagte er: „Ich mach mich doch hier nicht zum Affen!"

Frau Polsterer zog ihre Trachtenjacke kräftig nach unten, holte tief Luft und sagte: „So Herr Kommissar, die Fragestunde ist beendet ..."

Frau Polsterer atmete schwer, tupfte sich die letzten Schweißperlen von der Stirn und sprach wieder in Zimmerlautstärke.

„Frau Polsterer, das bestimmen wir ..."

„Werden Sie nicht", fuhr sie ihm über den Mund, „ab sofort werde ich mich der Sache annehmen, das erspart uns allen viel Arbeit. Sie bekommen von mir so schnell als möglich alle Unterlagen. Wenn Ihnen das nicht reicht, können sie die Kanzlei jederzeit unter die Lupe nehmen. Herr Kriminalkommissar, Sie können beruhigt abreisen und versichert sein, ich werde reinen Tisch machen, so wahr ich hier vor Ihnen stehe."

Jedes Wort betonend, blickte sie auf ihren vor Kummer gekrümmten Mann.

Weiter vereinbarte sie mit dem Hauptkommissar, Konten und Bankgeschäfte der letzten drei Jahre offenzulegen. Sollte es nachweisbare Steuerverfehlungen geben, würden diese sofort bereinigt werden. Sie stehe mit ihrem Wort dafür ein.

Schließlich stand ihr guter Ruf auf dem Spiel, der wegen Schlampereien und Dummheiten ihres Mannes nicht den Bach runter gehen dürfe.

Während der Hauptkommissar mit seiner Assistentin in einem Berchtesgadener Wirtshaus gemütlich zu Mittag aß, machte Gustava ihrem Mann die Hölle heiß. Sie blies ihm den Marsch, der schlimmer nicht sein konnte. Wem habe er denn ALLES zu verdanken? Wer habe seine Karriere finanziert? Hämmerte sie wortgewaltig auf ihn ein. Die teuren Büroräume mitten in der Altstadt, das Wohnhaus mit fünftausend Quadratmeter Gartenfläche und das Ferienhaus. Seine grundsolide Kanzlei sei beliebt, gefragt und bekannt in ganz Mittelbayern. Die vielen Kontakte zu integren Klienten habe er allein ihr und seinen Schwiegereltern zu verdanken. Denke er denn nicht an seine Kinder und Enkelkinder? Wenn seine Schandtaten öffentlich wurden, könne sie sich die Kugel geben. Die finanziellen Verwerfungen in Kooperation mit dem einstigen Banker Gellhoff ein zweites Mal hinter den Kulissen kleinzuhalten, wäre ein Ding der Unmöglichkeit!

Der mit Vorhaltungen überhäufte Patient versank in seinem bequemen Korbsessel und wünschte sich das erste Mal in seinem Leben von irgendeinem Anfall heimgesucht und von seiner keifenden Frau erlöst zu werden, aber nichts dergleichen geschah. Sollte die Tochter Wotans mit ihrem Walkürengebrüll nicht sofort aufhören, würde er notgedrungen einen allergischen Schub, einen Schwächeanfall oder Ähnliches simulieren. Während Gustava wie eine Furie im Zimmer hin und her schoss, ging die Tür auf und die attraktive Stationsärztin Dr. Wegerer-Schulz, stand mit entsetztem Blick im Türrahmen.

Bestimmt hatte sie an der Tür gelauscht, dachte Gustava wütend. Die besorgte Ärztin mit üppiger Oberweite eilte zum eingeschüchterten Patienten, der sie mit einem verzweifelten Blick anflehte: *Verbannen Sie das bellende Trachtenkostüm aus dem Krankenhaus.*

„Tsss! So krank wie er tut, ist er nicht ... der hat schon ganz andere Dinge im Leben überstanden. Von wegen Schlaflosigkeit, Erschöpfungszustände. Ich kenne seine Marotten!", sagte Gustava Polsterer mit verschränkten Armen am Tisch lehnend.

Innerlich immer noch auf hundert. Mit vor Zorn sprühenden Augen beobachtete sie ihren in Ungnade gefallenen Mann. Alles nur Vermeidungsstrategien, dachte sie überzeugt. Das Geschwafel über eine angebliche posttraumatische Belastungsstörung nahm sie ihm nicht ab. Sobald er wieder Zuhause war, werde sie ihn grillen. Das war so sicher wie das Amen in der Kirche.

Doktor Wegerer-Schulz befühlte den Puls des Patienten, der sie dankbar anlächelte. Gleichzeitig forderte sie Frau Polsterer sanft, aber bestimmt auf das Zimmer zu verlassen.

„In drei Minuten beginnt die Thai Chi-Übung. Ich werde Herrn Polsterer dorthin begleiten."

Wer's glaubt, dachte Gustava Polsterer misstrauisch, verließ die Klinik mit Seeblick, stieg ins Auto und brauste zurück nach Regensburg.

66 Auf der Rückfahrt brannte Franziska Lux eine Frage unter den Nägeln. Wieso hatte ihr Chef den Patienten Polsterer nicht mit den Hilfeanrufen konfrontiert, die Roger Gellhoff in der Nacht vor seinem Tod unternommen hatte? War das nicht der eigentliche Grund, weswegen sie diese Blitzfahrt unternommen hatten? Der Hauptkommissar stimmte seiner Assistentin halbwegs zu, aber was hätte es gebracht? Gustava Polsterer war nicht auf den Kopf gefallen, wie die wortgewaltige Performance in der Klinik deutlich zeigte.

Lux sah ihren Chef von der Seite an und sagte: „Die resolute Gustava hätte ihrem gebeutelten Oswald ein Alibi verschafft?"

„Pack schlägt sich, Pack verträgt sich."

Pflamminger unterdrückte ein Gähnen, ließ das Seitenfenster nach unten und sich den Fahrtwind um die Nase wehen.

Rebecca Reischl empfing ihre zurückkehrenden und müde wirkenden Kollegen mit frisch aufgebrühtem Kaffee und Nussschnecken. Reischl brannte darauf das Ergebnis der Befragung zu erfahren. Dazu war jedoch keine Zeit. Die Vernehmung mit Oleg Ulanov stand auf der Agenda.

Order an Reischl: Die Schönauer Seegespräche mit Oswald und Gustava Polsterer sofort in Protokollform bringen. Dabei könne sie sich ein Bild machen, ob sich die Fahrt gelohnt habe.

Überraschungen, dachte Reischl gespannt wie ein Regenschirm, schließlich sagte sie: „Chef, in einer halben Stunde muss ich mit meinem Sohnemann zum Arzt."

„Und ich muss gleich ins Tattoo-Studio und mir ein ...", sagte Kramer lässig und grinste seinem Chef frech ins Gesicht.

„Lorenz, Protokoll tippen, pronto!", ordnete der Chef an.

Den Verdacht Roger Gellhoff erschossen zu haben, die spontane Reise nach Russland mit gefälschtem Pass, Drogenhandel, die zu erwartende langjährige Haftstrafe focht Oleg Ulanov nicht an. Und er brachte auch kein Wort zu seiner Verteidigung hervor. Kein Schulterzucken, kein Räuspern, kein Seufzen, kein Augenflackern. Nichts. Seine Nullmimik wirkte wie eingefroren. Konsequent vermied er jeden Blickkontakt. Wurde er angesprochen, senkte er den Kopf noch tiefer, starrte auf seine Joggingschuhe und beharrte auf dem Aussageverweigerungsrecht.

Polizeibeamte fanden in einem Bretterverschlag hinter Broncovics Garage unter einem Berg ausrangierter Autoreifen Ulanovs Reisetasche, in der sich ein gefälschter Pass und die Tickets von der überstürzten Reise nach Russland befanden. Und siehe da, in einer großen Werkzeugkiste versteckt unter Abdeckplanen und schweren Steinen, entdeckten die Beamten Scheren, Filzstifte, Sekundenkleber, Wörterschnipsel aus Zeitungen wie Scheiße, Haus, Straße, Adresse, kommen, Geld holen. Die Bastelstunde wurde entweder von jemandem unterbrochen oder das unvollendete Werk sollte in Kürze fertiggestellt werden und wo auch immer zum Einsatz kommen. Fingerabdrücke konnte die Spurensicherung nicht finden. Aber der Fundort neben dem gefälschten Pass und der Tickets nach Russland via Peking war Beweis genug, um zu vermuten, wer in diesem Fall mit Schere und Sekundenkleber herumhantiert hatte.

Ulanov zog es vor, auch dazu keinen Ton von sich zu geben.

Seit fünf Jahren war Oleg Ulanov im Taiga Club als Teilzeitkraft angestellt, erhielt nach Abzug der Sozialleistungen und der Miete für ein Zimmer monatlich 700 € von Tamara Broncovic. Aufgrund dieser Tatsache war es schwer nachzuvollziehen, aus welcher Quelle sich sein aktuell hoher Girokontostand von 83.000 € und das Sparguthaben mit 178.000 € zusammensetzten. Warum existierte seit Gellhoffs Tod Ulanovs Handynummern nicht mehr? Und wieso war er am Tattag um die Mittagsstunde von Prag nach Moskau geflogen? Hatte er etwas mit den anonymen Drohbriefen an Hauptkommissar Pflamminger und Staatsanwalt Hammerschmidt zu tun? Hatte er den Stein in Pflammingers Flur geworfen und den fehlerhaften Fetzen in Hammerschmidts Briefkasten gesteckt? Für Ulanov kein Grund auch nur einmal den Kopf zu heben, geschweige den Mund aufzumachen.

Selbst als Dolmetscher Igor Hagemond dem schweigenden Ulanov ein weiteres Mal ausführlich erklärte, welches Strafmaß ihm drohen könnte, lockte ihn nicht aus der Reserve. Pflamminger und Lux waren ratlos. Der bestellte Pflichtverteidiger Arno Mäckel versuchte das Verhalten seines Mandanten zu erklären. Herr Ulanov komme aus einem gänzlich anderen Kulturkreis, was die Situation für ihn zusätzlich erschwere. Die stressfördernden Umstände, die U-Haft, alles zusammengenommen sei nicht einfach für ihn. Man müsse mit seinem Mandanten Geduld haben, riet Verteidiger Mäckel. Er sah dabei auf seine Armbanduhr und zog die buschigen Brauen hoch.

„Tja, ewig und drei Tage können wir hier nicht sitzen und warten bis sich der gnädige Herr entschließt unsere Fragen zu beantworten. Wir verschieben die Vernehmung auf einen späteren Zeitpunkt", ordnete Pflamminger an.

Möller und Hammerschmidt hatten das ergebnislose Verhör auf dem Monitor verfolgt.

„Eine harte Nuss", sagte Möller zum frustriert wirkenden Hauptkommissar.

„Eine verdammt harte Nuss!"

Pflamminger zog die Stirn kraus und vergrub seine Hände in den Hosentaschen.

„Der Russe ist sturer als zwanzig Ochsen", kommentierte Hammerschmidt ungefragt, „den müssen Sie härter anpacken ...!"

„Was schlagen Sie vor?", schnitt Pflamminger dem nervigen Klugschwätzer das Wort ab.

„Was fragen Sie mich? Sie sind der Verhörspezialist."

Hammerschmidts Ratschläge waren selten zielführend. Es war einfacher den Besserwisser reden und ins Leere laufen zu lassen, dachte Pflamminger.

„Der hat die Strategie der drei Affen-Emojis verinnerlicht: Nichts sehen, nichts hören, nichts sagen", sagte Pflamminger und zuckte mit den Schultern.

Hammerschmidt genoss in Möllers Anwesenheit Pflammingers indirektes Eingeständnis, der Fall wachse ihm über den Kopf. Kein Zweifel! Hammerschmidt wusste es von Anfang an, Pflamminger war ein Dilettant, ein Stümper, ein Versager auf ganzer Linie.

Na bitte, der lebende Beweis, grinste er Möller selbstzufrieden an, was ihn erneut anspornte den Verhandlungsbeginn herbeizureden.

„Der Typ reagiert erst, wenn er auf der Anklagebank sitzt. Glauben Sie mir, wenn es ans Eingemachte geht, hat noch jeder Hartgesottene gesungen. Meine Herren, ich kann es nicht oft genug wiederholen, um einen langwierigen Indizienprozess werden wir nicht herumkommen."

Klar, logisch, dachte Möller. Der Herr Staatsanwalt wird nicht müde zu behaupten, der komplizierte Fall gehöre längst dem Haftrichter übergeben. Die Besuche im Bordell und die Kokspartys am Swimmingpool im sexy Leder-Dress-Outfit scheuen das Licht der Öffentlichkeit. Sollten Hammerschmidts außergewöhnlichen Freizeitaktivitäten bis zum Oberlandesgericht München durchsickern, oh, oh, oh ...

„Wie geht es Tamara Broncovic? Hat sie sich von den Verhörstrapazen erholt?", erkundigte sich Möller mit ironischem Unterton.

„Hat sie und hält mit Beschwerden aller Art die Gefängnismitarbeiter auf Trab. Ja ja, die böse, böse Polizei."

Pflamminger musste sich das Lachen verkneifen.

Rebecca Reischl kam eilig den Flur entlang, wedelte mit der Hand ihrem Chef entgegen. Mega wichtig. Frau Dollner bat um sofortigen Rückruf.

Toni Pflamminger glaubte falsch verbunden zu sein, als er Marie-Lou Dollners Anliegen hörte.

„Auf gar keinen Fall!"

Herr Hauptkommissar, es handelt sich um eine humanitäre Maßnahme. Tamara Broncovic und Oleg Ulanov werden eine halbe Stunde miteinander plaudern ...!

„Und Handys in die Zelle schmuggeln und den nächsten Ausbruch planen, das nennen Sie ...“, schnarrte er ins Telefon.

Sie schauen wohl zu viele schlechte Krimis ..., lachte sie hysterisch und hinderte ihn am Weitersprechen, *ob es Ihnen passt oder nicht, ich werde ein Treffen arrangieren. Habe ich Ihnen hiermit offiziell mitgeteilt ...*

„Werden Sie nicht! Warum versuchen Sie ständig die Ermittlungen zu torpedieren und den Fall ad absurdum zu führen? Himmel Sakrament noch mal!“, ging er lautstark dazwischen.

Sachlich bleiben, Herr Pflamminger, sonst müsste ich ...

„Nix sonst! Alles zeitraubender Heckmeck!“

Aber, aber, Herr Hauptkommissar, es handelt sich nur um einen kurzen Besuch ...

„Sind Sie taub? Es gibt keine Extrawurst! Ende der Durchsage!“

67 Drei Tage vor Prozessbeginn sprach Gustava Polsterer im Polizeipräsidium vor und präsentierte Kriminaloberrat Möller und Hauptkommissar Pflamminger wichtige Unterlagen. Der von der Überbringerin verfasste Text plus vom Finanzamt abgesegnete und unterschriebene Formulare ließen erkennen, Oswald Polsterer war wieder in die Herde der weißen Schafe zurückkehrt. Die Herren warfen sich fragende Blicke zu. Was war passiert? Die gestrenge Gustava hatte Wort gehalten. Ihr Mann Oswald musste Farbe bekennen, die „doppelte und dreifache Buchführung“ offenlegen. Das Steuerbüro Bruno Buffler war fündig geworden. Der umtriebige Oswald hatte mehrere Vorträge der letzten fünf Jahre an Universitäten und auf Fachtagungen dem Finanzamt verschwiegen oder in der Eile vergessen anzugeben.

Infolge der Aktion „reinen Tisch machen“, wie Gustava es angekündigt hatte, beichtete ihr Mann kleinlaut einen Notgroschen in einer Bregenzer Privatbank hinterlegt zu haben. Notgroschen? Geld und Goldbarren in Höhe von achthunderttausend Euro. Gustava vermutete, das Geld stamme von dem raffgierigen Banker Nimmersatt namens Roger Gellhoff und ihr Mann war so grenzenlos naiv und schaffte in dessen Auftrag Schwarzgeld peu à peu nach Österreich, was allerdings nicht so ganz der Wahrheit entsprach. Aber wen interessierte das noch? Trotzdem, dieser arrogante und neunmalkluge Protestant war ihr von Anfang an, ein Dorn im Auge. Mit besorgtem Blick auf Kommendes hatte sie vor einigen Monaten ihre gut gefüllten Konten, Aktienfonds plus Familienschmuck aus dem Safefach der PORTA Bank abgezogen. Reine Vorsichtsmaßnahme wie sie ihrem entsetzten Mann berichtete, der ihr eigenmächtiges Handeln nicht nachvollziehen konnte. Diesem aufgeblasenen Hedgefonds-Manager Gellhoff traute sie nicht über den Weg. Was ihr Mann an dem drogenabhängigen und sexsüchtigen Bordellbesucher so einmalig fand, war ihr ein Rätsel. Roger Gellhoff war ein schöner Mann, das war Fakt. Oswald Polsterers Erscheinungsbild? Tat nichts zur Sache, dafür war und ist er ein fleißiger und erfolgreicher Rechtsanwalt. Aufgrund der mit Bedacht gewählten Selbstanzeige fiel die finanzielle Nachforderung milde aus, was Gustava erleichtert zur Kenntnis nahm und die geforderte Summe sofort beglich. Die peinliche Angelegenheit ging geräuschlos über die Bühne und an der neugierigen Presse vorbei. Da hatte Gustava vorgesorgt. Zusätzlich veranlasste sie großzügige Spenden an die Freiwillige Feuerwehr und an das katholische Pfarramt im Ort.

Der sich langsam, aber sicher erholende Ehemann hielt sich immer noch in der Schönauer Klinik auf. Er mache große Fortschritte, wie Gustava Polsterer dem Oberkriminalrat und Hauptkommissar mit einem sparsamen Lächeln mitteilte.

Einerseits die heilsame Ruhe umgeben von einer meditativen Landschaft und die gesunde Bergluft ließen Oswald wieder zu Kräften kommen.

Ein Tag nach der informativen Befragung in der Klinik, bei der Gustava Polsterer das Oberkommando an sich gerissen und durchgängig Regie geführt hatte, rief ihr Mann bei Hauptkommissar Pflamminger an und bat ihn noch mal zu kommen. Zusammen mit Praktikant Kramer düste Pflamminger nach Schönau, um ein weiteres klärendes Gespräch zu führen. Das zweite Treffen mit

Oswald Polsterer fand im Beisein der behandelnden Ärztin Consuela statt. Dem Patienten war es wichtig, den Ermittlern mitzuteilen, dass er alle geschäftlichen Transaktionen mit Roger Gellhoff vor dessen Ermordung eingestellt habe. Die Rechtsberatung sowohl für Tamara Broncovic als auch für Roger Gellhoff habe er aus Befangenheitsgründen ebenso beendet. Seiner Meinung nach war Gellhoff in all seinem Tun und Treiben nicht mehr ganz zurechnungsfähig gewesen. Die Bank und vor allem die Belegschaft waren ihm gleichgültig. Warum ihm sein Vorgänger, der alte Langhofer, ein besonnener und umsichtiger Mann, auf den Thron geholfen hatte, sei ihm bis heute schleierhaft. Roger Gellhoff hatte sich viele Feinde gemacht, sowohl in der Finanzwelt, als auch im privaten Umfeld. Es war ihm eine Genugtuung, anderen Schaden zuzufügen. Sein Verhalten wurde immer absurder und unausstehlicher. Vielleicht war es der kontinuierliche Drogenkonsum, der seinen Charakter veränderte. Dass ihm eines Tages jemand auflauern könnte, war nur eine Frage der Zeit. In vertrauter Runde hatte er mit Gellhoff so manches Mal darüber gesprochen, in rauer werdenden Zeiten wäre es ratsam, Personenschutz in Anspruch zu nehmen. Gellhoff habe wie ein Teufel gelacht. Wozu? Er gehöre zu den Auserwählten und einem Liebling der Götter passiere schon nichts.

68 Dem vormaligen Bankdirektor Lutz Langhofer war es gelungen, Fred Schlunzingers erhobene Anklage vor Gericht in die Hände eines renommierten Anwalts zu legen. Volker Wolfram war der Mann der Stunde. Im Handumdrehen erreichte der Strafverteidiger eine Änderung der Anklageschrift: *Verdacht auf Bereitstellung der Mordwaffe.*

Der Fokus der Staatsanwaltschaft richtete sich auf Oleg Ulanov und Tamara Broncovic. Beide wurden beschuldigt mit erpresserischen Methoden eine hohe Summe von Roger Gellhoff gefordert zu haben. Gellhoff wollte von offenen Party-Rechnungen nichts wissen, verweigerte die Zahlungen, was ihm vermutlich zum Verhängnis geworden war. Zudem stand das Duo in Verdacht, die Bremsen an Gellhoffs Porsche vorsätzlich beschädigt und Trixi von Thalhussens Unfalltod billigend in Kauf genommen zu haben. Die manipulierten Bremsen galten wahrscheinlich dem zahlungsunwilligen Banker. Außerdem hatten sich Broncovic und Ulanov wegen Dokumentenfälschung und Drogenhandel zu verantworten.

Die Anklageschrift war erdrückend. Fast täglich berichteten die Medien über den bevorstehenden Prozess, was viele Bürger veranlasste persönliche Statements und Erwartungen zum Ausgang der Gerichtsverhandlung in den sozialen Medien deutlich zu machen. Auf einem Hassportal hatten wütende User das Urteil über die beiden Hauptangeklagten bereits gefällt. Broncovic und Ulanov hätten den Bankdirektor auf dem Gewissen, ihn kaltblütig erschossen. Das Verbrecherduo müsse endlich einer gerechten Strafe zugeführt werden. Ein regelrechtes Taiga-Club-Bashing war losgetreten worden. Es tobte ein Shitstorm: *Hinterhältige Mörder ... Passfälscher ... Drogendealer ... schickt das Betrügergesindel nach Hause ... Promihure Broncovic verschwinde aus unserer Stadt ... verrammelt den Taiga Club ... Drogenhotspot im Karel G, eine Schande ...*

Die Pressestelle des Polizeipräsidiums veranlasste sofort die Schließung des Portals.

Zutiefst enttäuscht musste Karel G zur Kenntnis nehmen, dass nicht ein Kumpel aus seiner Fangemeinde bereit war, eine Kaution für ihn zu hinterlegen. Die bleierne Zeit in der Arrestzelle musste er noch eine Weile ertragen. In einer separat anberaumten Verhandlung stand ihm der Prozess wegen Drogenhandel von beachtlichem Ausmaß bevor. Dragan Zekkobodanovics unfreiwilliger Aufenthalt in U-Haft zog sich ebenfalls in die Länge. Seine Vergehen: Aktive Fluchthilfe und Alkoholschmuggel. Mirko Neshkova saß in München ein und wartete wegen illegaler Drogengeschäfte und Urkundenfälschung im großen Stil auf das Gerichtsverfahren.

Der Tag des Marathon-Indizien-Prozesses stand fest. Staatsanwalt Hammerschmidt fieberte dem ersten Verhandlungstag regelrecht entgegen. Mit großer Genugtuung stand er sensationshungrigen Journalisten aus ganz Deutschland Rede und Antwort, flankiert von Polizeipräsident Kollberg und Kriminaloberrat Möller.

Fragen der Presseleute: Eine Einschätzung des zu erwartenden Urteils bezüglich der beiden Hauptverdächtigen? Hohe Haftstrafe? Wie viele Jahre mit anschließender Abschiebung nach Russland?

Hammerschmidt sonnte sich im Zentrum des Interesses medialer Aufmerksamkeit. Er war in seinem Element, liebte es im Mittelpunkt zu stehen. Selbstbewusst parierte er jede Frage. Die drei Herren hielten sich mit ihrem persönlichen Urteil zurück. In Hammerschmidts Gedankenszenario standen die Schuldigen, die seinen Freund Gellhoff auf dem Gewissen hatten, schon lange fest. Aber voreilige Einschätzungen würden ihm nur Negativschlagzeilen einbringen. Gestern hatte er erfahren, seine Bewerbung beim Münchner Oberlandesgericht war in die engere Auswahl gekommen, er befand sich auf der Zielgeraden. Nun hieß es besonnen bleiben und eine gute Figur in der überregionalen Presse abgeben.

„Ich setze vollstes Vertrauen in den erfahrenen Haftrichter Schwertmüller, er wird das letzte Wort haben und ein gerechtes Urteil fällen."

Ein junger Journalist aus Hamburg wollte wissen, wie es um die Zukunft des Taiga Clubs bestellt sei, sollte Frau Broncovic mehrere Jahre in den Knast wandern.

Hammerschmidts Mundwinkel fielen nach unten. Er wechselte schnelle Blicke mit Kollberg und Möller. Das obliege nicht dem Zuständigkeitsbereich der Polizei, sprang Kollberg für den konsternierten Staatsanwalt ein, gefolgt von Möller, der sagte: „Damit muss sich das Gewerbeaufsichtsamt auseinandersetzen, das selbstverständlich den Ausgang des Prozesses genau verfolgen werde, um dann eine adäquate Entscheidung treffen zu können."

Der junge Mann war mit dieser staubtrockenen Antwort unzufrieden, verfolgte in Wahrheit eine andere Richtung und legte provozierend nach.

„Herr Staatsanwalt Hammerschmidt, seit Jahren pflegen Sie eine intime Nähe zu Tamara Broncovic. Besteht der enge Kontakt nach wie vor?“

Alle Anwesenden spitzten die Ohren. Wie würde er auf diese ihn vielleicht in Verlegenheit bringende Frage reagieren?

„Unqualifizierte Fragen beantworte ich grundsätzlich nicht“, sagte Hammerschmidt mit finsterem Gesichtsausdruck.

Er verständigte sich kurz mit Möller und Kollberg. Die Live-Übertragung der Pressekonferenz wurde augenblicklich beendet. Der sichtlich verschnupfte Staatsanwalt verließ als erster den Raum und hastete in sein Büro, als wäre der Teufel samt Reportermeute hinter ihm her. Ein Fiasko hoch drei! Hammerschmidt hatte sich doch so gut und intensiv vorbereitet und nun das? Woher wusste dieser Grünschnabel, dass er und Broncovic sich kannten? Irgend-wer musste ihm das zugesteckt haben. Für Hammerschmidt kam nur einer in Frage, Pflamminger! Während Hammerschmidt in sei-nem Büro tobte, bedankten sich Kollberg und Möller für das medi-ale Interesse. Für weitere Fragen sei das Pressereferat zuständig.

Erster Prozesstag

Das Medienecho war enorm. Übertragungswagen verschiedener TV-Sender hatten bereits am Vorabend sämtliche Parkplätze und Nebenstraßen in der Nähe des Gerichtsgebäudes besetzt. Dreißig Polizeibeamte sorgten für einen geordneten Ablauf vor und im Gebäude.

Wie von Geisterhand wurde die Saaltür von innen geöffnet. Die Prozessbesucher strömten hinein, allen voran Mitarbeiter der PORTA Bank und die fünfzehn Nordic-Walkerinnen, die Roger Gellhoff erschossen neben dem Auto liegend entdeckt hatten.

Im Nu waren alle Reihen besetzt.

Verena Gellhoff betrat den Saal, setzte sich in die letzte Reihe. Vor zwei Tagen wurde die Urne ihres Mannes in aller Stille auf einem Ulmer Friedhof neben dessen jüngeren Bruder John und seinen Eltern beigesetzt. Neben Pastor und Urnenträger waren die Witwe, ihre Schwester und deren Ehemann anwesend. Rogers Stiefvater Eckhard Gellhoff sah sich aus gesundheitlichen Gründen außerstande der Beisetzung beizuwohnen.

Trixi von Thalhussen wurde im engsten Familienkreis in Kiel beerdigt. Mitarbeiter der PORTA Bank waren an der Begräbnisfeier auf ausdrücklichen Wunsch der Angehörigen unerwünscht.

Neugierige Augenpaare richteten sich auf Verena Gellhoff. Mit großer, dunkler Sonnenbrille und Trauerkleidung hielt sie den neugierigen Blicken stand. Betti Zitzelsberger und Luise Haller hatten ihr den Platz freigehalten. In der Reihe vor ihnen saßen Toni Pflamminger, Franziska Lux, Diethard Möller, Rebecca Reischl und Lorenz Kramer. Zwei Saaldiener hatten Mühe die Türe zu schließen. Viele Prozessinteressierte mussten draußen bleiben.

Die Anspannung war zu spüren, drinnen wie draußen. Geflüster, Gezischel und Geraune im ganzen Saal. Zwanzig Bildjournalisten hatten sich neben dem Richterpodium in Stellung gebracht und warteten auf die Angeklagten.

Als sich eine Seitentür öffnete klickten und surrten Kameras. Eine Polizistin mittleren Alters von kräftiger Statur erschien im Türrahmen, gefolgt von Tamara Broncovic. Mit tief geneigtem Kopf nahm die mutmaßliche Mörderin auf der Anklagebank Platz. Marie-Lou Dollner in schwarzer Anwaltsrobe kam in den Saal und setzte sich neben ihre Mandantin. Broncovic in einem schlichten mausgrauen Kostüm, darunter eine weiße, hoch geschlossene Bluse, die Haare zu einem Zopf geflochten, hielt einen schmalen Aktenordner vor ihr Gesicht, als das Blitzlichtgewitter über sie hereinbrach. Zwei Beamte begleiteten Ulanov in Handschellen an seinen Platz. Mit tief geneigtem Kopf und hängenden Schultern in Jeans und dunklem Sweatshirt ließ er das Blitzlichtfeuerwerk über sich ergehen. Sein Pflichtverteidiger fiel wegen einer Blinddarmnotoperation aus.

Dr. Ingo Trautwein ein junger Rechtsanwalt mit glänzender Gel-Frisur, Dreitagebart und Nickelbrille musste kurzfristig einspringen. Dem jugendlichen Aussehen nach erweckte er den Eindruck, als hätte er gestern sein letztes Staatsexamen absolviert. Teilnahmslos saß er neben Ulanov und blätterte in den Prozessunterlagen.

Fred Schlunzinger mit neuer Bürstenfrisur und schwarzem Anzug, den er bei der Hochzeit mit Natascha und zu ihrer Beerdigung getragen hatte, kam in Begleitung seines Anwalts Volker Wolfram. Beide nahmen hinter den Hauptangeklagten die Plätze ein. Volker Wolfram, Anfang sechzig, mit randloser Brille war bekannt Prozesse zu einem zufriedenstellenden Abschluss zu bringen.

Fred Schlunzinger wagte einen Blick auf die Besucherbänke. In der zweiten Reihe saßen seine ältere Schwester Hermine, Leo Zentner, Harry Grammel, Johann Gschwendtner, Lutz Langhofer und Tschatschurtschika Ruzickova. Diese nickte und lächelte Fred hoffnungsvoll zu und hielt beide Daumen nach oben.

Der leitende Strafrichter, Dr. Gerald Schwertmüller und sein Beisitzer, Dr. Hubert Krenkl, kamen durch die Seitentür, strebten schnell zum erhöhten Richterpult. In obligatorischer Juristenrobe wirkte der Mittfünfziger Respekt einflößend und souverän. Die Laienrichter nahmen ebenso ihre Plätze ein. Mit einer deutlichen Handbewegung gab der vorsitzende Richter zu verstehen, genug mit dem Blitzlichtrummel.

„Die Presse verlässt jetzt den Saal. Wir wollen beginnen", sagte Schwertmüller mit sonorer Stimme.

Er wartete, bis sich alle Journalisten nach draußen verzogen und die Saaldiener die Tür geschlossen hatten. Zeitgleich hastete die bestellte Justizdolmetscherin Gabriele Grünmandl-Rehbein durch den Seiteneingang in den Saal und nahm rasch ihren Platz ein. Sie warf einen freundlichen Blick auf Staatsanwalt Dr. Jochen Kammerer, der ihr mit leichtem Kopfnicken zulächelte. Der kurzfristig eingesetzte Vertreter der Anklage blätterte in den Prozessunterlagen. Beide hatten bereits mehrere Verhandlungen gemeinsam bestritten.

Das Eintreffen in allerletzter Sekunde missfiel dem vorsitzenden Richter, wie seinem Blick zu entnehmen war.

Nachdem Staatsanwalt Dr. Kammerer die Anklageschrift verlesen, die Gerichtsdolmetscherin den Text, die Rechte und Pflichten für die Hauptangeklagten in russischer und rumänischer Sprache übersetzt hatte, ergriff Richter Schwertmüller wieder das Wort.

„Die Verhandlung ist eröffnet."

Kaum hatte er es ausgesprochen, meldete sich in der dritten Reihe ein Mann mit erhobener Hand zu Wort.

„Bitte, stören Sie die Verhandlung nicht. Wir wollen jetzt *endlich* beginnen."

Der auffallend krank Aussehende erhob sich langsam, griff nach dem Gehstock, ging schleppend in den Mittelgang und weiter zum Richterpult.

Skeptisch abwartend beobachteten Richter und Schöffen den Mann, der sich offensichtlich von seinem Vorhaben nicht abhalten ließ.

Während der Mann langsam nach vorne ging, sagte er: „Herr Richter, bevor die Verhandlung beginnt, muss ich Ihnen etwas Wichtiges mitteilen."

Die Prozessbesucher reckten die Hälse, sahen verwundert auf den gebeugten Mann, der langsam auf das Richterpult zusteuerte.

Er wirkte kraftlos und erschöpft. Sein hohlwangiges, unrasiertes Gesicht glich einem alten Frosch. Der spindeldürre Körper steckte in einer zerschlissenen Jeanshose und einem kaffeebraunen Hemd, das ihm einige Nummern zu groß war.

„Sind Sie als Zeuge geladen?", fragte der Richter und warf seinem Beisitzer einen fragenden Blick zu, der die Schultern hob.

Der Mann blieb stehen und sagte mit brüchiger Stimme: „Ja ... nein, ich ... ich möchte ein Geständnis ablegen."

Der Richter beugte sich mit dem Oberkörper nach vorne.

„Sie wollen ein Geständnis ablegen?"

„Ja."

„Hat es etwas mit der heutigen Verhandlung zu tun?"

„Ja, hat es ... hat es und ich sage die Wahrheit, nichts als die Wahrheit."

„Dann kommen Sie näher, nennen uns Ihren Namen und Ihre Adresse", sagte der Richter und lehnte sich zurück.

Eine plötzliche Hustenattacke hinderte den gebrechlich aussehenden jungen Mann am Sprechen. Als diese abgeklungen war, bat er um einen Stuhl, den ein Saaldiener bereitstellte.

„Mein Name ist Friedo Rahner, geboren und aufgewachsen in Ulm. Wie jeder sehen kann, bin ich von Krankheit gezeichnet. Ich habe Lungenkrebs. Meine Ärzte geben mir noch ein halbes Jahr. Für mich höchste Zeit, die Wahrheit ... auch wenn es schmerzhaft ist ...“, er räusperte sich lange und fuhr fort, „Roger Gellhoff kannte ich seit meiner frühesten Kindheit. Viele Jahre waren wir unzertrennliche Freunde, aber die Freundschaft hat sich leider ins Gegenteil verkehrt. Machen wir es kurz. Ja, Oleg Ulanov war mit Roger Gellhoff gezwungenermaßen verabredet. Er wartete vor der Villa. Ich war auch dort und lag auf der Lauer. Herr Ulanov wusste nichts von meiner Anwesenheit.“

Wie bei einem plötzlichen Tonausfall war alles Geraune in den Sitzreihen verstummt. Der ganze Saal hielt den Atem an.

Ulanov sah verstohlen zu Rahner hinüber, dann verwundert zu Broncovic und zuckte mit den Schultern.

Aufgeregtes Gemurmel der Prozessbesucher setzte ein und wurde lauter.

„Ruhe!“, rief der Haftrichter nicht weniger erstaunt als die Zuhörer im Saal, „Herr Rahner, bitte.“

„Herr Ulanov konnte mich nicht sehen, aber ich ihn. In geduckter Haltung wartete ich hinter hohen Ziersträuchern auf Gellhoff. Die Garagentür fuhr langsam hoch. Gellhoff kam humpelnd in unser Blickfeld. Er ging mit dem Gehstock langsam zum Auto. Dann fielen beinahe gleichzeitig zwei Schüsse. Reiner Zufall.“

Der Richter beugte sich weit nach vorne und sagte: „Wollen Sie damit sagen, Sie haben Roger Gellhoff erschossen?“

„Ja.“

Der Haftrichter warf seinem Beisitzer einen kurzen Blick zu, wandte sich an Ulanov, der mit tiefhängendem Kopf auf der Anklagebank kauerte.

„Auf wen oder was hat der Angeklagte Oleg Ulanov gezielt?“
Keine Reaktion.

„Herr Ulanov können Sie mich verstehen oder wollen Sie mich nicht verstehen?", fragte der Richter laut und deutlich.

„Auf den Autoreifen", antwortete Rahner für Ulanov.

„Herr Ulanov, haben Sie auf Roger Gellhoff geschossen oder auf den Reifen gezielt?"

Ulanov sah geistesabwesend zu Boden und ließ die Frage an sich abperlen.

Ulanovs Verteidiger antwortete: „Herr Richter, ich versichere Ihnen, mein Mandant hat auf nichts und niemanden geschossen."

„Herr Ulanov, wen oder was wollten sie treffen?", fragte der Richter und ahnte, dass dieser nicht antworten würde.

Totenstille im Saal.

Rahner räusperte sich und berichtete ungefragt weiter: „Herr Richter, Herr Ulanov schoss mit einer schallgedämpften Pistole auf den linken Vorderreifen, wollte Gellhoff vermutlich am Wegfahren hindern. Aus acht Metern Entfernung zielte ich direkt auf Gellhoff und traf seine Kehle. Herr Ulanov rannte panikartig davon. Ohne Geld. Ich verstaute Pistole und Schalldämpfer im Rucksack, beseitigte meine Fußspuren und fuhr mit einem Klapprad davon.

Hochspannung im Gerichtssaal. Die Besucher hielten den Atem an. Richter Schwertmüller, Beisitzer Krenkl, die beiden Schöffen, die Verteidiger und der Staatsanwalt trauten ihren Ohren nicht und wechselten fragende Blicke. Saßen sie in der falschen Verhandlung oder was ging hier ab?

Schwertmüller räusperte sich kurz und sagte: „Herr Ulanov, auch wenn Sie mit mir nicht sprechen wollen, noch mal, haben Sie, wie Herr Rahner behauptet, auch geschossen? Wenn ja, auf wen oder was haben Sie gezielt?"

Keine Antwort. Oleg Ulanov wich von seiner Strategie nicht ab und verharrte weiter in Regungslosigkeit.

Der Richter seufzte kopfschüttelnd, wandte sich Rahner zu und sagte: „Herr Rahner sind Sie sich über die Konsequenzen ihrer Aussage bewusst?"

„Ja", antwortete er mit schwacher Stimme.

„Warum haben Sie sich denn nicht der Polizei anvertraut und ein Geständnis abgelegt?", fragte der Richter.

Rahner sah zu Boden und schwieg. Zog dieser krank aussehende Mann eine Show ab oder saß tatsächlich Gellhoffs Mörder vor dem Haftrichter.

Friedo Rahner seufzte tief und sagte schließlich: „Ich ... ich habe lange mit mir gerungen ...“

Abrupt überkam ihn ein erneuter Hustenanfall, der ihn am Sprechen hinderte.

Viele Besucher drehten sich zu Verena Gellhoff, als Rahner den Mord an ihrem Mann gestand. Einige tuschelten erregt mit ihren Sitznachbarn. Verena Gellhoff war kurz davor die Flucht zu ergreifen. Ihre Eltern rieten ihr vom Besuch der Gerichtsverhandlung ab. Der Nervenstress, die unsäglich neugierige Presse. Aber sie hatte sich entschieden, den ersten Prozesstag mitzuverfolgen. Die auf sie gerichteten sensationsgierigen Augenpaare musste sie nun ertragen.

Staatsanwalt Kammerer, schien offensichtlich am Verhandlungsverlauf wenig interessiert und studierte seelenruhig die mitgebrachten Unterlagen.

Eine derart unerwartete Wende gleich zu Beginn der Verhandlung war dem vorsitzenden Richter noch nie untergekommen.

Rahner sah zu Boden, ignorierte die Frage des Richters und setzte sein Geständnis fort, unterbrochen von Hustenattacken.

„Herr Richter, ich sage die Wahrheit, nichts als die Wahrheit.“

Schwertmüller wechselte schnelle Blicke mit seinem Beisitzer, schließlich sagte er zu Rahner: „Wie ich sehe, geht es Ihnen nicht gut, möchten Sie nicht ...?“

„Nein Danke“, fiel Rahner dem Richter ins Wort.

Er atmete schwer und fuhr fort: „Herr Ulanov sollte im Auftrag von Tamara Broncovic bei Gellhoff Bargeld abholen, Geld, das ihr zusteht. Broncovic hatte für den partysüchtigen Gellhoff aufwendige Events in dessen Haus organisiert, aber mehrere Monate kein Geld von ihm bekommen. Ihr drohte der finanzielle Ruin. Noch mal, Oleg Ulanov sollte im Auftrag von Tamara Broncovic Geld abholen, *ich* wollte ihn töten und das ist mir gelungen.“

Broncovic konnte sich nicht mehr zurückhalten, sprang auf und rief mit tränenerstickter Stimme: „Viele, viele Geld bekomme ich von die tote Gellhoff! Ich schwören, ich schwören! Diese Mann sagen ganzer Wahrheit!"

Mit einer deutlichen Handbewegung bat Richter Schwertmüller die Verteidigerin, ihre aufgebrachte Mandantin zu beruhigen.

„Um Himmelswillen, Frau Broncovic, bitte! Hier bahnen sich völlig neue Perspektiven an. Beruhigen Sie sich und kein Wort mehr!", flüsterte sie ihr zu.

Broncovic bekam feuchte Augen, fächelte sich mit beiden Händen Luft zu. Träumte sie oder saß dort ihr leibhaftiger Schutzengel, der sie gerade aus einem Alptraum erlöste?

„Herr Rahner, wo ist ihr Hauptwohnsitz?", fragte der Richter.

„Überall und nirgends. Ich bin seit Jahren obdachlos", antwortete er leise, mit beiden Händen krampfhaft auf den Gehstock gestützt.

„Besitzen Sie eine Waffe?"

Er winkte ab und verneinte kopfschüttelnd.

„Die Pistole mit Schalldämpfer habe ich mir vom Schützenverein Zu den Linden ... na ja gestohlen", er sah kurz zu Schlunzinger und ergänzte, „dass Herr Schlunzinger dort Mitglied ist, wusste ich nicht."

„Sie besitzen also eine gestohlene Waffe?", fasste Schwertmüller nach.

„Ja ... jetzt nicht mehr."

In Schlunzingers Gesicht machte sich Erleichterung breit. Er lächelte seinem Anwalt zu, als wollte er sagen, *ich bin kein Mörder. Dort drüben sitzt der lebende Beweis!*

Anwalt Wolfram nickte ihm wohlwollend zu, deutete mit einer Kopfbewegung Richtung Rahner, der nach einer kurzen Sprechpause sagte: „Um ihre nächste Frage gleich zu beantworten, mit dem Geldraub in der PORTA Bank habe ich nichts zu tun."

Er beugte sich weit nach vorne, rang nach Luft und hustete wieder.

„Herr Rahner, Sie müssen sich nicht so quälen. Wir können das Ganze sofort unterbrechen und ...“

„Entschuldigen Sie meinen elenden Husten, aber ich ... ich möchte das Ganze hier und heute zu Ende bringen.“

„Wie Sie wollen. Herr Rahner, wo ist die Waffe jetzt?“

„Ich habe sie für fünfhundert Euro verkauft. Brauchte dringend Geld.“

„An wen haben Sie die Pistole verkauft?“

„An einen Albaner. Er behauptete, er sei auf dem Weg nach Schweden. Keine Ahnung, ob das stimmte.“

Wieder rang er nach Luft, hielt ein Taschentuch vor den Mund. Schwertmüller riet ihm ein weiteres Mal die Aussagen, so wichtig sie auch sein mögen, zu beenden. Rahner winkte ab, bestand darauf, weitersprechen zu dürfen, tupfte Schweißperlen von der Stirn und sagte: „Natascha Schlunzinger wurde während der letzten Party von Roger Gellhoff mit einer tödlichen Mischung aus Alkohol, Drogen und einem Narkosemittel abgefüllt und von ihm persönlich oder in seinem Auftrag wie ein Stück Dreck auf einem Parkplatz abgelegt ...“

Richter Schwertmüller unterbrach Rahner und sagte mit ungläubigem Blick.

„Roger Gellhoff ist tot und Sie behaupten allen Ernstes, er habe an Natascha Schlunzingers Tod eine Mitschuld?“

Schlunzinger wetzte nervös auf seinem Platz hin und her. Er wollte dazwischen schreien, *Rahner sagt die Wahrheit!* Sein Anwalt beruhigte ihn. Erstmal abwarten, was der junge Mann noch alles ans Tageslicht befördere.

Erneut empörtes Gemurmel und Kopfschütteln unter den Prozessbesuchern. Schlunzinger kämpfte mit den Tränen, als er das hörte. Seine geliebte Natascha hätte nicht sterben müssen.

Mit lauter Stimme bat Richter Schwertmüller um Ruhe oder der Saal müsse umgehend geräumt werden.

„Bitte, Herr Rahner, fahren Sie fort.“

„Wer Natascha Schlunzinger auf dem Parkplatz abgelegt hat, weiß ich nicht.“

Broncovic begann laut zu schluchzen, zückte ein Taschentuch und tupfte ihre Tränen ab. Verstohlen sah sie zu Ulanov, der mit tief geneigtem Kopf konsequent zu Boden starrte.

Dollner flüsterte ihrer Mandantin zu: „Keine Sorge, alles wird gut."

Rahner sah zu Broncovic. Sein anklagender Blick traf sie bis ins Mark. Sie neigte den Kopf noch tiefer und trocknete ihre Tränen. Rahners vorwurfsvollem Blick konnte sie kaum standhalten. Wusste dieser Mann, dass sie Nataschas Abtransport mitorganisiert hatte? Ihre Hände zitterten. Die Rechtsanwältin schenkte ihr ein mildes Lächeln. Broncovic gaukelte Beherrschtheit vor, innerlich bebte sie vor Angst. Sie war krankhaft eifersüchtig auf Natascha, als sie bemerkte, Gellhoff habe nur noch Augen für die kleine Schwester. Natascha hätte gerettet werden können, wenn sie mit in die Not-aufnahme gefahren wäre, hämmerte es gedankenschwer in ihrem Kopf.

Leo Zentner bekam feuchte Augen, wäre am liebsten nach vorne gestürmt. Er strahlte übers ganze Gesicht, hielt beide Daumen nach oben und signalisierte Fred Schlunzinger, *wir hauen dich hier raus!*

Rahner wischte sich Schweißperlen aus seinem blassen, erschlaff-ten Gesicht und sagte: „Natascha Schlunzinger war in anderen Umständen. Sie stellte Ansprüche, wollte Geld, viel Geld. Gellhoff lachte sie aus. Sie drohte mit einer Vaterschaftsklage und Anzeige wegen einer Vergewaltigung. Er nahm sie nicht ernst, lud sie zu der letzten Party ein, tanzte mit ihr, mimte den Verliebten. Leider fiel Natascha wieder auf ihn herein, durchschaute den Totentanz nicht. Eine sturzbetrunkene, zugedröhnte Frau am Straßenrand oder auf einem Parkplatz würde keine großen Ermittlungen nach sich ziehen. So war Gellhoffs Plan."

Richter Schwertmüller wandte sich wieder an Rahner und fragte, woher er das alles so genau wisse.

Er habe mit fünf Escort-Frauen gesprochen und erfuhr, was sich während der extravaganten Events in Gellhoffs Haus und vor allem in jener Nacht zugetragen habe. Deren Aussagen waren eindeutig und übereinstimmend. Am letzten Abend vor ihrem Tod habe Natascha über Schmerzen in der Brust und Atemnot geklagt. Sie wollte die Party früher verlassen, aber Gellhoff habe sie zurückgehalten. Die Tragödie nahm ihren Lauf mit tödlichem Ausgang.

Fred Schlunzinger wurde aschfahl im Gesicht. Er wollte endlich die Aussagen von Rahner bestätigen. Warum haben Tamara und Oleg ihr nicht geholfen, pochte es anklagend in seinem Kopf. Sein Rechtsanwalt bat ihn Ruhe zu bewahren. Sobald Rahner seine Aussagen beendet habe, würde er sich zu Wort melden.

Friedo Rahner brachte Tatsachen ans Licht, die immer unerträglicher wurden. Angeblich wurden allen Escort-Damen und Catering-Mitarbeitern ein Maulkorb verpasst, versüßt mit je fünftausend Euro. Sollte doch jemand plaudern, zum Beispiel mit neugierigen Journalisten oder mit der Polizei, gäbe es Konsequenzen. Somit wurden zwei Fliegen mit einer Klappe erledigt und der Verdacht auf Wohnungsprostitution im Hause Gellhoff kurzerhand von gewissen vornehmen Herrschaften unter den Teppich gekehrt.

„Was sagen Sie da?", fragte Schwertmüller empört und glaubte sich verhört zu haben.

„Von Partygästen mit Geld, Macht und Einfluss", krächzte Rahner kaum verständlich und atmete schwer.

„Frau Broncovic, wussten Sie von diesen unsäglichen Vorgängen? Wer hat den Frauen Schweigegeld gegeben, anders gesagt, einen Maulkorb verpasst?"

Broncovic wurde nervös, sah hilfesuchend zu Ihrer Verteidigerin, die für sie antwortete: „Herr Richter, meine Mandantin wusste von diesen Vorgängen nichts, zu keinem Zeitpunkt. Der Vorwurf von Prostitution während der Party ist absurd. Die Frauen waren lediglich für den reibungslosen Service zuständig."

Der Haftrichter sah die Verteidigerin ungläubig an und ging dazwischen: „So so, aha, reibungslosen Service nennt man das."

Seinem Blick war zu entnehmen, *du glaubst auch noch an den Osterhasen.*

„Noch mal, Frau Broncovic, Sie haben junge Damen für die Partys organisiert. Richtig?"

Sie überlegte einen Moment und sagte nickend: „Ja."

„Haben Sie und die Frauen während der letzten Party in Gellhoffs Haus Schweigegeld bekommen? Wenn ja, wie viel und von wem?"

Broncovic sah zu Boden und schwieg.

„Haben Sie die Frage verstanden?", hakte der Richter mit einem Anflug von Gereiztheit nach, die er schnell unterdrückte. Sein Job war es stets neutral und fair zu bleiben. Aber Rahners unerwartetes Geständnis und seine Aussagen brachten ihn ins Schwitzen. Konzentriert beobachtete er Broncovic.

Sie druckste herum, schließlich stammelte sie: „Ich ... ich nix wissen ... Herr von Richter ... ich schwören ... nix bekommen von die Geld, ... ich schwören mit meine heiliges Gott."

Sie hob die Hand zum Schwur und sah verunsichert zu ihrer Verteidigerin.

Der Richter sah sie kritisch und herausfordernd an.

„Frau Broncovic, ich komme gleich noch mal auf Sie zurück, vielleicht sind Sie dann geneigt den oder die großzügigen Spender zu nennen."

Schwertmüller wandte sich Staatsanwalt Kammerer zu, der Rahners Aussagen augenscheinlich mit Desinteresse verfolgte.

„Herr Staatsanwalt haben Sie dafür eine Erklärung?"

Staatsanwalt Kammerer erhob sich, zupfte an seinen nach hinten gerutschten weiten Robenärmeln herum. Diese Frage hatte ihn kalt erwischt. Wie sollte er das vor den Prozessbesuchern, fünf neugierigen Gerichtsreportern, zwei Protokollantinnen parieren, ohne gleich selbst in die Schusslinie zu geraten? Verdammte Scheiße!

„Hohes Gericht, Herr Vorsitzender Dr. Schwertmüller, Herrn Rahners Aussagen müssen doch erst auf ihren Wahrheitsgehalt überprüft werden. Ich frage mich, wieso das Gericht, dem wie aus dem Nichts aufgetauchten Zeugen Friedo Rahner derart lange zuhört?", sagte er mit nicht zu überhörender Arroganz in der Stimme.

„Das müssen Sie schon mir überlassen", schob der Richter mit Unverständnis nach.

Pflamminger und Lux steckten die Köpfe zusammen.

„Kollegin, das könnte dem flotten Heinrich das Genick brechen."

„Vielleicht, vielleicht auch nicht. Exciting times", bemerkte Lux.

„Herr Vorsitzender, wie Sie wissen, hat Staatsanwalt Hammerschmidt wegen Befangenheit den Fall an mich abgegeben ..."

„Ist mir bekannt", fiel ihm Schwertmüller kantig ins Wort, „können Sie mir sagen, warum der berechtigte Verdacht auf Wohnungsprostitution im Hause Gellhoff nicht in der Anklageschrift steht? Soll hier eine strafbare Handlung bewusst verschleiert werden? Ich erwarte eine Erklärung, und zwar jetzt!", betonte er den letzten Satz mit Nachdruck.

Sein strenger Blick ruhte auf dem Staatsanwalt, der sich gegen den Vorwurf verwahrte und sofort Einspruch erhob.

Der Vertreter der Anklage räusperte sich betreten und sagte: „Hohes Gericht, verehrter Dr. Schwertmüller, den Vorwurf der Verschleierungstaktik weise ich hier aufs Schärfste zurück ...!"

„Dann nennen wir es eben Vermeidungsstrategie", fiel ihm Schwertmüller genervt ins Wort.

Kammerer wurde nervös und suchte den aufkommenden Zorn unter der Amtstracht zu verbergen, er sagte: „In den zu verhandelnden Fall habe ich mich gründlich eingearbeitet."

Während Kammerer sich ein zweites Mal ausgiebig räusperte, konfrontierte ihn der Richter mit einem weiteren Vorwurf: „Sie haben meine Frage nicht vollständig beantwortet. Noch mal, wieso fehlt in der Anklageschrift der Verdacht auf Wohnungsprostitution?"

„Herr Richter, das sind doch zwei Paar Schuhe."

„Herr Staatsanwalt, ich glaube, Sie haben die Prozessunterlagen nicht zu Ende gelesen", sagte Schwertmüller und ließ Kammerer nicht aus den Augen.

Mein Gott, stellen Sie sich doch nicht dümmer als Sie sind, hätte der Richter dem Staatsanwalt nur zu gerne an den Kopf geworfen.

„Nun ja, also meiner Kenntnis nach müsste Ihnen das auch längst nachgereicht worden sein", sagte Kammerer um Beherrschung bemüht, obwohl es in ihm rumorte und er sich vor Wut in den Hintern beißen könnte. Warum hatte er sich von dem schmierigen Hammerschmidt diesen heiklen Fall aufs Auge drücken lassen. Hastig wühlte er in den losen Blättern, suchte nach rot unterstrichenen Notizen, die allerdings nichts hergaben, was ihm argumentativ mehr Beinfreiheit verschaffen und die unerhörten Vorwürfe entkräften könnte.

„Was meinen Sie mit nachgereicht? Dr. Kammerer, könnte es sein, dass Staatsanwalt Hammerschmidt seine Befangenheit nur an Sie nachgereicht hat?", sagte Schwertmüller mit ironischem Unterton.

Kammerer schürzte die Lippen und sagte nach einer kurzen Denkpause: „Hohes Gericht, aus gegebenem Anlass beantrage ich die Verhandlung zu unterbrechen ..."

„Abgelehnt!", fuhr ihm Richter Schwertmüller scharf in die Parade.

„Herr Richter", meldete sich Rahner wieder zu Wort: „Herr Kammerer weiß sehr wohl, Staatsanwalt Hammerschmidt war Partystammgast in Gellhoffs Villa und über das Premium-Menü erotischer Art mit attraktiven Blondinen bestens informiert."

„Herr Rahner, das ist mir hinlänglich bekannt", er sah zum Staatsanwalt, schlug mit der flachen Hand auf den Richtertisch und sagte laut: „Was für ein Schmierentheater! Herr Staatsanwalt Kammerer, welche Seite vertreten Sie eigentlich?"

Kammerer lehnte sich zurück und sagte selbstgefällig: „Warum fragen Sie? Ich bin selbstverständlich Vertreter der Anklage?"

Der Richter sah ihn ungläubig an und sagte: „Ich nehme es mal so zur Kenntnis."

Schwertmüller beriet sich kurz mit dem beisitzenden Richter. Was für eine verworrene Situation. Die berechtigte Überlegung stand nun im Raum: Verhandlung abbrechen? Staatsanwalt Kammerer von dem Fall abziehen?

In Gedanken sah Richter Schwertmüller bereits die reißerischen Schlagzeilen in der Presse:

Eklat im Gericht. Vorsitzender Richter und Staatsanwalt geraten aneinander. Der todkranke Friedo R. tritt als Zeuge auf und behauptet Roger Gellhoff soll eine Mitschuld am Tod von Natascha Schlunzinger haben. Sie war im dritten Monat schwanger. Wohnungsprostitution in Gellhoffs Villa als private Partys getarnt plus Drogenkonsum. Der Zeuge gesteht, Roger Gellhoff erschossen zu haben. Staatsanwalt befangen. Sollten Beweise verschleiert werden? Wer hätte daran Interesse?

Viele Prozessbesucher sahen erwartungsvoll zum Richterpult, andere steckten die Köpfe zusammen, rätselten wie es nun weitergehen würde. Hatte es im Regensburger Landgericht jemals einen derart verfahrenen Prozess gegeben?

Während sich Richter Schwertmüller noch beriet, bat Rahner, seine Aussagen zu Ende bringen zu dürfen.

„Bitte Herr Rahner", sagte der vorsitzende Richter, der bemüht war, die Verhandlung routiniert fortzusetzen.

„Herr Richter, drei Zeuginnen wohnen in einer Wohngemeinschaft in Sinzing und zwei in einem Studentenwohnheim in der Nähe des Hauptbahnhofs."

Er senkte den Kopf und sagte mit schwacher Stimme: „Die manipulierten Bremsen am Porsche galten Roger Gellhoff und nicht Trixi von Thalhussen."

Wieder überfiel Rahner eine Hustenattacke, die nicht enden wollte.

Als er wieder leidlich sprechen konnte, fragte der Richter: „Herr Rahner, haben Sie die Bremsen manipuliert?"

Dieser nickte und sagte kaum hörbar: „Ja. Glauben Sie mir, das bereue ich zutiefst. Frau von Thalhussen sollte nicht ..." Seine Stimme versagte, er begann zu weinen.

„Herr Rahner, ich frage sie noch einmal, wäre es nicht besser, wenn Sie ..."

Rahner verneinte vehement. Obwohl es ihm schwer fiel zu sprechen, fuhr er fort: „Vor gut fünf Jahren traf ich mich mit Roger

Gellhoff und glaubte, er würde mir einen Kredit gewähren, vielleicht auch einen Job verschaffen. Er lachte mich aus. Ich solle mich zum Teufel scheren und ihn endlich in Ruhe lassen oder er werde mich wegen Rufschädigung anzeigen.“

„Einspruch“, meldete sich Kammerer vehement zu Wort und erhob sich von seinem Stuhl.

„Herr Staatsanwalt?“, sagte Richter Schwertmüller mit skeptischer Miene.

„Herr Richter, wir haben Herrn Rahner nun lange genug zugehört, darüber hinaus finde ich seine Aussagen, verstehen Sie mich bitte nicht falsch, zunehmend der Fantasie eines kranken Mannes entsprungen ...“

„Herr Staatsanwalt mäßigen Sie sich! Die Fantasie eines kranken Mannes, wie sie es nennen, ist eine Beleidigung!“

„Das ist keine Beleidigung, das ist eine Feststellung, aber seine Ausführungen grenzen meiner dezidierten Meinung nach an eine überbordende Fantasie, deswegen stelle ich den Antrag ...“

„Abgelehnt! Ich darf Sie daran erinnern, es geht um Mord, Totschlag, Diebstahl, Urkundenfälschung, Drogenhandel und um Wohnungsprostitution. Und Sie stellen den Zeugen Rahner als unglaubwürdig mit einer blühenden Fantasie hin, die Ihnen offensichtlich fehlt. Bewusst oder unbewusst. Noch Fragen Herr Staatsanwalt?“

Kammerer musste mehrere Male schlucken, seine Wut unterdrückend antwortete er: „Keine weiteren Fragen.“

Er setzte sich, schob seine Robenärmel nach hinten, wechselte einen kurzen Blick mit der Gerichtsdolmetscherin. Mit ihr war er am Vorabend lange in seinem Büro zusammengesessen. Bei einer Flasche Rotwein schwadronierte er selbstbewusst, der Ausgang des Prozesses stünde bereits fest. Broncovic und Ulanov müssten mit einer langen Haftstrafe rechnen, wahrscheinlich lebenslänglich. Diese unbedachte Vorverurteilung war eine Fehleinschätzung. Der Wind hatte sich gedreht, war stärker geworden und blies dem Staatsanwalt gehörig ins Gesicht.

Mit verschränkten Armen und zusammengepressten Lippen

hörte er Rahner zu, der seiner Einschätzung nach seltsame Märchen erzählte.

Rahner fuhr fort: „Ich erinnerte Gellhoff an Edmund Rutzmoser, der im Hinterhof der PORTA Bank zwischen den Mülltonnen tot aufgefunden wurde. Sie müssen wissen, Roger Gellhoff pflegte viele Jahre intensive Kontakte in die Stricher-Szene. Bis vor sechs Jahren hatten Edmund Rutzmoser und Roger Gellhoff eine intime Beziehung ...“

Rahners Oberkörper zuckte, er keuchte, fasste sich an die Brust, kaum hörbar sagte er: „Es geht gleich wieder.“

Den Zuhörern verschlug es abermals die Sprache. Johann Gschwendtner blieb der Mund offenstehen, sah zu Lutz Langhofer, der betroffen den Blick senkte und ins Grübeln kam. Wieso hatte er in all den Jahren die dunkle Seite des jungen Mannes nicht bemerkt. Selbst die zwei jungen Protokollantinnen und die fünf Gerichtsreporter hielten kurz inne und glaubten, wie viele im Saal, sich verhört zu haben.

Richter Schwertmüller warf einen kurzen Blick auf Verena Gellhoffs versteinerte Miene, konzentrierte sich wieder auf Rahner, der zusehends unruhiger wurde. Nach einer kurzen Pause sagte er mit heiserer Stimme: „Gellhoff und Rutzmoser kannten sich in der Stricher-Szene gut aus. Sie waren zusammen in Köln, Berlin und London unterwegs ... entschuldigen Sie, aber ich muss eine kurze Pause ...“

„Herr Rahner, wir brechen das Ganze jetzt ab. Einverstanden?“, sagte Schwertmüller.

Der geschwächte Rahner nickte leicht und atmete schwer. Mit einer Handbewegung gab Schwertmüller dem Gerichtsdiener zu verstehen, den Zeugen in den Nebenraum zu begleiten. Seiner Meinung nach war es nicht mehr zu verantworten, zuzusehen wie sich Rahner unter Schmerzen abquälte und versuchte seine Aussagen zu Ende zu bringen.

Auftretende heftige Schmerzen in der Brust und im Hals schnürten Rahner die Kehle zu. Er sackte auf dem Stuhl zusammen.

Zwei Saaldiener führten ihn, gefolgt von einem Polizeibeamten, durch die Seitentür hinaus.

Um Himmelswillen, warum hörte die Witwe mit stoischer Ruhe Rahners skandalösen Aussagen zu? Einige wagten einen kurzen, mitleidsvollen Blick auf Frau Gellhoff. Wie eingefroren saß sie auf ihrem Platz und hörte sich das an Peinlichkeit kaum zu überbietende Vorleben ihres ermordeten Mannes an. Der hochgelobte Banker soll sich in der Stricher-Szene getummelt haben? Hatte Roger Gellhoff zwei Gesichter? Wenn ja, wusste seine Frau davon?

Während der Haftrichter sich mit seinem Beisitzer beriet, kam ein Gerichtsdiener mit einer schriftlichen Notiz in den Saal.

Der kranke Rahner war nicht mehr in der Lage, seine Aussagen vor dem Richter fortzuführen.

„Frau Rechtsanwältin, meine Herrn Rechtsanwälte, Herr Staatsanwalt, Herr Rahner wird von einem Notarztteam betreut. Er befindet sich auf dem Weg ins Krankenhaus. Die Verhandlung ist geschlossen."

Mit Schweißperlen auf der Stirn verließ Richter Schwertmüller mit Beisitzer Krenkl und Schöffen durch die Seitentür zügig den Gerichtssaal.

Was für eine Wendung, anders ausgedrückt, Konfusion kombiniert mit vielleicht strategischen Vorabsprachen? Einerseits Staatsanwalt Dr. Kammerer, der mit Sicherheit vom Maulkorb-Gate wusste. Andererseits, der wie aus dem Nichts aufgetauchte, vom Tod gezeichnete Friedo Rahner, der mit seinem Geständnis gefolgt von unerhörten Aussagen den Prozessverlauf in eine andere Richtung lenkte. Musste der komplexe Fall neu aufgerollt, der Ermittlungsradius erheblich ausgeweitet werden?

Broncovic trocknete ihre Tränen und war überglücklich über den unerwarteten Ausgang des ersten Verhandlungstages. Nichtsdestotrotz wurden sie und ihr Bruder Oleg wieder in den Gefängnistrakt gebracht, was sie nur widerwillig akzeptierte. Sie werde die Oberbürgermeisterin und den Polizeipräsidenten auf Schadensersatz und Schmerzensgeld verklagen.

Verteidigerin Dollner hatte Mühe ihre empörte Mandantin zu beruhigen. Der sprichwörtliche Mühlstein um den Hals oder Verdacht auf Anstiftung zum Mord an Roger Gellhoff und manipulierte Autobremsen, die der Fahrerin Trixi von Thalhussens das Leben kostete, hatte sich in Luft aufgelöst. Die noch zu verhandelnden Anklagepunkte würde der vorsitzende Richter nach menschlichem Ermessen beurteilen.

Die Sekretärinnen Haller und Zitzelsberger baten Hauptkommissar Pflamminger Frau Gellhoff den Spießroutenlauf vorbei an lauernden Reportern und Schaulustigen zu ersparen.

Sofort bot er Verena Gellhoff an, sie nach Hause zu fahren, was sie dankend annahm.

Schweigend und kreidebleich saß Verena Gellhoff neben Rebecca Reischl auf dem Rücksitz. Reischl hätte sie am liebsten in den Arm genommen und ihr etwas Tröstendes gesagt. Wie konnte die gebildete und attraktive Frau so ein Scheusal heiraten, fragte sich Reischl in Gedanken. Parallel dazu sah sie vor ihrem inneren Auge den todkranken Friedo Rahner vor dem Richterpult sitzen, der entsetzliche Dinge über Roger Gellhoff ausplauderte. Sagte Rahner die Wahrheit, er habe seinen früheren Freund getötet?

Reischls Fazit: Rücksichtslose Typen wie Roger Gellhoff dürften niemals an einen verantwortungsvollen Posten wie den in der PORTA Bank gelangen. Sind moderne Manager zunehmend größenwahnsinnig? Muss man sich an Missmanagement bei Großprojekten, finanziert von Steuergeldern, gewöhnen? In globalen Unternehmen wird von Managern Kampfeswille und Killerinstinkt erwartet, um bestimmte Ziele schneller zu erreichen. Obendrein werden Bosse von internen Aufsichtsratsvorsitzenden gefördert und von Politikern hofiert. Gehört das zunehmend rücksichtslose Big Business bereits zum Alltagsgeschäft? Wird unsere schnelllebige Gesellschaft immer egoistischer und korrupter? Don't worry. Kompetente Damen und Herren in Regierungsverantwortung, erfahrene Beamte in Institutionen und Aufsichtsbehörden behalten den Überblick und haben alles unter Kontrolle. Wie bitte? Die Herrschaften haben nicht den Mumm den illegalen Machenschaften der

Großkonzerne, den Shareholdern innerhalb der übermächtigen Finanzwelt Grenzen aufzuzeigen. Eliten kennen steuervermeidende Tricks, entziehen sich ihrer gesellschaftlichen Verantwortung, leben in einer Parallelwelt jenseits von Gut und Böse.

Pflammingers altmodisches Handy-Gesurre riss Reischl aus ihrem düsteren Gedankenszenario. Sie hörte ihn sagen. *Geht gerade nicht, rufe zurück.*

Schweigend fuhren sie durch den zähen Stadtverkehr, der sich wie eine gefühlte Ewigkeit hinzog. Die Blicke von Reischl und Lux trafen sich ab und an im Rückspiegel. Beide empfanden Mitleid für Verena Gellhoff, die wie erstarrt im Fond saß, den Blick durchs rechte Seitenfenster gerichtet.

Franziska Lux bog in die ruhige Villenstraße ein und hielt vor Verena Gellhoffs Elternhaus.

Diese bedankte sich, reichte jedem die Hand, stieg aus und verschwand schnell im Haus.

Auf der Rückfahrt ins Präsidium las Pflamminger Möllers SMS laut vor: „Staatsanwalt Hammerschmidt habe sich zwei Wochen beurlauben lassen. Vor einer Stunde war seine Frau in eine unerklärliche, tiefe Ohnmacht gefallen. Ein Rettungshubschrauber flog sie in eine Privatklinik nach München ...?"

Zurück im Präsidium. Marie-Lou Dollner meldete sich telefonisch mit versöhnlichem Tonfall. Frau Broncovic zeigte sich kooperativ und habe die Adressen der jungen Frauen herausgerückt, die laut Friedo Rahner angeblich mit Schweigegeld bedacht wurden. Pflamminger war offen gestanden überrascht, als er die eingegangene Mail von Anwältin Dollner öffnete. Darüber hinaus ließ Broncovic über ihre Verteidigerin ausrichten, die Frauen hätten den vereinbarten Stundenlohn von ihr bekommen. Von einem Extra-Bonus, von wem auch immer, wisse sie nichts.

Pflamminger bat Lux und Kramer, die in der Verhandlung erwähnten fünf Zeuginnen in Begleitung von vier Beamten aufs Präsidium zu bringen.

Dringlichkeitssitzung mit Kollberg, Gackstetter und Möller. Hauptkommissar Pflamminger gesellte sich als Letzter dazu und legte die „Schwarze Liste" auf den Tisch. Er hatte ernsthaft vor Roger Gellhoffs spezielle Partyfreunde zu vernehmen. Drogenkonsum, Wohnungsprostitution in der Villa und nebenbei illegale Deals. Auch Staatsanwalt Hammerschmidt müsse Rede und Antwort stehen, so war Pflammingers Plan.

Ein couragiertes und gleichzeitig delikates Unterfangen. Der Polizeipräsident und sein Stellvertreter waren not amused, wie Pflamminger in deren angespannten Gesichtern erkennen konnte.

Kollberg wechselte vielsagende Blicke mit Gackstetter und Möller. Die Hände ineinander verschlungen sagte er: „Herr Pflamminger, verstehen Sie mich nicht falsch, aber ihr Vorhaben macht geradeheraus gesagt, keinen Sinn. Fakt ist: Gellhoffs Mörder hat gestanden. Broncovic, Ulanov, Neshkova Karel G und Zekkobodanovic sitzen in U-Haft. Mit Sicherheit wird die umtriebige Bordellchefin Partys dieser Größenordnung nicht mehr organisieren ..."

„Wohnungsprostitution ist auch in Ein-Zimmer-Apartments praktizierbar", unterbrach Pflamminger den obersten Chef, der die Akte Gellhoff am liebsten noch heute ins Archiv verbannt hätte, gemäß dem Motto: Killer in prison, case closed.

Vitus Gackstetter rückte auf dem Sessel nach vorne und sagte: „Herr Pflamminger, die Partygäste, alles honorige Bürger, ich weiß nicht, ob Sie da nicht zu viel Ermittlungseifer an den Tag legen. Sie verstehen, was Herr Kollberg und ich damit sagen möchten?"

Pflamminger glaubte sich verhört zu haben, sah kurz zu Möller, der ihm argumentativ zur Seite sprang: „Kollege Gackstetter, wenn wir der Sache nicht sofort nachgehen, schlagen sich die Herren vor Lachen auf die Schenkel. Vielleicht halten sie bereits Ausschau nach einem neuen, geeigneten Party-Tummelplatz."

„Herr Möller, ich bitte Sie", sagte der Polizeipräsident kopfschüttelnd.

Möller und Pflamminger spürten deutlich, beide Herren waren dabei vor dem „großen Geld" einzuknicken.

Bekannten Persönlichkeiten heikle Fragen zu stellen, zum Beispiel, wie halten Sie's mit Drogen, mit Sex-Partys? Im Hinterzimmer en passant lukrative Geschäfte einfädeln? Starker Tobak! Der Schuss könnte gewaltig nach hinten losgehen.

Allem Anschein nach gab es zwischen Roger Gellhoff, den handverlesenen Partygästen, der Organisatorin Broncovic und den eskortierenden Partydamen geheime Absprachen. Warum sollte Friedo Rahner vor Gericht lügen? Er hatte nichts mehr zu verlieren. Morgen würden alle Zeitungen ausführlich berichten. Die gesamte Presselandschaft, soziale Medien eingeschlossen, würden es gehörig ausschlachten.

Sollte Pflammingers Ermittlungseifer ausgebremst werden? Wurde auf Polizeipräsident Kollberg Einfluss genommen? Wenn ja, von wem?

Kollberg schien nachzudenken, dabei sah er mit gepressten Lippen durchs Fenster.

„Herr Kollberg, es gibt zwei DVDs, die eindeutig die Prostitution in Gellhoffs Villa bezeugen …"

„Was? Wieso weiß ich davon nichts?", sagte dieser mit großen Augen.

„Wer zeichnet denn so etwas auf? Ein Spanner?", fragte Gackstetter, der nicht weniger überrascht schnelle Blicke zwischen Pflamminger und Möller wechselte.

„Eine DVD mit interessanten Szenen wurde in Gellhoffs Bunker entdeckt. Vermutlich von ihm selbst heimlich aufgenommen. Eine zweite wurde von einem genervten Nachbarn angefertigt", sagte Möller mit halb triumphierendem Lächeln.

„Die Hauptakteure in beiden Filmchen gehören zur Business-Elite der Stadt."

Pflamminger lehnte sich entspannt zurück und amüsierte sich über die entgeisterten Gesichter des Polizeipräsidenten und seines Stellvertreters.

„Und wo befinden sich die … die Aufnahmen … ich meine die DVDs?", wollte Gackstetter wissen.

„In Polizeigewahrsam“, sagte Pflamminger trocken und warf Möller einen verstohlenen Blick zu.

„Ja ... ja und was soll damit jetzt geschehen?“, fragte Kollberg mit ratloser Miene auf Gackstetter gerichtet.

„Vorerst nichts“, sagte Pflamminger, „aber wenn Staatsanwalt Kammerer Wohnungsprostitution weiterhin einfach so unter den Tisch fallen lässt, dann ...“

„Vergessen Sie Staatsanwalt Kammerer, der wird vom Fall abgezogen. Ist schon in die Wege geleitet“, sagte Gackstetter und machte eine wegwerfende Handbewegung.

Präsident Kollberg räusperte sich und sagte stockend: „Herr Pflamminger, die ganze Angelegenheit mal nüchtern betrachtet, was ich sagen möchte, Roger Gellhoff ist tot ... the party isch over! Himmel noch mal ... das ... das bringt doch nichts mehr.“

Es klopfte. Die junge Praktikantin erschien und überbrachte eine unaufschiebbare Nachricht.

Friedo Rahners behandelnder Arzt im Gefängniskrankenhaus ließ ausrichten, der Patient habe eindringlich gebeten, seine Aussagen noch heute zu Ende bringen zu dürfen. Sein Zustand sei stabil, somit stünde einem Besuch nichts im Wege.

Pflamminger empfahl sich und fuhr zusammen mit Möller ins Gefängniskrankenhaus.

Friedo Rahner wirkte erleichtert. Ein Lächeln huschte über sein blutleeres Gesicht. Pflamminger schaltete das Aufnahmegerät ein und Rahner legte los.

Gellhoffs ehemaliger intimer Freund Rutzmoser war bis vor vier Jahren Taxifahrer in München. Gegen Mitternacht hielt er am Hauptbahnhof Ausschau nach schönen Stricher-Jungs. Rutzmoser hatte hohe Spielschulden angehäuft, dazu kam seine Drogensucht, schließlich rutschte er in die Obdachlosigkeit. Hoffnungsvoll wandte sich Rutzmoser an seinen ehemaligen Geliebten. Gellhoff unterstützte ihn etwa zwei Jahre. Rutzmoser forderte mehr. Gellhoff stellte die Zahlungen ein und drohte ihm Gewalt an, wenn er ihn noch mal belästigte. Rahner lernte Rutzmoser im Obdachlosenheim kennen, ebenso dessen Geschichte. Rahner zeigte ihm Fotos aus besseren Zeiten mit Roger. Gemeinsame Urlaubsreisen mit dem attraktiven Roger nach Marokko, Griechenland und auf Teneriffa. Wilde Partys in Männer-WGs. Rutzmoser und Rahner waren sozusagen Gellhoff-Geschädigte. Sie schmiedeten einen Plan, wie sie den Teufel zur Strecke bringen könnten. Rahner legte sich einen anderen Namen und ein anderes Aussehen zu, und spähte Gellhoff aus. Er arbeitete im Taiga Club als Fensterputzer, ebenso in der PORTA Bank, sein Äußeres gut getarnt. Er jobbte als Automechaniker und über längere Zeit bei einem Schlüsseldienst. Er hatte Zugriff zu wichtigen Gebäuden in der Stadt, konnte sich Ersatzschlüssel zurechtfeilen. Er verschaffte sich heimlich Zugang zur PORTA Bank, zapfte Gellhoffs, kurze Zeit später auch Broncovics Computer an. Dabei stieß er auf Gellhoffs ausgebuffte Winkelzüge. Großen Unternehmen gewährte er fragwürdige Kredite ohne Absicherungen zu hinterlegen. Die Verträge hatte er raffiniert am internen Kontrollsystem vorbeigeschleust. Gellhoff wollte die PORTA Bank komplett umkrempeln, ihr ein modernes Gesicht verpassen, verbunden mit einem dubiosen Geschäftsmodell. Die Belegschaft sollte halbiert werden. Seit gut drei Jahren kontaktierte er internationale unseriöse Agenturen, die Geschäftsverbindungen zu Briefkastenfirmen in Asien und Amerika ermöglichten. Außerdem handelten diese internationalen Finanzjongleure mit hochriskanten Hedgefonds, geeignet für Großinvestoren. Für Privatanleger hingegen hätte es den sicheren Ruin bedeutet. Für die PORTA Bank denkbar ungeeignet.

Während der zeitaufwendigen Recherchen hatte Rahner seinen Leidensgenossen Rutzmoser aus den Augen verloren. Um ein paar Ecken erfuhr er, Rutzmoser besaß einen heißen Schlüssel. Er habe Zugang zu den Kellerräumen der PORTA Bank. Vermutlich wollte Rutzmoser mit Helfern die Bank um eine hohe Summe erleichtern, nachdem Gellhoff ihm Gewalt angedroht hatte. Die Racheaktion könnte eskaliert sein, bei der Rutzmoser zu Tode kam. Wem Rutzmosers plötzlicher Tod ins Konzept passte, war unschwer zu erkennen. Beim zweiten Versuch verschwanden drei gefüllte Geldkisten. Er traue es Gellhoff zu, diese selbst außer Haus geschafft zu haben. Dem neuen Direktor, Johann Gschwendtner, sei geraten, sofort die gesamte Schließanlage in der Bank zu erneuern.

Gellhoffs Vasallen, Linus Gutschler und Boris Böcklberger transportierten die bewusstlose Natascha Schlunzinger ins Krankenhaus. Statt sie sofort in die Notaufnahme zu bringen, legten sie sie eiskalt auf dem Personalparkplatz ab. Vermutlich scheuten sie die Überwachungskameras am Eingang der Notaufnahme.

Roger Gellhoff machte mithilfe seines Stiefvaters und dessen guten Beziehungen zu maßgeblichen Bankmanagern eine beachtliche Karriere. Friedo Rahners Karriere geriet heftig ins Schlingern und bewegte sich wie auf einer Rutschbahn nach unten, beschleunigt durch Arbeitslosigkeit, Schulden, Alkohol, Drogen, Depressionen, Lungenkrebs ...

Rahner lehnte sich ermattet zurück, seine Augenlider gesenkt. Möller und Pflamminger warfen besorgte Blicke auf den Arzt, der kopfschüttelnd verneinte und leise sagte: „Herrn Rahner fällt das Sprechen täglich schwerer."

69 Franziska Lux verstaute ihren Fahrradhelm im Büroschrank, fuhr sich mit den Händen schnell durch die zerdrückten Locken. Sie wirkte müde, gähnte ausgiebig und sagte mit belegter Stimme: „Ein Königreich für eine Tasse starken Kaffee."

Mit einer Kopfbewegung deutete Reischl Richtung dampfender Kaffeemaschine, während sie die Meldung der eben ausgedruckten Nachricht der Priener Polizeidienststelle überflog und den Inhalt in Kurzfassung wiedergab.

Boris Böcklberger wurde vom Hauptkommissar Hillerbeck und seinem Kollegen Daller im Kurkrankenhaus besucht. Nach längerem Herumdrucksen gestand Böcklberger unter Tränen, Natascha Schlunzinger im bewusstlosen Zustand aus Gellhoffs Haus geschafft zu haben. War er allein oder hatte ihm jemand geholfen? Ja, Lebenspartner Gutschler. Roger Gellhoff machte Druck, drohte mit fristloser Kündigung, wenn sie sich seinem Auftrag widersetzten. Gellhoff befahl die junge Frau im Wald zu entsorgen. Das ging Böcklberger und Gutschler entschieden zu weit. Schließlich fuhren sie Richtung Krankenhaus. Böcklberger bedauere zutiefst nicht sofort die Notaufnahme angefahren zu haben. Er brach zusammen, bekam einen nicht enden wollenden Weinkrampf. Das Verhör musste abgebrochen werden. Nach Auskunft des zuständigen Arztes würde sich der Aufenthalt in der Kurklinik noch mehrere Wochen hinziehen.

„Moment mal, ich bekomm' gleich einen Lachkrampf", gab Kramer zu bedenken, „der kann doch locker nach Australien oder Südamerika abhauen?"

„Böcklberger hat seine unrühmliche Tat gestanden, obendrein seinen Freund verraten, nun hofft er auf ein mildes Strafmaß. Er wird die Füße stillhalten", sagte Lux.

„Meiner Einschätzung nach werden die beiden Jungs mit der bewährten Methode, wasche meine Hände in Unschuld, jede Verantwortung von sich weisen und Roger Gellhoff als Hauptschuldigen hinstellen", sagte Reischl.

Linus Gutschler war vor einer Woche nach Amsterdam abgereist, um dort angeblich eine neue Stelle anzutreten. In Wahrheit wollte er in Amsterdam das Flugzeug wechseln Richtung Vancouver. Am Amsterdamer Flughafen wurde er von der Polizei bereits erwartet und in Gewahrsam genommen. Die Rückreise sei schon im Gange.

Sein Lebenspartner Böcklberger habe vor, sobald er die Klinik verlassen könne, nach Amsterdam oder wohin auch immer umzuziehen. Der behandelnde Arzt versicherte, es bestehe keine Fluchtgefahr.

„He, wie blauäugig ist der denn?", sagte Kramer mit Unverständnis und staunendem Blick auf Lux.

„Keine Sorge. Umzug ja, aber in die weniger komfortable U-Haft. Alles schon am Laufen", sagte Lux mit gedämpfter Stimme, schenkte sich Kaffee nach und nahm einen kräftigen Schluck, „Rebeccas lebensrettender Kaffeeschnelldienst! Wenn wir dich ...!"

„Und die stets dampfende Kaffeemaschine nicht hätten", fiel sie Kollegin Lux ironisch ins Wort.

„Wieso weiß ich von all diesen Vorgängen nichts? Ach ja, ich bin ja nur der kleine Praktikant", schmollte Kramer und tippte den Ermittlungsbericht über die Dienstfahrt zum Studentenwohnheim am Hauptbahnhof und zur Frauen-WG in Sinzing.

Die fünf Studentinnen der Philosophie, in der vorlesungsfreien Zeit mutmaßlich Escort-Dienstleisterinnen, wie Friedo Rahner es im Gerichtssaal schilderte, waren verreist. Zimmernachbarn glaubten zu wissen, die attraktiven Blondinen seien meist viele Wochen nicht anzutreffen. Der eine oder andere glaubte, gehört zu haben, die Frauen finanzierten sich den Lebensunterhalt in der Reisebranche.

Die Frauen hätten je fünftausend Euro Schweigegeld erhalten, so Rahners Aussage. Woher kam das Geld? Aus Roger Gellhoffs Reptilienfonds, den schwarzen Koffern im Bunker oder hatten die betuchten Partygäste zusammengelegt?

Kramer wechselte das Thema und fragte mit lauerndem Blick: „Na, wie war's gestern?"

„Gemütlich, angenehm, amüsant und sehr entspannt ...!", Lux vermied es auf den neugierigen Praktikanten einzugehen. Sie kämpfte gegen die Müdigkeit an. Mit der Tasse in der Hand wandte sie sich an Reischl und fragte: „Presse News?"

„Hattet ihr einen schönen Abend?", bohrte Kramer weiter und grinste die unausgeschlafen wirkende Franziska Lux über den Bildschirm hinweg an.

Franziskas Lebenspartner Holger war von der Geschäftsreise zurückgekehrt, das musste gefeiert werden.

„Lorenz bitte!", bremste Reischl ihn aus, gleichzeitig fixierte sie die Kollegin von der Seite und sagte: „Die Presse? Meine Güte, diese Schmierfinken haben null Ahnung."

Reischl blätterte die Zeitungen ein zweites Mal durch, wollte die Klatschblätter erst später auf Pflammingers Schreibtisch legen.

„War Holgers Reise erfolgreich?", setzte Kramer nach.

„Sehr sogar", antwortete Lux knapp.

„Freut mich für dich", lächelte Kramer und fuhr übergangslos fort: „Was passiert jetzt mit den beiden heißen DVDs? Zur Erinnerung: Hauptakteur Heinrich Hammerschmidt ... oh Henry ... oh Henry ...!"

„Keine Sorge. Liegt auf Wiedervorlage. Sobald Mister Henry zurück ist, muss er die Hosen herunterlassen", sagte Lux, massierte ihre Schläfen, unterdrückte ein Gähnen und fragte: „Ist der Chef schon da?"

„Jaaa. Er hat überraschend Besuch bekommen", sagte Reischl und sah Lux wissend an.

„Möller? Gackstetter? Kollberg? Seine Frau?", zählte Lux auf und rätselte, wer so früh hier aufschlagen könnte.

Reischl verneinte kopfschüttelnd und antwortete im Flüsterton: „Frau Gellhoff in Begleitung von Rechtsanwalt Röhnbacher ..."

„Und einer Frauenärztin", ging Kramer schnell dazwischen.

Er wechselte fragende Blicke zwischen den Kolleginnen. Vielleicht verfügten sie über Informationen, die sie ihm vorenthielten.

„Aha", sagte Lux erstaunt und leerte den Rest Kaffee in einem Zug.

Kramer und Reischl hoben gleichzeitig die Schultern und sahen auf Lux' verschlafenes Gesicht, was bei ihr selten vorkam.

Die Tür zu Pflammingers Büro öffnete sich einen Spalt. Der Chef räusperte sich und bat mit einer Handbewegung Lux in sein Büro

Verena Gellhoff flüsterte dem Rechtsanwalt Röhnbacher etwas zu, was Franziska Lux akustisch nicht verstand.

Die Besucher erhoben sich, grüßten und stellten sich vor. Franziska Lux war ähnlich gespannt wie die Kollegen nebenan, was der unangemeldete Besuch zu bedeuten hatte. Wie sich herausstellte, war der um Hüften und Bauch rundlich wirkende ältere Herr mit einem warmen Lächeln, ein langjähriger Freund von Verena Gellhoffs Eltern.

Reischl kam leise in den Raum, stellte eine große Kanne frisch aufgebrühten Kaffee auf den Tisch, warf Lux einen fragenden Blick zu und zog sich wieder zurück. Lux bot Kaffee an. Alle lehnten ab, außer Pflamminger.

Frau Gellhoff wirkte bedrückt und niedergeschlagen, als hätte sie eine schlaflose Nacht hinter sich. Nervös legte sie ihre ineinander verschlungenen Hände in den Schoß, presste ihre Lippen zusammen und sah mehrmals zu Frau von Poschingen.

Sie lächelte, nickte, als wollte sie sagen, jetzt oder nie. Verena Gellhoff bekam feuchte Augen, schluckte einige Male, schließlich sprudelte es aus ihr heraus.

Die prall gefüllten Koffer und die Goldbarren hatte ihr Mann mit ziemlicher Sicherheit illegal erworben. Vermutlich handelte es sich um Schmiergelder aus lukrativen Schwarzgeschäften, die während der häufigen Partys im Hinterzimmer ausgeheckt wurden, mit vertrauenswürdigen Freunden, wie Roger Gellhoff sie nannte. Rechtsanwalt Oswald Polsterer war eingeweiht und verdiente bei diversen „Nacht und Nebel"-Transfers wahrscheinlich kräftig mit. Roger Gellhoff nannte ihn seinen mit allen Wassern gewaschenen treuen Bunkerwart. Außerdem traute sie ihrem Mann zu, die eigene Bank zu bestehlen. Pflamminger unterbrach sie und erkundigte sich, ob Staatsanwalt Hammerschmidt von der Existenz dieses Bunkers wusste und an Schmiergeldaktionen beteiligt war. Den Bunker kannte er, ob er auch Profiteur diverser dubioser Deals war, konnte sie nicht bestätigen.

Während ihrer achtjährigen Ehe wurde Verena Gellhoff von ihrem Mann mehrmals brutal geschlagen und zweimal vergewaltigt mit Verletzungen im Genitalbereich. Nach intensivem Drogen- und Alkoholkonsum verlor er immer öfter die Beherrschung. Nichtigkeiten versetzten ihn in Rage.

Vor einem Jahr besuchte sie Rogers Stiefvater Eckhard Gellhoff in der Hoffnung, er könne auf seinen Sohn Einfluss nehmen. Der alte Herr telefonierte mehrmals mit ihm. Roger brüllte ins Telefon, beschimpfte seinen Stiefvater auf das Übelste. Die ganze Aktion war, wie zu erwarten, hoffnungslos. Eckhard riet Verena auszuziehen, bevor noch Schlimmeres passieren könnte. Seiner Befürchtung und Überzeugung nach war Roger psychisch instabil.

Den übertriebenen Ehrgeiz, sein abgehobenes Selbstbewusstsein, seine Neigung zu Aggression und Destruktion habe er wohl von seinem Vater geerbt. Ab dem dritten Lebensjahr bekam Roger wegen Kleinigkeiten Tobsuchtsanfälle, die sein Vater mit brutalen Stockschlägen bestrafte. Diese unerbittlichen Erziehungsmethoden über viele Jahre hinweg machten Rogers impulsive Wesensart nur noch schlimmer. Roger hasste seinen Vater. Mit acht Jahren äußerte er seiner Mutter gegenüber, eines Tages werde er den Tyrannen töten. Rogers Mutter war sanftmütig und unfähig einzugreifen. Ihre Besuche bei Alten und Kranken in der Gemeinde glichen zunehmend einer Flucht vor ihrem gewalttätigen Ehemann.

Während Rogers Zeit im Gymnasium und an der Universität habe ihn sein Stiefvater immer wieder gedrängt, ärztliche Hilfe in Anspruch zu nehmen. Zumindest versuchte er es, aber nach drei, vier Sitzungen bei namhaften Therapeuten beendete Roger die Gespräche, beschimpfte sie als die größten Idioten unter der Sonne.

„Auf Knien habe ich ihn angefleht, er muss den verfluchten Drogenkonsum beenden! Seine eiskalte Antwort: ‚Ich arbeite hart, ich feiere hart‘“, sagte Verena Gellhoff mit versagender Stimme.

Vor einem Jahr konnte sie in letzter Sekunde ihre achtjährige Tochter Susanne vor Übergriffen ihres zugedröhnten Mannes retten. Um zu zeigen wer der Herr im Haus war, fiel er über seine Frau her. Nach heftigen Schlägen ins Gesicht, in den Unterleib und auf den Rücken, folgte eine Vergewaltigung.

Noch in der Nacht floh sie mit Tochter Susanne zu ihren Eltern. Am nächsten Morgen ließ sie sich gründlich untersuchen. Blaue Flecken im Gesicht, am Hals, an den Armen, deutliche Hämatome an den Oberschenkeln und im Beckenbereich. In der Scheide eindeutiges Sperma von ihrem Mann. Zwei Wochen lang stand er morgens und abends mit dunkelroten Rosen vor der Haustüre der Schwiegereltern - vergeblich.

Seither hatte sie jeglichen persönlichen Kontakt mit ihrem Mann gemieden, außer bei jenem kurzen Besuch im Krankenhaus. Das unrühmliche Zusammentreffen auf der Station mit Tamara Broncovic erwähnte sie nicht. Vor vier Monaten während eines Spaziergangs durch den Stadtpark stand plötzlich Friedo Rahner vor ihr. Mit fünfzehn lernte sie ihn in einer Kneipe kennen. Sie freundeten sich an, gingen zusammen tanzen, mehr nicht. Drei Jahre später schleppte Rahner seinen damaligen besten Freund Roger an. Sie verliebte sich in den gutaussehenden jungen Mann, der Rest war bekannt.

Verena Gellhoff lud Friedo Rahner ins nächste Café ein. Er erzählte von seinem verpatzten Leben. Sie bot ihm Hilfe an. Eine kleine Wohnung, er lehnte ab. Kostenübernahme eines Krankenhausaufenthaltes, er lehnte ab. Würde er Roger Gellhoff gegen Geld aus dem Weg räumen? Er sagte zu.

Verena Gellhoff sah schweigend zu Boden, atmete tief durch, ehe sie in der Lage war weiterzusprechen: „Ich habe Friedo Rahner gebeten meinen Mann zu töten. Ich bot ihm viel Geld. Er hat es nicht angenommen, aber den Auftrag ausgeführt."

Verena Gellhoff begann zu weinen, Tränen liefen über ihre Wangen. Frau von Poschingen nahm sie in den Arm. Betretenes Schweigen machte sich breit.

Pflamminger tauschte kurze Blicke mit der Ärztin und dem Rechtsanwalt, rückte auf seinem Stuhl nach vorne und sagte: „Frau Gellhoff, sind Sie sich über die Konsequenzen Ihrer Aussagen im Klaren?"

Sie nickte und sagte: „Ja."

Franziska Lux war mit einem Schlag hellwach. Sie wechselte Blicke mit ihrem Chef. Warum hatte Verena Gellhoff diesen Kotzbrocken geheiratet, Schläge und Demütigungen ertragen? Warum gehen misshandelte Frauen nicht rechtzeitig zum Scheidungsanwalt oder ins Frauenhaus, oder zur Frauenbeauftragten der Polizei? Aus Angst? Aus Scham? Aus Hilflosigkeit? Gespräche mit den Eltern oder der besten Freundin könnten vielleicht Schlimmeres verhindern? Lux stockte schier der Atem.

Ein weiteres schreckliches, unverzeihliches Ereignis hatte in Verena Gellhoff endgültig den Plan reifen lassen ihren Mann zu töten. Vor drei Monaten erfuhr sie von Désirée, der Schwester ihres Schwagers, von einem mysteriösen Unfall mit Todesfolge. Der

Unfall, deutlicher gesagt: das Verbrechen ereignete sich in einem teuren privaten Gymnasium am Bodensee vor vierzehn Jahren.

Roger Gellhoff hatte ein Jahr zuvor in jenem Internat das Abitur absolviert. Bei den meisten Mitschülern war er äußerst unbeliebt. Er posaunte ständig herum, nur er besitze die Potenz, alle Mädels im Internat flachlegen zu können. Dem Lehrpersonal war er als Unruhestifter bekannt. Nur die großzügige Spendenbereitschaft seines Stiefvaters ersparte ihm den Rauswurf.

Monique, damals siebzehn Jahre, wurde als Jahrgangsbeste ausgezeichnet. Nach der Abschlussfeier wurde sie mit Alkohol und KO-Tropfen gefügig gemacht und vergewaltigt. Am nächsten Morgen fand eine Reinigungskraft die junge Frau leblos und völlig nackt im Internatswohnheim auf der untersten Stufe liegen. Der Notarzt konnte nur noch den Tod feststellen. Erste Vermutung: Im Suff die Steintreppe hinuntergestürzt. Todesursache? Genickbruch. Unfall oder Selbstmord? Die toxikologische Untersuchung im Institut der Stuttgarter Rechtsmedizin ergab: Neben hohen Promillewerten befanden sich eindeutige Substanzen von KO-Tropfen im Blut. Die Ermittlungen wurden auf Wunsch der Eltern, eine Industriellenfamilie, schnell eingestellt. Sie wollten weder Aufsehen in der Öffentlichkeit erregen noch ein quälendes Medienecho über sich ergehen lassen. Der schreckliche Tod der Tochter war tragisch genug. Der Vergewaltiger, der Schuldige an Moniques Tod? Mit großer Wahrscheinlichkeit Roger Gellhoff. Viele Schüler waren überzeugt, dass er dazu fähig war. Selbst das Lehrpersonal hegte einen schwerwiegenden Verdacht. Drei Schülerinnen sagten aus, sie hätten Roger gesehen, wie er sich kurz vor Mitternacht in Moniques Zimmer hineingedrängt hätte, obwohl sie es nicht wollte. Es soll einen lautstarken Wortwechsel zwischen den beiden gegeben haben. Zwei Tage später widerriefen sie die Aussage. Nichts gesehen, nichts gehört. Der gute Ruf des Eliteinternats stand auf dem Spiel. Und Roger Gellhoff wurde für das entsetzliche Verbrechen nie zur Verantwortung gezogen.

Telefonisch hatte Verena Gellhoff ihren Mann mit Moniques Vergewaltigung und Tod konfrontiert. Er rastete aus, drohte ihr mit einer Zwangseinweisung in die geschlossene Psychiatrie. Tochter Susanna würde er in ein strenges Internat nach Schottland verfrachten. Sie hatte panische Angst, er würde die Androhungen wahrmachen.

Röhnbacher und von Poschingen bestätigten die Aussagen der verzweifelten Frau.

Rechtsanwalt Röhnbacher zog eine Mappe aus seiner Aktentasche und legte sie auf den Tisch. Roger Gellhoffs Masterplan in zweihundert Seiten dokumentiert. Was Friedo Rahner in der Verhandlung in kurzen Sätzen skizziert hatte, war in der Mappe detailliert nachzulesen. Moderne Finanzdienstleistungsmodelle, strukturelle und personelle Veränderungsmaßnahmen innerhalb der PORTA Bank.

Pflamminger zog die Mappe näher zu sich heran und las in fettgedruckten Buchstaben:

„The Future of the PORTA Bank"
„The Survival of the Fittest"
„No Risk no Profit"

„Herr Pflamminger, mein Mann dachte er sei der Mittelpunkt des Universums. Er war überzeugt, außerhalb der Norm leben und agieren zu können. Er hatte kein Unrechtsbewusstsein, war unberechenbar, machtbesessen in allem, was er tat und in hohem Maße abhängig von Alkohol, Tabletten und Drogen. Immer wieder flehte ich ihn an, den Drogenkonsum zu beenden. Ohne Erfolg. In den vergangenen fünf Jahren hat er seinen Jahresurlaub in Entzugskliniken zugebracht. Leider vergeblich. Was ein jahrelanger kontinuierlicher Drogenmissbrauch bei einem Menschen anrichten kann ...?", sie zögerte einen Augenblick und fuhr fort, „bei meinem Mann war es neben anderen widerlichen Nebenwirkungen, ausufernde Aggressivität. Die behandelnden Ärzte mahnten ihn eindringlich vor zu viel Selbstoptimierung. Das führe zur Selbstausbeutung und Selbstzerstörung. Er schlug alle Warnungen in den Wind und setzte den sinnlosen Turmbau zu Babel fort ..."